后羿射九阳

　　后羿拼尽全力射出神箭重创第九个太阳。尚未毙命的九阳被镇东海海底蓬莱仙山之下。后羿在力竭而亡之前，交代嫦娥四句流传万千年的谶言。

钟馗与罗圈外八

　　阎王爷发配钟馗去往世间降妖除魔斩鬼除恶，并指派伶俐鬼兄弟罗圈与外八听命于他。钟馗是不是那块料？假以期限六个月，以观后效。

阎王爷与功劳簿

阎王爷张手将那厚厚一摞功劳簿"哗啦啦"抛向半空。一片片，一张张，在摇曳的昏黄烛光里纷纷扬扬，飘落在钟馗的身边。

沙枣花妖香娘娘

　　玲珑娇俏的沙枣花妖香娘娘，出生在玉龙河畔的一片沙枣林。千百年来，吸天地之精，纳日月之华，晨曦寒露，晚霞星光，以鸟为伴，痴心不辍。

黑老雕与香娘娘

为了逃脱昆仑剑的剑气，黑老雕一不做二不休叼出香娘娘的心，不管不顾松开脚爪任由香娘娘粉身碎骨。钟馗分身无术，电光石火中先救香娘娘再说了。

包包蛊与大木船

包包蛊拼命逃窜却误打误撞万千年前停泊在高山之巅的大木船，神奇地看见船舱里依然血迹未干的那句血书：干旱将毁灭你们，我会拯救你们，留下希望。

白眉毛博西盖长老

冥冥之中，命数注定，包包蛋吃掉了胖大的高原赤狐，却无心插柳救下了白眉毛博西盖长老的一条老命，从此书就一段三界之外精灵间荡气回肠的精诚合作，最终催生旷世的昆仑巨浪。

海麦斯救小百姓

每当伐倒一棵树，海麦斯便用大嘴叼起奋力拖向水边，让昆仑巨浪卷起大树飘向城郭，不为其他，只为救助长安城的小百姓。

九头鸟传奇

黄向辉 著

文汇出版社

图书在版编目（CIP）数据

九头鸟传奇/黄向辉著. -- 上海 ：文汇出版社，
2024. 10. -- ISBN 978 - 7 - 5496 - 4337 - 0

Ⅰ. Ⅰ247.5

中国国家版本馆 CIP 数据核字第 2024YU9120 号

九头鸟传奇

著　者／黄向辉

责任编辑／鲍广丽
插画作者／麻文海 Max Ma
封面装帧／王　峥

出版发行／ 文匯出版社
　　　　　上海市威海路 755 号
　　　　　（邮政编码 200041）
经　　销／全国新华书店
排　　版／南京展望文化发展有限公司
印刷装订／启东市人民印刷有限公司
版　　次／2024 年 10 月第 1 版
印　　次／2024 年 11 月第 2 次印刷
开　　本／170×240　1/16
字　　数／530 千字
印　　张／33.5

ISBN 978 - 7 - 5496 - 4337 - 0
定　　价／108.00 元

目　录

第一章　九阳掀翻蓬莱　白光灼烤天地

大唐太宗贞观十九年八月，浩渺烟波的东海，风平浪静，太阳当头高挂。极目远眺，影影绰绰的蓬莱仙山仙气缭绕，看不见琼楼玉宇，听不到霓裳仙乐。成群的鸥鸟在蓝天上盘旋，亮闪闪的鱼儿偶尔跃出海面。缓缓的浪头，一下一下冲上浅滩，卷起彩色的贝壳沙砾，再层层退去，留下大片细密的泡沫。

莫名的寂静中，大日头不安分地抖动了几下，周边散开一圈七彩光晕，煞是绚烂。突然，几块耀眼的光斑从大日头的当中凸起，倏忽游走，忽明忽暗，似乎在积蓄力量，似乎在等待时机。伴随着大日头抖动得越来越剧烈，那几块耀眼的光斑从大日头当中游离到外围边缘，沿着大日头的外圈旋转起来，越转越快，却又出惊倒怪，猛地反冲到中间地带，向着大日头猛烈地撞击。刹那间，贮满火红铁水的大日头溃坝决堤，劈出一道闪电，将天空撕裂。

闪电的一瞬间，冲刷礁石浅滩的海浪整齐划一地向后退去，向着蓬莱仙山，向着海天一色的深海退去。浅滩，礁岩，滩涂，海床，海盆，悉数裸露一览无遗，黑黢黢一片，斑驳陆离。此刻，蓬莱仙山恰似一个孤岛，在无水的海盆海底傲然耸立。

东海，海水向后退去，不知退往何方。那些没来得及跟去的鱼虾蟹螺，在海底泥浆和礁岩的缝隙里挣扎，跳跃，蠕动，一派欢腾忙碌。各色鸥鸟不知所终，似乎甘愿错失眼前这千载难逢的饕餮大餐。

大地开始微微颤抖，从地底传来一阵紧似一阵轰隆隆的滚雷，由远及近，由弱变强。裸露的浅滩礁岩、海床海盆，在地底滚雷的震荡中，上下连绵起伏，犹如石波泥浪，从地底，从深海，筛糠般层层翻卷着向岸边扑来。

大日头再次劈出一道闪电，径直劈向蓬莱仙山。

地底的滚雷遥相呼应，一波强似一波。

大地震动，天空颤抖。在太阳闪电和地底滚雷的夹击下，随着一声天崩地裂的巨响，孤零零的蓬莱仙山晃悠了几下，轰然崩塌。黑的烟雾，白的瘴气，一朵巨大的灵芝蘑菇悠然升起。顷刻间，从深海，从天边，从天地相接处，一条细长的白线变得越来越粗壮，形成数十丈高的滔天巨浪，如同一面呼啸的白墙，排山倒海般将蓬莱仙山的废墟吞没，摧枯拉朽般横扫海盆海床、滩涂和浅滩，直奔岸上的村落、田野和荒丘。

天地间，闪电，滚雷，地震，海啸。大日头盘桓在天上，迟迟不愿西坠，断断续续地发出闪电，似在召唤，似在等待，而地底轰隆隆的滚雷似在积聚，似在回应。

此刻，蓬莱仙山坍塌处，一轮巨大的火球，从海中腾空而起，冲破混沌的海水，冲破烟瘴迷雾，直飞琅琊山上琅琊台。

这轮巨大的火球，在琅琊台上迸裂开来，火星四溅。从火球中，一个光怪陆离的大家伙冉冉站起，眼冒金光口吐火蛇，双臂和双腿萦绕着燃烧的火焰，浑身上下有无数光斑和暗点在穿梭往复，明暗交替，从肩披的战袍向下流淌，抖落无数火花火星星。

大家伙伫立在琅琊台上，面朝大海，昂首挺胸，伸直双臂，咆哮着："老九我终于回来了！回来了！"

斗转星移，乾坤错位，只等万劫不复，只等喷薄欲出。

过去的一定会过去，不该过去的也一定会过去。

"老九我"正是万千年前，身负后羿箭伤，被镇蓬莱仙山之下的第九个太阳。这个老九太阳被黑金锁链密密匝匝地捆绑，只剩下两只滴溜乱转的金色眼珠，还有整日咀嚼珊瑚石砗磲骨的火盆大口。

安能蛰伏于海底，久镇于山下？安能与虾兵蟹将整日为邻为伍？老九太阳日夜警醒，复仇的火焰在心中熊熊燃烧。

可恨那双眼暴凸、丑陋不堪的东海龙王，在一次例行巡视中，戳戳点点也就罢了，竟然吐出一口恶痰，不偏不倚正中老九太阳的额头眉心。老九太阳金色的双眼立刻闪过一道亮光，虽然瞬间暗淡了下去，却吓得东海龙王连退两步。那会儿，老九太阳本想嘲讽一下耀武扬威的胆小龙王，却说不出话笑不出声；也很想晃晃脖颈摇摇脑袋将那口恶痰从脑门上甩掉，却动弹不得，只能任凭那口恶痰慢慢地滑落，流进眼窝，顺着鼻梁流进嘴角，流进塞满砗磲骨珊瑚石的大嘴巴。那股腥臭没齿难忘，印刻心中。总有一天要将龙王大脑袋上岔开的犄角折断，烧焦他嘴边稀松的长须子。

一晃万千年，天庭安享太平，鬼域迎来送往，人世间生生死死，朝代更迭。天庭几乎将这个镇在蓬莱仙山之下的大魔头遗忘了。东海龙王几乎懒得再去巡视老九太阳。那些粗大笨重的虾兵蟹将几乎将老九太阳当作一块会呼吸有心跳的岩礁。只有苔藓海藻，小鱼小虾与老九太阳为伍。老九太阳在重压捆绑中已经完全与海底礁岩，与蓬莱仙山融为一体，只有双眼偶尔会闪现一抹金色的光焰。

背扛蓬莱仙山胸腹紧贴海底的老九太阳，看着鱼虾海草优哉游哉，感知日升月落四季变换，虽无能为力，却暗下狠心暗中蓄力。老九太阳竭尽全力摸索着，贪婪地吸附着，聚集着一丁一点一丝一毫的光和热。那是来自大海深处，来自地底深处，来自海底礁岩最深处涌动的光和热。

老九太阳卧薪尝胆，直等到箭伤愈合，筋强骨健"咔咔"作响时，便试着甩甩手腕，蹬蹬腿脚，抖抖肩膀，晃晃脖颈，竟然发觉宽松有加，手脚比先前灵活了许多。再看黑金锁链，已锈蚀不堪，形同虚设。

山，大山，算得何物？仙山，蓬莱仙山更算得何物？"哈哈"，老九太阳环顾四周，待机而动。

功夫不负忍辱负重，老九太阳默念中的契机说到就到。果然兄弟同心，其利断金，海底的困兽老九太阳向天上的老十声声召唤。天上的老十大日头难掩激愤，劈出道道闪电。当天地呼应海水遁去时，老九太阳凝心聚力一声怒吼，震碎黑金锁链，挣脱万年桎梏，顶起蓬莱，将蓬莱掀翻在地，转眼间，从海底一飞冲天，飞向琅琊山上琅琊台。

天庭、鬼域和世间，需要太阳。

神仙、鬼魅和世人，需要太阳。一个新的太阳重现天地，力挽狂澜，重构秩序。

老九太阳转身冲着西边，向着渐渐坠山的老十大日头，张开双臂，来回舞动。火花四溢，火星四溅。

老十大日头则若即若离，翩然退去，撒播的晚霞黯淡了下来。

第二章　东海龙王领命　挥师将功补过

早有虾兵蟹将匆匆赶去龙宫向东海龙王报信。东海龙王不敢怠慢，顾不及三位龙王兄弟，急吼吼地带领几位龙子扈从，远远绕开琅琊山，径奔天庭而去。

天庭早已风闻东海异动，玉皇大帝当机立断，召集百官齐聚灵霄宝殿。

见到东海龙王一行紧赶慢赶来到殿前，金瓜侍卫朝龙王微微欠身："陛下及文武百官商议多时，即请龙王入殿。"本就穿戴不整、气喘吁吁的东海龙王听罢，心惊肉跳，迈出的腿和伸出的胳膊成了一顺。停顿片刻，龙王整理好衣冠，舒缓好心绪，定了定神，这才大胆地跨进殿门。

殿中灯火通明，玉帝端坐在金光灿灿的御座之上，文武百官分列两旁。众目睽睽之下，东海龙王小心翼翼地迈出一小步，然后顺其自然地摆动手臂，率一众龙子齐刷刷地跪伏下去。

东海龙王诚惶诚恐，将头深埋，王冠上九根冕旒平摊开来，仿佛粒粒珍珠散落一地。汗颜？心虚？借口？狡辩？方才，穿行百官班列，虽未扭头侧目打量细瞧，但投射来的眼神，多有讥笑和挖苦，带着瞧热闹不嫌事儿大的嘲讽。

"卑职罪该万死，辜负陛下，辜负天庭重托，失职渎职若此，请陛下治罪，以儆效尤。"龙王声调苍凉凄楚，却也情真意切。身后的几位龙子以头抢地如捣蒜，"砰，砰，砰"响个不停。

"知罪甚好，知罪甚好。"玉帝捻着长髯，依然是慢条斯理。

东海龙王淡定了许多："卑职实在罪该万死，还请陛下治臣死罪，以平天地之怨。"

"天地之怨？朕试问，治尔死罪，真可平得天地之怨？"

"只要平得天地之怨，罪臣身后还有三位兄弟，还有众多龙子龙孙，罪臣在所不惜！"东海龙王听出玉帝口吻中的恻隐之心，借势发出如此这般断子绝孙的毒誓。

"朕知晓东海龙王敖广乃天庭股肱之臣,"玉帝睥睨座下林林总总的文武百官,"值此危难之际,斩灭大魔头九阳乃当务之急,重中之重。至于治罪之事,暂且搁置一旁。众位爱卿,有何高见?敖广,别跪了,平身吧!"

"谢陛下不弃之恩,罪臣愿戴罪立功,将功补过,率三位兄弟和龙子龙孙,继后羿之遗志,成万古之功绩。"东海龙王难掩激动,声音发颤。

话音未落,班列中闪出一位鹤发童颜的老者,正是太白金星:"继后羿之遗志,理所应当,然,上苍降后羿之身只为灭日,也必降神器于后羿。后羿与神器,神弓与神箭,两者缺一不可,方立下不世之功。即便如此,仍功亏一篑,留下大魔头九阳之患,未能根除。依臣之见,东海龙王戴罪立功,已树决绝之心,已具舍我其谁之后羿精神,但尚需审时度势。何以灭火?何以消热?何以避光?老朽当此三问,试做权衡。"

"罪臣全家老小儿百口,众志成城,难道比不得后羿单枪匹马、势单力薄?后羿确乃上古名神,若是上苍顾怜气数不绝,如今岂不与我等共列仙班,共为幕僚辅佐天庭?至于神器,大魔头九阳震塌蓬莱仙山,所过之处皆为焦土,其火,其光,其热,确如太白金星所言,其势汹汹,其焰烈烈,实难对付。但罪臣以为,灭火消热避光,何须另降神器?罪臣辖下东南西北四海,滔天巨浪,澎湃海水,难道不正是罪臣手握之神器?"东海龙王意气风发,吐沫飞溅。

班列中不知何方神圣发出一声轻微的讪笑,朝堂之上格外刺耳。

东海龙王隐忍住,佯装不曾听到,不去理会。

玉帝听得真切,扫视一圈,白了一眼阎王爷。阎王爷双目轻掩,面无表情,一副事不关己高高挂起的神情。再瞧托塔天王李靖,眼皮上挑,黑眼仁向下盯着喋喋不休的东海龙王,嘴角挂着讪笑留下的不屑。

玉帝忖度片刻,对东海龙王说道:"讲下去。"

"况且,大魔头九阳厚积薄发,卧薪尝胆万千年,此番重出江湖,必报后羿一箭之仇。罪臣等各路仙尊,更应乘其立足未稳,先下手为强,攻其不备,一举歼灭,易如反掌。此为上上之策。如果错失良机,任其羽翼渐丰,再想斩草除根,罪臣以为绝非易事。"东海龙王几根柔软的龙须子翘了起来,脖颈子露出的细密鳞片熠熠生辉。

"既然东海龙王有此置之死地而后生的决绝之心，老夫怕是多虑了，不过，借文武百官在天庭候旨之良机，老夫还想唠叨一句，望陛下明示。"太白金星慢条斯理地禀道。

"爱卿尽管说来。"

"水利万物，唯不利光与火。既灭光灭火，热，亦不复存焉。故老朽建言，天庭所辖江河湖泊之众水神，无论大小尊卑，尽由东海龙王节制，统一调度，共赴剿灭九阳之大业。"

"爱卿所言极是，朕准奏。"玉帝急不可耐地打断太白金星的唠叨。

"臣尚有一事禀报。"只见托塔天王李靖威风凛凛地走出班列，左手托举着名震天地的宝塔。

方才，托塔天王无所顾忌地讪笑，玉帝权且不提："值此九阳再世，正需各位爱卿顾全大局，同心勠力，出谋划策，共襄义举。天王爱卿请讲。"

"臣以为，陛下宜派老成持重之臣，即刻前往安抚大魔头九阳之十弟，就是那个还算听话守规矩的老十小太阳。稳其心神，安其心绪，恩威并施，避免老十受其兄，即九阳之蛊惑。如果联手祸害，势必难以剿灭，必将成为天地大患，望陛下三思。"

"爱卿不愧为天地重臣，朕准奏。"玉帝四下打量着各路仙尊，眼睛直勾勾地望向太白金星："这个老十，虽说初时也曾癫狂一番，朕原以为他要和九阳携手成掎角之势，可后来，老十还算识得时务，按着钟点落去，不再遥相呼应九阳。要不，有劳太白金星前往安抚老十。朕思前想后，此番游说非爱卿莫属。"

"陛下英明。"托塔天王听得玉帝准奏，脸上露出释然的微笑。

话音刚落，就听得太白金星应道："臣遵旨，蒙陛下厚爱，蒙天王保荐，老朽这就去会会老十小太阳，晓之以理，动之以情。老朽必将竭尽全力不辱使命。时不我待，老朽这厢告辞。"太白金星将拂尘往臂弯里一搭，略一欠身，转身离去。

玉帝扬扬手示意太白金星一路保重。不等太白金星走出灵霄宝殿，托塔天王李靖接着说道："臣，还有一事禀报。"

"快快讲来。"

"俗话说火借风威，风助火势。臣以为，虽江河湖海各路水神俱参与水攻，却不应遗忘风仙沙仙、雷公电母。只有电闪雷鸣、飓风狂沙，裹挟各路洪流，必将掀起暴风骤雨。即便大魔头九阳可借得少许风势，又怎奈这铺天盖地的泥沙俱下和风高浪急？任凭白光烈焰逞凶，必定将之吹灭淹没。"

"妙计，妙计。"玉帝双手鼓掌，一脸欣喜："风沙二仙，雷公电母，四位爱卿，即刻助力东海龙王，前去剿灭九阳。朕率百官静候捷报。"

风仙沙仙、雷公电母，步出班列，齐声高诵："愿随龙王共襄义举，翦灭大魔头。九阳不灭，我等将誓不还朝。"

在玉帝及众仙尊的目送下，东海龙王气宇轩昂居首在前，四位大仙紧紧跟随，几位龙子断后，雄赳赳气昂昂地跨过灵霄宝殿的门槛，奔赴琅琊台。

第三章　九阳首战告捷　龙王折角铩羽

　　恰如东海龙王所言，九阳历经万千年海底的磨砺和蓄力，一朝挣脱黑金锁链掀翻蓬莱仙山，荡起滔天海啸，冲出大东海跃上琅琊台，的确折损不少元阳之气，还不得待在琅琊台上暂歇片刻？

　　面对久违的天，久违的地，九阳昂起闪闪发光的巨大头颅，仰天长啸，一吐郁结万千年的孤愤。

　　后羿，每当念及后羿，九阳的后槽牙就会咬得"嘎嘣嘎嘣"响。盖因后羿咽气之前竭尽全力射出的最后一箭将九阳重创，从此九阳被迫蛰伏海底。好在，后羿倒下了。而今，天地之间，三界内外，还有谁胆敢拦阻？还有谁胆敢争锋？来一个杀一个，来一对灭一双，神来杀神，鬼来灭鬼，区区世间喘气的活物杂种，姑妄随之，姑且不提。今朝轮回再世，必重现往日辉煌，必享天地独尊，统辖三界内外。

　　九阳胸中块垒尚未倾吐利索，遥见海天尽头出现一个黑乎乎的云团。云团越积越浓，隐隐滚雷深藏其中，犹如宽大厚实的漆黑帷幕，苫盖过来。再看西边天际，另起一团乌云，涌动翻腾着碾压而来，似有合围之势。

　　大战，一场不期而遇的大战，迫在眉睫。

　　九阳屏气凝神，知晓黑云发端于东海，又在海上集结，充其量不过虾兵蟹将龙子龙孙而已。指不定脑袋顶着犄角的东海龙王亲自上阵。那口啐痰之辱，浮上心头；那股腥臭之气，齿颊留存。拜东海龙王所赐，尝遍砗磲和珊瑚。哼哼，此番不请自到，杀上门来。让东海龙王也尝尝我老九的手段和厉害。只是不晓得西边何方角色驾云而来，且看看手段如何，量其不过马前卒打前站而已，这回定叫他们有来无回。九阳轻蔑地哼哼两声，火红的鼻孔"呼呼"喷出两股冒着火星的赤焰。

黑云逼近，九阳静观其变。

一声霹雳，惊天动地！黑云倏忽间闪开两旁，东海龙王统领志在必得的各路战将一字排开，威风凛凛，伫立云端。

雷公率先挥动双臂擂响战鼓，声声霹雳震向九阳。

电母随即张开双臂，叉开十指发出电光，道道闪电劈向九阳。

东海龙王两手各执一面令旗。右手指挥龙王兄弟和众多龙子龙孙，从大大小小的龙口中喷射出或粗或细汪洋恣肆的道道水柱；左手挥舞令旗搅动海水掀起数十丈巨浪直奔琅琊台，拍向九阳。紧接着，东海龙王扭动全身，伸直脖颈，噘起龙嘴，运动真气，脱口而出一股又粗又壮的水柱。

云端下方，列队齐整的虾兵蟹将们将密如飞蝗的箭矢射向九阳。

打西边鼓噪而来的那团乌云见机行事。各路神仙齐上阵。风仙鼓风，沙仙扬沙，江河湖泊诸神一个个拿出看家吃饭的本事。泥石流如高墙一般自西向东呼啸着扑向九阳。浪尖上成千上万的蚌丁龟勇，或射箭或投枪，或摇旗或呐喊，与东海龙王形成东西夹击之势。

琅琊台，岌岌可危，眼见着就要被巨浪和泥石流吞没，顷刻间便要粉身碎骨。

九阳脚踏琅琊台，不慌不忙，稳如生根，两只闪着金光的眼睛盯牢耀武扬威张牙舞爪的东海龙王，似乎只在等待命悬一线的绝地反击。

东海浪头扑将过来，泥石流和沙尘暴夹击袭来。闪电和霹雳已将琅琊台劈开震碎，砖头瓦块四处飞溅，密密匝匝的箭矢近在咫尺。

突然间，九阳浑身激荡出金色的光芒，犹如一个巨大的火球，给乌云，给巨浪，给泥石流，甚至给每一支飞来的箭矢镶上耀眼的金边。就在东海巨浪与泥石流即将在琅琊台上猛烈撞击的瞬间，"火球"迅速地升腾，停滞在半空。

劈来的一道道闪电一声声霹雳统统被纳入"火球"怀中。

喷来的一根根水柱半途蒸腾起白茫茫灼烫的水汽。

射来的箭矢、箭杆冒出一股股青烟，仅剩的箭头变身赤红的钢珠铁球。九阳张手略一发力，钢珠铁球便折返飞向云端阵前的东海龙王。再一抖肩，无数的钢珠铁球四散着飞向雷公电母、风仙沙仙，飞向虾兵蟹将、蚌丁龟勇。

各路诸神，何曾料想如此阵仗？云层上下，东西两边，哀号漫天，折损大半。碰着钢珠，脑浆迸裂，蹭着铁球，折臂断腿。挨着灼烫水汽，不被蒸熟烤熟也差不离七八分熟。

龙王手上的两面帅旗早已不知去向。若不是虾兵蟹将、龙子龙孙舍身救驾，用肉身抵挡，东海龙王必将难逃厄运。即便如此，龙王依然没能躲过一粒金灿灿的钢珠。钢珠不偏不倚击中龙王的犄角。"咔嚓"一声，犄角当即折断，歪向一侧。好在皮毛粘连，冒出火焰燎毛的焦煳味道。龙王痛彻心扉，大叫一声，一手捂住伤口，一手捧着断角，向后跌去，多亏身边将士前来搀扶簇拥，不至于现眼丢颜面。

东海龙王忍着剧痛，站稳脚跟，本想继续督军再战，可放眼望去，只见雷公的破鼓千疮百孔丢弃一边，雷公电母两口子丢盔卸甲逃得不见踪迹。身边的龙弟、龙子和龙孙，一个个口鼻歪斜，伤痕累累。顾不及风沙二仙，顾不及河神湖神，更顾不及虾兵蟹将蚌丁龟勇，龙王凄惶惶三十六计先走为上。

此刻，东海巨浪和泥石流向后退去，露出千疮百孔的琅琊台。九阳气定神闲稳稳当当地降落在琅琊台上，漠然地看着天边消散的乌云，闻着海螺贝壳烤熟的味道，再低头瞧瞧散落各处红通通的螃蟹和大虾，陷入沉思。

战斗来得快，去得也快，不等九阳回过神来仔细应对，风已平浪已静，雨过天晴。九阳毫发未损，反而从千百次的闪电霹雳中，汲取光和热，胸中底气更加充盈。然而，这般轻松地击溃来犯之敌，并没有给九阳带来提神醒脑的快慰，或飘飘然的沾沾自喜。信手拈来的大胜，还不如掀翻蓬莱仙山，重出江湖来得畅快。那些不知深浅前来搦战的家伙们虽抱头鼠窜，逃得无影无踪，过后必将重整旗鼓，再来寻衅。兴许一切才刚刚开始，后面必将面对波澜壮阔的持久大战。

唯一令九阳纳闷不解的，却是若即若离琢磨不透的老十太阳。忽而现身帮上一把，忽而隐身躲进大山，如此这般，真就舒坦？真就自在？.

第四章　托塔天王再领命　上阵全靠父子兵

却说东海龙王思前想后，不敢贸然返回水晶宫，只怕九阳尾随赶到，顺势一举端掉自己的老巢。不得已咬着牙挺起焦头烂额，一路跌跌撞撞，直奔灵霄宝殿。

灵霄宝殿按部就班，无甚动静。

当东海龙王跨进门槛时，大殿已黑压压跪满一片。如此看来该诉的苦，该告的状，都已先行一步。

东海龙王甩下三位兄弟和众多龙子龙孙，抬手握紧头顶上那骨断皮连的犄角，侧着脑袋，踉踉跄跄，走过跪伏在地的雷公电母时，恨不得上前踹上几脚。龙王皱起眉头，忍着剧痛匍匐在玉帝面前："陛下，罪臣罪上加罪，罪该万死啊！"

东海龙王跪下许久，也不见玉帝发话问话，又不敢抬头仰视，只好冲左边瞧瞧，风仙沙仙两口子几乎衣不遮体，大氅前后衣摆布满烧灼的破洞，袖口拖拽着布条子，腰间松皮白肉鼓鼓囊囊显山露水，满脸满脖颈都是红艳艳的烫伤。风仙那张瓦刀脸，原本就稀疏的眉毛和胡子荡然无存。再瞧瞧右边，除了雷公电母，还有一众狼狈不堪的江河湖泊诸神。雷公电母两口子脚底抹油，见机溜得早。雷公腰间只剩一柄鼓槌，大鼓被丢弃在阵前，指不定早已跌落在东海漂浮在海上；还有那个电母，披头散发咧着嘴，一副苦瓜相。

犄角的伤口传来一阵阵钻心的疼痛，东海龙王忍不住"嘶溜溜"倒吸凉气，惹得各路仙尊纷纷望了过来，眼神闪烁不定。

难挨的沉默中，忽听得灵霄宝殿外，金瓜侍卫朗声高奏："太白金星进殿听宣。"

闻听此言，玉帝终于张开尊口，朝着颤颤巍巍的太白金星喊话道："快快有请，赐座，近旁说话。"

"老朽谢陛下赐座免跪之恩，千难万难，千急万急，山后老十那个小兔崽子还算本分老实，算得上顾大局识大体。末了，还恳请老朽给陛下捎来一句话儿，敬请陛下放心，无须挂念，老十绝不与老九同流合污，沆瀣一气。"

"如此这般，甚好，朕担忧之事，总算有个着落。如若不然，老九老十两兄弟联手，后果实难预料。难道眼睁睁看着天地之间黄钟毁弃，三界内外瓦釜雷鸣不成？好在，嗯！金星此行，稳住老十，等于稳住了后方，解除了朕的后顾之忧，算得上立下头等大功！"

"头等大功，老朽担待不起。"太白金星说着从赐座上哆哆嗦嗦地站了起来，紧挨着东海龙王叩拜下去。

玉帝自顾自说得兴起："算得头等大功，金星切莫推辞，诸位以为如何？"

大殿里，稀稀拉拉响起附和与应承。

托塔天王李靖当仁不让："一个太阳刚好，两个如何得了？太白金星深谙兵法，成竹在胸，不顾年事已高，践行上兵伐谋，其次伐交，再次伐兵，其下才可攻城之兵法要义。屈人之兵而非战也，拔人之城而非攻也，毁人之国而非久也。游说老十，安抚老十，实乃天庭之幸三界之幸。"

"李天王所言极是，上兵伐谋，其下乃伐兵攻城。"玉帝没好气地瞥了一眼丢盔卸甲的残兵败将。

"老九与老十确属不同，理应区分对待，不过，对九阳的杀伐决断，务必知己知彼，不可低估九阳，更不可高估自己，否则，兵马未动，败绩已显。"托塔李天王不显山不露水，轻描淡写地说出一派肺腑之言。

玉帝赞许地点点头："目下，九阳气焰甚是癫狂嚣张。东海龙王，还有尔等，现今老实了？为何不抬头答话？朕看尔等此番阵仗，长了九阳志气，反灭了自家威风。"

太白金星跪在当中间，连忙接口道："陛下英明神武，此战虽说失利，却也出其不意，至少使得九阳忘乎所以高估了自己，以为他的不世功力就此所向披靡！九阳无所忌惮，可谓兵家大忌也，岂不正中天庭之下怀。如此败绩，也属败有所得呢。"

兵败也就罢了，兵败却被说得败有所值，败得理所应当。跪伏一旁的东海龙王、风沙二仙、雷公电母等一干残兵败将，听得满脸涨红，汗颜难堪。

"如此说来，借此败仗麻痹九阳，恰好攻其不备，也算不幸中之万幸。"玉帝若有所思地扫视着下面的各路仙尊，有意无意地将眼神停顿在阎王爷身上。只见阎王爷兀自闭眼养神。玉帝眼中闪过一丝不悦，但表面上不动声色。近来，这个阎王爷似乎换了个模样，不晓得是吃错药还是喝错了酒，一副乖张孤傲的皮囊，摆出当一天和尚撞一天钟的架势。上朝下朝不紧不慢，也不远不近的，仿佛生怕给沾上什么晦气。难道就是上回随朕护驾巡游鼓捣出的这么一出？众仙揣摩不透也就罢了，但给朕脸色，哼哼，大敌当前，暂且放下，秋后再去算账。

玉帝打定主意，深情地望向托塔李天王，眼中充满期待。

"臣靖久沐陛下浩荡皇恩，历受天庭礼遇器重，值此三界危难之际，正当用臣之时，臣靖愿率膝下诸犬子，统领三军，趁九阳大战之后得胜骄狂之际，一举擒灭九阳，不成功便成仁。臣靖，万死不辞。"托塔李天王的一番话语，振聋发聩，掷地有声。

"不愧天王名号，快拿酒来，为李天王壮行！"

李天王毕恭毕敬地接过玉帝手中的夜光杯，仰脖饮尽琼浆玉液。李天王心中有底，三位太子金吒、木吒和哪吒威名远扬。先锋官非三位太子莫属，打头阵自不必赘言。麾下另有一员大将巨灵神，力大无比，可随同前往。

玉帝一手牵李天王，一手牵太白金星，有说有笑，旁若无它，亲自将他俩送出灵霄宝殿，撇下大殿里的一干残兵败将。

为确保万无一失，李天王特地邀请大将军二郎神杨戬压阵。二郎神不仅额间生有一只神眼，号称天眼，更有神出鬼没七十二般变化，膝下有神兽哮天犬帮衬着不离左右。

玉帝钦定的十万天兵天将，早已悉数列队整装。

真个是上阵父子兵，擒敌杀魔手足情。

事不迟疑，李天王即刻接过帅旗，马不停蹄地挥师进发。毕竟前车之鉴，后事之师，李天王途中与众位将领仔细谋划，布下阵局。反观东海龙王，雷公电母之战阵，不过村野匹夫之战法，对付寻常角色三下五除二没得差池，但若要对付九阳这般狠角色，胡拳乱掌群起攻之，岂能奏效？最好先避其锐气，无外乎避其光，避其火，避其热，避开正面交锋，瞅准时机，好将神通广大的镇妖宝塔派上用场。这宝塔非同一般，九阳的光、火和热必将消融在威力无边的宝塔之中。然而半空中无根基，海面上多波浪，山间丘陵地势崎岖，宝塔底座难以严丝合缝，压紧压实。为确保万无一失，唯有将九阳诱骗到平坦开阔处，方好围歼下手，抛出宝塔将九阳罩住。

李天王严令三位先锋官，只许败不许胜，务必丢盔卸甲，将九阳诱骗到海边海滩开阔地带，便可记下首功。

站立一旁的二郎神杨戬气定神闲，上前两步，抱拳请战："末将向来深为敬佩李天王。俗话说得好，打仗亲兄弟，上阵父子兵。三位公子顶天立地，已领命先锋官，最为恰当不过。末将既受李天王之邀前来助战，岂能闲坐上宾，作壁上观？"

李天王面露喜色："本王正顾虑三子稚嫩，唯恐有个闪失，若是大将军一同前往督战，本王心定矣！"

"李天王抬举，不胜感激。凭三位公子之盖世武功，前去搦战，必将不辱使命。末将只是觉得，东海龙王一战失利，其因有三，将少兵弱，其一也；趾高气扬过于轻敌，其二也；谋略肤浅粗疏不堪，其三也。此番再战，精兵强将，抱以必胜之志。至于谋略尚需细细推敲，末将以为镇妖宝塔不到万不得已，慎用为妙。"

"言外之意，大将军已深思熟虑，另备成竹在胸之谋略？"李天王期盼地盯着大将军二郎神。

"说不上成竹在胸，既然水攻，闪电，霹雳悉数无用，何不另辟蹊径？"

"洗耳恭听。"

"末将膝下哮天犬，也称作天犬或天狗，随末将历经大仗恶仗数百回，火里来水里去，功力自不待言。这天狗虽具灵性，可毕竟是只神兽，偶发癫狂，不服管教。诸位想必知晓，这天狗不仅要吞日，也会吞月。那个每日巡更的老十小太阳，还有那个周而复始阴晴圆缺的大月亮，每每被兽性大发的天狗追逐撕咬苦不堪言。可这畜生却屡教不改，折腾得末将不得不备下厚礼送给那老十小太阳和那嫦娥算作赔礼。末将总惦念着这天狗出生入死劳苦功高，舍不得狠心惩治，这下可好派上用场。既然天狗专好吞日，末将可施展七十二变化，变幻出成百上千条天狗，来它个天狗阵。百只天狗，千只天狗，一拥而上，群起吞日，就当作对天狗的惩治，物尽其用。如此这般，还怕九阳逃脱不成？"二郎神说得意气风发。

"妙，妙，好一个天狗阵法，好一个天狗吞日，实在是一记妙招。"李天王赞不绝口。

"若想一举降伏九阳，仅凭天狗，尚有欠缺。此刻，诸位公子十八般武艺就该轮番上阵，给九阳来个猝不及防，防不胜防！"二郎神继续献计献策。

"如何猝不及防？防不胜防？"李天王，三位公子等一干天兵天将竖起耳朵。

"就拿三太子哪吒的几件宝贝来说，混天绫，堪比地狱黑金锁链；乾坤圈，千锤百炼真火锻造；风火轮，以风助火以火攻火。待天狗扑日吞日之时，各位公子只消施展浑身解数，助天狗一臂之力，不不，天狗助各位先锋官一臂之力。"

到底先锋官助天狗，还是天狗助先锋官？二郎神颠三倒四，停顿片刻，不管不顾地接着说道："只需化身三头六臂，抛出混天绫锁住九阳，抛出乾坤圈击打九阳，抛出风火轮以火攻火，迫使九阳应接不暇，众天狗趁机从容下口。只需依照此计，大可不必劳烦李天王费心费力，更无须宝塔显现真身。"

二郎神说罢，众将帅一个个摩拳擦掌，群情激愤。

"众将官只需依计行事，但，临阵瞬息万变，务必审时度势。至于应急处置，自专即可，本王静候捷报。"托塔李天王，意味深长地看了看自己左手所擎举的镇妖宝塔，再三叮嘱："万不可大意轻敌，贻误战机。"

万事俱备，不欠东风。

李天王众志成城率领天兵天将浩浩荡荡杀向琅琊台，即刻传令三位太子先锋官领兵三万前去搦战。三太子哪吒一马当先，冲在前面去打头阵。

第五章　再战九阳出奇招　托塔天王丧爱子

琅琊台上的九阳，傲视天地，睥睨万物，似乎在静候下一场大战。

先前牛刀小试，重创东海龙王，功力颇为耗费，好在悉数收纳雷公电母投怀送抱的闪电霹雳，及时补给，只消个把时辰，自当恢复如初。

九阳盘算着，沿着琅琊山一路向西挺进，施展无与伦比的光、火和热。燃烧，蒸腾，摧毁，烈火烧透天空，大海枯竭变荒漠。让死亡成为手段，灭绝成为起始，让后羿和夸父的子嗣，盘古和女娲的后辈，所有的活物，所有的生灵，成为牺牲，成为祭品。彻底清算大逆不道，清算流毒，清算异端，报那一箭之仇。何止一箭，当报九箭之仇，雪万千年之恨。让天地之间三界内外臣服脚下，让宇宙洪荒重树敬畏和恐惧，重建崭新秩序。

想起老十太阳，至今捉摸不定。既然当仁不让地巡游白昼的六个时辰，那暗夜的六个时辰就该交由我老九，让十二个时辰永无黑暗，光耀天地。甚或，老十太阳且去歇息吧，十二个时辰，周而复始，从早到晚，从晚到早，日日夜夜统归我老九巡游。"哈哈，哈哈"，自东向西，自西向东，千秋万代，唯我主宰，唯我独尊。

狂笑声久久回荡在琅琊台上。九阳浑身上下，闪闪的光晕、倏忽的光斑，穿梭变幻，明暗交替，稍纵即逝。光晕和光斑从九阳的臂膀穿行到前胸后背，从头顶滑落到肚腩双腿。大红斗篷猎猎飘荡，抖落无数火花烟瘴，飞溅到琅琊山下。

忽然笑声戛然而止，只见九阳将双臂交叉在胸口，睁大双眼，侧耳倾听。就在琅琊山下阵阵拍岸的涛声里，伴着大红斗篷散落的火星"噼啪"的爆响声，由远及近，传来狂躁不安的犬吠，暴戾的犬吠，铺天盖地的犬吠。

转眼间，成百上千条天狗扑了过来，一条条漆黑油亮，无半根杂毛，分上中下三路，布作扇形合围之势。

九阳大吃一惊，如此威猛的天狗阵仗，实属头一回遭遇，如此看来，绝不可掉以轻心，小觑眼前这场恶战。

九阳放下不可一世的双臂，握紧双拳，从指缝间滴落不少铁水钢花。他耸耸肩头，扭扭脖颈，周身抖抖。霎时，一股股火星星从他的双眼双耳、鼻孔和嘴巴喷射出来，无数光斑游走开来，光芒更加明亮。

眼见着一条条天狗张开大口，嗷嗷怪叫着，上路直奔九阳的脑袋脖颈和肩膀，中路直奔九阳的前胸后背和腰眼，更有下路直奔九阳的双腿双膝和双脚。九阳并不着慌，稳住下盘，轻舒猿臂，或拳捶、或掌劈、或肘击、或臂挡、或脚踢、或腿蹬、或踩踏、或急踹，轻描淡写间击退数波天狗攻势。不一会儿，一大片天狗的尸首倒在琅琊台上，黑压压，直挺挺。

九阳正要得意，眼看着一只天狗扑及面门，本想轰出一掌，却猛然觉得双臂一收再一紧，使不出劲道，挥动不得。原来，一根闪着红光的飘带，如黑金锁链般将九阳的双臂紧紧地缠裹于胸前，使他动弹不得。前赴后继的天狗硬生生地撕咬着他的耳朵，撕咬着他的肩膀，撕咬着他的脖颈，撕咬着他的腿脚。忙乱中，他赶紧屏气发力，只想尽快挣脱红飘带，哪承想，恰在此时，飞来一只乾坤圈，"沧浪浪"击在他的脑门正中央，溅起大片火星星。

一瞬间，九阳的脑袋被砸得懵懵懂懂，还未清醒过来，随即又被两只风火轮砍中双膝，但觉双膝一软，把持不住，"轰隆"一声巨响，上身前倾，直跪下去，膝盖硬生生地砸在琅琊台上。

琅琊山簌簌震颤，琅琊台金光四射。

数不清的天狗层层叠叠，蜂拥而至。一口口尖利的白牙深深地嵌入九阳的身体，从九阳身上一嘴嘴扯拽下闪光滚烫的亮片，囫囵吞咽，再行扑咬。有的天狗则吊在九阳的身上不松口，足蹬脚踹不放弃。

若是受制于红飘带的捆绑和束缚，厄运必将再一次降临，我老九必将折戟沉沙，重蹈覆辙。千钧一发之际，九阳不顾天狗纠缠，用力地扭动身体，哪知扭动得越用力，红飘带绷得就越紧。

九阳别无他法，垂下脑袋，用金色的双眼紧盯胸前缠裹着的红飘带，然后张开大嘴，对准红飘带喷出红通通的烈焰。在烈焰的炙烤下，有一小截红飘带发出橘色的光耀。光耀逐渐向两边延伸，进而扩展到臂膀，蔓延到后背，直到缠裹周身数匝的整根红飘带都发出鲜亮的橘色。九阳不敢停歇大意，继续口吐烈焰。

当橘色的红飘带渐渐变得透明，九阳看准时机，迅速调动元气，再将元气积聚在胸口和双臂，猛烈地抖动发力。眼见着红飘带变长变细，变薄变脆，只听得一声裂帛般的脆响，橘色的红飘带分崩离析。一块块、一截截大小不一的橘色碎片，连同正在起劲啃咬的天狗们，一同被震飞，同时跌落在琅琊台下，继而翻滚到琅琊山下。

半空中的橘色碎片划出一道道亮色，及至坠地，业已暗淡无光。

九阳站起身来，晃晃脑袋，不再晕眩。他伸展双臂，握紧双拳，只见天狗的犬齿创口也已复原如初。

云端之上，天兵天将瞧得心惊肉跳。二郎神毕竟年岁较长，振臂高呼："此刻岂容九阳喘息？此时不攻更待何时，众将随我一起冲锋！"金吒、木吒、哪吒和巨灵神紧随其后。

琅琊台上或死或残的天狗们，发出凄惨的悲鸣。九阳瞥了一眼，扫见不远处一条天狗定定地站立着，正直勾勾地望向他九阳，于是伸出一根手指，指指天狗，又指指周边的天狗尸首，以及散落的红飘带碎片。那只天狗心领神会，叼起一片红飘带，摇起尾巴，跑向九阳。天狗蹲下后爪，直立上身，前爪作揖，抬起狗头。九阳伸手接过天狗叼来的那片红飘带，将飘带握在掌心，稍一发力，使得飘带再次发出橘色的光耀。紧接着，九阳将滚烫的橘红飘带扬手甩了出去。伴随着尖利的呼哨，红飘带直奔二郎神的面门。

二郎神正高举着三尖两刃刀，率众冲破火光烟瘴扑向琅琊台，突然，脑门第三只天眼只觉一点亮色迎面扑来，不待反应，"噗嗤"一声，一片滚烫橘色的红飘带正嵌入第三只天眼中。二郎神闷声不响，直挺挺地向后跌去，好在金吒木吒紧随其后，连忙将他架起匆匆返回行辕。

二郎神的哮天犬，那条天狗，临阵弃主，投靠九阳。

哪吒的不世宝贝混天绫，眼睁睁四分五裂一地碎片。

二郎神身先士卒，尚未交锋，已挂重彩。

哪吒失却心爱之物混天绫本已痛心疾首，再瞧见击伤大将军二郎神的，偏偏就是混天绫，不由得万丈怒火心头起，立马独自督兵三万，铁桶一般将琅琊山围得密不透风。

哪吒遵照父王早先拟定的佯败之计，力图诱使九阳前往海滩的空旷之地，只为启用父王手中的镇妖宝塔。哪吒旋即生出三头六臂，第一头，吩咐传令兵火速赶往父王行辕，详报佯败诱敌宝塔镇妖之计；第二头，传令三万天兵齐射箭矢；第三头，明知乾坤圈、风火轮奈何不了九阳，于是做出决定，连同手中的火尖枪孤注一掷抛向九阳。

对于飞过来密密匝匝的箭矢，九阳并未放在眼中。他抖抖双肩，散播出一波波的光和火，瞬间将一支支箭杆点燃，将一个个箭头融化成铁球钢珠。融化的箭头围绕着九阳，亮晶晶的，如同点点繁星。九阳再次发力，只见一个个赤红的铁球钢珠调转方向扑向三万天兵天将。鬼哭狼嚎中，铁桶似的包围圈不堪一击，形同虚设。

九阳左手接住飞来的乾坤圈，右手捏住火尖枪，眼看着两只风火轮逼近胸前，却无法空出双手，于是索性抬头挺起胸膛。第一只风火轮，似乎在触及九阳前胸的一刹那稍作停顿，随即在他的前胸上缓缓撕开一道口子，再慢慢嵌入他的胸膛，裂开的豁口射出璀璨光芒。第二只风火轮同样慢慢地嵌入九阳的胸膛，九阳愣是硬生生地承接纳入，如同大口吞咽一般，完完全全吃进两只风火轮。前胸的豁口，如水波涟漪荡漾了数下，九阳并拢合口，收回光芒。

九阳望着手中的乾坤圈——曾经砸中脑门的铁圈圈，手指一松，将乾坤圈丢弃在琅琊台上，再踏上一只脚，来回碾搓，直到乾坤圈变成拧巴的碎铁皮和碎圈圈。

这一切，尽收哪吒眼底。哪吒眼睁睁瞧着九阳没收了自己的一对风火轮，踩扁自己的乾坤圈。就在九阳调转火尖枪的枪头时，哪吒顾不得身边的残兵败将，赶忙转身佯败，朝着海滩的空旷处逃去。

九阳抬头望见三头六臂的哪吒，甚为好奇，掂掂手上的火尖枪，随手向上抛起，在空中调转枪头，再伸手接住，随即将火尖枪毫不迟疑地冲着三头六臂的哪吒投掷出去。哪吒眼见着快要逃到海滩的空旷处，突然，三个脑袋中，后脑袋上的眼睛怔怔盯着飞来的火尖枪的枪尖。枪尖闪着金光，枪杆轻微摆动，划出尖利的哨音，越来越近，直奔哪吒的胸口。眼下，哪吒六手空空，六掌无物，只能用嘴巴大叫"快呀，快"，六只耳朵只听得"噗嗤"一声，来不及说出"呀"，火尖枪便戳进他的胸膛，枪尖从后胸膛贯穿而出前胸膛。哪吒六只手臂无奈地握住前后露出的枪尖和枪杆，半空中三个脑袋同时歪起栽倒下去。火尖枪的枪尖将哪吒牢牢地钉在一块礁石之上。

九阳一跃而起，飞向海滩的空旷处，只想瞧瞧三头六臂的怪物到底是啥劳什子。哪吒的六只手臂三双腿脚渐渐失去了力道，耷拉下去。

九阳低头，用脚尖拨弄着奄奄一息的哪吒，尚未辨识清楚，突觉一团巨大的黑盖子从空中砸下，举头张目，已经避之不及。

李天王手中那座黑洞洞威力无边的镇妖宝塔，将九阳当头罩在塔中。

九阳顾不上脚下的哪吒，抖动双肩，鼓动大嘴，喷出滔天光柱和赤焰，将宝塔内膛映照得亮亮堂堂。

这镇妖宝塔岂是寻常物件？可大可小，可高可矮，坚固无比。李天王借此神器驰骋三界内外，每每出其不意，常常一招制胜，所向披靡。李天王在，宝塔必在，宝塔在，李天王必在，互为彼此，形影不离。

九阳被困塔内，虽不断地喷出光柱和赤焰，但镇妖宝塔稳如泰山，岿然不动。

云端上数万天兵天将齐声高呼"天王威武""宝塔威武"，声动天地，响彻云霄。

李天王眉飞色舞，志得意满，丧子之痛早被胜利所淹没。

宝塔内的九阳站稳脚跟，振臂扩胸，鼓动力道，持续地发出光，发出火，发出热，但仍然难以撼动镇妖宝塔一分一毫。火光中，九阳一眼瞧见那支将哪吒钉死岩礁的火尖枪。枪尖枪杆和红缨穗子凝结着哪吒的血渍。九阳脚踩哪吒胸膛，稍一用力便拔出火尖枪，血滴瞬间凝固在枪尖。九阳聚火力于火尖枪，火尖枪立刻变得滚烫透明，泛出橘色。紧接着，九阳张开大嘴对准宝塔的一处内壁，持续地喷出烈焰，那片塔壁被光被火炙烤成金色。说时迟那时快，九阳顺势将滚烫的火尖枪刺入那块金色的塔壁。

高高在上的李天王正沉浸在一招制胜的狂喜之中，却突然瞧见，海滩上镇妖宝塔的一侧塔壁似乎由内及外被烈焰炙烤成金色。看来，九阳仍在负隅顽抗。若要将九阳彻底降伏，尚需加以手段和时日，届时再行收尸也不迟。不料，如意算盘还没打完，就见一小块金色的塔壁被一根亮闪闪尖利的枪尖刺穿。镇妖宝塔来回晃动了数下。李天王大叫："不好！"话音未落，"轰"的一声，镇妖宝塔天崩地裂般炸了开来，漫天的破砖烂瓦纷纷扬扬地洒落下来。

此刻，如此危局，哪吒以身践行父王佯败诱敌之计，哪承想，九阳竟以哪吒血肉之躯破解其父王阵仗，用哪吒鲜血浸润过的火尖枪刺穿其父王的镇妖宝塔。李天王又怎会料到佯败诱敌之计居然舍子成全了九阳？"破我阵法，毁我神器。天数啊！报应！"李天王仰天长叹。

李天王明知大势已去，无可挽回，但仍挥动令旗，命天兵天将万箭齐发。虽于事无补，聊以作为断后的缓冲之策。

射来的箭矢，有气无力，未近九阳之身，在空中便腾起股股青烟。燃烧的箭杆，消融的箭头散落在海滩上。

李天王顾不得颜面，开拔行辕，先行撤去。

战火的硝烟渐渐消逋，海天一色，乌云不再。李天王另唤过巨灵神，附耳叮嘱："先行躲藏，避免暴露，紧盯九阳，务必见机抢回哪吒尸身，也算父子一场，作个交代。"

短短两日之内，九阳掀翻蓬莱仙山，跃踞琅琊台上，一战龙王，二战天王，所耗气力，所耗光热，自不待言，更无心无力去追剿天兵天将。哮天犬此战前半段忙活着啃噬九阳，后半段见机不妙，调转狗头，易帜变节，果然一涨一落山溪水，一反一复狼子心。此刻，哮天犬跑来站在九阳脚旁，吐着长舌，大口喘着气，前爪挠挠九阳脚面，抬头轻轻唤上两声。

九阳睁眼握拳，双脚顿顿地面，迸溅出许多火星星，烫得哮天犬嗷嗷乱叫，浑身乱颤。九阳不理不睬，瞭望西天。

影影绰绰间，遥见一座雄奇伟岸直插云霄的险峰。

东岳泰山，否极泰来之魁首，九五至尊之泰山。九阳不假思索，跨步奔向泰山之巅。哮天犬仿佛一个小黑点，摇着尾巴，紧随九阳身边。

第六章　极阴克极阳　玉帝辟蹊径

托塔天王李靖饮恨琅琊台，损天兵，折大将，丧爱子，失宝塔，颜面尽丢。

威风八面的大将军二郎神瞎了天眼，卧榻疗伤。桀骜不驯的哮天犬服服帖帖甘心背主做了九阳脚下鹰犬。自诩我命由我不由天的三太子哪吒殒命沙场。威力无边的镇妖宝塔被哪吒的火尖枪挑破了，变成一地的破砖烂瓦。

如今，手掌上已无塔可托的无塔天王痛定思痛，闭门思过。

两度兵败折戟，输得利索，败得干净，实属前所未有，闻所未闻。各路仙尊惴惴不安，各自盘算起来。

面对群情激愤，大敌当前，玉皇大帝端坐在灵霄宝殿，表面日常照旧，心中自有计议。至于李靖不朝之事，宜宽限时日，容他面壁思过，况且，巨灵神已经驮回哪吒尸首，尚需料理三太子后事。折了犄角的东海龙王，也在疗伤。即刻追责兴狱，惩败伐罪，隐有不妥。

玉帝审时度势，细分轻重缓急，实乃同仇敌忾，安内攘外。

玉帝掰着指头过筛子算日子，扫视一圈百官，看着满堂文武，天庭几无可用之才。玉帝不免发出一声轻叹。

队列中的阎王爷似乎一副高高挂起的架势，一会儿抖抖肩，一会儿清清嗓子，不卑不亢，歪斜着身子，眼皮半眯。何不派遣后脑勺长满反骨的阎王再去一战？若旌旗得胜，那是天庭之幸三界之福，那是朕高看他一眼，慧眼识才。只要阎王解得燃眉之急，封官许愿，披红挂绿朕皆许诺答应。若要再添新败，恰好借此伤他元气，折他羽翼，损他锋锐，论罪做实，看他反骨挺多久，张狂到几时？别以为九阳之祸，事不关己躲在后面，缩头乌龟一般。想当初那个意气风发的阎罗殿之主，那个斗胆与朕打赌的阴曹地府之王，那个妄图坐一坐大宝龙椅，使一使天庭玉玺的丑阎王，要见真章，还需担当。满腔豪气难道全缩进乌龟壳里去了？不如大庭广众下激他一激。

"天庭养兵千日，用兵一时，连日虽遭两茬败绩，朕始终宽怀为本，不事惩戒，正为前车之鉴，必为后事之师。"玉帝略作停顿，"值此危难，关乎存亡，众爱卿理应个个奋勇，个个争先才是。为了不负天庭众望，众爱卿可有主动请缨请战者？"一阵唏嘘，并无应答。

"其实，朕料到诸位爱卿所思所虑。承平日久，虚骄奢靡日盛，虽说时常巡察巡视，仍难免失之松垮懈怠。此番大魔头九阳横空出世，朕，责无旁贷，该当首责。然，此刻追讨失职失责失察，皆书生用气也，望众爱卿体味朕之苦心孤诣。"玉帝说得情真意切，掏心掏肺，恰如往常惯例，各路仙尊呼啦啦跪下去一大片。

"朕瞧爱卿一个劲儿点头，就知晓爱卿定不负朕之厚望，敢于为朕，为天庭三界临危受命，也必将不辱使命。"玉帝捻着美髯，盯着阎王，"爱卿，对，别再左顾右盼了，就说你阎王爱卿，胸中定有经世安邦之大谋略。"

阎王爷一边点点头，一边微微睁眼，嘿，前后左右，唯独自个儿兀自杵在当中间，于是忙不迭跪伏下去。

与其说阎王爷在细细琢磨玉帝这番痛彻之言，不如说阎王爷在回味这些日子的美事儿。是呀，小喽啰们送来的黄花大闺女的确值得夸赞，要脸蛋有脸蛋，要腰身有腰身，有白如芙蓉的，有黑如牡丹的，有肥若凝脂的，也有瘦过黄花的，真个是骑肥马，跨瘦臀，应接不暇，老腰堪折值须折，莫待无花空折腰。偏安一隅，阎王我说了算，岂不美哉悠哉？可叹可恨，还有仙班需要打点应付。就纳闷，世人都说仙界好，这世间之人可真是人心不古，这仙界，穿衣戴帽鹤发童颜，隔层肚皮隔层纸，如何看得穿看得透？而眼皮底下的阴曹地府又当怎样？还不是一丘之貉，一路货色，照此这般，如何得了？真该将手下这帮胆大妄为不听话的小鬼们一个个打入十八层地狱，不，现如今正该送去琅琊台受受活罪。

阎王爷抬眼向上望去，端端迎上玉帝射来的炯炯眼神，再次左右环顾一番，这才断定玉帝确有所指，正是他阎王爷。

"陛下英明，微臣何德何能担此重任？掌管区区阴曹地府还算勤勉尽责，若去征战讨伐，岂是微臣一介莽夫所为？还请陛下三思。"

"阎王爱卿太过自谦，平身吧，难道还需朕亲自下阶搀扶不成？"

"此前东海龙王、托塔天王两战皆饮恨琅琊台，区区微臣，势单力薄，焉能歼灭九阳？无非以卵击石，贻笑大方。微臣以为，颜面扫地事小，天庭体面事大，微臣功名忽略不计，但累及天庭三界，怎可视同儿戏？请陛下明鉴。"阎王爷直起身子。

"儿戏？天庭视同儿戏？朕视同儿戏？"玉帝勃然变色，拉下长脸。

周遭一阵窃窃私语，阎王爷顿觉口无遮拦，言语唐突，恨不得抡掌扇自己一记耳光，慌乱中连忙跪下："微臣知罪，妄议天庭，妄议圣意，请陛下治罪于臣。"

瞧着阎王爷一副诚惶诚恐的模样，玉帝无心计较论罪，略一沉吟，不紧不慢地以舒缓的口吻说道："爱卿多虑，平身吧。此刻，千不该，万不该，自灭士气，自毁信心。前两场败绩，确有可鉴之处，既然穷尽江河湖海，水攻不下，雷电风沙无可奈何，朕以为，对于大魔头九阳，对付阳盛之极物，唯有以阴克阳，以极阴克极阳，以阴柔克阳刚，出其不意，方能奏效。"

"阴曹地府比不得天庭广大，兵少将寡。如果赔上微臣性命，一举剿灭九阳，微臣宁死不辞！可，可，搭上微臣性命，胜算确实无几。微臣不敢妄议，不敢逡巡畏义，更不敢辜负天庭厚望。"阎王爷不晓得哪里冒出的勇气，提升腔调，言之凿凿。

玉帝拾掇起说话不知深浅，做事瞻前顾后之辈，自有一套："朕以为，极阳必由极阴来克制，鬼域乃阎王爱卿统辖，极阴极暗极黑之阴曹地府，必具极阴极柔之力道才是。"

"微臣手下，手下，即便倾尽所有，安能，安能长久？"阎王爷有些无奈。

"掰指头算算，阎罗殿里，秦广王，楚江王，黑白无常，牛头马面，十大阴帅，十二鬼将，顶天立地，个顶个。"玉帝说得有些不耐烦。

"可，可……"

"何可？何不可？爱卿无须多言，有朕在此调度。天佑元帅，太阴星君听候差遣。对了，前次爱卿与朕对赌之事可曾忘怀？爱卿麾下还有降妖除魔斩鬼除恶的钟馗可供驱使。朕记得赐予他昆仑剑与匣，物，当尽其用，卿，何惧之有？"

"微臣领命！"

"朕及百官，恭候捷报。"玉帝不拘礼数，站起亲送阎王出宫。

君命难违，阎王爷暗自嘀咕，三界之鬼域不过阴曹与地府，所辖兵丁将帅怎与天庭相提并论？所司职责更非兵戎阵仗与攻城拔寨，难道玉帝借机故意整治本王不成？方才殿上，听闻玉帝金口玉言，论及以阴克阳，以阴柔克阳刚，以极阴克极阳，似乎颇有道理实难当面对质反驳。所幸识趣识相，未曾狡辩。那些朝堂百官、各路仙尊，一个劲儿地附和夸赞玉帝，权衡利害后谁敢公然去触霉头，力挺本王？知面难知心，恰如奉旨随行的天佑元帅和太阴星君，无非监视本王的督军钦差罢了。

既然领受君命，怨气归怨气，还需想方设法力避龙王与天王之狼狈，力求不负众望不辱君命。阎王爷深思熟虑之后，从容不迫，当即指派一队小鬼马不停蹄地先行赶赴阎罗殿，传令各方将帅集结阎罗殿。另指派一队小鬼，鬼衔草、马衔枚，悄无声息地向东进发，窥探九阳一举一动，随时快马上报，不得有误。

阎王爷痛下决心，挥手招来身边亲信小鬼，附耳低声："速速抄近道赶回阎罗殿，将内宫嫔妃尽数打发干净了。"

"这又为甚？"亲信小鬼脱口反问一句，倒吓了阎王爷一大跳，恨不得一脚踹飞这个没大没小的亲信小鬼。阎王爷伸手狠狠揪住小鬼的耳朵，使劲扯到自己的鼻子跟前，压低嗓门骂道："没眼力见儿的狗东西，快将臭嘴闭上，没瞧见身后虎视眈眈的天佑元帅和太阴星君？"

"小子知错，小子明白，下回再也不敢了。"亲信小鬼歪起脸点着头，小声应承着。

"照本王说的去做，待本王返回阎罗殿，若瞧见内宫照旧，砍你狗头是问！"

"小子遵命。"

"等等，别忘记将红灯笼、红帷幔统统撤下。"阎王爷低声交代了几句。亲信小鬼心领神会，转身一溜烟跑开了。

阎王爷忽又忆及玉帝提醒之事，唤过当差小鬼："赶紧地，传令钟馗不得耽搁，火速动身前往阎罗殿报到。"

诸事安排停当，阎王爷这才松下一口气，转身对着天佑元帅和太阴星君略一躬身，不无得意地说道："待两位钦差同本王一道赶回阎罗殿，将帅兵丁必将集结列队，只等钦差检阅完毕，即可开拔前线琅琊台。"

天佑元帅和太阴星君连忙躬身回礼："阎王爷调度井井有条，不胜钦佩。此番末将虽肩负钦差之责，甘愿听候阎王爷随时差遣。"

阎王爷恭敬有加："天庭危难，三界危难，本王临危受命，只愿亲力亲为，倾尽所有，共赴时艰。"

"所言极是，共赴时艰。"

阎王爷一行车马离了灵霄宝殿，径奔阎罗殿而去。

果然，阎罗殿前阴风猎猎，阴旗招展，阴兵森然，阴姿飒爽。秦广王、楚江王、黑白无常、牛头马面、十大阴帅、十二鬼将，将各路兵马悉数列阵集结到位，恭迎阎王爷及天庭钦差检阅。天佑元帅和太阴星君瞧见如此阵仗，大吃一惊，对望一眼，相视抿嘴微微一笑，尽在不言之中。

太阴星君凑近天佑元帅，附耳说道："遵陛下旨令，以极阴克极阳。微臣拟定建言，网罗十八层地狱各色女鬼，极阴中的极阴，管她吊死鬼、冤死鬼、罗刹鬼、难产鬼、殉情鬼、溺死鬼，等等，一律列编成队，充作先锋。必有出其不意，攻其不备之奇效。"天佑元帅听罢一脸喜色："绝好计谋。微臣原以为极阴对极阳足矣，听君一席话，胜读十年书，阴中有极阴，极阴更有极阴者，不愧是太阴星君，不愧是智多星啊。"

阎王爷听罢，沉吟良久。计谋的确好计谋，可心中多有不舍。前脚才将内宫莺歌燕舞的嫔妃打发出去，当中真有不少可心可意的俏冤家，后脚便要冲锋陷阵。明明知晓去充先锋，必为炮灰，可舍不得金弹子套不上狼，命数在天，随她们去吧。大把的正经事忙也忙不过来，哪有闲工夫为她们瞎操心？何况，一茬茬，一拨拨，如朝露，如春韭，周而复始。

阎王爷稳住心神，朗声招来黑白无常："两位将军即刻前往地狱，招罗十八层各色女鬼，只消说戴罪立功，便必有出头之日，一来可免地狱之苦，二来可论功行赏，凭功劳脱离无边苦海，转世投胎，再返世间，重新做人。"

"遵命！"黑白无常两位将军转身大踏步地离去。

"两位钦差！照本王看，只待黑白无常列编女鬼成队，便可进发。"

"悉听尊便,全凭阎王爷节制。"天佑元帅和太阴星君躬身作答。

阎王爷脸上镇定从容,心里却七上八下。一边静候黑白无常,一边等待九阳消息。虽说眼下以阴克阳出自玉帝圣意,但胜算几多,心里实在没谱。两位钦差所出妙计,不过以阴中极阴对付阳中极阳,无非锦上添花而已,并非雪中送炭。女鬼方阵,阴气浊浪,克敌与否,不经阵仗如何明了?还有那个该死的钟馗,如此节骨眼上,本该让昆仑剑与匣一展威力,却无影无踪仍未现身,劳费本王一片心血。

"报!"一声尖利的鬼叫打断了阎王爷的焦虑。

"快快报来。"阎王爷急不可耐,身后的天佑元帅和太阴星君竖起耳朵听个仔细。

"探马来报,九阳离了琅琊台,一路西进,此刻正盘踞在东岳泰山之巅。"小鬼说得上气不接下气。

"可有其他动静?"阎王爷追问。

"暂无动静,估摸着在泰山恢复元气。小子们三番五次被光和热拦阻,难以前行,靠近不得。元阳之气太盛,东岳泰山赤红一片,齐鲁大地皆为焦土,寸草不生。百姓们为避九阳之祸,携家带口,远避他乡。"

"看来务必速战速决,不如趁九阳元气尚未复原,长驱直入。俗话说兵贵神速,先下手为强。"天佑元帅和太阴星君交口附议。

"阎王爷明鉴,除了九阳膝下的哮天犬整日巡山,日前又招降一只黑老雕,残着脚爪,俯首听命九阳。一鹰一犬甘为九阳鹰犬。"

"一鹰一犬?哮天犬贪生弃主,随它去了,这新近冒出的黑老雕,何方妖孽?有甚来头?为何成了只跛脚雕?"阎王爷纳闷不已。

"小子们不晓得黑老雕来头,黑老雕在天上巡,哮天犬在地上巡。黑老雕飞过头顶时,瞧得真真切切,仅剩一只脚爪。"

"照此判断,九阳收罗鹰犬,仅为发端,后续定有更大举措。自掀翻蓬莱仙山,占领琅琊台,盘踞东岳泰山,稳扎稳打步步为营。三处皆为天地龙脉所在,看来,大魔头九阳势必沿着龙脉向西挺进。若将天地龙脉拱手相送,后果不堪设想。事不迟疑,越早拦阻,越可博取机动余地。两位钦差有何高见?"

"阎王爷高屋建瓴，可黑白无常两位将军尚未归队，是否应该再，"天佑将军话音未落，只听得方阵后面一阵骚动喧哗，莺啼燕语声声入耳，鸟语花香阵阵飘来。但见黑白无常两位将军昂首挺胸，打头阔步，率领一小队女鬼，列作一字长蛇，迈着整齐步伐，扭臀甩胯，从阵列间的空隙穿行而来。

　　两侧各路兵将一个个直勾勾地上下打量，恨不得吸入眼睛。

　　黑无常不为所动，大声吆喝："一，二，三，四。"随后女鬼们尖声嗲气："一，二，三，四。"黑无常接着变换腔调："一二三，四。"女鬼们有气无力地跟着叫喊："一二三，四。"看看行到近前，黑无常挥动手臂一声令下："立定，向前看齐!"一字长蛇阵齐刷刷地立定不动，仍有个别女鬼不甚安分，在队列中搔首弄姿，挤眉弄眼。

　　白无常上前两步："启禀阎王爷，启禀两位钦差，八千女鬼业已编队集结完毕，可在方阵之后待命。"

　　"两位将军辛苦，八千女鬼在方阵外面待命，面前这一小队女鬼何意?"阎王爷一脸狐疑。

　　"禀阎王爷并两位钦差，八千女鬼，共分十六小队，每小队五百，各设一个女将官，一个女副官，共计三十二位女鬼将官，特来接受阎王爷并钦差检阅。"

　　"两位将军如此神速，不愧阴曹地府之栋梁帅才。"

　　"承蒙阎王爷夸赞。"黑白无常躬身答谢。

　　"黑白无常两位将军听令，经与钦差商议，拟派两位将军率领八千女鬼充作先锋，试探九阳之阳气力道。无论如何力求消减九阳之阳气，为后续进攻一举歼灭九阳打好铺垫。"阎王爷指挥若定。

　　"末将一事相求。八千女鬼，未经训练，更未经任何战阵，前脚招募集结，至今衣帽不整，步调不齐。府库更无合手适用之刀剑器具，不是过大，便是太沉，这便如何是好? 如何充作先锋?"白无常一脸无奈。

　　太阴星君上前说道："女鬼，女兵，何需刀剑? 她们本就是刮骨钢刀，她们本就有腰间利刃。"

　　"说得妙。"天佑元帅附和着。

　　"可这赤手空拳，手无缚鸡之力，充作先锋，凶多吉少呀。"黑无常补充道。

"戴罪立功，论功行赏，哪里不是受罪？何况脱离地狱永世苦海，方有转世投胎良机。"阎王爷其实在说给三十二位女鬼将官们听的。

"两位将军心存疑虑，大可不必，微臣有一妙招，不知当讲不当讲？"太阴星君望着阎王爷。

"既有妙招赐教，但讲无妨。"黑白无常两位将军异口同声。

"女鬼本就阴曹地府极阴中之极阴尤物，若要阴气倍增，非此招不可。"

"太阴星君，别卖关子，葫芦里有话，尽管道来。"阎王爷心急如焚。

"阴气加煞气，必定有奇效。可命八千女鬼扯下贴肉亵衣，饱蘸尿汁，阵前劈头盖脸抛向九阳。试看九阳阳气在此阴气加煞气的夹击之下，如何消减如何消遁？若有大红贴肉亵衣肚兜必将事半功倍。"太阴星君说得眉飞色舞。

阎王爷满脸惊诧："此话当真？"

"屡试不爽！"太阴星君拍着胸脯。

阎王爷扭头喊来亲信小鬼："撤下的帷幔，可在？"

"已入府库。"

"赶紧的，全数提来交给钦差处置。"

黑白无常两位将军听得云里雾里。

"帷幔作何用途？微臣又该怎样处置？"太阴星君一脸不解。

"既然贴肉红布有奇效，可知本王阎罗殿撤下的帷幔皆艳红如血，眼下岂不正好派上大用场？八千女鬼，不，八千女兵个个有份，亵衣也罢，肚兜也罢，裹在柳腰上不就得了？这就差遣两百小鬼去裁剪扯去的大红帷幔，切勿耽搁时辰。两位钦差，看着可行？"阎王爷问道。

"可行，可行，如此红布甚好，既占天时地利，更有神鬼俱和。"

黑白无常从未见识过如此稀奇古怪的阵仗，瞪着眼睛，面露难色，底气略显不足。秦广王、楚江王、牛头马面等一起上前起哄鼓劲儿："有我等做两位将军的后盾后援，尽管放心！"

瞧着诸多将帅们的揶揄起哄，阎王爷明里鼓劲儿打气，实为做给钦差们看，出于无奈，病急乱投医。医得好要医，医不好也得医！该死的钟馗至今不见踪影，霸着昆仑剑与匣，真把自个儿当一回事儿，真将昆仑剑与匣当成自个儿的家伙事儿。近些时日，发觉这个钟馗儿女情长，心事重重，似有难言之隐痛，真是莫名其妙，奇了怪了。若回头想想，这神器，这昆仑剑与匣，若非本王辛苦觅得，倾心打造，再力荐钟馗，哪轮得到你钟馗的黑脑袋上？日后，真该寻个机会好好地教训拾掇一番。

"两位将军只管大胆依计行事，本王已指派钟馗充当前锋官，另遣当差小鬼给钟馗传唤口谕。已在路上，途中与钟馗会合。钟馗携有昆仑剑与匣，此剑威力非比寻常，想必诸位早有耳闻。两位钦差天庭之上曾亲眼看见。"阎王爷给黑白无常打足底气，顺带也给自个儿打打气。

黑白无常高头大马，率领八千女鬼，个个腰间系着大红帷幔扯就的布条。一路上，阴气缭绕，阴风飒飒。女鬼先锋队袅袅娜娜地向前行进，各路阴帅鬼将紧跟其后，阎王爷和两位钦差列后压阵。

阎王爷心有不甘，另唤过当差小鬼："即刻再跑一趟，将本王口谕传至该死的钟馗：'限期不归，临阵脱逃，严惩不贷，军法论处'。"

"阎王爷大人，这不，您瞧，刚刚带回钟馗的手下罗圈，只单单不见钟馗的影子。"

"罗圈有个鸟用？赶紧唤他过来问话。"

罗圈赶忙上前跪伏在地："启禀阎王爷大人，小子罗圈跑遍里里外外，实在不晓得钟馗大人去哪里了，也不方便当面打听，钟馗大人更不会提前说给小子们听。"

"昆仑剑与匣，安好无恙？"阎王爷念念不忘的便是神器。

"钟馗大人随时随地随身佩戴，形影不离。"

"你，你，还有你罗圈，就此回去，若再找不到钟馗，就别回来了。本王再说一遍，别回来了。可曾听清楚了？"阎王爷声色俱厉。

"小子们听见了。"当差小鬼和罗圈齐声应答。

"还不快滚？"

大军一路东行，白光弥漫，日影瞳瞳。白昼黑夜两不分，晷针无投影，日晷空摆设，全凭太阴星君掐指来估算时辰。

沿途景象，恰如哨马所报，愈往东去，灾祸愈为深重，但见：

大江大河，细若游丝。

湖泊涝坝，已成泥塘。

田间地头，赤黄焦土。

林木庄稼，败叶枯枝。

青山绿水不再，烟火人家绝迹。

赖以活命的井口，蒸腾滚烫的热气。

　　成群结队外出逃难的乡亲们，前赴后继地背井离乡讨活路，面黄肌瘦，衣衫不整，形容枯槁，饿殍频现路边浅沟深壑。阎王爷和两位钦差目睹此情此景，唏嘘不已，不胜哀叹，每每督促小鬼们赶紧牵引摆渡这些屈死鬼、冤死鬼、可怜鬼和饿死鬼，好让他们早点归阴安歇。

　　偏偏此刻，当值小鬼高声奏报，说是钟馗已经赶来阵前等候召见。

　　"早不该，晚不该，半路跑来这里求见，有甚好见的？快去传令钟馗，速速赶去黑白无常两位将军处效力。"阎王爷鼻孔出气打发走当值小鬼："且慢，罗圈可回来了？"阎王爷随口一问。

　　"寻他家主子钟馗去了。"

　　"赶紧也召回，让罗圈随他主子钟馗一道前往黑白无常将军处，记住务必叫罗圈盯紧他家主子。去吧。"

　　阎王爷不再言语。

　　距离东岳泰山三四十里地界，远远即可瞧见泰山之巅白光普照，与天空的太阳交相呼应。漫天弥散着刺眼的光耀，整座泰山如同熊熊燃烧的火炬。灼烫的光和热迎面扑来，脸皮撕痛如利刃划过。

　　阎王爷借口两位钦差之安危，安营扎寨，在后方督战。两位钦差乐得暂避祸殃，一味地催促黑白无常快马加鞭，速战速决。

　　却说匆匆赶来的钟馗与黑白无常顶着酷热并驾前行。当听闻响当当的东海龙王以及名震天地的托塔天王均遭败绩，不禁心中犯起嘀咕。看来大魔头九阳实乃千载万载之最大魔头，难怪后羿大帝要剪灭九个太阳，只留一个太阳。可惜功亏一篑，九阳幸以逃脱，才酿成今日大祸。如此阵势，不比寻常的降妖除魔斩鬼除恶，更需步步留意，处处当心。但愿昆仑剑与匣一展神采，护佑助我钟馗成就后羿大帝之万世奇功。

听闻八千女鬼列编的缘由，钟馗黑脸上不动声色，心里多少有些不屑，对极阴克极阳之计谋也是闻所未闻，对于大红贴肉亵衣肚兜，饱蘸女鬼尿汁之举措，更觉匪夷所思，臭不可闻。但方略已定，不容置疑，且行且看，见机行事。

距离泰山愈近，众将对大魔头九阳散播的光和热愈加忌惮。黑无常压低嗓门悄悄询问钟馗："照此光和热，莫说靠近九阳，这光，这火，这热必将女鬼们烤个七零八落，灰飞烟灭。若等到列队开打，这湿漉漉的红亵衣红肚兜，如何临阵掷向九阳？"

"唯有将红亵衣红肚兜缠裹在箭杆上，由兵将们射出，别无他法。"钟馗低声回应。黑无常接口道："颇有道理，有劳兄弟面呈阎王爷并钦差，火速从秦广王、楚江王、牛头马面处，调配一万六千名弓箭手，刻不容缓。"

白无常双手抱拳："兄弟听令，这就速去速归。"

第七章　鸡冠山三战九阳　阴克阳功败垂成

九阳盘桓泰山之巅，只为泰山乃五岳之首，天地龙脉七寸之所在，进可攻，退可守，两翼开阔，收放自如。九阳从火眼金睛的黑老雕那儿及时得信，天庭第三路征讨大军正在途中。

连日来击溃虾兵蟹将，天兵天将，重伤东海龙王和托塔天王，九阳并无半点欣喜骄狂，反而沉浸在暂时的停歇和寂静中，刻骨铭心的屈辱和隐痛时常涌现，仿佛仍在昨日。蓬莱重压，海底黑暗，鱼虾戏弄，锁链束缚，如今一朝终得解放再获新生，不得不重整旗鼓，挑起杀伐，从头来过，重拾旧山河。只待此生雪耻，血仇血债必须血来还。

九阳睥睨渐行渐远的老十太阳，似乎暗中得其少许助力。看他按部就班地巡更中规中矩地尽责，却又若即若离不偏不倚，实难捉摸。好在收降鹰犬，平添左膀右臂，可壮声势声威，且随他去。

此番，天庭不自量力再度发兵，送上门来，岂能放过？只是这天庭亡我老九之心始终不死，还需从长计议，假以时日，沿着天地龙脉，顺着经络西进，誓将天庭碾为齑粉。

九阳向西瞭望，算计下一步的落脚点。

黑老雕猜透主子心思，一飞冲天，盘旋在九阳的头顶上方，不住地叫唤："鸡冠山，鸡冠山。"

九阳听得山名，心中一喜，福山福地，非鸡冠山莫属。金鸡报晓，太阳东升，金鸡落巢，日头坠西。只需稳据鸡冠山，必叫征讨大军有来无回，片甲不留。

膝下哮天犬似乎嗅出一丝异味，冲着西边狂吠不止。九阳也察觉到异样，沉吟片刻，大手一挥，命令黑老雕带路，哮天犬断后，只图先下手为强，先期占得鸡冠山。

与此同时，征讨大军顶着强光热浪马不停蹄地向东进发。

黑无常手搭凉棚，望向远处横亘的山峦，打趣道："男鬼配女鬼，行军当不累。"白无常接口："食色，性也，三界之内概莫如焉，三界之外，不知又当如何？钟大人在三界内外行走，降妖除魔斩鬼除恶，见多识广，可有高论？"

"高论不敢当。三界之外，妖魔精怪形形色色，不可一概而论，相互少有勾连，间或有点瓜葛。"钟馗略一停顿，"不过，妖魔精怪大多与三界脱不开干系。"

白无常追问："与三界脱不开干系？钟大人话有所指？"

"妖魔精怪采阴补阳，采阳补阴，大采大补，修炼修为，大多与世间凡夫俗女相干。随着步步精进，不惜荼毒戕害，耗其元气，只为一己修得正果。至于妖魔精怪与仙界与鬼域的纠扯不清，"钟馗突然闭口不再出声，只觉黑脸一烫，热过迎面灼浪，好在有黑脸遮掩。

"怎么，与仙界与鬼域有染？"黑无常侧过脸来兴致盎然。

"听说仙界鬼域确有其事，大都不了了之。"钟馗为自个儿的唐突打个圆场。说话间，腰间的昆仑剑"扑棱棱"作响，怀中褡裢里的匣透过大氅隐隐闪出金光。

"敢问，仙界鬼域何方神圣有此癖好？"白无常刨根问底。

"道听途说，无甚凭据，怎好随意搬弄是非。"钟馗三界内外行走数月，诸多亲身经历只可意会不便明说。

"整日安分守己待在鬼域，确乎孤陋寡闻。"黑无常自嘲起来，"随口一问，聊以自慰。日后也该出去走走看看，开开眼界长长见识。你瞧那些男鬼弓箭手打了鸡血似的，精神抖擞，一个个脸红脖子粗呢。"

"二男配一女，女鬼们更是面色潮红，骚情万种。"白无常更加直白。

"如此这般，阴风煞气伙同臊气，方可造就极阴阵势。"黑无常带着揶揄的口吻。

"战前紧迫，女鬼们须将红布从腰间解开，铺在地上，置于臀下，松裤绳，揽裙摆，屙尿浇透。如此八千女鬼，万六男兵，摩肩接踵，紧挨一处，你蹲我站，如何使得？"钟馗的确操心。

"何为使得，何为使不得？皆为十八层地狱死罪的主儿，难得被高看一眼派上用场，已属不幸中之万幸。相比砍头剖腹，铁烙油烹，区区光腚屙尿，实乃小事一桩，不值一提。"

"总该顾及鬼域体统呀！"钟馗有些执拗。

"钟大人，您看前面那座山头，无甚绿色，可枯树秃枝还算浓密，就令女鬼林中屙尿，弓箭手在远处打望，指不定更加激发斗志呢。"白无常说着怪话。

钟馗尚未应声，一股排山倒海的光和热，从东面席卷着沙尘扑面而来。几匹坐骑，扬起前蹄，"唏溜溜，唏溜溜"怪叫，不听使唤，调转马头就想着往回奔。只见诸位先锋官临危不乱，紧牵缰绳，稳住胯下坐骑，稳住身后军心。再看阵中男鬼女鬼，东倒西歪，前搀后扶，哪里顾及体统和风化？

待光和热稍稍消减，众将急于目睹九阳真身，抬头望向山顶，却根本无法睁眼。一轮光芒万丈的太阳占据前方山顶。毋庸置疑，必为九阳。

黑无常高举漆黑如墨的哭丧棒，大声疾呼："三界存亡，在此一战，形势急迫，传令女鬼就地屙尿。"

顿时，热浪中一片红光闪过，娇喘声声，齐刷刷黑压压蹲下一大片。但听得山坡上，山脚下，道路当中间，八千口哨齐奏，黄汤响屁肆虐，阴风磅礴，骚呛冲天。钟馗赶忙捂住黑鼻孔，唯恐吸入腥膻味道，即便如此，双目已辣出眼泪花花。

白无常舞动白森森的杀威棒，一声呼哨，向前挥去。伴随着弓弦"嘭，嘭，嘭，嘭"无数脆响，一万六千支红箭，密密麻麻如过江之鲫、遮天蝗虫，滴沥着尿汁黄汤，裹挟着阴风臊气，飞向山顶的九阳。

方才无法睁眼仰视的光和热，顷刻间在红箭的逼迫下，在阴风臊气的压制下，渐渐退缩收敛。

钟馗大吃一惊，如此看来，极阴的确克极阳，阴风臊气，使得九阳腰膝绵软，进而腿脚蹒跚起来。

再望山顶，已不如先前光耀刺眼，瞧得见魁伟的九阳身上布满块块凹凸不平的光斑，有大有小，闪闪发亮。斑块犬牙交错的接缝处，由内及外射出红灿灿的光芒。

千钧一发之际，趁着红箭使得九阳的光和热有所收敛，钟馗并未多想，仅凭一腔豪情，丝毫不计其余，从胯下坐骑一跃而起，空中"沧浪浪"拔剑在手。剑身出鞘遇光遇热立刻喷出浓烈的阴冷，霎时，白雾一般的剑气将钟馗护在当中。剑尖闪着荧光，直逼九阳。

在成千上万支红箭的簇拥下，钟馗瞄准九阳身上的光斑间闪亮的缝隙，一心只想见缝刺入，直捣九阳的五脏六腑，一剑制服九阳。

鸡冠山上，密集的红箭飞到九阳近前，还有荧光闪闪的剑尖将要刺入九阳的身体。来自剑尖的剑气，奇寒无比，使得九阳有劲儿使不出，有光有热发不出。就在九阳陷入绝境，眼看着要在鸡冠山上束手就擒，坐以待毙之时，黑老雕飞到九阳的头顶上方，张开两扇巨大的黑翅，上下翻飞，左右扑腾，将无数湿答答的红箭"扑簌簌"尽数吹落到山坡上。

钟馗顾不上黑老雕，想着一鼓作气先行拿下九阳，再去拾掇黑老雕这个孽障。稍一动念，哪承想，斜刺里又猛地杀出一条黑影，只见哮天犬横起扑将过来，张着血盆大口，露出尖尖白牙，就要来叼钟馗持剑的手腕。原来，阴风臊气虽使九阳瘫软恍惚，却对黑老雕和哮天犬无可奈何。

这边，钟馗的手腕眼见着便要中招，不得不放过九阳左肋下方的光斑缝隙，回撤过来，反转剑锋，当头大喝一声，劈向哮天犬的狗头。哮天犬见势不妙，鹞子翻身，凌空扭转，更为凶狠地直扑钟馗的脖颈。

这还了得？钟馗一招不成，将剑身横过一旁，护住脖颈的要害部位，回身顺势，再次全力劈出昆仑剑。

哮天犬不等剑气靠近，侧身再次扑向钟馗持剑的手腕。说时迟那时快，昆仑剑的剑尖呼啸着划出一道圆弧，剑尖直指哮天犬，剑气直逼恶狗头。哮天犬看看已经无处避让，旋即低下狗头，端端地被削去一只黑耳，疼得"嗷嗷"乱叫仓皇退去，躲在九阳身后。

阴风臊气转瞬间弱下去，红箭无以为继，阴兵鬼将们射出的稀松平常之箭，大不如前，眼见着大势已去。

再瞧九阳，光斑依然，缝隙犹在，射出的光和热愈加强烈，渐次夺目起来。

九阳浑身上下的块块光斑如同老朽树皮，陆陆续续地剥落下来，砸在鸡冠山的山顶上，继而滚落在鸡冠山的山坡上，最终冲向鸡冠山的山脚下。

九阳的光和热咄咄逼来。钟馗顾不及懊恼，只得将昆仑剑横握在胸前，让凛冽的剑气罩住全身，即便如此，大氅已丝丝缕缕，露出黑色肌肤。攻也无力攻，退也难以退，勉强仗着剑气硬撑，心里已翻江倒海。

等光斑剥落殆尽，九阳已不再绵软，不再晕眩，一个活脱脱崭新的九阳矗立在鸡冠山的山顶。黑老雕卖力地扇去稀薄零星的箭矢。躲在一边的哮天犬，忍着削耳剧痛，前爪刨地，"嗷嗷"怪叫，似在助战。

九阳抖擞肩膀和双臂，故技重施，发出凌厉的光和热。

那些箭矢在半空中便燃烧殆尽。

钟馗唏嘘感叹，若非昆仑剑，自个儿必将如箭矢一般消融在鸡冠山上。

九阳随手掰下一块硕大的山石，合拢两只火红的巨掌，用力地揉搓山石，然后半转身双掌自后向前齐发，抛洒出红通通亮闪闪的碎石雨。碎石雨裹挟着光和热，夹带着火星星和烟火气，卷扬起鸡冠山上的沙土尘埃，扑向山脚下的阴兵鬼将。

钟馗随即身子一虚，轻飘飘不由自主地被卷入火星烟尘中，与碎石雨一道翻滚跌落在山脚下。好在剑气护体，无甚大碍，无非衣衫褴褛，衣不遮体。钟馗爬起来打量四周，黑白无常两位将军早已逃得没了踪影，满地满山坡到处都是男鬼女鬼歪七扭八的尸首。

火红滚烫的碎石雨，从鸡冠山山顶喷洒下来，郊野皆被涂炭。哪里还有大本营？烟火缭绕，混沌一片。哪里还有鬼身魅影？只剩下千疮百孔的旌旗大纛，满地散乱的刀枪剑戟，斧钺钩叉，还有慌不择路丢弃的车舆驾乘。

烟火弥漫中，钟馗顾不得许多，也无暇打量，顺手扯过脚边一具尸身所穿的长袍，将长袍缠裹并系紧在腰间。钟馗小心翼翼地审视一番昆仑剑，只见剑身留下点滴狗血，于是赶紧插剑归鞘。此时不走更待何时？此战若非昆仑剑显灵发威，必将殒命鸡冠山上。指不定，阎王爷还以为我钟馗灰飞烟灭，一命呜呼了。

三番溃败与逃遁，五十步笑一百步，孰有颜面？前后与快慢而已，有甚分别？五个月来，钟馗行走三界内外，降妖除魔斩鬼除恶，每逢月圆之日，必奉旨遵谕赶往阎罗殿，向阎王爷呈报降妖除魔斩鬼除恶的功劳簿，不敢丝毫背拗阎王爷他老人家的初衷和意愿。

但此番兵败，若要傻乎乎地赶去阎罗殿，一定会挨阎王爷一顿冷嘲热讽，再当一回阎王爷气急败坏之下的出气筒。即便是陪同阎王爷一同谢罪灵霄宝殿，同样会挨骂挨剐遭白眼。万一天庭盛怒之下，收回神器，也只能眼睁睁瞧着昆仑剑与匣旁落他手。等待自个儿的，降临头顶上的，除了十八层地狱，还会有甚？无辜当一回替罪羊罢了。难道，本尊生来赴死，死而复生，到头来，只争朝夕，做一回天地之间，三界内外，响当当的替罪羊不成？

钟馗越想越来气，神器不消说，绝不可离身。自个儿又怎甘心去做替罪羊？

照眼下九阳烈焰熊熊，气数正盛，若想斩灭降伏九阳，几无可能。况且，九阳三破围剿之后，必将沿着龙脉向西挺进。三界岌岌可危，天庭鬼域惶惶不安，世间大唐岂有还手之力？玉帝阎王自顾无暇，自身难保，此刻，又怎有闲心顾及破落黑钟馗？自个儿行将何方？

不如就此远走高飞，留得神器，留得青山，不怕将来无柴烧。无论去往何方，尽己所能，降妖除魔斩鬼除恶，该除则除，该斩则斩，帮到三界苍生，护佑天地生灵，惠及三界之外心存善念的精灵和精怪。

第八章　书中自有颜如玉　西天更有昆仑玉

天庭连遭重创，天地为之震荡，危局之下，玉帝实无良策，顾不及护佑世间正在煎熬的普罗大众，也无力施恩于逃往巴蜀蛮荒的大唐王朝，万般无奈，先行自保。与其守在灵霄宝殿等待烈焰熏天的九阳，不如携同鬼域大举西迁，撤离灵霄宝殿和阎罗殿，赶赴天山瑶池玉虚宫，暂避锋锐，另图后举。

这下宫里宫外一片喧腾，好在王母娘娘早有风闻，提前调度贴身侍女分头张罗，金银珠翠，玛瑙珍玩，各色细软，收拾停当，只待玉帝下旨便可侍驾出行。

玉帝神情凝重，立于殿外，独自忖度，此刻一经离开，虽属权宜之计，但偏安天山深处玉虚宫，何时方得返回？禁不住唏嘘后羿最后之功亏一篑留下大患，喟叹天庭无济世安邦之良才可供一用。东海龙王，托塔天王，阎王爷相继染墨败归，何以解朕之燃眉之急？

忽然队列中闪过后羿媚妻嫦娥的身影，玉帝不免丹田微微一热，紧要时刻，赶紧摄回心神。得空想再寻一眼嫦娥身影，却见阎王爷一行踉踉跄跄前后脚赶到，一个个衣衫不整，搀扶着结伴而来。

如此这般亲候败兵之将，玉帝尚属首回，正想借此众目睽睽之下晾一晾这个心高气傲的阎王，也就没好气地瞥了阎王一眼，挥挥手，自登玉辇，率先进发。

大队车驾扈从，有旌旗无响锣，浩浩荡荡地直奔天山瑶池玉虚宫。

闲话休提，在极阴克极阳的第三场大战中，黑钟馗粉墨登场出手便是不凡。黑钟馗舍命不顾，贴身肉搏九阳，全凭一柄护身昆仑剑。虽说无功而返有些狼狈，但却从九阳眼皮底下全身而退，且将助恶为伥的哮天犬端端削去一只耳朵，算是惨败中的一小点亮色。

眼见得天地将倾，三界将覆，值此危难关头，天降大任于何人？东海龙王、托塔天王、阎王爷已成过往，不堪回首。太白金星、风仙沙仙、雷公电母，不是垂垂老矣，就是上不得台面。更有那众多养尊处优大腹便便之酒囊饭袋，位列仙班，摆设罢了。难道大任无所依，无可凭？三界内外眼巴巴地任九阳嚣张肆虐？看来这生于忧患死于安乐，当真不假。故天降大任，必先苦其心志，劳其筋骨，饿其体肤，空乏其身，遂引出这洋洋洒洒数十万言。

究竟何方神圣可担此任？难道便是区区一介丑钟馗黑钟馗？

话说这个钟馗的前世今生确实蹊跷。寒窗苦读为哪般，得而复失状元郎，气塞于胸撞柱亡，一朝鲜血溅朝堂。从此便有了个罪不可赦、鼎鼎大名的撞死鬼。天地人世间，撞死鬼可多了去了，偏偏这个黑钟馗独此一份，独就独在他的黑，黑得有分量；妙就妙在他的丑，丑到了极致；巧就巧在他腹有诗书气自华，这才招引得阎王爷青眼有加，一发而不可收。威名显赫的阎王爷感同身受，吃惊于黑钟馗丑钟馗与自己总有那么几处相像，几处类似，遂勒令殿前值守的嚼舌鬼即刻前去打探，并一再告诫嚼舌鬼，休得蜻蜓点水浮光掠影，务必扎扎实实将那些个黑钟馗的鸡零狗碎悉数带回。

原来，大唐高祖三年大唐都城长安城西二百里，周至县终南山下有个终南镇子，终南镇子上有户钟姓人家。这老钟头的婆姨钟连氏诞下一子，恰若黑麒麟转世投胎，青皮铁面，鬈发绕颈，眼若烛炬，啼如凤鸣，其时，一轮圆月盈天，七彩祥云缭绕，满室异香扑鼻。老钟头及邻里邻舍皆惊为天人。

月余，老钟头选好黄道吉日，特地请来十里八乡有名望的老相士为贵子择名。老相士双手平端着罗盘，踏勘宅前院后，屋里屋外，再观面相掌纹，测定四柱八字，推算五行和方位，掐指斟酌再三，取单名一个“馗”，字正南。临了，老相士收了卦金，千推万辞不肯就席喝下事先备妥的薄酒，老钟头不得已只好送别院门外。

老相士刚一转身离去不远，便发出一声轻叹。老钟头正伸长脖颈子目送，不听则矣，既然听到，这心里“咯噔”一下，赶前两步追上老相士，想要问个明白探个究竟。老相士拗不过老钟头的再三央求，吞吞吐吐蹦出几句话来：“汝子命硬，读书入仕，考取功名，必能出相拜将，不过，不过……”

“不过，不过如何？”老钟头心急上火。

“汝子命硬，恐伤筋骨。”老相士欲言又止。

"先生但请直说，绝无怪罪，只盼着无论好事歹事，事先都有个筹划，都有个提防。"

"汝子实在命硬，卦相来看，六亲缘薄，有道小坎，有道小门槛而已。"老相士不再多言。

"难道六亲相克？这如何使得？求求老先生，可有化解之法，指出一条道儿呀？"老钟头问得哆哆嗦嗦。

"五行通关，阴阳相济，小心为妙，处处留神，想来必会相安无虞。"老相士不再赘言，双手一揖，转身大踏步离去，剩下老钟头立于院门之前，眉头紧锁。

自此，老钟头心里就埋下了疙瘩，好在亲生骨肉，再黑再丑再六亲缘薄，日子还得照过，一来二去，倒也渐渐淡忘了。

眼见着三两日后，就到了小钟馗的十足周岁，一家子忙得不可开交。老钟头为了小钟馗的抓周礼特意赶了一趟集市，买来木弓与木剑、纸张笔砚和小算盘，一心想瞧瞧小钟馗的前程到底如何。

兴冲冲的老钟头挎着鼓囊囊的褡裢推开自家院门，前脚跨过门槛刚一落地，就觉得身子僵在了门槛上。门槛里外斜跨着的两条腿像灌了铅水般沉重，一前一后杵在门槛两侧动弹不得，豆大的汗珠瞬间从脑门子上冒了出来。老钟头赶紧用双手硬撑着把住门框，费尽全身力气将门槛外面的那条腿稍稍抬起。可下垂的足尖仍在门槛上来了一个挡挂，整个身子向前直挺挺摔了出去，结结实实地平摔在院子当中间。褡裢里用作抓周礼的各色物件撒播一地。

闻听院中异响，钟连氏怀抱着咿咿呀呀的小钟馗冲出屋外，随手将小钟馗搁在一旁，只想着快快搀起老钟头。细瞧已是印堂晦暗，双眼紧闭，气若游丝。好不容易勉强将他架起斜靠在肩上，连背带拽，扛进屋内，老钟头却又接连喷出三口血水，眼见得只有出的气，没了进的气，一会儿工夫便一命归天，呜呼哀哉了。钟连氏呼天抢地跑到院子里，大声招呼邻里邻舍，哪里还顾得上地上玩耍的小钟馗？

在睁眼闭眼间，喜事变成了丧事。钟连氏与乡里乡亲议定好后事，这才想起搁在院子地上的小钟馗。她睁着一对儿哭得红肿的泪眼，不看不打紧，这一看，哎哟哟，小钟馗早已弄成了抓周礼，左手纸笔，右手剑。若在往日，钟连氏还不得喜笑颜开，但此刻，哪里还有这闲心思，上前一把抱起小钟馗，一个劲儿地哭号："可怜的娃儿，可怜的娃儿。"邻里们一面劝慰，一面散去，只有怀里的小钟馗兀自左手纸笔，右手剑，挥舞得不亦乐乎。

好在老钟头遗下数亩薄田和一间不大不小的磨坊，钟连氏辛苦操持，才不至于忍饥挨冻。转眼黄口小儿长成总角孩童，钟连氏念念不忘小钟馗周岁抓周手握纸笔和宝剑的模样，咬咬牙将懵懂的小钟馗送进镇子上仅有的一家学堂去读书。

自打家里没了男人，家道眼见着渐渐中落，平日里熟络的亲戚生疏了，往常抬头不见低头见的邻里也远了。锦上添花的多，雪中送炭的少，正应了那句老话——贫居闹市无人问，富在深山有远亲。

没多久磨坊盘出去了，数亩薄田也不得不张家半亩，李家几分地盘出去了，不为其他，只为供养小钟馗学堂里读那圣贤书。钟连氏少不得也出门接些零碎活儿，给街坊邻居们织补浆洗贴补家用，只盼着有朝一日小钟馗有了出息考取功名，指望着自己扬眉吐气，不用再瞧邻里的眼色，受邻里的施舍。

一日，间壁老婶子拿来一件长衫请钟连氏帮着将牛角纽子扭上去。钟连氏瞧瞧长衫，再瞧瞧灶台上的铁锅，抹不开面子笑呵呵随口应承下来，说是顶多半日工夫就亲自给府上送去。老婶子眉开眼笑地去了，可钟连氏还不晓得是白白地帮忙呢，还是有点贴补进项？钟连氏也不言语，从身上夹祆里摸出顶针套在手指上，坐在灶台边的板凳上忙活起来。

还没扭上两个牛角纽子，忽听得院门外一阵闹腾，有哭有喊的，有追有打的，咋咋呼呼的。该是学堂放学的时分，小钟馗也该回来了，钟连氏赶忙放下手里的针线活儿，准备起身去灶膛生火，再去淘洗缸底仅剩的一点黄米。却听得"哐当"一声，院门被猛地撞开，傻愣愣的小钟馗，两腿斜跨在门槛上定定地站着，眼泪汪汪，双手将书袋子死命地护在胸前，黑脑袋竟比往日大出一圈。原本干净平整的布衫子上糊满泥浆，又从肩头扯开一道大口子，布片子耷拉腰间。

当小钟馗瞧见直起腰来的娘亲，"哇"地放声大哭起来，丢下书袋子一头扎进娘亲的怀里。钟连氏赶忙帮着擦拭小钟馗的泪花花，这不擦还好，当摸到小钟馗的黑脸蛋黑脑袋，这才发觉整个脑袋鼓起连串的大包，"天杀的，这是谁做下的孽呀！"钟连氏的眼泪滚落下来，打湿了小钟馗的黑脑袋，滴落在小钟馗的破布衫上。

"呜呜，呜呜，他们都骂孩儿九头鸟丑八怪，他们都骂孩儿没人养的九头鸟丑八怪，摁住孩儿的脑袋就往墙上撞，撞了这边，撞那边，呜呜，呜呜，孩儿一路逃回来，他们还朝孩儿身上丢泥巴吐口水，呜呜，孩儿打不过他们呀。"

"苦命的孩儿呀，谁让你没了爹，谁让你跟着孤苦伶仃的娘亲啊！"钟连氏紧紧搂着小钟馗。

"孩儿要快快长大，孩儿要快快长力气，孩儿要收拾他们，也摁住他们的脑袋往墙上撞，往柱子上撞，往门板上撞，也要朝他们丢泥巴吐口水。"小钟馗一把推开钟连氏，眼里冒着火，噘着小嘴巴发出狠誓。

"孩儿呀，谁要你长大长力气？谁要你朝他们丢泥巴吐口水？听娘亲一句话，盘了磨坊盘田产，只为你一心读上圣贤书。就是盘出去这爿院子和房舍，娘亲也要供你读书考功名，即便讨饭也要供你科举考状元。"

"不要娘亲去讨饭，孩儿不读书，不读书！"

"听娘亲说，咱老钟家的好儿郎，打小就跟别家的孩儿不一样。娘亲记得真真的，生你的时分，圆圆的大月亮照得院子亮堂堂的，屋里屋外到处都飘着香喷喷的仙气呢，一头长长的鬃发绕着脖颈子盖着脸呢，就跟别家的孩儿不一样。要不，要不，老相士如何为你起名选了个馗字，娘亲听得可清楚呢，说你比三头六臂的哪吒还厉害，还要多六个头，孩儿呀，你有九个头、九条命呢。"

"娘亲骗孩儿，孩儿只有一个头，只有一个黑不溜秋难看的头。呜呜，呜呜，可他们还追着骂孩儿天上九头鸟，地下黑钟馗，呜呜，呜呜。"小钟馗说出学堂里学伴们平日欺辱的话来。

"才不要去理会他们，天上九头鸟才厉害呢，地下黑钟馗就更厉害呢，娘亲骗谁都不会骗你的呀。你可是娘亲身上掉下来的心肝肉肉呀，学堂里的教书先生有学问，不信你去问问教书先生。"

"正是白胡子老先生说的天上九头鸟，了不得，他们才开始骂孩儿，追孩儿的呀。"小钟馗扑闪着眼泪花花的大眼睛。

"你听听，你听听，教书先生都说了不得。孩儿呀，你更得好好念书才是，在圣贤书上下功夫，将来考取个功名，考取个状元，那也是说不准的事儿呢。"

"娘亲，得了功名，得了状元就能让孩儿不再被撞头？不再被丢泥巴？不再被吐口水？"

"哎哟哟，娘亲的心头乖乖，等你考取了状元，有了功名，只需轻轻咳嗽一声，就会有人帮你出头解气呢。"钟连氏憧憬着威风凛凛喜气洋洋的钟馗，骑着高头大马，浑身披红挂绿，锦衣昼行，从长安城回到终南镇子祭祖省亲来接自个儿。

"娘亲，娘亲，还有呢？还有呢？"小钟馗眼巴巴地追问着。

"骑大马，做大官，娶公主，接娘亲，呵呵，呵呵。"钟连氏忍不住笑出了眼泪。

"还有呢？还有呢？"

"再有，再有，"钟连氏绞尽脑汁，"对了！孩儿呀你不是要长力气吗，娘亲听祖辈老人讲起过，在西边的西边，遥远的昆仑山上，有一种神奇的美玉，谁能得到这块美玉，谁就有使不完的力气。等你考上了状元郎，说不定就能得到那块昆仑山上的美玉呢，那也是说不准的事儿呢。"

小钟馗瞪大眼睛死死盯着娘亲，咬紧嘴唇，似乎已经魂灵出窍，神游天外，飞去那西天的昆仑山。黑脸蛋上留下两道亮闪闪的泪痕，一筒鼻涕落下又吸进，吸进又落下。过了许久，小钟馗冷不丁开口央求道："娘亲，孩儿饿了，孩儿要吃黄米干饭。"

第九章　丢状元激愤自戕　失颜面祸兮福兮

大唐太宗贞观十九年孟春时节，钟馗，年方二十有三，辞母进京赶考。前脚殿试高中一甲榜首，万众瞩目之下，来不及披红挂彩光耀门楣，却在朝堂之上，被太宗皇帝当场褫去状元名号，不为其他，只为相貌丑陋，有损大唐赫赫威仪。

因黑因丑，因鬈发因虬髯，因凸眼因阔鼻，硬生生丢了状元，失了功名，钟馗胸闷语塞，激愤难平。唯有血溅丹墀，肝脑涂地，以撞柱挽回颜面，以自戕博得虚名。

想来钟馗穷酸书生，年少气盛，自个儿倒是遂了愿，称了意，却将天理圣训置之度外，轻贱发肤身体，上，愧对天，下，愧对地，当中间，不忠不孝，愧对君父，愧对爹娘。此类鄙薄之人，无论麻绳系颈了断性命，还是撞向红漆大柱倒地毙命，甚或自沉于江河与湖海，十八层地狱总有一扇大门，总有一款刑具在候着他。至于哪一扇大门，至于哪一款刑具，唯有阎王爷心知肚明一清二楚。

钟馗撞柱而亡，冤魂绕着红漆大柱向上蹿去，在朝堂大殿的天花顶上，在层层叠叠的梁柱椽檩之间乱冲乱撞。可任凭飞过来飞过去，却无论如何也寻不见一丝缝隙和豁口，不得已只好蜷缩在红漆大柱端头的横梁上歇一口气。

钟馗闭起眼来，捂住耳朵，但还是忍不住低头望下去。大殿里面那些个文武百官和学子，或瞪眼张嘴受惊吓，或闭目摇头喘粗气，或窃窃私语暗自喜。只见几个侍卫冲过去，手忙脚乱地将自个儿的黑皮囊拖出去，又见一帮子太监们忙上忙下将白的脑浆红的血刷洗清扫。再瞧那个喜气洋洋的探花郎借机上位新晋了榜眼，还有那个遇见天上掉馅饼的榜眼一举独占了鳌头状元郎。文武百官们山呼万岁。跪拜于地的学子们、同年们齐声祝祷万寿无疆。

失去肉身丢了躯壳的钟馗，没了心肝没了脾肺，一不做二不休，从横梁上一跃而起，奋不顾身地撞向大殿的顶篷。若是碎瓦朽木跌落朝堂，当场砸死砸伤几个奸佞，也算得泄去一口心头恶气。然而，实出意料，自个儿竟悄无声息地穿顶而过，盘旋于朝堂大殿之外。

刺眼的大日头，顷刻间照耀得钟馗头晕目眩。他晃晃悠悠，赶紧躲进檐角下的阴凉处，等待天黑，等待着长安城里更夫巡夜的梆子声，趁着阴曹地府还未索拿牵引，夜深人静时回一趟终南镇子，去探望那翘首以盼年迈体弱的娘亲。

折腾了大半日，藏身檐角暗处的钟馗不晓得晕过去了，还是睡过去了，直到耳畔响起清脆的梆子声，才猛地一个激灵幡然醒悟，已到戌时一更天。睡梦中不知不觉两行浊泪涕泗而下，明明双眼在流泪，更似心头在泣血，死就死了，活还活着，死生到底有何分别？

钟馗从檐角下飘出来，站在檐角狻猊的后面，像狻猊那样高高站立在朝堂大殿的黄顶金瓦之上。岂是常人所为？还未想通，便觉得一阵凉飕飕的阴风从背后吹来，腰杆子差一点就被吹残吹断，赶忙转身，恰好迎面吹来一股更加劲道的打头风。钟馗一个趔趄牢牢攀住狻猊的脖颈子。

这股打头风从当中间分岔为两个小旋风，越转越欢，越转越浓稠，卷得屋顶瓦片有序开合"扑棱棱"乱响一气儿。旋风缩到一人高的时候，骨碌碌化身为两个古灵精怪的伶俐鬼。两个伶俐鬼不高也不矮，不肥也不瘦，四肢如柴棍，脖颈子如苇秆撑住尖尖的大脑袋，朝钟馗狡黠一笑，也不搭话，张手丢出个黑锁链，"沧浪浪"将钟馗的脖颈子紧紧套牢。

钟馗觉察这架势不对劲儿，双手死命扒住檐角上的狻猊不放松，嘴巴里反复念叨着："回一趟终南镇子，回一趟终南镇子，要去见娘亲，要去见娘亲。"

"少啰唆，省省心吧，先跟我兄弟俩走一遭。"两个伶俐鬼稍稍拽一下黑锁链，钟馗只觉得双手旋即失去了力道，一松劲儿，身不由己，轻飘飘地就被牵着跟在了后面。耳畔风声"呼呼"作响，一会儿又湿又凉睁眼一片白茫茫，敢情钻进了云雾间；一会儿阵阵寒风刀子般割脸，那是潜行夜空高处不胜寒。不晓得飞了多远，飘了多久，但见一处阴森森的城池横亘在眼前，城门楼子上挂有一块青玉牌匾，上雕三个苍劲大字"幽冥界"。

两个伶俐鬼此时开启尊口："你个撞死鬼，我两个伶俐鬼领批，牵你来见阎王爷。这一路上的辛苦劳顿暂不跟你计较，到时候不管你小子上了天还是入了地，可别不识抬举，忘了我兄弟俩这一路上的照应。"话音未落，高悬在上的城门吊桥"嘎吱吱"放了下来，有两队黑衣侍卫排列在城门两侧。"走吧，别傻站着了，在阎王爷跟前可别胡说八道。对了，还要对我兄弟俩多多美言才是，听清楚了吗？"

"听清楚了。"钟馗对着两个伶俐鬼躬身作揖，"有劳一路关照。"

"算了，算了，也该给你黑小子卸去黑锁链了，否则，拜见阎王爷时，又要责罚我两个不识好歹，不知体统呢。"两个伶俐鬼上前解开套在钟馗脖颈子上的黑锁链。

钟馗伸伸脖颈子，尾随着两个伶俐鬼，穿过城门洞子，沿着森森街衢，走上一座青石长桥，路过一处宽敞高台，下了高台再往前走，径直来到一座气宇轩昂的殿堂。殿堂四门洞开，深不可测，烛光和灯影，闪闪烁烁。门楣上方一块泰山压顶向前倾轧的竖匾，金边镶嵌，莹莹蓝光，中间凸显三个亮闪闪的大字"阎罗殿"。

钟馗张目细瞧这阎罗殿，却与娘亲口中吓唬自个儿的阎罗大殿大有不同，眼前的阎罗殿，另有一番气象：

飞檐翘角，云遮雾绕

红墙青瓦，铜钉铁锁

威严灵兽，森然阴风

钟鼓齐奏，九霄激荡

进了阎罗大殿，钟馗不敢东张西望，老老实实地按照伶俐鬼的交代，跪伏于大殿中央。正想伸直腰板抬起黑头，忽听得一声尖利刺耳的嘶叫："来啦，该来啦，来的都是本王的囊中物，本王的杯中酒，哈哈，砧板上任由本王剁的肉，哈哈，哈哈。"

阎王爷飘然驾到，身披一袭黑色拖地大斗篷，黑黢黢的面颊上突兀探出一只鹰钩大鼻子，两只三角眼闪着幽幽荧光，无丝毫眼白，简直就是一对深不可测的黑洞。从这一对黑洞中射出的两道冷光将钟馗死死罩住，瞬间让钟馗的戾气烟消云散。钟馗竖起耳朵，闭上眼睛，低下黑头，瑟瑟发抖。

"你小子可知罪？"

钟馗匍匐着一声不吭。

"就说你小子呢，可知罪？"

钟馗心慌慌不明所以，悄悄抬起黑头，两侧瞧一瞧，空荡荡并无他鬼，再斗胆向上瞧去，公堂案几之上，明晃晃翘起两只靴底，再稍稍伸长脖颈子向案几后望去，阎王爷正斜靠着窝在高背王座之中。钟馗仰视的目光恰好对接阎王爷扫视过来的深邃眼神，他不禁打了一连串的寒噤，赶紧避开，伏下黑头。

"你个撞死鬼，还学会了装聋作哑。"

"阎王爷大人，钟馗冤枉啊，钟馗冤枉啊。"钟馗只想着哭诉冤情，一吐为快。

"冤枉？呸你个撞死鬼，身体发肤，受之父母不敢损伤。高堂在上，自殒性命，孝之不存，世所不容，罪不可赦，一也；你个饱学之士，经史子集诵读不歇，礼乐大忌常记胸中，皇帝亲临，百官朝会，悖义忘礼，撞柱而亡，罪不可赦，二也；年迈老母闻此噩耗一命呜呼，如此以母陪死殉葬，更是天理难容，罪不可赦，三也。唉，真乃百无一用是书生！"阎王爷说着从王座上收回双腿，直起腰板。

钟馗惊闻娘亲陪死殉葬，未及哭出声来，早已瘫软晕厥过去。

阎王爷唤伶俐鬼提来一桶奈何桥下的冰水，从钟馗的天灵盖当头浇下，钟馗才悠悠地吐出这一口噎住的悲愤之气："可怜的娘亲啊！可怜的娘亲啊！"

"罪孽深重，实不可恕。"阎王爷掷地有声。

"钟馗自知罪孽深重，自知罪不可恕，但实在情非所愿，情不得已呀。"钟馗捶打着胸口。

"好一个情非所愿，好一个情不得已，你倒是说来听听。"阎王爷自有一本明细账。

钟馗强作镇定："尊敬的阎王爷大人，三桩罪孽已令钟馗羞惭难当。然，实不相瞒，钟馗并非因失却状元，功名不举，一时糊涂，忘却圣言撞柱自戕，实在是为博取天下读书人一点可怜的颜面，为世间相貌丑陋之读书人博取一点可悲的颜面，才愤而舍命于不顾，只求朝堂之上振聋发聩。哪敢奢望清名留史，哪敢奢望嫁祸于昏君佞臣，更不敢丝毫殃及含辛茹苦翘首以盼的娘亲啊，可怜的娘亲，呜呜，呜呜。"钟馗号啕大哭。

阎王爷听完也是不胜唏嘘："颜面，颜面！几斤几两，几丈几尺？芸芸众生，草木春秋，譬如尘埃，譬如朝露，哪里有什么颜面？纷纷扰扰，蝇营狗苟，哪里顾及颜面？更别提那些个魑魅魍魉，朝朝油烹车裂，日日斧劈轮碾。唯有天庭高高在上的众神与众仙，食异果饮琼浆，观霓裳品仙乐那才算得颜面。休要奢谈凡夫俗子的颜面！呵呵，为钱财甘当奴婢，为权势甘当小人，为生不带来死不带去的虚妄之念前赴后继，飞蛾扑火。看也看不完，望也望不尽，到头来只当一场笑话，只瞧一回热闹，一茬又一茬，生生不息，死不改悔。总在同一条河里溺毙，总在同一个坑里摔死，总在同一道坎上跌倒，总在同一把烈火中烧煳烧焦，粉身碎骨。不过，如你小子这般刚烈耿直，的确前无甚古人，后无甚来者，确也难得，确属不易。"

钟馗心有不甘："尊敬的阎王爷大人所言极是，所言极是。混沌世间，千百年来，也总有凤毛麟角，上承天意，下顺民心，置生死于度外，晓命数为天定，苦万众不能苦之苦，忍万众不能忍之忍，洞悉生死，生即是死，死亦是生，颜面因死而生发，颜面因生而张扬。"

"有点见识。不过，几斤几两的颜面可当饭吃，能吃个肚饱？几丈几尺的颜面可量体裁衣，能御个风寒？呵呵，呵呵，无价的颜面，呵呵，一文不值的颜面。"阎王爷的语气平和下来。

钟馗灵光一现："阎王爷大人啊，慈悲的阎王爷大人，钟馗一心只读圣贤书，书中自有大乾坤。可恨皇帝老儿以貌取人，奸臣贼子趋炎附势，当众羞辱，嫌弃相貌。说什么不配状元，有损威仪。难道丑陋之人报国尽忠竟无门？难道丑陋之人枉读一世圣贤书？钟馗别无所求，唯有死谏一条道儿。"

"啰里啰唆说完了吧？能耐有点儿，勇气有点儿，刚烈也有点儿。"阎王爷仔仔细细地打量起这个跪伏面前的撞死鬼，"世上丑人不计其数，但为颜面壮烈舍命的丑人，确也值得称道。本王好奇，你这个自诩苦万众不能苦之苦，忍万众不能忍之忍的丑陋钟馗，可否忍得了十八层地狱之万般无奈之苦？"

钟馗不敢接话茬，一个劲儿地叩头，叩得青玉石板"咚咚"直响。

"钟馗，摆在你面前两条道儿，一条康庄大道，通往你孜孜以求的无上颜面。另一条么，哼哼，三大不赦之罪，打发去那十八层地狱，朝朝暮暮享受你的能忍之忍，能苦之苦。钟馗，你一介书生，何去何从，自便。"

钟馗听出了门道，听出了玄机，不禁喜极而泣："钟馗一介穷酸儒生，知遇之恩自当涌泉相报。阎王爷大人敬请放心，钟馗鞍前马后，但听吩咐，指东不往西，指西绝不往东，虽赴汤蹈火，亦万死不辞。"

阎王爷扫视着钟馗："哈哈！不过，实话实说，本王惜才，有心栽培于你，将你举荐。且记牢了，今日变通之原委，机缘巧合之难得，哼哼，哼哼。"一边说，一边意味深长地点拨钟馗。

钟馗深深地叩拜下去，似乎唯有将额头猛烈叩击在青玉石板上，发出清脆的"咚咚"之声，方能表白此时此刻发自肺腑的感恩戴德之情。

第十章　浅酌小赌可怡情　酩酊大赌必伤身

阎王爷见过钟馗之后，喜忧参半，喜的是这个撞死鬼性情刚烈，绝不肯忍辱苟活于世，似一头有血性的倔驴，恰与自个儿的脾性契合；忧的是他乃一介书生，浑身上下透着酸腐之气，将颜面看得比身家性命还要重，缺少一种好死不如赖活的处世变通，也无杀伐决断的那股子嚣张气焰，更别提一份处变不惊心如止水的修为。这可都是些致命的缺陷。当然了，有缺陷，有毛病的鬼才好拾掇，才好掌控，调教起来也会更加地得心应手，相反，那些个无可挑剔的清流鬼们，往往一无所求，随遇而安，总会有一种牵不住缰绳，无所适从的抓狂难受劲儿。还需按着常理，按部就班，慢慢调教。

天上人间，悲喜两重天。

钟馗撞柱后的三月初三，阎王爷承蒙王母娘娘的邀请，兴冲冲赶往瑶池赴那蟠桃盛会。

一年一度的蟠桃盛会，各路神仙齐聚瑶池。但瞧那半山腰上玉虚宫，云遮雾绕，薰香氤氲，吉瑞蒸腾，再瞧那宫中大殿，丝竹淙淙，舞影婆娑，一派欢声笑语。王母娘娘身穿金丝银线织就的朝阳百蝶凤袍，头戴镶嵌珍珠翠玉的八宝凤冠，纤纤玉手捧起斟满琼浆的夜光杯，在侍女们的簇拥陪衬下屈尊到各路神仙案几前敬酒致意。玉皇大帝则正襟危坐龙椅之上，安享文武百官依例依序的叩拜和敬祝。

无须评说那吃一口即可与日月同寿的蟠桃，且看那一道道珍馐佳肴，八方异果，真个是目不暇接，嘴无闲空。酒过三五巡，菜过八九味，胡吃海塞饕餮之后，众仙们一个个脑满肠肥，眼前飘雾，成串的响嗝此起彼伏。有的神仙站起身来舒筋活络，拍拍圆滚滚的大肚皮，有的挺在案几上胳膊撑脑袋闭目养神，也有个别不胜酒力的干脆伏案呼呼睡去。

如此一圈敬下来，王母娘娘已是粉面桃花，娇喘吁吁，在侍女的搀扶下，刚一落座，便借着盎然醉意，仰望着玉帝，美目顾盼，红唇微启："陛下，这会儿得着少许闲暇，可否赐臣妾一杯交杯酒儿？"

仙乐声中，酒意半酣的玉皇大帝正醉眼迷离于那些个衣袂飘飘、舞影曼妙的仙女们，冷不丁被王母打断，宽皮大脸上倏忽间闪过一丝露怯羞惭，好在有帝冠冕旒，更有微醺潮红，赶紧开口拿话儿岔开："难得贤妻有如此意趣。不过，这一两杯交杯酒如何尽得了兴呀？"一面说着，一手高举夜光杯，长袖如帘遮掩住众仙目光，一手躲在御案下径自掐向王母酥腰。眼见着就要捏到那肥嘟嘟的酥肉，猛然间只听得大殿里传来一记清脆的掌掴，随即一阵"稀里哗啦"，吵闹声不绝于耳。丝竹仙乐戛然而止，仙女们尖叫着逃去偏殿。

大殿中央，一张红黑描金大漆案几被掀翻在地，酒壶酒盅，碗碟筷箸，冷热荤素，汤羹鲜果，扬播一地。只见阎王爷延展双臂，隔在两位剑拔弩张的大神中间，左劝右劝，忙得不亦乐乎。

玉帝不动声色趁机缩回手来，将夜光杯在御案上轻轻一顿，轻咳一声，捻起美髯，不怒而威，扫视着大殿文武百官。

原来，天庭最为当红得宠的风仙和沙仙两口子，为了芝麻粒大小的事儿借酒撒疯呢。事出有因，这个风仙老不正经是风月场上的老手，方才，一双色眼直勾勾地盯着那些个忽远忽近、翩翩起舞的仙女们。那薄如蝉翼的霓裳，沁人心脾的香风，还有那丰乳肥臀鹅颈蜂腰，馋得他直流哈喇子，害得沙仙少不得使劲儿拧他的耳朵，在案几下踹过去几腿飞脚，却哪里拴得住风仙酒后的心猿意马？沙仙好不容易盼着舞乐暂歇，这才得空，赶紧央求邻座闷头自饮的阎王爷过来帮帮忙。

阎王爷向来自视甚高，平日里除了舞文弄墨，手不释卷，偶尔也会下个注，打个赌，每每自嘲"不赌不足以平愤，不赌不足以畅怀"，实则聊以自慰，算不得好赌不辍。况且，阎王爷不赌钱财不赌命，不赌田产与房舍，赌的是文章和前程，赌的是名望和颜面，决然与风流成性的风仙有着云泥之别。

听闻沙仙怨声连连，阎王爷毫不推辞，捧杯盘腿坐在风沙二仙当中间，摇头晃脑，口吐莲花：

半山腰上有个鬼，披头散发咧着嘴。

明里不见人头落，暗中叫君骨髓枯。

阎王爷突然停顿，眨了眨三角眼，娓娓道来："再说了，但凡这世间女子，罢了罢了，全都算上，这三界之内全算上，一个不剩，一个不少，一网打尽，囊括其中，俊的丑的，高的矮的，胖的瘦的，老的少的，黑的白的，香的臭的，成了仙的，做了鬼的，还有在人世间人五人六招摇晃荡的，还需算上三界之外，千年万年修炼成这个精那个妖的。这天地之广大，这三界内外之广袤，无边无垠，黑夜隔白昼，心肝隔肚皮，要说一个个女子有何分别？又能有何不同？说来说去，评来评去，不就是这些个大老爷们，一个个吃饱了撑的想入非非，吃着碗里盯着锅里，媳妇子总是别家的好，儿子却都是自个儿的亲。一天到晚琢磨着春风几度，日出日落惦记着莺歌燕舞，睁开眼便是贴胸交股，闭上眼却又是颠鸾倒凤，简直就是个一言难尽。本王难得掏一回心窝子话，说给你风仙沙仙两口子听，到底有何分别？实话实说，真就是一副臭皮囊，绝对不会有两样。"说着凑近风仙耳根子咬了几句悄悄话，两位心领神会低声荡笑着。

阎王爷说出一番道地见解，听得风仙俯首帖耳，心悦诚服，急得沙仙面红耳赤，云里雾里不明就里："阎王大哥，接着说呀，大声说呀。"

阎王爷屏气正色道："再说说这些个吃了不吐骨头渣子的雌大虫，搔首弄姿倚门框，东家长来西家短，恨不能吃尽天地间美味佳肴，恨不能穿遍天地间绫罗绸缎，戴尽天地间金银珠翠，末了，更不能亏了这副吃血肉喝精髓的玲珑身子骨。本王过堂会审的大小雌儿不计其数，见得多自然识得广，别看一个个叫得欢，都要过过这鬼门关。此番单给两位表一表这些个丑女们，往日圣贤说得好，自古丑女多作怪，哈哈，多作怪呀多作怪，此话当真不假，心狠与毒辣，嫉妒与刁钻个个齐全，样样拿手。再表一表这些个丑女们经手的恶，做过的孽，更是罄竹难书。本王每次会审丑女，自当特别照应，常常令其自投骰子，自决地狱层级，自选心仪刑具，哈哈，铡刀油锅，石磨车裂，本王倒也省心省力，必让她们吱哇乱叫，原形毕露，尤其是那些个曾经为难女人之丑女们，哼哼，哼哼。不过呢，若要提及天地间丑男之所作所为，却是大相径庭，有着霄壤之别，似本王这般，虽命运多舛，丑有丑的说道，陋有陋的讲究，但老天总会不拘一格，或迟或早必降大任于丑男也。"

沙仙一边聆听，一边摩挲着自个儿坑坑洼洼的麻子脸，还不忘与风仙异口同声地打探："此话当真？"

"本王何时何地打过诳语？不信的话，你两个抚今追昔，三界内外，可有面首幸臣，可有俊男窬宦得以善始善终？"

"这倒也是。"风仙沙仙不住地点头。风仙禁不住自豪地抚摸起自己那张精瘦的瓦刀面皮。

"你两口子再瞧瞧当下这满朝文武，可有俊朗后生小白脸？至于嫽嫽潘安之流，宋玉卫玠之辈，过眼云烟，实不足惜。倒让本王念起几日前，大唐新晋状元郎，因丑陋被太宗皇帝褫去状元名号。这个唤作钟馗的丑男状元郎，义愤填膺，朝堂之上，撞柱而亡。如此耿直，如此激愤的丑状元，丑钟馗，竟不顾忠孝自贱身家性命，本王定要高抬贵手不可，替他申冤做主，委他以重任。"

"丑状元撞柱而亡，的确闻所未闻，蹊跷罕有呀，阎王爷如此确信不疑？丑男真可担当大任？"风仙问得心潮澎湃。

"读万卷书，不如行万里路；行万里路，不如阅人无数；这阅人无数嘛，不如高人指路呀。扯远了，扯远了，该当言归正传才是。两位大仙，且听本王一句劝。这老话说回来，生姜还是老的辣，鸡仔也是嫩的香，夫妻更得是原配。铁打的营盘，流水的兵，蟋蟀还需凑原对。野花野食哪有个完？哪有个尽？哪有个头？代有才人，后浪前浪，青出于蓝，反反复复镜前一场梦，来来回回竹篓一场空，还是歇歇省省，留住青山还怕没得柴禾烧？今儿个蟠桃盛会，老夫老妻的，总该宽宽心才是，免得百官瞧热闹，免得玉帝王母费周章。"

阎王爷说完这一通劝慰的话，端起酒盅就要敬这两口子，顺带着努努嘴冲着高高在上的御案，示意风仙沙仙别再自寻烦恼找罪受，自讨没趣瞎折腾。

沙仙端起酒盅一个劲儿纳闷："现身说法的阎王爷到底是在规劝糟老头子呢，还是话中带话在奉劝我沙仙呢？"正当此时，就听得偏殿里传来一阵清扬的鼓点，丝竹齐奏，仙女们一手高擎上扬，露出葱根般的玉腕和纤纤兰花指，一手侧后低垂，带起风情万种的拖地水袖，鱼贯而入，舞之蹈之。

阎王爷轻轻放下手里的酒盅，与风仙一道微微半张着嘴巴，仰起脖子，目不转睛地盯着一个个艳若桃花的仙女们。

沙仙碍于当中间的阎王爷，侧过脸来紧盯着风仙的一举一动。乖乖，这还了得？就在沙仙的眼皮底下，风仙竟然和飘忽近前的仙女挤眉弄眼，再瞧那个臊气十足的骚货，时不时还对着风仙闪个眉毛，抛个媚眼。眼见得风仙那龌龊的口水沿着嘴角曳出一根亮晶晶的长丝，沙仙一腔怒火直窜天灵盖，顾不得阎王爷，更顾不得其他，隔空跃起就是一记结结实实的掌掴。风仙干瘪的瓦刀面皮上瞬间鼓出一个猩红的手掌印记，还粘连着少许黄澄澄的细沙颗粒。

大庭广众之下，风仙哪里受得了这个辱？也是当仁不让，一不做二不休，飞起一脚踹向沙仙。阎王爷只好高抬贵手隔开飞踹，这风仙脚尖上的力道尽数卸在面前的案几之上。

风仙和沙仙没完没了，你一掌他一腿，吵着嚷着还要继续干仗。阎王爷拦在夫妻俩之间，两手使力双肩略微一沉，低声劝道："御案之上，玉帝王母已勃然动怒，还不赶紧上前赔罪，如此盛会岂容你夫妻二人这般嚣张乱搅和？"阎王爷一边一个，拽到御案前，一字排开，齐刷刷"扑通"跪下。

沙仙仍然不依不饶，嘴巴里嘟嘟嚷嚷，不干不净。

"醉臣酒后失态，前来领罪，望陛下，王母娘娘降罪于臣。"阎王爷同风仙低头认罪，只有沙仙喋喋不休。

玉帝王母相视一笑："踢，踢飞案几的气势和力道的确不同凡响呀。"

"醉臣，不，该是罪臣，目无天庭，胆大妄为，请陛下王母娘娘降罪。"风仙酒已醒了大半。

"臣也逃不开干系，请陛下王母娘娘降罪。"阎王爷紧随风仙。只有沙仙鼓胀着紫红的麻子脸，一副余怒未消的样子。

"瞧瞧，欺，欺负沙仙了不是，如此闺阁私帏之琐事，朕，如何了断？哪里有闲工夫替你等了断？不过，众目睽睽之下，朝堂百官面前，如此妄为，实属可恶，实属可恨！活罪不可免，你两个这就给沙仙，给百官们赔罪。就在这儿，玉虚宫大殿当着众位百官的面，自，自宫三杯，以谢天庭，以儆效尤。"

"陛下，不可自宫，更不可自宫三杯，该自罚三杯才是呀。"王母掩起小嘴儿忍住笑。阎王爷和风仙听到"自宫"二字，已是冷汗连连，酒已全醒。就连沙仙也诚惶诚恐，后悔不迭："那，那糟老头子这下子，还不得恨死我沙仙，卷巴卷巴将我沙仙一口吞了？"

"对，对，提醒得妙，朕酒后失言，那就，那就自罚三杯吧，千万别自宫了，贤妻你说是也不是？"玉帝舌头早已打卷。

王母听闻此言，连忙招呼御案前的三位："还不赶紧的叩谢隆恩。"

阎王爷和风仙两口子不失时机地跪伏在地，山呼万岁，齐颂万寿无疆。

玉帝轻描淡写地摆摆手："难道还需朕来亲自斟酒不成？"

侍女托盘上前，两壶琼浆，一对酒盅。阎王爷和风仙不再谦让，各取所需，一手执壶，一手举盅，自斟自罚，第一盅敬祝玉帝王母，第二盅为百官压惊，第三盅毕恭毕敬地为沙仙解恨消气。

玉帝金口一开，不经意间差一点要了风仙和阎王爷的命根子。沙仙何等伶俐，抢过风仙手上的酒壶酒盅，颤颤巍巍地斟满酒盅，滴滴洒洒如泪眼婆娑，侧身衽敛："贱妾承蒙陛下、王母娘娘主持公道，为奴家撑腰，理应赔罪自罚一盅。"

"免了，免了，姐妹一场，互敬才是呀，谁不是尝尽了他们的苦，受够了他们的累呀。"王母情意绵绵地瞟了玉帝一眼，端起夜光杯一饮而尽，"说说你的冤屈，就让陛下替你做主，看他们下次还敢不敢造次欺负于你。"

有玉帝王母撑腰，沙仙信口鼓捣起这一番前因与后果，如同柴狗叼着羊肠子走盘山路一般，事无巨细，翻来倒去。沙仙讲得眉飞色舞，王母听得津津有味，阎王爷和风仙傻愣愣地面面相觑，无可奈何。高坐龙椅之上的玉帝强打十二分精神，硬着头皮听沙仙一个劲儿地明里煽风点火，暗中添油加醋。

不晓得何故，玉帝眼眸一亮，突然就来了兴致，顺手端起夜光杯："方才提及阎王爱卿所论之丑女多作怪，丑男降大任，颇有意味，还需如实禀来。朕先敬你一杯。"

此刻的阎王爷如坐针毡，如芒在背，不晓得如何应对，只得轻描淡写地向玉帝王母转述他的高论。言及丑女论断，玉帝王母不住地点头，但言及丑男论断时，玉帝时不时紧蹙眉头。王母倒是面不改色，一脸平和。

御案前的阎王爷浑身猫抓一般，心肝乱颤，唯恐话语不当，言辞有失，招来无妄之灾。

玉帝不屑道："德才貌三者俱佳，朕以为可遇不可求也，可期不可得也，实属凤毛麟角。而无德者，即使才貌俱全，举世无双，朕必视若敝屣，弃之不用。以德为首，以德为先，才与貌方可用也。有德者，才为先，貌次之，可堪大用重用。有德者，仅有貌而无才者，可用，仅可小用也，却难堪大用重用。至于因丑陋而被褫去状元名号，撞柱自戕类钟馗者，真如阎王爱卿所言，老天将降大任于此类丑男乎？区区一介状元郎，本该尽忠尽孝，却犯下不忠不孝之悖逆之事。区区一个撞死鬼，本该光宗耀祖，福泽后世，却犯贱作怪自个儿了断。何堪其用？何堪大任？"

阎王爷黑脸上闪过一丝无奈，自斟一盅，仰脖灌入，浓密的眉毛向上一扬，恰好被玉帝瞧见。"阎王爱卿独自喝起闷酒来了，看来不吐不快有话要讲？那就说说看，朕今儿个喝得痛快，喝得高兴，言者无罪。"

"陛下英明神武，宽宏大量，微臣斗胆再多啰唆两句，还望陛下恕罪。"

"朕说了，言者无罪，难道信不过朕？"

"微臣哪敢生出如此肥胆呀？既然陛下金口免罪，微臣只是将心比心，郁结于心真憋着几句话，不吐不快呢。陛下，您瞧瞧这三界内外，相貌丑陋者大多命数崎岖坎坷，时常遭逢白眼鄙夷，见惯不怪常情也。不过，请陛下三思，丑陋者被掀翻在地，堕入谷底，再踏上一万只脚，算得是尝遍苦水，历尽艰辛，往往知耻而后勇，知丑而竭力，总比那顺风顺水齿白唇红之辈，总比那从不知苦为何物的低眉顺眼溜须拍马之徒，更堪大用，更堪重用。陛下，您瞧，似微臣这般又黑又丑，丑陋到极致的穷酸寒儒，不正是被陛下您慧眼高看并拔擢？微臣至今不敢丝毫懈怠，更不敢辜负陛下您的知遇之恩。"阎王爷话中有话，一吐为快。

玉帝敷衍道："阎王爱卿过谦了，朕看重的实乃经武谋略，否则，徒有奇丑面孔，纵使尝尽了万般苦难，又如何似阎王爱卿这般执掌阎罗大殿？"

"陛下再造之恩比天高，比海深，微臣没齿难忘。那个唤作钟馗的状元郎，恰如当年郁郁不得志的微臣，与微臣有得一比呢。"

玉帝打断阎王爷的絮絮叨叨，不以为然道："钟馗上愧天，下愧地，中间愧对君父，愧对生父养母，何足道哉？何处可比爱卿？"

阎王爷一反常态话赶话，口无遮拦放言道："钟馗刚烈耿直，可用之才，定会有一番大作为。"

"好一个大作为？就凭肚囊里的那点墨水？就凭相由心生的丑陋颜面，吓跑几个胆小的妖孽？尚可，吓唬一下啼闹的孩童？尚可。"

阎王爷一副理屈词穷，欲言又止的样子。

玉帝接着道："阎王爱卿虽说不甚俊秀疏朗，却德才兼备，满腹华章，更具铁面无私之定力，心如磐石之初心。相比之下，那个状元郎撞死鬼，哪里及得阎王爱卿之万一？"

阎王灵机一动，顺着玉帝的话茬："陛下高屋建瓴，见微知著，知臣善用，将微臣的短处用到极致，将微臣的长处发扬光大。微臣也想试一试效仿陛下的英明决断，因陋就丑，委以钟馗重任，命其降妖除魔斩鬼除恶，陛下您意下如何？"

"阎王爱卿就省省心，打消这个念头吧。"玉帝心平气和。

阎王低头思忖片刻，旧习难改，突发奇想，竟豪言托出一把如意算盘："玉帝陛下，微臣今儿个斗胆以身家性命对赌一把，不赌其他，只拿钟馗做赌注，不知是否有僭越之嫌？不知是否有违君臣礼数？"

玉帝醉意阑珊，面红耳赤，听说要对赌，顿时撩发勃勃兴致："阎王爱卿快快说来，如何对赌？"

阎王面露窃喜，连忙拜奏："若日后，那个撞死鬼钟馗当真成就一番降妖除魔斩鬼除恶的大业，只当微臣赢了赌局。若是钟馗实难成器，被陛下一语中的，烂泥巴扶不上高墙，软面条摊下去一堆，就算微臣输了赌局。"阎王借着酒胆，"若微臣赢了，微臣还想着坐一坐陛下您的宝座呢，不知陛下可否恩准？"

玉帝硬着舌头不假思索道："给鼻子上脸，蹬脖子上头，不过，朕愿赌服输。若阎王爱卿赢了，不仅可遍尝山珍海味，还可尽饮琼浆玉液，赏够仙乐歌舞，这尻下龙椅但坐无妨。但，但绝不可触碰朕的玉玺，绝不可擅闯后宫。"不待阎王爷回禀，玉帝没好气地反问道："劳烦半日，做臣子的尽想着如何赢朕，怎么就不照照镜子，若朕赢了赌局，又该当如何？"

阎王爷眉头一皱："愿赌服输，微臣输了赌局，但凭陛下任意发落，微臣绝无二话。"

　　"好，若阎王爱卿输了，风仙沙仙，你两个给朕听好了做个见证！当然，当然还有贤妻，"玉帝伸手轻抚王母香肩，"须在月圆之夜，你，阎王爱卿，撩开自己的长袍，冲着月亮，撅起光腚，要一炷香工夫，对，要一炷香的工夫，要让月宫里的嫦娥，还有，还有各路仙官们，都来亲眼瞧瞧，何为有眼儿无珠！哈哈，哈哈，何为有眼儿无珠！哈哈，哈哈哈。"

第十一章　灵霄殿一心献宝　阎王爷一石多鸟

奢赌好赌，天性使然。小赌怡情，大赌伤身。或曰，小赌滥赌造就的是赌徒赌棍和赌鬼，赢者眉飞色舞，输者垂头丧气，而大赌豪赌则成就赌神赌圣和赌仙，赢者义薄云天，输者一蹶不振。

蟠桃盛会上，阎王爷酒壮怂胆，牛气冲天竟然同玉皇大帝对赌一把，发下誓愿，要么阎王光腚冲月有眼儿无珠失颜面，要么玉皇大帝让出臀下龙椅请阎王过瘾尝个鲜。这算不上大赌，也算不上小赌，更非滥赌，只为个撞柱的状元郎，丑陋的黑钟馗。不过，玉帝虽醉神志尚存，明示阎王一不得碰玉玺，二不得闯后宫。

阎王爷倒是答应得快，等一觉宿醉醒来，忆及酒后的豪言壮语，张手"啪"的一声就给自己的脑门上狠狠来了一掌。醉酒误事，醉酒坏事呀，跟谁打赌不成，偏偏就跟玉帝打起赌来，随便拿个劳什子做赌注不就得了，可偏偏就拿丑钟馗的前程做了赌注。明明都晓得，天庭掌管着降妖除魔斩鬼除恶，偏偏咱鬼域阎罗殿越俎代庖横插一手。如今，这木已成舟，赌也得赌，不赌也得赌，骑虎难下，比骑虎难下百倍千倍。还得骑驴看唱本，细细盘算细细思量，不能赢，更不能大赢，不能输，也不能输得凄惨输得离奇，否则，玉帝怪罪下来，吃不了兜着走，王母怪罪下来，小鞋儿有得穿。真的要在众仙睽睽之下硬挺上一炷香的工夫，去做那有眼儿无珠的下作勾当，这颜面，这颜面，得往哪里搁呀？管不得那么多，走一步瞧一步，既要请玉帝小赢得舒服，小赢得熨帖，又得让自己小输，小输得可圈可点，小输得可歌可泣，还得不甚难堪，去做出那贻笑万方，失了颜面的有眼儿无珠的丑行来。

阎王爷在阎罗殿中来来回回踱着方步。难，实在是难，如此唉声叹气坐等下去，只有死路一条。既然当着玉帝的面发过毒誓，如今只好是骡子是马，先将钟馗拉出去遛遛。若真就不是那块料子，还需备上三碗孟婆汤，早早地打发去那十八层地狱。顶多去玉帝王母跟前认个错，服个软。至于有眼儿无珠，有珠儿无眼，且随它去，另当别论。所谓当务之急，该给这个黑钟馗添上几分神力，赐上几件神器才是。即便就是个输，那本王也要输得得体，输得不失颜面。

阎王爷思来想去，拿不定主意，几个呵欠过后，猛地忆及一件宝贝。远在天边近在眼前，如今不就在阎罗殿的后宫府库里，静候着出头之日吗？

阎王爷早年间原本打算要将昆仑玉剑和玉匣一并敬献给玉帝，以此昭示自己的赤胆忠心，但随后昆仑玉剑却闹腾出一连串匪夷所思的灵异怪诞，处处透着一股子莫测神奇，不由得勾起阎王爷的一丝杂念。阎王爷左思右想依然割舍不下，故而先将昆仑玉剑入了后宫府库，至于天庭献宝，暂缓搁置不提。

如今，为了个撞死鬼丑钟馗，阎王爷胸中少不得涌出一番同病相怜之恻隐，在蟠桃会上把持不住夸下海口，酒后气冲斗牛地邀请玉帝对赌一把，拿丑钟馗当了赌注，做下个赌局，偏偏赌的就是降妖除魔，赌的就是斩鬼除恶。

工欲善其事，必先利其器，阎王爷深谙其道。早年间私藏府库，沉寂廿年斩鬼除恶的昆仑玉剑和玉匣，此时恰好到了出头之日，岂不是与丑钟馗降妖除魔，与昆仑玉剑斩鬼除恶，相辅相成，相得益彰？天设地造的金鞍配宝马，玉剑赠英雄。这个丑钟馗将来可否算得上英雄，此时定论尚早，不过，若要水到渠成，尚需环环相扣精心铺垫，否则缺失任意一环，未尽心，未尽力，哪里等得来名正言顺，意随心愿？

阎王爷眉头一皱计上心来，默默等待这个月的天庭朝会，好当着各路神仙的面，大张旗鼓地将昆仑玉剑和玉匣敬献玉帝。一来，可消减几分玉帝对本王我鲁莽不敬的成见，尤其是上回酒后邀赌的大不敬。二来，趁势再将那两手空空的丑钟馗举荐出来，借机促成玉剑赐钟馗的好事，届时只要见机行事即可。若称心如意遂了愿，也算得这个丑钟馗命中天大的福分；若枉费心机一场空，本王输去赌局也当自有了说法和交代。毕竟降妖除魔也好，斩鬼除恶也罢，还不都是为了天庭的安危，为了三界的太平？

三月十日，朝会当日，各路神仙齐聚灵霄宝殿，事无巨细，按部就班，依次禀报。玉皇大帝端坐在龙骑之上，时而挺直腰杆靠着椅背，时而身子前倾双掌轻抚御案，时而双目闭合频频点头，时而微睁眼皮侧耳倾听。照着旧例，朝会总要挨到日上三竿方才作罢，今儿个也不例外。且看满堂文武百官们一个个毕恭毕敬，总有个别胆大的偷着舒个筋骨伸个懒腰，或假装低头不经意地送出个呵欠，甚而竟拖曳出呵欠长长的尾声，挠得玉帝硬绷着微微颤动的双唇，愣是将一个抵到嗓子眼的大呵欠活生生地吞咽回去，耐着性子等来御前太监手执扫马尾白拂尘，昂首朗声殿前："值此朝会，文武百官，有事奏来，无事退朝。"

"陛下圣明，微臣尚有一事奏明。"多事的阎王爷不理会各路仙官投来的厌烦的眼神，独自步出班列，跪伏下去。

玉帝撑着龙椅扶手已经站起身来，皱了皱眉头斜扫了阎王一眼，停顿片刻，只好又沉重地坐回龙椅："免礼免礼，平身吧！阎王何故如此急迫？"

"微臣费九牛二虎之力，耗数年之工夫，倾心打造出一对稀罕宝物，昆仑玉剑和昆仑玉匣。微臣绝不敢私自截留如此神奇之宝物，曾私下妄自揣测圣意，这两件宝物，三界内外天地之间，唯有九五至尊的陛下方可调度和专享。今儿个特意呈贡上来，敬献给陛下。"

阎王爷媚词煽情，扭过头向着殿外扬了扬手，就见两位金瓜卫士一左一右，蹑手蹑脚地合抱着抬进一只通体黑红相间的大漆贡箱。御前太监走下御阶快步上前，在阎王爷的帮衬下，共同使力开启大漆贡箱的扣盖。此时，只听得满堂厚重的喘息声，众仙目光齐聚大漆贡箱。

箱子里并无期待中的流光溢彩，更无扑鼻异香。各路仙官被阎王爷卖关子吊起的一点好奇和耐心，瞬间就被焦躁不安裹挟而去。肆无忌惮的咳嗽声此起彼伏。

玉帝不愿就此拂了阎王的一番美意，随即勉强站起身来，望向御阶下的大漆贡箱。箱内铺满黄灿灿的金丝绒毯，只见一柄被黑红大漆髹饰一新的剑鞘静静地躺在里面，其侧另有一只温润欲滴的白玉匣子。

"还请陛下移步，亲自上手一试。"阎王爷情真意切。

玉帝强打精神，走出御案，雍容万方地一步步迈下御阶。各路神仙应景一般渐次围拢在周边。

"上手一试？如何一试？"

阎王爷双手捧出昆仑玉剑，点头哈腰地呈献给玉帝。

玉帝斟酌再三，接过昆仑玉剑，低头观瞻，剑鞘上黑红大漆髹饰的剔刻云纹，从剑鞘顶端环绕旋转，一层层，一圈圈，连绵不绝延至剑柄处一气呵成，干练利落。再看那玉剑握柄，突起的剑隔和浑圆的剑尾均錾刻错金银纹饰，续接着剑鞘云纹，浑然一体，绝无拖泥带水。玉帝观瞧得真真切切，这柄玉剑与一旁静如处子的昆仑玉匣肉质一色，油润相仿，实乃叹为观止的羊脂白玉。

玉帝点了点头赞许道："疾风知劲草，板荡识诚臣。爱卿的一片拳拳之心，朕甚是欣慰啊。"一边摩挲着大漆剑鞘，上下掂了掂昆仑玉剑的分量，一边俯首瞻视安静内敛的昆仑玉匣，露出一丝满意的笑容。

"这些都是微臣本分，陛下何需挂齿？"阎王爷的语调虔诚恭顺。

玉帝抬起御足朝侧前方小跨一步，摆出一副威武豪迈之姿，握紧昆仑玉剑的剑柄，借势顺道就想着扬眉剑出鞘，哪承想，只听得阎王爷撕心裂肺地大喝一声："住手！"仿佛近旁炸开一个响雷，震得大殿"嗡嗡"作响，险些震聋各路仙官的耳朵。

阎王爷今儿个好端端敬献宝物，却一惊一乍，胆敢当着玉帝和文武百官，来这么一招晴空霹雳，好似阎罗殿里审鬼的惊堂气势，这还了得？玉帝着实吓了一大跳，正闪念想着好好借题发挥一下，拾掇拾掇失了方寸大呼小叫的阎王，可突然，灵霄宝殿外狂风大作，雾霾沙尘遮天蔽日，大殿内瞬间暗了下来，灯烛忽明忽暗地摇曳，大红灯笼叮叮咚咚地晃个不停。

众仙堆里的风仙和沙仙一脸无辜和懵懂，你看看她，她瞧瞧你，虽未开口，但脸上的神情已向玉帝和众仙们显露，殿外之异象，绝非己为。

阎王爷不管不顾迅速地上前紧紧扣住玉帝的御手，将已抽出二三分的昆仑玉剑缓缓推入大漆剑鞘。随着剑身复归剑鞘，灵霄宝殿外的邪雾妖风戛然而止，殿内亮堂起来，灯烛和灯笼不再恍惚摇摆。

玉帝立刻料到，方才殿外的兴风作浪与手里的这柄昆仑玉剑必有瓜葛，好在转眼间已风平浪静。想着一掌打掉阎王的黑手，可阎王的黑手又大又有力道，玉帝挣脱了两下，竟然动弹不得。玉帝心里腾地燃起一股怒火："大胆！"还想接着呵斥："还不快快松手？"转念却又憋了回去，毕竟九五至尊，怎能就此在百官面前显出御体手无缚鸡之力的窘态？于是只好耐着性子，且忍他一忍。

阎王爷情急间赶忙开口，一改咆哮公堂的霸凌口吻，低声软语道："陛下圣明，且容微臣，不，罪臣，如实禀报，以正视听。"

玉帝没好气地回应道："你且禀来，如果在理，恕你不迟。速将黑手拿开！"语气中带着威慑，不容置疑。

阎王爷只当没听到，黑手仍然紧紧扣在玉帝的御手上："陛下圣明，且容罪臣说出几句话，道出原委，罪臣方敢松手，否则，更加罪不可恕了。"

玉帝闻听一头雾水，用眼神示意阎王："再听你唠叨几句。"

阎王爷这才缓过一口气："陛下圣明，此宝物，这把昆仑玉剑，非比寻常，罪臣已尝试数次，不可随便出鞘，剑既出鞘，寒光凛冽，寒气逼人，飞沙走石，日月无光，不斩妖降魔，不斩鬼除恶，不饮妖血，绝不回鞘，闻所未闻，稀罕至极。此乃罪臣紧握陛下御手之初衷，绝无犯上不礼之恶念。还望陛下答应罪臣之不情之请，暂且不再抽剑出鞘，罪臣方敢松开戴罪之黑手。"

玉帝听完缘由，将信将疑："朕这就答应，朕自会恕卿无罪，不过卿可要如实禀报此绝世宝物的由来。"

"陛下圣明！"阎王爷松开黑手，只见玉帝白皙的手背上深深烙下几个淡红色的指痕。玉帝本想甩甩手舒缓一下僵硬已久的手掌，想想不对劲儿，还是免了吧："这个该死的阎王，让朕出丑得如此难堪，日后非得找个茬子。"

阎王爷故弄玄虚："陛下，此宝物实乃天地造化，日月精结，机缘巧合，偶为罪臣所遇所得，但，还有更加，更加……"阎王爷闭嘴不再吱声。

玉帝和各路神仙静悄悄地竖起耳朵听得入神，被阎王爷这个关子惹得不耐烦。众仙深知阎王爷的怪脾气，索性装出无所谓的样子，也不催逼。

阎王爷叹口长气，将宝物的来历和之后的神奇娓娓道来。

第十二章　自古昆冈美玉　从此宝剑出世

说起这件宝贝，那可是大有来头。

遥想二十年前那个风和日丽春暖花开的四月天，与往常一样，昆仑高原上的冰川积雪开始融化，从山巅流入一条条山谷。随着春末夏初渐近，更多的冰雪融水倾泻下来，在山谷间汇聚成大大小小的高山湖泊。山巅之上那些巨大的冰川持续断裂，不断地滑落山谷，砸向湖泊，接二连三，一发而不可收拾。一场突如其来的可怕山洪，一场百年千年不遇的大洪灾，就这样从天而降。大洪水所到之处，摧枯拉朽，不可阻挡。山脚下的一个个村庄，玉龙河畔的一片片绿洲，瞬间就被巨浪冲刷得无影无踪。洪水过后，仿佛地狱再现世间，尸殍遍野，惨不忍睹。

阎王爷乘坐小鬼们牵引的车辇沿着玉龙河巡山巡水，亲自视察灾情并网罗孤魂野鬼。一路上，累累尸骨在烈日暴晒下面目狰狞，臭气熏天。阎王爷不禁扼腕叹息，心生无尽悲悯，打发小鬼们在各处收拾残局，就地掩埋尸骨。

当路经玉龙河一处平缓的河湾，阎王爷捏着鹰钩大鼻子，下了车辇。按照常理，如此积水沉沙的迂回河道上，灾民的尸骨必然堆积如山，臭不可闻。然而，放眼望去，铺满鹅卵石的河滩上，方圆百丈的一具具尸骨虽死去多日，却个个面色红润，恍若生者熟睡一般。阎王爷大惊失色，浑身长出一层鸡皮疙瘩，随手松开紧捏着的大鼻子，却未曾嗅到丝毫的尸臭。

阎王爷料想此地蹊跷，必有灵异，即刻命令小鬼们细细查验河道，不得遗漏一花一草，一石一木。小鬼们四散开来，踢开鹅卵石，翻动灾民尸骨，再用木棍掀起一堆堆荒草杂物。没过多久，一群小鬼们便欢呼雀跃地捧着两块玉石籽料，呈献给阎王爷邀功请赏。阎王爷捧起沉甸甸的两块玉石，左看看右瞧瞧，由衷地赞叹：这千万年间，人世间奉若圭臬的人养玉、玉养人的金口玉言，如今眼皮底下活脱脱地应验了。怪不得就连这些尸骨，都受其恩泽，大太阳暴晒之下，不腐不臭，实乃天地间罕有之宝贝。说不准就是在先前这场大洪水中从昆仑之巅冲刷下来的。

其中一块状若龙泉宝剑长短，足有半个碗口粗细，覆盖着墨汁般的皮壳，皮壳的缝隙间露出丝丝缕缕凝脂状的雪白玉肉。阎王爷心想，只需微加巧雕琢磨，便可成就一柄绝世的昆仑玉剑。而另一块形似浑然天成的玉匣，尺寸略小于瓷枕，却抠凹进去得有模有样，内壁的玉肉洁白莹润，毫无瑕疵，外壁和匣底粘连着相同的黑色皮壳。估摸着，两块玉石源自同一块籽料。至于缺失的匣盖，可巧，那厚厚的匣底，削下来一片，正好成全一个巧夺天工的稀世玉匣。

自古玉出昆岗，阎王爷猜想此处必有玉匠世家。

果不其然，这些个溺死鬼里，真有不少琢玉匠人。这些玉匠，皆为中原人氏，强差兵役戍边西域，平日里屯田种地，倒也自在。若赶上烽烟战事，或死或伤，或逃或俘，茫茫戈壁沙漠，如草芥如沙粒，瀚海中自生自灭，随风飘散。

西域的战事，频繁得如戈壁上的一个个旋风，似荒漠中的一团团骆驼刺，从东刮到西，从北吹到南，一会儿以退为守，一会儿转入进攻。这阵子来的是吐谷浑人，过一阵子换作吐蕃人，昨儿个东突厥，今儿个西突厥，明儿个又是回纥人，分也分不清，辨也辨不明。一声令下转战沙场，稀里糊涂马革裹尸。

不过，每每战事之后，留下活口的都是些能工巧匠。无论木匠泥瓦匠，还是养蚕缫丝织布匹、打铁钉掌、造纸治玉的匠人，常常都被高看一眼，被劫掠到各自领地，分门别类，派工干活。至于造纸治玉以及养蚕缫丝等行家里手，大都被安置在昆仑山下玉龙河畔的于阗国里服苦役。这些可怜的中原人，有条活路已属不易，还都梦想着有朝一日返回中原故里。但年岁日久，一来二去，也就认了命，老老实实安顿下来。

对于那些个治玉能手，得看天吃饭，耐心等待洪水带来的恩泽与馈赠。春夏洪水过后下河采玉，秋冬闲暇时分，琢玉磨玉。若赶上洪水过小的年景，没有昆仑玉石裹挟下来，治玉匠人可就苦不堪言了。若在河床上捡漏，碰巧采些隔年隔岁遗下的玉石籽料，也算得满心欢喜。但于阗国的守卫们却不会满足于零打碎敲，总要驱赶匠人劳工们攀登昆仑高原，爬雪山陡坡，翻冰雪大坂，去山巅深处找寻玉脉，开采玉石山料。羊肠小道命悬一线，悬崖绝壁飞鸟无踪，全凭着背扛肩挑。

当地百姓万不得已，不到被逼无奈，绝不会上山采玉。在于阗国流传着这样的古话：千人去，百人回，百人去，十人回，十人去，几无人可回。若赶上风调雨顺，山洪来得不大不小恰到好处，无须上山采玉，大家都有的盼头和指望。若倒霉赶上山洪大暴发，就如眼下这般千年万年不遇的大洪灾，荡平一切活物，从头来过，只得认栽认命。

阎王爷一边沉思默想，一边将宝物小心地纳入囊中。如此难得一见的稀罕宝贝，却让自己撞见，必然命中注定。既然玉石籽料能和于阗国死去的冤魂们朝夕相伴，就该让治玉的冤魂们将玉石籽料打造成一柄昆仑玉剑和一个昆仑玉匣，将来必会派上大用场。指不定敬献玉帝，也可昭示自己的赤胆忠心。

除了收罗洪涝中溺毙的一些玉匠冤魂，阎王爷还嫌不够，又花费了好几日的时间翻阅地狱死簿，亲自遴选，层层把关，从十八层地狱里筛出十几位治玉的行家里手。治玉耗时费工，还需昼夜不分，连轴转起，工歇玉不歇。阎王爷接着翻阅世间生簿，强行牵来七位阳寿未尽好端端喘气的能工巧匠。

俗话说宝马还需佩金鞍，难道给昆仑玉剑佩个金剑鞘？银剑鞘？阎王爷苦笑着摇摇头，阎罗殿中不缺金不少银，可眼前若横陈起一柄金鞘玉剑或银鞘玉剑的，虽金光闪闪，霸气十足，却脱不开满满的村气四射。不如佩个玉剑鞘？可去哪里找寻一块配得上玉剑的玉料呢？寻玉找玉，佩玉戴玉，赏玉玩玉，全凭玉缘，有缘千里来相会，无缘对面不相识。想寻到一块如此天造地设的玉料，也许只在今明两日，或猴年马月之后。阎王爷甚至想暂时用丝绸、绒毯包裹起昆仑玉剑和玉匣，但依然觉得暴殄天物，于心不忍。

一日，趁着审案完结，闲暇之余，阎王爷从王座上站起身来，踱着方步，时而搓搓手，时而背起手，苦思冥想，只为个区区剑鞘。"算了，暂不去想它，一切随缘吧，大不了，就配个金鞘银鞘，也算不得辱没昆仑玉剑。村气就村气，村气四射又怎样？"阎王爷打定主意，吃下定心丸，心绪自然轻快了许多，难得驻足留意起王座后面那扇巨大的屏风。

这幅精美绝伦巨大的百子屏风图，乃玉帝王母御赐之物。八扇立屏之上描绘剔刻了百位童子。从春到夏，从秋到冬，每季两扇，扇扇相连，缺一不可。春日里逗猫追蝶，风筝秋千；夏日里捉蝉戏水，采莲纳凉；秋日里蹴鞠竹马，骑牛吹笛；冬日里陀螺爆竹，拜年守岁，不一而足，憨态可掬，活灵活现。看得阎王爷情不自禁地上手抚摸起屏风，似乎追忆起自己的孩提时光。只记得当初穿着大开裆裤，光着个腚，冰天雪地不怕冷，三伏天里不怕热。再不记得其他的事儿，模模糊糊，乏善可陈。阎王爷不由得冒出一个大胆的念想，大不了再来它一回转世投胎，重回幼时，复归孩提。嘿嘿，黄粱美梦，一厢情愿罢了。阎王爷忍不住苦笑一声："位居高处，身不由己啊。"

阎王爷抚摸着做工考究的一扇扇屏风，当触及大漆剔红，看见大漆黑底时，眼前猛地一亮，茅塞顿开，一拳击在另一只手掌当中，脱口而出："有了。"

原来阎王爷记得天庭之上，贵为玉帝王母的御用器物，大都为漆器。这幅大漆屏风上，有金粉，有银线，有玳瑁，有螺钿，有宝石，有珍珠，凹凸不平，栩栩如生。若以大漆髹饰的漆匣专为昆仑玉剑量身定制一把剑鞘，必然绝世仅有，气度非凡。

想到做到。阎王爷转身坐下，顺手翻开厚厚一摞地狱死簿，从十八层地狱里拣选出八位大漆艺人。随即传令，将八位大漆艺人与治玉工匠们归拢一处，在阎罗殿的偏殿紧挨治玉的那间屋子旁边，另辟一室，开启繁重的治漆劳作。两间屋子互为邻里，互不相通。

为昆仑玉剑所配的大漆剑鞘，足足耗时三三得九，九个月完工。当值的巴结鬼不敢耽搁，将裹得严严实实的剑鞘呈献在阎王爷面前。阎王爷小心地揭开层层包裹，只见大漆剑鞘通体黑红相间，一派大家气象。金线银线错入剔刻的云纹，细密的云纹闪着金光银光，从剑鞘顶端环绕着，牵连着，延伸到剑鞘的开口处，一气呵成。阎王爷大喜，勒令当值巴结鬼即刻将这八位大漆艺人，免去十八层地狱之苦刑煎熬。等玉剑完工，签批打发他们一道转世投胎。

"启禀阎王爷大人，可还有个昆仑玉匣呢?"当值的巴结鬼提醒道。

"瞧瞧，瞧瞧，这一高兴，倒忘了这茬儿。"阎王爷拍拍脑门。

"阎王爷大人您看，这些个大漆艺人脱离苦海，转世投胎，那得多大的福分啊！若没有阎王爷大人您的高抬贵手，他们这些家伙在十八层地狱里哪里还有出头之日？小子倒有个馊点子，与其为昆仑玉匣做个大漆小盒子，不如为昆仑玉剑和昆仑玉匣做个大漆贡箱，多有颜面。"

"有些道理！"阎王爷赞许地点点头，"就这么着，你巴结鬼监工，传本王口谕，告诉这些个大漆艺人，昆仑玉剑和大漆贡箱一并完工之后，只要称了本王的意，一个不剩全都打发转世投胎到良善人家！顺带，也让那些个治玉匠人们知晓，本王同样不会亏待他们。"

"得令！小子去了。"当值的巴结鬼屁颠屁颠地跑开了，忽又转过身来，"阎王爷，小子绝不会让您老人家看走眼的，只要交代给小子的，绝不会让您老人家拉稀摆带。不过，小子也有一事相求，万望您老人家开恩。"

"转世投胎？投个好人家，大富大贵的大户人家？"阎王爷斜睽着眼睛。

"小子心里就这点小九九，如何瞒得过您老人家的一双慧眼？"

"看你小子干活卖力，有眼力见儿，这才破格擢升，提拔你在阎罗殿行走，如何又想着重返人世间，甘受二遍苦？"

"小子上回生在贫贱人家，活得猪狗不如。这回如能遂愿，也念着，也念着过上一回舒坦日子哩。"巴结鬼嘴里吮着食指，腆着脸。

"先去做事，等眼下的急务一件件了结之后，本王自会降恩，准你小子风风光光地投胎去。等等，本王听出来了，怎么你小子来时省去了孟婆汤不成？"

听阎王爷顺嘴问到紧要处，巴结鬼"咚咚咚"不管三七二十一连叩三个响头，殷殷血迹乍现于干巴巴的脑门上，趁着阎王爷高兴赶紧回禀道："小子知罪，小子知罪，投胎之前小子保管喝它十大碗，不，二十碗孟婆汤。"

"油嘴滑舌，不可救药！今儿个本王暂不与你追究，还不赶紧忙活去？"阎王爷有些不耐烦。

巴结鬼这才弯腰弓背毕恭毕敬地一步步后退，老远才转过身去跑向制漆的那间屋子。

制漆和治玉，异曲同工，均耗时耗力，需持之以恒。而治玉不同于制漆，更需缘分和灵性，这缘分和灵性实乃上天注定。治玉全凭他山之石，唯他山之石方可攻玉。这些整日锁在治玉屋子里的工匠们，没白天没黑夜，轮流推拉铊锯，替换着踩踏水凳，经年累月切割琢磨，眼见得玉剑玉匣大功即将告成，可就在这节骨眼上，阎罗殿里却神奇频现，怪异迭出。

这治玉屋子白光频现，缥缥缈缈，如雾如练，在大殿里荡漾，时不时将整个的阎罗殿白纱轻笼，也将奈何桥、望乡台一并掩映其中。这还算不得稀奇，若要提及治玉的最后关口，恰恰两年整三个月计八百一十天的最后一日，围绕着昆仑玉剑发生的一连串蹊跷怪事，那才算得上离奇诡异。

那一日，玉匠们一个个满心欢喜分头操持着昆仑玉剑最后一道收尾工序：为剑尖和剑身两侧开出威力无比的锋刃。初时无甚异样，研磨得循规蹈矩，抛光得一气呵成。为昆仑玉剑的剑尖进行收官一磨的紧要关头，辛劳数载的玉匠们悉数聚拢，里三层外三层地将磨床围了个水泄不通，争着抢着都要目睹这一惊世宝物的横空出世。

只见这位被委以重任的玉匠气定神闲，双手捧起细沙磨石，随上身微微前倾，顺势研磨出去，再随着上身回撤，轻轻巧巧借势收拢，可就在收手的瞬间，大拇指的指尖不经意地碰触到剑锋，指尖上划开一道细小的血口子，在剑尖上留下一绺艳红的血痕。对玉匠们来说，小伤小痛司空见惯，玉匠二话不说就将受伤的大拇指含在嘴里，盯着剑尖上的血痕，痴痴地笑出了声："终于等来了今儿个的完工大吉，等止住血，擦去血痕，将玉剑玉匣交了差，就跟大伙儿一起投胎去。阎王爷他老人家可是答应过的，据说都是些好人家，阔财主呢。"

话音未落，这位玉匠的脸颊突然扭曲变形，额头鼓胀，双眼外凸，脖颈子上青筋暴出，肚皮也膨起得越来越高。难道伤口流出的血吸进了嗓子眼，灌进了肚皮？自个儿将自个儿毒倒了不成？

大伙儿还没回过神来，忽听"啪"的一声脆响，就在大伙儿的眼皮底下，这位玉匠的身子炸裂开来，一股烟尘腾空而起，泛着血腥味道，盘旋在磨床之上，顷刻间钻入昆仑玉剑的剑身。

躺在磨床上的这柄昆仑玉剑吸入血肉烟尘后，突然剧烈地抖动起来。众玉匠无不惊慌失措，辛苦劳作而成的宝贝若是抖落在地上毁于一旦，那转世投胎岂不成了竹篮子打水一场空？近前的数位玉匠奋不顾身地扑上前去，用满是厚茧子的大手，死命按住跳动不止的昆仑玉剑。

通灵的昆仑玉剑仿佛等待着，正期盼着这一刻的到来。

治玉屋子里，为这柄昆仑玉剑废寝忘食的数十位玉匠，一个个气泡般"啪""啪啪"先后爆裂，化作浓稠的血肉烟尘，接二连三地被昆仑玉剑吸入剑身。

整个治玉屋子安静下来，只剩下七位年轻后生跌坐在磨床周边，睁大眼睛张大嘴，一动也不敢动，生怕就此跟着前辈们一道被吸入昆仑玉剑。

躺在磨床上的昆仑玉剑似乎还没吸饱喝足，翻腾了三五下，发出两声轻微的饱嗝儿，这才老实了下来。七个后生一骨碌爬起来，冲到上锁的屋门口大声呼喊："大事不好，救命啊，大事不好，救命啊。"

阎王爷闻报，连忙招呼近前的几位当值小鬼："为了这么个宝贝，玉匠们也算得劳心费力，功德圆满，本王答应过免去他们的牢狱之灾，早日脱离苦海，提前转世投胎。可如今凭空冒出这档子怪事儿，说不清道不明的，你们哥几个，赶紧过去瞧瞧，回个准信。"

当值小鬼们哪敢抗命不遵，硬着头皮，蹑手蹑脚地开锁进屋。

锁头完好，门窗俱全，两件宝贝赫然在目，闪着金光。侥幸还能喘气的七个玉匠挤靠墙根，满脸恐惧，看见几位当值小鬼开锁进屋，如同见着救星，纷纷奔逃过来，躲在小鬼身后。当值小鬼们七嘴八舌——"这里原先满屋子的玉匠""只剩七位""难道真就被昆仑玉剑吃掉了？""吸走了？"

那个得了阎王爷提携当上监工的巴结鬼大声嚷道："慌甚？有甚好慌的，在阎罗殿，在阎王爷的地界，还能出什么幺蛾子？都随我近前观瞧，也好给阎王爷回个准话。"

几个当值小鬼慢慢地围拢上前，定睛瞧着玉剑和玉匣。那七位玉匠却一个劲向后退去。忽听得"哎哟"一声，小鬼们和玉匠们全都吓得趴在地上。巴结鬼扭头质问："为甚？"一个小鬼悄声答道："好像，好像瞧见玉剑哆嗦了一下。"

巴结鬼问完话也发觉自己正跟着大伙儿趴在地下呢，快快站起身来，佯装拍拍土，脸上一阵燥热："玉剑哆嗦？要是害怕，你现在就滚，滚得越远越好，少在这里一惊一乍的，这就滚回去给阎王爷大人报信。"

"可，可，无信可报呀。"

"想报甚，就报甚，谁还管得了你？别在这里瞎捣蛋就行。"巴结鬼派头十足。大伙儿陆续地从地上爬起。那个乱叫唤的小鬼不敢再吱声，可还是没忍住：

"快看，快看呀，哆嗦了，又哆嗦了呀。"紧接着又大叫一声"哎哟哟"，拖着长长的调子。

大伙儿望向那个乱喊乱叫的小鬼，只听见"啪"的一声爆裂脆响，倏忽间那小鬼便化作一股血肉烟尘飘浮在半空。在弥漫盘旋的烟尘里，清晰可辨方才那小鬼扭曲鼓胀的鬼脸，同样的双眼爆凸，大嘴豁开。那股血肉烟尘在磨床上盘旋片刻，就如飞蛾扑火般"呲溜"钻入剑身。

仿佛享用了一顿饕餮大餐，昆仑玉剑真的就在磨床上哆嗦了数下。

当值小鬼们异口同声："传言可信，的确是真。"

说话间，昆仑玉剑接着哆嗦开来。小鬼们来不及近前细瞧，也来不及抽身逃命，在"啪""啪啪"的爆响声中，一个个化作血肉烟尘，眨巴眼皮的工夫便灰飞烟灭一个不剩。

七个玉匠狂呼乱号地从屋里冲了出去。

阎王爷听罢七个玉匠前言不搭后语的聒噪，心生好奇，一边思量一边追问："本王座前的几位当差都随之去了，你七个玉匠倒安然躲过两番劫数，难道印堂发亮，命不该绝？"

"回阎王爷大人的话，这都是托您阎王爷大人的大恩大德呀。"

"屁话少说，本王不吃这一套。你几个老实交代到底为何？"

几个后生你一句，他一句，根本理不出个头绪。

阎王爷听得不耐烦："别再瞎嚷嚷了，细细想想凭甚昆仑玉剑对你七个玉匠手下留情？"

"也许？也许？"一个不起眼的小玉匠嗫嚅着似乎想起了原委。

"吞吞吐吐，快快说来！休要惹烦惹恼了本王，你几个休想转世投胎。"

"小子，小子，同这几位哥儿全是同一天殁的，同一天牵过的奈何桥，同一天归拢一处去琢玉磨玉的，该，该不会单凭这个吧？"

阎王爷一掌拍下去，差一点震碎面前的案儿。明白了，明白了，阎王爷点着头，恰恰不多不少七个玉匠，正是当初从阳世硬生生牵引来此打造昆仑玉剑的，阳寿原本未尽，却恰好避开了此番劫数。而那些个从十八层地狱里擢升的玉匠们一个个活生生做了昆仑玉剑的祭品。还有那些个当差的小鬼，难得从地狱里擢升到阎罗殿里行走，也充了祭品。

阎王爷难掩惊诧，难道，难道这柄昆仑玉剑，生而只为斩鬼除恶？难道打造出的昆仑玉剑，真乃斩鬼除恶举世无双的天生利器？

待阎王爷回过神来，望着被自己一掌吓得魂飞魄散的年轻后生们，放缓语气："别担心，本王答应过的事儿，一定作数。待昆仑玉剑和玉匣，还有大漆剑鞘，大漆贡箱悉数完工，会让你等离了阴曹地府转世投胎，全都投到良善人家，投到富贵大户。"

"可，可，小子还能回去自个儿先头的老王家吗？小子的婆姨，还有呱呱坠地的娃娃子都盼着小子回家呢。"一位玉匠怯生生地哭诉着。

"当初匆匆忙忙，肯定将你小子遗漏了，未灌上三碗孟婆汤，亏你还如此明白清醒，记得如此毫厘不差。不审你，不判你，那是本王瞧上了你的手艺，另有他用。扪心自问一下，若要审你判你，难道你小子真就是个不折不扣的大善人？从未做过伤天害理的亏心事？还不得在十八层地狱里待着受罪去。不审不判，给你等免去地狱之苦，本王那可是破了规矩的，只因念及你等阳寿未尽，待大功告成，再打发你等转世投胎寻个好人家落脚，难道还不晓得感恩知足？"

"小子家里世世代代磨玉琢玉讨生活，小子可是咱王家三代单传的独子啊，小子的娃娃子也是个单传独子，九月初八生下来的，可转年开春没多久，才当了半年的爹，小子就来这里报到了，哎，娃娃子还未满周岁呀，只记得，只记得取了个乳名，叫九月。"

"什么九月、十月的，还八月十五呢。在这阎罗殿，不想投胎的凤毛麟角，想去投胎的那可多如牛毛，自个儿都衡量衡量，过了这村可就没这店了，哪来那么多非分之想？到时候可别怪本王说话不算数。"

"小子只想着赶紧回家去。"

阎王爷耐着性子："这都过去多少时日了，真就一根筋，你以为你的婆姨还是你的婆姨？你的娃娃子还是你的娃娃子？若是拖油瓶改了嫁，你去投胎，原先的婆姨岂不成了你小子的亲娘？原先的娃娃子小九月岂不成了你的兄长大哥？就省了这份闲心吧。再说了，即便原路投胎回去，孤儿寡母的，如何投胎？还不成了街坊邻居的笑话？难不成再投一回年事已高的老娘亲？老蚌生珠尤为未可，你小子岂不成了你守寡婆姨的小叔子？岂不成了你娃娃子小九月的小叔叔。坏了规矩和体统。就算是你小子乐意，本王这里还过不了这一关。记住了，临行之前少不得多灌上几碗孟婆汤。"阎王爷扭头吩咐新轮值的当差小鬼。

七位玉匠再不敢多嘴。

"都去殿外候着，别蹭了肩膀就想着上脸上头。想想那些个化成烟气，祭了玉剑的同行前辈们，本王都曾答应过的，都该一起转世投胎、脱离苦海的，也是命中劫数。本王得空自会签批你几个，去吧！"阎王爷向外摆摆手。

阎王爷突然念及那个监工巴结鬼，也曾答应过他在大功告成之日，许他投胎大富大贵的大户人家，可如今也祭了玉剑，鬼算不如天算啊！不过，在大殿行走和投胎豪门，孰优孰劣？祭剑和富贵，孰优孰劣？阎王爷见过的，听过的，审过的，判过的，千千万万，无所不包，全都是些尽顾眼前不看将来的主儿，至于优劣，万化千变，自然难断。

好在眼下，昆仑玉剑已经自发地给自个儿祭了剑，那么多十八层地狱升迁上来的玉匠和当差小鬼们，估摸着也该喂饱祭足了。阎王爷暗自忖度，也该到了昆仑玉剑入鞘，玉匣入箱的时候了。

不过，稳妥起见，还得留有后手，阎王爷即刻传令再从十八层地狱起复征用十来个小鬼，打发他们收拾停当马上过去与制漆匠人一道将大漆贡箱抬到治玉的屋子，顺便将大漆剑鞘一并托付给他们，叮嘱再三务必玉剑入鞘，玉匣归箱。

然而，不到半炷香的工夫，一阵尖利的呼号打断了阎王爷的胡思乱想。"不好了，不好了，阎王爷大人，他们抬着大漆贡箱先头走，刚进了屋，就见他们一个个'啪''啪''啪啪'地化作血肉烟尘，钻进昆仑玉剑消失了。小子哪敢跨进门槛，这就拼命逃回来禀报，才，才保，保住小，小，小命。"小鬼结结巴巴。

阎王爷不禁犯起嘀咕："这昆仑玉剑没完没了，没完没了，到底这祭剑要祭到何时才算个够？祭到多久才是个头？难道，难道，是要本王亲自一试？哼哼，本王可没那么草率。万一，万一，做下的那些个见不得光的事儿，万一也一同化作血肉烟尘，那可不就成了阴曹地府，不，成了三界内外，一个天大地大的笑话，还不得让某些个，哼哼，称了心遂了愿！对了，再让那七个等着投胎的年轻玉匠去试一试。对，就这么定了。"

可想而知，七个年轻玉匠听闻此信，如同五雷轰顶：答应吧，只怕成了玉剑的祭品，化作一股烟尘有去无回，不答应吧，又怎敢抗命不遵？还是小九月他爹有胆有识，自告奋勇，反正上次化险为夷，再来一次又能怎样？反正难回先头的老王家，投去哪里谁还能晓得？谁还认得？故而，一不做二不休，托付六位兄弟，无论如何，回去阳世投胎，都是富贵人家，如还记得点滴，务必念及旧情，帮衬一把那个年岁稍长的异姓兄长王九月，可怜的娃娃子，打小就没了爹。

大伙儿一一应承，一一作别。

阎罗殿内，阎王爷并一班亲随们耐心等待。殿外，六位玉匠如坐针毡，急切盼望着。

半日来，众多小鬼化作了血肉烟尘，众多玉匠漆匠祭了昆仑玉剑。

昆仑玉剑似乎还在等待。

又过了半个时辰，昆仑玉剑轻微抖了抖，放出几缕金光，又抖了抖，从剑身抖出一股金色的旋风。旋风绕着玉剑和磨床，在治玉屋子里旋转起来。当小九月他爹眯缝着眼睛不管不顾冲进去的时候，那股子旋风刚好从屋里转了出来，扬起灰土尘埃，卷起碎石细沙，瞬间就窜进了阎罗殿，吹得黑色帷幔"啪啦啪啦"翻飞作响，震得窗棂门板"咣当咣当"拍打个不住。好些个烛台熄灭，灯笼摇晃，血腥之气到处弥漫。

阎王爷疑窦丛生，这请来的到底是稀世宝贝，还是混世魔头？该不该奉献给玉帝王母？万一，万一，哎，先不去想它，赶紧避开这卷过来的血腥旋风。阎王爷整个身子低伏在案几之下。殿外的玉匠们一个个躲在柱子后面，心里忐忑直打鼓。

小九月他爹没想到这股旋风外围的威力如此巨大，但等他冲到磨床旁边时，却没想到旋风里面却安安静静的。好在大漆贡箱先前正摔在磨床一侧，小九月他爹勾开大漆贡箱厚实的盖子，弯腰抓起大漆剑鞘，伸手就想去握昆仑玉剑的剑柄。他犹豫着，徘徊着，生怕自个儿也像个气泡一般"啪"的一声破碎变幻成血肉烟尘，临了，还是咬咬牙，拿指尖轻轻戳一戳剑柄，未见异样，这才大着胆子，一把握住剑柄，"呲溜"一声将整柄玉剑一气呵成滑入大漆剑鞘。

说时迟那时快，金色的旋风凭空消失，卷扬起的沙石尘土纷纷落下。

阎罗殿中的黑色帷幔垂了下来，窗棂门板不再作响，熄了的烛台忽然蹿出火苗，一个个灯笼也按部就班地亮了起来。阎王爷从案几下抬头张望，小鬼们忍住笑看着狼狈不堪的阎王爷钻出来。

"有甚可笑的，谁再敢笑，看本王如何处置！"

有个小鬼，大着胆儿指了指自个儿的帽子，又指指阎王爷的头顶。原来阎王爷钻入案几之下，官帽早已歪斜。阎王爷也不答话，整理着官帽，却见小九月他爹肩头扛着大漆贡箱，昂首阔步来到案几前。

宝马架金鞍，漆鞘佩玉剑，一物自有一物配，一物自有一物降。

"抬入后宫，先入府库，得空本王还要细细观瞻。本王要将宝物，要将宝物，"阎王爷停了下来，"到底是个稀罕宝物，斩鬼除恶的利器，本王要将宝物，要将宝物，嗯嗯，物尽其用。"

"这就是，这就是，嗯，这件宝物就是这样得来的……"阎王喘了一口长气，朝玉帝眨巴了几下三角眼。

玉帝不置可否："爱卿所言可句句属实？"

"陛下圣明，若罪臣信口雌黄，任凭陛下发落。只不过，千年万年不遇的洪灾肆虐之下，生灵涂炭，微臣却颇有福分，从洪灾中觅得这两件宝物。特此向陛下敬献，望陛下笑纳。"

阎王爷何等聪慧，单凭玉帝口吻中的称呼，从"你"到"卿"，从"卿"到"爱卿"，明白无误地确信玉帝已经动心。

玉帝微微颔首，思虑片刻，抬眼望向风沙二仙。

风沙二仙立马膝行上前，跪伏在玉帝面前："陛下圣明，方才那一阵风起云涌，遮蔽阳光，绝非微臣所为。试想庙堂朝会，就算借微臣一百个胆子，微臣也绝不敢做下这般冒犯天庭的蠢事！还是应了阎王爷所言，如此看来，天地之间，唯陛下配享宝物，更有何方神圣敢将此宝物据为己有？方才，方才，真的不关风沙二仙的事儿，还望陛下明察。"

阎王爷偷偷瞥了一眼喋喋不休的风仙，眼里露出一丝不易察觉的谢意。

玉帝的疑虑和不快几乎冰消雪融："昆仑玉剑，朕琢磨着，中间夹了个玉字，卸去不少威猛之力道，温润有余，霸气不足。朕看不如就唤作昆仑剑，如何？"

众仙心领神会齐声喝彩:"昆仑剑,好名!"

玉帝接着道:"爱卿忠孝两全此番敬献宝物,朕还需思量如何奖赏爱卿的用心巧思才是。再说了,这两件稀罕宝物惊天地,映日月,纳入天庭府库也算得其所愿。不过,千年万年不遇的大洪灾,早不来,晚不来,想必妖邪恶魔一手所为,致使世间生灵涂炭,人神共愤。如此神奇宝物大灾之后乍现,必有其深远寓意,必有其不可言说之命数。若就此搁置天庭府库,似也稍欠些妥当。待日后再斟酌斟酌。"玉帝暗自得意于这番大度和悲悯。

"微臣听罢陛下宏论,钦佩得五体投地。大灾之后宝物乍现,微臣也曾琢磨,宝物横空出世必有来处。来处既是昆仑高原,宝物也必然得有个去处。其去处难道就是为天地消灾解难?微臣不敢妄下结论,唯有敬献陛下,还请陛下圣裁。"

"爱卿说得颇有道理。宝物自有来处,也自有去处。大灾现宝物,宝物可消灾,放置于府库,岂不遭耽搁?"

阎王爷自有精明的小算盘,不失时机续着玉帝的话茬:"陛下圣明,微臣还有一件小事儿禀报,还望陛下恩准。"

"爱卿尽管讲来无妨。"玉帝一派和颜悦色。可众仙此刻都已忍饥挨饿大半日光景,不得不瞧着阎王爷一个劲儿地在玉帝面前卖乖。

"上回蟠桃会,微臣酒后斗胆进言,微臣想着再斗胆聒噪几句。就是世间大唐金銮殿上一名状元郎因相貌丑陋撞柱自戕,姓钟名馗字正南的。陛下可曾记得?"

"朕还未到年老忘事儿的地步,记得还有一场对赌,一个黑鬼,一个丑鬼,和爱卿相貌几乎,几乎……"玉帝猛地停下来,觉得有些唐突甚为不妥。

阎王爷只当左耳进右耳出,接口道:"微臣指派伶俐鬼接来钟馗,此刻正在殿外候着呢,可否唤来,由陛下您量才度用?"

"看来,爱卿成竹在胸,那就唤来让朕给瞧瞧,到底有多黑,到底有多丑?"

第十三章　昆仑剑降妖魔　白玉匣纳玉玺

却说钟馗被两个伶俐鬼牵引着，一路腾云驾雾，耳畔只觉风声，脚下已行万里。当呼呼的疾风不再，阵阵暖风吹来，钟馗睁开双眼，一座万仞高山横亘面前：

劲松苍柏，仙鹤翱翔，

怪石嶙峋，神工鬼斧，

半山飞瀑，银练直泻。

再向上望去：

云蒸霞蔚，仙气缭绕，

高山之巅，深藏其中，

若隐若现，难见真身。

钟馗胸中喟叹，此景只应天上有，世间哪里得寻觅？

自打撞柱殒命至今，短短数日，钟馗在峰回路转中体味着荣辱与悲喜的交替变换，在跌宕起伏中体味着阴阳与冷暖的生死相隔。虽说被伶俐鬼牵着鼻子乖乖走，但从伶俐鬼开口腔调的明显改观，钟馗察觉出些许蛛丝马迹：从暴风骤雨到慢条斯理，再到和颜悦色。从傲慢无礼到漫不经心，再到心平气和。伶俐鬼见风使舵驾轻就熟的那股子伶俐劲儿，钟馗自叹弗如。究竟是福还是祸？难道前方真会有意想不到的好事儿等着自个儿？那也是说不准的事儿呢。

忽而，从天上云间，从高山之巅传来一阵美妙动听的歌声，打断了钟馗的思绪。歌声悠扬清越，婉转空灵，犹如丝滑的绸带，乍听还无，缥缥缈缈。钟馗闭上眼皮凝神静听，宛若微醺在香醇的佳酿里。殊不知，须有多少仙女甜美的嗓音汇聚在一处方可成就这美妙绝伦的霓裳仙乐？

钟馗像个未曾见过世面的野老村夫，一脸呆萌的傻样，两个伶俐鬼瞧着，不由得相视一笑，偷偷挤挤眼睛使个眼色，对钟馗嬉笑道："仙女的歌声好听吧？就打山巅之上的九重天飘来的呢。玉皇大帝就住在九重天，那里肉林酒海，吃也吃不完，喝也喝不尽。那里仙女如云，歌儿唱得好，舞也跳得妙。一个个长得，哎哟哟，不提也罢，不提也罢，不妨一同过去观瞻一番，也消减消减疲乏，不枉一路长途跋涉。"

钟馗眼里放出光来，忙不迭应承道："如此这般好事儿，甚好，不妨一同过去观瞻一番，也长些见识，还请两位大兄弟多多费心。"

"九重天，高不可攀，并非谁想去就去得了的地界呢。"

"还需两位大兄弟多多关照呢。"钟馗心痒难耐。

"单说那些个仙女们，一个个面似桃花，齿白唇红，那蜂腰，那肥臀，怕是碰着就得晕，挨着就得癫。若真贴个胸交个股，别说三生五生有幸，就是再进十回十八层地狱，那也值得！"

"可不是嘛，"另一个伶俐鬼也不失时机，"敢情运道好的话，指不定还能撞见嫦娥姐姐，那可是个千年万年的情种。不晓得天地间有多少大神大仙，凡夫俗子们甘心为嫦娥姐姐赴汤蹈火，万死不辞呢。"

伶俐鬼的癫话浪语，恰好触动了钟馗的小心思："那可算得上娘亲老早之前的期盼：'唯有金榜题名，荣登状元，皇帝家的公主，月宫里的嫦娥，随你娶呢。'"

钟馗眼前一阵轻轻的晕眩。没有他法，更无捷径，万般皆下品，唯有读书高。书中自有颜如玉，书中自有黄金屋。苦读数十载，寒窗冷板凳，可哪里会料及金榜题名之时，荣登状元之际，竟春梦逝去，竹篮子打水一场空，从未沾过女儿身就一命呜呼踏上了黄泉路。如今得亏阎王爷大人青眼顾怜，用心栽培，且免去地狱之苦。若真在天庭谋个一官半职，却不胜似那世间状元千百倍？何况还有许多仙女侍候，说不准嫦娥姐姐也喜自个儿的才气，欣赏自个儿的耿直。想到美妙紧要之处，钟馗嘴角上不禁露出一丝不易察觉的淫笑。

"赶紧，赶紧的，去瞧仙女了，晚了可就赶不上趟了。"两个伶俐鬼打断了钟馗的臆想。说话间，冷不丁迎头钻进一大团迷雾中，伸手不见五指，仿佛无边无涯。不晓得过了多久，云雾渐渐稀薄，越来越白，越来越亮，猛然间又从迷雾中钻了出来。眼前晃动着蓝天大日头，定神望去，一座宏伟的宫殿赫然矗立在山巅之上，在刺眼的阳光照耀下，金光熠熠，紫烟氤氲。

"这里便是九重天？"钟馗喃喃问道。

"难道还七重天、八重天不成？"两伶俐鬼嘻嘻讪笑道。

"如何听不见歌声？"

"我两个哪里晓得？你得问问他们才是。"

钟馗抬头，宫殿前的玉阶上站立着两列金瓜卫士，一个个金铠金甲，金盔护耳，足蹬踏云金靴，手握金瓜大锤，雄赳赳气昂昂。

钟馗头一回来到九重天，第一次见到金瓜卫士，如此阵仗之下，小心翼翼地仰起黑头："敢问壮士，我等三位一路风雨兼程，方才听见，听见美妙的仙乐歌声，想着……"钟馗突觉难以启齿。

只听得金瓜卫士一声冷笑，牙缝里迸出："大胆狂徒，也不抬起狗眼瞧瞧，竟敢在九重天上胡言乱语。"

钟馗慌乱中仰脸望向匾额，云消雾散，四个金光闪闪的大字"灵霄宝殿"映入眼帘。

钟馗脱口而出："九重天，九重天，真乃玉皇大帝的灵霄宝殿啊！"

身后伶俐鬼吃吃笑出了声。

金瓜卫士接着呵斥道："还不快快离开禁地！否则将依照擅闯灵霄宝殿论处！"

钟馗一头雾水，一脸茫然，心里琢磨："两伶俐鬼不是说好了要去会会仙女吗？怎么就此打道回府？"却见两伶俐鬼跪行几步，向金瓜卫士奏称："我俩乃阎罗殿伶俐鬼，奉阎王爷大人指令，特差解钟馗至此，遵时守命，就此告辞。"也不多话，骨碌碌起身对着金瓜卫士一拜，侧过身来，又对着下跪的钟馗一拜，忍不住笑出声："钟馗大人，也该称呼你一声钟馗大人了。你就在此候着，阎王爷自会提你进去。就此一别，后会有期！对了，钟馗大人将来顺风顺水，可不要忘了我兄弟两个的辛苦呀。"说着，两个伶俐鬼手牵手跳下玉阶，隐身茫茫云雾之中。

钟馗这才回过神来，两个伶俐鬼拿仙女仙乐打岔开涮，明目张胆地戏耍和捉弄自个儿，差一点就着了道上了当。但愿方才的一派妄言痴语可别被神灵们听去，否则必定会以为钟馗活脱脱一个淫棍，一个好色之徒！露怯事小，丢颜面事大呀。两个伶俐鬼，一对捣蛋鬼，唉，回头定要拾掇他两个。

灵霄宝殿，灵霄宝殿，钟馗打小就曾耳闻，既然伶俐鬼将自个儿带到此处，莫非阎王爷大人当真要在玉帝面前抬举自个儿？不然，来此做甚？难道闲来观景做客不成？钟馗想着想着，悄悄抬头瞄了一眼金瓜卫士。

两排金瓜卫士昂首侍立，不再答话。

钟馗孤零零地跪在灵霄宝殿外的玉阶前，两腿发麻胀痛，膝盖僵直。干咳两声，可金瓜卫士充耳不闻，恍如石柱一般。

钟馗迷迷糊糊，快要睡着之际，忽被一声清亮的宣召惊醒。"陛下口谕，召钟馗速速进殿听宣，不得有误。"

高高的玉阶之上，一个面如朝露神清气爽的童子，熟练地将白羽垂地的拂尘轻轻扬起，借势飘落在左臂弯肘处，不再多言，转身步入殿中。钟馗顾不得拍打双膝上的尘垢，也顾不得揉捏发麻肿胀的双腿，赶忙起身快步踏上玉阶。哪承想，麻腿触阶，身子歪斜，当着众金瓜卫士的面来了个狗啃泥，好在双臂孔武有力，撑在玉阶之上，才避免当众出丑。

童子听得玉阶下稀里哗啦的，转身喝令金瓜卫士搀起钟馗，架住他的双臂直接将他拖进灵霄宝殿。

恨就恨这不争气的麻腿，何时麻痹不行，偏偏在这节骨眼上使不上劲儿，任由金瓜卫士架进去？钟馗懊恼得一塌糊涂。再看灵霄宝殿两旁的众仙家们，一个个仙风道骨，玉树临风，张大双眼瞧着自个儿。钟馗恨不能找条地缝钻进去。不过，既来之则安之，大不了，再撞一回柱子而已，寻一寻适合的柱子才是正理。如此一想，钟馗倒也定下心神，不再四处观瞧大神大仙们的脸色。大殿里到处都是白玉阶和白玉栏杆，还真有白玉的巨大殿柱，只是与那红漆大柱有着霄壤之别。那红漆大柱夺去自个儿尘世间的肉身之命，难道九重天上灵霄宝殿里的白玉殿柱，将夺走自个儿自命不凡的冤鬼之命不成？柱子，柱子啊，真就和自个儿结下生生世世的无尽孽缘！

金瓜卫士架着钟馗径直来到御案前，轻拿轻放，拎得清爽。

钟馗见到阎王爷，腿脚早已恢复知觉，赶紧向大恩人叩拜下去。不料，阎王爷没好气地敲响警钟："快快睁开你的狗眼，莫要瞎拜！圣明的陛下在上，还不知罪？还不叩拜？还不赶紧乞求陛下恕罪？"

钟馗这才缓过神来，自个儿眼下跪在灵霄宝殿，而非阎罗殿，更非世间的金銮殿。顺着阎王爷的目光仰望上去，御案后端坐着一位天庭饱满，地阁方圆，鼻直口阔，耳大垂肩，头戴冕旒帝冠的众神之神，一双炯炯有神的丹凤朝阳眼正望向自个儿。还会有谁？定是玉皇大帝，不然阎王爷大人为何跪伏一旁？

"爱卿平身！"玉帝的嗓音如纯净甘洌的清泉，露出似笑非笑的神情。

钟馗起身，却被阎王爷使劲儿按了下去。

"谁准你平身？跪着候旨！"

不得已，钟馗跪伏下去，暗自思量："阎王爷大人自有道理。看来，自个儿还非卿，更非爱卿，等有朝一日拥有了卿的名号，方可平身，方可平起平坐呢！"

"果然丑得别致，陋得稀奇，确与阎王爱卿有得一比，有得一拼。只不过朕以为，戾气过旺，怨愤过盛，久郁胸中，积重难返。钟馗啊，你的前世今生，阎王爱卿均已禀告，今儿个召见，并非听你辩屈，更非为你申冤。朕与阎王爱卿曾经，曾经……"玉帝突觉不当，稍一缓顿接着说道："曾经商议，拟将重担委任于你，只是不晓得你一介新鬼可否担得起这重任？"

钟馗经历过大唐金銮殿的生死抉择，如今在这天庭之上，倒也不甚慌乱，扭头瞧向阎王爷，只见阎王爷微微颔首示意。钟馗心领神会，厘清思绪，清咳一下，朗声启奏："尊贵的陛下，容钟馗据实道来，若有一句虚言，甘受责罚。钟馗的不堪过往，鸡零狗碎，想必陛下都已明了。若论文才，自幼学堂苦读，寒窗二十载，经史子集，了然于胸，殿试夺魁，高中状元，但太宗皇帝老儿嫌俺长相丑陋，当众褫去状元名号，一时激愤，撞柱而亡。不为其他，只为堂堂七尺男儿，尽忠报国竟无门，一腔碧血丹心，甘洒丹墀，天地明鉴。"

玉帝听罢，反问道："嘴上头头是道，颇具文采，但你可知世间所犯三条罪状，条条罪不可赦？"

"钟馗知罪，钟馗知罪！钟馗只想戴罪立功。"

阎王爷不失时机地插上一句："陛下圣明！请容微臣补奏，这个钟馗，蒙冤而亡，实属厉鬼，虽世间三宗罪，罪不可赦，但钟馗乃丑陋至极的厉鬼，文武双全的厉鬼，罕见之极。故而微臣谏言，拟许钟馗戴罪立功，暂免十八层地狱之罪罚，在这朗朗乾坤，清平世界，专司那降妖除魔斩鬼除恶之事。丑陋尽其用，厉鬼尽其才，还望陛下明断！"

玉帝听着阎王爷的奏呈，点头道："既然阎王爱卿如此抬举，朕即刻准奏。"

阎王爷跪伏着上前一步朗声道："陛下圣明！"遂招呼跪在身后的钟馗，"还不赶紧叩谢陛下隆恩！"钟馗长跪不起，高呼："陛下万寿无疆，万寿无疆！"

阎王爷腆着老脸，趁热打铁，随即抬手指了指大漆贡箱，启奏道："陛下圣明！俗话说，金鞍配宝马，宝剑赠英雄。不论降妖除魔，还是斩鬼除恶，皆为了天地乾坤，皆为了三界内外。若将斩鬼除恶之昆仑剑授予钦命降妖除魔之钟馗，想必天庭幸甚，鬼域和世间幸甚，想必，那些个妖魔精怪不太幸甚。如此这般，也可免去昆仑剑深藏府库闲置，整日接灰纳垢之大不敬，还望陛下圣裁！"

玉帝听得明白，哑然失笑，微微摇头道："阎王爱卿啊，阎王爱卿！好一个接灰纳垢，接的哪门子灰，纳的哪门子垢？撅起臀来，朕就晓得你的小九九，朕就晓得你的弯弯绕！朕原本就打算将昆仑剑转赐钟馗，免得宝物沉沦府库之不堪，何需爱卿的旁敲侧击？"

阎王爷赶紧匍匐在地："陛下圣明，陛下圣明！"

御前太监瞧见玉帝的眼神，上前一步："无事退朝！"

阎王爷抬起头："微臣还有一件小事奏明陛下，望陛下圣裁。"

玉帝已不耐烦，咬牙切齿道："快快说来！"

却见阎王爷双手捧起那只昆仑玉匣，举过头顶："启禀陛下，此昆仑玉匣与昆仑剑，同宗同属，均为不可多得的稀世宝物。陛下已将昆仑剑赐予钟馗，此昆仑玉匣还望陛下笑纳，以尽微臣之绵薄孝心。"

玉帝瞟了一眼昆仑玉匣，那玉匣映着阎王爷的黑脸，衬着丑钟馗的黑脸，方方正正确实白，莹润又高洁，恰好归置玉玺，于是随口传谕："好，好，朕感念爱卿忠孝，他日另当赏赐。"一面说着，一面起身摆摆手，缓步向后宫走去。

　　身后响起一片"万寿无疆，万寿无疆"的颂祷。

第十四章　金鞍绝配千里马　馗匣难舍昆仑剑

各路神仙陆续散去，阎王爷昂首阔步向殿外走去。钟馗紧随其后，亦步亦趋，双手紧紧捧着昆仑剑，生怕有个闪失。然而，就在钟馗迈出大殿门槛没几步时，突然双腿好像被丝网缠裹，脚下犹如拌蒜，一个趔趄，黑头朝着阎王爷的后背顶撞过去。阎王爷晃了几晃，站定后转身瞧着已经躺倒在地瑟瑟发抖的钟馗，大吃一惊。

好在钟馗身手敏捷，唯恐捧在胸前的昆仑剑有个差池，激灵灵半空中来了个鹞子翻身，直挺挺后背着地，仰面朝天。昆仑剑毫发无损，但捧剑的双手却剧烈地抖个不住，扯动全身随之一起抖动。

阎王爷厉声喝问："大胆钟馗，成何体统？还不赶紧起身！"

钟馗的黑脑袋筛糠一般，说出的话哆哆嗦嗦："钟馗不，不敢起身，也，也无法起身！昆仑剑，在，在发疯，在，在抖动，宝剑将要出鞘。"

阎王爷听说宝剑将要出鞘，胸中"咯噔"一下，阎罗殿中昆仑剑斩鬼除恶的一幕幕场景仿佛就发生在昨日。那些个从十八层地狱超擢到阎罗殿的小鬼，还有那些个怀揣转世投胎奢望的玉匠漆匠们，一个不剩，全都化作昆仑剑的牺牲。在昆仑剑面前，我阎罗王的应承也不过是一纸空文。眼下这昆仑剑出了鞘，那还不得折腾出天大的娄子？这里可是在灵霄宝殿，并非阎罗殿。昆仑剑蛰伏府库廿年，一朝出世便要搅动乾坤，千不该万不该再给玉帝平添烦恼。

难道还需要祭出个大神大仙，昆仑剑才会收手知足？阎王爷此刻又在为自己的思虑不周生出诸多懊恼。不过眼见着筛糠似的钟馗成了各路神仙瞧热闹的笑柄，阎王爷恨不得扑上去帮着钟馗按牢昆仑剑，但又怕一主一仆，一上一下，挤作一团，闹出更大的笑话。

从大殿里急吼吼赶来的风沙二仙不管不顾扑向钟馗，将昆仑剑紧紧按住，替阎王爷和钟馗暂时解了围。

风仙叫嚷着："阎王老兄，都是你敬献的宝物，快去瞧瞧御案上的昆仑玉匣吧，还不晓得要闯下多大的祸呢。方才我俩晚走几步，本想着好好打量一番那个昆仑玉匣，哪承想，刚挨近御案，还没碰着摸着玉匣，你猜怎么着，乒乒乓乓，若非我俩眼疾手快，怕是，怕是，御案上的诸多御用之物都将抖落到案下，摔个稀巴烂。我按住抖个不停的玉匣子，沙仙按住眼见着就要掉下去的大玉玺。那可不是说笑逗着玩儿，摔碎摔裂了大玉玺，吃不了兜着走。听见你等在殿门之外大呼小叫的，必有蹊跷，我赶紧唤来御前童子帮忙安置妥当玉匣和玉玺，这才赶来一瞧。阎王老兄，你说说看，这到底是怎么回事？"

阎王爷若有所思，看来昆仑剑和昆仑玉匣还真就是一对儿天设地造的绝配，你中有我，我中有你，片时不得分离。遥想当年，从玉龙河觅得一对儿神奇宝物，历经岁月琢磨，最终成就昆仑剑和昆仑玉匣，确实未曾分离过片时。现如今，昆仑剑得其所愿赐予钟馗，昆仑玉匣得其所愿敬献给玉帝，妥当贴切无任何悖逆，可这才别离区区数十步，两件宝物竟闹出如此离奇荒唐之举，这可如何是好？瞧着地上筛糠一般的钟馗，还有风沙二仙跟着一起筛糠，阎王爷一筹莫展。

风沙二仙趴伏在地，压在钟馗身上，六只手掌紧紧按住剑柄以防宝剑出鞘："哎哟，我的阎王老兄哟，还不赶快去将昆仑玉匣请过来？快去呀！"

阎王爷这才分开众仙，大踏步向殿内奔去。

玉阶之上，御案周遭，只见六个御前童子围成一圈，拼命按压住昆仑玉匣，另有一位童子小心地捧着大玉玺，呆立在御案一侧。阎王爷不由分说，从众多御前童子手里一把夺过昆仑玉匣，将玉匣捧在胸前，转身向殿外跑去。昆仑玉匣发出一拨拨强劲的力道，从阎王爷紧扣的十指指尖源源不断地沿着手臂汇入胸膛。阎王爷行进中有如喝醉了酒，跌跌撞撞，一脚深一脚浅，但毕竟老成持重，定力非凡，无须御前童子前呼后拥，凭着一己坚韧，赶到殿外。

说来奇怪，随着昆仑玉匣距离昆仑剑越近，那股来自玉匣和剑身的内在力道就逐步消退，直到彻底消失。

众仙看在眼里，惊在心中，一个个目瞪口呆。

阎王爷的发冠有些凌乱，双臂不再抖动。

风沙二仙的肩头舒缓下来不再使力用劲。

钟馗将昆仑剑护在胸前，一骨碌坐起来大口喘着粗气，瞧瞧怀里的昆仑剑，再瞧瞧阎王爷捧着的昆仑玉匣，一脸懵懂。

风沙二仙走南闯北，吹风扬沙，见多识广，站起身凑近阎王爷："我将昆仑玉匣小心捧着离开数丈，瞧瞧动静如何，再另做打算。"阎王爷点点头："可要当心，微臣已敬献给陛下，切莫节外生枝。"

"那当然，那当然。"风沙二仙四只手扣住白玉匣子的四边，捧起来朝远处走去。阎王爷紧盯着风沙二仙，随口叮嘱钟馗："还不赶紧站稳了，好生看护握紧昆仑剑。"

钟馗这才站起身来："阎王爷大人宽心休虑。"说话间，就听得不远处风沙二仙惊呼："不得了，不得了，抖起来了。"叫声还未消停，钟馗这边抱着的昆仑剑，又如醉酒般抖个不住。

阎王爷既怕风沙二仙手里的昆仑玉匣出岔子，更怕昆仑剑有个意外，连忙高声招呼："风沙二仙快快折回，快快折回。"等风沙二仙摇摇晃晃地折返回来，刹那间，风平浪静。钟馗小声问道："这该如何是好？"

风沙二仙借机凑热闹："阎王老兄最知晓我风沙二仙，无论上天还是入地，时时刻刻形影不离，恰如这昆仑剑，好像这昆仑玉匣，绝无二样，不得分离。我配剑，她配匣，照样天地之间斩妖除魔斩鬼除恶，何需多此一举，另请高明？难道我两口子还比不得一个撞柱厉鬼？"

阎王爷看了一眼忐忑不安，双眼充满期待的钟馗，又扫了一眼风沙二仙，然后扬手招呼御前童子近前两步说话，当着风沙二仙和各路神仙，清咳一声："昆仑剑乃陛下圣明裁断，恩赐于钟馗。怎可随意生出非分之想？有旨不遵？至于微臣当庭敬献昆仑玉匣，皆出自微臣一片拳拳孝心。但此刻，实在遇到平生未遇之奇事，不得已只好请几位御前童子进宫搅扰陛下，再次奏禀陛下，好请陛下圣裁，免得臣下等妄自揣测圣意，生出无妄之念。"

风沙二仙似有不甘，嘴巴里嗫嚅着，四只手仍紧扣着昆仑玉匣不肯放手。阎王爷上前叫住御前童子："另，务必奏禀陛下，请将一对儿宝物无法分离之情状详述一遍，不得遗漏丝毫。罢，罢，也是命数罢。"阎王爷胸中更为不甘，只好打住不再出声，盘算着意料之中或意料之外的种种结局。看来，这个钟馗的运道确实多舛，寒窗苦读博取功名，却在金銮殿上一命呜呼，降妖除魔神器加身，灵霄宝殿却一波三折。

阎王爷等一众神仙心浮气躁地等在大殿外面。阎王爷估摸着，今儿个的朝会定是将玉帝累得不轻，进完延迟的午膳，怎么着也得睡个小觉歇息一番。阎王爷提醒自己，别慌神耐心候着。

不晓得等了多久，阎王爷来来回回踱着方步，钟馗紧紧抱着昆仑剑，一副唯恐失去怀中宝物的架势。可笑那风沙二仙盘着腿面对面席地而坐，四只手仍旧扣住玉匣，生怕宝物溜掉似的，时不时传来风沙二仙压低嗓门的瞎嘀咕。

阎王爷懒得搭理风沙二仙，一些瞧热闹的大神大仙们打熬不住纷纷散去。

殿外等候得百无聊赖之际，忽听得环佩叮叮，珠翠叮当，一阵浓郁的檀香迎面扑鼻，一干侍女环绕簇拥着王母娘娘穿过大殿姗姗而来，引路的恰是先前的几位御前童子。

众仙万分惊讶，毕竟除了一年一度的蟠桃盛会才可一睹王母之绝代芳华，平日里哪得有幸见着母仪天下的王母娘娘？久候的众仙们不等御前童子宣召，个个强打精神，跪伏请安。

"爱卿平身！听说阎王爱卿敬献的两件宝物，稀罕得紧，蹊跷得紧，本宫也想着观瞻一番，指不准今后难得再见一面呢。"

阎王爷闻听心中暗喜。听话当然听音，似乎两件宝物大可免去接灰纳尘之不堪不敬，只是听不出玉帝意欲将宝物恩赐何方神圣，敢情该不会转赐与私交颇深的风沙二仙？

王母盯着昆仑剑左瞧右瞧，又从风沙二仙手中接过玉匣把玩许久，爱不释手："一对儿宝物，果然传言不虚，真的不可将两件宝物分离片时？"阎王爷不待准奏，朗声回禀道："千真万确，先前演示过一回，唯恐失手，悔之晚矣，还望娘娘降罪于微臣事前不察失察之罪。"

"这又哪一出啊，爱卿何罪之有？本宫想着出来瞧瞧，透透气也解解闷子。得了，传陛下口谕：'既然生不离，死不弃，无法割舍隔离，那就只好割爱一并赏赐于钟馗，以尽降妖除魔之责，以忠斩鬼除恶之职。阎王爱卿忠孝有加，深得朕心赏识。风沙二仙，护玺有功，护匣亦有功，赏赐阎王爱卿并风沙二仙上好的南天檀香各两担，另，转赐钟馗之玉匣，姑且称之为馗匣吧，钦此。'"

王母娘娘宣完口谕，长吁一口气。

众神跪伏高呼："娘娘千岁，娘娘千岁！"

第十五章　昆仑剑馗匣加身　伶俐鬼兄弟跟班

钟馗将馗匣纳入褡裢，系紧系牢揣入怀中，又将手里的昆仑剑比画再三仔细地佩在腰际。随着驾驭车辇的鬼把式甩起鞭梢，一声脆响，钟馗跟随一众小鬼，簇拥在阎王爷的车辇左右，大步流星赶往阎罗殿。

方才灵霄宝殿之蹊跷怪事儿，历历在目，声声在耳。起初，钟馗忐忑不安为自个儿捏把汗，好在神器天降，成双成对，称意遂愿。短短数日间，经历生死与死生，从颜面尽失到重拾颜面，一步步从金銮殿来到阎罗殿，从阎罗殿又来到灵霄宝殿，先受阎王爷大人的青睐，又得玉帝的钦命，冥冥之中喜获昆仑剑与馗匣。娘亲啊娘亲，孩儿记得，曾几何时，娘亲对孩儿也曾提起过昆仑山上有美玉，如今孩儿腰间昆仑剑，怀中揣馗匣，一朝应验竟成真，实乃孩儿际遇之造化呀。回味其中，难道孩儿寒窗苦读只为金銮殿上撞柱而亡？撞柱而亡只为阎罗殿中得垂青？青眼垂青获顾怜只为灵霄宝殿降神器？

钟馗回头望去，灵霄宝殿早已隐身云雾仙气之中。

身后几个随从小鬼，见钟馗回头望来，一个个鬼脸上瞬间挤出欢颜，不住地点头示意。钟馗回报以微笑。

风驰电掣不知不觉间就来到了阎罗殿。殿前众多将官夹道迎接阎王爷，掺杂其间眼熟的只有那两个伶俐鬼。

此刻的钟馗心潮澎湃，意气风发，抬眼再瞧这阎罗殿，的确与之前大不相同，少了肃杀，多了雄浑，少了阴森，多了壮观。钟馗想着无论如何要在大殿里借机向阎王爷掏心掏肺表白自个儿的感激涕零，自个儿绝不会辜负阎王爷大人的赏识和栽培。正在胸中酝酿，遣词造句，耳畔传来一声断喝："还不跪下？"随即紧跟"啪"的一声惊堂木的脆响。如当头霹雳一般，钟馗差一点儿被震了个跟头，晕头晕脑连忙跪下。

阎王爷刚一落座，便声色俱厉，旁若无鬼一顿劈头盖脸："翅膀硬了？"

钟馗一黑头的雾水，茫然不知所措。

跪在身后的伶俐鬼悄悄捅了捅钟馗的腰眼，钟馗这才回过神来："阎王爷大人的恩德比山高，比海深，没有您老人家的赏识栽培，哪里有钟馗的活路？哪里有钟馗的今日？钟馗恨不能鞍前马后服侍孝敬您老人家呢。"

"别说得太早，别说得太满！本王，还有天庭的各路神仙，殿中的各路将官皆拭目以待，是骡子是马还需拉出去遛遛。何况，更有高高在上的陛下王母娘娘静候消息。"阎王爷的语气平缓下来，"灵霄宝殿，当着各路神仙的面，承蒙陛下恩准，赐你小子一对儿神器，授你斩妖除魔斩鬼除恶之专责要职。后续之事刻不容缓，务必抓紧。想必你小子清楚得很，任凭你花言巧语花拳绣腿，本王只认这功劳簿。"阎王爷说着从公堂案几上丢下来一厚叠功劳簿，正落在钟馗面前，"还不赶紧收好了？"

钟馗膝行两步，将功劳簿双手捧起，高高举过头顶。

"你小子仔细听着，本王既然将昆仑剑和道匣交付在你手中，也自有法子从你小子手中收回神器，可听明白了？"

"钟馗听得明白，钟馗唯阎王爷大人马首是瞻。"

"降妖除魔斩鬼除恶，远了讲为了天地安宁，三界祥和，近了说，则要对得起自个儿的良心良知，对得起知遇之恩。闲话不再啰唆，本王调了伶俐鬼两兄弟听命于你，由你差遣。"

钟馗按捺不住欢喜之情："阎王爷大人再造之恩，钟馗没齿不忘。钟馗必栉风沐雨，宵衣旰食，不辱使命。"

"废话少说，拾掇拾掇，去五湖四海广阔天地，降妖除魔斩鬼除恶吧！切记，休得三天打鱼两天晒网。本王只许六个月期限，逢月圆之日，务必带着功劳簿，赶来阎罗殿面呈本王。若你钟馗真就是这块料儿，六个月期满，得由本王亲自审视查验，上报天庭。若并非这块料子，扫了玉帝王母的兴，也扫了本王的兴，你自个儿掂量吧，十八层地狱，冤有头债有主，三大罪孽，自有你该去的地方。"

钟馗听得冷汗直流，老老实实地匍匐在地不敢吱声，过了好一阵子，依然不敢抬头，直到后背上又被捅了数下这才大胆地抬起黑头，可王座上空空如也，阎王爷大人早没了影子，一扭头大殿里只剩下那两个伶俐鬼老相识。

伶俐鬼凑上前来，一边一个，搀扶起钟馗："钟大人，三生有幸，今后就由我兄弟俩来服侍您老人家了。日子还长着呢，钟大人多多担待呀。我兄弟俩早已腻烦整日在这阎罗殿里打理鬼务的营生，巴不得跟随钟大人杀回世间，领略江湖百态。不过，不过，上回的玩笑，还望钟大人别往心里去呀。"

"别往心里去？没得问题，不过你兄弟俩肯定惯于耍滑使坏做一些个促狭之事，肯定也曾思量着我钟馗不过一介穷酸书生撞死冤鬼，方敢大起胆子戏弄于我，是也不是？若赶上个其他鬼魅，还不晓得被你兄弟俩的损招折腾到何等地步呢。"

"钟大人，您千万大人不记小人过，先请息怒。我兄弟俩实则觉得钟大人您面善心也善，虽说黑是黑了点，却黑得如炭如墨，黑得刚正，黑得别致，黑得与众不同。私下也曾聊起过，知道大人有大福，大人有大量，这才胆肥一把，稍稍放肆一回，与大人开了个小小玩笑，量大人不会当个事儿。只当博大人一笑，博大人一乐。"

"博我钟馗一笑？还是博你两个一乐？名不虚传的伶俐鬼，口齿伶俐，实在厉害。我钟馗好歹眼睛里揉不得沙子，这次权且信你两个的鬼话。好生记着，有我的好，就有你两个的好，没我的好，你两个绝对不会有甚好果子吃，且吃不了兜着走。另外，你两个长得一模一样，难不成一对儿双胞鬼胎？赶紧自报家门。"

"钟大人您真是慧眼识鬼，我兄弟两个的的确确乃世间一母双胞。父母二老好不容易将我兄弟两个拉扯大，等到了谈婚论娶好好孝奉双亲的时节，不料，烽烟四起，战火连天。不晓得五胡乱华，还是六胡乱华，更不晓得十六国林立，还是十七国林立，你方唱罢我登场。那时节，各村子各部族陆续成群结队地背井离乡南下谋生。一日，夜宿山脚下的荒村野庙，不晓得来了兵丁还是土匪，胡狄还是蛮夷，烧杀抢掠，叫天天不应，叫地地不灵，只有少数青壮丁逃出虎口。我两个守着年迈体弱的爹娘，可想而知，一家子竟同年同月同日同一个时辰毙命于贼刀之下，做了全家一锅烩的冤鬼。因双亲行善积德，我两个孝心可鉴，忠勇可嘉，爹娘早已转世投胎去了，都是些不错的人家，结了善果。咱兄弟俩，看着聪明伶俐，眼快手勤，就被阎王爷大人提携留用，怎么说，也落得个长生不老的美差呢。"

"听你两个的意思，话中似有隐情？"

"实不瞒钟大人，年年岁岁，日日夜夜，千篇一律的鬼务营生，早就烦不可耐，这才生出闲心，搞些个促狭玩笑之举。这回好了，可陪伴钟大人出世一遭，再去好好品尝品尝世间百味！"

"念你兄弟两个孝心可嘉，我钟馗不会亏待你两个的。还有，如何称呼你两个？总不至于就称呼老大老二吧？即便称呼老大老二，又怎晓得哪个老大哪个老二？"

"我兄弟两个可好分辨呢。大人不消往上看脸，只需往下瞧腿，我乃大哥，两膝外翻，小名罗圈。他乃小弟，两膝紧夹，足尖外撇，小名外八。大人这下方便认了吧？"

钟馗低头细瞧，还真就是。两兄弟，一个罗圈，一个外八，很是好记。

"你兄弟俩与我钟馗都未曾喝这孟婆汤，所以往日世间琐事犹在眼前，这又是为何？"

"在这阎罗殿中行走日久，自然晓得其中奥妙。有些过了奈何桥头就被灌上三碗孟婆汤，有些却在转世投胎前灌上三碗孟婆汤。不管滋味好喝与否，不管酸甜还是苦辣，总归谁也无法逃脱这三碗孟婆汤。不过，兴许总有那极个别的鬼魅，趁着奈何桥头、望乡台上鬼满为患拥堵充塞之际，一个闪失一不小心就成了漏网的鱼。一个孟婆双手哪里顾得过来？钟大人，您想想看，我等怎会是那漏网之鱼？自是阎罗殿上阎王爷大人亲自点名事先安排之故。钟大人，您再想想看，那些个投胎前不灌上三碗孟婆汤，还记得前世之事，那还了得？那还不乱了套？投胎乱了辈分都是小事一桩，暂不去提。更有那入错了肚皮入错了道的，入了牲畜入了其他活物的肚皮又如何得了？还有那些个入了十八层地狱里的，不去灌他孟婆汤，也自有道理。一个个都忘了前世做下的孽，忘了上辈子做下的恶，在地狱里受尽折磨又为哪般？就是要让那些个魑魅魍魉知晓罪有应得，恶有恶报。至于咱兄弟两个，还有您钟大人，一不入地狱，二不转世投胎，这三来么，奉旨出去专务这降妖除魔斩鬼除恶，都已入了长生不老的队列中，记得或不记得过往，又能如何？况且，钟大人，我兄弟两个估摸着，六月期满，大人您定能一步登天，羽化登仙。到了那个时节，钟大人可得多多关照咱兄弟两个呀。"

"那也得同心协力，抖擞精神，降妖除魔斩鬼除恶，一条条一笔笔细细录入功劳簿，也好在月圆之日功劳满满前来阎罗殿里禀报阎王爷大人吧。如此看来，我等不可再耽搁下去，要时时记牢了阎王爷大人六个月的限期。若本尊到了限期，真应了你兄弟两个的吉言，羽化登仙，自有你兄弟两个的好呢。"

"谢钟大人提携栽培。"

"这就前往世间巡游，也好早些有个交代。"

罗圈外八异口同声："遵命！"

罗圈上前两步："钟大人且慢，您看咱三个如此唐突的装扮，知晓的以为进京赶考的举子，不知晓的还以为打家劫舍的剪径强人呢。此番随钟大人降妖除魔斩鬼除恶，咱兄弟俩想着扮作短打装扮的书童，如何？"

钟馗觉得在理："如此甚妙！"伸手摸了摸怀中的馗匣，又拍了拍腰间昆仑剑，眼睛里志得意满，黑脸上义薄云天。

待罗圈外八收拾停当，一举子两书童，一行三个。举子摇扇在前，书童挑着书箱在后，飘飘然踏着一朵祥云离开了阎罗殿。

第十六章　钟馗脚踹寺院山门　老汉全家女扮男装

踩过灵霄宝殿的玉阶，踏过阎罗殿的青砖，钟馗乘着云去，驾着雾来，许久未曾踏足脚下的这片黄土泥地。自打金銮殿撞柱那日，至今已有个把月，何去何从，只看接下来的六个月，要么成仙而去，要么被打入地狱。

钟馗带着阎王爷赐给他的两个小鬼罗圈和外八，拣选背阴偏僻的一处山脚下落足，相互打量仔细观瞻，看看无甚异样，这才放胆步入大路汇进人流。一些赶路的，迎面走过来，偶尔抬头扫一眼钟馗，登时一怔，个个瞠目张嘴。钟馗见惯不怪，无意冒犯神色匆忙的行人。罗圈和外八难得来一趟世间，轮换挑着书箱担子，这也新鲜，那也好奇，这里瞧瞧，那里摸摸，时不时还会赶前两步，冲着行人龇龇牙，咧咧嘴，打个呼哨。

钟馗怀中揣着馗匣，腰间佩带昆仑剑，神清气爽，精神倍增。此番不搅个天翻地覆，不斩尽妖魔鬼怪，怎得扬名立万，书写功劳簿？又怎能让阎王爷大人高枕无忧？这来之不易的咸鱼翻身，生死翻转，还得好好盘算，细细打理，上报恩于阎王爷大人，下无愧于自个儿这张黑脸黑手黑皮囊，还有黑皮囊里一颗跳动不黑的心。

钟馗尽想着美事儿好事儿，忽地眼前浮现出那可怜的娘亲来："到头来拖累了娘亲，害得娘亲悲伤过度撒手世间。无论如何，还该无愧于娘亲，他日，必报娘亲之恩。"

看看天色将晚，周遭可见零星的赶路人，再有就是快马加鞭一闪而过的驿站差人。飞驰而过的马蹄扬起一阵尘土，飘来一阵马粪的骚气。钟馗一行依然在外游荡，罗圈外八挑着担子凑近钟馗："钟馗大人，日头早没影子了，该找个地方歇息歇息，您看妥否？"

钟馗一拍脑门："世间浪迹云游，一介书生两个书童，哪里来的钟馗大人？

你两个且听好，自当下起，休得称呼大人，需称呼相公，称呼钟馗相公即可，你两个可听清楚？"

"钟馗相公遵命，小的只见相公，不见大人。"罗圈嬉皮笑脸应承着。

"真有你两个的，你且说说看，咱一行三人进京求学访友，身无分文，如何住店？"

外八回复："钟馗大，大，大……"，一连好几个"大"。

罗圈眼见外八张着大嘴一脸窘态，打个圆场："钟馗相公，外八的心思小子知晓。毕竟早年间随族人一同离了中原南下，逃难路上哪里有店可住？还不都在荒山野岭选个背风避雨的角落，在道观僧舍求个热汤热饭，再寻个犄角旮旯铺展地铺，不用破费，不露行踪，已属万幸了。"罗圈回望一眼外八，"兄弟，没错吧？"

外八一个劲儿地点头。

"那就赶前几步，看看可有道观僧舍，求个热汤地铺，歇息一下。夜深人静还得抓紧查访妖魔鬼怪的下落呢。"

说话间，天完全黑了下来，稀疏的月色，零落的星光洒播在空旷寂静的大路上。不远处的破墙断壁里透出残火，闪着昏黄的光亮，该是一座废弃的寺院。想想没什么可指望的，可巧，从墙里传来一阵压低的哭泣夹杂着几声咳嗽，还有无尽的长吁短叹。

如此地界，废弃的寺院，怎会传出如此怪异动静？甚为荒唐，必有端倪。若真撞见个妖魔鬼怪，岂不是心心念念寻他千百度，踏破铁鞋全然不费功夫？钟馗警觉地朝罗圈外八挥挥手，示意不要作声。

似哭似咳断断续续。

这第一回出手，务必确保先来它个旗开得胜，也让罗圈外八两个见识一回本尊的手段。钟馗轻轻拍了拍腰间昆仑剑，招呼罗圈外八安置好挑担紧随身后，自个儿蹑手蹑脚登上台阶，二话不说先下手为强，"咣当"一脚踹开破败的山门，一前两后，冲进腾起的一团烟瘴之中。

钟馗立定双足，左手按剑，右手持柄，躬身低头，睁大双眼，只待辨清妖魔，抽出宝剑，一剑封喉。

残余的篝火闪闪烁烁映照着钟馗高大的身躯，虽说是一袭长衫年轻书生的装扮，但那张黑脸那双黑手，尤其蓬开着的鬏发虬髯非比寻常，在火光中好似天神，更像凶煞。

霎时，烟尘中，只见三五个衣衫还算齐整的男丁蜷缩在破壁墙根处瑟瑟发抖，满脸惊恐。墙角处另有八九人尖叫着挤成一团，各自搂着包袱褡裢，相互倚靠着。

罗圈拎着扁担踱步过去，凑近审视一通，转过身来，低声说道："启禀钟相公，都是些喘气咳嗽的世间俗物。估计蒙头赶路错过了客栈，只好在这破败的寺院里打尖歇脚呢。"

钟馗点点头，握紧昆仑剑的黑手松了松，放缓语调，对罗圈，也顺带对着墙角的那些乡亲们说道："众乡亲莫要惊慌，都是赶路误了时辰错过了客栈。外八，快将方才踹倒的门板扶起插牢，放好书箱挑担，要不也借光在此一同歇息算了。有他们几个乡亲做伴，说说话儿，也好打发时辰。"

说话工夫，外八利索地去收拾门板，罗圈则挑拣个靠墙背风的地界，甩开对襟，扑扇一番，扬起一阵尘土，将书箱挑担搁置妥当，对着钟馗唱喏道："钟相公，这边有请，暂且委屈将就一晚。"钟馗也不搭话，三两步跨将过去坐在书箱上面，面对那些个乡亲说道："方才在外面，听得里面哭哭啼啼唉声叹气，分不清男女，还以为非妖即怪呢，唐突间踹门而入，吓着各位，还望见谅才是。"

一位老成持重年岁稍长的，慢慢地站起身来，对着钟馗，双手抱拳作揖道："这位年轻相公，听说话知书达理，听口音非本地人氏。"钟馗点点头："所言正是，进京赶考，路经宝地。"

"宝地？何为宝地？这位年轻相公，不瞒您说，三位踹门而入的时分，我等的确魂飞魄散，以为走漏风声，命里该绝呢。"

"走漏风声？命里该绝？此话何意？话中有话？难道乡亲们还真有难言之隐不成？"钟馗不禁追问起来。

"这位年轻相公威风凛凛双目炯炯，明知有妖也敢闯入降妖，想必是一位顶天立地的壮士。老夫这里但说无妨，壮士明朝路经前面的白水镇子，少要惹事，还需多加小心呀。"

"白水镇子，这又为何？"

"壮士一看就是个面善之人，请壮士仔细瞧过去，"长者抬起胳膊指向身后的同伴。微弱的篝火实在恍惚，钟馗揉揉双眼定睛扫视过去，并未发觉任何异常。

　　"都是老夫的家人。壮士说的没错，分不清男女。老夫的妻女全都乔装打扮，全都女扮男装，并非为了赶路方便，实则为了避免走漏风声。趁着黄昏刚从白水镇子溜出来，如今，各处都有耳目和爪牙。老夫全家被迫咬着牙背井离乡南下逃难啊。壮士，南下逃难都得偷偷摸摸，去往哪里还都没有着落呢，急匆匆这就上了路啊。"说着说着，长者已是泣不成声。

　　钟馗一脸诧异，就连罗圈外八也定定地坐在地上，张大嘴巴听得入神。提及南下逃难，罗圈外八涌出一股说不清道不明的惺惺相惜。钟馗待长者稍息片刻，接着问道："这位老者，不妨说说，到底谁人遍布耳目和爪牙，如此险恶不给活路，看看我等可否助得老人家一臂之力？"

　　长者机敏地四周瞧瞧，除了家人也就三位远道而来的客官，这才讲出一番让钟馗倒吸一口凉气的世间奇事。

第十七章　从来妖魔三界外　初会邪毒叶老五

离此七八里地，有个白水镇子。那位长者原本一家子安分守己，与世无争，守着几亩水田几亩旱地，养鸡养羊，日子比上不足，比下有余，又赶上二十来年的太平光景，无甚兵匪战事，小日子也算过得和和美美。可谁曾料到，人算不如天算，老乡偏偏就要祸害老乡，这才不得已携家带口乔装打扮从白水镇子里逃出来。

这白水镇子有一叶姓大户人家，非同一般，乃大唐开国元勋，上有皇帝钦命，下有官府撑腰，权势熏天，富可敌国，说一不二，独霸一方。

若提及老叶家的过往，说来话长，都还是上一辈儿的事呢。

那时节兵荒马乱的，各路诸侯都在招兵买马，白水镇子也不安生。老叶家的日子实在揭不开锅了，就借着天黑风高犬吠急，纠集两兄弟，手提斧头菜刀，翻墙入院，一不做二不休，将先前曾有过节的一家财主十几口子满门剁翻砍死，一个没剩。这得有多深的仇恨呢，老叶家的两兄弟连夜逃之夭夭。后来据说也分不清哪路诸侯，哪路兵马，穿甲扛枪，顺道就给个李姓的军爷提蹬饮马，端水送饭。老叶家的两兄弟身经百战，命大福大，有一回乱军混战中，舍命救了李军爷的性命，为李军爷挡住射来的箭矢，险些送了自己的小命。这位李军爷就是后来大唐开国皇帝唐高祖李渊。老叶家的两兄弟一路追随，成了高祖皇帝鞍前马后说一不二的禁军侍卫长。

运来挡不住，顽铁也成金！如今轮上老李家的做了皇帝，还不得好好犒劳这帮舍生忘死流血流汗的兄弟们？封王授爵，高官厚禄，一个不差，人人有份。诸如老叶家的靠着肉身挡箭，大唐高祖皇帝确实也不曾亏待。

老叶家所求不多，就是想回家种地，讨媳妇，盖宅院修祖坟。这有何难？高祖皇帝想也没想，一拍大腿，大笔一挥，一道圣旨就将这白水镇子方圆三百里一并赏赐给了老叶家。不要说县衙里的官老爷们逢年过节都得前往叶家府邸讨个彩头，就算那些个朝廷钦差和各地进京的要员，只要打这白水镇子路过，都不敢忘了专程登门投刺拜访老叶家。一来二去，老叶家家大业大，成了这方圆数百里，不，方圆千里的首富巨霸。老叶家的两兄弟归天时分，十里长街一片缟素，朝廷馈赠的仪仗排在最前面，各路尽孝的官员紧随其后，再就是上百口子家人，上千口子的家丁和家奴，还有各地赶来赊仪的往来故旧，真个是人山人海，场面宏大。

原以为尘归尘，土归土，哪承想如今这老叶家出了个混世魔头，鱼肉乡里，恶行昭彰。五个儿子里的老幺，最不成器，不食人间烟火，沉湎黄老之说，岐黄之术。每到春秋两季，装备齐整，遍访名山，游历大川，求仙问道，不晓得喝过怎样的神水，吃过怎样的仙丹，整日介将自个儿关进屋里，念念有词神神道道，一会儿舞文弄墨，一会儿弄琴斗香。起初以为他装神弄鬼，再后来，痴癫里又似乎中了妖邪。这老五本就是老叶家的宝贝，更有四位大哥护佑，不婚不娶。本来，都是些老叶家的家事，有钱有势有的造，与乡亲们无关。可打两年前起，但凡每月逢十，必点一位黄花大闺女，说是点选，那是客气，其实就是明偷明抢，糟蹋个十天，再将这残花败柳一脚踢出，打发回家。

白水镇子的人都在传言，这个老五不是淫妖就是淫魔下凡。被老五糟践过的黄花闺女，像被吸干了阴精，皮包骨头，面皮蜡黄，眼窝塌陷，形容枯槁，不出月余，一个个自去忘川河上奈何桥头报到了。这两年多来，已有数十个黄花大闺女遭此厄运。整个白水镇子敢怒不敢言。不要说，这白水镇子是老叶家的，就是镇子上的乡亲们，又有谁不是在老叶家里讨生活？谁家有闺女初长成，闺女近二八，老叶家的那些个帮闲帮衬都打听得清清楚楚。家里养闺女的，个个担惊受怕，唯恐触了霉头。

有些人家也准备了一些手段，封死窗户和大门，可到了清晨开门打量，闺女却不见踪影，难道穿墙入地不成？还有的大人们蹲守在闺女身边，可不知不觉就昏睡过去，一觉醒来，哪里还有闺女的影子？人们没得法子，只好拾掇行李，赶到老叶家去守在门外，十天后接人而已。纵使你呼天抢地，倾家荡产，叫天天不应叫地地不灵！好些个人家，偷偷出逃，但遍布四处的爪牙和打手，通风报信，到了时辰，闺女照旧失踪，十日后照旧奉还。回来时都已奄奄一息不成个人样。

这么个害人精，官府官府不敢惹，钦差钦差绕道走，乡亲们只得忍气吞声。家里生男丁的还好，只怕生个女娃。

眼看着还有不到月余，那位长者的闺女即将年满二八，家里人心急上火，没法子，唯有冒险南下逃走这一条路。至于往后的打算，也顾不得许多，走一步看一步。一家人急吼吼地收拾细软盘缠，没什么值钱的物件，也就是带足干粮防备个万一。还要装作若无其事的样子，不敢动车动马动静太大。谁晓得左邻右舍谁会去通风报信领个赏？趁着黄昏，分头出门，还不忘装模作样和往常一样，掌起灯来挂起灯笼，约好在这破庙里聚首暂避。女人家走不快，只好稍作歇息，到了夜深人静的后半夜继续赶路。

听完长者的絮叨，钟馗强压满腔愤慨："听得出老叶家的老五，仗着祖上跟皇帝打下大唐江山的功劳，如今享受福荫，不思造福乡里，却欺凌鱼肉乡亲，实则不折不扣的淫棍色魔。本尊不信这个邪，择时不如撞时，罗圈外八，这就去会会叶家的淫邪大魔头。"

长者听得不明就里，一个劲地念叨："老天保佑，老天保佑，后半夜了，该赶路了。几位客官，也快快赶路吧，免得飞来横祸，避之不及，悔之晚矣。"说着回头招呼家人们收拾行李准备动身。

钟馗急吼吼地劝阻道："先别急着背井离乡，不是还没想好何处落脚吗？权且在此破庙静候，方才本尊听说各位乡亲都带足了干粮，这就好，将门看紧关牢，只等我几个回来了，再走也不迟。"

说话间，外八挪开破门。罗圈冲出门外，左右打量一番，招呼道："有请钟相公这边上路。"外八叫唤那个喋喋不休的长者："快点过来帮把手，扶着门板，盖好插紧，小的随钟相公去去就回。"

长者接过外八手里的门板，痴痴地张着嘴说不出一句话来。

罗圈顺带提醒一句："老人家，我家钟相公从来不打诳语，说到做到，赶明儿个，指不定老人家就领着大闺女打道回府了呢，不就免去了这颠沛流离之苦。"

长者苦笑着："知晓你家钟相公乃热心肠的善人，等你们走开了，老叶家那些个爪牙密探闯将进来，我等不就束手就擒？那可更是罪加一等啊。"钟馗不待长者哭诉完，扬手道："您老讲得有道理。这样好了，外八留下，看紧庙门，罗圈随我一去。"罗圈喜形于色，外八一脸无奈。

罗圈赶忙上前打听这叶府所在。

"这白水镇子都是老叶家的，那个最高的牌楼，最敞亮的庄园，有山有水，有楼有桥的就是了。对了，老叶家的牌楼挂满了长明灯，一天十二个时辰不熄灯。这会儿赶过去，无须打听，冲亮堂的地方去，好认得很。"

外八从里面插好扣紧破庙的门板。钟馗早已按捺不住，脚尖点地，生出一团祥云，直冲云霄。罗圈紧随其后。

果然不远处一片光亮，宛若天上宫阙，牌坊楼榭亭台曲桥，错落有致层层叠叠，偌大的宅院，甚是气派。可如何去寻淫魔的踪迹？

钟馗径直冲向那座挂满长明灯的牌楼，稳稳地立脚在牌楼的飞檐翘角之上，正向下打量，就听得身后"咔嚓嚓"，回身一瞧，原来是莽撞的罗圈收力不住踩裂了一片顶瓦，在沉寂的夜空，格外刺耳。牌楼下巡夜的家丁听见异响，一个劲儿地叫唤："楼顶有动静，楼顶有动静。"

楼下一阵嘈杂，钟馗赶忙低伏身子，示意罗圈不可轻举妄动。好在檐角下方吊起的长明灯被飞檐宽大的两翼遮蔽住，使得钟馗罗圈恰如藏身灯下黑。

家丁们喧闹了片刻，瞅着没什么动静，便各自忙去。

钟馗冲着侧面一座孤零零的两层小楼努努嘴，低声道："瞧那边的小楼灯火通明，大红灯笼溢出的红光，说不清道不明，透着一股子邪气，细听似乎还有忽远忽近的叮当铃响。这大半夜的，反常之极，八九不离十必为老五的淫窟。"

"这就去瞧瞧。"罗圈学乖压低了嗓门。

钟馗指了指罗圈脚下的瓦片，罗圈点点头。

两层小楼煞是精巧别致，上下两圈长明灯将小楼箍得严严实实。灯笼与灯笼之间悬起无数风铃，风吹灯笼，铃随风动，红光铃声，影影绰绰。楼顶上另行高高挑起一盏大红灯笼，使得整个二层小楼都被笼罩在晃晃悠悠的红光之下，淹没在叮叮当当的风铃声中。

看着灯笼，钟馗有些眼晕，听着风铃的叮当声，脚下有些吃不住劲儿。罗圈不用讲，抖得更厉害。一丝不祥的预感闪过钟馗的心头，这长明灯笼，还有嘈杂的风铃，里里外外透着一股子妖邪之气，看来得务必小心，万万不可大意。趁着家丁换防，钟馗与罗圈屏住气，雀鸟一般飞落在小楼二层外围的走廊上。半人高的雕花栏杆恰好遮住他俩压低的身段。这风铃着实厉害，听得他俩头脑发蒙，双腿双脚如同陷入泥淖沙地中。

伴着叮叮当当的嘈杂声，从里间传来若有若无的喘息和呻吟声。钟馗将耳朵贴近门板，听得见一声声粗重的喘息和丝丝缕缕的呻吟。钟馗想听得更真切一些，又怕将门板弄出声响，正犹豫不定时，感觉肩头被轻轻拍了一下，扭过头去，只见罗圈闭着一只眼，另一只瞪得溜圆正朝窗内窥视。原来，罗圈瞧楼下没有巡逻的家丁，探起上半身，扒近门板上面的格栅，然后伸出湿漉漉的舌尖，轻舔窗户纸，戳出一个小窟窿。

钟馗赶忙半弓着身子好奇地从小窟窿望进去，哪里有甚喘息声和呻吟声？只见一个白衣长衫的俊朗少年端立在书案前，正饱蘸浓墨挥毫落纸，一气呵成，慨然地将手中长笔置于笔架山上，仰天轻吁一口长气，仿佛得意于胸中诗兴，自足于书就的诗篇。白衣少年又踱步到琴案前，单手抚琴，轻撩一根琴弦，在悠悠颤音中闭目频频点头。靠墙屏风处有一张玲珑的小几，小几上摆放着一鼎镂空香薰，从中飘出袅袅青烟。

钟馗顿时心生艳羡，正要注目书案上归置齐整的文房四宝和典籍卷轴，只听得屋内的白衣少年朗声邀请："有朋自远方来，不亦乐乎？何必隔门隔窗如此苟且？不妨屋内闻香听琴。"

第十八章　琴声箭矢夺魄　宝剑锋芒初露

随着"嘎吱吱"响起，两扇门板突然洞开，红光晃眼，香薰扑鼻，翩翩白衣少年在里面侧身恭候。而此刻门槛外，罗圈正单膝跪地猫腰贴耳偷听，钟馗则半弓着身子，头往前伸，做出双手扶窗状，睁着一只眼，闭起另一只。幸好没使出全力来倚靠，若是随门板开启跌入屋内，又该如何收场？钟馗不尴不尬缓缓抬起眼皮，站直身子，电光火石间回应道："恭敬不如从命，有缘千里相会。"微微抬手抱拳，迈步跨入门槛，顺带用脚背蹭了一下正在跪着的罗圈，罗圈会意起身紧随其后。

"敢问何方高人半夜三更不请自来？"白衣少年问得直率，不留余地。

"高人不敢当，何为不请自来？官人方才所言'不妨屋内闻香听琴'，当算得诚心邀请才是。"钟馗的回应有些强词夺理。不过，眼前这个二层小楼处处透着诡异，除了能晕眼的红光和能软脚的风铃，屋内的熏香无孔不入。钟馗只觉得五脏六腑颠三倒四错了位，说不清道不明，只得强打精神见机行事。身后的罗圈早已把持不住，两眼迷离，嘴角流涎，哈欠连天。

"听兄长谈吐，想必饱读诗书之人，小弟雅作，还望切磋指教。"白衣少年轻描淡写间冷不丁飘然近前，牵握住钟馗的手腕，铁钳一般略一用力。钟馗未及反应，随即肩头一沉，先将身段稳住。少年再添力道，钟馗踏住马步，单肩单臂紧紧绷住。双方相互试探摇晃了三两回，僵持不下。钟馗以退为进稍一卸力，相视一笑，一同携手来到书案前。

果然墨迹未干，虽说落笔游龙走兽，酣畅淋漓，却笔锋浮躁，枝干飘忽，犹如沙堆起楼，水上莲蓬。钟馗无意点评笔法，心想，班门弄斧也好，先下手为强也罢，陪你过过招，看看有何鬼花招，于是随口吟出白衣少年之雅作：

自古山高林愈密，往来曲径通深幽。

偶见鸳鸯双戏水，忽闻喜鹊又叫春。

残花败柳列两行，歪瓜裂枣遍地行。

若非牛郎和织女，便是倭瓜配色魔。

　　钟馗心中一乐，非骚非赋，非骈非诗，少年轻狂之艳词滥调跃然纸上："有幸拜读大作，虚夸有余，厚重不足。媚俗有余，高洁不足。若论其为大汉骚赋，遗风荡然无存，若论其为骈体诗文，实乃驴唇不对马嘴打油之作。"白衣少年听闻点评，脸上红一阵白一阵，喘息声逐渐急促起来："既论古风，不如听琴。"

　　"如此甚妙，何不弹奏一曲高山流水，以应伯牙子期？"

　　白衣少年一愣，似未听清："敢问伯牙子期为何物？"

　　"伯牙摔琴谢子期，高山流水成知音。"

　　白衣少年见钟馗不愿多言，也不再多问，口中一面念叨着"伯牙，摔琴，高山，知音"，一面转身快步移到琴案前。钟馗得空轻抬手臂瞧一眼手腕处，好家伙，方才已被白衣少年下了狠手，一圈青中带紫凹陷的箍痕赫然在目。钟馗心中顿起疑云，到底是妖不是人，到底是魔不是仙？

　　白衣少年并未落座琴凳，瞥了一眼钟馗，又瞥了一眼罗圈，露出似笑非笑诡异的眼神，猛地抖开长袖张扬双臂，伸出十指，在瑶琴上翻飞拨弄，嘈嘈切切，叮叮淙淙。

　　这哪里是高山流水，实为斯文扫地，作践瑶琴，乌七八糟乱弹一气。未等钟馗笑出声来，入耳的琴声竟如蚁如蛆，如蚊如蝇，从双耳径直钻入腔膛，再四散弥漫开来，啃咬抓挠，由内及外，奇痒难耐。钟馗恨不得扒光衣裳，死命抠扪浑身上下无处不在的瘙痒。

　　在红光笼罩中，风铃的催命声里，以及香薰的缭绕之下，再增添瑶琴的妖乐，罗圈早已按捺不住瘙痒，扯开衣襟抠挠起来。钟馗则咬紧牙关使劲掐了一把大腿。看来，要么亮出手段以正压邪，要么折戟沉沙打道回府，直接赶往地狱报到。

　　恍惚间，白衣少年上下飞舞的双手，在钟馗的眼中，幻化成两只黑乎乎尖尖的兽爪，正肆无忌惮地蹂躏着琴弦。是人不是妖，是妖绝非人。随着白衣少年越弹越迅疾，越弹越尖利，一拨拨扎入耳中的琴声仿佛赶走了蚁蛆蚊蝇，如针刺，似刀扎。

钟馗眼前猛地闪过一个念头，瑶琴七弦，第一弦，乃君弦，属土为宫，其余皆臣下之弦。好一个以琴作箭作矢，好一个将琴作刀作枪！

岂能坐以待毙？何不攻其不备，出其不意？钟馗奋力赶前两步，以迅雷不及掩耳之势伸手就去撩拨瑶琴第一弦。却见白衣少年似乎早有提防，挥来一只黑爪隔开钟馗的臂膀，另一只丝毫未曾停歇继续拨弄琴弦。

快如闪电般你来我往数十回合之后，钟馗确信无疑，千奇百怪夺命琴声只在这慑魂的第一弦。这第一弦有鬼，花招只在这君弦上。

钟馗手随眼动，紧盯着白衣少年滴水不漏的封堵，瞅见一个稍纵即逝的小疏漏，旋即轻舒猿臂探入手掌，伸长双指，猛地勾起第一弦并向上使劲撩拨。在快如疾风的拆挡中，只听得"砰"的一声爆响，干净利落。刹那间，伴随着第一弦的崩断，滔滔琴声顿时暗哑，犹如梦境破灭。方才如水中月，镜中花的红光不再，风铃不再，香薰也不再，书案瑶琴不再，屏风小儿也不再。

借着楼外长明灯微弱的光亮，钟馗和罗圈仿佛从噩梦中醒来，这才瞧清楚，白衣少年已幻化成一只尖头尖尾的黑色妖怪，披满鳞甲，吐着开叉的舌信子，喘着粗气，不折不扣就是一只穿山甲精。还有更惹眼的，原先靠墙摆放屏风小儿之处，凸现一根粗大的柱子，柱子上四仰八叉捆绑着一位小娘子，浑身上下光溜溜无半缕衣衫，脑袋歪斜呻吟着，一绺一绺的乱发披散在白森森的香肩和酥胸之上，蘸满泪水、汗水和血水。

"大胆妖孽，朗朗乾坤，竟干下如此龌龊至极的勾当，鱼肉乡里，残害百姓，该当何罪？"钟馗义愤填膺，大声呵斥。

妖怪毫不惊慌，反而笑出声来："该当何罪？笑话，天大的笑话。徒儿自幼研习黄老之术，长生之法，现正在操演阴阳互补御女房中之术，何罪之有？你等擅自闯入，该当何罪？还不快快滚蛋，这就唤来家丁守卫将你等缉拿，明日送官，量刑定案。"

"到底该谁滚，还不知晓呢？"罗圈渐渐回过神来，毕竟整日待在阎罗殿，耳濡目染，听惯看惯了阎王爷大人问鬼审鬼和判鬼，早已轻车熟路，"好一个演练房中御女之术？那请问，这位小娘子可是堂堂正正明媒正娶？若要说及阴阳互补大法，是你补？还是小娘子补？好好瞧瞧吧，小娘子被你补得只剩下出的气，没了进的气！"

妖怪恼羞成怒："来人啊，快快将这两个不请自来的无耻狂徒拿下。"

罗圈正要回击，就听钟馗朗声说道："先别！你最好先撒泡尿照照自个儿的样子，是人是鬼，是妖是魔，你以为还是老叶家的老五呢？"

妖怪低头打量，摸摸肚皮，也吓了自个儿一跳，没想到，一朝瑶琴"君弦"断，不知不觉间早已原形毕露，不再是白衣少年。

此时，楼梯走道传来"咚咚"杂乱的脚步声。随着亮光晃动，一队家丁守卫高举火把灯笼冲上二楼，瞧见怪物，瞧瞧钟馗罗圈，再瞧瞧那个捆绑着的小娘子，一个个吓得张口结舌，六神无主，纷纷向后退去。后面的家丁守卫还在向上涌，未弄明白，就被连推带搡，挤落下去。火把灯笼跌落在楼梯道口。

"来得正好，莫要慌乱，都过来瞧瞧这位老叶家的老五，你们的主子，哈哈，哈哈哈，"钟馗仰天长笑，"赶紧的还不过去将小娘子救起？"

这些家丁守卫木呆呆的，不敢上前。钟馗指着妖怪："人心都是肉长的，谁家没个姐妹？本尊就不信各位兄弟未曾听说过老叶家老五的恶行，瞧瞧眼前这个妖怪，难道非要轮到各位家里的姐妹遭罪，才肯相信不成？眼前这位小娘子，遭此厄运，还不快去松绑抬去楼下，非要当个妖怪的帮凶和打手不成？"

火把和灯笼已将楼梯间点燃，小火苗一下下窜了上来。

妖怪气急败坏，挥动双爪扑倒靠近的两位家丁。只听两声惨叫，一个是脖颈儿，一个是胸腔，汩汩冒出鲜血，四条腿胡乱蹬踹，眼见得就去了奈何桥。

罗圈摆起手来唱喏道："两个冤死鬼啊，不晓得忘川河边奈何桥头，哪位兄弟去牵引啊。"说话间，罗圈用脚尖将妖怪变身迸裂在地上的白布衣衫勾过来，顺着墙根溜到柱子后面，盖住小娘子的胴体。一面解绳索，一面招呼近前的几个家丁，趁火势不大，赶紧背起小娘子快快从楼梯口撤出去。

眼见着小娘子已被救出，火势也渐烧渐旺，钟馗"沧浪浪"一声，拔剑在手，一个弓步在火光中将昆仑剑高高举过头顶。说时迟那时快，一阵狂暴的旋风从屋内腾然卷起，吹得小楼内飞沙走石，烟瘴迷离，火借风势，楼梯间大火已经熊熊燃烧，蔓延开来。

钟馗首次舞弄昆仑剑，不晓得哪里来的旋风，沙石烟瘴又从何而来。小楼外面悬挂的风铃发疯般聒噪着，没一会儿就跟长明灯一道被旋风卷得无影无踪。四下突然没了光亮，没了风铃，只剩下旋风的呼号和眯眼的黄沙烟瘴。

妖怪遇到了死对头，三十六计走为上，纵身跃起，撞破木墙格栅腾空冲向楼外。

"哪里走？"钟馗顾不得许多，挥动臂膀将昆仑剑抛向空中扭动的庞然大物。

一道金色的寒光正中脊背，妖怪惨叫一声轰然摔向地面。钟馗和罗圈紧跟着跳将出去。罗圈走近，一脚踏住妖怪满是鳞片的脊背，两只手紧紧握住剑柄，将昆仑剑使劲抽出。妖怪身上喷出的妖血，溅了罗圈一脸，而罗圈手中的昆仑剑却闪着金光，未沾一滴妖血。罗圈毕恭毕敬地将昆仑剑呈献给钟馗，夸赞道："好剑，真正的好剑。"说也奇妙，剑方归鞘，旋风和飞舞的沙石烟瘴便即刻消失。

钟馗也是初识昆仑剑的力道，心头涌起一阵狂喜。

穿山甲精还在苟延残喘，钟馗厉声喝问："亏你多年修炼成精，却在此为非作歹，残害百姓，真是死有余辜！老叶家的老五去了哪里，快快说来？"

穿山甲精忍着剧痛，断断续续道："小的，原本占山为王，山中有巢，吸食山阴地阴树阴水阴……修炼千年，可哪里料到……老叶家的老五，常常进山打猎，可有一回……老五带领人马，进山围猎，放火焚山……小的……失了老巢，无奈之下，收拾掉老五……变身老五，回到白水镇子叶家庄园。可这镇子里如何吸阴修炼？只好指望一班家丁走狗，找寻二八黄花大闺女供我吸食阴精……真是沾了老叶家的福气……"

"呸，沾了老叶家的福气？死到临头不知悔改，糟践百姓，方有今日！"

不等钟馗说完，穿山甲精已是上气不接下气："两位，何方神圣？为何赶尽杀绝，不留一条活路？"

"活路？有你的活路，乡亲们可有活路？"

穿山甲精耗尽最后一点气力，心有不甘："两位大侠，行行好，拜托留个全尸。"说着，长长的舌信子耷拉在尖嘴外边，举了举前爪，半睁双眼盯着二楼。

钟馗瞧得明白，吩咐罗圈和涌过来的家丁守卫："将此可恶的妖怪，拖进小楼！一把火烧他个清清爽爽，也算留他个全尸罢了。"钟馗的话音刚落，穿山甲精半昂着的头和半举着的前爪便轰然坠地。"还有，你等几个莫再耽搁，快快将受伤的小娘子送回家去。"钟馗安置停当，小楼已噼噼啪啪，火光冲天。

东方现出一抹淡淡的鱼肚白。钟馗招呼罗圈，悄悄退到无人巷道，单腿点地，直飘云间，迎着微红的朝霞，向破庙飞去。

第十九章　莫道此行无艰险　寻常打尖不寻常

钟馗罗圈飘落在破庙门前。

钟馗抖抖肩膀，拍拍尘土，摸摸怀中馗匣，再摸摸昆仑剑，扬起黑头，脸上荡漾着抑制不住的喜庆。首战告捷，兵不血刃，虽说初时底气不足，但凭一腔英武豪气当机立断便拿下了危害乡里多年的妖怪。未曾料到，真未曾料到啊，立下奇功的昆仑剑，如此威猛力道，如此霸气了得！

"有了此神器，何愁功劳簿。你兄弟两个跟着本尊，踏踏实实闯荡一番，降妖除魔斩鬼除恶，扬个名，立个万，也不枉阎王爷大人的倾心栽培。"钟馗转身对罗圈说道。

罗圈满脸堆笑："可不是吗？跟着您钟相公，功劳簿上多多地累加，多多地录入，到头来怎么着也盼个加官晋爵呢。"钟馗点点头："不过，这回初识昆仑剑，可这怀中馗匣又能做甚？指不定也去装装皇帝老儿的玉玺？那也是说不准的事儿呢。"罗圈凑上前拍拍钟馗怀里的褡裢："意料之外的事儿多得去了，谁又能讲清楚道明白？多一件神器总比缺一件神器划算。到了时辰，馗匣自会有其妙用，只是时辰未到而已。"

"有点道理。快去瞧瞧破庙里歇息的乡亲们，也好早些告之喜讯，叫他们快快返回家园。"

钟馗正要跨上庙门台阶，就见堵住庙门的门板由内掀开，外八揉着惺忪的双眼，怔怔地望着钟馗和罗圈。

钟馗略感纳闷："还不闪一边，让本尊进去！"

"钟相公，您走后不足半个时辰，乡亲们一个个似惊弓之鸟漏网之鱼。那位长者经不住老少妇孺的劝说哀号，收拾行李，急匆匆赶路去了，临了，还不忘记托付小子务必转告钟相公多多保重，说那个老叶家的老五很是厉害，劝我等早些开溜，以免招来杀身之祸。惹不起终归躲得起吧。小子再三挽留，没法子，劝不住，一大家子趁天黑悄悄离去了。"

钟馗一脸的懊恼，原想着风风光光赶回来，在乡亲们面前长长脸，未承想，人去破庙空。

罗圈口齿伶俐："算了，破庙不进去也罢，这天也就亮了。钟相公别跟那帮子乡亲们一般见识。大家都迫不得已，再说了，一大家子离开白水镇子，不见得就不是个好事呢。灭了叶老五，指不定还会来个更凶更恶的张老五王老五呢。小子兄弟两个逃过难，心中有数。说句大实话，不如赶早动身寻个店家喝口热汤热水，歇歇脚，钟相公您看行不？"

钟馗故意岔开话题："各走各的阳关道。走吧，寻个店家歇息歇息。外八，庙门敞着吧，也好方便过往行人。"随便唠叨了数句，倒也轻松少许。

罗圈察言观色："钟相公，咱主仆这就赶路？长安城可还远着呢。前面白水镇子，您看还需要再去转转吗？"钟馗挠挠黑头："白水镇子还是算了，妖已除，灾已免，乡里乡亲的想怎样就怎样吧，手伸不了那么长，事儿也管不得那么多。"外八抢个话头："钟相公，您看长安城如此遥远，不如咱主仆一道飞过去，又快又省力，可好？"

"别尽想着舒坦省力，"钟馗不假思索道，"本尊下凡世间，降妖除魔斩鬼除恶，飞去长安城，的确舒坦省力，可云里雾里的，去哪里找寻妖魔？那些妖魔精怪不都躲在大山上，藏在江河里？胆子大的还有幻化人形，附体活人，浪迹世间，祸害百姓的呢。"外八赶紧表白："小的只图方便省事，差点忘记钟相公的公干呢，小的知罪。"

"收拾书箱，收拾挑担上路了！"钟馗说话掷地有声，俨然一个降妖除魔斩鬼除恶的行家里手。

昆仑剑带来意外惊喜，着实让钟馗领略到神器加身，今非昔比。相信怀中道匣更有神机妙用，迟早有一天揭开谜底。眼下今日，明朝，后日还得加紧找寻妖魔精怪，等到月圆时分，才好昂首挺胸呈报阎王爷大人。如此这般，阎王爷大人在玉帝王母面前才会颜面有光，自个儿方能顺理成章于六个月大限之内咸鱼翻身。

天光已放亮，钟馗招招手，向着长安城进发。

一路上晓行夜宿，遇山游山，遇水戏水。青山依旧青，绿水更长流。山高林密，泉瀑高挂，草木苍翠，潭深蝉鸣。罗圈外八兴致甚高，可钟馗愈来愈焦躁不安，眼见着再有五日就该月圆，如此优哉游哉，如何去见阎王爷大人？

不知不觉中，距离长安城尚余百十来里地，金灿灿的晚霞映照半个天空，归巢的鸟儿叽叽喳喳叫个不住，蝙蝠在低处一声不响地飞来飞去。罗圈瞧着夕阳西下，前后打量一番，不远处路边几棵硕大的老榆树旁有一处院落，倒也清净，于是赶前几步敲响院门。清脆的叩击声呼唤着院落的主人，似乎也在催促着鸟儿快快归巢，蝙蝠快快离开飞远点。

外八放下挑担，捡起一粒石子儿，朝天上那些忽高忽低的蝙蝠投掷出去。石子划出一道弯弯的黑线，钻入老榆树浓密的枝叶里，发出一串窸窸窣窣的声响。上下翻飞的蝙蝠不为所动，依旧忽远忽近飘忽不定。外八不甘心，随手又捡起一粒石子，正想抬臂掷出，就见院门大开，跳出一位黑衣短打装扮的年轻后生。

后生猛地瞧见钟馗，吃了一惊，张大嘴巴露出口中两粒雪白的尖牙。钟馗连忙解释道："此行匆匆，旅途劳顿，只怕赶将下去，夜深人静，错过店家。指望借宿一宿，有个热汤茶点，明早好接着赶路呢。"黑衣后生倒也和善，话虽不多，脸上露出笑意，帮着罗圈外八拎起挑担书箱，将钟馗一行让进一间算得齐整的柴屋，唱喏道："庄户人家有所不周，三位远道而来的客官休要嫌弃，只一炷香的工夫，备妥热汤热饭，就给几位送来。"

"那就有劳主人家，敢问客官尊姓大名？你家双亲在否？时辰不早，我等也好前去略表谢意。"钟馗言辞谦恭，礼数到位。

"免尊姓贺，贺老二。几位客官，实在不凑巧，双亲数日前访亲吃喜酒去了，还需数日才返回呢。"

"既然如此，那就待双亲归省之后，多多送上我等的问候。"

"那是，那是。"黑衣后生一边答应，一边退出柴屋关上门板。

天完全黑了下来，左等右等不见黑衣后生的影子。屋外面没了鸟叫，一片寂静，偶尔听得见几声"噗噜噜"蝙蝠振翅的拍打声。

罗圈点起一盏炕桌上的油灯，低头审视，灯盏里面几近油枯。昏黄的灯光将三位黑黢黢的影子映照在柴屋的土墙上。罗圈绝非省油的灯，嘴里不住地叽叽歪歪，沿着炕沿走来走去，抱怨着那个年轻的黑衣后生嘴上无毛办事不牢。微弱的灯光里，尽是罗圈的大黑影子晃来晃去，忽大忽小，不时地在墙壁和屋顶折角处映照出一只低头俯视的巨大黑影，似乎要从屋顶弯腰扑下来一般。外八有些不耐烦："别晃了行不行，被你晃得头昏脑涨。"

说来也巧，钟馗突然也感到一丝晕眩，晕眩来得莫名其妙。油灯捻子上的火苗已缩成豆粒大小，钟馗强忍住一阵阵袭来的困意，想着先歇了吧，紧接着就来了一个大大的呵欠。罗圈跟上一句："困死了，说好的热汤茶点也没个影子，看看，这盏破油灯也要熄了，上炕歇了，歇了，哎哟哟，不对劲，头晕得难受。"罗圈话音未落，油灯捻子上窜起一股子油烟，屋里突然陷入黑暗，到处弥漫着油烟子的焦煳味道。

钟馗揉了揉眼睛，黑暗中眼见着罗圈一条腿跨上了炕，另一条还耷拉在炕沿下，半个身子趴在炕桌旁眯瞪着了。炕那头的外八已经五迷三道鼾声大作。迷迷糊糊间，钟馗嗅出一股不祥的预感，但沉沉睡意一下下地拉扯着眼皮，即便如此，他咬紧牙关一遍遍告诫自个儿绝不能闭上眼皮，绝不能睡死过去。

焦煳味道渐渐淡去，窗外一阵紧似一阵的"扑簌簌"由远及近，由轻变重，由稀变稠。风吹榆树叶？雀鸟振双翅？还是马蜂半夜来集结？似乎都不像，奇怪的响声就在门外，就在窗边和耳畔，看不清却听得见，而且听得毛骨悚然，汗毛直立。钟馗使出全力想让自个儿的后背紧贴在墙上，可两条腿却不听使唤，两只胳膊使不上劲，"中招了，全都中招了"！

难道是油灯？是焦煳的油烟子？钟馗快速地闪念进屋前后的一件件琐碎，却理不出头绪，这可如何是好？看来真就是来者不善善者不来，无论如何爬也要爬过去，身子得紧贴着土墙，也好自卫以防不测。再瞧那两位可怜的倒霉蛋，早已进入梦乡吃香喝辣的去了。

钟馗想着给自个儿鼓个劲儿，张大嘴巴，扯起嗓子，干吼一声，飘进耳朵里的却是如同蚊蝇一般的嗡嗡声。看来真就入了魔窟，踏破铁鞋，找寻妖魔，妖魔未寻见，反被妖魔算计中了招。钟馗有话说不出，有力使不上，今夜难道束手就擒成了妖魔的瓮中鳖，砧板上的肉不成？此时此刻，唯有抽出昆仑剑，先自保，先救下罗圈和外八，再降魔。可两只瘫软下垂的臂膀，无论如何拿不稳剑鞘，握不住剑柄，更休提大喝一声拔剑在手，剑气贯长虹。

就在钟馗挣扎的节骨眼上，黑暗中先后响起"哐堂堂""咔喳喳"。一声"哐堂堂"之后，柴屋的门板被掀翻在地，纸糊的窗户也"咔喳喳"被撕扯得粉碎。微弱的月光洒进柴屋，凉飕飕的冷风随之扑面而来，湿答答黏糊糊，透着一股子浓浓的腥臊臭气。

不容钟馗分辨明白，从敞开的大门和破败的窗户呼啦啦涌入数不清的蝙蝠，屋里屋外犹如一张密不透风黑色的大网。半空中蝙蝠亮亮的绿豆小眼睛星星点点，嘴巴里明晃晃的两粒尖牙闪着白森森的光。只听得"噗""噗""噗噗"此起彼伏，片时，蝙蝠便扑满罗圈和外八全身，可他两个依然酣睡不醒，像两头被开水烫死等待煺毛的猪。

钟馗还惦记着要帮助他俩驱赶蝙蝠，可一下下钻心的痛，从耳朵，从额头，从脸蛋，从下巴，从脖颈，从肩膀，从双手，从双腿传来，甚至从眼皮子，从鼻子尖，从胳肢窝里传来。无法哄赶，无法扑腾，无法翻转。他强忍住密密麻麻的刺痛，紧闭双眼。

昆仑剑就在腰间，就在手边，却无能为力。

第二十章　是鸟非鸟黑蝙蝠　馗匣显灵金光闪

钟馗浑身上下爬满臭烘烘的蝙蝠，好像裹着一张厚厚的毡子透不过气来。嗜血的蝙蝠争先恐后地往皮肉里钻，戳入尖齿，啮啮咀嚼，撕咬皮肉，吸食鲜血。

钟馗费力地挪动一只手臂，勉强揪拽住几只趴在肚皮上的蝙蝠，刺痛中一同带起自个儿的皮和肉。挤作一堆的蝙蝠见缝插针，即刻填补空缺。此刻，钟馗不愿就此稀里糊涂地成了刀俎之下的鱼腩，而是一门心思只想紧握住剑鞘，快快抽出昆仑剑，搅起一阵阵旋风，来一场飞沙走石。无奈沉重的臂膀仿佛灌了铅似的瘫在肚皮上，眼睁睁由着蝙蝠大快朵颐，大口喝血。

如何持剑？怎样破阵？

钟馗咬牙切齿地将周身残存的气力汇聚在一侧肩头，沿着臂膀，一直贯穿发轫到手掌指尖。再慢慢拖动臂膀，用手掌指尖一点点地穿透堆叠的蝙蝠肉乎乎的缝隙，径直探进肚皮上的褡裢。慢慢地，先是指尖够着了馗匣，接着手掌触摸到了馗匣。暖暖的馗匣依旧是那么温润细腻，仿佛默默期盼着钟馗伸过来流血的手掌和指尖。钟馗将馗匣的端头顶住肚皮，竭尽全力，聚力于指尖，猛地一把推开匣盖。

刹那间，从钟馗肚皮上射出一道耀眼夺目的金光，将整个柴屋映照得亮亮堂堂。柴屋中所有的物事都笼罩在一片金色光芒里。一只只蝙蝠发出凄厉的尖叫，飞离罗圈外八，离开钟馗血丝呼啦的身子，乱哄哄地拥挤在柴屋的半空中，扑扇着翅膀，疯狂地飞舞着，吵闹着。逼仄的柴屋如同大个的马蜂窝，不时地，有一些蝙蝠瞎撞在钟馗脸上和身上，有的撞在柴屋的墙壁和屋顶上。说也奇怪，没有一只蝙蝠从破碎的窗口，或从敞开的大门飞出去。

不晓得哪只蝙蝠，也说不上哪几只蝙蝠，率先迎着馗匣射出的金光，冲向钟馗肚皮上的馗匣。随即，柴屋里盘旋的蝙蝠成群结队，鱼贯而入。当最后一只蝙蝠冲进馗匣时，金光也尾随其后收拢进了馗匣。

看看屋里没了蝙蝠，钟馗赶紧将匣盖推紧盖严实了。这会儿，钟馗头也不晕，手臂和双腿也有了知觉和力气，如同做了一个梦，一个生死两隔的噩梦。浑身上下流淌着的不知道是大难无恙后的汗水，还是被蝙蝠撕咬后渗出的血水。钟馗大口喘着粗气，让自个儿赶紧平复下来。

屋里屋外，四下里寂静无声，只有如水的月光从窗口和大门漾进柴屋，将地面涂上一层白霜。钟馗看了看歪斜在炕上的罗圈外八，怒气不打一处来："还没睡够吗？快快起身！"终于听见自个儿洪亮的大嗓门了。

罗圈外八在炕上蠕动着，哼哼唧唧，似睡未醒，全然不晓得方才命悬一线的惊险。两位翻身揉眼，瞧见洞开的大门和破碎的窗口，突然觉察出无处不在的刺痛，再轻抹一把脸，指头上黏黏糊糊的，凑近鼻孔，血腥味直冲鼻腔。

"我的血？谁的血？我在淌血？怎么在我的脸上？"

外八急吼吼地凑过来："钟相公，身上都是血？到底怎么回事？"

"屋里黑灯瞎火，先到外面再说。"钟馗将馗匣捧在手中，从炕上一跃而下，大踏步走出柴屋。

屋外空地一片敞亮，罗圈外八站在月光之下，回头望去，除了几棵粗大的老榆树，哪里有甚院落？只有几处尚未坍塌的残墙断壁。罗圈看着外八，指指点点地傻笑，外八指着罗圈也在傻笑，半斤对八两，满脸血口子，浑身上下破衣烂衫，丝丝缕缕，露出皮肉。钟馗低头瞧瞧自个儿的模样也是忍俊不禁，不过黑脸黑皮，皮糙肉厚，不甚显眼罢了。

经此劫难，千幸万幸，钟馗撩发诗兴，张嘴哼出数句歪诗：

> 曾经床前明月光，疑似地上涂满霜。
> 土炕留痕三摊血，好在绝非是内伤。

吟诵之后，钟馗顿感轻松："说归说，笑归笑，方才险些着了道。你两个别再傻站着，赶紧过来，多亏神器馗匣收服蝙蝠精，我等这才得以侥幸。这会儿，不知蝙蝠精是死是活。"说着，缓慢推开馗匣的盖子。

夺目的金光从馗匣中射出，钟馗不敢直视，侧过脸去，将匣盖一推到底。

馗匣射出的金色光柱直冲霄汉，似乎在探寻阴柔的月光，渐渐地在夜空中与月光相互交融，不分彼此。分不清金色的光柱让月光更加清丽，还是淡淡的月光让金色光柱更显深邃。本就稀疏的星星已彻底遁形。

罗圈外八惊叹不已，啧啧称奇。

钟馗将馗匣翻转冲下，金灿灿的光柱照耀地面，瞬间将如霜的月光融化。随即一只黑乎乎的蝙蝠从馗匣中跌落。钟馗又晃了晃馗匣，再使劲儿抖抖，小心翼翼地将黑手指探入匣内捋了一圈，确信空无一物，这才用双手推回匣盖。光柱倏忽间回归馗匣，天地间只剩下如霜似水的月光。

跌落在地上的小蝙蝠，一点点膨胀，一点点长大，竟如山羊一般大小，半张着嘴，露出两粒尖尖白牙，一对黑漆漆的双翅瘫软在光溜溜的身上。

外八上前踹了一脚，大蝙蝠毫无动静，再凑近试探鼻息，早已不再喘气。"瞧瞧，快瞧瞧，身上还套着黑衣短打呢，不就是那个开门迎客的年轻后生吗？"

钟馗弯腰望去："真乃画虎画皮难画骨，知人知面不知心。躲过此难此劫，多亏神器护佑，快快拖走这个妖孽，墙后掩埋了事。"

罗圈外八怕脏了手，直接用脚踹，一下下将山羊般大小的蝙蝠精翻滚到残墙的后面。不去不晓得，一去吓一跳！好大一个坑，满是累累白骨。罗圈将蝙蝠精一脚踹入大坑："这就给那些个冤鬼做伴去吧。"

看来蝙蝠精，长期在此盘踞伪装，拦截行人，吸食血肉。不晓得有多少行旅商贾、赶考举子、驿站差夫，命丧此处。"放把火烧干净了，也给冤鬼们一个了断。"钟馗吩咐罗圈。

腾空而起的火光里发出噼里啪啦的爆响，好似冤鬼们的呐喊。

乘着月色，钟馗一行赶紧离开恐怖的柴屋，不，离开害人的破墙断壁、茂盛壮硕的老榆树，以及尸骨累累的大坟场。

钟馗一行自打离开了阎罗殿，游山玩水，风餐露宿，经意不经意间，斩灭了穿山甲，见识了昆仑剑的威猛，收拾了蝙蝠精，见识了馗匣的力道。然而，若不是两件神器，估计钟馗这副黑皮囊已到地狱门前报到去了。

看来，仙界有仙界的规矩，鬼域有鬼域的门道，世间有世间的路数。再过数日，还需亮相一遭阎罗殿，正好表表功，想必得些阎王爷大人的夸赞呢。钟馗想象着大恩人阎王爷大人必定对力斩穿山甲、降伏蝙蝠精的壮举赞不绝口，想着想着，嘴角咧开一丝笑意，"今日已是四月十二，三两日后就到首个月圆之夜，你两个谁愿意陪着本尊去趟阎罗殿面禀阎王爷大人？"

"还是小子陪钟相公吧，外八暂居世间红尘，可好？"罗圈瞧着外八，又瞧瞧钟馗。

"如此甚好。"钟馗也不多言。

一行三个晃晃悠悠一路无事儿，只有钟馗心里多少有些忐忑。眼见就到了长安城，钟馗开口说道："今儿个月圆，外八，你小子当心，遇事儿切莫轻举妄动，就在城外找个清静店家，老实候着，静等本尊返回。"

"遵命就是了。"

挨到天黑出月亮，田间地头早没了人影。看看没什么闲杂人等，钟馗单腿点地，"嗖"的一声，直飞云间。"等等我。"罗圈急吼吼地跟了上来。

第二十一章　月圆日兴冲冲　功劳簿遭白眼

腾起云驾起雾，钟馗这才念及这偌大的阎罗殿，东南西北中，该往哪里去？不得不回过头使唤罗圈："赶紧的，前面带路。"

罗圈驾轻就熟："钟相公您就不必劳心费力，咱并非世间的凡夫俗子肉身皮囊，一个个千挑万选才被招到阎王爷麾下降妖除魔斩鬼除恶。在这云朵之上，白天有日头，晚间有星斗，东西南北清楚得很。天上不似地下，若赶上阴天雨天，白天无日头，夜间无星斗，哪里辨得清方向？"罗圈一边嘚瑟，一边飞到前面引路去了。

这回跟着罗圈重走一趟黄泉路，比不得先前被伶俐鬼牵着跑。想当初撞柱之后头昏脑涨哪里有心思左顾右盼？这次立了功，气昂扬，身轻如燕少不得细细品味个中滋味。好在罗圈熟门熟路有熟鬼，关照有加不打折扣。他俩穿过鬼门关，遍赏有花无叶的彼岸花，抬脚就到了忘川河畔，瞧得见那些浸泡在黄汤里的孤魂野鬼毒蝎恶虫，踏过伤心之处奈何桥头，三步并作两步绕开端着汤碗的孟婆婆，看也不看一眼三生石，更无暇回头望乡台。

云雾弥漫间，阴冷潮湿中，只见阎罗大殿矗立在正前方。

沿着通往大殿石阶的两侧各有一排灯柱，柱子顶上的火苗忽明忽暗，透着一股肃杀之气。迷雾深处，高墙背后时不时传来凄厉的男号女叫。

钟馗拢了拢破烂不堪的大氅，转眼间已斜立在大殿牌匾之下。看着罗圈跟老相识们打着招呼，钟馗心里赌气，有朝一日这些个当差小鬼，可怜的小鬼，必将知晓我钟馗的丰功伟绩，对我钟馗仰起鬼脸，刮目相看。

正在瞎琢磨间，只见一个当值小鬼跑来罗圈面前，抱拳弯腰唱喏道："事不凑巧，阎王爷大人正在审案，请两位殿外候着。"罗圈转身无奈地对钟馗摊开双手："钟相公，您看可否去偏殿稍稍歇息一下，也好静候阎王爷大人的召唤？"钟馗不假思索道："甚好。"

"且慢，阎王爷大人口谕只让两位殿外候着。"当值小鬼说得正儿八经。

"这位哥哥唉，小子随这位钟相公大老远赶来阎罗殿，专程来向阎王爷大人禀报要紧事儿，理应待在偏殿里一边歇息一边候着才是个正理，还请哥哥通融通融。"

"阎王爷大人只说了那么一句，本小鬼可不敢瞎改乱编。要不劳烦两位稍候片刻，小子进去再禀报一声。"今儿个当值小鬼硬气得很。

"那就费心您了！"罗圈一个劲儿地道谢，目送着当值小鬼走进大殿。

殿外这一等，就等了个天昏地暗东倒西歪。钟馗长途跋涉腿脚困乏，干脆坐在殿外台阶上歇息。

"何方黑鬼？如此无礼，竟敢藐视阎罗大殿？"

一声霹雳，震得罗圈从石阶上一个蹦子跳起来，赶紧上前搀扶钟馗。

钟馗也忙不迭爬起来循声望去。好生奇怪，只听其声不见其踪，鬼影子也没瞧见，耳朵里还在"嗡嗡"作响。钟馗一刻不敢随意，直挺挺地立在大殿前，眼巴巴地望向殿内。一声响锣开道，当值小鬼跳将出来："宣钟馗进殿。"

钟馗和罗圈一前一后迈过门槛进入大殿。先前那个当值小鬼捂着嘴巴，骑坐在高高的门槛上，靠着门板"吃吃，吃吃"傻笑个不住。

又是一声断喝："跪下！"钟馗罗圈扑通跪下。钟馗微微抬头向上望去，阎王爷大人端坐在高大的公案后面，头顶高悬"善恶昭彰"大牌匾。

"有事赶紧奏来！"兴许审案劳烦，心绪不佳，阎王爷口气明显不耐烦，与钟馗之前聆听见识到的天差地远。

钟馗心里不禁咯噔一声："谨遵阎王爷大人嘱托，月圆之日，务必登殿，面呈降妖除魔斩鬼除恶之功劳簿明细。今儿个当属首个月圆之日，卑职特来登殿向阎王爷大人面呈。"

"功劳簿？休得啰唆，捡要紧的说来听听。"

钟馗膝行两步，嘴上说着，手上比画着，将斩灭穿山甲和蝙蝠精的精彩之处娓娓道来，却每每遭到阎王爷的打断和质疑。慌乱之下，钟馗只好结结巴巴草草了事收场。

"没了？就两个妖怪？"阎王爷鼻子哼哼着，不屑的口吻让钟馗恨不能找条地缝钻进去。

"说来说去，颠三倒四，若非本王极力说服陛下，恩赏昆仑剑和馗匣，钟馗，你早就成了妖魔精怪的手下败将。不是派了两个伶俐鬼帮你打点吗？还有一个去了哪里？"阎王爷大人慢条斯理却字字戳心。

"待在世间找寻妖魔精怪的蛛丝马迹。"罗圈插上一句帮着解围。钟馗额头已渗出一层细密的汗珠。

"神器加身，心思却并未放在降妖除魔斩鬼除恶之上，整日游手好闲，游山玩水。一个月了，只拿穿山甲和蝙蝠精糊弄本王。再瞧瞧你两个，满头满脸浑身上下伤痕累累，衣不遮体，毫无体统。自个儿丢了颜面也就罢了，却打着本王的名号，扛着阎罗殿的旗号，简直丢本王的颜面，损阎罗殿的威名，这，又该当何罪？"阎王爷声色俱厉。

钟馗诚惶诚恐："阎王爷大人之厚恩，比天高，比海深，钟馗怎敢不识大体、不顾大局？就是给钟馗一百个一千个虎胆豹胆，也绝不敢糊弄阎王爷大人您老人家。唯初次受命，担此大任，不谙门道，有所耽搁，有所欠缺，实出无心，怎敢游手好闲游山玩水？更不敢辜负阎王爷大人您的栽培与恩德。"钟馗眼眶已溢出惊惧的泪花。

"念尔等初犯，本王免去追究降妖除魔不力之罪，但务必给本王记牢了，勤勉尽责，忠于职守才是本分。下回月圆之日，如果无甚改观，那就等好了尝尝本王的手段。下去吧。"阎王爷眼看着就要离座，忽然启口："等等，瞧尔等装扮，哪像个官差，哪像个读书人的样子？"转眼吩咐当值小鬼："拿两套齐整行头……还漏了一个，拿三套来。"

钟馗罗圈长跪不起，齐声高颂："谢阎王爷大人宽恕，谢阎王爷大人恩赏。"

当值小鬼催促钟馗罗圈起身换衣，钟馗这才抬头望向公案后的王座，哪里还有阎王爷的影子？钟馗二话不说换好新衣，踢了一脚堆作一团的破衣烂衫，自嘲一句："打道回府，不，打道世间，降妖除魔斩鬼除恶去也！"

"慢着！"旁边站着的当值小鬼，伸手拦住去路，"你两个的破衣烂衫堆在大殿，居心何在？"问得钟馗瞪眼一愣。好在罗圈机灵，隐隐瞧见钟馗脖颈子上暴起数根青筋，连忙弯腰将地上的衣物卷巴卷巴夹在胳肢窝，又对着当值小鬼作揖唱喏道："就此别过，回见您了。"小跑几步赶往钟馗前面带路去了，背后传来当值小鬼阴阳怪气地告别："千万当心，一路走好啊！"调子拖得老长老长。

等回到老地方，天光已大亮，路上没有行人。想着外八此刻该在客店歇息，钟馗罗圈沿着大道前行。

没几步，罗圈顺手指指路旁的一棵老槐树，有副书箱挑担横放在树下，还有个眼熟的身影正斜靠着大树呼呼沉睡。

罗圈跑过去，凑近细瞧，果然是外八。罗圈伸手一把推醒独守书箱挑担正在酣睡的外八。外八不情愿地睁开惺忪双眼，打量一番，回过神来："哎哟哟，钟相公回来了，都回来了，可把外八想死了。"

钟馗没好气地问道："怎么睡在荒郊野地？"

"别提了，那些个开店的全都是些个势利眼，见小子一身伤痕，再看这一身破衣烂衫，哪个肯留宿？一连敲了数家客店，一样的臭嘴脸。没辙只好试试找个好人家借宿吧，可乡亲们瞧见小子如此狼狈，肩上却挑着一副齐整的书箱，以为小子绝非善茬，说不准还是个剪径贼人呢，哪个敢留宿？"说时，抖一抖破碎的布拉条子，露出一副可怜相，盯着罗圈崭新的行头，闷闷不乐："钟相公，您二位这一趟，换了齐整行头，可有外八的？"

罗圈将一包新衣服抖搂出来递给外八："如此好事儿，钟相公怎会忘了你小子？"

外八脱下破旧衣裳，顺手丢进大槐树后的草稞子里。

钟馗催促道："别耽搁了，直奔长安城，人多妖怪才会多。一起使力用命，多斩些个妖魔精怪，下个月圆也好给阎王爷有个交代。"

第二十二章　歪打正着揭皇榜　稀里糊涂进朝堂

　　大马路上人烟渐渐稠密起来，熙熙攘攘之中夹杂着众多的外夷蛮族，卷发满脸络腮胡的，金毛白肤蓝眼睛的，鹰钩鼻子鹞子眼的，煞是好看，煞是热闹。来来往往的各式马车、驴车和驼队，有的拉满货物，有的坐着客商，嘈杂声中，不时听见车把式甩动鞭梢抖出尖利的爆响，"啪""啪"，与其说耀武扬威，不如说是在提醒路人赶紧靠边避让。轰隆隆的车队驼队扬起一阵阵尘土，荡起呛鼻的大牲口的尿骚味，行人们躲无可躲，掩鼻高声叫骂。路上布满大大小小的坑和粗细不一的车辙，总有一些积满泥浆。马车轱辘经过还好，可恨驿站官兵快马加鞭，马蹄飞驰而过，溅起的泥浆飞得老远，两旁行人苦不堪言。

　　钟馗百感交集，掐指一算，这才仅仅过去两月有余。想起两个月前，自个儿一介清贫书生，胸中意气风发，自忖经纶满腹，指望考取功名，一朝衣锦还乡，让那些狗眼看人低的左邻右舍，睁开狗眼，大张狗嘴，吐出狗舌。唉，不想也罢，考取头甲一名，福兮？状元旁落，祸兮？撞柱一命呜呼，祸兮悲兮？钦命神器加身降妖除魔斩鬼除恶，福兮幸兮？今儿个故地重游，气象实在无甚新奇。

　　巍峨的长安城的城门楼子就在大马路的尽头。钟馗吐出一口长气，大踏步直奔城门楼子。宽大深邃的城门洞子穿梭着各色车驾、驴马、客商等，进进出出忙碌着各自的生计。钟馗抬眼朝城门洞子的上方望去，巨大的城墙青砖上镌刻着肥厚粗壮的三个大字"长安城"，笔画间覆盖着斑驳苍翠的苔藓。再向上望去，易守难攻的高大城墙因久无战事，鲜见守城士兵，犬牙交错处遍插红黄两色的三角旗帜，迎风招展。三层的城门楼子，在猎猎旗帜环绕下，略显出陈旧的烟火气息。

　　一串杂乱的马蹄声由远及近从城门洞子传过来，行人纷纷避让躲闪，车把式赶紧靠边停车。一队阵仗齐整的皇家侍卫，从城门洞子里一字长蛇扬鞭策马而来。打头侍卫长一勒马缰，胯下的枣红马一个急停，后掌踏地，前掌临空蹬踏，高昂头颅威风凛凛连打几个"唏溜溜"的响鼻，后面的侍卫，一个接一个陆续勒缰驻足。

侍卫长给侍卫们交代数句，侍卫们便跳下坐骑，步调一致地回身跑向城门洞子，展开一张金灿灿的告示，将告示张贴在城门洞子一侧。两个全副武装的侍卫留下来把守告示两侧，其余侍卫则在侍卫长的招呼下飞驰而去。过往的行人呼啦啦将张榜告示的城墙根围了个水泄不通。两个侍卫骂骂咧咧，不断呵斥着拥挤靠近的人群。

罗圈外八原先只是听说过长安城，这些年，混迹仙界阴间，也算见识过诸多大场面。这回跟着钟馗头一遭来到长安城，实在未曾料到世间也有这般巍峨辉煌、人潮涌动的都城。见识过皇家侍卫马队的威风，瞧见里三层外三层的乡亲们对着金灿灿的告示戳戳点点，一时间，俩兄弟不由得生出百般好奇。

外八伸直脖颈子急得抓耳挠腮："走呀，走呀，过去瞧瞧热闹。"

罗圈揶揄外八："你大字不识，挤进去瞧后脑勺？瞧城墙砖？"

钟馗听着俩兄弟斗嘴，笑着解围道："这回，你罗圈看着书箱挑担，外八随我进去瞧瞧。"

罗圈应承道："小子守在这里等您二位。"顺势翻了外八一个白眼仁子，外八瞧得真切，也回敬罗圈一个大大的白眼。

外八连推带搡在前开路。钟馗在外八挤开的人群缝隙里紧紧跟在后面。挤到城墙根后，外八装模作样地抬头低头一上一下看着告示，不时用余光扫一眼周边的乡亲们。

钟馗则将告示仔细读了一遍：

> 大唐皇帝钦令
> 普天之下，莫非王土，率土之滨，莫非王臣。
> 值此盛世，四海承平。
> 大唐立国之本，在于先民后国，在于先臣后君，在于先内后外，
> 民强则国强，民富则国富，

国强国富，国祚永昌，

下则需百姓安居乐业，耕读不辍，

上则需招贤纳士，共商国是，

外则需恩威并重，固本为基。

当今吾皇，宵衣旰食，

夜以继日，积劳成疾。

多方求治，不得痊愈。

万乘龙体，关乎天下。

贤士九流，触类旁通，

栋梁大庙，小椽补遗。

特招募岐黄大家，杏林高士，

共禳圣恭疾患，共佐君亲安泰。

钦此。

钟馗晓得与己无关，拽拽站在前面摇头晃脑的外八："走了，走了。"

外八扭头小声问道："钟相公，榜上说甚？"

钟馗耐着性子压低嗓门："皇帝病了，病得不轻，想招些医家大夫进宫给皇帝瞧病。"

"太好了，太好了，"外八对着钟馗附耳说道，"这下可以进宫见识见识，还可以瞧见皇帝呢。对了，该是那个门缝瞧扁人的皇帝老儿？"

钟馗一头雾水："门缝瞧扁人的皇帝？"

外八贴得更近："就是那个老眼昏花、以貌取士的皇帝老儿。"

钟馗用略带谢意的口吻低声道："正是那个皇帝老儿！走了，快走了，该进城去了。"说着，转身往外挤出人堆，正想招呼坐在书箱挑担上的罗圈，忽听身后一阵喧腾，叫好的，喝彩的，也有瞎掺和的，随即听得外八真真切切地叫喊："钟相公，钟相公。"

钟馗停下脚步，转过身去，只见人堆呼啦啦分开一条道儿，外八双手捧着金灿灿的告示，满脸兴奋地跑过来，后面紧随着两个皇家侍卫。

原先密密麻麻围住告示瞧热闹的乡亲们，簇拥过来，将外八、钟馗、罗圈围在当中间。钟馗脑袋"嗡"的一声，一股无名之火直窜天灵盖，但此刻不得不强行压住，摆摆手，冷笑道："外八，何德何能揭此告示？还有你，罗圈你懂医术？"

罗圈瞧这阵势，众目睽睽之下，或许是为了帮衬外八，顺带也给自个儿打打气："那就，那就先试试，试试看吧。"

外八向前紧赶两步，回头望见侍卫还未贴近上来，对钟馗低声道："先进去皇宫再说，瞧瞧那个逼死钟相公的皇帝老儿到底长得什么模样？若以后到了咱阴曹地府阎罗殿，更得好好过堂审个仔细，让皇帝老儿也尝尝钟相公的手段呢。"

钟馗听得哭笑不得，金灿灿的告示还捏在外八手里，推是推不掉的，看来唯有硬着头皮走一遭。

第二十三章　故地重温撞柱　太宗病入膏肓

朱漆大门高丈余，排布铜铆锃亮如金，九九成行又成列。硕大的铜环左右各一含在怒目圆睁的狮口之中。汉白玉雕砌的石阶栏杆，白得晃眼，纤尘不染。石狮石虎盘踞在五尺石凳之上，昂首挺胸，凛凛然不可侵犯。高大的红墙尽显皇家威仪，跃过墙顶青瓦，露出数只翘角飞檐。盔明甲亮的皇家侍卫列队宫门两侧，不时还有全副武装的禁军环绕宫墙巡视。

皇宫还是那座皇宫，大殿还是那座大殿，钟馗大踏步跟在侍卫后面，进入一扇偏门。一条长长的走廊绕开大殿直通皇宫大内。钟馗侧眼瞧着中庭大堂，那可是自个儿鲤鱼跃龙门之殿试所在啊。那根红漆大柱静静地伫立着，上顶起栋梁，下踩踏大地。钟馗的耳畔仿佛回响起"咚"的撞柱声，似乎又见纷纷扬扬震落的尘埃。

钟馗不由自主地摸了一下额头，隐隐地痛。还记得自个儿肉身瘫软在红漆大柱一旁，魂灵不听使唤已钻出天灵盖，飘荡在大殿半空，看着侍卫们拖走自个儿的肉身皮囊，再由太监们清理血污脑浆。憋屈直冲脑门，只想大吼一声，张开嘴却发不出任何声响，一番横冲直撞，就站在了大殿屋顶之外。朗朗晴空日头高悬，只好躲在飞檐翘角下的阴暗处，糊里糊涂走了一趟黄泉路，渡过忘川河上的奈何桥。所幸未曾灌下一碗孟婆汤，也未去过望乡台，径直来到了阎罗殿，当然，还曾有幸去过一趟灵霄宝殿。

鬼使神差旧地重游！钟馗穿行在高墙深宫内逼仄的巷道，除了精致的曲径，就是沉默的白墙。无花无草，无树无石，无甚景致，鸟雀猫鼠藏无可藏。没多远，面前横起一道短墙截断巷道，两扇对开的朱漆小门紧紧关闭。侍卫叩响门环，"嘎吱吱"，一个老太监推开半扇门，探出半个身子，肘弯里搭着一条白色拂尘。

侍卫抱拳："奉命将揭了告示的客官带到，烦请老公公通报，小的们也好交差。"

老太监听说揭告示的客官已到，面露欣喜："几位客官稍候。"公鸭嗓音未落，"哐堂"一声已将朱漆小门关了个严实。

没多久"嘎吱吱"响起，朱漆小门两扇皆开，从中走出一队太监，领头的便是方才那个老太监。

"都听好了，随身物件收拾停当交由侍卫，依次站住，分开双腿，张开双臂。"侍卫在一旁催促。罗圈外八将书箱挑担推开一旁。

"就你了，先过来这边！"老太监指着钟馗。前后左右四个小太监将钟馗围在当中，从头到脚，从脚到头，摸了个遍。裤裆里也被乱摸胡抓，挠得钟馗笑也不是，叫也不是。老太监瞧见钟馗的难受劲儿，随口说道："大内禁地，不得夹带禁物，请几位客官稍忍些个。"

小太监摸到了褡裢里的馗匣，另一个小太监则盯着昆仑剑。钟馗忍住痒抑住笑，一手护住馗匣，一手紧握昆仑剑。老太监端详片刻："依照禁令不得带入，一并交由侍卫看管。"钟馗急忙摆手："那可不行，这两件宝贝就是本、本相公的命根子。"钟馗差一点脱口"本尊"，好在吞咽了回去。当说及"命根子"，几个小太监忍俊不禁。

老太监老脸一沉，以毋庸置疑的公鸭嗓子说道："除了一身长衫，其余物件一律不得带入。"钟馗横眉竖目："那不行，大不了，本人不去了。外八、罗圈，你两个进去，你两个有本事揭告示，就有本事消灾祛病。"罗圈急了："外八，你自个儿进去吧，小子在这儿陪钟相公。"

侍卫听不下去了："怎么着，有本事揭告示，没本事进去？耍着玩呢？"老太监补上一句："敢揭皇家告示，怎的如此鲁莽儿戏？罪不可赦呀！"

外八一听两腿筛糠一般，说话结结巴巴："钟相公，您看如此这般可行？褡裢和宝剑交由罗圈在外候着，您老人家就当给小子壮壮胆，如何？小子记您一辈子大恩大德。"罗圈开口帮腔："钟相公，小子守着宝贝，您也放心。您答应了外八，小子也记您一辈子的大恩大德。"

没了馗匣和昆仑剑，有何大不了的？钟馗一咬牙一跺脚，牙缝蹦出"行！

行！行！"与外八一道随老太监走进朱漆小门。罗圈则怀抱褡裢和昆仑剑守在门外。

皇宫大内，在仙界，那是玉帝的后宫，在鬼域，那是阎王爷大人的内宫。钟馗头一遭走进皇宫大内，福兮祸兮实难预测，事已至此，走一步瞧一步。只是怀中缺馗匣，腰间没了昆仑剑，着实底气不足。

朱漆小门之内，别有洞天。

　　　　回转曲廊，水榭楼台，

　　　　雕梁画栋，金碧辉煌，

　　　　假山花草，帷幔宫灯。

钟馗和外八瞧得目瞪口呆。

眼见着太监们进进出出，宫娥们里里外外川流不息，钟馗则放开胆量死命地盯住经过的宫娥，早将攘灾祛病忘了个一干二净。再瞧外八，好家伙，脖颈子抻得快成鸭颈子，恨不得将脸贴上去。宫娥们躲闪着绕道避开。老太监看看不对劲儿，灵机一动扫出拂尘，正中外八的面颊。

"多有得罪，皇宫大内，宫禁森严，两位客官尚需留心留意。"老太监不冷不热地冲着外八发话。

钟馗一听即明，拍拍外八肩头。外八倒也收敛起来。

老太监在一处敞开的大门前停下脚步。从门里倾泻出灯笼的红光，映在老太监的老脸上，如同涂了一层红蜡油。登上石阶，老太监半转身，对钟馗外八伸出手指做出"嘘"的手势，这才跨步迈进高高的门槛。

眼前一座院落，院中空地栽有一棵叶片肥硕的大树，钟馗脱口问道："皇宫大内安有如此巨树？"

老太监低声说道："珙桐树为蜀地献贡，成活下来仅此一棵，叶大如掌，花开如鸽。太宗陛下甚为喜爱，亲自提名鸽子树，故而强违祖制栽于大内。可自打太宗陛下病魔缠身，原本此刻已到花季，却通灵似的没了往年风采，无蕾无花无精打采。"

"如此说来此树倒也是有情有义。"外八扭头去瞧珙桐树，差一点将头磕碰在栏杆上。钟馗不再作声，一同穿过院落，走进前厅，来到宽大的内堂寝宫。寝宫四周从天花板到地面，挂满轻薄的黑色帷幔，暧昧的红光在摇曳的黑色帷幔衬托下，神秘莫测。

内堂寝宫正中置一张巨大卧榻，当中间躺着一人，身上覆盖着一层薄如蝉翼半透明的丝被。丝被虽然皱皱巴巴的，但瞧得出被子里的男人一丝不挂。

老太监举起拂尘半遮脸，生怕吵醒卧榻酣睡之人，压低嗓门道："太宗陛下正在歇息，也只在此刻，劳烦两位前来诊视。若是太宗陛下睁眼醒来，就不好言说了。"老太监不由自主地偷偷望向卧榻之上的太宗陛下，瞧瞧无甚动静，顿了顿，接着说道："疯癫痴狂，唉，没有法子。不要讲公公们宫娥们，皇家侍卫们都没法子。王公大臣，皇亲国戚，满朝文武，皆没法子啊。好在，闹完折腾完，稀里糊涂就睡过去了。今儿个有幸请来两位客官，趁此间歇，赶紧诊视，以免错过又将挨到明日。这般情形已半月有余，时日一长，政事荒废。御医们走马灯似的挨个瞧了个遍，热锅上的蚂蚁，抓耳挠腮无甚良策。"

老太监讲完，外八一阵狂喜，冲钟馗挤挤眼："钟相公，可正是那位太宗陛下？"说着，蹦蹦跳跳地围着卧榻兜了一圈，再反兜一圈。

钟馗不紧不慢地走近卧榻，伸长脖子仔细打量。

"果真就是那个太宗陛下吗？"外八一个劲地询问。钟馗闷声不响，暗自思忖，仪表堂堂的太宗陛下如何变得这般瘦骨嶙峋？嗯，魔怔缠身，邪佞当道，模样不变才怪呢。

外八追问老太监："可否上榻号脉，探视鼻息？"

老太监摇了摇拂尘："甚为不妥。"

外八反问道："不上榻，如何号脉，探视鼻息？靠眼睛吗？"

"御医们皆靠系绳号脉。"

顺着老太监所指的方向望去，卧榻之侧果然有数根细绳。外八上前两步就要去扯细绳，却被钟馗拦下："且听完老公公细说怎么个魔怔，再号脉不迟。"

外八放慢口气："老公公慢慢讲来，我等也好对症思量，免得白费功夫。可不敢耽搁诊治，天大的事，担待不起。"

"怎么个魔怔？唉，睁眼醒来就要吃喝，不吃鸡鸭鱼肉，只挑嫩叶果蔬，乱嚼胡吃一通。陛下原先不好饮酒，可如今却无酒不欢，无醉不欢，然后，然后，唉……"

见老太监吞吞吐吐，钟馗追问道："不就吃些嫩叶果蔬，饮些美酒琼浆，有甚大不了的?"

老太监望了一眼卧榻上沉睡的太宗陛下，悄声说道："真不晓得太宗陛下真醉还是装醉，吃饱喝醉之后上蹿下跳，将身上的衣裳扯得粉碎，只要裸着才好。然后，不管嫔妃还是宫娥，拽过来强要行房。卧榻上还好，有时就在地上、走廊里、花圃里，一言难尽啊。老朽伺候太宗陛下几十年，从未见过太宗陛下如此疯癫痴狂。如果两位客官手到病除，匡扶正气，还我太宗陛下威武，老朽真不知该如何感念才是，满朝文武和天下子民不知该如何感念才是啊。"

老太监一边说，一边抹眼泪，还时不时望向卧榻上呼呼酣睡的太宗陛下，生怕被太宗陛下听到。

"那些御医开出的方子，千奇百怪，统统无效，甚至还有拿来咒符桃木剑等劳什子应付差事的。不瞒两位客官，有的御医还被关在大牢里呢。事到如今，万不得已，只好张榜告示天下。"老太监站起身来，待心绪稍稍平复，哀叹道："文武百官，捶胸顿足，真假难辨；大内御医，抓耳挠腮，面面相觑；身边这些个太监宫娥们，干着急，干瞪眼，团团转；后宫嫔妃们，哪里猜得清楚都在打着怎样的算盘？还有太子和那些个皇子们，各怀心思，不一而足。"

太宗陛下似有察觉，翻了个身又沉沉睡去。钟馗轻轻叹口气，曾经耀武扬威的真命天子，不可一世的天下英主，罹此魔怔，天下不稳，国将不宁。至于太宗陛下的魔怔，猜也猜得差不离，何须号脉探鼻息，更无须煎药吞苦水。

钟馗竟似怨无可怨，原先的一腔怒火渐渐平复下来，当即拿定主意，伸手招呼外八，一同将老太监搀扶着退出内堂寝宫。

"无须号脉，本相公已有方略。"钟馗平心静气。

"不需要号脉？两位客官都算得面善之人，既然揭榜，必有良策，还望全力施以援手，老朽，替太宗陛下谢过了。"

"天下子民，自当尽心尽力，老公公还请宽心。不过太宗陛下的魔怔，绝非

131

简单的阴阳失调，冷热失均，内外失衡所致，更非几副方剂，几个偏方能够奏效。至于咒符桃木剑等邪门歪道，切莫道听途说病急乱投医。本相公已有初判，但尚需另谋良方，确保精准施治，方保万无一失。"

"如此甚好，只是不晓得另谋良方，精准施策，到底何方何策？"

"无须多费思量，本相公心中有数，仅依此两条行事即可。其一，待太宗陛下睡醒，要果蔬供果蔬，要美酒供美酒。酒足饭饱，行房取乐之要紧关头，方好施治。其二，将暂存于门外的两件宝贝速速送进来，自有大用。"

老太监面露难色："要说这第一条，供果蔬供美酒，吃饱喝足并非难事，可太宗陛下行房之时，如何施治？这第二条则万万不可，宝剑不得带入大门内。"

外八气咻咻道："不管那么多，请老公公赶紧唤个小公公，带路好去门外取回我家钟馗相公的命根子宝贝。"

老太监执意不肯："即便贵为太子皇子，皇亲国戚都不得佩剑上朝，何况进入大内？此举万万休想。"

"那就不关我家钟相公的事了。当初揭告示正因为手上有宝贝，胸中才有底。若是宝贝送不进来，耽误了祛除太宗陛下的魔怔，那可与我等无关。"

老太监看看外八一副泼皮无赖的样子，叹口气，对钟馗说道："钟相公明白事理，老朽晓得钟相公既揭告示，必为高人，但的确佩剑不得带入，可有其他法子？"

钟馗白了外八一眼："都是你做下的好事儿。"外八装作没听见。

钟馗略一沉吟，问道："老公公皇宫大内行走多久了？"

"打小家里送来净身，足有四十个年头。"

"本相公打听一下，老公公可曾听说两个月前，有位高中头甲头名的新科状元，不满太宗陛下以貌取士，撞柱而亡的惨烈故事？"

"当然知晓，说是有一位黑头黑脸奇丑无比的贡士高中头甲头名，太宗陛下，还有大臣们觉得有损大唐威仪，当场将状元赏赐给了头甲二名。"老太监一面说，一面凑近钟馗，将钟馗黑头黑脸上下打量一番，似乎觉出有些不对劲儿，嘴巴还在默念："黑头黑脸，奇丑无比，啊？难道，难道？"

"正是本尊，钟馗。"

老太监语调发颤，夹杂惊恐和疑虑："不是撞柱而亡了吗？是人还是鬼？为何毫发未损？"

"老公公休要惊恐，说来话长，感念上苍顾怜钟馗忠勇刚猛，录籍并委以重任返回了世间。"

不等听完，老太监脸上堆满笑容："自打见着你，又听你说话，就知晓钟相公面善。这下可好了，仙人指路，邪佞必除。"

"老公公莫要妄下定论，本尊觉得陛下不仅年老体衰，阳气不足，而且随着病邪侵入，由不得自身，因而行为日渐乖张，举止悖逆。方才又据老公公言说，听来实在匪夷所思，必然另有端倪，指不定妖魔附体。当下，太宗陛下熟睡时无关紧要，本尊需赶在妖精附体之前，也就是说在太宗陛下癫狂之前，快快备妥所需物件。"

"怪不得当日钟相公，当日的状元郎撞柱之后，皇宫内外，长安城内外，一片唏嘘。钟相公大人不记小人过，太宗陛下可无甚过错呀，都是那些个满脑子坏水的宰相大臣们在使坏。钟相公，您说呢？"

"好了好了，无须恭维，可否唤来小公公带路，赶紧取回本尊的宝贝。"

老太监老成持重，仍然不放心："祖制严苛，不得将凶物带入大内。何况，老朽感念钟相公的忠直。不怕钟相公您生气，如果钟相公宝剑在手，回想当初的撞柱而亡，万一万一做下忤逆之举，如何交代？"

钟馗有些气恼，冷冷地回复道："既揭告示，必将全力施为。"又冷冷地白了外八一眼，"老公公放心不下本尊的操行，担心以区区己私，借机图谋不轨，那还真将本尊瞧扁了。此次深入大内，冥冥注定，当属分内之事，还望老公公无虑。且本尊若是真欲行那大逆不道之事，难道还需老公公带路？还需大门进小门入的不成？老公公想想看，本尊去往哪里还不是如履平地？本尊不难为老公公，只需拿回褡裢即可，里面有个白玉匣子，白玉匣子理应无虞。"

老太监听得钟馗如此明理，随即说道："承蒙钟相公体恤下人，老朽这就遣个小太监取回钟相公的白玉匣子。"

第二十四章　新仇旧恨过眼云烟　降妖除魔正道沧桑

钟馗思忖再三，放心不下："无须劳烦他人，还是本尊自行去取馗匣。"

"馗匣?"老太监一脸疑惑。

"馗匣乃白玉匣子，白玉匣子乃馗匣，我家钟相公的命根子宝贝。"外八不失时机。

"馗匣，听其名，必为钟相公之命根子宝贝，自取当然最为妥切，老朽这就陪同钟相公一起过去。"

一行出了朱漆小门。原本在皇家侍卫的看管下靠墙坐在书箱上的罗圈，一个蹦子跳了过来。

外八赶前两步，伸手去拽罗圈肩上斜挎的褡裢。

"作甚?"罗圈扭身躲避，一手用昆仑剑的剑鞘将外八的手架开，一手紧护住褡裢。

外八靠近罗圈："钟相公有大用场，赶紧拿来。"

罗圈盯着外八，又眼巴巴地望向钟馗。

"先将馗匣拿来，守在此处，好生看管昆仑剑。"钟馗冲罗圈点点头。

罗圈放下架起的剑鞘，伸长脖颈让外八自取褡裢。

突然，一阵喧闹从内堂传来，夹杂着宫娥的尖叫。老太监瞬间皱起眉头脸色凝重，拉起钟馗转身进了朱漆小门，快步向内堂寝宫跑去。外八跟在后面，胸前抱着褡裢。

刚跨进门槛，眼前一幕着实荒诞不经，看得钟馗目瞪口呆。高大的鸽子树下，数十个小太监围成圆圈，双手紧紧绷着从内堂寝宫大梁上扯下的帷幔。一群宫娥们进进出出拿来被子褥子垫在悬空的帷幔下面。折断的树叶枝条纷纷扬扬地跌落在平展的帷幔上。再向鸽子树上望去，摆动的树干，摇晃的枝叶遮挡不住白花花扭动的两具肉身。再揉揉眼定睛瞧去，可不正是太宗陛下？也不晓得哪位可怜的嫔妃，竟然被太宗陛下径直驮上树梢头，横陈在一根粗壮的枝丫上。

小太监和宫娥们发出阵阵尖叫，唯恐太宗陛下失手失足跌落下来，那可是万死之罪。

钟馗细细观察，众目睽睽半空中，太宗陛下的身子毫无避讳地在枝丫上前后摆动，气喘吁吁，而那位倒霉透顶的嫔妃，正趴伏在粗糙的枝丫上，长发低垂飘散开来。再看看鸽子树下乱成一锅粥的小太监和宫娥们，钟馗心里拿捏不准，又放眼将周遭四处，墙头转角，花坛草丛，犄角旮旯等挨个打量一番。

"求求钟相公，不可再耽搁了呀。"老太监声音发颤。

钟馗轻拍老太监的肩头，正要开口，只见外八捧着馗匣靠了过来："钟相公，估摸着上树好一会儿了，可怜了小美人。"外八察觉自个儿又多嘴了，急忙改口："钟相公，馗匣就在这里。"

钟馗没搭理外八，目不转睛地盯着鸽子树上扭动的肉身，暗自琢磨，这太宗陛下若是跌落下来，跌出个五荤八素，那还真不可掉以轻心。

树丫上又是一阵骚动，树叶枝条"噼噼啪啪"折断掉下，铺满绷紧的帷幔，好在小太监们人数众多，个个丝毫不敢放松。不晓得树上的太宗陛下是从何处积攒的力气，一手提溜抱起嫔妃，一手向上攀援，很快爬到树冠顶部，旁若无人地草就苟且之事。

鸽子树在巨大的震荡摆幅中，发出"哗哗"的声响。

钟馗心中有数，太宗陛下必为淫魔附体。淫魔鸠占鹊巢，大肆宣淫，世人不明就里以为魔怔缠身，病入膏肓。钟馗盯住树上的太宗陛下，既不搭理老太监，也不搭理外八，而是将手伸向外八捧在胸前的褡裢。外八心领神会，撑开褡裢，钟馗顺手摸到温润的馗匣。

此刻，四处已被仔细勘验，钟馗稍稍笃定，只待恰当时机。

钟馗竖起双耳。

等来了，终于等来了，听，树冠之上，传来太宗陛下粗重的喘息，喉咙里夹杂着扯动风箱般的嘶哑，一阵快似一阵，一阵紧似一阵，一阵高过一阵，喘息和呻吟交织一起，分不清肉身被大树摇晃颤抖，还是大树被力道强劲的肉身摇晃颤簌。

透过树叶枝条，钟馗瞧得真真切切，太宗陛下分开双脚踩住树干，脚趾紧扣树皮，双手紧紧掐住嫔妃拱起的后腰，僵直上半身，高仰脖颈子，昂起头颅，张开大嘴，喉咙里发出"咕噜"含混不清的呻吟。估摸着太宗陛下的元阳狂泄到痛快淋漓的紧要关头，钟馗当机立断，瞬间利落地推开匣盖。

一道金光从馗匣中射出，将两具肉身以及枝枝丫丫都笼罩在金光之中。只听得树冠上一声凄厉的长嘶，两具白花花的肉身一前一后跌落下来。多亏鸽子树下紧绷住的帷幔，小太监们拉扯着帷幔，还有宫娥们在帷幔下铺垫的许多被褥，否则后果不堪想象。有个懂事的小太监转头对老太监兴奋地挥手："都还好，都还好。"老太监顾不得钟馗和外八，颤巍巍地小跑过去，指挥着小太监和宫娥们，将帷幔缠裹住的两具肉身抬回内堂寝宫。

钟馗举着馗匣，射出的金光如撒出的一张金色大网，将鸽子树罩得严严实实，裹得密不透风。在"金色大网"里，一会儿这边树干在摇晃，一会儿那边树枝在抖动。不晓得有什么淫魔正横冲直撞上蹿下跳，一会儿跳到最茂盛的树冠，一会儿又蹿到最繁密的枝丫里，似乎想躲藏在里面，又似乎想逃出这张金色大网。

钟馗的黑手长久把持着馗匣，免不了手心沁出汗滴，于是稳了稳手中的馗匣，生怕有个差池。虽然知晓该死的淫魔已逃无可逃，躲无可躲，但这般对峙，后果难以预料。钟馗灵机一动，一个眼神唤来外八。外八倒也伶俐："小子明白，这就招呼小太监们去砍树。"

"砍树？砍你个头啊？这要砍到猴年马月？赶紧招呼小太监们点起火炬，放火烧树！"

"小子明白。"外八转过弯来，急吼吼地跑进内堂。片刻工夫，只见外八领头两手各举一把火炬，后面的一队小太监鱼贯而出，个个手持火炬冲向金光笼罩着的鸽子树。外八就势将两把火炬抛向大树浓密的枝丫间。小太监们也不含糊，紧随其后。数十支火炬刹那间一同被抛进鸽子树的枝丫间。

顿时火光冲天，"噼噼啪啪"的爆响不绝于耳。整棵鸽子树如同一支巨大的火炬，数不清的火星四溅，烟尘向上弥漫。远处赶来不少黑乌鸦，聒噪着随飘荡的黑烟在空中盘旋。有的火炬没吃住劲儿掉落下来，外八沉着冷静，躲闪着火星火苗，冲进去捡起火炬再次抛进鸽子树的枝丫里。

忽然，一团火球从熊熊燃烧的大树上弹射出来。火球发出尖利刺耳的嘶吼，向着金光所在，直扑钟馗。钟馗一看，这还了得？必为淫魔最后的垂死挣扎，好搏个两败俱伤趁机溜走逃命，到那时，自个儿这一身虬髯鬈发定会被燎着烧焦。此刻，若要调转馗匣射出金光的方向，必将前功尽弃。

钟馗举棋不定之际，却见火球在半空中快速收缩越变越小，刺耳的嘶吼也越来越弱，越来越细。当火球飞到近前，已缩如拳头大小，不偏不倚地径直钻进馗匣。

钟馗长舒一口气，丝毫不敢耽搁，一把推入匣盖。

外八看到好戏几近收场，大局已定，便张罗着小太监们一起提水救火。老太监在两个小太监的搀扶下，也从内堂寝宫慢悠悠地走出来，看了看天上盘旋的黑乌鸦，瞧了瞧还在冒烟的鸽子树，前庭院子里的一片狼藉。再一瞧钟馗，正独自坐在门槛上歇息呢，于是立刻甩开身旁的两个小太监，赶前两步，不顾地上的灰烬泥汤，"扑通"一声长跪在地，一个劲儿地对着钟馗叩拜，长衫下摆已浸满污水浊泥。

钟馗从门槛上起身走下台阶，扶起老太监。老太监激动不已："禀钟相公，太宗陛下安好，只是少许皮外伤，正在安睡。被糟践的嫔妃好在命不该绝，已由女官送去内宫调养，请勿挂念。老朽这不中用的身子骨，真不晓得该如何报答钟相公的大恩大德！"

"降妖除魔斩鬼除恶，皆分内之事，何须报答？只是烧毁了太宗陛下钟爱的鸽子树，心中甚为不安。"

"性命攸关，花草树木何足道哉？大不了，下旨南蛮蜀地另行献贡，未为不可。"

"如此甚好。"钟馗拍一拍褡裢里的馗匣："虽说附体太宗陛下的淫魔已被降伏，暂且收拢匣中，但尚不清楚匣中究竟何方淫魔？此刻是死是活，还需有个了断才是。"

老太监不住地点头："钟相公所言极是。不过在老朽看来，经此一番烈火炙烤，淫魔想必奄奄一息。有钟相公在，难道匣中淫魔还想翻天不成？"

一番话提醒了钟馗，不如就在此大庭广众之下验明正身。当着众人的面，钟馗一不做二不休"哗啦"一声推开匣盖。

霎时金光缭绕，从馗匣中飘出一股烤肉燎毛的焦煳味道。钟馗黑手一抖，从匣中抖出一个黑乎乎的肉团，跌落泥浆中，溅起的泥点子使得围拢着的小太监和宫娥们四散开来。

钟馗推回匣盖，注目地上烧焦的肉团。说也奇怪，泥浆里的肉团见水吸水，见风便长，片刻间便足有七八岁的孩童大小。可不就是一个高山密林中称王称霸的金毛猢狲？浑身上下已被燎得黑不溜秋，黄不拉几。外八跳过去，一手捏鼻，另一只手直不愣登地杵在猢狲的鼻孔前，过了好一会儿才松开鼻子，冲着钟馗老太监叫嚷道："早断气了，早被我家钟相公收拾了！"大伙儿一听说断气了，也都大起胆子，顾不上烤肉燎毛的焦煳臭味，上前弯腰瞧个究竟。

钟馗松口气将馗匣纳入褡裢，然后拉起老太监的手说道："大事已成，还欠一步，烦请老公公招呼小太监们在那棵烧焦了的鸽子树下掘个深坑，也让这咽气的猴精安心入土，永世不再为害，不再搅扰世间。若是来年春日，这棵鸽子树发出新芽，绽放花朵，必将是猴精再世重生，为枝为叶，为花为果，安蝉纳雀，聚荫送凉。将来若是成栋成材，那也是说不准的事儿呢。"

小太监和宫娥们听得清清楚楚，自不必老太监再去费舌。

"不过，"老太监欲言又止，"可否请钟相公移步朝堂，太子殿下，皇子们，还有那些个文武百官都已闻讯赶来，都想观瞻恩公的堂堂威仪。"

外八露出急切的神情。钟馗婉言相拒："本尊就此告辞，皇宫大内并非久留常待之地。"老太监一个劲儿地挽留："两位恩公，原本非我等世间俗人所能揣测，所能攀附。何况此番劳心费力，降妖除魔，尤其钟相公不计撞柱前嫌，对太宗陛下、大唐社稷立此不二功勋，怎能说走就走，一走了之呢？"

"本尊要务在身，不比俗务，还望老公公担待。"

"不过，恩公即使不去朝堂，若太宗陛下转醒要面谢恩公，如何是好？"

外八听闻插嘴："老公公可禀告太宗陛下，降妖除魔的钟相公仙务缠身，不

138

便逗留，暂且别过。顺带提醒老公公千万别忘记禀告太宗陛下，钟相公正是那位因殿试不公、愤然撞柱的钟馗钟相公。"

老太监忙不迭应承："那是当然，那是当然。"看看钟馗外八无意逗留，不好勉强，只好原路将钟馗外八送到朱漆小门外。

第二十五章　辛苦积攒功劳簿　月圆二度阎罗殿

罗圈心神不宁，忽听得墙内传来一阵嘈杂的脚步声，越来越近。"嘎吱吱"声中，朱漆小门缓缓开启，就见钟馗外八气宇轩昂地走了出来。罗圈激动地扑将过去，双手呈上昆仑剑："小子在门外干着急，听得内堂喧闹，瞧见火光冲天，飘来不少烟瘴，夹杂着燎毛烧肉的焦煳味道。小子盘算着，钟相公定是遇见危难险重之事。正琢磨着想法子将昆仑剑送进去呢，如今见着钟相公平安无事心里就踏实了，外八，外八，快说来听听。"

"路上说给你听，赶紧的收拾书箱挑担，本尊打算就此别过。"

老太监上前拉住钟馗："钟相公既然去意已定，不便强留。不过老朽自作主张，想必太宗陛下醒转后也会夸赞老朽周详。这里备下些许薄仪，还望钟相公不弃笑纳。老朽也知晓钟相公并非世间俗人，用不着也瞧不上眼前这些腌臜之物，但行走江湖难免投宿打尖，吃热饭喝热汤，迟早派得上用场。"

钟馗本想客气推辞，一眼瞥见罗圈外八冒着绿光紧盯着小太监们捧起的盖着黄丝帕的托盘，转念一想，老公公说得在理，世间行走，手头还真缺不得银两，于是拱手道："多谢老公公美意，恭敬不如从命。"

罗圈外八只等这句话，躬腰上前接过托盘："多谢老公公，多谢老公公。"说着，麻利地将银锭和黄丝帕一股脑儿地倒进书箱挑担。

外八杵一下罗圈的腰眼："咱两个轮换挑，你不得耍赖。"

"我罗圈哪里会耍赖？"

老太监一路送到皇宫大门，这才依依惜别。

钟馗昂起黑头，轻松又畅意，大踏步走下汉白玉石阶。

罗圈外八推推搡搡，罗圈一个闪身，甩开外八，小碎步赶去钟馗身后，剩下外八翻起白眼，骂骂咧咧地挑起书箱，"嘎吱嘎吱"尾随跟来。

钟馗经历此番大阵仗，着实感慨万千，若要扬名立万，扬眉吐气，非得仰仗怀中馗匣腰中剑不可。如今手上两件宝贝，手下罗圈外八两员干将，再添上自个儿脖颈之上这颗足智多谋的黑脑袋，哈哈，哈哈哈，天赐良机，多多降妖除魔斩鬼除恶，拿出一份份沉甸甸的功劳簿，令阎王爷大人首肯，让玉皇大帝称道，方为天地正理，沧桑正道。

钟馗一行囊中有了盘缠，寻了一爿清净客栈安顿下来，接连数日徜徉于长安城里，偶尔也去城外溜达一圈。其间，适逢太宗陛下大病初愈，昭告大赦天下，又赶上五月初五，太宗陛下大宴群臣，与大唐子民端午佳节同乐，城里城外的百姓们欢欣鼓舞，到处张灯结彩。百姓们闹腾时，小妖小鬼们自然不会袖手旁观，也跟着闹腾，装个神弄个鬼，五迷三道，蛊惑世间。钟馗趁着端午节庆，一鼓作气，再接再厉，忙活了好些日子，降了诸多妖魔，斩了许多恶鬼，猫精鼠精白骨精，花妖树妖狐狸妖，从城外的乱坟岗子、毁弃寺庙、破败宅邸，里里外外搜罗出一箩筐为非作歹的厉鬼恶鬼，孤魂野鬼。

转眼间就到了五月十五月圆之日。钟馗算计着，手头如此满满当当的功劳簿，当堂呈报给阎王爷大人，必将"嘿嘿"，必将"嘿嘿"。一想到阎王爷大人满意又吃惊的样子，钟馗忍不住咧嘴笑出声来。

钟馗这回唤了外八陪自个儿去阎罗殿露脸。罗圈话中透出一丝沮丧："好吧好吧，小子本本分分守着书箱挑担，老老实实待在客栈。"说着瞟了外八一眼，"这回功劳簿保证会让阎王爷大人满心欢喜，若有恩赏，可别落下你亲哥。"外八喜不自禁："那是当然，不会落下你的。"

"也别总窝在客栈，出去瞧瞧长安城的景致，顺带探访妖魔精怪的踪迹，可别逞能，等本尊计议之后动手不迟。"钟馗拍拍腰间的昆仑剑，再摸摸怀中褡裢里的馗匣，"走了，前面带路。"

熟门熟路，闲话不再赘述。钟馗外八径直来到阎罗殿。

熙熙攘攘的阎罗殿鬼来鬼往，如同摩肩接踵的人世间。东西南北中一个接一个渡来的男鬼女鬼，老鬼小鬼，咽气的，蹬腿的，喊冤的，怨恨的，浑噩的，痴癫的，惜命的，不甘的，寻死自戕的，早夭的、意外的、病疴的，不分白天黑夜，不分月盈月亏，不分阴雨晴天，更不分节庆还是日常，一个个瞧了彼岸花，过了奈何桥，喝了孟婆汤，望乡台上再望一望。可有几个慈眉善目，心平气和的？可有几个颐养天年，善始善终的？一股脑儿涌来这边，鬼哭狼嚎，审来审去，判来判去，各有去处，恰如纷繁世间，凡夫俗子红男绿女们，谁会逃得过闭嘴咽气撒手人寰那迟早的一天？瞑目也好，松手也罢，也只分个白与黑，阳与阴，热与凉。

外八正想拍打门环通报一声，从殿内走出两个当值小鬼，很是面生不认得，外八上前几步弯下腰："两位哥哥辛劳，敢问阎王爷大人安好？"

当值小鬼一脸不屑："阎王爷大人可是你问的？没见大殿里忙得不亦乐乎？有事快报，无事休得在此啰唆。"

"两位哥哥敢情新近入职当差？实不相瞒，奉阎王爷大人令，小子随钟馗钟大人，月圆之日前来奏禀要务，烦请两位哥哥通融，给阎王爷大人禀报一声。"

"阎王爷大人不曾交代过。"另一个当值小鬼点头称是。

钟馗耐住性子迈前一步，双眼圆睁，鬐发倒竖，虬髯乱颤，一把握住昆仑剑的剑柄："你两个进去禀报，去还是不去？"外八见状，扯了扯钟馗的下摆，干瘦的爪子却被钟馗挥手打脱。

瞧这架势，两个当值小鬼心里一虚往后退去，其中一个顺口递上软话："阎王爷大人不在殿中。"

"信口雌黄，这些进进出出的新鬼又是谁在审案发落？"

当值小鬼摆手道："当真不在！阎王爷大人临行前全权托付黑白无常两位将军审案发落。"

"可否赐告阎王爷大人的行踪？"外八凑上来。

"那可不行！坏了规矩丢饭碗。"另一个眼神会意，随声附和："规矩便是规矩，透露行踪，怪罪下来，我两个吃不了兜着走呢。"

外八不紧不慢地从怀里掏出亮闪闪的一锭银子，双手呈上："让两位哥哥见笑，一点小意思孝敬两位哥哥吃些点心果子，喝点小酒祛祛寒湿。"

"这是为啥？一锭银子打发我俩？上有天，下有地，中间有神灵，快快收回腌臜之物，别闪晕了我两个的眼。"

外八听得话中有话，赶紧又掏出一锭银子。

"要这银子有何用场？少来这一套。"

"两位哥哥有所不知，先收好了，这真金白银迟早派得上大用场，比不得那些祠堂祭祖清明坟头一把明火烧来的纸钱，先收好了再说。"一鬼一锭，一锭一鬼，公平合理，"小子和亲哥也曾在阎罗殿行走当差，后被阎王爷大人相中亲点这趟肥差，随钟大人一同领命世间降妖除魔斩鬼除恶。在世间，莫说地主老财，就是长安城里大唐皇帝的内堂寝宫，我几个可都是座上宾。嘿嘿，不信？问问我家钟大人。不瞒两位哥哥，这点白花花的银子，还是大唐太宗皇帝老儿孝敬我家钟大人的呢。"

"果真如此？"两个当值小鬼露出艳羡的眼神，"若摊上这般美差，定是祖坟冒青烟，摊上八辈子的福气了。"

外八听得当值小鬼已入巷，不失时机地说道："这进出阎罗殿的都是哪路神仙？哪路鬼？"

当值小鬼脱口道："除了咽气死掉排着长队前来受审的新鬼，还有那些要打发回去转世投胎的老鬼。再有么，就是近来有好些神仙前来拜会阎王爷大人。"

"新鬼老鬼搁一边不提。要瞅准时机，盯着那些神仙，指不定哪个神仙就成了两位哥哥的主子呢。"

当值小鬼接着问："往来那么多神仙，如何瞅得准？"

"眼里有活儿，手脚利索，口齿伶俐，祖坟上青烟一冒，自会有神仙瞧得上，那都是说不准的事呢。"

两个当值小鬼抱拳长揖："多谢前辈指点。"后面的小鬼悄声说道："不瞒前辈，阎王爷大人奉玉皇大帝的旨意，三日前随一干神仙护驾巡游，据说去的东海，东海琅琊台。"

"对，东海琅琊台。"

"多谢相告，下次月圆，再来禀报。待阎王爷大人返回，还请两位多多美言。"

"那是，那是。"两个当值小鬼连声应承。

"不再搅扰两位，就此别过，来日方长。"钟馗说着转身离去。外八连忙朝两个当值小鬼招招手，挤挤眼，屁颠屁颠追了上去。

未见到阎王爷，未呈上功劳簿，终归留有遗憾。钟馗和外八一路无话，原道折返长安城。

第二十六章　王母心机终落空　西游悄然变东游

却说三日前，阎王爷急吼吼陪驾玉帝东海巡游，实乃仙界一桩大事儿，事发蹊跷，事出有因。

一日，就在灵霄宝殿后宫，玉帝与王母娘娘在花园小亭对酌。青白玉的石桌上摆放着清清爽爽几碟肴馔，绿油油的小豌豆、黄澄澄的倭瓜盅、红艳艳的水萝卜，还有数碟精巧的山珍与海味。玉帝端起夜光杯，用眼神示意对座的王母共饮一杯，王母颔首会意，双手捧着夜光杯，听得一声脆响，一干而尽。身后侍女高高举起细嘴弯弯的银色酒壶，微微前倾，空中划出一道银链，将清冽冽的琼浆斜刺里不偏不倚注入夜光杯中。看看将满，稍稍一个划摆，轻提壶嘴，收回银链，滴酒不洒杯外。

玉帝和王母未曾动箸，也不言语，各怀心事。王母识趣，几杯下肚，不想就此辜负欢娱时光："陛下，臣妾借三分酒胆，有句提议，不知当讲不当讲？"

玉帝哼哼了两声："贤妻何故如此生分，此乃后宫，无须陛下长，陛下短的。小亭之中饮酒作乐，微风送爽，虫鸣鸟啼，正该独享这闲暇时光。既有提议不妨说来听听。"王母闻言，端起夜光杯："确为臣妾不是，不该如此生分，这厢先敬夫君一杯，算作臣妾的罚酒。"

玉帝仰脖陪饮，拈着长髯，眯缝起一对细长丹凤眼望着王母娘娘。王母莞尔一笑："夫君坐拥三界，日理万机，还需饮酒有度方好。就让臣妾替夫君多饮几杯才是。这一杯酒，臣妾饮尽，夫君随意便可。"

"区区数杯琼浆，能奈朕何？"玉帝一饮而尽。

王母见状，旧话重提："臣妾有个提议。"

玉帝不假思索道："有事奏来。哎哟哟，成何体统，成何体统，又非朝会，"玉帝拍了拍脑门，"贤妻，有话直说！"

觉察玉帝已经微醺，王母一吐为快："夫君，您瞧这三界，在夫君统领之下，风调雨顺，诸事圆满。值此安平乐享之时，何不巡游四方，广施雨露，颂扬帝恩？也可顺便查考世态民情。"

玉帝用双手的指尖把玩着夜光杯，闭上一对儿丹凤眼，带了些朦胧醉意，陷入思虑。

王母直勾勾地盯着玉帝，不见回应，只好独自默默地轻啜手里的夜光杯。侍女不识相，上前来斟酒，王母猛地一挥手，吓了侍女一大跳。侍女大气不敢出，乖乖退到后面。

王母精心装扮的眉眼之间有些懊恼，有些无奈，也有些伤感。玉帝摩挲着手上的夜光杯，一不小心，将少许琼浆抖落到指尖流入指缝，绵密湿滑。玉帝睁眼，瞧瞧自己宽大的手掌，又穿过指缝瞧向期待已久的王母，开口道："贤妻提议之巡游，好主意。不过东西南北中，三界广袤，一来一去，时日不短，颇费周章，还需妥善调度安排。贤妻有何良策？"

直到此刻，王母心气才被重新提振："臣妾每每侍驾巡游，实为臣妾无上荣光。"

"外出巡游，该有妥当的缘由，合乎情理的说辞。"

"三界承平日久，天庭借此广施雨露，广布恩泽，更应深入体察世态民情。"

"缘由牵强，说辞也有些将就。"

"陛下，以往巡游常常前去东海，南海，臣妾觉得不如向西巡游一回。据说那里山多水少，风多雨少，沙石多河川少，不甚秀丽多姿，却也雄浑壮阔。据说那里人烟稀少，民风淳朴，虽物产丰富，却路途遥远，开化尚晚，还需陛下亲历，弘扬天威，教化子民啊。"

"有道理，有道理。朕也觉得巡游东海，巡游南海，确也无甚新奇。"

"是呀，陛下总去东边和南边巡游，臣妾记不清多少回了。唯记得很久之前的一回东海巡游，臣妾侍驾，好不风光，至今烙印颇深。就在那一回，臣妾亲眼看见了东海龙王和托塔天王将奄奄一息的太阳，就是第九只太阳，用黑金锁链捆绑，镇于蓬莱仙山之下，永世不得翻身。臣妾还记得，大英雄后羿气竭精尽，心力不支，陛下当机立断招来月宫嫦娥，指望着两口子见上一面。万分可惜啊，后

145

羿躺在嫦娥怀里未说几句就殁了，"王母偷瞥一眼玉帝，接着道，"后羿位列仙尊，大义昭彰，不以失却长生永寿为憾事，尽忠尽责，实乃陛下之大幸，三界之大幸。记得嫦娥亲携夫君遗体归葬，也不晓得落葬何处？后来，可惜了青春寡居的嫦娥，再后来，臣妾记不得了。陛下，臣妾可有说错遗漏之处？"

玉帝若有所思，答非所问："甚好，容颜易老，时光不复，转瞬一晃恰如白驹过隙。朕觉得贤妻所言极是，是该外出巡游散散心。"

王母忽然激动起来，面皮涨得通红："臣妾回回都是侍驾东游，此番可否去往西天巡游？臣妾很久未曾游历西天了。"

玉帝未点头也未摇头，拈着长髯不作声，然后端起夜光杯独自抿了一小口："贤妻提议甚好，朕还需斟酌斟酌。今儿个恰好太白金星有事来奏，朕已口谕天王李靖、阎王、风仙沙仙赶来灵霄宝殿共同商议，择时不如撞时，一并会商巡游事宜，岂非天意？贤妻你说是也不是？"

玉帝所言正中王母下怀，王母频频点头。

玉帝进了少许肴馔，饮尽夜光杯所剩琼浆，招呼侍女："快快斟满，朕与贤妻一道饮了这杯。那几位重臣阁老想必在大殿里候着朕呢。贤妻只等好消息吧。"说着一口干掉杯中酒，自顾自地离开，撇下心绪不宁的王母独坐小亭。王母纤纤玉手捏着夜光杯，面色平静下来，眼神和缓许多，吩咐身边侍女："风仙沙仙此刻正在大殿，务必守在门口知会他俩一声，就说本宫有请。"看着侍女一溜烟消失在仙雾弥漫的曲径深处，王母这才动箸百无聊赖地尝了几口。

天庭数位股肱重臣，每遇突发要事，不敢耽搁，常常临时赶来灵霄宝殿奏报，已为天庭日常。此番玉帝听完太白金星的奏报，捻着长髯："君臣一心，其利断金。朕始终感念太白金星之赤胆忠心，奏请事项，朕岂有不准奏之理？"

"谢陛下恩准。"太白金星跪伏谢恩。

"爱卿快快请起。朕倒有一事想与众位爱卿议上一议。近来，朕总觉得坐不安，卧不宁，不知何故。思忖再三，朕以为当今三界安宁祥和，承平日久。虽世间俗人俗务，纷扰不堪，倒也无伤大局。仙界和鬼域却都风平浪静，只是连续数日坐卧不宁，说不清道不明，着实头一遭，似不祥之兆。朕下决心打算东海巡游，不知众位爱卿有甚高见？"

阎王爷抢得先机："陛下高瞻远瞩，微臣深以为是，确实应该东海巡游，广布厚泽。微臣突发奇想，"阎王爷突然闭口停了下来。

玉帝面露微笑："阎王爱卿有何奇想，说来听听，何必多虑？"

阎王爷扯开嗓门："陛下东海巡游，一去一回，颇费时日，可否趁便莅临微臣所辖鬼域？那必将是微臣无上之荣耀。"

玉帝听完阎王爷所言，并未表态，期待地望向其他阁僚。

东海龙王敖广即刻会意："陛下东海巡游，依照旧例，只为仙界和世间布施雨露。老臣闻所未闻巡游鬼域一说。何况，何况，阎王爷千万请勿放于心上，陛下东海巡游，原本只为冲去坐卧不宁之不祥之兆。若去巡游阴森森的鬼域，似乎不大吉利，更为不祥，背离了东海巡游之初心呀。再说了，有阎王爷统领鬼域，何须劳顿陛下，您说是不是这个理？"

托塔天王李靖附和道："东海龙王所言极是，所言极是。"

阎王爷心头来气，嘴里嘟嘟嚷嚷："每次陛下巡游，天兵天将们好不威风，大好河山好不壮美，偏偏本王统领之鬼域，阴冷潮湿，暗无天日，还嫌不吉不利，难道鬼域的凄惨阴森专归本王独享？"正想辩解，就听一声尖利嘶哑的嗓音飘荡开来。

原来是沙仙。这婆娘挤眉弄眼，一撇嘴："才不要去阴曹地府，阴曹地府有甚可巡游的？"

"是呀是呀，一同护驾陛下东海巡游就好了呀。"风仙妇唱夫随。

阎王爷牙齿咬得咯咯作响，骂骂咧咧："不知天高地厚的家伙，全凭一己喜恶，信口雌黄。别说世人万万千，谁逃得过阎罗殿报到之宿命？阎罗殿怎么就不吉不利了？怎么就不祥之兆了？本王整天在阎罗殿日理万机，如何比得了天上人间的艳阳高照，闲云野鹤的优哉游哉？"

不等阎王爷发飙，太白金星慢悠悠稳笃笃顿了顿龙头拐杖："老臣赞同东海巡游。若不是眼下几炉丹药炼就要出炉，老臣愿随陛下一道东游，以尽老臣绵薄之力。"太白金星老成持重，句句掷地有声。

玉帝环视一圈："众位爱卿一片忠贞，朕心念有知，不敢稍稍忘怀。不过，阎王爱卿，似乎意犹未尽，有话当讲才是。"

"尊敬的陛下，微臣，微臣愿护驾东海巡游。"阎王爷说完冷冷地扫了一眼风沙二仙。

玉帝见时机已到："依众位爱卿计议，朕欲东海巡游，一来，天威浩荡，广施恩泽，体恤民情，与民同乐；二来，后羿所擒第九只太阳，久镇蓬莱仙山之下，借此巡察防患无虞才是；这三来么，众位爱卿随朕东游，也算得上下同心，尽享太平；再者，阎王爱卿所辖之鬼域，朕相信爱卿施治有方，且留待他日巡视也未尝不可。阎王爱卿，意下如何？"

阎王爷嘴皮动了动，嘟囔了几句。

玉帝佯装没有听见，并不在意，从龙椅中站起："朕打算三日后启程，众爱卿随驾东海巡游，前哨先行，后援依例，大小事务不得马虎。外务由李靖敖广节制，内务由风沙二仙节制，众爱卿分头准备不得有误。东巡期间天庭诸多杂务，交由留守灵霄宝殿的王母应对处置。"

风沙二仙好似天上掉下来个金元宝，喜不自禁。至于天庭诸般杂务交由王母留守处置，无须侍驾东巡，实出意料之外。风沙二仙晃悠悠随众臣慢慢走出灵霄宝殿，两口子小声嘀咕着，既然陛下圣裁，也顾不得其他，此刻若去拜谒请安王母娘娘，肯定难讨欢心。忽听得背后一声呼唤：

"请两位大仙留步。"

两口子看看其他老臣均已走远，转头一瞧，可不正是王母的贴身侍女气喘吁吁地赶了过来。

"王母娘娘有请二位大仙，说有要事相商呢。"

两口子对瞧一眼，已然胸中明白有事相商为哪般。风仙凑过去，笑眯眯地献着殷勤，那张瓦刀脸上稀疏的胡茬几乎扎到侍女粉扑扑的脸蛋上："有劳小姐姐前面引路。哎哟哟。"不等风仙说完，这边沙仙赶前一步伸出一只短而肥的手，狠狠地掐在风仙的腰眼上，即便如此，仍然未解心头之气："让你贱，让你贱，让你见识一下老娘的手段，"脸上却依然挂满笑容，"有劳小姐姐前面引路。"

却说王母独坐小亭，自斟自饮，若有所思，时不时叹口长气。随着一阵嘈杂声，王母抬眼迎上去，风沙二仙紧跟在侍女身后，手牵着手亲热得要命。王母脸上不禁一烫，将手中夜光杯轻轻放下，招呼风沙二仙快快上来落座。沙仙松开紧掐着风仙手腕的手，风仙顺势甩了甩疼痛难忍的手腕，当着王母之面，不便发作，故作客气，再三推辞。

王母也故意露出生气的模样，风沙二仙这才挺直腰杆，坐到王母两侧。

侍女们不待吩咐，已将碗箸等物件摆放在风沙二仙面前，另将两只金灿灿的酒盅斟满琼浆。

"来来来，有劳两位爱卿，先饮了这杯再说。"王母只将夜光杯沾唇抿了一小口儿，风沙二仙则双手捧杯饮了个底朝天。"今儿个，请来二位，确有要事相商，待此事有个眉目，还得劳烦二位辛苦跑跑腿，费费口舌，将本宫的口信递给那些重臣阁老们。"

风仙正想探听王母所指要事究竟为何事，却被沙仙截断："王母娘娘所说要事指的是东海巡游吧？敬请娘娘尽管放心。"

王母心中诧异："东海巡游？何来东海巡游？"

沙仙停不下来，一脸兴奋："方才，陛下召见重臣阁老们，哎哟，我俩算甚重臣阁老哟。真没想到，陛下将东海巡游外务诸事托付给托塔天王和东海龙王调度，而内务诸事，娘娘，您可曾料到，陛下交由我俩调度呢。不过，不过呢，陛下请娘娘在东海巡游期间调度处置天庭诸多事务，那就是说，娘娘毋需随驾是吧？老头子，老头子是这样吧？"沙仙猛然间察觉王母娘娘的脸色阴沉凝重起来，似乎自个儿多嘴话又多了，赶紧望向风仙，指望风仙帮忙岔开话题，打个圆场。

王母娘娘却慢悠悠地开口说道："如此甚好。也就是说，陛下已打定主意东海巡游，诸事均已安置停当了。"

沙仙正想迎合上去，风仙抢先说道："我俩还在纳闷，若娘娘缺席此番东海巡游，岂不是大大的美中不足？不如娘娘亲开尊口给陛下说道说道，一同东游岂不皆大欢喜？三日后便要启程，娘娘您看，我俩是否也走动走动那些个重臣阁老？请他们代为美言美言？"

"你两个就消停消停吧，本宫早已明示陛下不愿随驾东海巡游。"王母思虑片刻，"也罢，也罢，你等护驾东游，本宫留守。不过你俩给本宫听好了，东游期间，多安排些耳目，多方留意，有甚风吹草动，速速报来，不得延误。"

风沙二仙眼见得阵仗不妙，连忙起身跪伏下去："遵命，敬请娘娘宽怀放心。"

"起来吧，多饮几杯，不提这些个闹心的烂事。"

这后面的酒，即便金杯盛满琼浆，仙气盈满亭台，侍女环绕左右，风沙二仙哪里还有兴致？有一搭没一搭地说些个不着边际的闲话，不知不觉灌下不少黄汤。看看风沙二仙就要胡言乱语，王母娘娘吩咐收拾残席，让侍女搀扶两口子送出宫去。

望着风沙二仙跌跌撞撞的背影，王母娘娘无奈地摇摇头："看来诸事已定，无力回天，只好耐心等待，相信将来总有机缘，届时再去西天瑶池，祭拜周穆王，那个该死的冤家。"

第二十七章　琅琊台上忆后羿　蓬莱山下镇九阳

东海巡游乃天庭头等大事，丝毫马虎不得。好在托塔天王李靖，东海龙王敖广各自带领属下随从，事无巨细张罗布置，却也井井有条，纹丝不乱。阎王爷和匆匆赶来的太白金星在一旁集思广益，参谋支招。风沙二仙也早已将王母娘娘的幽怨抛到十万八千里之外，没日没夜地安顿着内勤和供给，尤其这旌旗方阵，鼓乐仪仗，车马侍卫，金甲扈从，务必尽显天庭威仪，尽展玉帝隆恩。

三日已毕，吉时已到，随着风仙尖利刺耳的一声长啸，数不清的高纛彩旗扑棱棱迎风招展，锣鼓喧天，长号齐鸣，金甲熠熠发光，车马隆隆作响。灵霄宝殿前，玉帝兴致盎然，有意无意地避开前来送行的王母娘娘那五味杂陈的眼神。

仪仗中间，玉帝所乘御辇独树一帜，别具一格，九匹银光闪闪纯白如雪的天马套引在前，迈开整齐的步伐。御辇之上，玉帝与诸位重臣阁老谈笑风生其乐融融。此番巡游，从动意到成行，虽说毫无预兆，甚至过于唐突，但倚仗重臣阁老们的鼎力筹措，三日之内紧赶慢赶总算备妥诸事集结到位，吉日吉时浩浩荡荡地开拔启程。

一路上道不尽的歌舞升平，说不完的祝祷盈耳。不日行至齐鲁大地，前方横亘一座大山，云蒸霞蔚，层峦叠嶂，煞是雄奇。玉帝撩发意兴指问左右："许久不曾东游，此山甚为眼熟，可是东岳泰山？"

众仙齐声作答："此山正是东岳泰山。"

"朕闻世间远古之三皇五帝，曾于东岳泰山举行封禅大典，哪位爱卿知晓其规制渊源？此制可曾沿袭至今？"

众仙沉默良久，对答不出。

可巧风仙跳将出来，摇头晃脑地替众仙辩白："陛下明鉴。封禅大典，年代久远，如今日新月异，万象更新，确实已无从查考。"

玉帝不等风仙说罢便摇头道："爱卿所言差矣！此处炎黄故地，素来荟萃华夏文脉，渊薮深厚，诸子百家，直至孔孟学说大行其道。仁义礼智信，重仁守义，崇智言信，克己复礼。这封禅大典定有当地稽古名士通晓其规制。哪位爱卿辛苦一趟，亲往山下代朕探询查访？"

　　玉帝问及封禅大典，阎王爷也曾抬眼望了望玉帝，有点踌躇，继而袖手立于一侧，摆出静观的姿态。

　　果不其然，风仙沙仙自告奋勇，想要下山探访封禅大典之来龙去脉。

　　阎王爷瞧着眼前这一对活宝，一高一矮，一胖一瘦，一白一黄，腆着脸谄媚的傻样，忍不住轻轻哼了一声。

　　阎王不屑的哼声哪里逃得过玉帝的御耳？玉帝何等练达世故，只是淡淡地瞥了阎王一眼，便心知肚明。自打驳回驾临阎罗殿动议之后，就察觉阎王心思不对劲儿，一路上大都独来独往少言寡语，一改往日与众仙的欢洽，简直莫名其妙。难道只为驾临阎罗殿一事被否？天庭放任你阎王独掌阎罗殿，天庭任凭你阎王阴曹地府生杀予夺，小小的鬼域把头，竟如此不识抬举，给朕摆出这般臭嘴脸来。

　　玉帝略一思忖，将计就计引蛇出洞，便用祥和平缓的语气说道："朕知晓，阎王爱卿乃满腹经纶之读书人。在这阎罗殿里，想必曾过堂会审过不少本地孔孟衣钵传人或饱读之士，必对泰山封禅大典略知一二。爱卿无须谦虚矫饰，让朕和众爱卿也长些见识？"

　　风仙沙仙傻愣愣地站在当中间，不上不下的，望望玉帝，瞧瞧众仙，不见搭理，不晓得该下山，还是就此打住。

　　既然点将，不如自荐，阎王爷上前一步，扫了一眼风仙沙仙："敬启陛下，并非微臣矫情，微臣只知其一不知其二，担心惊扰陛下之御耳，故而不敢贸然言说，以免败了兴致。若是微臣的言说有些许差池，还恳请陛下开恩，恕微臣无罪。"

　　"爱卿光明磊落，但说无妨。"说罢，朝众仙送去一丝意味深长的微笑。

　　"遵命！就微臣所知，世间远古常在泰山举行封禅大典。在泰山之阳登顶，仪式简朴庄重，素以扫地为敬，洒水为礼，三跪九叩为仪。摆满三牲为祭，以图顺应天意，承继大统，长治久安。礼毕，则在泰山之阴下山。即便三皇五帝亲临

152

登高，也恐踩踏土石，伤及草木，惊扰野物。常常为表敬畏，所乘车舆，更是蒲草缠裹轮毂，行进之时无甚震荡，实为克己律己，表率天下。然，秦朝始皇帝以降，仪制大变。始皇帝饬令数万苦役，刨土碎石，披荆斩棘，开通御道，蜿蜒曲折直抵山巅。再令苦役在山下负土背砖，扛木担水而上，在山巅砌筑祭坛，向天望日祷祀，并勒石留铭，遗传后世，以期永恒。自此，封禅大典之规制仪式日趋完备。世间帝王君主东岳泰山祭祀日月天地，唯昭示天下正本清源之正朔大一统，而封禅大典之古意逐渐淡去。"

阎王爷的高谈阔论戛然而止，似乎话中有话另有深意。四周陷入尴尬的沉寂，众仙们神情仪态千奇百怪，有艳羡的，有钦佩的，有嫉妒的，有不屑的，也有顾虑重重的。

短暂的沉寂之后，玉帝不想败了游兴，压住已经窜起来的火苗，依然用和缓的口吻说道："阎王爱卿腹有诗书，名不虚传。朕此番巡游，携众爱卿游历山河，广布厚泽，实为阅万卷书，不如行万里路，行万里路，不如阅尽三界无数。这下一程将去往何处名胜？"玉帝一席话分明说给阎王听的，名褒实抑。言外之意，即便读再多的书，也不如行万里路，更不如阅尽三界无数。你阎王只是在三界之鬼域，最不被待见的阴曹地府而已。

阎王爷听得明白，低头瞧着自己的鹰钩鼻尖，闭嘴不再吭声。

随着玉帝轻描淡写岔开话题，方才的尴尬随风逝去，悻悻不悦的风仙沙仙趁机退后隐身。

东海龙王敖广朗声答道："敬启陛下，这一路向东，滨海开阔地，高高耸立的便是风光无限的琅琊仙山。"

"众爱卿，且随朕一同前往，领略这风光无限的琅琊仙山。"玉帝意兴阑珊，众仙尾随其后，才下泰山，再往东行，共登琅琊仙山。

远观一片宽敞开阔的古旧高台遗址，坍塌毁弃，破败不堪。蓬草茂盛，齐膝草丛里三三两两的秦砖汉瓦，破陶残罐。近前细瞧，夯土筑就，台基分明，上下三层，基座周长达两百余丈，朽梁腐椽，深陷台基，断柱础石，散落其间。难以想象这座高台昔日的巍峨壮美：山巅之上，朝迎日出，西送晚霞，星月殷鉴，滨海览胜，与东海之中仙气缭绕的蓬莱仙山遥相呼应。

玉帝似乎对泰山封禅大典引起的不快心有不甘,一边踱着方步,一边随手甩开风仙沙仙搀扶的手臂,指着高台遗存,扭头故意问道:"此高台,何人何时修造?"

经泰山之巅阎王爷那一场痛快淋漓的高谈阔论,众仙们学得乖巧。风仙沙仙更是低垂脑袋,默默立在玉帝身后。周边树林静悄悄的,草丛里也静悄悄的,蝉虫鸟雀识趣地停下聒噪,只等哪位大神大仙来口吐莲花。

玉帝笑了笑:"众爱卿,言者无罪,难道还得差遣风沙二仙下山辛苦一趟?"

沙仙上前道声万福:"陛下,这一路上,风沙二仙跑个腿,出个力,流个汗,下个山,打个杂,皆为应尽之本分。若论引经据典,稽古旁征啥的,实在并非我俩所长,还请陛下明鉴。"

阎王爷稍一抬头想窥视玉帝神情,不料正瞅见玉帝望向这边。四目相视的一刹那,阎王爷唯恐玉帝瞧破心思,赶忙低下黑头。

玉帝目光并未停留在阎王身上,扫视一圈之后,只用眼角余光打量着阎王的一举一动。又等了等,觉得激将不如点将,若阎王知晓也就罢了,若不知晓,借此当众奚落一番正好合了众仙胃口,于是开启尊口,慢腾腾地说道:"看来,众位爱卿整日忙于打理分内事务,皆疏于研习古籍善本,但朕晓得唯有阎王爱卿读书笔耕不辍,也并未耽搁了过堂会审,不冤枉一起,不滥刑一个。阎王爱卿,是也不是?阎王爱卿若是知晓此高台由来出处,不妨说给众仙听听,也好开导各位。这读书,这笔耕本该就是各位日常不可耽搁之要务啊。"

阎王爷有些不自在:"陛下,臣虽读书笔耕不辍,但对此琅琊山上琅琊台遗存只知皮毛而已,断章取义,说不出口,还望陛下恕罪。最好,最好另请高明。"

玉帝微微一笑:"爱卿多虑了,众仙随朕巡游,各自应尽本分。护驾乃本分,外务内务皆本分,而这知无不言,知多少说多少,也该是做臣子的本分呀。朕晓得爱卿必知琅琊台遗存之渊源,阎王爱卿须和盘托出,方为臣子之道呀。"

玉帝柔中带刚,刚中带柔,迫使阎王爷退无可退不敢推诿。

阎王爷上前三步,面对玉帝礼毕,转过身来,微一躬身,高昂黑头,滔滔不绝地详述琅琊台遗存的前世今生,从越王勾践筑台,讲到始皇帝削平旧台另造新台的诸多典故。

提及勾践称霸，阎王爷按捺不住激越，情不自禁地模仿卧薪尝胆的勾践，面朝东海，发出胸怀天下的豪言壮语："筑高台兮在琅琊，望东海兮召秦晋齐楚，歃血为盟兮并辅周室。"提及秦始皇帝，阎王爷满脸悲愤，痛斥道："为重修此台，始皇帝广招夫役，强差数万人日夜营造。民众备受苛待，苦不堪言，无从诉冤，最终以血肉筑成这宏伟无比的琅琊高台。高台建成之后，极合始皇帝心意，始皇帝效仿勾践，曾经三次不远万里，亲临高台眺望东海，瞻顾徘徊，祈望长生不老。史书记载确凿，派遣徐福率六千童男童女，驾乘百余艘高帆大船，自琅琊滨海起锚出发，为始皇帝探寻长生不老之丹药。然而，即便贵为世间至高无上的始皇帝，亦属世间一凡人。世间凡人岂能参悟三界奥妙？凡人之凡愿，俗人之俗愿，无非长生不老。金银财宝姬妾成群，无非海市蜃楼。样样转眼即成空，个个随后变尘埃。如今，时已过，境已迁，遂致破败不堪，无人问津。琅琊仙山高台在，不见当年秦始皇！"

阎王爷说出的每一个字，每一句话，如水银泻地，随清风，伴鸟鸣，入尘土，钻石缝，激荡长空，酣畅淋漓。一层细密的汗珠黏住阎王爷额头的数绺发丝。

再瞧众仙，要么举头向天，东张西望，要么抓耳挠腮，闭目沉思，甚或王顾左右，观山听风。此刻的蝉噪鸟鸣，似乎愈发地令众仙们焦躁不安。

玉帝不以为然，捻着美髯，踱着方步，表情凝重，怀古凭吊，遥望着空蒙蒙的东海，点点头又摇摇头，陷入冥想。果真败兴的家伙，早先并非这副德行呀，早知如此，就该打发回了阎罗殿，何必随朕护驾？这左一出右一出的，在众仙面前，自以为是，目中无它。不给众仙颜面，就是不给朕颜面。说个大致即可，自圆其说便罢，却自说自话，一发而不可收拾，当真以为自己就是盟主，就是霸王。自己倒是风光无限，癫狂尽兴，如果醉酒失态也就罢了，可这青天白日滴酒未沾，却在这里莫名其妙地添堵，添朕的堵。莫非这阴曹地府的湿气邪气真就入骨入髓了不成？看来众仙们附议拒往阎罗殿巡游颇有道理，眼下还得寻个法子，做个了断，绝不可放任这个阎王猖狂起来，坏了规矩。

"癫狂没好处，狗狂挨石头""将你认作仙，自个儿往驴圈里钻。"玉帝话到嘴边，又咽回去，掂量再三，先宜隐忍，日后寻机再秋后算账。

太白金星憋不住，使龙头拐杖戳戳东海龙王敖广的腰眼，递个眼色。

东海龙王凑近躬身启奏："微臣瞧着陛下遥望东海许久，这浩渺无边的东海正由微臣统辖，分内差事难免疏漏。微臣斗胆揣摩圣意，料想陛下必有口谕，这才冒昧打断陛下的遐思，还望恕罪。"

玉帝不露声色："爱卿何罪之有？瞧这苍茫东海，海中若隐若现的蓬莱仙山，真乃世间绝妙景致。天上仙界美景，不外乎如此而已。"

"全拜陛下内外兼治，方略有度，三界安泰，八面来朝。"

"爱卿无须过谦，爱卿与三位兄弟，齐心协力，打理广袤四海，广播天庭恩威，劳苦功高，不辱使命！这四海得安宁，方有胜景出蓬莱。爱卿，朕巡游至今，一路倒也顺心畅意，近日临此东海，却觉出一丝不妥，一丝不安，日盛一日，不明所以。"玉帝转身扫向众仙，余光瞥见阎王爷昂头闭眼，一副傲然模样，"朕方才遥望蓬莱仙山，猛然忆及那场惊天地泣鬼神的鏖战，想必爱卿们也不敢稍有忘怀吧。"

"微臣每当想起那场鏖战，都不禁喟叹陛下的英明神武，感叹后羿的舍生取义。微臣实在是微臣啊，简直微不足道。好在众仙们众志成城一鼓作气，将那第九个太阳，九阳，镇于蓬莱仙山之下，永世不得翻身。"

"九阳，"玉帝点点头，"权称其为九阳吧，这万千年已过，山底下的太阳，有何动静？"

"请陛下放心，那个九阳大魔头乖乖地待在蓬莱仙山之下。微臣谨遵陛下谕旨，每月带队亲往巡察，严加看管，不敢丝毫懈怠。至于陛下所言有何动静，除了九阳两个眼珠子骨碌碌乱转，全身上下都被那黑金锁链捆绑得严严实实。"

"如此甚好，九阳的大嘴尚可叫喊？"

"陛下宽心，微臣早为九阳准备了可口的磨牙宝物。"

玉帝面露好奇："何为磨牙宝物？"

"为了让这个缓过劲的九阳老老实实地闭住大嘴，微臣刻意安排虾兵蟹将捡拾千年万年的砗磲壳和珊瑚石，填塞九阳的大嘴。还别说，捣蛋的九阳用不了旬日，就将满嘴的砗磲壳和珊瑚石嚼得粉碎。不过，未等开口乱喊乱叫，就会及时填满，恼得九阳翻白眼干蹬腿。"

玉帝和众仙们不禁笑出声来。玉帝斜睨了阎王一眼，瞧见阎王居然面无表情，闭目养神。玉帝懒得搭理接着问道："黑金锁链，万千年间，水冲浪侵，可有锈蚀损毁？"

　　东海龙王拍拍胸脯，嘴角数根洁白的龙须颤巍巍地一起抖动："这黑金锁链，乃是历经地火烈焰，千万年炙烤的黑金顽铁，掺入十八层地狱里那些个邪灵恶鬼粉身碎骨后的渣滓，千百次不断地用昆仑之巅的冰川雪水淬火锻造而成，异常坚固。陛下可曾记得，正是后羿站在这蓬莱仙山的山顶，用尽最后残存的气力，瞄准第九个太阳射出神箭。因后羿精疲力竭，九阳才侥幸逃过一劫，遭神箭重创跌落东海。好在陛下运筹帷幄，调度有方，早已布下天罗地网。天兵天将祭出黑金锁链将九阳层层捆绑，镇于蓬莱仙山之下。料想这九阳，纵有三头六臂，不世功力，又怎奈黑金锁链，蓬莱仙山？"东海龙王唾沫星子到处乱飞。

　　玉帝擦了擦喷落脸颊上的唾沫星子："若非众爱卿众志成城，哪得安享今日太平盛世？"玉帝说出此话，围拢周边的众仙紧随着东海龙王，齐刷刷地跪下齐声高呼："吾皇陛下万寿无疆，吾皇陛下万寿无疆。"

　　玉帝欣欣然享受着众仙匍匐在地的山呼海叫，却隐隐觉察有点不大对劲儿，总有一丝杂音。定睛一瞧，该死的阎王虽跪伏于地，可黑头高高昂起，昂起也就昂起，却紧闭双目，在山呼海叫中滥竽充数有意拖起长调慢了半拍。玉帝不想扫了众仙美意，更不想败了自己的兴致："众爱卿快快平身。此时此刻，此情此景，怎可无酒助兴，无酒祭奠后羿？后羿大神，舍生取义，武功盖世，为了三界的福祉不惜牺牲，"玉帝的目光掠过混迹众仙之中的阎王，"如今，对九阳最为严厉的惩戒并非斩草除根，而是要让九阳生不如死，万劫不复，活受罪。此乃对后羿最大的祭拜和安慰。今日朕甚为欣慰，众仙与朕东海巡游，舟车劳顿，今日务必把酒言欢，一醉方休。"

第二十八章　太宗图报颁御旨　钟馗世间封门神

却说皇宫内堂钟馗擒拿猴精之时，罗圈待在朱漆小门外，老老实实地蹲在墙根看管书箱挑担和昆仑剑。五月初五端午前后，又与钟馗外八一道为个功劳簿，整日昼伏夜出，忙得不可开交。待到外八跟着钟馗捧着功劳簿去拜谒阎王爷时，罗圈难得自在，手头又有银两，正好逛逛长安城，也不枉到此一游。

青天白日之下的长安城，街道上熙熙攘攘，集市上摩肩接踵。

罗圈扎进人流，东瞅瞅西望望，这也新鲜，那也好奇，如同大姑娘上轿头一回。这边走过来结伴进京求学的贡生，那边来了些乘着官轿进京听调的地方大员，还有好些个穿金戴银前呼后拥的富商巨贾。也见着一些东瀛琉球远渡重洋的访学使臣，不乏西域和天竺佛国的披袈僧侣，当然人群中还混杂着诸多高鼻子深眼窝满头卷发的波斯人，更有少许胸前佩戴十字架徽章的景教布道者。

罗圈漫无目的，胡思乱想早年间的那句老话，男人坏满街逛，女人坏倚门框。瞧瞧这世间的世风每况愈下，大姑娘小媳妇全都在满街逛。这般光天化日，就不怕妖魔精怪趁着热闹，幻化上身，寻个阳气不足的小女子附体？罗圈黑眼珠子瞪得滴溜溜转，哪里有莺歌燕啼就往那里挤，哪里有红衫绿袄就往那里钻。一会儿追前两步回头盯着穿红袄的胖大女子，一会儿冲着高颧骨瓦刀脸的丑婆姨做个鬼脸，要不就故意猛地站住停下来，让紧跟在后的媳妇子收不住脚撞上来。即便挨上几句娇滴滴的嗔骂，甚或被家丁随从呵斥推搡，依然喜不自禁一副贫样儿。还时不时对着人家大姑娘小媳妇闪个眉毛挤个眼，自得其乐。

不知不觉中晃出了城，回头一望，可不正是外八勇揭告示的城门洞子？

城门守卫搭着木头梯子在张贴大红纸。大红纸的中间画着人像，旁边可见数行落款。

好事的人们呼啦啦围上前，守卫站在高高的梯子上，小心翼翼地转过身，举起毛刷，扯着嗓门："大唐太宗皇帝，感念上天，降下大神钟馗护佑，然大神钟馗去留无踪，皇上无以释怀，钦定钟馗为大唐社稷门神，特召画师吴道子进宫绘本画像，张贴于长安城城门及皇宫大内。匡扶正义，驱逐邪佞，镇宅纳福，保家卫国。太宗皇帝为使大唐子民雨露均沾，特勘印大唐门神钟馗画像，由过往百姓自行领取，张贴自家门首，共敬神明，感恩戴德。"

上回外八抢先揭告示，这一次轮到罗圈我一展身手，岂能错过？罗圈跟在人群后面申领了三张画像，自己留一张，剩下两张给钟馗和外八，生怕挤皱挤破，高高举过头顶，出了人堆。低头一看，只见卷发虬髯黑脸庞，手中馗匣腰中剑，活脱脱咱家钟相公，再细细一瞧，钟相公哪得如此俊俏？罗圈忍不住笑出了声。

看看天色将晚，满街红灯笼在朦胧的夜色里煞是好看。罗圈拍了拍叠放整齐掖在胸口的画像，顺原路赶回客栈。此时的沿街商铺，住家户的门板都已贴上了红彤彤的门神画像。

店小二一脸欢颜迎上前，递上热腾腾的擦脸巾："客官敢情在外辛劳大半天？"罗圈用脸巾擦着脸未搭话，忽然想起什么返身掀起门帘走出客栈，回首瞧见门神画像，这才点点头，可巧店小二跟了出来。

"小二，可认得这几个字？"

"画像午后贴上去的，据说家家户户都得贴，镇宅辟邪，聚财纳福。让小子来瞧一瞧。"店小二一字一顿断断续续："大 唐 社 稷 门 神 护 佑，钟 馗 大 人 仙 位 神 像。谁晓得灵验与否？官府让贴，咱就贴，免得惹是生非讨人嫌。"

罗圈本想致谢，听得店小二嘴里闲话，这气不打一处来，想给这不知好歹的小二一点厉害颜色，就听小二接着说道："这位客官，你家相公回来了，小子备了几样点心和上好的茶，一并送了过去。"罗圈随手将擦脸巾丢给小二："点心和茶水记账上，不会少你一个子儿。"

"那就多谢客官了。"说着，店小二躬身掀起门帘。

罗圈不想多费口舌，跨过门槛，上了楼梯，直奔客房，却见灰头土脸，无精打采的钟相公和外八默不作声地呆坐着。罗圈望着外八，外八望着罗圈。罗圈想着倒杯热茶，于是拎起茶壶，偏巧挤到胸口叠放的画像，发出窸窣动静。钟馗不动神色，外八眼露好奇。

罗圈灵机一动，放下茶壶，掏出红纸，小心展开，铺在桌上："请钟相公先睹为快。"钟馗哼了一声，闭目沉思不为所动。外八凑近并未瞧出异样。

罗圈放低嗓门："你陪着钟相公进门，就未曾留意客栈门板上张贴的画像？"

"黑灯瞎火的哪里顾得上门板，顾得上画像？"外八嘟囔着。

"你再瞧瞧，画的是谁？"

"瞧不出来，黑不溜秋的像谁呀？"说完外八就打了一下自个儿的嘴巴。

钟馗"嗯？"睁开双眼，侧过脸，烛光晃眼，看不清楚，索性站起身，走前两步，仔细端详。罗圈指着两行字，一字一顿："大 唐 社 稷 门 神 庇 佑，钟 馗 大 人 仙 位 神 像。"

没等罗圈念完，钟馗早已明了，果然喜上黑眉，沮丧尽扫。

外八喜不自禁："你认得字了？"

罗圈指着画像，对钟馗说道："现如今，长安城里家家户户奉旨张贴钟相公的门神画像，不出三日，长安城周遭六县九镇，十里八乡都会贴满钟相公的门神画像。再过一阵子，这天下都会传遍钟相公的美名。"钟馗听罢，眼前冒出一些金星，额头沁出一点微汗。

外八一脸兴奋："画得不像咱家钟相公呀，该让那个皇帝老儿重新画像才是。"

"兄弟哎，莫要节外生枝，暂且休论像与不像，钟相公的大名可要声名远扬了。""罢了罢了，不去计较了，"外八摆摆手，"钟相公，何不去城外转一转？这长安城里到处张贴着您老人家的门神画像，妖魔精怪吓破胆，都躲去城外了。"

钟馗满面春色，一团和气："城外转转好主意，这东西南北中，这东西南北中。"罗圈会意："钟相公，不如直奔终南山。一来，逃出长安城的妖魔精怪定会去那山高林密处躲藏；二来，趁此良机可陪钟相公一同故地省亲。若无甚亲人，则祭扫先人，寄托哀思。再说了，扬名立万，功成名就，不还乡，恰如锦衣华服夜间行，无人喝彩无人识。请钟相公三思。"

"罗圈说得有理，该回终南镇子瞧瞧了，让那些曾经追我，骂我，打我，笑

160

话我，捉弄我，吐口水丢泥巴，欺辱我，嫌我丑，嫌我碍眼的，都来瞧瞧黑钟馗，丑钟馗也有今日。还有那可怜巴巴的娘亲，不晓得落葬何处。"想到荒郊野岭，枯树昏鸦，乱坟岗子上一个连一个密密麻麻的弃冢，钟馗双眼闪着泪光，吩咐罗圈外八："歇息了，明日一早直奔终南山，剿灭那些逃往山中，落脚未稳的妖魔精怪，顺带着在终南镇子寻亲访友，祭扫先人，也算了却一桩心愿。"

第二十九章　锦衣岂可夜行　世道最是无常

终南山下终南镇子，自古为交通要冲，兵家必争之地。离开短短数月，街道老样子，铺面老样子。拐角处的几棵老槐树，愈加繁茂，一大群雀鸟"叽叽喳喳"吵嚷着钻入稠密的枝丫。

钟馗盯住来往路人，难寻熟悉面孔。罗圈外八一间间宅门铺面依次路过瞧过，哪有钟相公的门神画像？只好撇撇嘴，两手摊，闷着头往前走。世事变幻无常，物是却已人非，看来只得先去老宅子瞧瞧，指不定碰到个邻居也好说上话。

可这映入眼帘的老宅子，破败不堪的老宅子，真就是打小和娘亲一起相依为命的家？院门虚掩，院墙歪斜。钟馗随手推开院门，"咣铛"一声，门板连同朽坏的门框一起跌入院内，荡起一阵烟尘，惊起蚱蜢飞虫一片。院落长满绿油油的蒿草，灶台空空如也，扯扯秧爬上了漏风的烟道。那黑乎乎烟熏火燎的斑斑印记，仿佛诉说着半年前曾经的烟火气。

钟馗踩着蒿草，扇开飞虫，走到窗前，望向里间。土炕崩陷，火墙坍塌，屋顶千疮百孔，透风透雨又透亮。散开的芦苇椽子稀稀拉拉一根根半悬在屋梁上，密布的蜘蛛网和吊吊灰随着穿堂野风飘来荡去。满墙满地黑白相间的鸟粪和散落的羽毛，狼藉一片，满目凄楚。

钟馗默默地望着，眼中噙满泪水，泪光中依稀看见微微驼背的娘亲在屋前院后忙碌的身影，看见娘亲在面板上"嘎吱嘎吱"搓着杂面做猫耳朵的样子，鼻尖似乎已经嗅到凉拌春韭的鲜香味道，耳边回响起娘亲那句再熟悉不过的口头禅"那也是说不准的事呢"。

"钟相公，您看，要进屋瞧瞧吗？"罗圈问道。

"算了吧。"钟馗低沉着嗓音，赶忙侧过脸去不想让罗圈外八看到自个儿黑脸上滚落的泪珠。

162

"钟相公，您看要不这样，咱到隔壁邻居家打听打听。"

"也好，也好。"钟馗扭头便向院外走去。

一连敲开几家，问了多人，都是新近迁入的陌生人家。钟馗好生纳闷，心有不甘，本想在老邻居老相识跟前散些银两，长些脸面，即便竹篮子打水一场空，也该捞个螺蛳网个虾。再一打听，这才明白，老街坊老邻居嫌钟家老宅子风水不好，凶宅不吉，克父克母克自个儿，克得全家一口不剩死光光，都将老屋陆陆续续地低价贱卖，或盘给图实惠的外乡人。

钟馗不胜唏嘘，慨叹世态炎凉。罗圈外八少不得劝慰数句。

钟馗忽然忆及学堂教书的老先生，手掌心隐隐刺痛，年少时节可没少挨竹板戒尺。调皮捣蛋，捉弄先生，都是拿手把戏。如今回想，多亏娘亲苦口婆心言传身教，这才痛改前非，跟定老先生发奋读书，若不然，真不晓得自个儿会变成怎样的混账玩意儿？

钟馗加快脚步，只怕老先生不在家，得让老先生赶紧知晓：

> 过往状元已如烟，
> 年年科举翻新篇。
> 头甲头名流水席，
> 传世岂伏皇榜题。

如今黑头土脸的丑钟馗，名正言顺成了大唐太宗皇帝钦定的社稷门神，真正的前不见古人，后不见来者，世间威武豪迈独一份。

罗圈上前叩门，钟馗依照旧例正正衣冠，弹弹灰尘，拍拍腰间昆仑剑。虽说想给老先生意外惊喜，又怕老先生年事已高，自个儿这般模样突然现身，保不准吓坏了老先生。犹豫不决间，一位身着灰布长衫，面颊干净齐整的年轻后生开门迎客，钟馗一眼认出，来人正是老先生的长子，便要迎上前去寒暄亲热。

哪承想，年轻后生瞧见钟馗后，双眼瞪得溜圆，眼皮眨巴几下，傻愣愣地干嗝一声，后退两步，面色煞白，黑眼仁子向上翻去，一阵抽搐打起摆子，嘴角溢出白色沫子。看看仰面就要跌过去，罗圈外八见状，一前一后一拉一撑，把持住年轻后生。罗圈空出一只手，大拇指对准人中穴使劲掐下去，又听得几声干嗝，年轻后生这才长舒一口气，胸口起伏，面色转红，睁眼迸出一句："活见鬼！活见鬼！"

"瞧瞧，把先生吓坏了。"外八一边轻拍年轻后生的脊背，一边说着闲话。

"千万莫要惊慌害怕，在下正是学生钟馗，认得大相公，敢问老先生无恙乎？"

"钟馗，就是钟馗，不是早已撞柱而亡阎罗殿报到做了鬼？"年轻后生回过神来，盯着钟馗。

"说来话长，学生只想借一步进屋细细道来，不知妥否？"

罗圈外八不由分说，一边拽起一只胳膊，架着年轻后生倒拖进院子。

钟馗紧跟着跨进门槛，转身关上大门，扭头呵斥道："不得对大相公无礼。"

"是，是。"罗圈外八忙不迭松开手，立在大相公一侧。

"方才，是人是鬼，是鬼是人，猛地气血上涌，眼冒金星。平生第一回碰见如此奇遇，险些不省人事，见笑见笑。"大相公话虽如此，眼神依旧疑虑重重。

"你两个退后，别惊着大相公。按礼数，学生钟馗今儿个前来拜谢老先生，令尊大人可在？"

"月前殁的。可你，可你钟馗——"

钟馗闻言，惊呼着打断大相公："老先生殁了？老先生待我如子，恩重如山呀。"

"家父无疾而终，算得寿终正寝。虽一生不得志，却穷尽所有，教导出了一个状元郎，那就是你钟馗呀。家父常挂嘴边，引以为傲。怪只怪当今，当今圣上，哎，有眼无珠啊。家父为此终日唏嘘。临终前，一再告诫我等屡试不第的不肖晚辈，唯有耕读传家，要么将你钟馗作榜样，发奋读书奔科举，要么接管这镇子上硕果仅存的学堂，子承父业，召集邻近子弟，教书度日，束脩糊口。那么，那么钟馗，你钟相公又如何这般死而复生？"大相公言归正传，紧盯着问道。

钟馗将殿试撞柱，阎王爷赏识，世间降妖除魔斩鬼除恶，仇将恩报于皇帝老儿等一股脑儿说出来，唬得大相公跪地不起，磕头如捣蒜，嘴上一个劲儿念叨："仙人保佑，仙人保佑。"

"大相公快快请起，本尊此番省亲，亲已不待，前来谢师，师已作古。请带学生钟馗前往供奉老先生牌位的灵堂，三叩谢恩。"说罢，钟馗搀起大相公。

罗圈外八跟着钟馗一同来到灵堂，跪在牌位前。钟馗嘴皮翕动，"咚咚咚"连磕三个响头，罗圈外八也不含糊。大相公面向钟馗下跪致意。

礼毕，钟馗欲言又止。

大相公看在眼里："先考大人泉下有知，得意门生专程前来祭拜，必当欣慰开怀。瞧钟相公似乎有话要说，有话要问？"

"是呀，本尊一路赶到终南镇子，一来奉旨进山降妖除魔斩鬼除恶，二来祭扫亲人，三来谢师。"钟馗放缓口气，"老先生一生中正，为人师表，山高水长，学生受恩良多。此番省亲，三愿只了却其一。本尊冒昧打听一下，大相公可知晓本尊娘亲落葬何处？"

"镇子上乡亲们都知晓，可怜钟家老小，孤儿寡母，本指望儿郎一朝荣登状元郎，衣锦还乡荣归故里，光宗耀祖。哪承想，衣锦不成，更无光宗和耀祖，传来的却是儿郎呜呼哀哉的噩耗。钟家老母肝肠寸断，以泪洗面，不思茶饭，眼见得没几日就咽了气。"

大相公自顾自地说得利索，面前的钟馗忽然仰天大吼："可怜的娘亲啊，孩儿不孝，今儿个才赶回来。"未及说罢瘫软在地。罗圈外八上前扶起钟馗，陪着洒下数行清泪。

大相公赶紧招呼备上茶点，面露愧色嗫嚅道："先考大人召集左邻右舍凑了些碎银两，买了寿材，草草葬去，书就木板，权充碑石。记得先考大人曾提及，钟家虽绝户，却生出个状元郎，有朝一日坟头必冒青烟呢。明日到了坟岗子上，只需寻见木板，仔细辨认，便能确定钟相公令慈大人的坟头子。"

"老先生明理，葬母之恩永世不忘。怪只怪钟馗年少轻狂，只图痛快，忘却纲常。子亡母殉，儿死娘陪，自此身背不孝罪孽，天理难容，罪不可赦。"

"何来如此深重罪孽？冤有头债有主，还需明察撞柱而亡的前因后果才是。"大相公有些义愤难平。

"世人各有活法，终究撒手人寰，无因何来果，有果才有报，岂可任由自个儿妄议瞎断？令尊大人所言坟头必冒青烟，兴许，那也是说不准的事呢。"

大相公听闻，一揖到底："怪不得！怪不得近日，镇子上，学堂里，听得童谣传唱，说是，说是，终南山，冒青烟，终南出了个大神仙，家家门首贴红纸，呼儿嘿哟，贴上红纸保平安！看来坟头子真要冒青烟呀。"

"罗圈，将皇帝老儿钦定的大唐社稷门神画像拿来，也让大相公观瞻观瞻。"

罗圈从怀中取出折叠得方方正正的红纸画像，摊开来。外八也没闲着，一个劲儿地唠叨着门神画像的来龙去脉，还不忘提醒大相公："长安城里大街小巷贴满了钟相公的画像，数日之后，钦定的画像就会快马加鞭送达周边各郡各县，那时节，钟相公的美名必将天下传扬。"

钟馗听得直抒胸臆。

大相公瞧一眼钟馗，盯一眼画像，上上下下打量，来来回回数趟，不住地点头："有眼不识泰山！方才见面，事出太过突然，仓促之间，有失礼教，还请钟相公千万莫在意。"

"大相公无须见外，本尊更得拜谢令尊大人葬母之恩。"

"钟相公放心，这就去备齐香案茶点酒水，明早一起去镇子外的坟岗子祭扫。今晚权且将就歇息于寒舍，望钟相公和两位贵客切莫计较！"

"哪里话呀，敢情拜谢还来不及呢。"钟馗回复道。

两下里各自散去，安顿歇息，闲话不提。

早起蒙蒙亮，天有不测，淅淅沥沥飘起雨丝，凭空增添了些许悲凉。大相公备齐各色物件，盛放在挑筐之中，另一头担着一张木头条案，又命家童拿来数把黄布油伞，看看无甚遗漏，一起朝院外走去。家童挑着担子断后。

乱坟岗子，起起伏伏的大小岗子布满疙疙瘩瘩的坟头，不久前被野火燎烧过后，留下一簇簇的焦痕。初夏荒原上的一团团绿意透出几许凄惶，远处几棵不大不小半死不活的树，落满黑乎乎的乌鸦，如同挂满黑色的果实。阴风裹挟着雨丝横起直灌脖颈子，钟馗忍不住打了个寒战。乌鸦"嘎嘎嘎"地叫着，飞起来又落下。泥泞中随处可见长虫爬过的印痕，大大小小散落在坟头的蛇洞像一只只窥视的黑眼睛盯着钟馗罗圈外八，也盯着大相公和家童。

绕过三五个岗子，在湿滑的泥地里攀上几处岗子，然后跌跌撞撞相互搀扶着下了岗子。兜兜转转，爬上爬下，在这乱坟岗子的泥浆草窠子里来来回回，放眼望去，有碑的，无碑的，新立的，朽坏的，插着的，弃之一旁的，何止万千。罗圈忍不住问大相公："可曾记得确切的岗子？"

"实不相瞒，这野火过一遍，蒿草长过膝。风吹日晒雨淋，又多出不少新坟头，全是些无主的弃坟。好些板子都被闲汉野叟偷去挪作他用。昨儿个夜间，也想找来老邻居帮忙，不提也罢，一个个担心凶宅不吉，早失了音讯。今儿个又不凑巧，赶上这么个阴雨天，兜来兜去，还请见谅才是！"

"冥冥自有定数，老天自会安排。大相公且看这漫山遍野的坟头子，旧的旧，新的新，高的高，低的低，哪一个不曾为人父，为人母？哪一个不曾为人夫，为人妻？又有哪一个不曾为人子，为人女？真不成还有从石头，从地缝，从云朵里跳出来的男女不成？唯有这乌鸦一成不变，这野草春风吹又生。"

钟馗说着，一阵子阴风夹杂着凉飕飕的雨丝，从不远处的岗子上如一排密实的水帘横扫过来，扫过乱坟岗子土馒头，扫过墓碑蒿草，扫过茕茕子立的几棵树。雨中的乌鸦静了下来，仿佛只有漫山遍野的孤魂野鬼才被钟馗的喟叹所惊扰。钟馗不为所动："正当此时，正当此地，别无祝祷，就此祭拜先人，还有这满岗子的新交与故旧。感谢对本尊娘亲大人的关照。"

大相公与家童，罗圈与外八，手忙脚乱地在泥地里支起条案，摆设祭品，在阴风斜雨中点燃香烛。钟馗不管不顾，将黄布油伞收起交给大相公，双膝一软，跪倒在泥地里，昂起黑头，卷发与虬髯缠绕一处，一绺一绺紧贴面颊，分不清涌出的是泪水还是冰冷的雨水。

"娘亲啊！孩儿，不孝之子，终于看您老人家来了呀！娘亲啊娘亲，您可曾听见，孩儿谨遵教诲，发奋读书，高中状元，真应了娘亲那句话儿，还真是说不准的事呀！恨只恨当朝皇帝和百官以貌取士，褫去孩儿的功名！娘亲啊娘亲，阎王爷有心，玉帝有意，鬼域青眼顾怜，天庭量才录用，不计貌俊貌丑，赐儿神器，遣儿降妖除魔斩鬼除恶，还有更说不准的事呢。孩儿居然替大唐皇帝老儿驱妖祛邪，匡扶正义，皇帝老儿颁赐孩儿大唐社稷门神牌位，号令天下百姓家家张贴，户户悬挂孩儿的画像。今儿个重回终南镇子，一来祭拜娘亲养育大恩，二来拜谢乡里乡亲破财费心代为殓葬之大恩，三来祭奠这岗子上众多孤魂野鬼的相伴照应！"一边说着，连叩三个触泥响头。

罗圈，外八，看看不对劲儿，照葫芦画瓢，收起雨伞，依次跪在钟馗身后的泥浆里，随钟馗一同三叩到底。只见钟馗黑脸上，泪水雨水和泥水混作一处，从额间眉头流淌下来。

外八搞得也是一脸泥浆，而罗圈却小心翼翼干干净净。

"嘎，嘎，嘎"，众多的乌鸦一哄而上在天上盘旋，似乎迫不及待地驱赶着泥浆中的不速之客。钟馗顾不得净身揩脸，站起身上前拉住大相公的手："就此别过。令尊大人与大相公恩德，钟馗永世不忘。"说着，令外八将所带银两悉数赠予大相公。

"不成敬意，万望笑纳！"

大相公一再推辞："万万使不得，何德何能受此厚礼馈赠？"

外八三下五除二，已将银两倾囊倒进家童的挑筐。罗圈见钟馗和大相公客套，悄悄拽拽外八的衣角，外八未加理会。

天空依然阴沉着，雨丝滴滴答答。钟馗和罗圈外八的背影渐渐隐入空蒙山色和葱茏斜雨之中。黄布油伞下的大相公怔怔地僵在那里，许久说不出话来。

钟馗没有撑伞，任由寒凉的雨滴湿透长衫。就这样漫无目的地走着，不晓得下一个落脚处在哪里，且走且看，且行且思量。渐渐的，一股无名的焦躁之火由内升腾，燎干钟馗身上湿透的大氅，使得蓬头垢面的黑脑袋蒸腾出一团白茫茫的仙气。

第三十章　功劳陡变徒劳　叩接六宗罪责

罗圈挑着担子，一脸愁苦，嘟嘟囔囔："如此买卖，三柄破伞。"外八拍拍罗圈肩头，让他轻点声："钟相公自有打算，你就安省些吧。"忽然又凑近耳朵悄声说道："下回你陪钟相公回阎罗殿，留个心眼，查考一下钟相公娘亲的下落，才是正理呢！"

"说的极是，为兄记着呢。不过，瞧这终南山里的天气，还不赶紧劝劝钟相公，找个人家打尖歇脚。"罗圈叽叽歪歪，喋着二话。

却说这山里人家多以伐薪烧炭，耕耘采药，放羊狩猎为生。外八赶往前头，拣选了一户殷实人家，讲好一爿柴房，多住些日子，平常跟着做些农活家务算作贴补。

闲话中打听得这终南山里近日多出许多妖怪，幻化人形，说一口地道好听的长安京腔，专挑结实硬朗的汉子，吸精吞髓，夜里赶来，天亮前离去。无须多少时日，精壮汉子们便一个个皮包骨头，面黄肌瘦，眼窝塌陷，整日赖在炕上呵喽气喘无法下地，眼见着剩不下几口气了。

当天夜里，钟馗将罗圈外八唤到跟前："这终南山中大都是些狐妖蛇精，横行无忌，戕害本分厚道的百姓。我等尚需一同劳心费力，为功劳簿多多斩获才是。"

"一家人不说两家话。承蒙钟相公抬举，方有今日。夜里降妖除魔的差事，我兄弟两个足矣，望钟相公早点歇息。"

"这如何使得？"钟馗摆摆手。

"钟相公您就瞧好了。"外八说着扶钟馗上了炕。

罗圈外八对望一眼，示意往外走。罗圈忽然站住停下，转身靠近炕沿，低声说道："钟相公，小子下回给阎罗殿当值的老相识打个招呼，定能查访到钟相公娘亲的下落。"

钟馗早已有此盘算，不过还是软语暖话："美意谢了。等等，你两个夜里出去马虎不得，狐妖蛇精小觑不得，别终日打雁，反倒让雁啄了眼。"

"小子谨记在心。钟相公放心，明早且听好消息。"罗圈说罢，伸手将炕桌上的油灯捻子捻灭，吹吹手指，在烟气里与外八一道摸黑退出柴房，随手将门板轻轻掩住。

眨眼二十多天已近月圆。一起伐薪，堆得院落小山似的，跟着烧炭，替山里人家换得不少银钱。只有耕耘和采药，实在难为。单讲耕耘，若扶个犁赶个牛，间个苗，浇个水还凑合，若论依照节气之稼穑农事，却因久不务农，早已生疏荒废，更休提上山采药，哪里认得花花草草？好在钟馗跟娘亲和老先生学得一些医理。今儿个，兴冲冲地从山洞里扛回半袋子夜明砂和阴干的蝙蝠粪，晒在院子当中间，据说专治夜盲眼瞎有奇效。明儿个，钟馗领着罗圈外八山里待上大半天，背回半箩筐大大小小的蟋蟀，摊在屋檐下。

山里人家主事的大兄弟凑近观瞧这些个奇奇怪怪的物事。

钟馗笑呵呵地说道："这些蟋蟀抵不少银子呢。"

"蟋蟀做何用途？"主事的大兄弟一脸纳闷。

"蟋蟀乃方剂里的药引子，讲究原配夫妻，最能使方剂里的君臣佐使互为牵扯调动，药效方可发挥极致呢。"

"这般神奇？"罗圈外八异口同声。

主事的大兄弟问道："哪里晓得哪只配哪只？哪对儿是原配？"

"哈哈，哈哈，就知晓你等必问。一公一母拣选配对就得了，大个配大个，小的配小的，肥的配肥的，瘦的配瘦的，不可瞎配乱来。你说这对子就是原配，药贩子他敢说不是？哈哈，哈哈。"

罗圈外八大兄弟恍然大悟，一个劲儿地点头称是。

日子住得久了，夜里降妖除魔斩鬼除恶，大白天难免无精打采。柴火伐得少了，木炭烧得少了，草药采得不多，农活偷起懒来，眼见着换回的银钱愈来愈少。大兄弟嘴上不吭声，可那厚道劲儿，亲热劲儿渐渐变了味道，诸事怠慢起来，清汤寡水，粗茶淡饭，更无半点油荤。

钟馗随遇而安，无甚怨言，心想再挨上三两日，就该去阎罗殿报到了。白天农活，晚上夜战，降一个少一个，灭一对少一双儿，功劳簿已密密麻麻，也不再着慌，心中估摸着总算还终南山一个清平世界，朗朗乾坤。想必阎王爷定会赞赏有加。

临别之前，钟馗吩咐罗圈从柴房间壁搬出数十张狐狸皮，有赤狐黑狐的，有棕狐花狐的，还有一张银色狐皮尤为闪眼。钟馗抱拳对大兄弟一揖到底："二十余日，搅扰若此，万分感谢。这些狐皮，想也值些银钱，权当多日寓居搅扰的赠仪。这位大兄弟，务必留意这张银狐皮子，定可多换些银钱贴补家用。"

大兄弟盯着一摞子狐狸皮，眼睛放光："钟相公别说见外的话，住哪里不是个住？多几双筷子多几个碗，半勺子黄米一舀子水而已。"

"那更得谢过大兄弟多日的细心照料。"

大兄弟面皮红了白，白了红，岔开话题："敢问钟相公，哪里打得这许多狐狸皮？一张张全是上乘的漂亮皮子。山里的老猎户一年到头也打不来如此多的狐狸皮。"

"上回听大兄弟说起，终南山里多出好些妖怪，幻化人形，吞精吸髓，害去许多汉子的性命，这才久留此地。白日伐薪烧炭采药，夜里得空一个个地拾掇害人的狐妖。瞧，这些媚人害人的狐妖。"钟馗上前踢了一脚。

大兄弟满脸错愕，瞬间流露出一丝遗憾，似乎久居山中，如此多的狐妖，自个儿愣是一个也没遇见过，香喷喷的热豆腐都吃进别人的嘴里。钟馗瞧在眼里不禁摇头犯了嘀咕，难道剿灭狐妖为山里除害，还剿出了遗憾？

"大兄弟，就此别过。外八，拿出门神画像，贴在院门上。也替大兄弟一家镇个院子，聚个福气。"

钟馗对着大兄弟抱拳行礼，转身走出院门。

罗圈外八，忙不迭地翻腾挑担，一面将门神画像贴在院门，一面絮絮叨叨，吹嘘钟相公的丰功伟绩。听得大兄弟目瞪口呆，仿佛眼睁睁错失长命百岁的绝好仙缘。钟馗猜也猜得出大兄弟的后悔神情，嘴角淡淡地笑了笑。

到了六月十五月圆之日，钟馗志得意满，与罗圈外八一道赶往阎罗殿。

钟馗跪在当中间，双手捧起厚厚一摞功劳簿，纹丝不动，静候阎王爷前来审视观瞻。厚厚的功劳簿，积攒两月，可都是栉风沐雨，披星戴月的辛劳斩获。世间百姓，少受妖孽荼毒，无数男丁免受狐妖媚惑的戕害。不过，似乎总有些不对劲儿，不只是孤男鳏夫，就是拖家带口的大兄弟也心有不甘，这又是哪门子说不准的事儿呀。胡思乱想中，钟馗臂膀酸胀，忍不住腰眼一松，坐在自个儿的脚后跟上，弯下胳膊，搂着功劳簿，歇上一小会儿。

上回打点的两位当差小鬼，跟外八熟络地攀谈起来，惹得罗圈眼热。

外八不拾闲，瞅个机会就给当差小鬼指派了几件差事，替他跑腿办差去了。看来，"有钱能使鬼推磨"当真不假，"有钱能使鬼办差"更为恰当。

过了许久，一阵细碎的脚步声从殿外传来，静静的烛光随着脚步声轻轻地摇曳，高大的殿柱忽明忽暗，投下的影子晃来晃去。钟馗赶紧跪直腰杆，低垂黑头，高高捧起功劳簿。罗圈外八跪伏在地，不敢抬头。

只见替外八跑腿的两个当值小鬼，气喘吁吁地跑进阎罗殿，大气不敢出，嗓门不敢大，迈着碎步来到钟馗面前："尊贵的钟大人，受这位哥哥托付，已打听到钟大人娘亲的去处。"当值小鬼指了指外八。

钟馗抱着功劳簿，站起身子躬身回礼："有劳两位辛苦，感激不尽！"

"一个好消息，一个坏消息。"当值小鬼望着外八。

罗圈接口道："先说好消息。"

钟馗瞪了罗圈一眼："先说坏消息。即便糟糕透顶，又如何？"

"钟大人娘亲，投胎去了很远很远的地方，我两个说不上来的地方，最西边，最西边的地方。"

钟馗一脸狐疑。

"阴司批笺标注钟大人娘亲铁定心思要去西面，大山的西面，太阳落下去的西面，越远越好，越西越好，绝不回钟南镇子，死也不肯回。"

"两位可晓得为何有悖常情，不愿落叶归根，宁愿故土远离？"

"依常理，不该如此。以往遇见雷同之事，皆因失望于故土和故人，甚而绝望，才会不管不顾决绝而去，眼不见心不烦。最后当口，即便站在望乡台上，也不愿回望一眼家乡故土。端起孟婆汤，义无反顾，一饮而尽，举起空碗，摔个稀巴烂，头也不回，远走高飞，转投他乡。"

"如此说来，钟馗再也见不到娘亲的容颜？听不到娘亲的唠叨？"钟馗像是在自言自语，又像是在诘问自个儿。

当值小鬼接上话茬，安慰道："是呀，钟大人娘亲，喝下孟婆汤，过往一场空，转而投胎，死而复生，活脱脱变身陌路，伤心无益，平添愁绪。想想世间不如意事十之八九，谁能逃得过命数？钟大人娘亲想必对乡里乡亲所作所为，倍感失望，甚至绝望，才发死愿，越远越好，越西越好，要往最西面，太阳落山的地方。这算不得多坏的消息，钟大人，您说呢？"

钟馗黯然神伤："此番故地重游，如打翻了五味瓶，同样的人走茶凉，物是人非。好在仍有知书达理的故交老先生和大相公父子两个，娘亲殁后帮助料理后事，如此善人，有劳将来多多关照！"

当值小鬼当即应承："那是，那是。"

"两位亲哥哥哟，还有一个好消息，赶紧说来听一听。"外八插上一句。

"这个好消息嘛，说的是钟大人娘亲，虽贫贱度日，仍善心长存，慧心不灭，且育子有方，阴司批笺上写得明明白白，苦海尝到尽头，渡船即将抵岸。不瞒您说，钟大人娘亲其实未受大苦难，直接转世投胎去了一户富庶人家。此乃实打实的好消息呢。"

"好消息，好消息，"钟馗喃喃自语，"从此缘尽成陌路，天各一方不相识。"

罗圈外八和两个当差小鬼免不得陪着唏嘘喟叹。

"不过，来得早不如来得巧，此番更是恰到好处。"当差小鬼低声冲着外八说道。

"哥哥言外之意？"外八低声问道。

"哥哥想打听的事儿，我俩大殿里行走再清楚不过了。"

"赶紧说来听听。"外八急不可耐。

当差小鬼扭头细细打量周遭，确信无虞，压低嗓门："却说阎王爷自东海巡游归来，一直闷闷不乐，心事重重，不见大殿理事，独自内庭批阅。身边小鬼们战战兢兢，生怕有个闪失惹恼了阎王爷，被阎王爷随手批到地狱里煎熬。十八层啊，谁晓得会去哪一层？若钟大人赶上那个时节来阎罗殿，肯定见不到阎王爷。如今，阎王爷大人脾性好多了，今个儿，若见着钟大人捧上厚厚一摞功劳簿，定

173

会喜上眉梢，犒赏钟馗大人呢。"

正说得眉飞色舞，猛然间听得"咣""咣""咣"三声响锣炸雷般响起，震得钟馗耳朵嗡嗡直叫。

"阎王爷大人驾到！"

钟馗几个扑通通齐刷刷匍匐在地。

"快些将功劳簿呈上。"

正襟危坐在王座的阎王爷一改往昔的不苟言笑，口吻平和舒缓，罗圈外八头一遭见识阎王爷如此和蔼可亲。

钟馗微微抬头，忍不住偷偷打量正在翻阅功劳簿的阎王爷。不出所料，阎王爷一边翻阅，一边点头，还面露少许微笑。

钟馗胸中悬起的石头释怀放下，将长久积攒的郁闷之气，一点点吐了出去。思忖着，若使阎王爷心满意足，我钟馗世间多吃些苦，多受些累，实乃应尽之本分。

阎王爷时不时询问打听，这个狐妖猴精如何，那个蛇怪鼠精怎样，钟馗知无不答，言无不尽。罗圈外八也在阎王爷和煦的目光中，插科打诨，拾遗补漏，添油加醋，逗得阎王爷一阵阵地开怀大笑。

钟馗讲到终南山中那些惑众的狐妖，略显迟疑。阎王爷见微知著："不打紧，有趣之事，但说无妨。"

"尊敬的阎王爷大人，的确有趣，却担心污秽阎王爷大人的双耳，故难以启齿。"

"何为污秽？何为清明？若有趣，恕尔等无罪。"

钟馗如实道来："谨奉阎王爷大人谕令，前往终南山降妖除魔斩鬼除恶，夜夜出击，不敢丝毫懈怠，屡有斩获。原以为我等在山中除害，必获山民拥戴，哪承想，山野村夫，鳏夫独身等多与狐妖勾搭，只图片时欢愉，不顾性命攸关。待我等将终南山中狐妖尽数剿灭之后，仍有山民男丁不解，甚至口吐厥词，实在疑惑不解。"

"哈哈哈，哈哈哈，"阎王爷不等钟馗道尽便笑得前仰后合，"尔等年少无知，无知者无过。世间俗人若此，天上仙界，地下鬼域，又何尝不是如此？未曾尝过

174

滋味，也就罢了，尝过了却如何忘怀？食、色，性也，众生男女谁逃得过？谁割舍得下？等那将来有朝一日，你小子尝过滋味，兴许才会明白。"

钟馗的确年少，云里雾里，似懂非懂，自丹田实实在在地涌出一股暖流，在浑身上下悄无声息地游走，一阵燥热冲上黝黑的额头，一阵冲动充溢起伏的胸膛，手心里竟攥出黏糊糊的汗液。

"尔等在大唐皇宫游刃有余，可有新鲜有趣之事？"

外八自告奋勇上前几步，不烂之舌翻飞，唾沫星子乱溅。从长安城门揭榜，到皇宫内堂擒妖，从馗匣显峥嵘，到老太监赠厚仪，说到兴起，大唐太宗皇帝感恩天神下凡，拯救大唐于水火，遂昭告天下，颁令各州各郡，钦定钟相公为大唐社稷门神。外八自顾自地吹嘘显摆，哪里顾及身后罗圈的眼神和脸色？钟馗听得五迷三道，哪里顾及王座之上阎王爷脸上闪现的厌恶和不快？

外八口若悬河，目光迷离，仿佛置身于当时的披红挂绿和趾高气扬。顺带不忘提及终南镇子省亲，家家张灯结彩，户户张贴门神。那可是从终南镇子走出去的钦定门神，父老乡亲欢欣鼓舞，邻里邻居艳羡钦佩，因而，就将大内总管太监馈赠的厚仪，尽数倾囊相赠街坊邻居。老街坊一个个感恩戴德，恨不能削尖脑袋，沾个亲带个故，搬出发小一同玩耍撒尿搓泥巴的趣事，多捞点馈赠呢。

外八添的油多了许多，加的醋则更多，口气中，对钟大人的那份荣耀和尊崇，嘿嘿，衣锦还乡，光宗耀祖，那可是钟南镇子前无古人，后无来者的头一回。

外八嘴角挂着口涎白沫，微弓着身子，期待着阎王爷的评点和褒奖。

阎罗殿突然陷入死一般的寂静，除了摇曳的烛光里殿柱的阴影在晃动，再就是此起彼伏粗重的喘息，如同抽拉炉膛的风箱，格外刺耳。

"好！""好！"阎王爷沉思良久，打破难以名状的寂静，"照你小子的说法，若非你家钟大人临危受命，世间大唐江山定要灰飞烟灭了不成？"

听话听音，钟馗带头"扑通"跪伏下去，将额头贴着冰凉的阶沿："请阎王爷大人恕罪。钟馗管教无方，一点功劳，就不知天高地厚。钟馗心里明镜似的，全都仰仗阎王爷大人您的提携抬举呀，全都仰仗阎王爷大人您的高瞻远瞩运筹帷喔呀。钟馗不过替阎王爷大人冲锋陷阵。没有您阎王爷大人，哪里有我钟馗，有我钟馗的今日？"

"哼哼，说得头头是道，是嘴上明白，还是心里真明白？抛开这些微不足道的功劳簿，本王来摆摆尔等之罪过，不费吹灰之力，轻轻松松提溜出六宗触犯天条之罪过。单凭六宗中的任一宗，就该拿住重判，严惩不贷!"阎王爷依然平和舒缓，娓娓道来，话中的尖刀和利刃已经戳得钟馗冷汗淋漓。

"任凭阎王爷大人发落处置，绝无怨言。"钟馗"咚""咚"磕响阶沿，额头渗出的血水与冷汗掺和在一处。

"江山世代存，春秋万年长。大好山河岂是世间一朝一代独霸独享？尔等妄自揭榜，神器干涉朝政，扰乱天定大唐气数，埋下祸根而不知，一宗罪也；世间大唐皇恩雨露，点点滴滴便沾沾自喜，以为不计过往，不计撞柱冤仇，以德报怨，只求自身闻达和圆满，不以颂扬天庭为己任，只为区区门神而癫狂，二宗罪也；区区世间门神，俗人钦定颁布，欣欣然领受，翘起尾巴，丢弃天庭之重任，罔顾鬼域之嘱托，三宗罪也；未经天庭首肯鬼域默许，私自省亲终南镇子，虽堂而皇之降妖除魔斩鬼除恶，实则借口将不义之厚仪馈赠对己有私恩之人，四宗罪也；哼哼，还有这第五宗，疏通关节，打通渠道，深入府库，探得阴司批笺，知晓娘亲去处，念你心存孝道，难能可贵，暂且既往不咎。虽说既往不咎，重罪不计，小罪不免，何况牵马架鞍的众多喽啰，如何得免？五宗罪也；这第六宗，你小子以为，以下犯上只要问心无愧。瞧瞧带出的将，带出的兵，全都是以下犯上的一丘之貉，无规矩，无体统，指手画脚，信口雌黄，在阎罗殿里胡说八道。可以想象在其他地方，定是胆大妄为，六宗罪也。"

钟馗低垂的额头搁在冰凉的阶沿上，趁阎王爷停歇喘气的当口，抬起僵直的脖子，顾不得热血与冷汗顺着面颊滴落下来，睁开胀痛充血的双眼，有气无力地说道："钟馗知罪，钟馗知罪。"

"自个儿思过律己，将功补过吧。至于功劳簿，难道还指望本王褒奖几句？指望颁赐一个忘川河的河神？奈何桥的总管？十八层地狱的总狱长？指望再恩赏几托盘的铜臭银钱？有一样，你小子早该知晓，今儿个务必记牢，休指望从本王这里得到颜面，休指望十八层地狱对你小子关上了大门。羽化入仙籍，那得瞧你

176

小子的造化，可否过得了本王这一关。"阎王爷站起身，张手将那厚厚一摞功劳簿"哗啦啦"撒向半空。一片片，一张张，在摇曳的烛光里，雪片般纷纷扬扬，飘在钟馗的身前身后，落在罗圈外八的身前身后。

纷乱中，阎王爷背起手，昂首挺胸，踱着四方步，径直走向内庭。

第三十一章　百无聊赖向西行　天清气朗得邀约

却说钟馗被阎王爷定了六宗罪，离开阎罗殿后，脚下深一脚浅一脚，眼前总闪现着一根巨大的红漆殿柱，忽远忽近，忽左忽右，圆鼓鼓隆起的础石上溅满殷红的血渍和洁白的脑浆。自个儿的热血，自个儿的脑浆，鲜活的祭品。

钟馗一个激灵，清醒片刻，转瞬又陷入迷糊。罗圈外八紧随钟馗身后，蹑手蹑脚，不敢吱声。罗圈不时望向外八，眼神夹杂着一丝埋怨，外八则满不在乎，干脆扭头不理不睬。眼见着钟馗脚步有些凌乱拖沓，有一脚没一脚的，罗圈一溜烟儿跑到前面，伸出双手，抓住钟馗的双臂："钟相公，钟相公，可还好？没事吧？"

"钟相公，钟相公。"外八上前也一个劲儿地叫唤。

钟馗站住，慢慢将歪斜的黑脑袋支棱起来，睁大迷瞪的双眼，将弥散的眼神一点点聚集起来，看看罗圈，看看外八，使足力气，往里吸进一口长气，让肚皮和胸膛，让每一个角落，吸足吸满，直到吸无可吸，再稀溜溜地将这口胸中的恶气倾泻而出，吐个痛快吐个干净。随即，甩开罗圈外八的手臂，昂起黑头向前走去。

"钟相公，您要去哪里？长安城？终南山？"罗圈跟在后面。

"去往何处？去往何处？"钟馗并未放缓脚步，嘴上自问自答，"长安城？终南山？提它作甚？西边，西边，最西边，去太阳落山的地方。"

接下来的一路西行，不比东方，真个是：

　　荒山秃岭连绵，
　　戈壁黄沙漫天。
　　偶尔绿洲显现，

炊烟香火人间。

　　赶路，向西赶路，漫无目的正是目的。路途遇见小妖小怪，不待钟馗发威，无须亮出神器，只消罗圈外八动动手跑跑腿，悉数网罗斩灭。

　　虽说阎罗殿里，功劳簿被阎王爷视若敝屣，雪片一般飘飘洒洒散落一地，即便如此，又怎敢两手空空面见阎王爷？见识过雷霆万钧的阎王爷，见识过和风细雨的阎王爷，也见识过阴阳怪气的阎王爷，下一回的月圆，又该见识怎样的阎王爷？

　　沿着大河，溯流而上。蓝色的天空铺着一层浅灰色的薄纱，似云似雾，淡淡地散漫晕染开来，将天空糊住，隔开蓝色的天和黄色的大地。耳畔呼呼吹着热风，又干又燥，无聊无趣。

　　轮到罗圈伺候书箱挑担，闲不住的外八捡起土坷垃和石子，小跑着甩动臂膀，远远地抛进黄汤翻滚的大河。一块一块的土坷垃，一粒一粒的石子划过半空，毫无声息地消失在黏稠的河水里，没有浪花，也无涟漪，恰如默默西行的这些日子，白天赶路夜里歇息，无甚新奇。

　　钟馗的思绪稍稍平复，有一搭没一搭地与罗圈外八说些闲话，只是闭口不提阎罗殿和阎王爷。到了傍晚时分，钟馗和罗圈外八坐在高高的河岸上，面朝西坠的太阳，天上的薄雾不再混沌模糊，西天的云彩渐次红了起来。晚霞越烧越红，一群群水鸟掠过河面。

　　钟馗面朝娘亲非要去的西边，扪心自问，还会再见到娘亲？唉，往西一直走下去，离娘亲靠近一点，心里略微好受一点而已。胡思乱想间，忽然飘来阵阵异香，从未闻过的异香，吸进鼻孔，钻入肺腑，直奔丹田。钟馗精神大振，扭头瞧瞧罗圈外八："可闻到香味？"

　　一个打盹睡觉，一个哈欠连天。罗圈未曾听清问话，睁开迷糊的眼睛，顺手揩掉嘴角滴出的口涎。外八收敛起打了一半的哈欠，伸长脖颈，探出鼻尖，前后周遭使劲闻闻，一脸疑惑："香味？哪里来的香味？只有河水泛起的土腥味。"

　　钟馗不再搭腔，专心寻觅那股飘忽不定的异香，再吸吸，却已无影无踪。明明闻到了异香，说没就没。钟馗正想着歇息，一阵异香却又悄无声息地钻进鼻头。钟馗坐直揉了揉黑鼻头，扬起黑脸，再深吸一下，香，真香，实在是香，从未闻过。

钟馗翻身站起，一边拍打身上的尘土，一边四下里打量。罗圈外八东倒西歪打起呼噜睡得正酣。

放眼望去，河岸下波澜不惊的黄汤河水闪着波光，河岸朦朦胧胧，丘陵起伏，斑斑点点散落着几处田畴。几棵小树点缀在田间地头，几分荒凉几分清冷。随着一串串尖利的啼鸣，一大群水鸟呼啦啦掠过河面，飞越河岸，飞过钟馗的头顶，向西边飞去，落在不远处的树林里。

刹那间四下恢复了寂静，那股异香却不依不饶，在钟馗的鼻尖上，有意无意地挑逗撩拨。钟馗感觉燥热难耐，正打算踢醒罗圈外八一起找找，从不远处的那片树林却传来一阵扑棱棱的喧闹，打破了寂静。水鸟们一飞冲天，在半空中盘旋，片刻工夫便重新落下，隐入那片黑暗里。

"啪"的一声脆响，罗圈张手就给自己一记耳光，顺势搓搓腮帮子："该死的家伙，非取你的小命不可。"骂骂咧咧地将蚊子揩在扁担上。

"别磨蹭！一起到前面树林里瞧瞧。"

钟馗沿着河岸，向远处水鸟歇息的黑暗径直走去。异香渐渐浓郁起来，新鲜鸟屎的臭味也浓郁起来，掺和在一起，一会儿异香压倒鸟屎，一会儿鸟屎浓过异香。丹田涌出的燥热使得钟馗额头冒汗，眼眶充血，面皮发烫。他顾不得鸟屎的味道，循着异香，低着头想要钻进黑咕隆咚的树林里。

随着一声凄厉的惨叫，大群水鸟叽叽喳喳腾空而起，只见钟馗双手捂头，痛苦万分地后撤两步，站定后，摸一摸，黏糊糊的，竟然鲜血淋漓。

听见惨叫，罗圈外八不由分说，健步冲到钟馗面前急切地询问道："钟相公，钟相公，怎么了？"

钟馗咬着牙："可闻到香味？"

"闻到了，闻到了。"

钟馗皱起眉头："异香定从这片树林传出。黑天大意了，到处布满尖刺，只顾低头寻香，却被尖刺伤及脑袋和臂膀。"

"香味，不当饭吃，不当衣穿，还扎人伤人，干脆一把火烧干净完事。"外八气呼呼地打抱不平。

"扎人伤人，哈哈，扎人伤人，哈哈，本姑娘就扎人，本姑娘就伤人，能奈我何？哈哈，哈哈！"树林深处突然传出一个小女子银铃般放荡不羁的谑笑。

钟馗愣住半天没吱声。

"哈哈，哈哈，怎么不放个响屁？还想放火？你倒放火试试呀？哈哈，哈哈！"

外八不依不饶："这就放火给你瞧瞧，让你见识一下我家钟相公的厉害，将尔等丫头片子烧熟烤香，充个佐酒小菜。"外八还想嘴上占便宜，罗圈上前不让他废话。

钟馗定定心神，清一下嗓子，朗声冲着黑乎乎的树林说道："这位小女子话说得有意思，但何须说得如此之满。岂不知月满则亏，话满遭妒？本尊放把火，烧个林子，降个妖除个魔，原本分内之事。不过，本尊好奇于这个树林耐人寻味的异香，还有扎人伤人于无形的尖刺，更好奇于这位不曾谋面只闻其声的小女子，可否露脸现形，一睹芳容，该不会化身小女子的丑妖怪吧？"

"休得胡说八道！本姑娘行不更名，坐不改姓，现身就现身，难道还真当本姑娘怕你？"

"如此甚好。"钟馗答复。

"美得你，休想！差一点中了你的奸计。本姑娘才没工夫搭理呢，还要打坐修行呢。若真想知晓异香和尖刺？等明儿个天清气朗的时节，就这里等着吧。"

"说话算数？"钟馗的语气竟带着一丝期盼和热望。

树林恢复平静。小女子了无踪迹。钟馗摸了摸黑脸上扎破的一个个小伤口，若有所思。异香一阵浓似一阵沁入心田。

头一回听到钟相公声调软糯，语焉不详，罗圈外八在夜色里面面相觑："难道中了尖刺的毒？"

"钟相公，干脆放一把火。"外八被鸟屎熏得忍无可忍，口无遮拦。

钟馗仍在等待树林里的动静，看看没指望，这才收回伸长的黑脖子，恢复以往的口吻："本尊难道不晓得放火容易，一烧了之？但放火要讲缘由。"

外八被鸟屎呛得上气不接下气："钟相公，功劳簿上密密麻麻，都是见妖杀妖，见魔除魔，哪里讲过缘由？"

"你小子真长见识了，"钟馗鼻子不冷不热地哼了一声，"功劳簿，功劳簿，提它作甚？提它作甚？"

罗圈也被鸟屎折磨得喘息艰难："这女妖精一时半会儿不会现形，既讲好了明儿个天清气朗，等明儿个再来如何？"

钟馗不管不顾，盘腿坐下："无须移步，就在这里歇息吧。"

"就像待在臭气熏天的鸟巢里。"外八补上一句。

"遵命，钟相公，就在这里歇息。"罗圈也盘腿坐下。

外八窸窸窣窣，将衣襟前摆叠起捂住鼻子。罗圈这边也无法安然闭眼："钟相公，钟相公，睡了吗？"

"作甚？"

"钟相公，您方才讲放火要讲缘由，妖魔精怪讲何缘由？"

"缘由，当然要讲缘由。你俩在阎罗殿行走多年，又随本尊好些时日，迎来送往不可谓不多，见得多，自然识得广。先说这仙界的大神大仙，天兵天将，何人不羡？难道仙界就是净土，纤尘不染，毫无瑕疵？再说这鬼域的判官当差，鬼将阴帅，何人不羡？这不才从阎罗殿归来，个中滋味毋需说清道明。至于这腌臜世间，男女老幼，善恶正邪，善中存恶，恶中存善，正中带邪，邪中带正。虽说恶有恶报，邪不压正，却往往是善无善果，正不压邪，善果互换，正邪错位。谁能洞悉？谁能辩白？谁能分它个一清二楚？缘由，要讲缘由，难道偏偏只有世间才讲善恶正邪？只有三界之外才讲善恶正邪？这一路降妖除魔斩鬼除恶，始终不问缘由和出处，本尊琢磨着，指不定就有误杀误斩的良善之辈。妖魔精怪，难道个个都是恶妖，恶魔，邪精，邪怪？难道全都是恶？全都是邪？本尊不信，难道从来就不曾有过一个良善之妖良善之魔？良善之精，良善之怪？缘由，此乃缘由。放一把火，简单之极。无缘由地放火，不辨善恶与正邪，一味赶尽杀绝斩草除根，你两个觉得妥当，踏实吗？"

"闻听钟相公的解析好似醍醐灌顶。"罗圈外八发自肺腑地感慨道。

钟馗闭上双眼，不再言语，心里默默期盼着明儿个的天清气朗。

第三十二章　异香难觅亦觅得　如胶似漆沐爱河

钟馗睁大眼睛，盯着这片神奇的树林。

树林仿佛笼罩在一张泛着灰白光泽的巨网之内，在周边黑黢黢的夜色包围中，散发出浅浅的微光。钟馗紧锁眉头，百思不得其解，巨网上布满尖利的暗器，鸟儿却进出自如。若放一把火，烧它个利利索索，也未尝不可。不过，这一阵阵涌入心田的异香，还有那个说话轻佻，音色甜糯，话中有话的小姑娘，着实令钟馗于心不忍。念想之间，异香一点点游丝般消失，转瞬又一股股地飘过来。钟馗期盼快快天清气朗，只觉得东升西落的太阳今儿个偏偏在跟自个儿作对，迟迟不出来，躲在山后面。

等到东方渐渐泛白，忽听得一声声呼唤："钟相公，钟相公！"是她，是她，就是她，那个小姑娘正在呼唤着自个儿，钟馗心里一阵狂喜。

钟馗猛地惊醒过来，懵懵懂懂睁开布满血丝的大眼，瞧着凑近的罗圈外八，不禁流露出些许失落。原来是一场梦，自个儿竟睡得如此深沉，而天光早已放亮。

"钟相公，您瞧，长满毒刺的妖树。"外八指着树林。

"妖树？"钟馗起身。

"钟相公，这一路走来，妖怪还见的少呀？害得您钟相公第二回血流满面，"罗圈打断外八，"早起，小子细细瞧了瞧，从未见过的妖树，树干树枝生得怪，密密麻麻的毒刺，而且树叶——"

"休再啰唆，本尊自个儿瞧瞧。"钟馗心里也在打鼓，越靠近树林，异香越浓郁，香得他情不自禁，意乱情迷。闭眼稍稍稳一稳心神，这才睁眼细瞧。神奇的树，确实从未见过。红得发紫的树干枝条，斑驳的树皮如同被陈年血浆涂抹过，结起一块块的痂，翘起一层层的皮，虬枝盘错，曲折缠绕，相互粘连，密不透风。嫩枝上一簇簇，一串串扁圆的小叶子，在微风中抖动着，摇曳着。小叶子的背面铺满细碎的银色小鳞片。小鳞片被微风不断地吹落下来，扑闪扑闪着银光，如一层淡淡的云雾飘浮在树林上空。

钟馗忍不住伸手摸了一下小叶子，哪承想，一根尖利的暗刺结结实实地刺入中指。他没有叫出声来，低头一瞧，中指指尖已鼓出一粒圆溜溜的血滴。趁着还未滑落，他直接塞入嘴里，一股血腥气直冲脑门。他用另一只手轻巧地拨开稠密的小叶片，果然，叶丛里面密布着一根根或长或短，或粗或细的尖刺。在尖刺严密的护卫之下，星星点点的淡黄色小花羞答答地躲藏其间。

异香来得更加浓酽。钟馗摩挲着小叶子，捻搓着细碎如沙砾的银色小鳞片，禁不住探出鼻尖凑近花前，又猛然缩回，左顾右盼一番，确信避开了尖刺，这才小心翼翼地将鼻尖靠过去。

不起眼的小黄花，粟米大小，从中间开裂为四小片花瓣。那股让钟馗神魂颠倒的异香，正是从这毫不娇媚的小黄花里飘出来的。钟馗深深地吸了一口气，眼见着几朵小黄花被他吸入两个黑洞洞的鼻孔，随着缓缓呼出的气息，又从鼻孔中湿漉漉地抖搂出来。

钟馗穿过层层树枝和银光闪闪的叶片，向着树林深处焦急地张望。天清气朗，天清气朗，那个小姑娘，为何还不现形？钟馗突觉自个儿的黑脸上荡起一阵潮热，好在脸黑，不甚明显。只听得外八不耐烦地唠叨："快去劝劝钟相公嘛，真要熏得晕死了呀。"

钟馗猛地转身，吓了罗圈外八一大跳："指望不上你两个。挑起书箱，先去前面的落脚点等候本尊吧。"

"多谢钟相公！"外八迫不及待地脱口而出。还是罗圈老成持重："有劳钟相公体恤，钟相公多加小心呀。"

"本尊神器护身，有甚担忧之处？去吧去吧。"钟馗转身面朝树林狂嗅异香，不再搭理渐行渐远的罗圈和外八。

日上三竿，银色的树叶在微风里"沙沙"响个不停，间或听见几声掠过天空的水鸟的啼鸣。钟馗全神贯注于异香，忘记了燥热和饥渴，只记得天清气朗，只念着暗夜中的口头约定，就这样傻乎乎静悄悄地等待着。抬起黑头，望望天，湛蓝如洗，刺眼的大日头毫无遮拦地倾泻着光和热，再低下黑头，望着脚下板结皲裂的大地，瞧着缝隙里进进出出忙碌的蚂蚁。

钟馗又饥又渴，又困又乏，守了一夜，站了半天，眼看着到了正午时分，小妖精就是不肯露面。难道艳阳高照，算不得天清气朗？真是个害人骗人的老妖精！他只想盘腿坐下歇息片刻，可滚烫的大地，烫得他一个蹦子蹿起老高，龇牙咧嘴，捂着后臀，原地打转转。

"哈哈，哈哈哈，哈哈！"魂牵梦绕的一连串笑声炸裂开来，飘荡在树林上空，扑腾腾激起几只恋巢的老鸟儿。银色的叶片似乎舞动得更加欢实。

钟馗捂住后臀一动不动，竖起耳朵指望着从笑声里辨明小妖精躲藏的地方。他装作不经意的样子，将两只黑手从撅起的后臀缓缓地挪到前面。方才狼狈不堪的情形定被小妖精瞧得清清楚楚。

"有甚可笑话的？你倒是说话算数呀，别躲藏在树林里，赶紧出来吧。"钟馗本想色厉内荏，可说出来的几句话却不温不火，轻柔绵软的腔调着实让自个儿吃惊不已。

"哈哈哈，哈哈哈，出来就出来，难道怕你不成？"树林里小妖精那清亮甜糯的话语随性又率真。

钟馗心旌摇曳，张大嘴巴，睁大眼睛，黑脸上满是期待和渴望。说时迟那时快，一股强劲的旋风斜刺里从树林里卷了过来，裹挟起黄沙尘土和枯枝败叶，紧紧围绕着钟馗打旋旋。钟馗横起一只黑手紧扣双眼，生怕被沙土迷住，另一只手瞬间握住昆仑剑的剑柄，可无法遮掩的大嘴巴里早已刮进不少沙土。

"呸、呸、呸！"钟馗冲外吐个不停。

"哈哈哈，哈哈哈！"随着笑声，那股旋风说来就来，说走就走，一瞬间，四下里已风平浪静。

钟馗赶忙松开手，睁开眼。好家伙，乖乖，就在眼前：一个红扑扑水灵灵的豆蔻娇娃，长发飘飘，粉脸白净，一对儿圆圆的大眼睛澄明透亮，长长的睫毛扑闪扑闪，光鲜的额头平滑如洗，喇叭花一样翘翘的小嘴巴微微露出两排编贝白牙，肉嘟嘟的小鼻头颤悠悠的说不上的风情万种，耳垂下边对称的两块浅浅的印记，如同那红苹果窝窝处浅褐色的苹果斑，惹得钟馗顿生怜惜之情。

185

小姑娘浑身散发出一阵紧似一阵的异香，正是那股子让钟馗欲罢不能，晕晕乎乎，恍若幻境的异香。他的两眼被异香熏蒸得有些迷离，嘴角毫无知觉地溢出几滴拉着长丝的哈喇子，耳朵里唯有胸膛“怦怦”的跳动。他克制着却又渴望着，两条腿不着力道，抹一把嘴角，揩去口涎，想搭个腔，张了张嘴，却没有吐出一个字来。

“好一个黑皮大脸的壮汉子，满脸胡须男子气概，倒是个人间极品。只是不知能耐如何?”小姑娘上上下下打量着心神早已涣散的钟馗，喃喃自语靠近过来。

钟馗不晓得是喜悦还是慌乱，害羞还是期待，也不答话，傻乎乎的，摇摇晃晃杵在那里，似笑非笑地面对着小姑娘。

“本姑娘我，那可就，”说着，小姑娘未等“不客气”三个字从嘴里蹦出来，便闪电般飘移过来，轻舒玉臂，一下子勾住钟馗高大威猛的黑脖颈，向后甩开长发，微微侧过粉脸，噘起翘嘴巴，一口白牙狠狠叼住钟馗又厚又黑的大嘴唇。

钟馗木讷地承受着小姑娘的胆大妄为，脖颈子上飞来滑腻紧实的玉臂，前胸上粘着两团软玉的温存，黑嘴唇触碰着一阵阵热烈的骚动，丹田之处热流滚滚，游走在身体里，所到之处生发出一片一片的黑色小疙瘩。钟馗毫不退缩地将小姑娘搂在怀中，搂得更紧，只想着如此这般抱着，不再分开。

小姑娘松开牙关，撩拨开钟馗那两片厚实的大嘴唇，将香舌推送进钟馗的大嘴巴里。钟馗索性张开大嘴，瞬间将小姑娘的小翘嘴完完全全地包裹在自个儿的黑嘴里，差一点就连小姑娘的小鼻尖都要包裹进去。

钟馗被来自丹田的那股舒坦的暖流所淹没，闭上双眼，搂着小姑娘的臂膀又紧了紧，生怕小姑娘溜走。小姑娘轻车熟路，从舌尖上探出一根软刺，神不知鬼不觉地将软刺轻轻地扎入钟馗的舌尖上，随即又悄悄地将软刺抽回来，接着向里向内，沿着钟馗的嗓子眼，朝着他的五脏六腑深入进发。

其实，就在钟馗舌尖上的软刺被小姑娘抽出的一刹那，钟馗感觉到一丝不适，一丁点的刺痛，但顷刻间又被滚滚暖流包裹住，沉醉其中，五脏六腑翻腾着，抖动着，说不出的云里雾里，飘飘荡荡，称心快意。

紧接着，小姑娘的长舌顺着钟馗的嗓子眼继续向下延伸，迫不及待，直逼丹田，似乎只想吸他个干干净净。那根舌尖上的软刺，一门心思地深入再深入，这边钻钻，那边戳戳，一副不管不顾的架势。

疼痛倒在其次，那翻涌的血气陡然间直冲天灵盖，在钟馗的大脑袋里横冲直撞，一点点地冲散和稀释钟馗的冥顽，消解他那无法自拔的沉沦，拨云见日般使得钟馗渐渐地从五迷三道中察觉出不对劲儿，猛然间，无尽的恐惧袭上心头。是呀，今日此时，必定入了巷，着了道，中了招。钟馗想喊叫，可嘴巴里塞得满满当当，想松开臂膀，却不晓得谁将谁紧紧相拥，想迈开几步，两脚有如生根。在迷魂的异香之中，钟馗拼尽全力，使劲儿将自个儿的念头一丝一缕地拉回来，一只手哆哆嗦嗦地摸到昆仑剑的剑柄，可根本使不上劲儿，更休提抽出剑来。

钟馗急得干瞪眼，想着务必赶在带刺的舌尖探入自个儿的小腹丹田之前抽出剑来，否则，否则，门神不再，英名不再，必将自毁前程于今日。

小姑娘带刺的舌尖在钟馗的肚囊里左冲右突，上蹿下跳，搅和得正欢。钟馗在异香的熏腾中浑身绵软，酣畅淋漓，心甘情愿，眼睁睁任其胡为。就当此时，中指指尖上的那个小伤口突然间发作，十指连心，一阵钻心的刺痛提神醒脑。终日打雁，此番真被雁啄了眼？难道真就沦落为终南山上一介山民，但求片时欢娱，被狐妖蛊惑，宁做花下风流之鬼，置性命与英名于不顾？昔日过往，电光石火：

> 丢状元实属无奈，
> 获拔擢喜出望外。
> 得神器钦赐牌位，
> 犯迷糊颜面不再。

好在手还捏着剑柄，钟馗用拇指和食指夹住剑柄，将所余气力聚集到中指，摸索到剑格处，忍痛弯起中指，奋力弹拨剑鞘。只需拨开窄窄的一道缝，从剑格与剑鞘两指宽的缝隙中，冰寒彻骨的光芒顷刻间蓬勃而出，宛如护体光罩，将钟馗尽揽其中。光罩之外却是另一番景象，平地忽起狂风，飞沙走石，烟瘴滋生，伴着闪光，夹杂着轰鸣。旋风呼啸着，旋转着，扭曲着，长蛇一般越卷越高。耳畔立刻传来一声尖叫，满是凄厉惶恐。那根带刺的长舌连拉带拽从钟馗的脏腑中倏忽间抽了出去。

钟馗嘴巴里一股股上涌的血腥气不断冲刷着晕沉沉的天灵盖，幻觉消失了，温暖消失了，舒坦也消失了。钟馗在血腥气的激荡之下清醒过来，松开手指，合上剑身，望着旋风一溜烟直窜天际奔向高高挂起的大日头。周遭恢复了天清气朗，而此刻，钟馗仍将小姑娘紧紧地搂在臂弯里。

“何方大胆妖孽？”他无暇多想，松开双臂，向外抖落，硬是将小姑娘重重地摔在地上。

小姑娘干脆坐在地上，痴痴地盯住钟馗，大眼睛里满是幽怨，一言不发。可异香，那股异香，又从风平浪静的树林里热烈浓酽地飘荡开来，再一次深深沁入钟馗的心田。先前的一幕使得他心有余悸，然而丹田里那种欲罢不能的奇妙滋味儿蠢蠢欲动。他克制着，期盼着，压抑着，回味着，似乎为自个儿鲁莽粗暴地将小姑娘顺手摔出去感到深深的悔意。他上前两步：“怪本尊无礼，还望小姑娘见谅。”

“哼，你也晓得无礼？占尽本姑娘便宜，还摔痛本姑娘，尻子被你摔成了八瓣，痛死了。哼。”小姑娘噘起小翘嘴，扭头不睬他。

钟馗傻乎乎地愣在那里说不出话来。虽说是七尺铁塔似的黑汉子，着实从未与小姑娘打过交道，何况是面对着让自个儿魂飞魄散的娇娃。钟馗不晓得如何回答，憋了老半天，憋紫了黑脸，从牙缝挤出一句话：“怪本尊无礼，这里给小姑娘赔罪了。”

“如何赔罪？”小姑娘不依不饶。

“这个嘛，这个嘛，赔罪，本尊肯定赔罪，好不好？”

“说话算数，不许耍无赖。”小姑娘变本加厉。

“好，好，好，本尊答应你，还不成吗？”钟馗说着，面对面坐下来。好家伙，尻子下面的那个烫，差点烫得他再一次跳蹦子，可他硬是忍住，在小姑娘面前怎么好两次被同一块热地皮烫得跳起来呢？

“你的大尻子不烫吗？方才可是被烫得一个蹦子蹿起老高？哈，哈，哈！”小姑娘忘记被摔在地下的痛，开心地笑着。

“你为何也不觉得烫呢？”他由己及她，关切有加。

"此地是我开，此树是我栽，春夏秋冬任我行，冷了不冻我，热了不烫我，自由自在真畅快。"

钟馗的腔调不知不觉间变得温存和气："冻不着？烫不着？却能摔得着？方才你讲，尻子摔成了八瓣，痛死了。"他狡黠地眨巴一下大眼睛："尻子如何摔成八瓣？至多也就两瓣罢了。"说得小姑娘一时半会儿接不上话茬。可小姑娘嘴巴不饶过，一个劲儿嘀咕着："就八瓣，就摔成了八瓣。"

钟馗看看自个儿不会说话，又惹恼了小姑娘，赶紧站起身来，伸手想去拉起小姑娘。小姑娘却不搭理他伸过来的黑手，似乎还在为那狠心的一摔生着闷气，一骨碌翻身站在他面前："你答应的，你要赔罪，不许反悔，不许说话不算数。"

钟馗脸上堆起久违的笑意，似乎早已将带刺的舌尖忘却脑后："赔罪就赔罪，本尊说话算数，一言为定。"

"那好，本姑娘想要你的剑。"

"这个使不得，这个使不得。"

"瞧吧，瞧吧，还说自个儿说话算数呢。要你的剑，又不要你的命。"小姑娘扬起小脸，露出得理不饶人的挑衅神情。

"这柄剑实乃本尊的命根子。"

"你的命根子？你的命根子如何是这柄剑呢？你们满脸胡茬子的男人命根子不都是，不都是，不都是那，那，那个玩意儿吗？"小姑娘说完，粉嘟嘟的小脸蛋"刷"地一下红到了脖颈儿，害羞地背转过身去，不晓得是为口无遮拦懊恼，还是为心直口快后悔。

钟馗胆子肥得鼓胀起来，情不自禁地上前两步，从后面将两只宽大的黑手轻轻搭在小姑娘的香肩上。他强压住自个儿的念想，不敢再越雷池半步，看看小姑娘并未躲开自个儿搭上去的黑手，更没有抖落自个儿的黑手，心里这才踏实起来。他张口解释，口齿利索了许多："这柄剑绝非普通之剑，乃天庭玉帝恩赏于我，赐名昆仑剑，命本尊降妖除魔斩鬼除恶之用。"他的黑手明显感觉出小巧的香肩在颤巍巍地抖动，想挣脱，又不愿一走了之，想顺受，似乎又有些心不甘。他轻轻地按压她的肩头，从十指指尖传递出一丝安心和温存。

待黑手掌心之下的香肩慢慢平复不再颤抖，钟馗接着说道："小姑娘，这柄剑真就是本尊的命根子，你该相信了吧，故而不可作为赔罪转赠于你。不过呢，本尊的赔罪也想好了，可要比这柄剑珍贵稀罕许多呢。"

"真的吗？还有比这柄剑珍贵和稀罕的？你倒拿出来让本姑娘瞧瞧？"话音刚落，小姑娘立即觉察自己又上了黑汉子的当，胡说八道起来，"真个羞死了，羞死了，该说的，不该说的，该问的，不该问的，哎，恨不能找条地缝钻进去。算了，溜进自己的树林子，不就得了？"可这一对小肩膀还捏在黑汉子热乎乎的黑手里。

"本尊这柄剑斩的都是些乌七八糟的妖魔，灭的都是些作恶多端的鬼怪，如你这般聪明的小妖，俊俏的小妖，本尊如何狠得下心来？"钟馗一双黑手故意使了使劲儿，"况且，本尊还想着尽心尽力地保护你，不再让你担惊受怕呢。就用本尊的命根子好好地保护你，对了，就是用昆仑剑来保护你！"一面说着，一面用黑手缓缓将小姑娘的香肩扳转过来，黑脸对粉面，四目一对视。此刻的异香格外浓烈悠长，钟馗一鼓作气将小姑娘揽入怀中。

钟馗打小在娘亲怀里撒过娇淘过气，那是娘亲温暖的怀抱。可这一回，自个儿诚心实意头一遭与小姑娘贴心相拥，四臂纠缠，异香环绕。只觉得自个儿如结板的土块，轻轻一掰便成粉齑，如吹鼓的猪尿泡，轻轻一踩便要爆裂，更像是搁浅的大鲤鱼翻腾着，眼见着就要在大日头下烤成鱼干。此刻的钟馗，已将玉帝阎王爷，降妖除魔斩鬼除恶，还有罗圈和外八，甚或远去的娘亲，统统抛在九天之外，只想着，一直能像此刻这般静悄悄的，不被搅扰，默默相拥，浸润在异香中。异香与丹田生发的暖流此消彼长，相互裹挟，一会儿浓一会儿淡，勾魂摄魄。注定的缘分，不要停歇，不要分开，不管天清气朗，还是月朗星稀，不管风沙满天，还是阴雨连绵。高山之下，有片树林，有条小溪，水流淙淙，河滩平缓，青草茵茵，不离不弃，何等惬意，何等畅快啊。

钟馗紧了紧臂膀，将小姑娘娇小的身子贴压在自个儿宽厚健硕的胸膛上。怀中的小姑娘在越收越紧的手臂弯弯里，发出轻轻的哼哼。只见她微闭双眼，缓缓抬起那张粉嘟嘟的小脸，冲着头顶上那张大黑脸，噘起翘翘的小嘴巴，期待着。他毫不犹豫地俯下大黑头，张开大黑嘴，就要奉迎上去，衔住那只翘翘的樱桃小鸟儿。然而，舌尖被刺，脏腑被搅和的担心和后怕突然袭来，他张开黑嘴巴停在半空中，满眼疑虑和难舍。

　　小姑娘左等等右等等，不见动静，于是迫不及待地睁开眼，乖乖，那对铜铃一般的牛眼睛正直勾勾地盯着自己瞧呢。"噗嗤，"小姑娘笑出了声，"怎么还未看够呀？今儿个就让你看个够。"说着话儿，小姑娘使劲一蹿，勾住钟馗的黑脖颈，咬住钟馗的黑嘴巴，顺势将小巧玲珑的香舌推送进钟馗的血盆大口。

　　这一回，没有尖刺，没有疼痛，没有瞎搅和，也没有翻江倒海。钟馗早先只是鼻子头嗅到让他蠢蠢欲动的异香，此时，真乃云泥之分，霄壤之别，居然在舌尖上尝到了异香，吮咂到妙不可言的滋味。钟馗紧紧闭上牛眼睛，恨不得再让尖刺搅和一回，扎得更深，更痛，让尖锐的疼痛来得更加猛烈。一对柔舌相互缠绕，两只口条收放自如，大舌如扇如席，小舌如雀如簪。天地万物之间，斗转星移之际，世间鬼域和仙界，魑魅魍魉，神仙妖怪，生生死死，暂且撇开一边去吧。

　　"大胆钟馗！""钟馗大胆！"劈柴裂帛般的两声断喝，犹如两道霹雳，猛然间在钟馗和小姑娘的头顶炸开，震得钟馗禁不住缩回湿漉漉的舌头，赶紧松开抱紧的手臂，抬起黑头探个究竟。

第三十三章　是非偏遇是非佬　月朗星稀续前缘

漫天的枯枝败叶，沙石尘土劈头盖脸，扑面而来，将钟馗和小姑娘团团罩住。

"何方神圣？呸呸，何方妖孽？赶紧现身，不然本尊亮出昆仑剑，呸呸，让你见识见识！呸呸。"树叶和黄沙灌进嘴巴，吐也吐不掉，咳也咳不净。小姑娘用小手帮着钟馗揩去嘴角挂着的枯叶。钟馗眯缝着眼睛，感激地望了小姑娘一眼，对空叫嚷道："赶紧的，收起歪风邪气，难道真想见识本尊的手段不成？"

"哼哼，收起就收起，别拿你的那柄剑说事儿，那柄剑可绝非用来对付本仙的呀，先论一论你做下的好事儿。"干瘪的嗓音，公鸭子的叫唤，似曾相识，话音听得出，是个来者不善善者不来的知情者。

歪风邪气偃旗息鼓，沙土枯叶纷纷飘落。钟馗轻轻地放下臂弯里的小姑娘，上前两步，对着半空悬浮的那一坨灰云，抱拳长揖："何方前辈，还请现身，晚辈这厢有礼。"

"哈哈，亏你知书达理，不过呢？"随着话音，那坨云朵陡然下降，倏忽间从中飘然而至一位灰布长衫的瘦削老者，瓦刀长脸，灰白须发，满面褶皱，大口黄牙，尖下巴上一撮稀松的山羊胡子抖抖索索。

"你小子犯下的好事儿，该不该好好算算账？若是天庭玉帝有知，鬼域阎王有知，众仙有知，哼哼，忤逆天命，还不得将你小子碎尸万段，打入十八层地狱？"句句说得正气凛然掷地有声，正是玉帝王母跟前大红大紫的风仙。不晓得何故，形单影只，不见沙仙。

风仙那几句含沙射影，敲山震虎的风凉话，诸如"犯下的好事儿""好好算算账""碎尸万段，十八层地狱"，着实令钟馗惴惴不安，惶恐不已。自个儿的小心思昭然若揭，还被风仙偷瞧偷听了许久，抓个现行。若是传话给玉帝王母，让阎王爷知晓，后果实难预料。

钟馗怔怔地杵在那里，抱起双拳，呆若木鸡。"嗨，嗨，问你话呢。"不见钟馗回话，风仙扯开公鸭嗓子对着钟馗喊话。

小姑娘瞧见情形不对劲儿，上前用小手"啪，啪"扇了两下钟馗油亮亮的黑脸蛋，才将他从魔怔中捞回来。

风仙先硬后软，先兵后礼："钟馗，不跟你瞎费工夫，你可千万别忘记了天命难违，就这四个字。天命难违，好好盘算，仔细想想，我风仙可是天庭众仙皆知的好心肠，热心肠，都为你好。本仙这挂个虚名的老前辈，权当睁只眼闭只眼，左耳朵进右耳朵出，赶紧的，收拾收拾，打个照面，离开这里，越远越好，忙你的正事去吧！保证不再回头，本仙就保证不会传话天庭，传话鬼域，更不会，当然更不会传话给那个，那个，死，"风仙忽然噎住不说，"沙仙，不会传话给沙仙，说到做到，绝不食言。"

灌进钟馗耳朵里的威胁，忠告和劝慰，一股脑儿搅成粥。钟馗琢磨着，权衡着，甄别着，愣在那里，半张着黑嘴，半晌吐不出一个字来。

"别听那个糟老头子的胡言乱语，那个瘦干猴尽在胡扯瞎掰。"小姑娘紧紧靠在钟馗身边，双眼圆睁恶狠狠地盯着风仙。果不其然，听到这句话，风仙竟不敢迎向小姑娘射来的眼神，脸上露出一副做贼心虚局促不安的神情。

"要离开也得你离开，赶紧离开，难道非让本姑娘说出你做下的丑事？"小姑娘斩钉截铁。钟馗听得一头雾水，原本无着落的思绪，更加纷乱。

"香娘娘，本大仙对你不薄，你要想想明白，想想清楚，可别不知好歹。若是没有我风仙，别说你个小小的沙枣花妖，就是这片沙枣树林，这整片的河岸，这方圆数百里，本大仙叫你寸草不生，就一定让你黄沙漫天！"看来，小姑娘针锋相对的几句话，戳中了风仙的心坎。

钟馗望望风仙，再低头瞧瞧紧靠自个儿，个头只及胳肢窝的小姑娘，一黑脸的懵懂。

"你走不走？走不走？"小姑娘步步紧逼。

风仙那张灰白的瓦刀长脸憋得通红，过了好一会，哼哼道："今儿个不与你香娘娘计较。不过，钟馗，本大仙可有言在先，可别不撞南墙不回头，到时候可就追悔莫及了。"

"快走，快走，还不走吗？"小姑娘咄咄逼人，毫无顾忌。

风仙甩袖转身，临走撂下一句话："钟馗，你好自为之。"

> 一阵小旋风，
> 隐身云朵中，
> 扫过小树林，
> 悻悻升腾去。

钟馗望着，直到那一坨灰云消失在天边。

风仙虽然离开了，钟馗心里却脊背发麻，又该何去何从？钟馗闭上双眼，默念着：

> 条条大路通地狱，
> 统共区区十八层，
> 层层都有落脚处，
> 难道更有十九层？

"愣着做甚？钟馗哥哥，本姑娘晓得你的大名了，那个瘦干猴，那个讨厌鬼称呼你钟馗，对不对？"清甜软糯的呼唤，将钟馗从天边拉回到沙枣树林。

"做甚？本尊琢磨这个风仙的来头，絮絮叨叨撂下如此多的废话，是何用意？"

"他是风仙？掌管天地间刮风的大仙。总爱吹嘘他有天大的能耐，上天入地无所不能，才懒得搭理他呢。"小姑娘轻轻将头靠在钟馗臂膀上。

钟馗稍有局促，却并未拒绝。

"从今往后，我就喊你钟哥哥，好不好？"

"好，好，随便你喊。"

"怎么说随便我喊？你再如此这般爱理不理，本姑娘可要生气了，真生气了。

不过，我就喊你钟哥哥。"小姑娘说得有板有眼，气鼓鼓地仰起小脸直勾勾望向钟馗。

钟馗侧过黑头，瞧着小姑娘扑闪扑闪的大眼睛，臂膀微微使力一收，小姑娘便顺势跌进怀里。

"你说那个风仙，怎会鬼鬼祟祟突然现身？难道本尊一路西行的一举一动，风仙都已了如指掌？本尊可是一丁点都未曾觉察出来呀。那个风仙似乎与你旧相识，是也不是？那个老家伙称呼你香娘娘，对，就是香娘娘。你是沙枣花妖。那么，这片树林里都是沙枣树，沙枣树生尖刺，尖刺之间开满香喷喷的沙枣花。怪不得你的身子喷喷香。那个老家伙叫唤你的时候，本尊说不上来的肉麻和牙酸，你要照实说来，不许欺瞒本尊，到底怎么回事？"

"你在说啥？尽在瞎猜，算啥旧相识，老相识的。那个老家伙风仙总来纠缠本姑娘，隔三岔五就到这里不疼不痒地骚搅，吹嘘说大话。不过呢，本姑娘可不会让他讨到便宜！哼。"香娘娘满口笃定，一边说，一边伸出小手摸到钟馗胸脯上的小纽扣，隔着大氅粗布，狠狠地揪了一下。

"唉哟，痛死了，你占本尊便宜。他风仙真的未曾占过你的便宜？本尊可不相信。"

"哼，你们都是一路货色，没让那个老家伙占便宜就是没让他占便宜，你爱信不信，不信就拉倒。反正，本姑娘瞧得出来，那个老家伙倒是想得要命，想得发疯呢，本姑娘可没那么傻。"香娘娘欲言又止，将小手轻轻贴在钟馗起伏的胸膛上，慢慢延伸到另一侧的那颗纽扣上。

"你可不许乱揪。"钟馗温柔地提醒，心里却奇痒难耐，回味着方才那股子被猛揪一下的酸爽劲儿。

香娘娘将耳朵贴在钟馗的胸膛上，听着"咚，咚，咚"的心跳，一下下揉搓着小纽扣。

"风仙么，可没你说的那么老，在天庭是个不好惹的厉害角色，一干大神大仙都会给足面子。在你面前，从此以后，本尊就称呼你香娘娘了。方才，风仙被你几句话说得灰溜溜逃开了，着实让本尊纳闷。"

"有啥好纳闷儿的？那个恬不知耻的老家伙，听他每次吹嘘，本姑娘都听烦了。老家伙忘性大，才说过的马上就忘了，嘴角上白花花的沫子，要多恶心有多恶心。何况就老家伙的那点小九九，想打本姑娘的鬼主意，没门！"

"本尊也有小九九呢，有门吗？"钟馗坏坏地紧了紧搂着的臂膀，让香娘娘觉出源源不断的力道，又不让她觉出太挤或太紧。

"钟哥哥，羞死了。"香娘娘将小脸埋在钟馗的胸膛里，柔弱的呼吸透过大氅粗布，让钟馗体味到一阵一阵的热浪。

"钟哥哥，你答应过我，要好好保护我，用你的命根子，不，不，不，用你的那柄剑好好保护我的。"香娘娘感觉自己遇上了靠山。

"放心，本尊绝不食言。方才那个风仙，说哪里了？"

"那个老家伙除了吹嘘就是吹嘘，而且，而且，"香娘娘抬起小脸，忍不住笑出声来，"怕极了自己的婆姨。"

"沙仙？那个肥肥的短胳膊短腿的胖婆姨？"

"对的，肥嘟嘟的，那一对小眼睛生在胖脸上煞是怪异，不过呢，他两个倒也算是一对绝配呢。"

"绝配？虽说本尊在天庭与风仙沙仙有过一面之缘，可这相由心生的老话还真不假。打小本尊的娘亲就常常挂在嘴边的一句话，鱼找鱼，虾找虾，乌龟配王八呢，哈哈，哈哈。"钟馗仿佛看到了一对儿绿油油的乌龟和王八在泥地里优哉游哉地抢食呢。

"钟馗哥哥，有一次，我躲进沙枣树林，瞧见那个胖婆姨怒气冲冲地来寻老家伙，不分青红皂白，又打又骂，又扇又踩，好不厉害。估计老家伙惯于偷奸耍滑，沾腥揩油，被胖婆姨看管得不要太紧。"

"难道胖婆姨就没来寻你的麻烦，找你泄私愤？他们两口子若联起手来拾掇你，估计凶多吉少。"

"他敢？谅那个老家伙也没这个胆儿，真到那一步，本姑娘会给胖婆姨好好说道说道老家伙都干了哪些好事儿，说了哪些好话儿，还说了好些胖婆姨的坏话儿呢。哼哼，想拾掇本姑娘，没那么容易，何况，我还有钟哥哥的命根子呢。"香娘娘拍了拍昆仑剑的剑柄，吓了钟馗一大跳。

"这可不是闹着玩的，剑既出，必见血，方归鞘。"

"如此厉害？那本姑娘就更踏实了，更不用怕那两个老家伙了。我听得出来，老家伙知晓钟馗哥哥的这柄剑。"

"昆仑剑。"

"老家伙似乎也害怕钟哥哥的昆仑剑呢。"

"那是当然，他两个也曾觊觎本尊的这柄剑。还好陛下，阎王爷明鉴，恩赏于本尊。放心吧，香娘娘，有本尊，有昆仑剑，就有你香娘娘，君子一言，驷马难追。"

钟馗低下大黑头，黑眼仁里缓缓流淌出温柔的目光，瞧着怀中可人的香娘娘那粉嘟嘟的小脸小模样儿，禁不住从嘴角滴落一滴浓稠的口水，端端正正砸中香娘娘的眉心。香娘娘一下子睁开圆圆的杏眼，嗔怪地看着钟馗嘴角挂着亮闪闪的长丝，再瞧瞧钟馗那双迷离的黑眼仁："你想做啥？"

"我要，我要，我要，"钟馗越说声音越低，大黑头探得也越低，然后，然后，香娘娘使劲儿挣脱了几下："钟馗哥哥，可否将嘴巴里的口水吞咽干净？"

"好吧好吧，总比老家伙嘴角上的白沫子好吧？"

"钟馗哥哥，你瞎讲啥？休要冤枉本姑娘。"

钟馗讲完，懊悔不已，但为时已晚。

香娘娘又捶又打，拼命挣脱钟馗的怀抱，转身跑向沙枣树林。

钟馗紧赶慢赶伸手牵住香娘娘的手臂，却被一把甩开。

香娘娘如同树林的一根枝条，枝条上的一片叶子，叶片后面的一簇沙枣花，甚或正是沙枣花丛中隐藏着的一根尖刺。织网一般密布的树障树阵，只轻微晃了晃，转眼间便闭合缝隙，香娘娘隐身树林，不见踪影。

钟馗本想拨开树障树阵的枝条叶片，跟去里面，可想起那些扎破自个儿面皮和中指的锋利尖刺，心有余悸，于是怯怯地收回伸出的手臂，抻长脖颈子，冲着沙枣树林大声吆喝："香娘娘，香娘娘，你出来呀，听本尊说。"

唯有树叶"沙沙"作响。

"本尊手握昆仑剑，香娘娘，你快出来呀。"

"哼，有本事你就使出你的命根子砍光斩净这片沙枣树林。"

"本尊只想吓唬吓唬，哪里要砍光斩尽？本尊舍不得呢，香娘娘，快出来吧。"

"本尊本尊，在本姑娘面前，你一日不改本尊称号，本姑娘就一日不出来。除非，哼，除非你不再称呼自己本尊本尊，本姑娘才肯出来。"

"好，好，好，答应你好不好，都答应你，在你面前再也不妄称自个儿本，本，本，答应你，那你快快出来呀。"

"今儿个就算了，本姑娘也累了。再说，你的一个小兄弟就要过来寻你，这厢就此别过。"

"别，别，我这里还有句话儿，没来得及对你说呢。"

"有话就快说，有屁就快放，哈哈。"

"我何时再来看你呀？"

"就这句话？哼，你的小兄弟就要来了，记着，月朗星稀时再来见本姑娘吧。"

几只水鸟从树林里腾空而起，周遭陷入一片寂静。钟馗等了等，还想再说几句，转过身，果然看见罗圈跌跌撞撞一路赶来，一只手费力地捏着鼻子。

钟馗不等罗圈发话，挥挥手。罗圈明白，当即转身在前，钟馗跟在后头，时不时偷偷回望一眼令他魂不守舍的那片沙枣树林。

第三十四章　西口镇子难上难　心灰意冷月又圆

一路无语，罗圈闷头在前，打前站。

途经一处镇子，潦倒破败，毫无烟火之气。空旷的马路笔直地横穿镇子，凹陷的车辙里长满野蒿，不知世事冷暖的几只粉蝶飞来飞去，一群雀鸟叽叽喳喳地在街头追逐，路旁几棵老榆树，历经风雨，兀自粗壮又繁茂。头顶盘旋的乌鸦"呱呱"叫唤着，凄厉的叫声在镇子上空久久回荡，平添几分肃杀与凄凉。

罗圈停下脚步，转身对着紧跟上来的钟馗说道："钟相公，本想就在此处，找个齐整些的宅子歇歇脚，恭候您钟相公。可瞧来瞧去，全镇子竟找不到个喘气的活人，除了野猫野狗就是乌鸦麻雀。必是妖孽作祟，妖气太盛。可前后折腾了小半天，也未寻见妖魔精怪的蛛丝马迹，只好一直往西，到下一个镇子再做盘算。没走多远就有个镇子，西口镇子。"

钟馗"嗯"了一声，头也未抬，大阔步走到罗圈前面去了。

翻上高高的、绵延的土坡，另一侧是翻滚黄汤的大河，土坡下则是一马平川。大河经年累月夹带着上游的泥沙淤积，越积越多，越积越厚，自成堤岸。河床随之不断抬升，渐渐高出河边的田畴，高出两岸的丘陵，也高出了西口镇子。

罗圈一路都在絮叨："这条大河，钟相公您瞧瞧，高悬在上，如同流淌在天上的悬河，若要发大水决堤岸，镇子里的乡亲们肯定倒大霉。"

钟馗眉头紧皱，魂不守舍，想着心事儿。

罗圈察觉到钟馗有些心不在焉，但既然打前站打听到了那些新鲜事儿，还得说道说道。

原来，西口镇子这些年，山高皇帝远，旱多雨水少，倒也不曾发过溢堤决堤之类的水患，反而大河流淌的黄汤越来越黄，越来越缓，越来越稠。平日里浇灌田间地头不打紧，可拿来入口实在难下咽，乡亲们不得已只得打井汲水。

199

人吃马喂还好应付，还有离奇古怪的事儿呢。不光西口镇子，这周遭地界所有的镇子，几十年来闹心揪心不歇停，东家丢骆驼，西家丢匹马，南边的驴被偷，北边又没了骡。这些大牲口都是庄稼人的心头肉，丢了大牲口可比死了亲爹亲娘还难受。虽算不得伤筋动骨，奇就奇在丢失的大牲口踪影全无，活不见牲口，死不见尸骨，说没就没，悄无声息，连个牛犄角，马蹄掌，就连一撮子皮毛也寻不见。只盯着大牲口，从不偷鸡摸狗。更奇的是，家家户户挨个儿被偷，均分着丢大牲口。原本未曾丢过大牲口的人家，还扶着墙瞧热闹听笑话，用不了多久，自个儿家也就着了道儿。家家丢，户户丢，没有哪家置身事外，也没有哪个镇子幸免于难。谁也休想笑话谁，谁家也都笑不出声。如此这般隔三岔五，丢丢停停，狗拉羊肠子，已持续几十年。时至今日，乡亲们大眼瞪小眼，无从查考，毫无办法，只当敬了神祭了天，破财免灾，不以为怪。毕竟未曾偷干掠尽连锅端，有意无意留后手，还流传着一首顺口溜：

轮着镇子窃驴，
间隔邻居偷骡，
今个你家失马，
明日他家丢驼。

乡亲们咬咬牙，挺过去，多大的事儿天塌不下，生计不会太犯难。可有些事儿，就算咬碎牙根，吞咽下去，也于事无补。说的便是这北狄西戎，胡子吐蕃的侵扰。听乡亲们诉苦，不晓得何时，指不定北方遇上个大寒严冬，白毛风肆虐，牲口冻死饿死，受灾的胡子骑上胡马，挥舞胡刀，打着呼哨，旋风一般劫掠过来。又不晓得何时，指不定西边又赶上个大旱虫灾，天狗吞日月，彪悍的吐蕃人骑着矮脚马，高举大刀，红红绿绿，像发疯的牦牛群席卷而来。全都是些说不准的事儿，抢粮抢牲口，还抢孩童，抢丫头。最为可恨，更难启齿的，临了还要给那些个婆姨们一个个都下上杂种。

被逼无奈的乡亲们，叫天天不应，叫地地不灵，眼睁睁被抢被掠，被欺被辱，好似待宰的羔羊。万般无奈，还得乞天求神。听说，每年腊月冬末，在西口镇子众位耆老的带领下，在大河边搭台举办开春大祭。听着就来气，也忒没骨气，竟然昧着良心向北祈祷，祝愿北地胡子水草丰美人畜两旺，不再南下劫掠。接着向西祈祷，祝愿西边吐蕃丰衣足食，牦牛成群羊儿肥，不再东扰。接着祈祷那些个被掠去的童男童女莫要数典忘祖，得空闲处得机会早日逃归。末了还得念及那些被污了身子下了杂种，不吉不利的婆姨们，天天洗，月月洗，碱水洗，老醋洗，时不时还得蘸着石灰洗，半年之内不得同房。若孽种暗结，待瓜熟蒂落，绝不生养，丢大河溺毙了事。这些婆姨们老老实实地待家里，以泪洗面，抬不起头。还不许她们掺和这隆重的开春大祭，免得带来晦气，使得大祭受污不再显灵。

其实，西口镇子，家家如此，都有一本难念的经，自顾自忙不过来呢，哪有闲工夫瞧热闹？谁家独善其身？那些大户人家，家大业大，遭受的祸害更多更厉害。先前途经的那个小镇子，连地名都丢了的小镇子，东迁的东迁，南徙的南徙，凋敝如斯，荒废如斯，走了个一干二净。再说这西口镇子，每年陆陆续续东迁南徙的，也有不少，拦阻不住。年轻后生结伴先行探路，落脚求稳后再返回镇子接家中老小。有的干脆扶老携幼牵着被污了身子的婆姨，赶着牲口，呼啦啦地离开生养地，离开祖坟祠堂。剩下留守西口镇子的乡亲们，不堪愁苦，如同鸡爪猫爪刨啃似的，痛不晓得哪里痛，痒不晓得哪里痒，难受，说不出的难受。

罗圈一路走来一路唠叨，头顶的乌鸦也一路跟着"呱呱，呱呱"叫个不住，声嘶力竭，像是在催促在唱和，遥相呼应，越聚越多。罗圈厌恶地朝天上使劲儿啐出一口唾沫。就在罗圈抹嘴的工夫，立马瞧见外八站在镇子口的歪脖老榆树下，翘首以盼。

见到钟馗罗圈，外八喜笑颜开，蹦蹦跳跳迎上前来，仿佛好久未曾见面。

"有甚可乐？"钟馗没好气地瞪了外八一眼。好似当头一瓢冷水，外八朝罗圈翻翻白眼，罗圈不搭理，径直走向歇脚的那户人家。

家里主事的老汉坐在门槛上见到钟馗，只是微微点了点头，如同看家护院会喘气的大门墩。钟馗本想客套几句，瞧这架势，不冷不热没啥话讲，只好一记长揖算作致谢。

外八侧身绕过老汉，跨进门槛，钟馗罗圈鱼贯而入。

院子拾掇得干净整齐，一棵老槐树如一顶巨伞撑在院子当中，树下摆放着一张方桌和四条长凳。听得见炉灶间锅碗瓢盆叮叮当当，闻得到马厩羊圈飘来的腥膻。外八冲旁边的侧屋一指："钟馗相公就这间。委屈您钟相公，和我兄弟俩挤作一处歇息。老汉家八九口子人呢，算不得大户，也无多余空屋。"

"嗯。"钟馗鼻子哼了一声。

罗圈赶前一步为钟馗撩开侧屋门帘，推开门，钟馗进屋上炕靠墙坐下歇息。等外八将门关严实了，罗圈招呼外八前后脚上炕围拢过去，叽叽喳喳，你一句他一句，尽是些老汉家的烦心事儿。

原来，老汉的老伴儿早已过世，三个儿子，只老大成家未分家，下面两兄弟跟大哥一同务农养畜，日子过得四平八稳。不过，前阵子丢了匹马，四处打探，不得消息，也就随它去了。镇子上左邻右舍都清楚，这回你丢，下回他丢，这回西口镇子，下回指不定轮到哪个镇子呢。好在均分着丢马丢驴，丢骡丢驼的，倒也无甚话讲。就在去年夏末秋初交替之际，适逢庄稼收成的时分，虽说赶上大旱，但依仗河水的浇灌和辛苦劳作，乡亲们眼巴巴地指望着一个不错的收成。可要命的是，北面，胡子地界，大旱之下，大批胡子成群结队地自北南下，饿狼恶虎一般。老汉的孙子刚三岁，牙牙学语就被掠去。大儿媳又被强行下了胡子的种，一言难尽啊。老汉的小儿子，老三现如今一跛一跛的，就是去年那阵子被打瘸了腿。马厩羊圈被扫荡一空，只差放把火烧个干净，也就一了百了。

倘若胡子真放一把火，将西口镇子烧成一片废墟，与其重新修建，防着北面西面突如其来的人祸，还不如另谋出路，另寻安身之地，彻底避开胡子吐蕃不堪的侵扰，踏踏实实另起炉灶，繁衍生息。恰恰相反，狡黠的胡子吐蕃，偏不放火，不抢光，不杀光，不让乡亲们彻底断了念想死了心，更不让乡亲们舍祠堂弃祖坟，携家带口，背井离乡。下回，下下回，又该去哪里扫荡这些温顺听话的两脚羊？

逐水草的胡子，赶着牛群羊群的吐蕃人，抢夺劫掠，顺带着畅快一把，下好自个儿的种。那可是游牧的种，风餐露宿的种，茹毛饮血的种。若有人胆敢反抗，那就杀掉不听话的带头汉子。

前些日子，老汉家大儿媳生了个大胖小子。在西口镇子数位耆老彻夜紧盯之下，孩子被连哄带骗抢夺走，丢进大河，溺毙了事。打那之后，老汉就蔫了，闷声不响，也不搭理人，成了个名副其实的倔老汉，整日有事无事地坐在门槛上，想着自个儿的心事。

罗圈外八喋喋不休，说得风生水起。

钟馗全部心思却在琢磨香娘娘所说的"月朗星稀"。闭起眼，香娘娘的影子飘来飘去，鼻子里似乎依然残存着一丝欲罢不能的异香。但即便一心两用，当他听见罗圈外八你一句他一句的聒噪时，胸中的怒火从无到有，从小到大，竟越烧越旺。冷不丁地，他抡起黑掌"啪"的一声，拍在小炕桌上。小炕桌的一条小木腿戳破炕席，插进炕面。罗圈外八吓了一跳，赶紧手忙脚乱地一起将陷进土炕的炕桌小木腿拔了出来，平移到稳当的地方，顺便将直压平裂开的炕席。

"前头路经一个空荡荡的镇子，荒芜已久，了无人烟，可见这里天灾人祸已到何种境地。眼下这西口镇子，本尊看来，任其下去，无须多少时日，必将步其后尘走得一家不剩。本尊琢磨，可否先从乡亲们丢牲口入手，既然生不见牲口，死不见尸首，定为妖孽作祟，你两个务必拿出看家本领。"

"钟相公所言极是。"罗圈外八一个劲儿地点头。

外八插话："不过，不过呢，若是收拾了偷马偷驴的妖孽，乡亲们还是不得安生呀。咱一路西行，钟相公，还有罗圈哥哥，瞧这一路大旱，北边，西边肯定也旱，指不定何时，胡子吐蕃又得来侵扰抢夺，明抢明夺呀，哪容你商量？若再抢走些个童男童女，再给老少婆姨们下上杂种，如何是好？想想偷马偷驴的妖孽，钟相公，不比不知晓，这真一比较，也许外八愚钝，反倒觉得这个妖孽，算得上有副大大的良善心肠呢。"外八直筒倒豆子，大口喘粗气。

"是这么个理。本尊率你哥俩降妖除魔斩鬼除恶，奉旨行事，替天行道，至于世间兵戈铁马，杀伐劫掠，岂是仙界鬼域操劳之事？又岂是我等费心费力之事？何况，千军万马，兵戎阵仗，攻城拔寨，戍边拓土，世间杂务自有大唐天子宸衷独断。本尊最多做些力所能及之事，做些惠及乡亲们的俗事俗务罢了。"

外八罗圈听得似懂非懂。

"撇开这些胡子吐蕃的烦心事儿，本尊这些时日，心里始终惦记着娘亲，无法忘怀娘亲的投胎转世，自此以后恩断义绝，形同陌路，着实忧闷困顿。正好借西口镇子略略休整调养，除妖之事，有劳两位小兄弟多多辛苦。"

罗圈听不下去："钟相公说哪里话呀，太见外了不是？我兄弟两个不就是您的左膀右臂吗？您吩咐一声不就得了？知晓您挂念娘亲，业已天涯海角，对面不识，此刻徒增难过悲伤，于事无补。不如就在西口镇子歇息一段时日，至于降妖除魔斩鬼除恶，您就瞧好了，放十个心，不，您就放一百个心在肚囊里，外八，你说是也不是？"

罗圈所言正中钟馗下怀。

"是呀，是呀，钟相公您就瞧我兄弟两个吧，您好好歇息歇息。况且，除了给西口镇子的乡亲们一个交代，还不得在功劳簿上多多录入几笔呀。"外八满脑子的功劳簿，不管水开没开，提起就当开水灌。

罗圈狠狠地捅了一下外八："还提甚功劳簿？降妖除魔斩鬼除恶才算得正经事儿。"

"你做甚？捅我做甚？使那么大的劲儿，痛死了。"外八夸张地揉着自己的腰眼，恨恨地瞪了罗圈一眼。

"嗯？功劳簿？你小子到底看重降妖除魔斩鬼除恶之实？还是惦记功劳簿上满篇的白纸黑字之虚？孰轻孰重，孰急孰缓厘不清楚？多跟你兄长讨教讨教才是正理。"钟馗白了不识时务的外八一眼，"本尊就等好消息了。"说完，摸了摸自个儿油亮的额头，闭上眼睛，生怕小算盘不经意间从眼神里流露出去。

"钟相公，听老汉提及，镇子上有人见到过半夜偷马偷驴的妖孽呢。"罗圈岔开话题。

"对的，一个上岁数的二大爷，起夜上茅房正巧撞见。二大爷家的茅房隔壁恰好是邻家驴圈，据说二大爷解完大手，半蹲着，伸手去够茅房短墙上的石头土坷垃揩尻门子，抬眼却见院墙上立着一头巨大的怪物，遮住了星星月亮，遮住了半边天。未等二大爷瞧清楚，怪物突然动了起来，扭转尖头甩起长尾巴。二大爷哪里顾得及揩尻门子，手心里还攥着一枚圆溜光滑的土坷垃，一个仰脖，一声没吭，光着大腚跌坐在了厕坑里。嘿嘿，肯定沾了满尻屎尿。"外八忍不住笑出声来。

罗圈忍住笑，接着道："妖怪察觉身后动静，即刻溜掉了，临走也未忘记牵走一头骡子。不晓得过了多久，等昏死的二大爷在茅房里醒来，已经被熏得头晕眼花，浑身绵软无力，动弹不得，只好大声呼号。家人和邻居这才披上衣服出来瞧动静。当二大爷糊里糊涂地说完梦话呓语，邻居赶紧回去数驴数骡子，果真少了一头骡子，哪里笑得出来？"

"尖头长尾？又一个穿山甲？"钟馗打断罗圈。

"据说，二大爷吓得不轻，一会儿讲比牛比马都要大，遮住了半边天，一会儿又改口说也没多大，尖头像鸡头，尾巴像长虫。说得稀里糊涂，听得更是云里雾里。"

"管不得那么多，夜里出动就是了。"钟馗说完，靠墙闭眼，不再吱声。是呀，有罗圈外八，省去不少烦心事儿。这边打发他俩夜里出去，自个儿正好默等月朗星稀，静待异香扑鼻袅袅娜娜的香娘娘。

可接下来的数晚，不是星河灿烂，便是浮云遮月，何时方能等来月朗星稀？

钟馗抓耳挠腮，坐卧不宁，好在罗圈外八每日夜出晨归，披星带露，时不时小有斩获，大多是小妖小怪。至于乡亲们传闻尖头长尾的贼盗妖孽，犹如昙花一现，无任何线索消息。

转眼又将月圆，外八不听罗圈废话，每日雷打不动将夜里的斩获一笔一笔记在功劳簿上。说多不多，说少不少，权当应付交差。

钟馗嘴上不说，心中默许。真到月圆之日，又怎敢缺了功劳簿？总不至于空口白牙胆儿肥，当堂呈上一本空空如也的功劳簿吧？进得去阎罗殿，可否走得出阎罗殿，那可得细细掂量。

念及阎罗殿，钟馗心头不由得一紧。第一回被阎王爷骂得灰头灰脸，颜面扫地，可怜的一点颜面被摊平脚下，来回揉碾，直到踩碎搓烂。这第二回，被大唐皇帝老儿钦定门神，原以为自个儿挣得颜面，也替阎王爷脸上贴金，却吃了闭门羹。只好锦衣省亲，以为终南镇子必将以门神故里为傲，殊不知，物是人非，世态炎凉，热脸贴冷尻。这第三回，厚厚实实的一本功劳簿，却凭空弄出莫须有的六宗罪，到头来又是一顿和风细雨之下的劈头盖脸，眼见着一条腿就要迈入地狱之门，就差等候签批该去哪一层了。到底颜面薄如纸，还是功劳簿薄如纸？到底降妖除魔斩鬼除恶薄如纸，还是恩重如山涌泉相报薄如纸？再说了，自打遇见香娘娘，心坎里时时放不下，眼前时时有闪念，从未有过的称心抒怀，心向往之。然而，三界内外，神妖有别，势不两立，何去何从？如何周旋？即便销魂偷欢，实属火中取栗，罪中寻乐，细思极恐！何况更有那个长舌风仙，那个是非头子，恐怕早已将私情捅给阎王爷。果真如此，七月十五，这第四回月圆，阎罗殿之行，还不得将莫须有之罪做实做准了？难道还轮到自个儿挑选哪一层地狱不成？

钟馗苦思冥想一拍大腿，有了主意，立刻唤来罗圈外八，不紧不慢地吩咐道："那个偷马偷驴的妖孽出精倒怪，祸害乡里，本尊想着亲自出马，不查个水落石出，不将贼盗妖孽斩草除根，无颜去见阎王爷。故而这一回，"钟馗稍稍停顿，瞧了一眼罗圈，"此番月圆之日，罗圈辛苦一趟，替本尊将功劳簿面呈阎王爷。阎王爷必定责备本尊，不过，罗圈嘴巴伶俐，不失分寸，耐得住阎王爷的嬉笑怒骂。只需多多美言，如实禀报，就讲，功败垂成在此一举，实在分身乏术，恳请阎王爷开恩。待大功告成，我钟馗必将亲往阎罗殿负荆请罪。"

罗圈眼珠子滴溜溜乱转，频频点头，连连称是："钟相公，这跑腿费力的事儿，就让小子去吧，算不得辛苦。"

"如此甚好，你小子在阎王爷那儿鞍前马后伺候许多时日，知晓阎王爷脾性，千万别惹恼了阎王爷。虽说阎王爷对我等多有微词不满，还须一点点打消阎王爷的顾虑和成见。外八留守，夜里莫偷懒，还需加倍小心寻访那个贼盗妖孽。切记千万莫要轻举妄动。"

钟馗挥手不再说话，心绪早已飞出昏暗的偏屋，离开死气沉沉的院落，冲着堤岸下的那片沙枣树林飞了过去。

罗圈还算得老成心思重，时时惦记着钟馗交代之事，无须耳提面命，到日子，收拾停当，掖好功劳簿，打个照面，瞧瞧院中无人，一个单腿点地，直上云霄，径奔阎罗殿而去。

第三十五章　昆仑山下玉龙河　沙枣树开沙枣花

　　暂且撇开这黄汤大河，缓表这西口镇子。话说天地混沌，盘古开天辟地之处，宇宙洪荒，女娲采石补天之地，当属昆仑净土，昆仑高原昆仑山。

　　有歌为证：

　　　　昆仑昆仑
　　　　百鸟奏鸣
　　　　白鹤善舞
　　　　如茵如毡
　　　　泉瀑生烟

　　　　昆仑昆仑
　　　　纤尘不染
　　　　青澄如洗
　　　　北斗七星
　　　　更迭环转

　　　　昆仑昆仑
　　　　雪峰巍峨
　　　　雪山绵延
　　　　白云缥缈
　　　　玉出昆岗

昆仑昆仑
日出东方
朝霞浸染
日落西方
余晖漫天

昆仑高原，磅礴雄浑。白雪皑皑，银装素裹。

西边，最西边的昆仑高原山脚下，流淌着一条不宽不窄的玉龙河，春夏生龙活虎，秋冬干涸枯竭。那个玲珑娇俏的沙枣花妖香娘娘，就来自玉龙河畔一片僻静的沙枣林，千百年来，吸天地之精，纳日月之华，晨曦寒露，晚霞星光，以鸟为友，与鸟相伴，痴心不辍，修得正果。

香娘娘独具慧根异质，天性良善，自以为守得玉龙河，守住沙枣林，休管天地之间三界内外的变幻，只需静心无争，道行自然精进。哪承想，不晓得何年何月何朝何代，各种肤色的凡夫俗子，操着东南西北各地口音，一拨一拨地蜂拥到玉龙河。春夏两季尤甚，每当昆仑高原上的冰川积雪融化山洪暴发，河边安营扎寨的人们便欢呼雀跃，光着脚丫子，不顾寒凉刺骨泥沙俱下，冲进玉龙河，捡拾白石头红石头，绿石头黑石头，忙活得不亦乐乎。待到秋冬枯水时节，仍有不甘不舍之人，守在裸露的玉龙河床上抡镐挥锹，望眼欲穿希冀挖出漂亮的石头。

从乡亲们的七嘴八舌里，香娘娘知晓他们找寻的漂亮石头便是能通神灵的美玉。在遥远的东方，那里的人们视美玉为珍宝，奉美玉若神灵。

玉龙河畔人多了，嘈杂了，沙枣林的清静也没了。今儿个砌炉架火，明儿个埋锅造饭，整日人声鼎沸，烟熏火燎。香娘娘能忍则忍，不能忍则远远避开。

时时碰上一些愣头青，随地出恭，掏出便撒，更有甚者，滋得又高又远，竟然喷在毫无防备的香娘娘的裙摆上。直到热气腾腾的骚臭钻进鼻子熏得她差一点恶心得呕出来，但她依然强忍住不现身。

好在时光荏苒，眨眼秋冬转凉，玉龙河和沙枣林在寒风萧瑟中重又安静下来，但冬日过后，春的跟随，夏的脚步，周而复始。

就有那么一年春暖花开，赶来玉龙河找寻美玉的乡亲们格外多。他们三三两两地在河滩戈壁和沙枣林中捡拾柴火干草。只要不来攀缘折损，仅仅砍些枯死枝条，香娘娘都不会太在意。年轻后生们即便急吼吼地冲进沙枣林来解手，香娘娘也不以为意，反倒时常隐身树上，躲在树后偷偷观瞧泛起丝丝涟漪。

若井水不犯河水，相安无事，兴许也就得过且过。但突然有一天，乡亲们拿着斧头拎着镰刀来到沙枣林，冲着刚刚开满沙枣花的枝枝丫丫一气儿乱砍乱劈。一簇簇正在绽放的喷喷香的沙枣花溅落一地，在乱脚踩踏中，与砂石和尘土混淆一处，灰飞烟灭。鲜嫩的枝条连同叶片、花朵和蓓蕾，被年轻后生娃子们一路拖拽着，硬生生塞入鹅卵石搭就的炉膛内。香娘娘不愿轻举妄动露真身，只怕年轻后生娃子们放起一把火，毁了沙枣林，连累大鸟和鸟巢。再忍忍，只盼着玉龙河水快干涸，乡亲们自然而然会离去。

香娘娘一厢情愿地指望噩梦快快过去，却见两个后生娃子，身轻如燕，腾挪躲闪，避开尖刺，三下两下各自爬上一棵沙枣树。不看不打紧，这一看，香娘娘的心在滴血；他们的黑手探入鸟巢，一顿搅和，取出大鸟的鸟蛋，一枚又一枚，小心地装进腰间裆裤，打个呼哨连锅端，一枚不剩全偷走。

大鸟们天上盘旋干着急，无可奈何空叫唤。

香娘娘只等着两位年轻后生跳下沙枣树，离开沙枣林，这才赶忙跃上树冠，蹲守鸟巢一旁，果然巢中已空无一卵。香娘娘柳眉倒竖，鼻孔呼呼直喘，腮帮子鼓鼓囊囊，两眼瞪得溜圆，怒视着他们在河滩上喧闹，瞧着他们在火堆旁嘚瑟，烤熟鸟蛋，吃饱喝足之后，一个个钻进破帐篷和地窝子。香娘娘暗暗咬牙，发出毒誓。

夜深人静，玉龙河水"哗哗"流淌，所有的大鸟一声不吭地望着香娘娘，似乎在静静地期待着什么。

香娘娘瞧得清清楚楚，那两位年轻后生，一个钻进地窝子，另一个钻进了破帐篷。她在等待，等待着炉灶内的火苗一点点熄灭，等待寂静无声的暗夜。

等到伸手不见五指的后半夜，香娘娘如一阵旋风飘进了那顶破帐篷。年轻后生，咧开大嘴，鼾声大作，睡得正香，黑洞洞的嗓子眼儿一开一合似乎在召唤。香娘娘无所顾忌地俯下身子，紧贴上去，伸出长舌，倏忽间探入年轻后生的嗓子眼儿，贯通下去，直抵他的五脏六腑。

意乱情迷的香娘娘，不管不顾，撩起裙摆，分开两股，骑跨在年轻后生的小腹之上。

眼见着身子下面的年轻后生干噎两声，一命呜呼。香娘娘一不做二不休，翻身下马抖抖裙摆，抖擞精神，飘向那个早已认准的地窝子，三下五除二，如法炮制。

香娘娘带着细密汗珠，娇喘声声，称心如意地飞回沙枣林，为夭折的沙枣花，为折断的沙枣树，也为这片沙枣林和失去孩子的大鸟们，报得新仇与旧恨。

待天明，且看乡亲们的举动。

天光麻麻亮，不出所料，玉龙河滩传出呼天抢地的吵吵嚷嚷。乡里乡邻结伴前来玉龙河，哪承想却莫名其妙将性命丢在了玉龙河滩上，冷冰冰撇下两具干瘪的肉身，敞胸露怀，一丝不挂，死状雷同，一模一样地精绝而亡，脱阳致死。几位老成持重的，张罗着赶紧将尸首缠裹起来，放入柳条编织成的抬把子上，差派几位青壮后生送还家去。待后事安排妥当，他们便围着破帐篷和地窝子，低着头一圈圈地晃悠着，嘴里念念有词，不时交头接耳一番，然后冲着沙枣林的方向走了过来，探头向里不住地张望，似有忌惮一般。

香娘娘虽说隐身枝丫间睁大双眼，紧盯来人，得闲时却忍不住回味起那番美妙的滋味。可眼下容不得分神去瞎回味，香娘娘越瞧越觉着不对劲儿，赶紧附体在那棵最高大的沙枣树上，不住地往上躲，躲在树梢上，摇摇晃晃，心里直发虚。

沙枣林外站着的乡亲们似乎看出了端倪，瞧出了破绽，掉头返回河滩，奔向压熄的炉灶，一阵鼓捣，燃起一支支火把，高举着蜂拥赶来沙枣林。

泪已流，血已流，仇已报，然而，怨未解，恨难消，你来我往，冤冤相报何时了。不等香娘娘多虑多想，一支支火把拖曳着黑烟被投进树林中，有的落在林中空地，有的挂在枝丫上面，转瞬间，烟腾雾绕火苗窜起，大鸟们迅速飞离鸟巢，在空中盘旋，叫声凄厉。香娘娘，跃升在半空，远远地张望，眼睁睁地看着家园被毁，心如刀绞，却无能为力，任凭泪水模糊了双眼。

既然不得安宁，只得痛下决心。

香娘娘挥泪暂别这片沙枣林，她知晓大火烧光了枝丫和树干，却烧不死深深扎入地下的树根。只要昆仑高原在，只要冰川积雪在，只要寒暑依旧交替四季照常轮回，不管玉龙河是丰水还是枯水，也不管河床改道与否，这些沙土下面的沙枣树根迟早会萌动生发，破土而出，一定还会长成一片沙枣林，到了那个时节，大鸟们还会回来重新筑巢的。

香娘娘狠狠心擦干泪花，毅然决然地扭头向东飞去，向太阳升起的东方飞去，去东方找寻一片新的乐土，新的天地。

一条大河蜿蜒曲折，清澈平缓，阳光撒下粼粼波光，小船荡漾在光影之中。船上渔夫哼唱起悠扬的渔歌，别具风物，另有洞天。

香娘娘沿着大河，飞掠河畔一个个乡村和镇子，掠过大河岸边郁郁葱葱大大小小的树林。榆树林子，榆木疙瘩冥顽不化，不可雕也；柳树林子，妖娆无骨尽显媚态，不可倚也；杨树林子，只顾攀高忘却根基，不可靠也；槐树林子，更得留心，逢槐必招鬼魅，不可近也。

残阳西下，河面上数只大鸟"呼啦啦"飞过，转瞬钻入河边的树林，又"扑楞楞"直蹿云霄，似乎在抢夺，在争斗。几只大鸟捉对厮杀，一对对，一双双，利爪紧扣，翅膀拍击，尖喙互啄，缠绞翻腾，打着旋旋，转着圈圈，忽高忽低，上下飞舞。

香娘娘看得饶有兴致，忽然霞光里竟飘来一丝恍惚的味道，沙枣花香夹杂着淡淡的鸟屎味道，缥缥缈缈。细细闻闻，却又难觅其踪。难道来自大鸟扇动的翅膀？来自大河边的小树林？此地，就在此处，必有心心念念的沙枣花、沙枣树和沙枣林。众里找寻千百度，突如其来现眼前。香娘娘情不自禁地嗅着沙枣花香，循着鸟屎味道，借着西天余晖，飞向一片小树林。

歪七扭八几棵不起眼的沙枣树散落在林间。凑近观瞧，花香阵阵扑面，枝条上缀满一簇簇金灿灿的小黄花，四片花瓣环绕着小巧的花蕊，真真切切的沙枣花。那是自己的花香和体香，未曾料想，遥远的东方，亲热亲近如故土。香娘娘抱紧一棵百龄老树，将粉嫩的面颊贴在皱皱的树皮上。老树浑身银灰色的叶片"哗啦啦"响个不停，似乎翘首以盼多年，早已知晓有这一天。

不知不觉中，星光月色洒满小树林，香娘娘细细打量起眼前许多不知道名字的树，有的高大，有的低矮，有的笔直，有的曲折。那些高高在上的树冠总会博得大鸟的青睐，鸠占鹊巢。大鸟们的争夺打斗正为巢穴。

一条清凌凌的小溪从林中穿过，蛙声阵阵，荧光点点，都是些从未见过的新鲜事儿，瞧得香娘娘张大嘴巴，看直了眼。小小的青蛙震天地吼，小小的飞虫蓝荧荧的光，巢中嗷嗷待哺的小鸟儿叽叽喳喳，全然不顾夜空里争强斗狠的爹娘。

一只不安分的小鸟悲催地从鸟巢跌落在草丛，香娘娘走上前去，轻手轻脚地捡起来，放在手心当中间，吹去小鸟身上的杂草和灰尘，肉嘟嘟，毛茸茸。"哈哈，哈哈"她笑出了声，心下一阵奇痒难耐，说不清道不明。忽觉得脚丫子有点痒，低头一瞧，几只野兔在吃草。

香娘娘飞上树巅，将小鸟放进巢穴，小鸟冲她"唧唧，唧唧"点点头。她摸摸小鸟的光脑袋，纵身跃下。

如此陌生有趣，却又如此熟悉和心动，沙枣花，沙枣树，小溪，大鸟和毛茸茸的小鸟儿，青草地，呱呱叫的青蛙，还有兔子和小星星。就是这里，会有更多的沙枣树、小星星、青蛙兔子和小鸟儿。

香娘娘看好这片沃土，这片紧挨大河的宝地。从头来，东山起，经年累月。每一个春天，种下一粒粒沙枣，引来大河之水浇灌。每一个夏天，培土施肥，修枝打理。金秋采集收获，冬日修行蛰伏。

香娘娘无时无刻不在用心，唯恐山羊啃去树皮，野猪刨拱树根，邻近村子的顽童攀树折枝，男人们的利斧来伐薪。更怕那星星点点的野火闪电，和人们手中的火把火种，还担心老天不下雨，不下雪。在这一年热过一年，一年旱过一年的时节，唯有向下，再向下深深扎根于地下。

香娘娘自有小花招，用尖尖的长刺扎顽童的手，他们休想折枝摘果；扎男人的脚，他们休想踩折小树苗、伐木和砍树；再借来阵阵阴风，卷起黄沙尘土，迷住他们的眼，吹灭他们的火把，叫他们望而却步，心生畏惧绕道走。

这临近周遭的同道们，三界之外的妖魔精怪，自有名不见经传的规矩。面对初来乍到的香娘娘，今日打个照面，明日河边碰头，隔三岔五，抬头不见低头见。有恭贺道喜的，有打探摸底的，有居心不良总想揩油占便宜的，也有不冷不热敬而远之的，形形色色，林林总总。

香娘娘不远不近，自有一套，有事忙事，无事心安。可有时那种奇妙的念想总会袭上心头，尝过便丢不下，却又瞧不惯那些妖魔精怪提升道行的邪术，还有他们修行修炼的旁门左道。若吃个野物，喝个野猪狍子的血，也就罢了，大不了，偷羊盗驴，吃肉喝血，可偏偏他们最喜世间俗人，冲着乡亲们去。有专拐童男童女的，有专挑精壮汉子的，有专拣黄花闺女的，还有专好寡妇这口的，香娘娘打心眼里羞为同道，耻于为伍。

但心里的纠结抓挠，七上八下，欲说还休，唯心有余悸，心有戚戚，不敢再去伤天害理，夺人性命。每每实在忍无可忍，便趁着夜色，赶赴邻近村舍，神不知鬼不觉，仅仅挑着个精壮汉子，睡梦中，适可而止，泄了火留他性命，免得引火烧上身，确保细水长流无隐患。

多少年月，多少心血，随着斗转星移，依照天地三界变幻，香娘娘不闻不问，小心谨慎，独自撑起一片清净的沙枣林，属于自己的沙枣林。

林子大了，自有一根根尖刺围成密不透风的篱笆栅栏，让她心安；林子大了，各色鸟儿搭窝孵蛋，生儿育女，皆近邻，让她踏实；林子大了，随处可见的蜂巢贮满金黄香甜的蜜，还有装满每一处树洞肥美的大沙枣，让她无忧更无虑。

香娘娘喜欢天清气朗月朗星稀，更喜欢落红晚霞映入这片沙枣林，缕缕斜阳给所有的树，为所有的草镶上金边。她会独自坐在那棵千百岁老树的顶端，看着野兔松鼠嬉戏，青蛇白蛇追逐，雏鸟不慎跌落在草丛中扑腾，等着赶来的大鸟细心呵护。就这样静静地坐着，直到银河横卧天际，再托起小脸蛋，望穿浩瀚的夜空，期盼着流星的出现。

一颗，两颗，流星划过深邃的苍穹，划出一道亮色，香娘娘那亮晶晶的瞳仁里闪过一道亮色，原本无牵无挂的心绪也随着流星，一同飞去西天，飞向昆仑高原昆仑山、玉龙河，还有故土的那片沙枣林。

第三十六章　野趣歌声飞天外　巫山云雨称胸怀

天公不作美，接连数日阴云密布，却无雨滴落下。天地间细沙黄尘混沌一片，恰似罩着一层厚厚的帷幔，到处弥散着土腥味道。

寂静的黑夜，间或传来野狗的狂吠。钟馗辗转反侧，了无睡意，浑身燥热，静心不下。他敞开黑肚皮，由内及外的热从下腹丹田处生发，一阵阵涌向天灵盖，热得他抓耳挠腮，坐卧不宁。不得已，起身盘腿坐在炕上，一下又一下地拍打圆滚滚的肚皮，"嘭嘭，嘭嘭嘭"自寻乐子。钟馗还不曾拍打几下，这偏屋的门板也掺和进来"哐啷，哐啷"响个没完。

起风了，钟馗一个蹦子跳下炕，光着脚丫，推门张望。扑面而来的夜风，依然细沙黄尘，泥土腥气。他眯缝眼皮，生怕沙尘眯眼，正想关牢门板回去躺倒，猛地一个激灵，呛鼻子的土腥味里窜入一缕柔弱的香。熟悉的香淡淡地飘来，若有若无。他伸长脖颈子，探出黑鼻头，狂嗅着，朝这儿努努，朝那边努努，在暗夜里凉风中，在浓烈的土腥味道的缠裹下，捕捉着那一丝异香。

钟馗双手把持门框，凉风直吹他的黑皮大脸，异香却无声无息没了踪迹。他失望地睁大眼睛，只见轻薄的浮云被凉风渐渐吹开，月光如同挣脱连绵不绝的羁绊，迫不及待地从遮挡的云朵后流淌出来。久违的月亮，皎洁舒朗的月亮，似乎将天上的细沙黄尘荡涤得干干净净，将弯弯的穹庐涂抹上一层淡淡的荧光。一个个小星星都隐身在荧光之后，夜空中剩下的几颗大粒的星星摆脱月光的束缚脱颖而出，冲着钟馗眨巴眼睛，似乎在提醒和暗示。

"啪"地一声，钟馗幡然醒悟，一掌击中自个儿的额头，力道过猛，两耳震得嗡嗡作响。这不正是天天念叨，日日期盼的"月朗星稀"？他顾不及掩上房门，单腿点地，一飞冲天，直奔大河堤岸下那片心心念念的沙枣树林。

沙枣树林浸润在月光里，从那儿传来婉转的歌声，时断时续，荡漾着浓浓

214

野趣：

　　　送你一枝沙枣花，
　　　送你金色的沙枣花，
　　　虽然比不过桃花的娇艳，
　　　我的芬芳赛过她。

　　　送你一枝沙枣花，
　　　送你金色的沙枣花，
　　　虽然看不见摸不到花香，
　　　心爱的哥哥快来吻呀。

　　　送你一枝沙枣花，
　　　送你金色的沙枣花，
　　　虽然刺儿尖尖地扎痛你，
　　　肥美的枣儿快来尝吧。

　　清亮甜糯的歌声，钻入耳朵和胸膛，汩汩流淌在钟馗的血脉之中。他搓着两只黑手，丹田之气从细微点点陡然汇聚成磅礴之势，在他的黑皮囊里游走冲撞。他的呼吸渐次粗重，胸膛剧烈起伏，额头热气蒸腾。
　　"哈哈，哈哈，钟馗哥哥来了。"
　　异香袭来，钟馗猛吸了数口，立足不稳晃了两晃，有些晕乎。
　　香娘娘翩然而至，在银色的月光下，满面桃花，娇嫩欲滴，吐露芬芳。
　　"钟馗哥哥，哪里不对劲儿吗？为何摇晃？你看，头顶上冒热气呢。"
　　钟馗怔怔地杵着，张了张嘴却一时半会儿不晓得说些什么。
　　香娘娘，伸出纤纤手，踮起小足尖。
　　钟馗以为香娘娘又要来揪自个儿的纽扣，回想那股酸爽滋味，心中暗喜，可这回她只摸了摸他的黑额头："好烫呀，钟哥哥，莫非中邪生病了？"

似乎自个儿的歪心杂念羞于让香娘娘猜透，钟馗强压黑皮囊里的血脉偾张，刻意装作随意的模样："哪有中邪生病？赶得急，发汗而已。"

"没中邪，没生病，香娘娘就放心了。那为何钟哥哥赶得如此匆忙？"香娘娘仰起小脸蛋，噘着翘嘴巴。

兰麝之气直吹钟馗的黑皮大脸，吹乱他的虬髯卷发，吹得他奇痒难耐，心中更痒。香娘娘如水的眼神在月光下期待着。她那热辣辣的直白，如同往滚烫冒烟的油锅里丢进一粒火星星，顷刻间光焰燃爆。

钟馗牙一咬心一横，哆哆嗦嗦地勾手拦腰，将娇小的香娘娘紧紧搂抱在胸前。香娘娘似乎在等待着这一刻，一声也不吭。

钟馗一口便将香娘娘的翘嘴包在上下两片黑唇之间，吸吮着，找寻着。香娘娘也竭尽全力应承着，吐纳着她的小信子，慢慢将青葱玉臂从钟馗裹紧的臂膀里抽出来，然后缠挂在钟馗结实孔武的黑脖颈子上。

月光下，微风里，星星眨眼，树叶婆娑，娇喘吁吁，颠鸾倒凤。

雷电交加，云收雨歇，钟馗斜靠着坐在沙枣树下，将香娘娘轻柔地揽在臂弯里。她一边喃喃呓语，一边摩挲着他宽大厚实的胸膛，手指尖来来回回有意无意地划过他的黑纽扣。微风送爽带来阵阵凉意，林中倦鸟扑腾几下发出几声啼鸣。他默默地瞧着蜷曲在怀里的香娘娘，嗅着她身上的异香，从青丝发根到脖颈子，从指尖到腋窝，从酥胸到腰身。那股异香无处不在。

这还不够，他深深吸足一大口气，鼓起胸膛和肚囊，再徐徐地吐出，似乎将沉积多年的胸中块垒和郁结多年的不谐世事，吐个干干净净，痛痛快快。

"钟馗哥哥，以后，以后，香娘娘就是你的了。"香娘娘又一次将小脸蛋埋进钟馗的胸口。

"那，我又是谁的呢？娘亲的？阎王爷的？玉皇大帝的？还是，还是谁的？对了，我是你的，我就是你香娘娘的。"

"真的吗？钟哥哥，那就太好了。"香娘娘激动地支棱起自己的小脸蛋。

"我在想，在想，以后哪里都不去了，就守在西口镇子，对，哪里都不去了。"

"钟馗哥哥，你在骗我，你说过要奉旨行事，怎好违抗天命？"

"奉旨行事违抗天命？是呀，降妖除魔斩鬼除恶，就让罗圈外八两个忙活去吧，我要好好地保护你，一心一意地保护你，香娘娘。"

"说话算数？说话当真？将来不会也把香娘娘给拾掇了吧？"

"君子一言，驷马难追，上次答应过你的呀！如何舍得拾掇你？我要用自个儿的命根子妥妥地保护你，记住，我的命根子。"

钟馗故意撩拨说着疯话，哪里料到香娘娘竟单刀直入，小手"呲溜"一声沿着钟馗的黑肚囊一马平川，乱草丛中一把就将钟馗的命根子牢牢攥在掌心，这回，可真是命根子。

钟馗丹田之处躁动翻滚，不由得紧了紧怀里的香娘娘："从今往后，别再喊我钟哥哥，好不好？太过见外，要多生疏有多生疏，直呼哥哥吧。"

"好呀，以后香娘娘就喊你亲哥哥。"

"可不能喊亲哥哥，只能喊哥哥。"

"为什么不能喊亲哥哥？"

"这个嘛，怎么说呢？反正不能喊亲哥哥，以后就会明白的。"

"香娘娘要把哥哥的名字牢牢记住，印刻在心里。"

"你认得字吗？"

"不认得，哥哥教我识字呀。"

钟馗扳过香娘娘绵若无骨的玉手，展平，在手心里一笔一画写下一个"馗"字。

"这个字就是钟馗哥哥的钟字？"香娘娘一脸天真。

"非也，这个字念馗，是馗字。"

"再写一遍，香娘娘要认清楚，馗字何意？"

"钟馗的钟是姓，祖辈传下来的，如同香便是你的姓，所以你叫香娘娘。至于馗字，这边一个九，六七八九的九，另一边则是一个首，就是个头的意思，我也不晓得爹娘为何起个如此古怪的名。"

"九个首？九个头？哈哈，"

"你看，容易吧，一教就会。不过到底意味着九个头，还是九条命，或者第九个头，第九条命？至今说不准，搞不懂。"

"香娘娘会是第几个？第九个，第十九个，还是第九十九个呢？算了，哥哥，香娘娘只要哥哥保护我一个，好好保护我，别再让风仙欺负我，别再让那些不怀好意的妖魔精怪欺负我，还有你的两个帮手，不会起歹心拾掇香娘娘吧？"

"放一百个心，放一千个心。罗圈外八，就是借他胆子，他俩也不敢，更休提风仙沙仙，嘿嘿，我这里可有昆仑剑。"钟馗得意地拍了拍剑柄："对了，刚才你提及更有一些不怀好意的妖魔精怪欺负你，告诉哥哥，如何不怀好意？待哥哥将他们一个个地收拾干净，一个不剩！"

"都是些上不得台面的妖魔精怪。"香娘娘闭口不愿再说下去。

"提都提了，惹得哥哥心急火燎。不信就试试看，看本尊，不不，看哥哥如何见一个灭一个，见一对斩一双？"钟馗紧了紧怀中的香娘娘。

"没什么大不了的，不过是些千年蛇蝎万年雕，虽说修成精怪炼成了妖，本姑娘足以应付，才不会怕他们呢。"

"对，才不要怕什么蛇蝎老雕之辈，还有哥哥在你身边呢！"

"不提这些闹心的蛇蝎老雕了，好不好？"

"不提也罢，不提也罢。"钟馗忽然想起方才听到的歌声："可否将那首歌唱给哥哥听？"

"那是香娘娘自己的歌，就叫沙枣花，只为哥哥唱的呀。"她眨巴几下眼睛。

"是吗？真唱给哥哥听的呀？"钟馗半信半疑。

"是的呀，谁会骗你呢？"

"真好听，比霓裳仙乐好听多了。"

"哥哥要答应香娘娘，只要听见香娘娘唱沙枣花，就来看我，好不好？"

"好好好，答应你，只要听见'沙枣花'，只要听见香娘娘唱'沙枣花'，我就赶过来。上回你说月朗星稀，更上一回，你讲天清气朗，我以为这回，指不定又出新花样呢，再来个天高云淡，万里无云的怪点子。"

"月朗星稀，天清气朗，考验一下哥哥么，不会有新花样的。香娘娘只唱沙枣花，答应我，来，拉钩上吊一万年不许变。"

钟馗笑呵呵地递去小拇指，勾搭住香娘娘的小拇指，晃晃悠悠，左摆右摆，了结一桩无声的誓言。

随着东方露出浅浅一抹鱼肚白，月光不再阴柔如水，一盏盏星星相继熄灭。唯有北面的启明星依然闪耀着晕黄的光，与天穹淡去的月亮恋恋不舍，遥相呼应。

看看时候不早，钟馗轻轻推醒卧在自个儿胸口上酣睡的香娘娘。

"做啥？"香娘娘残梦未醒。

钟馗也不答话，两只黑手捧起香娘娘的小脸蛋，亲亲白皙的额头和粉嫩的鼻尖，再含住那翘翘的小嘴唇，鼓捣好一阵子，才恋恋不舍地推开，起身说道："天已放亮，哥哥不可久留，暂行别去，免得节外生枝。"

"哥哥说啥？哪来的节外？哪来的生枝？"

"你瞧你瞧，你最讨厌的风仙沙仙指不定躲在暗处偷偷瞧着我俩呢，若去天庭告哥哥黑状，如何得了？"

"他们告黑状，才不搭理呢，我俩自在快活，关风仙沙仙鸟事儿？"

"来不及了，哥哥这就告辞。下回，要等何种月相？何种星相？"钟馗故意板起黑脸，拉长调子。

"哥哥莫要取笑香娘娘，香娘娘知晓哥哥读书多。想哥哥，就唱歌，哥哥听见就快来，莫要香娘娘瞎等待。哥哥不会忘了吧？再拉一次钩？"

两只小拇指紧紧勾连，钟馗顺势将香娘娘揽入怀中，美美地亲了个香嘴。

"罗圈办差完事，该返回了，哥哥这就回去做点正经事儿，免得，他两个有所察觉。"

"以防万一，哥哥说的是。"

"哥哥晓得。"钟馗说着一步登天，直冲西口镇子飞去。

第三十七章　阎罗殿阎王不审案　芦苇荡外八险丧命

天光放晴，朝霞散尽，西口镇子周边的田间地头，庄户人家三三两两扛锄扛锹，牵牛赶驴，吆喝着下地干活。钟馗寻个偏僻地界悄悄落脚，大步流星向着倔老汉家奔去。

罗圈心急如焚地守在院子门口："谢天谢地，钟相公您可回来了，外八呢？"

"进屋说。"

跨进门槛，就见倔老汉背个褡裢，里面装着刚烙好的干粮，正往外走。彼此打个照面，点头问个安。

进了偏屋，关上门板，钟馗问道："此行可顺？"

"还算顺当，但并未见到阎王爷，小子打算留下功劳簿，好让阎王爷抽空阅览。当值小鬼劝说莫再多事，先行拿回，后续另报。小子只好原封不动带了回来。"

"阎王爷未露面，不晓得是否怪罪本尊只派手下应付差事？"

"不至于，听当值小鬼讲，阎王爷许久不曾升殿审案，攒下的案牍如山一般堆着，小子也不敢瞎问瞎猜。"

"休得瞎问，休得瞎猜。"钟馗板起面孔。

"小子晓得。"

"这阎罗殿，既未留下功劳簿备查，也未留意盘问本尊近日的行踪往来？"钟馗话中有话。

"那些当差小鬼哪个待见小子？更懒得问小子话呢，如此这般才往返利索呢。"

钟馗暗自庆幸，在此盘桓一段日子甚好。私心杂念刚一露头，眼前就浮现出香娘娘那张粉嘟嘟的小脸蛋。

"钟相公，小子天未亮就赶回镇子，以为外八随着钟相公呢，外八哪里去了？"

"本尊不晓得，怎么？你小子早回来了？"钟馗盘算着。

"往常，小子和外八天亮之前肯定赶回来交差的呀。"

钟馗忽然想起长安城擅揭告示那一出，不禁担心起来，这个惯于惹是生非不计后果的外八，莫非遇到了不测？

罗圈在炕沿边焦躁不安地踱着步子，看看钟馗和窗外，干着急。钟馗定定心神："这一路走来，降妖除魔斩鬼除恶，终日打雁，难道真叫雁啄了眼不成？想想外八久经战阵，料也不会有甚差池，过了一时半刻，说不准自个儿就回来了。你小子阎罗殿往返一趟，赶紧歇了吧。"说话间，眼皮看看就要耷拉下来。

"但愿无事，小子遵命。"

钟馗腰酸背痛，懒懒地上了炕，背靠着炕裙子，只盼门板"哐当"一声被撞开，外八兴冲冲一头跳将进来，双手高举一张硕大的兽皮。兽皮可盘给佝老汉一家，消消佝老汉的怨气。近来，佝老汉的眼神越发冷淡，老脸越拉越长，似乎欠他一百吊，二百吊。

眼皮刚刚合拢，果然"哐当"一声，两扇门板扇在墙面反弹回去，再被推开。嘈杂的脚步声，急吼吼的呼喊，还有刺眼的天光，瞬间将钟馗和罗圈惊醒。钟馗翻身站起，背靠着墙壁，手握住剑柄，罗圈蜷身半蹲，倚住墙角。只见佝老汉家的老三肩扛外八，将外八平放在炕上，累得呵喽气喘。佝老汉手忙脚乱地吆喝着，喊老二帮着使劲往炕里挪挪，喊老三端盆热水，又喊老大媳妇子赶紧熬上一锅热姜汤。

罗圈大惊失色："外八，外八，怎么了？"

外八要死不活的，钟馗仔细端详，不禁倒吸一口凉气。

佝老汉安置停当，不紧不慢地说道："你家兄弟受点皮外伤，撑得住，可气血流失太多，这才晕厥过去。调理一阵子，必无大碍。"

钟馗来不及蹬上靴子，光着脚立在炕前，对着佝老汉深深一揖："有劳大爷援手相助，连日搅扰甚为不安，这回多亏大爷一家，不晓得如何报答。罗圈，赶紧的，拜谢大爷相救之恩，大爷方才说过，外八不会有大碍。"

罗圈红着眼睛，冲着倔老汉跪伏下去。

"帮着擦擦身子，姜汤熬好了，多喂几口提提气。老三再去拿些金疮药，伤口才好包扎，免得废了整条胳膊。"倔老汉干练麻利，判若两人。

罗圈，老二，老三，还有老大家的媳妇子，进进出出忙碌着。钟馗帮不上手，于是蹬上靴子，拉起倔老汉："大爷，请移步外面，打听些事。"

平时倔老汉不喜搭腔言笑，但此刻二话不说，随钟馗一道走了出来。

"到底怎么回事？"钟馗与倔老汉坐在院门口的门槛上。

"庄稼旱得不行，赶早就喊老三去大河堤坝上开闸放水，水没放成，却背回来一个汉子。老三，老三，你过来——"倔老汉扭头冲偏屋喊着。

"爹，啥事？"

"钟相公问你个话。"

老三舌头打结，支支吾吾憋了半天。

"赶紧的，有话就说，有屁就放。"倔老汉催促着。

"好，好，"老三瞟了倔老汉一眼，结结巴巴地道出原委："扛着镢头刚一爬上堤坝，就见芦苇荡子有动静。这下可好了，心想指不定野鸭子呢，这个时节，肯定不少鸭蛋哩。放下镢头撂一边，猫腰贴过去，哪里有啥野鸭子？就见受伤的客官直挺挺地趴在芦苇荡子里，压倒好些芦苇，也不嫌扎得慌。半泡水里，半睁着眼，伸手冲我指指，张嘴喊不出话来。还好认得我。赶紧深一脚浅一脚蹚过去，客官眼睛一翻，脖子一歪，没动静了。还以为咽了气，手搭鼻子下面一探，喘着气呢，膀子上一大片血肉模糊，身子底下染红了芦苇。一点点拖拽到河岸上，架起肩膀这才背回来。"话音未落，老三猛地一拍大腿，"锄头还撂在堤坝上呢。"说风就是雨，一瘸一拐地跑出院门。

倔老汉冲老三越跑越远的背影吆喝道："给老子记住了，开闸放水，定定地守在那里，别瞎跑，到点堵严实了，若要瞎跑，打折你的狗腿。"

倔老汉愣愣地望着一颠一跛远去的老三，满脸失落："老三就一个二货，缺根弦儿，还有那个老二，一个模子，到如今都没说上媳妇子。"

"大爷，这段日子，您家的大恩大德，没齿难忘。您放心，本尊绝不会白吃白住，况且，还救回我家外八一命。"钟馗不失时机地说些宽怀的话。

"钟相公别客套。又非山珍海味，尽是些粗茶淡饭，多添筷子多加碗而已。怪只怪这些年的光景不成，原本靠天吃饭，多少年了，春祭年年搞，一年赛一年，可求天，天不应，求雨；雨不得。好在守住这条黄汤大河，盼着有个指望，可眼看着也快灯尽油枯。镇子上家家都有一本难念的经，实话实说，钟相公切莫怪罪老汉，熬，都在熬，熬一口气。这西口镇子，这周边的镇子，都是锅边上的黄米，一天天熬出来的呀。"

"本尊知晓，知晓乡亲们不易。"

"连天累月旱成如此模样，只怕北边胡子、西边吐蕃又打起如意算盘。想想，真不如带上一家老小一走了之。这日子没法子说，只得熬下去呀。"倔老汉搓着两只皲裂干瘪的老手，痴痴地望着大河堤岸。

"若是乡亲们一个不剩都走了，镇子空了，岂不拱手让给胡子吐蕃？"

"可不是吗？胡子吐蕃哪里是种田耕地的主儿？除了明抢，就是下种，糟践婆姨孩子。他们占据西口镇子做啥？难道在大街上，巷道口，放羊牧马不成？也说不准，这西口镇子荒废几十年，也就没了这西口镇子。可怜啊，祖祖辈辈，一家家的祖坟、祠堂就在这里啊。这不，活人还得先尽着活人吧，过往逝去的先祖们，也会通情达理的。若不然，眼睁睁瞧着儿孙辈受苦受难，先祖们忍心吗？再说了，时不时还有偷马偷驴的妖魔精怪骚搅一番，赶上谁家，谁家倒霉，与其迟早离开，不如赶早离开，越晚走，越遭罪啊。"

"大爷，听您一说，这守边戍边本该大唐官兵的事儿呀，怎不顾子民安危，放任不管？"

"大唐官兵来过几趟，虚张声势，北面转转，西面兜兜，哪里寻得见胡子吐蕃？钟相公知晓，那些胡子吐蕃，一个部落一个部落，这里一顶帐篷，那里一顶帐篷，山北山南，河东河西，零散遍布在戈壁草原。若光景好，各家各户，各过各的日子。若光景不好，部落首领一声令下，一呼百应，召集散落各地的牧人，骑马带刀，赤膊上阵，哪里是当兵行伍出身？全是吃生肉喝人血的野人，拿起鞭子逐水草放羊牧马，放下鞭子，举起屠刀，那就是无恶不作的强盗。听说部落首领壮行之前，敬酒祈祷天神山神，祈愿多抢财物，多抢两脚羊。钟相公知晓吧，胡子吐蕃可是将我等大唐子民蔑称会说话的两脚羊啊。"倔老汉说着，牙齿咬得

"嘎巴"响。

钟馗扼腕叹息："大唐官兵为何不驻守此地？只需严防死守，谅胡子吐蕃绝不敢轻举妄动！咱大唐子民便可安枕无忧了呀。"

"乡亲们也这么想，想归想，大唐官兵来去如风，走个过场。渐渐地谣言四起，传得有声有色。兴许无风不起浪，说是现今大唐皇帝原本就是个胡人坏子，胡人的血脉身子骨儿。钟相公想想看，怎好让大唐官兵屠戮胡子吐蕃？不就成了自个儿的官兵屠戮自个儿的骨肉？指不定杀的正是七大姑子八大姨，远房的叔伯兄弟亲舅舅呢。况且，这些大唐官兵，看上去耀武扬威不可一世，一个个都是吃肉不吐骨头的主儿，从上到下哪一个是省油的灯？少来几趟骚搅，就算谢天谢地了，便宜乡亲们了，还指望大唐官兵披星戴月，冒酷暑耐严寒去追杀胡子和吐蕃？哎，算了吧。"

"大爷如此说来，内有自家兵痞滋事，外有胡子吐蕃劫掠，再加上偷马偷驴的妖魔精怪为非作歹。看来非得出手帮衬不可，何况，本尊白吃白住这些时日，多亏大爷一家厚道不弃。"钟馗还想表白几句，只见罗圈从偏屋急吼吼跑来："钟相公，外八醒了。"

钟馗心头一喜，顾不上招呼倔老汉，跟着罗圈冲进偏屋。

偏屋飘着金疮药的味道，外八挨着炕沿横起平躺，裸露在外的膀子上缠裹着干净布子，蜡黄面皮，脸上一下一下地抽搐着，嘴巴不住地哼哼唧唧，双眼睁得老大，似乎依然沉浸在昨晚的险恶阵仗里。

见钟相公走近，外八挺挺身子，想着起身，可仍然疼得喊出声来。罗圈上前按住外八另一侧肩头，让他老实躺下不要动弹，靠近他的耳朵轻声说道："兄弟，躺好了，钟相公定会替你报仇，放心。"

外八叽里咕噜，断断续续道："钟相公，大河，大河堤岸上，尖头尖尾的妖怪，赶着几匹马，几头驴往西去。小子一路尾随，瞧得清清楚楚，是个大蜥蜴精，力大无比。大蜥蜴精的长尾巴，挨上骨断筋折，扫到血肉模糊。小子正是被大尾巴扫到了膀子。还有大蜥蜴精的爪子不寻常，若不是拼老命逃进芦苇荡子装死，不晓得能否再见到钟相公？"

"遇上如此厉害角色，为何涉险独自轻进？非得逞能，不小心从事，这可好，立功不成，反着了道。"钟馗带着埋怨。

一旁的倔老汉，闻听钟馗外八所言，越听越离奇，老脸上毫毛倒竖，"噗通"一声跪倒在钟馗身后："有眼不识大神，不敬之处，千万恕罪呀。"

罗圈插话道："我家钟相公就是大唐太宗皇帝老儿钦定的门神，钟馗钟相公呀。"

"有眼不识大唐门神，恕罪恕罪。"倔老汉磕个没完。

钟馗转身搀起倔老汉："大爷何罪之有？本尊搅扰这些时日，致谢还来不及呢。"

"大神亲临寒舍，三生有幸，何来搅扰？"倔老汉激动得语无伦次，"上年岁了，夜里睡不安稳，总觉得几位客官，不，几位大神，白日倒好，可夜里进进出出，免不了纳闷，担心遇上剪径强人呢，哪承想迎来大神，福气造化呀。大唐门神早有耳闻，只是不识真面目，这下好了，远在天边近在眼前。"

钟馗本想唠叨几句客气话，就听见炕上的外八嘟囔着："小子，小子赶回来找您来着，可，可您不在。"

钟馗黑脸上一热，烫到了耳根，好在偏屋不甚敞亮。

老大家媳妇子端来热气腾腾的姜汤，罗圈接过汤碗一勺勺灌进外八的嘴里，自个儿的嘴也不闲着："钟相公，外八说回来找过您的。"

外八点点头，张张嘴，费力地说道："小子觉得，这回绝不能放跑大蜥蜴精，小子抄起扁担赶了回去，不承想，真遇上一个厉害家伙。"外八大口大口喘着粗气，歇息片时，"扁担不顶事儿，大蜥蜴精一爪就将扁担劈成两截。小子慌得不行，上三路躲过爪劈，斜刺里长尾巴又横扫过来，夹带嗖嗖的风声。下三路跌跌撞撞勉强避开几次，可最后一下，硬生生拦腰中路扫来，低头不是，跳起不及，只好后仰跌去。愣没躲过，还是被大尾巴尖子带到膀子，咳，咳咳。"

"喘口气，喝口姜汤。"罗圈一瞧碗空着，抬手递给倔老汉身后的老大媳妇子，老大媳妇子接过空碗扭巴扭巴肥臀，一溜烟儿去了。

"不晓得大蜥蜴精尾巴尖子上带刀，还带着锯？只听'耆'的一声，一大片刺痛从肩头传来。侧目一瞧，膀子上的肉，连衣带皮，削去一大块。小子看看势头不对，赶紧跑，可大河堤岸光秃秃，只得钻进芦苇荡。哪里长得密长得高，就拼命往里钻。趴下装死，小子第一回装死呀，这才逃过一劫。否则，还不晓得能否再见到您的面啊。"

钟馗手掌紧攥剑柄，恨不能这就抽身去为外八报仇。

"逃过此劫，活着回来，已属万幸。"钟馗俯下身子，拍拍外八另一侧未曾受伤的肩头，"本尊定会替你雪恨，为乡亲们讨个说法，你就安心养伤。"

"小子装死，一声不敢吭，挨到天麻麻亮，大蜥蜴精也未曾追来芦苇荡，估摸着趁天黑，赶着驴马溜走了。"外八补上一句。

钟馗皱起眉头在土炕前踱着方步。照理讲外八重伤淌着血，大蜥蜴精怎肯轻易舍弃？难道还需忙活照应偷来的驴马不成？钟馗心存疑虑，大蜥蜴精，放过手下败将，赶着大群驴马匆匆溜走，这又为何？今儿个西口镇子偷马偷驴，明儿个别的镇子偷牛偷驼，来去无踪，偷无定所，如此多的驴马牛驼，派何用场？大蜥蜴精自个儿吃肉喝血？却不留尸骨痕迹。若是替胡子吐蕃专事劫掠，更不可信。家家偷，家家丢，不多不少，好生奇怪，百思不得其解。

"不如堤岸上去瞧瞧，老汉再熟悉不过，指不定找些妖怪的蛛丝马迹呢。"倔老汉提醒晃来晃去的钟馗。

"大爷说得有理，罗圈你留下照顾外八，本尊随大爷一同堤岸上走走。"

"小子遵命。"罗圈赶前几步，将钟馗和倔老汉送出院门。一转身，瞧见老大家的媳妇子扭着肥臀，端着姜汤走进偏屋。罗圈搓搓手，伸长脖颈子，"咕咚"咽了一口唾沫，三步并作两步冲进了偏屋。

却说老三坐在大河堤岸的斜坡上，锄头紧挨着自个儿，随手捡起个土坷垃，扬手扔进河里。大河里的黄汤黏稠浑浊，土坷垃没砸出声响，也没荡出涟漪，老三心有不甘，抄起一块更大的土坷垃丢进去，听得"咚"的一声响，河面浅浅漾出几道水波纹。他这才仰面朝天躺下去，枕着两只手掌，跷起二郎腿，噘嘴吹个乡趣野调，惬意地晃悠着脚尖。

"老三，赶紧起来，快起来。"倔老汉大声叫唤。

老三的黄粱美梦，正在入巷，嘴角露出笑意，好事儿被倔老汉粗暴的吆喝搅黄了。他不情愿地起身，揉揉眼睛，揩去口涎，拍拍屁股上的浮土，倔老汉和钟馗已到他跟前。

"你小子哪里发现的大神，受伤的大神？"

"大爷见外，直呼外八即可。"钟馗客气道。

老三满脸疑惑："大神？何来大神？"

"就是你背回去的外八。"倔老汉瞪着老三。

"就那边芦苇荡子。"老三抬手指着不远处。

"有劳前面带路，过去瞧瞧。"钟馗不失礼数。

钟馗和倔老汉躬身细查，河岸上随处散乱着蹄印和掌迹，说话声惊起芦苇荡子深处的水鸟，"扑棱棱"展翅高飞。

"瞧，瞧，我说有野鸭子，肯定有鸭蛋。"老三兴奋地叫嚷道。

"悄悄，闭上你的臭嘴，就晓得吃。"倔老汉不留情面，说得老三不再吱声。

"这边，这边。"倔老汉招呼着钟馗。劈断的扁担，一截丢在河岸，另一截杵在芦苇丛中。钟馗拾起半截扁担，齐刷刷的断面，并无木刺交错，受力处深深凹陷，可见力道之猛，铁链和铁钩完好无损。

"老三过来，带回去，这铁链子铁钩子派得上用场呢。"倔老汉吩咐道。

"外八说得没错，大蜥蜴精非比寻常。"钟馗端详着扁担切口。

"就这儿，瞧，压倒一大片芦苇。"老三带钟馗和倔老汉蹚进芦苇荡子最深处。

钟馗拨开高高的芦苇秆，看见眼前一片被外八压折的芦苇，苇秆上留有暗红的血痕，不再鲜亮。钟馗仿佛瞧见当时外八惊恐万状、逃命装死的惨烈。自打率罗圈外八降妖除魔斩鬼除恶至今，从来妖挡杀妖，鬼拦斩鬼，还从未遇见过如此难收拾的窘况。眼下不单只为外八报仇雪恨这般简单，已事关颜面，事关天庭和鬼域，事关玉帝和阎王爷，也牵扯到本尊的颜面。

不容钟馗细想，老三兴奋地喊叫："鸭蛋，鸭蛋。"

"我瞧瞧。"倔老汉架不住意外惊喜随老三哗啦啦地蹚过去："脱下上身短打，系紧袖口，一个个捡来放入袖口，当心点，别挤烂压碎了。"

一番勘验，仅此而已。

钟馗和倔老汉等着老三将放水闸口封好堵死。乌金即将西坠，落霞铺满西天，野狗嬉戏，倦鸟归巢，一阵凉意，袅袅炊烟。老三扛锄，胳肢窝夹着两截扁

227

担，坠下的铁链和铁钩"叮叮铛铛"，倔老汉提溜着老三的短打，袖口里鼓鼓囊囊塞满了鸭蛋。

倔老汉对钟馗说道："除蹄印和掌迹，两截扁担，再就是一片压折的芦苇，估计大蜥蜴精走的是水路，若不然定会在河边堤岸，田间地头留下爪痕。"

"是这个理。不过，大蜥蜴精有个大尾巴，走过路过，大尾巴一扫一带，如何留下爪痕？本尊只是纳闷，昨儿个夜里，大蜥蜴精放过外八，未赶尽杀绝。你想想看，那个时节，若收拾外八，不费吹灰之力，不外乎因为天已麻麻亮，抑或，不愿将费劲偷来的驴马牛驼弃之不顾，还得乘夜色赶去个神不知鬼不觉的地界。否则，太阳出来，大白天下，孰轻孰重，大蜥蜴精分得清楚，丝毫也不糊涂呀。"

"不仅轻重缓急不糊涂，而且偷无定势，神出鬼没，如何围追堵截？"倔老汉忧心忡忡。

"毋需担心，本尊和罗圈分头夜夜巡查这周边十里八乡每一处镇子。大蜥蜴精总在轮转跳腾，捉迷藏般换来换去偷窃驴马牛驼，就不信查不出大蜥蜴精的蛛丝马迹，堵不到大蜥蜴精。"钟馗拍拍昆仑剑的剑柄。

"如此甚好，如此甚好，众乡亲们真不晓得如何拜谢大神呢？"

"何须拜谢。外八养伤，仰仗大爷一家费心照料。降妖除魔斩鬼除恶，分内应尽之务。"

"晌午听说，大唐皇帝还钦定大神做了大唐门神呢。"

"替皇帝老儿降妖除魔，替乡亲们斩鬼除恶，有何分别？皆本分而已。"

"不晓得何时有幸贴上一张门神画像，喜庆喜庆。"

"这有何难？长安城分送州县的门神画像，就在路上，不日便到。"

"那可太好了！"倔老汉喜不自禁。

"哎，想想就来气。大爷说说看，这大唐官兵屯垦戍边狐假虎威走过场，一个个银样镴枪头，中看不中用，可送起门神的皇家差事却不折不扣，不敢耽搁。"

"管不得那么多闲事儿，眼前老汉三生有幸，迎得大神入住寒舍，不晓得哪辈子修来的福分啊。"

钟馗黑脸上荡漾着油亮的光泽。他捏捏剑柄，摸摸馗匣，只需不辱使命，踏实除妖，打消阎王爷他老人家的怨气，对天庭有交代，对罗圈外八有交代，还得对小亲亲有交代。办差时办差，会香娘娘时去会香娘娘。哈哈，哈哈，羽化成仙，当好门神，听差办差。

天色渐渐暗了下来，依稀看得见倔老汉家紧扣的院子大门。

钟馗耳边突然听见游丝般的歌声：

送你一枝沙枣花，
送你金色的沙枣花，
虽然比不过桃花的娇艳，
我的芬芳赛过她。

送你一枝沙枣花，
送你金色的沙枣花，
虽然看不见摸不到花香，
心爱的哥哥快来吻呀。

钟馗偏转头，竖起黑耳朵，朝东面那片很远的沙枣树林方向，细细聆听。

送你一枝沙枣花，
送你金色的沙枣花，
虽然刺儿尖尖地扎痛你，
肥美的枣儿快来尝吧。

"大爷，老三，可听见，听见远处有何，动静?"钟馗差一点脱口"有何歌声"。

"狗叫鸡叫，孩童的哭闹，老三耳朵灵光赛过狗，听到啥?"

老三煞有介事支棱起脑袋，斜乜眼睛，屏气使劲儿听了一会儿："啥也没听见。"

229

肥美的枣儿快来尝吧。

肥美的枣儿快来尝吧。

连唱数遍，情真意切，钟馗猫抓一般魂不守舍，下腹丹田隐隐涌出暖意，瞬间向上升腾，溢满腔膛，直冲天灵盖。

钟馗强压暖意，定定心神："大爷，请先行回家，本尊听出了些许异样，这就赶去瞧瞧，指不定正是大蜥蜴精作祟呢。"不等大爷回应，钟馗单腿蹬地"嗖"的一声，蹿入天际，向着正南方向飘去。

倔老汉和老三，仰起脖颈，睁大眼睛张大嘴，满脸都是惊诧和艳羡。

第三十八章　是非佬是真是非　黑钟馗入两难境

听见香娘娘的歌声，钟馗按捺不住，借口察看动静，单腿点地，一飞冲天，径直飞往正南方。

西边渐渐暗去的天光只剩下几缕镶红的晚霞，身后的西口镇子淹没在昏黄的夜色中，月亮现身，浮云朵朵。钟馗长舒一口气，调头向东边的那片沙枣树林飞去。尝过滋味便割舍不下，一遍遍的回味深入骨髓。生怕晚了吃个闭门羹，因而匆忙赶去，即使凉风习习，已是热汗淋漓。

恍惚中瞥见一道黑影掠过沙枣树林，钟馗心头一紧，打足精神定睛搜寻。夜空中月光下模模糊糊了无痕迹。

闲事休管，先顾着要紧事儿。钟馗稳稳地落在林子前的空地上。月光轻柔如水，沙枣树的叶片银光闪闪。钟馗无暇驻足欣赏，也来不及掸尘拍土，走近沙枣树林，正要开口呼唤香娘娘，耳畔突如其来爆开一个响雷："钟馗，好大的胆子！"风仙那熟悉而又刺耳的厉声呵斥，犹如当头棒喝，砸得满心欢喜的钟馗眼冒金星，又如迎面浇来一瓢冷水，浇得钟馗七零八落透心凉。

钟馗想要说给香娘娘听的那些甜言蜜语，在惊吓中都跑去了爪哇交趾国。他心里一虚，担心风仙瞧破自个儿的小心思，会去天庭告黑状，于是装出一副若无其事的模样："终日降妖除魔斩鬼除恶，恰巧路经此地，见前辈亲自施法，特意赶来瞧瞧可有相帮之处。"

"说得真比唱得好听。"风仙一口奚落。

钟馗听闻，心头"突突"直跳，面红耳赤。

"哥哥冲他，还是冲香娘娘来的？哥哥帮他，还是来帮香娘娘？"树林里传来香娘娘气鼓鼓地追问。

钟馗答非所问："奉旨办差，遵命行事。"

"香娘娘专为哥哥唱的歌，难道哥哥如此之快就将拉钩上吊弃之脑后？"香娘娘嘴不饶过，步步紧逼。

钟馗懊恼不已搓着黑手，接不上茬又无能为力。

狡猾的风仙冷笑道："钟馗，果不其然。本仙以为你小子必定奉天庭戒律为规矩，视阎王指令为圭臬。哪承想，哼哼，钟馗啊钟馗，你小子竟敢如此肆无忌惮，恣意妄为。不仅未克己守心专事履任，反而触犯天条，串通一气，还来个拉钩上吊，哥哥妹妹的，必定与小妖精做下无耻宣淫，败坏纲常之苟且丑事。"风仙说得上气不接下气，如果不是被一串咳嗽呛住，还不晓得会喷出怎样难听的话来。

仿佛被风仙一把扯开了遮羞布，钟馗的黑头黑脸像是被搁在蒸笼里烘烤一般，从两侧耳根和额头淌下一阵阵虚汗，顺着脖颈子打湿了前胸和后背。

"哥哥莫听他的胡说八道，千万莫上当！你搭理他，他越来劲，你在乎他，他得势便猖狂。他自个儿做过的好事儿，哼，要本姑娘说出来吗？你瞧瞧，就这个狗屁玩意儿。"说话间，从沙枣树林里闪出一道醒目的白光，径直跌落在钟馗和风仙之间。"本姑娘才不稀罕呢，赶紧拿走快快滚！"

钟馗上前两步，抢在风仙之前，弯腰从灰土中捡起香娘娘丢出的"狗屁玩意儿"。原来是一根晶莹剔透的白玉簪子，在夜色中发出幽幽的光泽。钟馗凑近，吹了吹："前辈，原物奉上，如此白玉簪子岂是凡间俗品，来头定然非比寻常，说不准还拜天庭玉帝王母所赐呢。"

"你小子莫要瞎讲。"风仙气呼呼地一把夺过白玉簪子，打量一番，看看无虞，于是小心地纳入袖口，"你瞧那个小妖精，香娘娘，不识抬举，敬酒不吃吃罚酒。钟馗，你小子来得正是时候，一起教训教训这个无法无天的小妖精。"

钟馗正想听听风仙到底做出何等丑事，风仙却已恼羞成怒，横跨一步，摆出架势准备呼风鼓气，顺带着招呼钟馗："你我一道毁了这片沙枣树林，斩了妖孽，天庭邀赏。"

"哥哥，你就忍心瞧着瘦干猴欺负香娘娘？哥哥，拉钩上吊，说过的话，泼出去的水。"

钟馗右手紧按昆仑剑，手心攥出了汗，倏忽间闪过无数个念头：生与死，功与过，罪与罚，仙界与地狱。

可眼前火烧眉毛，岂能举棋不定袖手旁观？难道转身溜走不成？现如今自个儿这是怎么了？变了模样和性情？想当初不惜背负诸多罪名，朝堂撞柱只为颜面，一吐胸中恶气。这才区区数日，难道红口白牙随风而逝？吐出的口水咽下去不成？一旦同流合污，与风仙一道上下其手做出背信弃义的勾当，不齿的愧疚过犹不及，那将不再是轻描淡写的几句骂名。何以立身？拉钩上吊一万年不许变的承诺是金，誓言无声，言而有信。不就是豁出去，与风仙大干一场，结局下场又奈我何？十八层地狱兜兜转转，无论哪一层的大门洞开，油锅烹煮，蛇蝎啃噬，钢鞭铡刀，大不了逐个受用而已。此刻千钧一发，万万不可隔岸观火，作壁上观。

当断不断必留后患，何去何从当机立断。钟馗拿定主意，杵在原地，瞪着风仙，一腔热火在周身运转起来。钟馗稍稍松了松握住剑柄的五根黑手指，但立刻加足力道，紧紧扣住，伺机待动。

"怎么傻乎乎站着不动弹？刚才还夸口要帮前辈呢，你小子到底帮谁？帮本仙还是小妖精？"眼看着风仙张牙舞爪，就要摆出狂暴的架势。

"哥哥，哥哥，帮帮香娘娘，帮帮香娘娘。"沙枣树林里的呼唤，全无甜糯清亮。钟馗盯住风仙狰狞的瓦刀脸，再扭头望向沙枣树林，惨淡的月光下，万籁寂静。

"看来你是王八吃秤砣铁了心要跟本仙作对了。你小子当真为个小妖精忤逆天庭？"风仙的语气尽显色厉内荏。

"本尊原本就死过一回了，如果再让本尊死上一回，又能怎样？再说了，前辈可代表不了天庭。"钟馗心绪反而渐渐平复了下来。

"左一个本尊，右一个本尊，好意思说得出口，简直不要面孔羞死本仙，也不撒泡尿照照自己。"风仙一边说着话，一边缓缓地收起马步。

钟馗瞧见风仙有所收敛，近前一步，抱拳说道："前辈，降妖除魔斩鬼除恶，乃本尊分内之事。一路走来，仰仗天庭恩威和阎王爷垂青，过五关斩六将顺风顺水。不过话又说回来，三界皆分善恶，而这三界之外照样分善恶。遇见那些妖魔精怪该斩的必斩，不该斩的应该留他一条活路。恰如前辈所在的天庭仙界，怎么

233

可能众仙都如前辈这般正直良善？总有一些各色另类的仙尊，您说是不是这个理？"

听到这一番恭维话，飘飘然的风仙得意地昂起了头，扬起了那张瓦刀脸。

钟馗平视过去，风仙的嘴巴眼睛和两个鼻孔都凹陷在两头翘起的瓦刀中，只露出一个又尖又窄的鼻头，凸显在下巴与额头之间，再加上一小撮稀疏的胡须直挺挺颤巍巍，显得怪诞之极。

"看来你小子长进不少。不过今日事该在今日了断，你看着办吧。本仙今日此刻非要风卷残云踏平这片小树林。"风仙再次拉开马步站桩式。

"看在前辈提携关照本尊的份上，本尊感激不尽。即使前辈，"钟馗话说一半便被树林中的香娘娘打断："哥哥你要做什么？你要帮他吗？"哭腔中带着哀怨。钟馗没有理会香娘娘，眼神中闪过一丝寒光，"本尊即使答应了前辈，那也得先问问腰间的这柄昆仑剑是否答应。"

"少在这里托词打岔，难道区区一柄昆仑剑识得善恶？本仙可是闻所未闻。"

"要不请前辈近前两步，本尊拔剑试看一番？但要提早打个招呼，昆仑剑不见血不入鞘。"钟馗说着便要拔剑出鞘。

风仙见识过昆仑剑的厉害，赶忙开口："且慢，且慢！"忌惮地望向钟馗的腰间，眼珠乱转，似乎琢磨着如何对付钟馗。然而，没等风仙张嘴说话，就见一阵细沙扑面而来，连同地上的枯叶尘土一起被卷了起来。"你个不正经的死老鬼，偷偷摸摸下凡来。这一回，也让老娘瞧瞧你做下的正经事儿。"原来是肥墩墩的沙仙，尾随风仙赶了过来。

瞬时，风仙两眼发直，双腿像筛糠似的乱颤起来，定了定心神回应道："阎王爷私下托付，请本仙得空跟这小子交代些事情。这不，正好得空过来，嗯，这小子很有长进，很有两下子。"

风仙一改口吻，当着沙仙的面竖起了大拇指。

"这位前辈，钟馗这厢有礼了。"钟馗摆正昆仑剑，双手握拳，对着沙仙一揖到底。

"是你小子呀，你可不能辜负玉帝美意，更不可辜负我们两口子的苦口婆心。"说着，沙仙捅了捅风仙的腰眼。

"是呀是呀，你小子有今日，当然少不了我们两口子的苦口婆心。"风仙忙不迭应付着，一只老眼冲着钟馗拼命挤弄。

钟馗心领神会："多谢两位前辈悉心栽培，钟馗心里有数，一路上降妖除魔斩鬼除恶，瞧这方圆百里之内，大河两岸，周边镇子，还有眼前的这片树林，都已风平浪静，大大小小的妖魔精怪都已踪迹全无。"钟馗生怕口无遮拦的香娘娘突然脱口显形来搅局。

"那就好，那就好，"沙仙扭头又问风仙，"该交代的都交代妥了吧?"

"刚刚给这小子交代妥当，也算了结了阎王爷的一桩托付，你就猴急猴急地赶过来，天要塌了，难道?"风仙翻了个白眼。

"你去先忙你的吧。"沙仙对着钟馗说着，顺手一把就将风仙的袖口攥在手里："赶紧的跟我回去，再不回去玉帝就要动怒了。西边的扬沙天，没有你的风暴，单靠老娘鼓弄黄沙，哪里来的沙尘暴?"

"好好好，这就跟你去西边鼓捣鼓捣沙尘暴。快快松手，赶紧的。"风仙似乎不情不愿，沙仙却不依不饶，像是押着一个犯人。四只脚合踩在一大坨灰云翩翩而去。

钟馗好像卸下了重担，浑身疲惫，略微顿了顿身形，揩了揩额头上的冷汗，然后朝着树林轻声呼唤："香娘娘，香娘娘，没事了，快出来吧。"

"呜呜，呜呜。"猛然间爆发出来的哭声浸透着委屈。

钟馗正想着道出几句安慰话，香娘娘噎着气息断断续续地说道："钟哥哥，回去吧，回，回去吧。"

"未曾见面，为何就催哥哥打道回府?"

"钟哥哥回去吧，还是回去吧。"

钟馗正在纳闷，就听到一声尖利的长啸划破天空，如流星，似彗星，回荡在月光下。刚才只顾着斗嘴，竟丝毫不曾留意，就在咫尺之遥的沙枣树林的幽暗角落里，一双深邃莫测的鹰眼正在暗处偷窥这场大戏。随即听到"呼哧，呼哧"巨大的扇动声，平地卷起风波，沙枣树林一同震颤起来。眯眼间，但见一只硕大无比的黑老雕腾空而起，直蹿云霄。钟馗吃惊不小，却也无心去追赶，因为心里还在打鼓，希冀能够见上香娘娘一面。

香娘娘的哭声已止，四下里陷入沉寂。眼见得香娘娘担惊受怕，钟馗只想再为香娘娘做些什么，却不晓得该做些什么，只好傻愣愣地站在原地。想着再呼唤几声，张了张嘴巴，却又咽了回去。钟馗不想打破这难得的宁静。

等了许久，钟馗觉得实在无望，这才恋恋不舍地离开。他一时半会儿不想回到西口镇子，便落脚在大河堤岸，瞧着月光下平缓无波的河水，陪伴着波澜不惊的大河，心中却翻江倒海，思绪万千。直到东方露出鱼肚白，听见西口镇子传来鸡叫，还有芦苇荡子水鸟的啼鸣时，他这才闷闷不乐地返回倔老汉家。

院子里，倔老汉正指东指西给三个儿子分派农活。老大媳妇子一脸喜气，扭着肥臀，忙进忙出地给几个男人准备干粮。

"嘎吱"一声，就见罗圈从偏屋走出："钟相公，您回来了。"

"嗯，回来了，外八如何？"

倔老汉走上前："一夜无事，无事便是好事呀。"

"大爷说得在理，"待倔老汉分派停当，钟馗躬身作揖，"忙活了一宿，也未曾发现大蜥蜴精的蛛丝马迹，看来还得多跑一些镇子。"说着，转头吩咐罗圈，"打今晚上起，你我分头行动，若是见到大蜥蜴精切莫轻举妄动，只准暗地里跟着，瞅准时机务必快快溜回告知本尊，免得再生意外。"

"钟相公您的交代，小子记住了，只要察觉到大蜥蜴精的动静，小子立即来寻钟相公。小子绝非大蜥蜴精的对手，只有钟相公才能收拾那个大家伙。"

"大爷，估计还得搅扰一段时日。至于何时斩灭大蜥蜴精，给乡亲们一个交代，现今难下定论。白日里，回来歇息，这夜里，还得指望大爷家里的，照顾偏屋躺着的外八。"罗圈听钟馗如此说道，露出一丝窃喜，眉梢跳动了数下。

"钟相公客气了，都为乡亲们除害，至于夜里看顾外八，尽管放心。"倔老汉对着钟馗回了一记长揖。钟馗搀起倔老汉，说了几句客套话，与罗圈一道，目送倔老汉扛锄迈出了院门。

钟馗推开门板走进偏屋，问了外八两句伤情。罗圈外八未及细表，钟馗便已靠住墙角鼾声如雷。罗圈转身，正要带上门板，就瞧见老大家媳妇子"咣当"一声将两扇院门关了个严严实实。她回头冲偏屋门口发呆的罗圈"噗嗤"笑了一声，掩面抿嘴，扭着肥臀小碎步跑去了灶房间。

第三十九章　遭逢大蜥蜴精　斩尾并未除根

眼见数日之后，八月十五，又得硬起头皮赶赴阎罗殿交差，钟馗空落落的心境愈发七上八下。白天，怕黑夜到来月亮渐圆，躺在炕上胡思乱想，或与罗圈外八有一搭没一搭地闲扯；夜里，独坐在大河堤岸，怕天光放亮，更怕月圆临近。

自打从世间来到鬼域，一介书生变冤魂。青眼看顾，青云平步，屡获提携拔擢，又得神器加身，奉旨三界内外降妖除魔斩鬼除恶。一路走来，遇见无数坎坷，也曾深陷灭顶之灾，但均化险为夷转危为安。可风仙又肯放过谁？时过数日境未迁，说不上明日黄花，烟消云散。扪心自问，"咚咚"心跳，揪心的仍是那形单影只的香娘娘，放心不下的仍是那势单力薄的香娘娘，还有那片沙枣林。

钟馗站在月光如银的堤岸上遥望东方，犹豫着是否应该前往一探究竟，担心香娘娘生气不再搭理自个儿，更担心风仙背后捅刀子告黑状，沙仙的边鼓敲得震天响，阎王爷的呵斥，神器的剥夺，敞开的地狱之门，还有火光中触目惊心的刑具。"哎"的一声太息，钟馗收回目光，隐约泪花闪闪。

钟馗沿着堤岸走走停停，停停走走。夜空中淡淡的月晕朦朦胧胧，静静地洒向河面，洒向身后的乡野。蜿蜒曲折的大河，像一条亮闪闪的绸带，向西延伸消失在黑暗的群山峡谷，向东则延伸绕过那片心心念念的沙枣树林。钟馗摸摸额头和鼻尖，多么想随着大河之水流过去呀，即便就如当初，被尖刺扎破扎出血来，流出再多的血也心甘情愿，只要能平复香娘娘的怨恨和失望，让香娘娘回心转意不计前嫌，与自个儿和好如初。

钟馗在堤岸上坐下，沉浸在那天夜里挥之不去的过往。远处传来几声零星的狗叫，干爽的凉风阵阵吹来，却已难觅那一丝朝朝暮暮的异香。

河水，缓缓流淌。河面，铺满月光。

如镜的河面突然猛地被撕碎，冒出一大团乌糟糟亮闪闪的细碎光斑，可瞬间又重新聚拢凝结，恢复先前的宁静。

钟馗警觉起来。开阔的水面，月光如洗，眼花，瞧错了？他揉揉酸涩的双眼，目不转睛地盯住那片月光。

涟漪，起涟漪了，恰如尖尖的船头划开水面，自西向东越来越近。月光在涟漪上跳动着，闪耀着，一层层扩散到岸边，一股股涌向岸边。水波越推越高，冲进芦苇荡子，将一簇簇芦苇摇晃起来。几只惊恐的野鸭子蹿了出去。

伴随着"哗啦，哗啦"的水声，一个黑乎乎的尖脑袋高高地探出水面，好家伙，摇头晃脑，一步一步现出真身，脖颈连着硕大身躯，四条粗腿穿过芦苇荡子，拖着一根壮实的长尾巴，四平八稳地踱到岸边。抖抖身子，洒落一地水珠。

踏破铁鞋无觅处，得来全不费功夫，不正是重伤外八，偷驴马窃牛驼的大蜥蜴精吗？只见大蜥蜴精昂头冲月，念念有词，似在祝祷，又像念咒，低头张嘴吐出一条活蹦乱跳的大鱼。不等那条大鱼跃回水里，大蜥蜴精张开血盆大口叼起大鱼，在空中一甩头，把大鱼高高地抛起，再用嘴接住，来回数次，直到鱼头冲里，鱼尾巴冲外，才仰脖将大鱼吞下。不晓得大蜥蜴精打了个饱嗝，还是放了个响屁，传来一串长长的余音。

大蜥蜴精望向河面，看看无甚异样，转过身子不紧不慢地踱着方步往岸堤上爬，长尾巴一甩一扫，带起尘土刮起泥，身后爪印无痕迹。

说时迟那时快，钟馗脚踏一块凸起的堤石，居高临下，手握剑柄，冲着埋头爬坡的大蜥蜴精厉声断喝："恶贯满盈的孽障，速来送死。"

这一声断喝着实吓坏了大蜥蜴精。大蜥蜴精驻足抬头，望向堤石上站立的黑影，不吱声，不搭理，稍稍停顿片刻，继续埋头向上爬。

"嘿！就是你，说你呢，聋子耳朵吗？快快过来送死！"钟馗有点恼火。

"我？你在说我吗？赶紧一边去，哪里凉快哪里待着吧！少来烦我。你刚才说啥？送死？你有金刚钻吗？癞蛤蟆打哈欠口气不小。"大蜥蜴精不屑地摇摇头，自顾自地向前爬。

"你这个孽障，老实站住，以为本尊不晓得你做下的孽？"

"挑几件，说来听听。"大蜥蜴精带着嘲讽的口吻，趴在斜坡上。

"偷驴偷马，偷牛偷驼，这些镇子，这些乡亲们被你糟践得还不够吗？一定

238

要逼着乡亲们背井离乡，是也不是？"钟馗义愤填膺。

"我借用乡亲们的牲口，没打借条罢了，并非生吞活剥，赶尽杀绝。记住了，是借用。年轻后生，日子久了自会晓得这些事情都是为了乡亲们好。"

"不知羞耻的孽障，如此说来，你倒是将驴马牛驼归还乡亲们呀，岂不更是为了乡亲们好？也让本尊心服口服。"钟馗紧逼不松口。

"说给你听，你也不信，这些个驴马牛驼，一个个活蹦乱跳无大碍。说好归还，必将归还。"

"谎话连篇，你倒说清楚了，这些驴马牛驼送去哪里活蹦乱跳？何时物归原主？"

"瞧你个年轻后生，天不怕地不怕，天生胆量大，算得上耿直仗义。说给你听不打紧，归还一定会归还。但此刻，真不晓得何时能归还。至于在哪里活蹦乱跳，天机怎可泄露？"大蜥蜴精摇头晃脑，一副无奈的口气，"提个醒，年轻后生，别那么理直气壮。可曾听说过有啥伤天害理，伤害乡亲们性命之事？"

"手下外八险些着了你的道儿，重伤至今卧炕疗伤。"

"你说的那位可是挥舞着一根细扁担？"大蜥蜴精笑出声来，"瞧他执迷不悟，非要紧赶慢赶取我性命不可。他那几把刷子，不自量力，这才给他点颜色瞧瞧。"

大蜥蜴精的这些话，字字带刺，句句带辱。钟馗最恨巧言令色，实在忍无可忍："偷便是偷，却借口借用一下；吃便是吃，却借口活蹦乱跳还活着；尸骨不存，却借口迟早归还；逼乡亲们背井离乡，却借口为乡亲们好；打伤外八，却借口留条小命给点颜色；不能自圆其说，却借口天机不可泄露。哼哼，见过无数无耻之徒，却从未见过如你这般胆大妄为的无耻孽障。废话少说，接招看剑。"

钟馗脚蹬堤石，一跃而起，空中"沧浪浪"，剑已出鞘，剑光莹润，剑气袭面，剑尖直指大蜥蜴精的尖脑袋。顷刻间，昆仑剑的剑气将堤岸周遭泥土沙石悉数卷起，好似一张遮天蔽日的泥毯，扑向大蜥蜴精。

"大事不妙看走眼，碰见个硬茬，三十六计走为上。"大蜥蜴精说溜就溜，借着斜坡地势，四脚顿地，一个旱地拔葱高高跳起，在空中扭转身躯，尖脑袋直探河面，长尾巴顺势扫向钟馗，横扫那张扑将过来的沙石泥毯。

"孽障，看剑！"钟馗岂容大蜥蜴精在眼皮底下开溜，手上昆仑剑绝非吃糠咽菜的等闲之物，宝剑既出鞘，饮血方肯归。眼见着长尾巴呼啸着拦腰扫过来，长尾巴尖子上挂着"呼呼"的哨音，钟馗旋即调转剑势，变刺为削，变直击为横隔，挥向那根沾着即死，碰着即亡的长尾巴。只听"咔嚓"一声，剑锋所过之处，荡起一股浓稠的雾气，在月光的轻笼下，在波光的映衬下，显得碧绿油亮，蓝莹莹地飘荡晕散开来，刺鼻难闻，腥臭无比。随之听到"噗通"一声，大蜥蜴精跳进大河，眨眼不见。

机不可失时不再来。可眼前黏黏糊糊碧绿的雾气，恰如细密的雨丝泼洒，带着腥臭，飘落在钟馗身上，迷入他眼睛，刺痛难忍，泪流不止。

钟馗不禁心头一惊，眼前朦朦胧胧，模模糊糊，难道着了妖道？钟馗此刻顾不上逃走的大蜥蜴精，一手揉眼，一手奋力挥动剑身，让寒光四射的剑气牢牢罩住自个儿。昆仑剑激起的沙石泥毯，裹挟着芦苇秸秆，变身为旋风，将钟馗严严实实地环绕在中间。好在内有剑气护体，外有密实的旋风，倒也无须担忧大蜥蜴精的反戈一击，量其也无此胆略乘虚而入。方才，钟馗明明感到似曾削砍，脆生生剑刃劈开，力道从剑柄传到掌心，有肉有骨有鳞片，但却没有血光映入眼帘。

剑未归鞘，旋风依旧。旋风顶子上的风尖子扭曲晃动着向上窜腾，恰如奔月一般。钟馗端详着微微颤抖的昆仑剑，剑身沾满碧绿黏液，一颗颗一粒粒地倾斜流动，汇聚到剑尖，溅落在脚前的一条大鱼身上。大鱼歪七扭八翻腾不已。低头细瞧，哪里是鱼，不正是大蜥蜴精的小半截长尾巴尖子，齐刷刷的切口糊满碧绿的黏液。

钟馗醍醐灌顶，绿血，罕见之绿血，无须疑惑，一试便知。钟馗将剑尖对着剑鞘，毫无阻隔，严丝合缝，一插到底。但见追月的旋风尖子随着昆仑剑的入鞘，倏忽间在夜空里弥散开来。钟馗周身的旋风消遁无形，泥土沙石，芦苇秸秆纷纷扬扬地从半空中落了下来。

"钟相公，钟相公！"罗圈一边喊一边冲下堤岸，双手挥舞着方才半空中落下的芦苇秸秆。

"你小子如何知晓本尊在此？"钟馗恢复如常。

"小子在临近的镇子巡查，瞧见这里升腾起金色光柱，与月光交相辉映，又见旋风窜上天际。这气势，想必钟相公无疑，随即匆匆赶来，可惜晚到一步。"

"你小子来得正好，大蜥蜴精已被本尊削去长尾巴，也算替外八报了肩伤之仇。"

"真的呀！钟相公威武！"说着，罗圈扔掉手中的芦苇秸秆。

"何足挂齿？趁其重伤休养，必逃不远，这个孽障来回均走水路。务必记牢，守住大河，不日定能将其斩灭。还有，你小子将那条活蹦乱跳的长尾巴埋了。"

"遵命！"罗圈好奇地踢了两脚，提溜几下，黏稠湿滑提不起来。闻闻手掌，恶心得差点呕出来："太臭了！钟相公，这绿油油臭烘烘的是何劳什子？"

"孽障之血，绿血。"

"头一回听说，头一回看见。淌着绿血的孽障，臭烘烘的，遇见钟相公，算它倒霉，定叫这个孽障中的孽障有来无回。"

"好一个孽障中的孽障，哼哼，哼哼。"

罗圈用两脚堆满沙土，再将沙土盖住孽障的长尾巴，用两只脚来回揉捻，直到长尾巴不再黏滑。这才捏着鼻子，拎起半截长尾巴，跟在钟馗后面爬到堤岸顶子上。

"钟相公，您看，还在滴绿血呢。"

"你我就此分头大河两岸，向西摸排，莫放过任何蛛丝马迹。本尊想那孽障必然上岸，找寻隐秘之所，疗伤歇息。瞧好了沿岸沿途滴下的绿血，还有爪印。没了长尾巴清扫，必留爪印。"

"钟相公所言极是。不过，钟相公，小子手上的长尾巴带回倔老汉家吧？鳞甲剥下可刮痧疗毒，长尾巴剁成块一锅炖，如何？"罗圈扮个鬼脸。

"你小子，这节骨眼不忘耍贫嘴。还不赶快找个犄角旮旯一埋了事。你小子要真带回去，瞧老大家的媳妇子，还不给你扇一个鼻青脸肿？"

罗圈耳根一热，不敢接茬。

"大蜥蜴精重伤之下，务必乘胜追击。本尊前往对岸，你小子守在这边。"钟馗千叮咛万嘱咐："莫要自作主张，莫要轻举妄动。"说着单腿点地，蹿上夜空，径直飘向对岸。

罗圈突发善念："既然水里来，水里去，给你个物归原主得了。"拎起长尾巴，在头顶上奋力甩开抡了数圈，撒手抛向大河中央，无甚浪花，无甚涟漪。长尾巴悄无声息地消失在黄汤里。

天色微微泛白，月亮即将隐没，堤岸上腥臭不再浓烈呛鼻。罗圈遵照钟馗的吩咐，低头猫腰亦步亦趋，沿着堤岸向西摸排。

第四十章　山洞海麦斯道缘由　西天包包蚩守天机

天光大亮，碧空万里无云，明晃晃的太阳照耀着焦黄的堤岸，照耀着堤岸下的田野荒丘，照耀着远处的西口镇子。四下里焦灼死寂，如大河浓稠的黄汤，默默地翻滚，缓缓流向太阳升起的东方。

若不是庄户人家飘起的炊烟，芦苇荡子偶尔蹿出的野鸭，还有几声犬吠，真不晓得身在何处。钟馗铁了心，只想一鼓作气拿下重伤的大蜥蜴精，给乡亲们一个交代，为外八雪耻，也给功劳簿添加浓墨重彩的一笔，让阎王爷称心如意。若是半途而废，给了大蜥蜴精喘息之机，必将后患无穷。

受伤断尾的大蜥蜴精不会逃去太远，因为溯流而上逆行向西，更是千难万阻。钟馗时而鸟瞰河面，时而向下飞落，低头查验滩涂、泥淖、芦苇荡子、斜坡、礁石和沙砾浅滩，眼见到了正午，未见一鳞半爪。

钟馗不信孽障会潜入水中疗伤，可天上地下无迹可寻，未免焦躁起来，于是单腿点地，高高飘起，搭个凉棚，遥望西边。

俗话说雨借风势，水随山形。脚下的大河，自西而来，浩浩荡荡，绕群峰，击峡谷，穿行崇山峻岭，随地势趋缓，冲出高原，冲出沟壑，流经与岸齐平的丘陵，直到成为脚下的地上悬河，金光闪闪蜿蜒曲折。

钟馗极目最西边，分不清高原高山，云雾大河，白茫茫一片无涯无际。耳畔隐约传来浪涛的喧嚣，瞧得见阵阵水汽蒸腾，就在不远处的山谷中。虽说大蜥蜴精不至于逃入深山峡谷，可折腾了大半天，一无所获。指望对岸的罗圈，也是暂无音讯，不如大日头之下溯流再去山谷探个究竟。

狭窄的山谷礁石嶙峋，黄汤激荡，雾气弥漫，涛声回响。太阳光下数道七色彩虹，泛着土黄，斜跨两侧崖壁，经久不散。

钟馗并无闲情逸致驻足观赏，只愿赶着天黑，寻见那个孽障。

水雾打湿了钟馗的卷发虬髯和黑手黑脸，湿透的衣襟和衣摆紧贴在前胸后背。凉意打消了困顿，钟馗抬手抹一把黑脸，甩去一手水滴，满满的黄土腥气。重伤的孽障怎会费劲忍痛躲来这里？兴许自个儿一路过来百密一疏，走过错过，还需返程再细瞧。

钟馗打起退堂鼓，打算就此折返。他飘在山谷半空，突然察觉不太对劲儿，说不清道不明的。他这边嗅嗅，那边闻闻，低头瞧瞧浪中的礁石，抬头望望天，又抹去一脸水珠，将手掌紧贴在鼻头闻个不停。从指尖，从掌心，从湿漉漉的水汽中，真钻出一丝腥臭，淡淡地划过鼻尖。

绝非臭鱼烂虾，正是大蜥蜴精的味道。就是这股腥臭，孽障绿血的腥臭，在浓烈的黄土腥气掩盖下，若有若无。

钟馗顿时起了一身的鸡皮疙瘩，汗毛倒竖。偌大的山谷，峭壁，礁石，彩虹，咆哮的河水，激荡的水雾，孽障又该藏在何处？或许神不知鬼不觉地在河谷底部找个临时安身之所，饿了有鱼，渴了有水，好一个颇有心机的孽障。

钟馗向下落去，果然腥臭浓烈了起来，但随即淡去。到了谷底，站定在礁石上四下观望，只有震耳欲聋的浪涛以及雾气中的块块礁石。方才清晰的腥臭，莫名地消失殆尽，更休提大蜥蜴精的影子。于是，他从一块礁石跳到另一块礁石，蹦蹦跳跳，仔细寻查，往返数趟，不仅未发现孽障的蛛丝马迹，就连腥臭也失去了踪迹。

钟馗那张又黑又湿的脸布满失望。腥臭稍纵即逝，孽障离此不远。钟馗咬着牙拖着疲惫的身子悻悻离开谷底，向上飞去，想再去半空中曾嗅到腥臭的老地方试一试运道。

水雾依然弥漫，彩虹依旧横跨。当钟馗飞临山谷的半山腰时，那股腥臭仿佛冲破重重阻碍，力压黄土腥气，再一次钻入他的鼻孔。他紧紧握住昆仑剑的剑柄，顺着腥臭飘来的方向定睛瞧过去。嘿，就在陡峭的悬崖绝壁处，有一处长满杂草藤蔓的地方。一点也不起眼，但杂草藤蔓遮掩着的似乎正是一个山洞的洞口。

好洞好地方，真乃疗伤修炼的绝佳之所！钟馗屏气提神，振奋精神，一手按剑，一手迅速扯去洞帘，大步跨进山洞。本想大喝一声先下手为强，可从光亮处猛地进入一片漆黑，目力所及，辨识不清，只能瞧见洞窟深处亮晶晶的一对儿大眼睛。

"该来终要来，恭候已多时。"黑暗中传来大蜥蜴精低沉的嗓音。

"废话休讲，本尊专来取你这孽障的项上之头。"

"年轻后生知书达理，却总将孽障挂在嘴上，不怕玷污了四书五经？我这重伤的身子骨，虽无法施以礼数，但坐不更名，立不改姓，海麦斯是也。"大蜥蜴精喘着粗气。

"你口中也配提四书五经？区区一个孽障也配有名有姓？"钟馗色厉内荏。

"天地之间，三界内外，有名有姓，无名无姓，有什么分别，呵呵。"

"光明磊落英雄壮举，有名有姓，天地流芳。似你这般月黑风高，鸡鸣狗盗的孽障，有名有姓恰好遗臭万万年，也不低头嗅嗅身上的味儿。"

"俗话说，英雄脚臭，好汉屁多，自可流芳，也可遗臭，顺其自然。"

"脚臭屁多，尽瞎扯，本尊瞧着，就数你的绿血最腥臭。看剑接招！"钟馗就要抽剑在手。

大蜥蜴轻咳两声，上气不接下气："且慢，知晓你的手段，也晓得你的宝剑，绝非喘气俗人，当属侠肝义胆，顶天立地。先别拔剑，海麦斯三界内外行走，江湖游荡，不讲老辣透顶，也算阅历无数。所作所为并无愧疚，实话实说，真就天机不可泄露。年轻后生，报上姓名，容海麦斯与你细细说道，说过听罢，要杀要剐，随便你！"

钟馗心想，这个海麦斯嘴上说得天花乱坠，一套又一套，的确颇多生疑之处，若一剑毙命，虽省事儿，又当如何追讨被窃之驴马牛驼？况且，重伤之下量他有气无力有心无胆，也无须担心它逃之夭夭。尚需循循善诱，多多探听才是。

"本尊，姓钟名馗，字正南的便是。"钟馗报完字号，瞪眼瞧向大蜥蜴精受伤的断尾，不料竟长出一小截。钟馗警觉地捏了捏剑柄。

"钟馗，嗯，馗字如何书写？"

"九首为馗。"钟馗不假思索。

"妙，妙，有意思。"大蜥蜴精闭眼沉思。

"容你说道说道，并非让你瞎耽误工夫。"

"好吧，钟馗。恕我直言，这些年来，可曾听说海麦斯戕害过十里八乡一条性命？莫说十里八乡，就算十万里八千乡，也不曾听说过吧。再说借来的驴马牛驼都在西边活蹦乱跳，看管起来做活呢。虽说是借，何时归还，海麦斯真不敢保证。也有死掉的，权当被借人家的福荫，挨家轮流借，镇子轮流跑，唯恐乡亲们伤筋动骨受不了。至于乡亲们东迁南下背井离乡，全应归罪于胡人吐蕃犯下人神共愤的滔天恶行。"

"偷驴偷马虽轻于人命关天，实乃雪上加霜，伤口撒盐。既然西边做活，为何不驱使那些野驴野马，野牛野驼，非要伤及无辜？"

"戈壁沙漠草原滩涂，所有野物尽数驱赶到西边做活！仍然远远不够，才出此下策，借用乡亲们的驴马牛驼。"

"够了，再问一句，你嘴上不可泄露的天机到底何等天机，快快说来！"钟馗有些不耐烦。

"天机？天机自然无法言说。"

"胡搅蛮缠！本尊看你修炼不易，不曾戕害无辜性命，本想放你一条生路，可你大言不惭，拿个天机当借口，来敷衍，看来寻借口寻成了恶习惯。"钟馗越说越来气。

"我海麦斯奉包包蛊之命行事，天机略知一二，仅知道些皮毛而已。即便说给你听，你也不会相信。包包蛊说，终有一天，会有大灾祸降临，仙界、鬼域和世间，三界内外无一幸免，很大很大的大灾祸。"

"三界内外，无一幸免？仙界鬼域暂且不论，单说这世间的灾祸，逃难，流离失所的悲苦，难道还有更大的灾祸不成？"钟馗一脸狐疑，"奉命行事，奉何命？行何事？"

海麦斯昂起脖颈子，望着钟馗喘息道："胡人吐蕃之恶行，确属世间悲苦，但充其量，失却的只是一条条鲜活的性命，一箱箱金银细软，种下的只是一个个的外族异种。这失却的性命，繁衍生息周而复始；这失却的金银细软，本就不当饭不当水，东家来西家去，昨日来今日去；这种下的异种，失却的虽说是大河子嗣的颜面和尊崇，但改弦易辙，也在所难免。不过，这些都算不上大灾祸。听包包蛊讲，大灾祸到来之际，天地万物因光热干旱无雨缺水而焦土遍野，寸草不生。那个时节，神将不神，鬼将不鬼，人将不人，所有躯壳，被掏一空。百神一面，千鬼一面，万人一面，行的尸，走的肉，咿咿呀呀，唯唯诺诺，如提拉木偶，如跳梁小丑，如傻瓜白痴，恰似会说话的猪，好像两脚走的羊。"

"本尊不信你的信口雌黄，你方才口中提及的包包蛊又是何方孽障？"

"你对知晓天机的包包蛊如此大不敬，看来枉费工夫和心思，不可教也！懒得再说，拔剑吧！"海麦斯将长脖颈子伸向钟馗。

钟馗担心有诈，错开一步。

"不瞒你说，我海麦斯遵奉的便是包包蛊的命令，行的也是包包蛊交代的事儿。包包蛊是头儿，是精灵们，是昆仑高原精灵们的头儿。精灵们顺应一个神秘的声音，或许只有包包蛊听得见。我想，有一天指不定我海麦斯也会听见的。"

"休要鬼话连篇！你那个头儿，包包蛊既然通晓天机，又赶去驴马牛驼做甚？难道为了天机？"钟馗听得一头雾水，不由得追问下去。

"包包蛊何止通晓天机？包包蛊满身的神奇，海麦斯心甘情愿为包包蛊跑腿办差。至于驴马牛驼做甚，真天机也。"

"天机不肯泄露，灾祸不肯说清，本尊没工夫陪你。要么取下项上之首回去给乡亲们交差，要么你跟着本尊去给乡亲们说清楚驴马牛驼的去处。"钟馗听得如坠云雾，犯些糊涂，却又被海麦斯的话语深深吸引。为了迫使海麦斯说出天机，于是抛给海麦斯两难选择。

"反正都要取我海麦斯的命，要么交出脑袋，要么被乡亲们拾掇死，都是个死。钟馗你可否听完，莫要打断，想听天机，请听我说。有一回，我咬伤一头黑牛，尾随着黑牛直到黑牛筋疲力尽倒在泥塘。我唤来兄弟姐妹大块朵颐，自个儿为大伙儿放哨站岗，最后进食的时候，仅剩黑牛的大脑袋，极难咬碎。我正为吃不到美味的脑髓抓耳挠腮时，忽听得一连串'哈哈，哈哈'的笑声。如此露怯被嘲讽，自然恼羞成怒。我抬头循声望去，只见近旁坡地的一棵枯树上立着一只猫头鹰，又大又白。我可从未见过如此雪白的猫头鹰，浑身上下竟无半根杂毛。"

"可就是你口中提及过的包包蛊？"钟馗听得津津有味。

"猜对了，"海麦斯接着说，"包包蛊暗中观察我，跟踪我，最终拣选了我，还有我的兄弟姐妹，从此一起联手，共襄流芳万世的壮举。"

"流芳万世的壮举？"

"包包蛊说我海麦斯绝非小池塘里的精灵，泥淖里刨食吃的平庸之辈。他最需要像我这样的精灵做帮手。数十年来，将野驴野驼，野马野牛陆续扫净，赶去西边做活，仍然不够，不得已只好在镇子上借用。"

"偷窃便偷窃！休要找借口。"

"如何才会让你信服？所谓天机，为了天机，我海麦斯仅仅知晓包包蛊要做的便是应对大灾祸，拯救生灵，留下希望！"

"拯救生灵？留下希望？"

"对的，我海麦斯照葫芦画瓢说给你听，信不信由你。"

钟馗对这个手下败将生出些许恻隐，再将前言后语翻来覆去温习一遍，有可信之处，有不信之处，有将来的妄言，也有当下的现行，眼前忽然闪过一个念头："本尊想去会会包包蛊。"

"这有何难？总要先养好了伤对吧？"

"一言为定？"

"若信得过我海麦斯，那就一言为定。"

钟馗将在月圆之夜赶赴阎罗殿交差，分身实在乏术，只得匆匆与海麦斯约定："数日之后，就在此山洞，不见不散。"临了不忘威慑道："若背信弃义，偷偷逃走，昆仑剑绝不会放过你。"话音未落，钟馗已经飘出洞口。

第四十一章　阎罗殿换新颜　黑钟馗哭丧脸

话说这个包包蛊，在海麦斯的大嘴巴里数次被提及，神秘莫测见首不见尾，挑得钟馗好奇心痒，按捺不住想去亲自见识一番。可月圆将至，自个儿重任在肩，责无旁贷，不得已同疗伤的海麦斯口头约定，数日后，待交差事毕，再赶回河谷山洞老地方，不见不散。

钟馗匆匆地赶往西口镇子倔老汉的家，一进院门，便看见罗圈正在灶房前挥斧劈柴。半掩的灶房间雾气腾腾，瞧得见老大家媳妇子忙活的身影。

"大爷呢?"

"还未收工。八月十五就要临近了，大爷家里人都在忙着准备过节，祭拜月亮呢。"罗圈撂下斧头，揩去一头热汗。

"何时从大河岸边溜回来的?"

"小子沿着岸边来回三四趟，不曾发现大蜥蜴精的踪迹。哪里有什么绿血和爪印? 想想还得依仗钟相公才是呀。这才独自赶了回来，想着帮衬一下大爷家的力气活。这不——"钟馗黑鼻孔"哼哼"两声，打断了罗圈的喋喋不休，跨进偏屋。罗圈不再言语，紧跟在后。

钟馗冷不丁地闯进来，倒是将炕上做白日梦的外八吓了一大跳。外八扬起脸瞧见钟相公回来了，撑起身子，放下双腿，就要跳下炕沿。钟馗上前按住外八另一侧肩头："别忙着下炕，老实歇着。"

"好久没有钟相公的消息了，罗圈说您去追大蜥蜴精了，怪让外八挂念的。"外八说着眼圈一红。

"顺风顺水，有剑有匣，有甚担忧?"

罗圈凑上前："钟相公说的是。"

钟馗头也未转。

"小子重伤，让钟相公丢脸又烦心。"

"一家不说两家话，那个大蜥蜴精唤作海麦斯，真的不一般。本尊已约定，过几天再见面。"

"约定见面？钟相公寻见大蜥蜴精，未将其斩于剑下？钟相公方才讲，大蜥蜴精唤作海麦斯，大蜥蜴精有名有姓？"外八罗圈叽叽喳喳，满脸失望。

"本尊已制服海麦斯。对的，大蜥蜴精名叫海麦斯，来自昆仑高原的精灵。本尊与它约定三两日后，相商要事，故而放它一条生路。"

"大蜥蜴精差点要了小子的命，为甚放它一条生路？"外八挥舞着单臂。

"这个海麦斯，本尊另有打算，指不定将来必有大用，必为本尊所用。至于你的遭遇，本尊无时无刻不记挂在心上，会给你一个交代，说到做到，决不食言。"

"好吧。"外八垂头丧气。罗圈绕前轻拍肩头安慰外八。"哎哟，做甚？故意欺负我？"外八痛得叫唤起来。罗圈正拍在外八伤口的结痂处。

钟馗上炕靠墙盘腿坐下，闭眼想着心事，转瞬鼾声已雷动。

迷迷糊糊地，钟馗被阎王爷打入地狱，不晓得第几层，阴暗潮湿，血腥夹杂着霉味，远远近近都是不绝的鬼哭狼嚎。头顶一道闪电照亮身前，只见一群受刑鬼魅，鲜血淋漓，张牙舞爪。毒蛇缠绕在他们身上，毒蝎爬满他们的肩头，倏忽之间，钟馗就被扑过来的毒蛇和毒蝎围拢在当中。躲也无处躲，藏也无处藏，腿迈不开，气喘不上，双手使不出劲儿，片刻间束手就擒，如同被黏湿冰凉的无数根手臂紧紧裹住。突然一条花斑巨蟒耸立面前，开叉的蛇信子舔舐着钟馗的面颊。蛇信子上细密的倒刺摩挲着钟馗的黑脸蛋，发出"沙沙"的金石之声。钟馗不想坐以待毙，正要奋力挣脱，只见花斑巨蟒猛地张开血盆大口，就要将他生吞活剥。钟馗已然瞧见花斑巨蟒深不可测黑洞洞的嗓子眼，若是被巨蟒吞进嘴里，那可就踏上万劫不复的不归路。说时迟那时快，钟馗只想挥舞双臂来抵抗，但肩头却被鬼魅的手臂拖拽住。一番抢夺，一阵撕扯，摇摇晃晃中听得声声呼唤。

"钟相公，钟相公。"

钟馗幡然惊醒，大氅早已湿透，睁眼瞧见晕黄灯光下罗圈外八两张关切的脸。左顾右盼，鬼魅巨蟒不见踪迹，自个儿靠墙盘腿纹丝未动。噩梦一场，握剑柄，拍榼匣，神志渐归窍。

"打搅本尊美梦，意欲何为?"钟馗拉长了脸。

"方才，阎王爷遣来办差小鬼非要亲见钟相公，面授阎王爷口谕。小子见钟相公连日操劳，难得歇息，打发办差小鬼只说钟相公夜里外出降妖除魔斩鬼除恶，天光放亮才返回，不如我等转告，保证不漏一字一句传与钟相公，这才将其诓走。"罗圈说得气喘吁吁，"等小子进得偏屋，见外八抓耳挠腮不知所措，这才发觉钟相公您睡梦之中喘息急促，只出气不进气，瞧着似有不妥。"

"快将阎王爷口谕说将出来。"钟馗打断罗圈的聒噪。

"阎王爷口谕：明日晚间，钟相公务必亲自到阎罗殿面呈功劳簿，不得随意指派替代。仅此而已，再无其他。"

"后天八月十五，乃月圆之日，阎王爷如此焦急，不晓得为何提前一天?"钟馗低头自语。

"估计阎王爷体察钟相公辛苦，整日降妖除魔斩鬼除恶，想早点犒劳钟相公呢，保不准想早点见到钟相公您呢。"外八喜形于色。

"功劳簿准备得如何?"钟馗不为所动。

"已备妥，只是近些时日，忙于找寻大蜥蜴精，降妖除魔不及从前，功劳簿上寥寥数笔，这可如何是好?"罗圈望着钟馗。

"无甚大不了的，不碍事儿。"话虽如此，钟馗早没了困意。阎罗殿，沙枣林，山洞里的海麦斯，更有阎王爷，香娘娘，海麦斯口中的包包蛊，钟馗越想越忐忑，越想心中越没底，还是决定早早动身赶往阎罗殿为妙。

兴许间隔过久，总觉得异于从前。一路上不再凄冷寂寥，两眼所见鬼来鬼往，两耳听闻鬼呼鬼叫，一派嘈杂热闹。钟馗目不斜视，耳不多闻，快步疾飞，直到高大明亮的阎罗殿矗立眼前，这才恭恭敬敬地站在匾额之下，静候当差小鬼召唤。

今儿个这阎罗殿，也与往昔截然不同。两重檐的飞角下，齐齐整整地挂满大红灯笼，亮堂气派。殿前的七根圆柱漆上红漆，红中透亮，遮掩住原先的黑漆底子，散发出大漆独有的气味。再瞧大殿正面两侧的一块块门板隔扇，重新髹漆，锃明鲜亮。脚下的汉白玉石阶，打磨清洗得光可鉴影，一扫阎罗殿先前的煞气和阴森。

"哎，哎，就你，赶紧退后，莫挡道。"一个当值小鬼冲钟馗叫嚷道。

"微臣钟馗，恭候阎王爷召见，面呈功劳簿。"钟馗不卑不亢，抱拳一揖。

"钟馗？早有耳闻，都知晓阎王爷看重于你，恩赏诸多奇珍异宝，好不风光，好不羡煞。"话音未落，又凑来几个当值小鬼。

"营盘铁打，兵流水，微臣钟馗有眼不识新来的兄弟，失礼得罪处多多包涵。"钟馗又来一记深揖。

"不敢，不敢，请钟大人稍候片刻，我等掐着时辰，赶来接客。忙过这趟急务，就去禀报阎王爷大人。"

"如此最好，微臣这就退后，去旁边听宣。"钟馗退到阶下。

不到半炷香的工夫，奈何桥头传来阵阵喧闹，并非老婆姨老菜皮撕心裂肺的干号，而是娇滴滴稚嫩的声声涕泣。转眼间百十位娇娇俏俏的小娘子，气喘吁吁，一字长蛇排开来，袅袅娜娜地走到红光笼罩的阎罗殿前。一个个顾盼生辉，香风频送；一个个梨花带雨，白中透粉；一个个眼眸哀婉，裙钗环佩，在当值小鬼的引领下鱼贯而入阎罗大殿。

钟馗靠前几步，凑近张望，险些崩裂眼眶，恨不得将这百十位窈窕小娘子尽数看进自个儿的黑眼仁里。当队末最后一位小娘子扭搭扭搭地抬足跨进大殿门槛时，断后的当值小鬼趁其不备，探出鬼爪，利索地抓挠一把小娘子翘起的臀尖。钟馗瞧得真切，"咕咚"吞下一口唾沫。

钟馗黑脖子抻得老长，有点僵直酸痛，心里一个劲儿地艳羡阎王爷的艳福。那是属于阎王爷独一份的艳福，中意不中意，留下不留下，睡谁不睡谁，全凭自个儿拍脑瓜说了算。

想到这些，钟馗又吞下满满一嘴口水，缩回长脖。脖颈子扭动数下，"嘎嘣嘎嘣"乱响，这才回过神来，摸摸剑柄和馗匣，再摸摸功劳簿。很是齐备，无甚遗漏。这才是当务之急，至于那些个漂亮的小娘子，关己甚事儿？只盼快快面呈阎王爷。当然了，大蜥蜴精，还得思量思量，就此禀报，不知妥否？顺带将胡人吐蕃之恶行一并参报，未尝不可。乡亲们的疾苦，此时不参何时参？等完事后放下胸中块垒，顺路会会香娘娘，这也是正经急事儿。想到这儿，钟馗不由自主地打了个摆子，丹田一阵酥麻燥热，鸡皮疙瘩从小腹旋即遍布全身。

"钟馗听宣，阎王爷有令，即刻进殿。"当值小鬼拖着长长的尾音。

"遵宣。"钟馗回答得干净利落，一步两阶，冲上高台，跨进门槛，随当值小鬼走进阎罗殿。

大殿里头，两侧挂起的一层层黑色帷幔，全部撤换为大红帷幔。大殿上下灯火通明，挂满大红灯笼，摆满大红烛台，高低错落，照得如同白昼，好似水晶宫殿。当中王座，光芒四射，亮得眼晕。

钟馗一脸愕然，这亮亮堂堂的阎罗殿模样大变，难道走错了地方，误打误撞，闯入别处宫殿？方才明明当值小鬼引我前来。只记得阎罗殿中，阴风吹烛火，地狱闻哭号，灯影摇曳，柱影晃动，黑色帷幔随风猎猎，肃杀凄寒，湿冷阴暗。而此刻，满大殿的光鲜亮丽，满大殿的大红灯笼和大红烛台，钟馗挠着黑头，百思不得其解。

"你小子还不快快跪下？"从一片耀目的光亮中传来阎王爷那熟悉的声音。

钟馗"扑通"跪下，低垂黑头，静候吩咐。

"瞧你一脸迷糊样子，早将六个月期限忘记了？"

"微臣怎敢忘怀？即便借臣虎豹熊胆，绝不敢忘记阎王爷您老人家的大恩大德，更不敢忘记您老人家交代过的六个月圆的期限。微臣只是一路匆匆，被修葺一新的阎罗大殿所震慑，为此，有些眼晕，有些糊涂，难逃您老人家一双慧眼。"

"说来听听，为何震慑如斯？"

钟馗不假思索道：

> "阎罗大殿新气象，
> 一扫往日旧模样，
> 要问为何换新颜，
> 英明神武阎罗王。

方才，微臣真以为走错地界，来到龙王的水晶宫呢。"

"哈哈哈，妙妙妙，果有状元风采！何需七步之遥，就地跪伏便可一气呵成。"阎王爷开怀赞叹，"再说说，还瞧见有甚不同之处？"

钟馗此番亲赴阎罗殿，恰好赶上阎王爷心情舒畅，因而精神为之一振："阎王爷您老人家一改往日行事做派，心系仙界，体恤世间，急三界之所急，想三界之所想，解三界之所困，与三界共苦乐。微臣在殿外已替您老人家把关过目，一个个梨花海棠，翘首以盼，确与往日景象大为不同。"钟馗说完就为自个儿的鲁莽懊恼不已。

"哈哈，看来你小子已先睹为快，嗯？"阎王爷笑得痛快，笑得心知肚明。

"微臣替阎王爷真心欢喜呢。"钟馗嗫嚅道。

"大点声，本王未曾听清。"

钟馗微微抬头望向阎王爷，王座光芒耀眼，只瞧得见阎王爷模糊的身影："微臣真心替您老人家欢喜呢！"

"替本王欢喜？是该欢喜欢喜。可也不该为了欢喜，荒废正经事儿呀。"阎王爷随口一提。

"那是，那是，微臣谨记您老人家的教诲，每日降妖除魔，斩鬼除恶不辍。"

"不辍，不辍，还不赶紧呈上功劳簿？"

钟馗直起上半身从褡裢里摸出功劳簿，将平递给当值小鬼。

当值小鬼双手捧着功劳簿，转身走向阎王爷的王座，正巧挡住耀眼光芒。钟馗侧过身望向阎王爷。阎王爷身披大红斗篷，高翘的两脚交叉搭在公案之上，斜靠在王座的靠背上，上半身窝在王座里面。

阎王爷接过功劳簿，顺手将功劳簿搁置在翘起的双腿上，开始一张张地翻阅。

钟馗不敢造次低头弯腰匍匐下去。

难得阎王爷如此细致地审视功劳簿，以往都是草草了事，数落一顿，打发回去。此番功劳簿真就缺少拿得出手的大功劳，只怪大蜥蜴精耽误工夫，外八疗伤在炕头，不然，绝对不止这些。小妖小魔实难入得阎王爷的法眼。待会儿，阎王爷问起话来，尚需说道说道，还有胡人吐蕃累累恶行，想必阎王爷另有高论。

钟馗静静地趴在当中间听候发落，偶尔灯花爆裂，清脆的"啪，啪"声回荡在空旷的大殿里。

许久，钟馗只听得"砉"的一响，无须抬头张望，便知阎王爷审阅完毕已合上功劳簿，并将功劳簿甩在公案上。

　　"少了，太少了，不上心啊！怎么越除越小，越除越少？钟馗你小子一路西行，有两个帮手，难道整日不理正事？"阎王爷放下搭在公案上的双腿，起身坐直，两只胳膊伏在公案，十指交叉，探出头来，逼视着跪在下面的钟馗，"平身吧，让本王也瞧瞧你这个大唐门神的威仪。"

　　钟馗跪伏着不敢起身，微昂黑头，望向高高在上的阎王爷。就在眼神对视的一刹那，钟馗察觉阎王爷那炯炯有神的双目轻而易举地洞穿自个儿的胸腔，看透自个儿的心思，瞧破自个儿的杂念。他赶紧收回仰望的双眼，深深垂下黑头。

　　"让你平身，还需本王请你平身，扶你平身吗？"

　　"遵命。"钟馗轻声念叨，不敢怠慢，起身垂首站立一旁。

　　"不错嘛，神采奕奕，在仙界言仙人之事，在世间言门神之事，在鬼域来去颇为自在。看来，你小子三界通行无阻无虞，怪不得，好些个都在背地里讲你平步青云，神器加身，如今称心畅意至极。"

　　"折煞微臣，冤枉微臣！自打阎王爷您老人家亲自提携，微臣每每如临深渊，如履薄冰，战战兢兢，小心翼翼，唯恐悖拗您老人家的嘱托，辜负您老人家的厚望，更担心给您老人家添堵添乱。"

　　"你小子的小心思，本王能不知晓？平白无故偏偏提携你小子？偏偏神器加身你小子？难道朗朗三界挑不出个比你强的主儿？"

　　"微臣心里再敞亮不过，唯感念您老人家再造之恩，不弃之恩！"

　　"知晓就好，看来本王不曾走眼看错你，至于风言风语，本王敲敲警钟，全心专务，恪尽职守，莫要节外生枝。"

　　"微臣谨记教诲，全心专务，恪尽职守，敬请宽心。不过，小子方才听您老人家提及风言风语？节外生枝？微臣实在不得要领，蒙在鼓中，难道不分昼夜降妖除魔斩鬼除恶，背后仍被非议不成？"

　　"非议？做过的事儿，未做的事儿，自个儿最清楚。心里有鬼没鬼，自个儿更清楚。"

　　"微臣只晓得奉天庭旨意，降妖除魔斩鬼除恶，其余一概忽略不计。小子确

255

实碰到一个大蜥蜴精偷马偷驴，但并未斩草除根，小子想的是放长线钓大鱼。另有胡人吐蕃恶行昭彰，只听闻，未亲历，故此束手无策干着急。难道皆成非议之罪状？"钟馗振振有词，虬髯乱颤，在大殿的红光映照下，黑印堂闪着亮光。

阎王爷缩回王座，一边慢条斯理地说着话，一边又将两条腿交叉起来搭在公案之上："如此说来，你小子奉天庭旨意？拜天庭所赐？"

"小子始终遵循您老人家的谕令行事呀。小子心里明白，若无您老人家的操持，哪有昆仑剑和馗匣的横空出世？若无您老人家据理力争，神器怎会加身微臣？至于提及天庭旨意，只为三界内外行走借口托大而已，请您老人家千万莫要误会。"钟馗欠身致意。

"借口托大？就是说本王谕令不及天庭旨意？"

"哪里哪里，您老人家切莫错怪微臣！即便微臣胆子再大，万万做不出干不得如此悖逆负恩之丑行。"钟馗激愤中手脚并用乱指划。

"悖逆负恩之丑行？好，本王索性多啰唆几句。降妖除魔斩鬼除恶，本王苦口婆心劝诫你小子全心专务，恪尽职守，可你小子听进了耳朵，可否听进心里去？稀里糊涂的，将胡人吐蕃恶行挂在嘴边，世间自有大唐皇帝老儿，与我鬼域仙界何关？那个大蜥蜴精，那个小花妖，赶紧的，收拾功劳簿快快赶回去，一个不剩，尽数斩灭，下回月圆交差。如若不然，本王无力回天！"

"阎王爷您老人家说，说，还有一个小花妖？"钟馗生怕自个儿听错了，甚或阎王爷随口说错了。

"香娘娘！你的小相好！听清楚了？"阎王爷有点不耐烦。

钟馗故作镇静："小相好？微臣不大明白，不过，微臣的确遇见一个小花妖，偏居一隅，心性良善，童心未泯。微臣只觉得对于那些从未行过恶事之妖，理应网开一面，广谕天威才是，所以微臣手下留情。"

"广谕天威？手下留情？如何说你小子好呢？"阎王爷半天不吱声。

"微臣觉得人有善恶之分，鬼有善恶之分，仙有善恶之分。在三界内外降妖除魔斩鬼除恶日久，那些妖魔精怪，也有善恶之分呢。"钟馗自顾自说着。

"嘟嘟瑟瑟，有完没完？一套套还有理了不成？你小子听好，叫你斩灭就斩灭，叫你放生就放生，几斤几两自个儿细细掂量。"

"您老人家大恩大德，高抬贵手，那个香娘娘真是一个良善花妖呀！"钟馗"扑通"跪伏在地，言语哽咽。

"看来无风不起沙，她有情来你有意，难怪帮忙要倾力，求情放生逃此劫。你小子不总想着广谕天威吗？如今下不去狠手，如何广谕天威？少废话，拾掇利落交差了事。本王还有要务在身。"

"微臣愚钝之极，阎王爷您老人家实乃爹娘再造，方有小子今日造化。小子恳求您老人家放生这个良善的香娘娘，就让小子给您老人家做牛做马，全凭您老人家一句话。"钟馗声泪俱下。

"做牛做马？那也得配做牛，擅做马，那也得机缘巧合刚刚好。哪里是你想做就做得成的？本王好话说三遍，抗天庭旨意，违本王谕令，抗旨违令，自当收回两件神器，打入十八层地狱。你小子不舍小花妖，天兵天将，鬼将阴帅，自会替你拾掇小花妖。指不定罗圈外八替你操刀，好好琢磨琢磨吧。"不等钟馗颤颤巍巍地起身送别，阎王爷已快步隐身后宫，只听得一阵环佩珠翠叮叮当当，只闻得一阵鸟语花香莺歌燕啼。

钟馗恨不能立地生根，老老实实地蹲在阎罗殿，哪里也不去，哪也不敢去。此时此刻又该去哪里？如何去面对香娘娘，面对洞中疗伤的海麦斯？

阎罗殿安静了下来。所有闪耀的红光，红光潼潼，红影摇曳，大红灯笼，大红烛台，还有大红帷幕泛起的微澜，从四面八方如支支利箭，射向钟馗，射穿他的前胸后背，虽不见流血，却逼迫得钟馗喘息急促，胸闷难过。

当值小鬼垂手侧目打量着钟馗，陪着茫然无措的钟馗。

钟馗吸足一口气，昂起黑头，张大嘴巴，几乎扯裂嘴角，只想大声嘶吼，喊破喉咙。让这一声怒吼长嘶震塌阎罗殿的梁和椽，震碎阎罗殿的柱和墙，震垮阎罗殿的公案与王座，让憋屈和愤懑随阎罗殿的红光传扬出去，越远越好，直到红光消失殆尽。

钟馗吁出长长一口胸中郁结之恶气，扭曲的黑皮大脸闪着红荧荧的亮光。

阎罗殿的油灯捻子时不时响起"啪，啪"清脆的燃爆，间或传来内宫的阵阵戏谑浪笑。

"钟大人，差不离了吧？"当值小鬼提醒钟馗，语气恭敬有加。

"差不离了？"钟馗神游，魂已出窍。

"钟大人，阎王爷可都给您交代清楚了，这不明摆着，难吗？自个儿选呗。"当值小鬼说得风吹草帽般轻松。

"哎！"钟馗长叹一声，杵在那里，摇摇黑头，搓搓黑手，又一声"哎"。

"别叹气，船到桥头自然直，赶紧的，回去了。阎王爷他老人家今儿个喜迎一众小娘子，若不然，哪来的闲话闲工夫？千万别蹬肩膀就上头，惹恼他老人家。"

"这就出殿，且允许微臣在殿外石阶歇息片刻？"钟馗心绪焦灼。

"钟大人客气，随您。"当值小鬼略一欠身，伸手做出一个请。

别过当值小鬼，钟馗独自站在殿前石阶上，看着忘川河对岸星星点点的亮光，望着黑黢黢的奈何桥头和寥落的望乡台，鼻孔飘进孟婆汤的阵阵苦涩味道。头上皎洁清静的月光，眼前即将两难的抉择，三界内与三界外，香娘娘与海麦斯，还有十八层地狱的大门在敞开，如何选？如何迈出这一步？

　　　　世人皆言世人苦，
　　　　做鬼方知鬼亦难。
　　　　神仙何尝不若此，
　　　　妖魔精怪实难安。

阎罗殿火红敞亮的光芒，从大殿每一处隔扇荡漾出来，将石阶上钟馗的黑色身影罩在红光之中，高大肃穆。

钟馗强打精神，沿着石阶一步一缓地向下挪动，走到最下一层时，双腿一软，"扑通"坐在阶沿上。他黑手掩面，肩头战栗，想当初自个儿毅然决然，毫不犹豫地撞向红漆大柱，而如今，无数羁绊与牵挂，思前虑后，活脱脱六神无主，枉费心机。

　　　　果敢撞红柱，
　　　　不欺少年头。

258

若无刎颈志，

挥剑该向谁？

红光依旧，暗夜依旧，月光依旧，从奈何桥上陆陆续续地渡来三三两两的新鬼。钟馗将黑头黑脸埋在双膝之间。

"哎哟，我的钟大人，何事独坐于此？"问得客客气气，不落礼数。

钟馗硬着头皮站起身，瞧过去，却是外八曾打点过的当值小鬼正牵引一众新鬼进殿会审。钟馗欠一欠身："事出有因，一言难尽。"

"敢情帮忙之处，钟大人尽管吩咐。"小鬼觉出尴尬，岔开话题。

"多谢美意，看来兄弟已高就肥差，恭喜恭喜。"钟馗一记长揖。

小鬼指指红光闪耀的阎罗殿："全凭阎王爷大人提携关照，谋得如此美差，不过，和钟大人没得比呀！"

"你我彼此彼此，全拜阎王爷他老人家恩赐。"

"那可不一样，钟大人您神器加身，奉旨办差，钦赐门神，风光无限啊。"说话间，办差小鬼身后那几位渡来的新鬼一阵骚动。办差小鬼当即转身断喝："皮痒还是肉痒？欠收拾？"

"其实真就一样，我钟馗也想谋一份和你同样的差事，这里走走，那里逛逛，不紧不慢，无甚急务，更无功劳簿，更无六个月圆期限的束缚。"

"钟大人您有所不知，看着像肥差，做了才知晓。"办差小鬼突然压低嗓门，凑近钟馗："前面送来一百多个沉鸟落鱼、闭花羞月的小娘子，那可是个顶个的标致，那得劳费多少辛苦？可，他老人家，"办差小鬼冲大殿努努嘴，"愣没瞧上几个。您猜猜，他老人家中意几位？"

"这如何猜得？"

"九位，只留下九位。"

"以往他老人家公务繁忙，兢兢业业，可如今？"钟馗故意递个话茬。

"可不是吗？自打护驾玉帝东海巡游回来，话也不多说，成天待在内宫，没过多久，待审案牍堆积如山，奈何桥头鬼满为患，长此以往必有后乱。还好，阎王爷指派黑白无常审鬼判案，他老人家就一门心思张罗起这些个俗务了。"

"微臣也觉出他老人家不同以往。"

"这不，紧赶慢赶又牵渡过来数位标致的小娘子，让他老人家亲自过过眼，顺道一并渡来一些老不死的。"办差小鬼没好气地故意放开嗓门。

不等钟馗擦亮眼睛，借着月光和红光细细打量小娘子的秀色，却见鬼丛中颤颤悠悠地晃出一位老者，冲着钟馗跪伏下去，磕头如捣蒜："钟大仙人，钟大仙人，万望指点老朽迷津，千万莫要丢下老朽啊！"钟馗和办差小鬼听罢，莫名其妙。

"大胆老鬼，还不退下，牵渡你来，只怕你变成孤魂野鬼，不晓得感恩戴德，在此节骨眼趁机玩花样。方才望乡台上，又将孟婆汤泼去哪里？"办差小鬼骂骂咧咧抬腿就要开踹。

"大人不记小人过。漏喝忘喝孟婆汤，岂止他一位？何必较真？且放过这位老人家吧。"钟馗拽住办差小鬼，办差小鬼嘴巴里依然不干不净。

钟馗上前两步，隔开办差小鬼，弯腰搀扶起趴在地上的老人家。不看不打紧，这一看真将钟馗定定地镇在原地。

"钟大人，钟大人，您的老相识？"办差小鬼问道。

"老相识，是啊，如此之巧，阎罗殿前偶遇老公公。"钟馗搀扶着老人家上下打量起来。

"老朽一言难尽啊！"

"慢慢说来莫要急，还真是老相识，可否宽限片时？"钟馗扭头问向办差小鬼。

"钟大人您叙旧，兄弟进去交差，末了，再来引渡您的老相识。"

"多谢贵手通融，我两个就在此处候着。"

当差小鬼刚一离去，老公公猛然挣脱钟馗的双手，"扑通"一声跪下去。

钟馗再次弯腰搀扶起老公公："何必大礼？当日皇宫内堂，承蒙老公公指点。这数月不见已作古，世事的确难料。巧遇阎罗殿前，岂非冥冥注定？"钟馗絮叨着。

"钟大仙人，您有所不知。别看老朽虚活这把年岁，千不该万不该早早净身入皇宫。这无后不孝的恶名板上钉钉，永世背负，不得翻身啊。"老公公涕泗横流。

"无后，有甚大不了？前朝后世，哪朝哪代缺过宦官太监？平白无故地跟无后不孝扯起关系？谁家不是被迫的？所谓心甘情愿，还不都是为了爹娘和兄弟姐妹，才舍得自个儿一身剐？牺牲只一个，全家有活路。再说了，谁家没个三兄四弟，三姊四妹？谁家真断了后绝了根？隔三代，出五服，谁又认得谁？还不都借口五百年前是一家？且看荒坟弃冢满山坡，难见清明祭拜冒青烟。老公公，莫自责，都为生计所迫，不得已而为之。"

"可这无后不孝之罪名，要在十八层地狱，层层轮转，受苦受难，永无宁日，永生不得转世投胎啊。"

"老公公，您瞧瞧本尊这副黑头黑脸黑坯子，因黑因丑失状元，激愤难忍，朝堂之上，百官面前，撞柱而亡，同样落得个家有高堂，无后不孝的罪名，并未在地狱走一遭呀。"钟馗耐心开导。

"钟大仙人，您保全名节，全身而退。我等卑微末流，下贱之躯，身体发肤，受之爹娘，半途身残挂彩，上愧于天地，下愧于先人。恳请钟大仙人体恤怜悯老朽，递上个话，即便十八层地狱转它个遍，也给这残破之身一个念想，给个轮回转世投胎的恩赏，老朽不胜感激涕零。"老公公呜呜咽咽哭个不住。

钟馗本就性烈刚猛，哪容老公公如此哀号？可自个儿才被阎王爷数落一通，昧心之选至今未曾决断，可否逃脱十八层地狱之宿命，尚且火烧眉毛自顾不暇，如何去保全老公公替他说上话儿？他急得捶捶胸口，万般无奈，宽心的话也好，放出狠话也罢，只能打肿自个儿的黑脸："放心，老公公，本尊记得老公公的念想，必尽全力。"

宽心之言，放出狠话，与其说给老公公听，何尝不是说给自个儿听？让自个儿宽宽心，狠下心。宽心狠心，去直面两难抉择，直面阎王爷的意味深长。

"待老朽转世投胎，必将告诫子孙永世不为残身太监，叮嘱子孙永世供奉大唐门神牌位。"

"转世隔世，时过境迁，老公公切莫言之过早。"钟馗好言相劝。

"老朽全指望着钟大仙人。如今老了，就连太宗皇帝也嫌弃，说一句不中听的话，到了这岁数，不服老不行，腰来腿不来，蹲下起不来，咳嗽屁出来，放屁屎出来。太宗皇帝初时还念旧，可伤疤渐好，喜结新欢，明面上礼遇有加，暗地里冷遇搁置。那些新上位的晚辈们一个个横挑鼻子竖挑眼，老朽退居也不得安生，最终落得个孤苦伶仃，黯然收场。"

"太宗皇帝龙体康复，再登大宝，万象更新才是。"

"理应如此，可祥瑞之兆寥寥，灾祸频仍不断。"

"灾祸频仍？"

"不瞒钟大仙人，北方胡人叩边，西部吐蕃侵扰，今儿个日食，明儿个月食，或彗星扫尾，或地震山火，或旷世大旱，或决堤洪涝，绝非老朽诳语，掐掐算算，鸡毛乱转，有天灾，更有人祸。"

"天灾人祸，人祸天灾！"钟馗还想多说几句，却见办差小鬼一溜烟从汉白玉台阶蹦了下来。

钟馗对立脚未稳的办差小鬼双手作揖："阴阳相隔，千言万语，感念这位老公公曾经相助之德，阎罗殿前与我与你注定碰面，既相见，必有缘。这位小兄弟，钟馗一事相求，可否相帮？"

"钟大人见外了不是？有事吩咐一声不就得了？"办差小鬼倒也机灵。

钟馗遂将老公公请托之辞和盘托出，只盼开脱不孝之罪，免去地狱之苦。若是轮回转世投胎，必将世世代代，供奉阎王爷他老人家的牌位。

"转个世，投个胎！不就阎王爷他老人家点点头一句话的小事儿么。"

"如此一桩小事儿，岁岁年年阎王爷还不审个千千万万？牙齿缝，指头缝，随便抖落几下，不都漏个成千上万？"钟馗迎合道："世间那么多坏事做尽，天良灭绝，大逆不道之徒，还有那些居庙堂之高，整日指点江山的奸佞小人，不也转了世，投了胎？若论及这些事，老公公哪里比不过身居高位的那些奸臣贼子？他们大奸似忠，大恶似孝，别看他们家伙事儿一个都不少齐全齐活了，但相比老公公简直差距十万八千里。"钟馗想到自个儿撞柱前的一幕幕，越想越怒，不禁悲从心头起。

"钟大人，切莫动怒，区区芝麻粒小事，听小子一句话，稍候片刻。"说话间，当差小鬼直奔望乡台而去。

老公公察言观色，顿觉开怀，眼睛放出光来，老脸荡起笑容，月光掺和着红光，瞧过去却也瘆得慌。

"这下妥了，这下妥了。"

钟馗和老公公循着声音望去，但见当差小鬼双手捧着一个黑瓷大海碗，小碎步稳稳当当地跑了过来，"老公公，您可是钟大人的故交知己。瞧，新鲜熬好的孟婆汤，趁热赶紧喝了，一来，待会儿上堂，阎王爷怪罪起来，借口您漏洒孟婆汤，那可罪加一等，罪上加罪。到那时，就怪不得钟大人未曾提前关照了。二来呢，补上孟婆汤，小子和钟大人才好在阎王爷面前再去美言转世投胎之事呀。快，赶紧的，喝了吧。"当差小鬼顺势将黑碗递给老公公。

钟馗皱起眉头，一头雾水。

老公公双手颤巍巍地接过黑碗，正要仰脖，忽然停下来眼巴巴地望向钟馗："老朽，顺从听话几十年，听话顺从一辈子，到头来咽了气，却背负如此罪名恶名。今儿个只此唯一的念想，万望钟大仙人和小哥哥成全。"话音刚落，老公公端起黑碗，一饮而尽。当差小鬼冲着钟馗使个眼色，伸手接过老公公手上的黑碗，瞟了一眼，黑碗里面一滴不剩，便随手将碗放在了台阶上。

但瞧老公公，两眼空洞呆滞，面皮垮塌下坠，眼角挂着泪花，再无前时悲苦。

"老家伙，走吧？还杵着做啥？"当差小鬼跟在老公公身后，扭头望向钟馗丢个眉毛，挤挤眼睛："此乃命数注定，无须顾怜。您放心，这一路上小子会尽心照顾老公公的。"钟馗眼睁睁瞧着，无话可说，无言以对。不晓得该谢还是不该谢这个当差小鬼，该骂还是不该骂这个当差小鬼，就连自个儿也说不清瞧不透。这个当差小鬼算是帮了自个儿，帮了老公公，还是给自个儿，给老公公彻彻底底帮倒忙？

一个黑瓷大海碗，热乎乎的孟婆汤，了断前世今生，了结难缠请托，南辕北辙，转瞬陌路，该咋地就咋地。帮忙，不帮忙，帮倒忙，前头终究有条道儿，往黑了走，往亮了走，往哪里走，谁说得清？钟馗仰天长叹，悲从心起，只想离开，快快离开，越远越好，寻个清净之地，睡他个天昏地暗。

星星眨巴着眼睛，云絮缠裹着圆月，急匆匆渡来的新鬼倏忽而过。钟馗心无旁骛，两眼迷离，耳畔响起歌声，隐隐约约的歌声：

送你一枝沙枣花，

送你金色的沙枣花，

虽然比不过桃花的娇艳，

我的芬芳赛过她。

送你一枝沙枣花，

送你金色的沙枣花，

虽然看不见摸不到花香，

心爱的哥哥快来吻呀。

送你一枝沙枣花，

送你金色的沙枣花，

虽然刺儿尖尖地扎痛你，

肥美的枣儿快来尝吧。

歌声真真切切，香娘娘在召唤。钟馗不禁紧张起来，两难，两难，实在两难，愣怔，愣怔，片刻愣怔，可有净土桃源？歌声依然萦绕耳边。

第四十二章　钟哥哥铁石心肠　香娘娘夺路而逃

东方泛白，月亮星星隐身西天，晨曦里凉飕飕的冷风和薄雾，让劳心费力一整夜的钟馗稍觉清醒。阎罗殿悲喜无常的际遇，使得钟馗胸中空空落落，了无一物，但阎王爷他老人家的那张面孔、一心想着脱离苦海的老公公、见风使舵古灵精怪的办差小鬼、鱼贯而入风姿绰约的一个个小娘子，还有红光四射的阎罗大殿，却不断地轮流转换，频频地闪现在他眼前。

若不是香娘娘的歌声一阵紧似一阵地飘来，钟馗真就指望如当下这般孑然一身，无须高山仰止低眉顺眼，而是从从容容地将那些五光十色的一张张面孔抖落干净，连同阎罗大殿，坠入尘埃不见。

歌声是思念，是召唤。钟馗借着东方曙光，牵肠挂肚又心神不宁地飞向大河堤岸下的那片沙枣林。

红尘飞扬一片，朝霞映红烟瘴，只见那只似曾相识的黑老雕悬浮在半空，正奋力地扇动双翅，一下下地鼓起劲风，将一棵棵沙枣树连根卷起，裹挟着泥沙，抛落到大河堤岸，抛进荒丘野岭。到处弥漫着呛鼻的土味、根须湿漉漉的腥气、鸟屎的臭味道，独缺香娘娘的异香。

歌声消遁，树林被毁，异香不再？

难道香娘娘惨遭不测？钟馗"腾"地心头燃起熊熊怒火，不消分说，伸手便要抽出昆仑剑。

突然间，一个不甚磊落的小念头一闪而过，仿佛看见阎王爷他老人家循循善诱的身影，听见阎王爷他老人家一遍遍叮嘱的正经事儿。钟馗缓缓收回按住剑柄的黑手，心怀叵测地环顾四周，没听到有什么动静，这才悄无声息地偷偷端详起那只肆无忌惮的黑老雕。

黑老雕一边起劲儿地扇动双翅，一边念念叨叨："叫你躲，叫你藏，全拔光，看你还往哪里逃?"似乎不将郁郁葱葱的沙枣林荡平,就不足以解气息怒。

如此看来,香娘娘暂且无恙,仍旧藏身在沙枣林。钟馗涌出些许难以言状的纠结。他小心翼翼地再次握住昆仑剑的剑柄,彷徨于两可两难之中。

"钟馗哥哥,快将黑老雕赶走,快赶走。"香娘娘凄厉的哀号打断了钟馗的思绪。

黑老雕循声找寻香娘娘附体的沙枣树,突然发现香娘娘有个帮手,慌乱中扭过头,惊了一跳,差点来个倒栽葱,赶紧扇动翅膀,稳住身形。黑老雕一眼瞧见钟馗腰间的昆仑剑,骇然失色,说时迟那时快,扭头张翅,纵身天际。

钟馗说不上遗憾和失望,看看飞远的小黑点,拍拍昆仑剑,再拍拍黑脑门,这才翩然落下。

天光大亮,尘埃落定,劫后的沙枣林,满目疮痍。连根的树干,折断的枝条,成堆的树叶,掀翻倒扣的鸟巢散落各处。黑洞洞的树坑星罗棋布,勃勃生机的沙枣林已不复存在。

"快出来吧。"钟馗呼唤着香娘娘。

没有回应。

"快呀,黑老雕被我赶跑了,你在哪里?"

没有回应。

"再不出来,我要走了。"

还是没有回应。

"到底出不出来?我真要走了。"

久久没有回应。

"难道非得逼我挥剑砍树?放火烧树?"

依旧没有回应。

日上三竿,炙烤大地,钟馗沉吟半晌,压低嗓门:"既然如此,后会有期!"

"不许你走!"沙哑凄惶,尽显惊恐无助:"不许你走!"伴着弱弱的悲泣和抽噎。

一棵虬枝嶙峋,布满树瘤疙瘩的老树旁,香娘娘幽幽现身,哀怨的眼神残留余悸,憔悴的脸蛋挂满泪痕,长发不再飘飘,而是缠裹着树叶杂草。她拖着凌乱的裙摆，绕过一个一个墓穴般的大树坑，一步一步走向钟馗。

"千呼万唤不肯露面，若非吓唬吓唬你，敢情还要躲在里面。"钟馗故作轻松。

香娘娘死死盯住钟馗，嘴唇紧咬一言不发。

"黑老雕已被赶跑，无须担惊受怕，为何一副愁容？"钟馗问得心虚。

"哇"的一声，毫无征兆，突如而至，香娘娘放声大哭，花枝乱颤，声嘶力竭。

钟馗于心不忍，三两步冲上前去，将香娘娘紧紧抱住，香娘娘瞬间失了筋骨，绵软地瘫倒在怀。

大日头暴晒许久，香娘娘哭声渐息，似乎无尽的哀痛和忧愤，都在钟馗哥哥结实的臂膀里得以宽心释怀。

但不等钟馗回过味来，香娘娘猛地挣脱怀抱，一把推开钟馗："你，你走，你走吧！"退却两步，揩去泪珠，脸上留下数道泥痕，眼里冒出丝丝怒火。

"听见歌声，哥哥不敢耽搁，赶了过来。"钟馗一脸无辜。

"赶了过来，赶了过来，赶来的真是时候啊！"香娘娘抽噎着，"看看连根拔起的树，瞧瞧一个个黑洞洞的坑，你就忍心，你就忍心，叫我如何不痛心？"她用花拳一下下捶打着自己的胸脯。

"这不，阎罗殿交完差，本想快点脱身，偏偏遇上急务。"钟馗情急之下找借口。

"急务？一棵棵沙枣树，干旱炎热不曾死，洪涝盐碱不曾死，如今说没就没了。呜呜，呜呜，"香娘娘双眼红肿，伤心欲绝，"藏来躲去，生怕被黑老雕捉了去，而你倒好，偏偏来迟。呜呜，呜呜，不如一同埋进树坑，做个墓穴，就让香娘娘随沙枣树一道去了吧。"

"赶跑黑老雕，慢慢都会好起来的。"钟馗没话找话，眼里闪过一道不易察觉的狡黠和愧疚，上前将两只黑手轻轻地搭在香娘娘的肩头："黑老雕是个妖，终归要除灭的。"

"黑老雕今儿个不来，明儿个来，明儿个不来，后儿个来。你畏首畏尾，不去赶尽杀绝，难道就情愿瞧着黑老雕摧残凌辱香娘娘不成？"她使劲儿地抖肩甩掉钟馗的两只黑手。

钟馗尴尬地挤出一丝笑容："下回若再次遇见黑老雕，看钟馗哥哥如何挥剑劈下他的黑脑袋。"

"还有瘦干猴风仙。"

"一并斩灭，一并斩灭。"钟馗勉强应付着。

"还有那个胖婆娘沙仙。"

"好，好，斩灭，尽数斩灭。"钟馗心想果真如此，自个儿也该去十八层地狱遛弯了。先应承下来，管它日后天清气朗，还是月朗星稀，"可你这片沙枣林，一会儿来这个仙，一会儿来那个妖，偷偷摸摸，眼前知晓的这几位，不知晓的可还有？"他故意找碴儿。

"不就风仙和黑老雕，还会有谁？你，你信不过香娘娘？怀疑香娘娘？"她双眼冒出火星星。

"哥哥可是被你的花香勾来的呀。"

"你自个儿心有所念，心有所想，却怪花香勾引你。"

"不怪你，不怪你的花香，都怪哥哥自个儿吧。"他说得戏谑，说得调侃。

香娘娘蹙眉低首，愤愤然递上一句话："方才你说，不晓得还有谁偷偷摸摸来过这片沙枣林？"香娘娘眼睛发红，"原指望已经过去的就算了，不想再去多计较。可，可……"说时强压呜咽，肩头不住地颤抖，胸脯剧烈地起伏，终究未能忍住，从眼角"泪泪"流淌出赤红的血泪。

钟馗手足无措。

香娘娘盯着钟馗："钟馗哥哥，钟馗哥哥，说好一辈子呵护香娘娘。哈哈，风仙，香娘娘不怕，大不了随了他的愿；黑老雕，香娘娘不怕，大不了也随了他的愿；家园被毁，树木死光，一棵棵种下去从头再来，香娘娘也不怕；可如今，可眼下，我的钟馗哥哥，哈哈，"一对红眼睛瞪着局促不安的钟馗，"哈哈，拉钩上吊，拉钩上吊，哈哈！"尖利的笑声，阴森森地回荡在大日头的艳阳之下。

"只是瞎猜，随便一说。"钟馗毫毛竖起，倒吸凉气，不由自主地摸向剑柄。

"瞎猜，好一个瞎猜！哈哈，本指望着——"双眼血水一发而不可收拾。

钟馗当即打断道："别，别，别指望，"

268

香娘娘连退数步，用一双呆滞无神泛起红光的眼睛望着钟馗和那只紧握剑柄的粗大黑手。

钟馗躲开红光怒目，黑手攥出黏汗，虽察觉有些失态，却咬牙硬起心肠："只怪哥哥位卑言轻。天庭自有天条戒律，奉旨遵谕降妖除魔斩鬼除恶，实乃哥哥天职。况且，阎王爷早知你我私情，三番五次命我，命我——"说到此处，昭然若揭，骄阳暴晒下的热汗与亏心冷汗相互交织，顺着黑额头，黑面颊，黑黢黢的脖颈子"哗哗"地流淌下来。

香娘娘上前一小步，怯怯地追问一句："命哥哥，命你?"

"哎，实在没法子啊，阎王爷要收回哥哥的神器，要将哥哥打入十八层地狱，永世不得超生。"钟馗垂下黑头，黑手不松剑柄。

香娘娘瞧破钟馗的杂念，立刻打断钟馗掏心掏肺的告白："明白了，明白了!"再瞥一眼钟馗紧握剑柄哆哆嗦嗦的黑手，禁不住发出轻蔑的冷笑，"哈哈，哈哈!"

钟馗在谕令和私情之间沉浮，在地狱门槛内外犹豫不决，在香娘娘嘲讽的冷笑声中，张了张嘴想说，却说不出话来，只是将攥紧剑柄的黑手略略松开，让僵硬的五指稍稍舒缓，再一次握住剑柄。

那一瞬间，钟馗流露出愧疚，胆怯，自责，懊恼和决绝，香娘娘的眼睛一亮，迟疑片刻，毅然决然地伸出小手，想去抚摸一下钟馗的黑脸，还未触及，隔得老远，已被黑手硬生生地拦阻回去。她眼中的光暗淡下来，无语地回头望一眼残破凋零的沙枣林，眼前的一片红光，红的日头，红的天空，红的大地，红光笼罩的钟馗，红光照耀下七零八落的沙枣林。

香娘娘死死逼视着钟馗躲闪的目光，红红的眼睛扫过那只黑手，掠过那柄利剑，趁钟馗摇摆未定时，深吸一口真气，从发梢，从耳后，从嘴角，从腋窝，从胸脯，从腰身，从臀，从脚趾间，竭尽元阳精气提振异香，抖擞开来，吐露芬芳。

晕眩酥麻如期而至，胸膛起伏得越来越快，钟馗两眼失神，口涎从嘴角流下。

霎时，一股平地而起的旋风，卷扬起许多还未枯黄干透的沙枣树叶。正当此时，香娘娘纵身一跃，脚踩旋风，向西蹿去。

　　沙枣树叶纷纷扬扬地撒落在钟馗的黑头上，虬髯上，肩膀上，异香随着旋风渐行渐远。钟馗倏忽间恢复神志，望向西去的那股小旋风，心存侥幸仍留一丝善念，眼见着那股小旋风即将消失在西边天际，这才单腿点地，隐入一朵云雾，跟了上去。

第四十三章　借刀嫁祸黑老雕　魂归玉龙香娘娘

香娘娘向西飞去，飞得匆忙，逃得慌张，似乎有点神情恍惚，不辨东西。钟馗看在眼里，心里清楚，说不准她还想着快快回到那片生她养她的沙枣林，回到她心心念念的玉龙河边。

钟馗隐身在一片云雾中，握紧昆仑剑剑柄，仍然在踌躇观望，却见遥远的天际出现了一个小黑点。小黑点犹如黑色的闪电，斜刺里一个猛子俯冲下去，用铁钳一般的尖爪紧紧钳住香娘娘的双肩，眨眼间展翅飞向远方。

"黑老雕！"钟馗大吼一声，抽出昆仑剑，冲着黑老雕飞扑过去。日头黯然失色，天空灰蓝发白。钟馗隐身的那团云雾在出鞘的昆仑剑牵引下，快速地旋转起来，瞬间延展成一股粗壮的龙卷风。钟馗不失时机地踏上龙卷风，剑尖直逼黑老雕。

警觉的黑老雕扭头看了一眼正在逼近的钟馗，也不搭话，奋力振翅向西逃窜。

黑老雕的利爪深深地刺入香娘娘的肩头。顿时，香娘娘好像卸去了重负，轻轻松松，如飞絮般飘荡在天际。她嘴角翕动，断断续续地哼唱起了那首歌："送你，送你，一支，一支，沙，沙，沙枣花。"

"快闭嘴，快闭嘴！"黑老雕低声怒斥。

一朵笑靥浮上香娘娘惨白的面庞，她的小嘴无所顾忌地哼唱："送你，送你，一支，沙，沙，沙枣花。"

"叫你送花，叫你唱歌！"黑老雕昂起头颅，猛地用力向下，对准香娘娘的胸脯，"扑哧"一声，尖嘴深深戳入香娘娘的胸膛，捣鼓了一番，摆头仰脖，叼出一颗血淋淋跳动的心。

歌声戛然而止，香娘娘纤弱的脖颈儿歪向一边，胸口喷溅的血水浸透她的裙衫。

钟馗心有灵犀，胸口一紧，莫名的悲愤直冲天灵盖，大声喝道："看剑！"黑老雕拼命鼓翅，眼见着钟馗扑了过来，看着剑气已经逼近，干脆一不做二不休，不管不顾地松开双爪，任凭香娘娘摔得粉身碎骨。

香娘娘衣袂飘飘，裙摆生风，如枯萎的树叶，凋零的花瓣，断线的风筝。

钟馗瞧得真真切切，不得不暂且放过黑老雕，掉转头，一个俯冲，伸出单臂，稳稳地勾住香娘娘，但见她胸前热血喷涌，心已不在。钟馗不看不打紧，看罢已是浑身筛糠，无名之火腾得燃遍胸膛，两耳呼呼地窜出股股白色的怒气，恨不得就此将黑老雕大卸八块。

钟馗一手紧紧搂住沙枣花，一手舞动昆仑剑，剑尖直指黑老雕，剑气寒飕飕直逼黑老雕。在剑气的笼罩下，钟馗的卷发虬髯挂满白霜，黑脑袋空空如也，一门心思就一件事，就是要让黑老雕血溅蓝天，为香娘娘血祭！

黑老雕眼见着钟馗一步步逼近，仍然舍不得嘴里叼住的那颗心，顺势甩头张嘴，将那颗心抛向前头，随即猛扇几下翅膀紧跟上去，探出利爪再次钳住那颗心，大口喘着粗气，狠命地向西逃窜。

黑老雕已是强弩之末，哪里逃得过有昆仑剑剑气加持的黑钟馗？更何况黑钟馗早已怒从心头起，恶向胆边生。只见一道寒光闪过，黑老雕的利爪，就是钳住那颗心的利爪趾尖被昆仑剑齐刷刷地削断，剑锋和剑气扫过之处，带下许多黑毛。这一剑，虽干净利落，削去黑老雕半只利爪，却不曾一剑致命。钟馗紧接着劈出第二剑，眼看着剑气就要罩住黑老雕，就听黑老雕大叫一声："香娘娘的心！"

钟馗听得真切，昆仑剑举在手里，悬在空中，稍一迟缓，黑老雕已蹿出数丈外。

钟馗只得脚踏龙卷风，凌空转向，扑向那颗坠落的心，一手搂住香娘娘，一手将饮血的昆仑剑收归鞘中。剑身刚刚没入剑鞘，脚下粗大的龙卷风顷刻间崩裂瓦解，裹挟的尘土黄沙四散开来，雨点般飘落。

钟馗屏气盯牢，倾尽全力将腾出的手臂向前伸出，恨不能长出数丈，数十丈，将那颗疾速坠落的心，香娘娘的心牢牢接在掌心。

山谷峭崖，壁立千仞，滔滔河水，万重险浪，嵯峨礁石，暗流涌动。钟馗竭尽全力，张开五指，离那颗心越来越近，却只差咫尺毫厘，失之交臂。

钟馗站在礁岩之上，怀中抱着香娘娘，一只臂膀，向天高擎，五指掌心空无一物。那颗心，连同镶嵌着的几粒黑老雕金色的趾尖，一并消失在了奔腾的大河里。

咆哮的浪头，激荡的水雾，咸腥的水汽打湿了钟馗的黑脑袋和香娘娘那张苍白的脸。在震耳欲聋的涛声里，香娘娘静静地依偎在钟馗胸前，血水从双眼和伤口流淌下来，顺着纤纤指尖和下垂的裙摆，滴落在脚下的礁岩，汇入大河，仿佛去追寻那颗不知所终的受伤的心。

钟馗傻傻地站着，任凭风吹浪打，顾不得午后毒日头的暴晒，思绪却如脚下的河水，滚滚向东，无法停歇。落叶归根，魂归故土。钟馗双腿点地，抱着香娘娘飞向大河堤岸下的沙枣林。那里才是她的故土，才是她长眠的地方。

钟馗只想着把香娘娘掩埋在那棵老树之下，然而，那片沙枣林，历经三番五次的摧残，满目荒芜破败，遍地枯草断根。幸存的几棵沙枣树，或许是冥冥感怀，竟然扑簌簌地落尽树叶，自行殉命。整片沙枣林俨然一处落寞的坟场，在此垒砌荒冢，于心不忍。

钟馗挨着枯死老树，坐下来歇口气，望着怀中的香娘娘，"啪嗒，啪嗒"洒下热泪，滴落在香娘娘的脸上。香娘娘的脸颊平静安详。钟馗情不自禁地俯下黑头，亲了亲香娘娘早已冰凉无血的双唇，许久，扬起黑脸，睁眼望向夕阳落霞，天空幽蓝澄净。日复一日的落霞，年复一年的天空，再过一会儿，星汉灿烂，眼下，怀中的香娘娘好似无根之木，无系之舟，难寻倚身之靠，难觅立身之处。

钟馗默默地坐着，抱着香娘娘，直到夜幕低垂。

一颗流星划过夜空，飞向西天，消失在最西边。

耳边回响起信誓旦旦的拉钩上吊。西天，最西边，昆仑山下的玉龙河，香娘娘心向往之的玉龙河。钟馗和香娘娘一起奔跑在玉龙河畔，一起坐在巨大的鹅卵石上，一起听玉龙河水唱情歌，一起看山脊下的月牙湖倒映山的影子，倒映月亮的影子。异香，异香飘了过来，"瞧，瞧那边，"香娘娘两只小手掰过钟馗的黑脑袋，冲着身后的沙枣林："那棵最茂盛的沙枣树，本姑娘最喜欢的沙枣树，花开早，香最久，还有一个大鸟巢。""看到了，看到了。"凉风吹拂，异香淡去，香娘娘突然露出惊恐之色，推开钟馗，从鹅卵石上一跃而下，奔向那片沙枣林，那棵沙枣树。"莫要怕，等等我！"钟馗起身紧追其后。

喊叫声，不曾喊住香娘娘，却喊醒了南柯一梦的钟馗。

钟馗泪光闪闪恍然大悟，玉龙河，玉龙河，生养香娘娘的玉龙河。

钟馗想到做到，目光坚定，抱起香娘娘向着流星消失的西天飞去。

夜色中，月光下，高山大河，峡谷险川，倏忽间掠过一望无际白雪皑皑的莽莽昆仑。一道道昆仑山谷晶莹剔透，一处处高峡平湖银光闪闪，如同镶嵌在昆仑高原上的一面面铜镜。钟馗顾不上低头观赏，将阎王爷的谕令、罗圈外八海麦斯都抛在脑后，此刻，唯有一个心念，那就是在月光的照耀和流星的指引下，遵从灵犀的感召，去往香娘娘心心念念的玉龙河。

飞越昆仑高原，脚下一片开阔，放眼望去，小河蜿蜒曲折，水雾蒸腾。按照香娘娘所托之梦，钟馗从一条小河寻到另一条小河，从一片树林寻到另一片树林。河边随处都是大大小小的鹅卵石，可是，哪里才寻得见那块巨大的鹅卵石和月牙一般的湖？

天色泛白，钟馗不免着慌，只想趁着曙光微露按图索骥。若是骄阳当头，香娘娘岂能在阳光下抛头露面？

焦虑中，钟馗抱着香娘娘，时而在河畔疾走，时而跨越荒山秃岭，涉浅滩，越鸿沟，甚而飞过戈壁荒滩。眼见着日上两竿，钟馗冲着一处荒漠绿洲飞了过去，暂且避开毒日头，思忖着，待到太阳西坠，再行找寻。

然而，不等赤红的晚霞飘起西天，却看见东方，遥远的东方白光可鉴，森森闪耀。当夕阳渐散，黄昏之后，紧接着就似乎迎来东方既白的又一个清晨。

奇特的天象令钟馗惊愕不已，西边刚一暗去，东边却已晨曦初上，

难道碰上了千百年不遇的荧惑犯东井，白虹贯日出？难怪月亮或明或暗地在天际徘徊，散落的星辰无精打采。钟馗走出暂歇的小绿洲，离开不属于香娘娘的小树林，不安分的心慌阵阵袭来。天呈异相，绝非瑞兆，白光诡异，必有不测巨变。似白日，不似白日，似黑夜，不似黑夜，天地间一片白茫茫。钟馗赶忙起身

飞上半空，强打精神，打算继续寻觅，偏偏香娘娘的身子越来越沉。钟馗不由自主地敲响退堂鼓，这般海里捞针，何时才是个头？

彷徨间，耳边响起"嘎嘎，嘎嘎"的声声鸟鸣，一群从脚下飞过的大鸟打消了钟馗的胡思乱想，似乎在催他回心转意，对了，不如尾随大鸟，试一试运道。

果然远处可见一片低矮的小树林，三三两两的鸟巢散落在枝杈，巢里小鸟叽叽喳喳。钟馗失望地摇摇黑脑袋，低下头来，望着香娘娘："香娘娘，你倒说句话呀，去哪里方能寻见你的玉龙河？"

香娘娘紧闭双唇。

"伤筋动骨大老远赶来。"

香娘娘不为所动，一言不发。

没有玉龙河，只有黄沙虚掩的河道，没有月牙湖，只有裸露的宽大河床，没有鹅卵石，只有一座座波浪似的沙丘。钟馗又饥又渴，无精打采，想快点儿离去，然而，一看到怀中香娘娘瞑目却不甘心的面庞，于是咬咬牙，狠下心，再去找寻一番。

跃过那道山脊，狂躁的劲风吹过沙丘，扬起黄沙，有些眯眼。钟馗先是用袖袍轻拭香娘娘眼角的黄沙，再噘起黑嘴，轻轻吹去她眼窝鼻梁处的细尘。她的眉宇间，竟飘出一丝淡淡的香。钟馗不敢相信自个儿的黑鼻子，凑近，紧贴她的眼窝印堂，没错，正是那股异香。难道她有话要对哥哥说？他举目四下张望，白茫茫，黄澄澄，方圆数里，唯有身后的小树林。

钟馗折返飞回，双脚踩踏在松软的黄沙上，转眼间黄沙没过双膝。鸟巢里的大鸟聒噪起来，夹杂着雏鸟的叽叽喳喳，异香更加浓烈，分不清来自怀中的香娘娘，还是来自面前的沙枣林。

钟馗低下黑头望一眼香娘娘，再抬头望向面前的小树林，黄沙掩埋着粗大的树干，枣红皮色的虬枝，扁圆的叶子上银色的鳞片，隐隐约约的一根根尖刺，这不正是寻寻觅觅的沙枣树，沙枣林吗？

此刻的钟馗盯着脚下流淌的黄沙，思量着低矮的沙枣树，醍醐灌顶，如梦方醒。千年风吹日晒，河道改来改去。山脊下的月牙湖，时而充盈，时而干枯。河滩上的鹅卵石，要么被冲走，要么被沙掩，来来去去，周而复始。只有棵棵老树

275

盘根错节，扎根地下，只有大鸟们繁衍生息，相互守望，不离不弃。

钟馗解下昆仑剑，用鞘当作锨和铲，挥动双臂，向下刨挖。

看看够深也够宽，钟馗轻手轻脚地将香娘娘放入坟茔，理好她的长裙，捋顺她的衣摆，将几缕散乱的长发撸到她的耳后。他忍不住俯下身子，将黑脸紧紧地贴在她冰冷的面颊上。最后一次的肌肤之亲，自此生死两相隔，无以往生茫茫然。

钟馗从袖口扯下一片笼袖，盖住香娘娘白净的脸。生于斯，长于斯，终而归于斯。鸟雀不噪，异香不再，白光耀耀，风沙停歇，周遭死寂。香娘娘，或对得起，或对不起，只在此刻最明了。暂别你的孤冢，就让干涸的玉龙河，沙下的鹅卵石常与你相依，还有沙枣树，大鸟们，星星月亮常与你相伴。

诸事停当，无甚遗漏，钟馗双足点地，向东飞去。身后传来大鸟急吼吼的啼鸣，似乎在召唤，或者在提醒着什么。钟馗停下脚步，转身望向白光朦胧的沙枣林，哀鸣声声，哀婉阵阵。

第四十四章　灾祸白光漫涣　天象异数难料

钟馗心愿了却，一路东归。

白光，天地间处处白光，整宿的白光，如同白昼无二。当太阳从东方冉冉升起，阳光耀眼夺目，天地间光亮倍增，燥热难耐。

钟馗越往东来，白光越是炽烈，心神更加不宁。除了白光和炽热，更有腰间的昆仑剑时不时地"扑棱棱"作响，馗匣也随之时不时地隐隐发出金光。

先前熟悉的大河，熟悉的西口镇子，在白光和阳光的炙烤下已然变了模样。

疲惫的钟馗无暇多虑，匆忙赶回西口镇子，飘然落定在倔老汉家的院子当中，一眼瞧见老槐树下张嘴怔怔望着自个儿的倔老汉。不见倔老汉以往的老练持重，只剩下面皮上的一脸恐慌。

"大爷，瞧您，吓着您了不是？"

"哪里话，"倔老汉恢复常态，"您瞧这，这天儿，这日头，害得老汉整宿没睡，不晓得咋办。正好钟大仙人回来了，快给说道说道，指点指点。"倔老汉凑上前来。听得偏屋门板"嘎吱"一响，"钟相公您可回来了。"说话的正是外八，满心欢喜。罗圈随后走了出来。

"肩伤养得如何？"钟馗关切地询问。

"多谢钟相公惦念，也多亏大爷一家照顾，差不离全好了。"外八一面说，一面抬起胳臂前后抡起圈来："瞧，全好了。"

"如此甚好，吃一堑长一智，下次务必当心。"

"哎，钟相公的袖口怎么一只长一只短？"外八扯起钟馗的袖口要看个究竟。

"有甚大不了的，树枝刮破扯掉的。"钟馗爱答不理。

"钟相公，您瞧这天色，到底怎么回事？"罗圈插话道。

"钟大仙人，从昨儿个晚上起，说不好到底是夜里还是白天。老汉活了几十

277

个年头，算白活了，搞也搞不明白，实在糊涂了呀。您瞧这老槐树，短短几个时辰，您再瞧瞧，叶子落没了，这晚上不像个晚上，白天又变本加厉，还让不让人种庄稼？还给不给人活路呀？"倔老汉布满褶子的老脸在枯树下如同一块饱经风霜的老树皮。

钟馗未言语，走到槐树下，听得见踩在脚底的绿叶发出"咔嚓，咔嚓"的脆响，转眼间碎成一摊摊绿色的齑粉；抬头瞧一眼光秃的树枝："本尊也纳闷，怪异天象，想必异数异端横空出世。莫非，莫非，有甚伤天害理、地动山摇之事，天地难容？"

"钟大仙人也不知晓吗，敢情哪位仙人知晓呢？"倔老汉的几个儿子围拢过来，竖起耳朵，也想听个明白。

"钟相公，瞧您累的，先回屋歇息一会儿，对不住各位了，钟相公这边请。"外八替钟馗解了围。

外八关好门板，罗圈脱口便说："自打钟相公带着功劳簿赶去阎罗殿，好些天不见钟相公，小子们担心呢。"

说话间，昆仑剑"扑棱棱"怪响，馗匣隐隐闪出金光。罗圈外八不明就里上前观瞧，钟馗扮作习以为常的模样，上炕靠墙闭眼歇息。

罗圈本想多唠叨几句，昨儿个亮堂堂夜里出行，指望给功劳簿添加几笔，哪承想，妖魔精怪一个个都没了踪迹，煞是奇怪。听得钟馗鼾声大作，只好闭嘴作罢，安安静静地坐在炕沿上。

偏屋比以往亮堂了许多，阳光，白光，加之褡裢里的馗匣闪现的金光。

当昆仑剑再一次"扑棱棱"地怪响时，沉睡中的钟馗猛然惊醒，睁眼一骨碌翻身下炕，就往外走。

"钟相公，您去哪里？"罗圈外八跳下炕沿。

钟馗停下脚步："外八，你小子肩伤未愈，罗圈，也别偷懒吃闲食，替大爷家多干些力所能及的事儿。本尊尚有一件急务，去去就回，是福不是祸，是祸躲不过，你两个放心。"

钟馗穿过院子，迈出院门，好家伙，西口镇子的众乡亲们一个个杵在院子外，在午后黄灿灿白花花的天光照耀下，瞪大眼睛傻站着，一张张黑黢黢的老脸上挂满油腻腻的汗滴，沉寂中透出一股子不安和恐惧。偃老汉一马当先"扑通"跪下，随后三个儿子和众乡亲们一个个都跪了下去。

"钟大仙人，您可不能丢下西口镇子的老老少少，一走了之啊！"

钟馗赶紧上前搀起偃老汉："承蒙众乡亲们厚爱，本尊岂能一走了之？众乡亲们大可不必客套，快快请起。"

偃老汉虽说被搀扶着站了起来，可众乡亲们还都齐刷刷地跪在地上："钟大仙人，自打赶走了妖怪，西口镇子，还有周边镇子，好些日子不再丢马丢驴了，全托钟大仙人的福呀。乡亲们盘算着，此番白光必有来头，定是妖魔作祟兴风作浪，这才黑白颠倒，黑白不分，如今硬生生断了活路。钟大仙人要替乡亲们做主呀！"

"降妖除魔斩鬼除恶，本尊应尽本分。不过这次天象异数，本尊这就前往巡视，望众乡亲们不必惊慌。这不，罗圈外八还在，大伙儿快快请起，放心回去吧！"钟馗安抚道。

众乡亲们仍然跪成一片，不肯起身。钟馗使个眼色，罗圈外八一同上前，搀起一位，再搀一位，可前面站起的又跪了下去。钟馗看看不可如此耽搁下去，于是朗声说道："本尊一言九鼎，言出必行，只待斩灭作祟的妖魔，必给众乡亲们一个交代。"说完，在众目睽睽之下，双脚点地，直蹿云霄，身后传来一片惊呼。

东边的白光越发瘆得心慌，西去的太阳喷着火舌，大地在光与火的炙烤下蒸腾着热浪。大河已不再宽广，难觅雍容。岸边暴露的滩涂结板皲裂，芦苇荡子枯黄一片。

钟馗千急万急热昏了头，顺着大河，向着上游峡谷飞去。峡谷里没了震耳欲聋的浊浪，没了遮天蔽日的水雾，巨礁裸露在谷底，细流绕行其间，死鱼的恶臭令钟馗窒息晕厥。恍惚间，钟馗忆及香娘娘的那颗心，跌入湍流激浪里的心，连同黑老雕的几粒趾尖，不晓得冲去何方，心归何处。

钟馗贴着峭壁向上飞，接近崖顶时一眼便瞧见藤蔓遮掩的洞口。

钟馗随手扯下几根枯萎焦黄的藤条，跨步进入洞中："海麦斯，海麦斯！"黑黢黢的山洞里回荡着喊叫声，却无回应。洞里拾掇得干干净净，兴许海麦斯提前离去，兴许自个儿延迟赶到，急务急茬，白光异象，失约未碰头在所难免。但不可失信于海麦斯。钟馗扯下另一片袖口，压在石下，略表歉意，权当打了个招呼。驻足片刻，钟馗移步洞口，向外张望，不黑的夜即将来临，腰间的昆仑剑发出"扑棱棱"响声，怀中的金光透出大氅。钟馗口中默念："后会有期！"飞身跃出洞口。

东边白光，西边夕阳，头顶阎罗殿，脚踩大地，该去哪里？何去何从？钟馗头一回失去了方向。

三界内外一路走来，马不停蹄，难得歇息，一桩桩，一件件，前脚赶后脚，东奔与西跑，劳心劳力，不敢马虎懈怠，更不敢躲闪逃避。生而为人，死而为鬼，整日面对眼前的，手上的，肩扛的，身边的俗务杂事，除了鸡毛蒜皮便是鸡零狗碎，除了庸常自扰便是节外生枝，但凡其他，无出其右。

钟馗不想则已，想起便难以停下，不住地喟叹唏嘘。

别无他法，先返回西口镇子歇息静观，暂以不变应万变。

倔老汉家院子门外停着一辆马车，平板上叠摞大大小小的包袱，院子里锅碗瓢盆，热火朝天。外八忙前忙后张罗着，见到钟相公，放下手上包袱，奔到钟馗跟前："好说歹说，小子劝不过，大爷听不进，要跟着乡亲们一道南下逃难，只好搭个手，帮个忙。"

"钟大仙人，周边镇子这几个时辰都逃空了。这西口镇子，哎，不得已呀，若不是这天灾人祸，谁愿意背井离乡，忘典弃祖？"

钟馗无能为力，上前无奈地拍拍倔老汉的肩头，扭头问道："罗圈呢？"

"大爷，您先忙着，小子一会儿就过来帮忙，"外八拉过钟馗，压低嗓门，"阎王爷派个当差小鬼，说是出大事了，十万火急了不得，召钟相公您赶紧去阎罗殿呢。我几个在周边转了个遍，沙枣林也去了，还是没有见着钟相公，末了，小鬼非拉起罗圈一同走，说是好给阎王爷回话交差。"

"第五个月圆之日没过几天，这第六个月圆之日大限尚远，阎王爷意欲何为？"

"小子不晓得，只觉得怪。"外八插话。

"第五个月圆之日便是提前一日召见的本尊，这第六个月圆之日难道还得提前两旬呈上功劳簿不成？"

外八瞧见钟馗眉头紧锁，欲言又止。

"难道冲着这东方白光？天象异数？"

"太好了，这下也该让阎王爷、天庭见识见识钟相公的厉害手段呢。"

"你小子老老实实守在这里，哪儿也别去，等本尊回来。"

不曾进屋，顾不上与倔老汉打招呼，钟馗黑头顶白光，消失在白茫茫亮堂堂的夜空中。

第四十五章　遥遥无期月圆日　一脚踢飞功劳簿

钟馗听说阎王爷十万火急召他返回阎罗殿，说是出了大事，他立马猜想出这"大事"，八九不离十，一定关乎新近出现的东方白光。

在天言天象，天象异数；

在地言地理，地理异动。

在钟馗则言预兆和感应。昆仑剑与匣，迥异于以往，随天地日月嬗变，似在隐忍，伺机而动。养鬼千日用鬼一时，此时不去阎王爷跟前听命效力，更待何时？钟馗顾不上和外八多唠叨，匆忙赶往阎罗殿，哪承想却空跑一趟，但好在从留守阎罗殿的当值小鬼那里打探到，所谓"大事"果不其然关乎东方白光，而东方白光正是拜他们谈虎色变的"九阳"所赐，就是那个被后羿射落的第九个太阳。背负箭伤奄奄一息的九阳被镇在蓬莱仙山之下，由东海龙王严加看管。本指望着九阳永世不得翻身，三界保得万世太平，谁曾料到，九阳竟然积蓄力量，挣脱黑金锁链，掀翻蓬莱仙山，东山又再起。

当此危难之际，阎王爷率领众多阴兵鬼将赶赴泰山，准备与盘踞泰山的九阳决一死战。

钟馗抛开一切杂念，马不停蹄地奔赴前线。战前紧迫，钟馗不曾面见阎王爷，便快马加鞭地被指派到黑白无常两位将军所率的前锋处效力。与黑白两位将军会合后，钟馗这才知晓来龙去脉。原来，阎王爷遵照玉帝指令，打算以阴克阳，故而集结秦广王、楚江王、黑白无常、牛头马面、十大阴帅、十二鬼以及各路兵马前去剿灭九阳。所谓"以阴克阳"，盖因九阳当属极阳，而极阴之物非十八层地狱中的各色女鬼莫属，实乃极阴中的极阴。管她吊死鬼、冤死鬼、罗刹鬼、难产鬼、殉情鬼、溺死鬼统统列编成队，由黑白无常两位将军统领充作先锋。

更令钟馗吃惊的是响当当的东海龙王第一战铩羽而归，名震天地的托塔天王第二战更是丢盔卸甲，损兵折将痛失爱子哪吒。对于黑白无常两位将军所辖的八千女鬼先锋队，钟馗初次听闻，虽然黑脸上不动声色，心里多少有些不屑，对于极阴克极阳之计谋，尤其是大红贴肉亵衣肚兜饱蘸女鬼尿汁之举措，更觉匪夷所思，臭不可闻。但阎王爷的方略已定，不容置疑，钟馗不由得暗自忖度，如此阵势，绝不比寻常的降妖除魔斩鬼除恶，更得步步留意处处当心，且行且看，见机行事。

出乎钟馗意料，鸡冠山上，极阴的确克极阳，在阴风臊气的助力下，在滴沥着八千女鬼黄汤尿汁的成千上万支红箭的威力下，钟馗凭借着昆仑剑，险些近身九阳，差点一剑得手。然而，面对九阳的威力，阎王爷的以极阴克极阳的战术依然是一败涂地。好在钟馗凭借昆仑剑的庇护从九阳的眼皮下全身而退，不得不说是一个奇迹。钟馗也是暗自庆幸。

如今，白昼更白，黑夜无黑，今天明天无甚分别。

如今，九阳当道，天庭鬼域忙着应对，实难旁顾。月圆之日遥遥无期，月圆大限猴年马月，动辄拿来说事的功劳簿，还会有谁提及？区区一介黑钟馗，还会有谁惦记？

思前想后，若九阳长存天地，无非遍遭涂炭，遍地素缟。只要守得神器，守住昆仑剑与匣，避开九阳去往昆仑高原龙脉之源，凭借一己绵薄之力，只要不耽误降妖除魔斩鬼除恶，扪心自问不误圣谕，不再受制于纲常桎梏，那么，就可以在天地之间三界内外，优哉游哉，再也无须低眉折腰看眼色，奴颜婢膝失颜面。

然而，这般思虑只是一厢情愿。若九阳有朝一日终被剿灭，白光也将弥散，月亏月盈重新开启，毫无疑问，秋后必算账。走狗烹，良弓藏，大限至，神器收，十八层地狱大门敞。两害相权，岂可只取其轻？两利相权，岂可只取其重？又岂可但凭一己之好恶，一己之私念，做取舍？响当当行走天地之间三界内外，圣旨依然高悬，口谕言犹在耳，但凡就此转身背起手弃天地涂炭三界素缟于不顾，中道初心夭折，半途使命毁弃，一走了之，一躲了之，又怎一个甘心，说得清楚说得透彻？做人争魁首，读书摘状元，即使成鬼亦要当门神，不负娘亲不负己，更不负皇天知遇恩。

沿途村镇一片凋敝，鸡犬皆无踪。偶见老弱病残嗷嗷待毙，荒郊野外随处散见热死的，渴死的，饿死的一具具臭皮囊。钟馗摇摇黑头，露出苦笑。

　　飞到终南镇子后，钟馗沿着几乎枯竭的大河，继续向西。

　　那片飘满异香、魂牵梦绕的沙枣林，已成荒丘秃岭横陈眼前。那里有太多的美妙和畅快，也有太多的憾事和不齿，只是灰飞烟灭俱往矣。

　　西口镇子，离开数日，街衢寂静无声。

　　钟馗落脚在倔老汉家的院子里，踩着厚厚的一层浮尘，正要喟叹世间不易，只听得"嘎吱吱"偏屋门板推开一道小缝，紧接着，外八兴奋地跳出来，连声叫喊："钟相公，钟相公！"

　　钟馗一阵激动："你小子还守在这里，待在死气沉沉的西口镇子！本尊以为你小子早就逃回阎罗殿了。"

　　"钟相公要小子守在这里，小子不敢离开半步。哎哟，钟相公您怎会穿得如此花里胡哨怪模样?"

　　"花里胡哨?"钟馗低头一瞧，不看不打紧，着实吓一跳，一条鲜嫩粉绿的衬裙斜系腰间，恰好遮住羞处和黑腚，当初鸡冠山下，慌乱着急，随手扯下的女鬼衣裙。"赶紧的，快拿长衫来。"

　　"屋里现成大氅。"别看外面尘土飞扬，偏屋倒还干净整洁。

　　"镇子都逃空了?"钟馗明知故问。

　　"可不是嘛，成群结队，马车驴车，能走得动的都南下了。留下的都是些老的，病的，活着没啥指望的。倔老汉留下好些干粮。外八哪里也不曾去，只盼钟相公罗圈快回来。"

　　"本尊未曾看错与你。这几日翻天覆地，一言难尽，咱也赶紧离开，收拾收拾上路吧。"

　　外八听得要离开，赶紧问道："钟相公，这是要去哪里? 不回阎罗殿吗?"

　　钟馗略略迟疑："先往西去。"

　　"可罗圈还不曾碰面呢。"

　　"兵败之后，罗圈随黑白无常和阎王爷一同逃回阎罗殿了。"

　　"兵败? 罗圈随黑白无常和阎王爷逃回阎罗殿?"

284

"说来话长。瞧这不分白天黑夜的白光，原来是大魔头九阳死灰复燃，三败天庭鬼域。路上慢慢说给你听。"

"大魔头再厉害，钟相公可有昆仑剑与匣，难道对付不了？"

"亏得昆仑剑护体，本尊侥幸全身而退。东海龙王，托塔天王还有阎王爷，在九阳面前，一个个大败而归。"

"大魔头如此厉害？"外八张大嘴巴，一脸惊诧。

"本尊这回过来西口镇子，专门来招呼你小子一道离开此处，顺带催促滞留的乡亲们赶紧南下逃难。"钟馗说着，推门迈出偏屋，外八挑起书箱扁担"嘎吱，嘎吱"跟到院子中间。

"等等，挑这做甚？"钟馗问道。

"家伙事儿都放在书箱里。"外八一板一眼。

"如此节骨眼儿，勿耽误工夫，统统丢弃。"

"有笔有墨有砚台，还有您的门神画像。"

"门神，大唐门神，"钟馗斩钉截铁，"说过了，一起甩了。"

"可，可还有功劳簿呀！功劳簿总不至于弃之不用吧？还有第六个月圆大限呢，还要派上大用场呢。"外八嗫嚅道。

"哈哈，哈哈！"钟馗莫名其妙地仰天长笑。

"钟相公别吓唬小子，行不？"外八猜不透钟馗为何狂笑，意欲何为。

"月圆？第六个月圆之日？"钟馗顿一顿，"功劳簿，功劳簿，无功无劳怎样？有功有劳又怎样？统统甩了！统统甩了！哈哈哈！"钟馗突然收住笑声，低下黑头瞅着书箱挑担，似乎在盯着两只蜷缩脚边的陌生妖怪，猛地抡起黑脚将两个书箱挑担踢飞半空中。

外八望着暴戾的钟馗，不敢吱声，再望向纷纷扬扬散落下来的一页页功劳簿，惨淡的白光里，清晰可见一行行黑字一圈圈批红。有些飘去院子外，有些落在院子里，有些挂在枯死老槐树的枝丫上，仿佛给死去的西口镇子添挂上几条挽联和几张招魂幡，更有那仅存的两张门神画像飘荡在脚前。

钟馗踢飞书箱挑担，恨不得放上一把火，将老槐树连同枝丫上的挽联和招魂幡，通通烧干净，连同郁结胸中沉甸甸的杂念一同燃烧殆尽。可，倔老汉及其子嗣将来若要返乡寻根，又当如何交代？再瞧眼前枯死的老槐树，当真枯死，抑或佯装，那也是说不准的事儿：

> 落叶只求自保，
> 根须深扎地下。
> 只待白昼穷尽，
> 自有枝头嫩芽。

钟馗踩着门神画像，义无反顾，大踏步冲出院门。外八跳步避开画像，一溜小跑紧跟其后。

第四十六章　海麦斯守信留信物　黑钟馗奉约践约定

钟馗惦记着海麦斯，于是招呼外八即刻离开倔老汉家的院子，向着大河峡谷飞去。

赶到海麦斯先前疗伤的洞口，只见峭壁上洞口大开，外八跟进洞来："钟相公，您看石头压着的可是您的大氅袖口子？"

"本尊给海麦斯留下的印信，告知他，本尊已来，事出有因，并非言而无信。"

"钟相公上回说袖口子被树枝挂掉了，却压在这里。"外八哪壶不开提哪壶。

"亏你记性好，有甚不妥？"钟馗有些好笑。

"快来看，钟相公，袖口子盖着一条鱼，一条干鱼。"外八掀开袖口子，捏着鱼尾巴拎起来，上下打量。

钟馗凑前瞧了瞧，闻了闻："海麦斯业已来过，放条干鱼，有何意味？"钟馗望向洞口，"你小子守在这里，本尊出去一下。"

东方白光熠熠，西边天色苍茫，无星无月，无蓝天无白云，没有白昼，没有夜晚，早晚混淆，时辰难辨。白昼就是黑夜，黑夜就是白昼。明天不再，天地之间没了明天，三界内外又会怎样？

突然，海麦斯那句琢磨不透的话语在耳畔回响："终有一天，会有灾祸降临三界，仙界鬼域和世间，无一幸免，很大很大的灾祸。"

"很大很大的灾祸！"钟馗喃喃自语。远在天边，近在眼前，海麦斯言之凿凿，难道灾祸已来，只在当下？

钟馗飘落谷底，望着涓涓细流缓缓地穿行在巨石间，随处可见一条条死鱼，臭味熏呛，并无鸟儿啄食。那些大鸟凭借翅膀，飞去南方逃难了。可怜的鱼，大河里的鱼，渴死干死，别无出路。

287

钟馗似乎顿悟，赶紧走，莫留守。干旱来临，无水之鱼只求保得全尸，空留洞中。但他仍有一丝不舍，香娘娘的心，峡谷中了无痕迹。那场救赎，恍如昨日，香娘娘的心嵌着削断的趾尖差之毫厘，坠入湍流，遁形激浪。

"钟相公，您听，雷声？"外八突然飘落谷底，冷不丁吓了钟馗一大跳。

钟馗竖起耳朵："天上无云，何来雷声？奇怪之极，翻过山岭去瞧瞧。"

白光笼罩着高原，一片死寂。唯有西北方向，隔着数条肋骨般的山峦，从峡谷深处不时地传来雷鸣，隐约夹杂着驴嘶马叫。

"海麦斯！"钟馗脱口而出，"海麦斯，快去瞧瞧。"

山腰崎岖的羊肠小道上，数十头驴马如蝼蚁般列队爬行。

只见两只巨蜥一前一后，打头巨蜥带路在前，断后巨蜥吆喝指挥。驴蹄和马蹄踩落松垮的山石，石头骨碌碌滚落，碰撞碎裂。滚石之声在山谷回荡，经回音折返，遂成雷鸣之响。驴马受到惊扰，扬起蹄子"嘻溜溜"地嘶叫，踩落更多山石，激起更多烟尘。烟尘一绺绺地蒸腾在山坡上，此起彼伏，蔚为壮观，经久不散。

钟馗兴奋之情溢于言表，迅速飞向断后巨蜥。

"壮士留步！"钟馗瞄向断后巨蜥的大尾巴，并未发觉有初长成的新鲜印记。

从天而降的问话，吓坏了巨蜥，更休提驴马。

巨蜥并不言语，也未转头，一气呵成，将大尾巴横扫过来，随即扭身举起长鞭向后便抽，红艳艳的开叉信子从大嘴里伸出来，滴出黏稠的拉丝口涎。

前面带路的巨蜥察觉到骚动，三步并作两步，赶来帮忙。

"壮士且慢！且慢动手！本尊绝无恶意，只想打听个事儿。"钟馗一面说着，一面躲过呼啸的鞭梢子，跳出鞭长之外。

断后巨蜥心存戒备，不敢进逼，等到帮衬的同伴赶来，一番交头接耳，这才远远打量起两位不速之客。

"天宽地宽路更宽，井水从不犯河水，各走各的道，各吃各的食。看着你两个没啥恶意，既然打听事儿，快快说来，我俩还需赶路。"断后巨蜥说着，前爪慢慢收起长鞭。

"壮士爽快耿直，直话直说，两位可认得海麦斯，本尊的朋友海麦斯？"钟馗缓和语气道。

"海麦斯？你认得海麦斯？"带路巨蜥张大嘴巴，眼睛睁得溜溜圆。

"两位壮士，长话短说，本尊和海麦斯有个约定。"

"约定？"

"一言难尽，很重要的约定，本尊赶着去会海麦斯，苦于抬头无路，举目无门，赶巧遇见两位壮士牵驴赶马，想必与海麦斯必为同道。冒昧前来打探，还望引路为盼。"

"去见海麦斯首领，口气不小。上一回碰见海麦斯首领，还是在沙枣树刚结上一串串青青小枣的时候呢，想想青沙枣的那个味道后槽牙都要酸掉了，那个酸涩，呵呵。"断后巨蜥吞咽着口水。

"两位壮士认得海麦斯，那就太好了，本尊与海麦斯虽说一面之交，却是生死之交，彼此相见恨晚，约定一道去见包包蛊。阴差阳错，误了时日，耽搁至今。"

"海麦斯首领，来无踪，去无影。兴许见得到，兴许白跑一趟，这都是说不准的事儿呢。方才提及的包包蛊，海麦斯首领也常挂在嘴边，据说是一只神通广大的猫头鹰，两个大眼睛金光闪闪，浑身上下雪白，无一根杂毛呢。"带路巨蜥话音刚落，断后巨蜥接口反驳道："哪里是无一根杂毛？海麦斯首领明明说的是包包蛊浑身上下无半根杂毛。是无半根，不是无一根。"带路巨蜥用无奈的口气回应道："你说得对，你说得对，好了吧？包包蛊无半根杂毛。"

"海麦斯，你们的首领？浑身雪白，无一根杂毛?"外八插了一句。

"海麦斯首领是海麦斯首领，包包蛊是包包蛊。包包蛊浑身雪白，无半根杂毛。"断后巨蜥絮叨个不停。

"这回听明白了。"外八摸了摸养好的肩伤。

"你们可知晓，海麦斯首领厉害极了，我等巨蜥全听他使唤。这不，捡来数十头驴马，赶回去给海麦斯首领交差呢。"

"你等捡来数十头驴马?"外八满嘴不屑。

"镇子已空，乡亲们逃难，慌乱中牵驴套马，难免走丢走失。两位壮士将迷路的驴马归置起来，送去西边。海麦斯与我说起过。"钟馗缓和口气。

"所言极是，如今大牲口都没了，别说去借，已无处可借，就是去偷，也无处可偷。只好沿途归拢走散的驴马，集中起来凑数。海麦斯首领常说，野外的大牲口早已搜罗干净，暂且不提。家养的大牲口，不许偷不许抢，只论借，都赶去西边要办大事，共同防备大的灾祸。海麦斯说要防备一个很大的灾祸，我等深信海麦斯首领。"

"很大的灾祸，对呀，我与海麦斯的约定就是去西边会会包包蛊，去弄明白如何防备很大的灾祸呢。"钟馗若有所思。

"上路跟着走吧，别再耽搁了。"断后巨蜥伸出小前爪，做出一个请的姿势。

多了说话的伴儿，还有驴马可供骑乘，外八满心欢喜，

如此不得已跟着走，颇费时日，钟馗心急如焚，面露难色，却无其他法子。

突然，一声"唏溜溜"的长嘶响彻山谷，原来，一匹枣红马踏空失蹄，随着乱石"噼里啪啦"滚向谷底。说时迟那时快，带路巨蜥后腿蹬地，腾空而起，前爪挥舞长鞭甩向枣红马。就在带路巨蜥落地的一瞬间，带路巨蜥甩出的鞭梢正好缠裹住马脖子。带路巨蜥用前爪拼命地拽起长鞭，可枣红马依旧顺势向下滑落，长鞭绷得笔直"嘎嘎"作响。眼见着带路巨蜥就要被枣红马一步步拖向谷底，危急中，忽然闪出一道黑影。那黑影直奔山坡扑向枣红马，稳稳当当地托举住晕头转向的枣红马。

带路巨蜥脱口而出："好大的力道！"

钟馗双腿有如生根，借力扶起枣红马。

带路巨蜥一面拖拽着枣红马，一面吃力地爬上山坡。

"多谢援手，一路上相互总有个照应。会见到海麦斯首领的。"带路巨蜥言简意赅，冲去前面继续带路。断后巨蜥两只眼睛和善地瞧着钟馗和外八，不住地点头。

外八，好家伙，骑在带路巨蜥的脊背上，搂着粗壮的脖颈子，聊得起劲呢。

钟馗着急无甚鸟用，定定心神，不紧不慢地跟在后面。

这一路向西倒也无甚波澜，估摸着九阳白光还未曾完全殃及过来，因而天际常现昏暗光景，淡淡的月影若隐若现。钟馗原本不放心上，却忍不住总抬头瞧上一眼，时不时心里揪扯一下。好在月未圆，月儿不常在，却也如影随形，你走它

也走，你停它也停。钟馗冒出的那个荒唐不经的念头，一路上曾不止一次地闪现过。如此这般趁机一走了之，一逃了之，只为舒坦和自在，图个颜面和私心，难道真就不计其余，不计后果？

钟馗脸烫如炭，心跳如鼓，昆仑剑"扑棱棱"再一次响起，怀中馗匣随之隐隐闪现金光。他牢牢地握紧昆仑剑柄，黑手掌心已热汗淋淋。

第四十七章　黑钟馗隐身偷窥　包包蛊吐露天机

大难临头，妖魔精怪皆遁形消声，四散逃命去了。

钟馗西行路上，倒落得清闲自在。可外八闲不住，上蹿下跳，不亦乐乎，不是翻身骑马，就是倒跨毛驴，时不时跟巨蜥说些不着边际的瞎话，或者蹿上高岗四处打望。钟馗懒得理会，且随他去。

没多久，外八撇开双腿一瘸一拐地走到钟馗面前。

"怎的一脸苦相？学罗圈走路？"钟馗没好气地问道。

"痛，磨烂流血了。"外八哭丧着脸。

"怎么回事？哪里受伤流血？"钟馗见外八两腿岔开比肩宽。

"裆里磨烂了，骑不成马，骑不成驴了。"外八低声回答。

"哈哈，你小子以为驴嘴马口不能说话好欺负，可骨头硬着呢。你欺负驴马，驴马就磨你让你出血。这下两胯舒坦了，裆里痛快了，老老实实跟在后面吧。"钟馗揶揄道。

"遵命，再也不骑了。"外八恨恨地说着，侧身让过钟馗，亦步亦趋地跟在后头。

放眼西望，森森白光，黄土沙尘随处弥漫。数不清的山沟谷底，看不尽的荒丘秃岭，天边显露皑皑雪峰。

隔着沟壑和山梁，偶尔听得见鞭梢的脆响和山石滚落引发的雷鸣，那是其他巨蜥驱赶着骆驼、驴马或牛群，共同行进在寂寥的黄土高坡上。巨蜥总会时不时用力甩出鞭梢，抽出两声脆响，算作隔空的彼此问候。

钟馗油然念起绿意，怀想生机盎然的草地和树林，黑鼻孔似乎嗅到青草和树叶沁人心脾的滋味，感觉到一丝凉爽潮湿的水汽，掺和着野蘑菇的香甜。面对如此一望无际的黄土高坡，幻觉不成？钟馗赶忙闭上双眼，深吸一口，只嗅到驴马的腥膻，还有巨蜥大尾巴扫过来的浓浓臊气。

"钟相公，为何停下？"外八岔开两腿走山路，挡挡挂挂的，难受至极。

"外八，可嗅到水汽，青草和树叶的清香？还有野蘑菇？"钟馗怀疑自个儿的黑鼻头。

"水汽？哪里来的青草树叶和野蘑菇？全是臭烘烘的臭屁味。"外八脱口而出。

钟馗懒得对牛弹琴，心中默念：

> 有水就有鱼，
> 有岸就有树。
> 树下青草地，
> 草中野蘑菇。

急不得，一直向西走下去，向西，再向西，看西天那连绵不绝的雪峰雪山。昆仑高原上一定会有水有鱼，还有茵茵草地和茂密的树林。野蘑菇的味道香甜可口，指不定，海麦斯和包包蛊就等在昆仑高原上。

"阿欧，阿欧！"天上突然传来两声犀利刺耳的怪叫，在广袤的黄土高坡上清亮无比。

钟馗甩头望去，只见一道银色的闪电向西天飞去，转瞬间消失在天边。

巨蜥和外八也驻足抬头，仰望着白晃晃的天空，只听见怪叫，却不曾瞧见银色的闪电："哪里来的怪叫声？"

"快瞧，快瞧，天上！"外八大声嚷嚷。

"天上有啥？"两只巨蜥摇头晃脑相互打探。

"还不赶紧上去瞧瞧？"钟馗板着面孔。

话音未落，外八单腿点地，"呲溜"一声，蹿上半空，张开两臂，前后扑腾，双掌紧扣，护在胸前，像是在捉一只鸟，

"还不赶紧下来！"钟馗急吼吼地冲着外八喊道。

外八分开两掌，用掌心托住一根羽毛。

293

钟馗接过外八捧过来的羽毛，用手指捻起，在手中轻轻转动，自言自语："羽毛，雪白的羽毛。"

"鸟毛，一根鸟毛，哪里飘来的鸟毛？"外八唠叨着。

"鸟毛？一根鸟毛！"两只巨蜥扭头无趣地走开。

"包包蚩？"钟馗眼前猛然闪过全身雪白，无半根杂毛的包包蚩，还有两只金色的大眼睛。但愿就是包包蚩，传说中那个神通广大的包包蚩。钟馗不再迟疑，揣好那根白色羽毛，跟外八交代一声："外八，老老实实跟着巨蜥，少去瞎转悠，本尊先行一步。"说着一飞冲天，顺着那道银色闪电的方向，向着昆仑高原追了过去。

片刻工夫，钟馗脚下已是银装素裹，一片片冰川簇拥着雪峰，一座座雪峰直插天空。高耸的雪峰，斑斑裸岩，黑白分明。雪峰的尖顶在白光的映照下飘扬着亮晶晶旗帜般的雪雾旗云。

冷，实在冷，钟馗倒吸一口凉气，不由自主地打了个寒战。

天地之间白茫茫一片，昆仑高原上如何找寻包包蚩，还有那个海麦斯？

钟馗两手一摊，垂头丧气地转过身，打算原路返回。前脚才刚刚离开莽莽雪原，便察觉有些不对劲儿，似乎断断续续地听到熟悉的声响，侧耳细听，不大清楚，于是驻足向下望去，依然是模模糊糊的。飞低，再飞低，脚下没了雪山冰川和雪雾冰晶，只有蜿蜒起伏的黑色山峦。

看见了，看见了，星罗棋布的湖泊，有的宽阔，有的狭长，有的状如树叶，有的宛若铜镜，一个个倒映着白花花的天光。再听听那熟悉的声音，驴嘶和马叫，牛和驼的长调，夹杂着鞭梢甩出的爆响。

啊，道道山峦间的条条山坳深谷，光滑如练，在黑色山峦的衬托下，闪耀着白光。每一个山坳深谷的口子处都尘土飞扬，呈现出一派热火朝天的繁忙工地的景象。钟馗圆睁双目，张大嘴巴，被眼前的所见深深地震撼。

如此众多的驴马牛驼，数不清的大小湖泊，难道正是海麦斯借驴借马不可言说的大秘密？

钟馗好奇心起，只想一探究竟，另换山头再去瞧瞧，或者再挑个更远的山头。接连瞧过几个山头后，钟馗发现山坳深谷处处相仿。哪里是什么湖泊，全都是些水库，而且水库堤坝个个雷同。

数不清的驴马牛驼，还有数不清的吐蕃鼠分工协作，一队队，一列列，正在井然有序地修筑水库，加固堤坝。有的从半山腰，从山脚下担土挑沙；有的就地取材挖出碎石料，运到水库堤坝口；有的伐树砍枝丫，截去两头留中段，再排布滚木栈道一直延伸到堤坝的中央；还有的围着山腰处的巨石，将巨石削平棱角打磨光滑，再将铁链加固在巨石两侧，然后一步步沿着滚木栈道，缓缓将巨石拖拽滚落到堤坝中央，再撤去用作排布滚木栈道的根根滚木，将滚木运到附近山谷水库的堤坝备用。紧接着就看见蜂拥而至的驴马牛驼前赴后继地挑来一筐筐沙土和碎石，将沙土和碎石倾倒在巨石边上，并将沙土和碎石沿着堤坝向两边铺展延伸，不断地抬升堤坝，使得巨石渐渐地被掩埋在堤坝的正中央，直到堤坝与巨石齐平。接着，再由几匹巨大的骆驼将固定在巨石上的铁链牵引到山腰处，牢牢地将铁链拴在大树上。

钟馗反复观瞧，海麦斯所言不差句句实情，昆仑高原成千上万个水库必为天机不可泄漏的一部分。怪不得仙界鬼域不知晓，更休提芸芸人世间。不晓得何方神圣如此奇思妙想，当下筑坝拦水蓄水，应拦必拦，应蓄必蓄，将来开闸放水，一个个水库，一道道堤坝，只需提拉山腰处的铁链，撼动拽起堤坝当中间的巨石，便似开启闸门一般，必将巨浪滔天。妙，实在是妙，不过，如此看来，难道就是专为对付九阳的光和热？大差不差，应该不错，难道还会有其他的不成？这么多的水库，必定与海麦斯口中提及的那个很大的灾祸有牵连。海麦斯呀，海麦斯，跑去哪里躲起来，害得本尊苦苦寻。

冷不丁头顶传来瓮声瓮气的奚落："鬼鬼祟祟，偷偷摸摸，瞧得差不多了吧？"

钟馗本以为神不知鬼不觉，猛然听到问话，差一点吓个趔趄，赶忙抬头四处张望。

"问的正是你呢，别再四处瞎瞅，看够了瞧够了，明白了吗？"依然瓮声瓮气。

钟馗在明处，问话的在暗处。虽说问得不疼不痒，钟馗丝毫不敢大意，警觉中，毫不迟疑地飞向高处，慌乱中撞断不少枝条，洒落许多树叶，"咔喳喳"弄出一个大动静。钟馗站在半空中，自上而下，心里才踏实些。

"不至于如此紧张兮兮吧。"瓮声瓮气不紧不慢。

钟馗平生头一遭被盯梢："敢问，敢问何方神圣，躲着藏着成何体统？"

"谁在藏？谁在躲？是谁鬼鬼祟祟藏树后？"

钟馗用黑手揉揉眼，仔细地审视脚下枝繁叶茂的树林，除了大树，石头，再就是白光涟涟的大水库："何方妖孽，赶紧露头，难道想见识一下本尊的昆仑剑？"

"别，别急，神圣转眼成妖孽，变得真够快，稍等，这就出来。"听得几下翅膀的扇动，转眼间一只硕大无比通体雪白的猫头鹰从浓密的树林里"扑棱棱"飞上天际，然后相中一棵大树，稳稳地落在大树的顶端，冲着钟馗扑闪着两只金色的大眼睛。

"包包蛊，包包蛊，你就是包包蛊！"钟馗叫嚷着，声音嘶哑，黑脑门一阵发烫，心中一阵激动。

"正是在下。"瓮声瓮气的包包蛊闭起一只圆眼睛，眨巴另一只，"你晓得包包蛊的名字，包包蛊也晓得你的名字呢。钟馗，可否说对？"

"你包包蛊如何知晓本尊大名？"

"还会有谁如你钟馗这般漆黑如墨、卷发虬髯？还会有谁如你这般本尊本尊不离口？还有谁腰间仗剑昆仑剑，说话嗓门似洪钟？"

"肯定是海麦斯告诉你的，除了海麦斯，还会有谁？"钟馗撇撇嘴，"海麦斯讲唯有你包包蛊，知晓天机和灾祸。择时不如撞时，恰好遇见你包包蛊，本尊有好些不明白的事儿要打听。"

"慌啥？急啥？飘在半空，不累吗？下来堤坝上走一走，瞧一瞧吧。"包包蛊两只金色的圆眼睛一睁一闭来回地倒腾，"不妨边走边聊聊。"

钟馗跟随着包包蛊飞落在驴来马往的堤坝上，面朝水库，遥望远方的座座雪峰。波浪缓缓地拍击着堤岸，水面泛起粼粼的白光。

包包蛊望着白花花的水面，沉吟片刻："钟馗你晓得，还会有更多的吐蕃鼠大军和驴马牛驼深入昆仑高原深处，修筑更多的水库，更多的水闸。"

"本尊看到了，成千上万座水库。"

"远远不够。"包包蛊语气坚定，"钟馗，你瞧瞧这些水库，若是荡漾着朝霞和晚霞，倒映着蓝天和白云，星星和月亮，那该多漂亮。"

"朝霞晚霞，蓝天白云，星星月亮，如今都已无处可寻。"钟馗若有所思。

"将来总会有一天，水库都会变回以往的模样。朝霞和晚霞都会再来，蓝天白云星星月亮迟早都会重现，一切都会有的。"包包蛊瓮声瓮气扑闪着圆圆的大眼睛。

"但愿如此。不过，可否透露一下天机和灾祸？听海麦斯讲，你当年曾被一只凶悍的黑老雕追赶，慌不择路躲进山洞，在洞中见到一行神秘的血书。"钟馗追问。

"海麦斯大嘴巴，该说不该说，一股脑儿尽瞎说。是有那么一回事儿，虽说被黑老雕追赶，但我三下五除二便将黑老雕甩得不见踪影。也并不是躲进山洞，而是在停泊雪山之巅的一艘大木船里歇息，在船舱里看见一行神秘的血书。对了，海麦斯在你钟馗面前，啰里啰唆，背地里讲没讲过我包包蛊的坏话？"

"海麦斯大嘴巴满满对你的夸赞呢。"

"真的吗？"

"那是当然。海麦斯讲只有你包包蛊知晓天机和灾祸，可否赐教？"

包包蛊打断钟馗："暂且将天机和灾祸搁置一旁，先来说道说道钟馗你和海麦斯，好不好？"

"本尊和海麦斯有甚可说道的？海麦斯曾提及你包包蛊总喜欢卖关子，讲你当初眼见着快要饿死，吃了许多雪莲花才活了下来。"

"刚才还在说海麦斯不讲我包包蛊的坏话呢，怎么样，就知晓他的大嘴巴吐不出香喷喷的雪莲花。"

"本尊真的不曾听到海麦斯说过你包包蛊一句坏话，无非说了些你包包蛊稀奇古怪的经历罢了。"

包包蛊有些不耐烦："可否不摆臭架子，左一个本尊，右一个本尊，你和我，就你和我简简单单，不好吗？"

"随你愿，可本尊，算了算了，可我钟馗只想打探天机和灾祸，其他都不重要。再说了，我和海麦斯不打不成交，虽然相见恨晚，已成莫逆之交。"

包包蚩自顾自地说道："从未听见海麦斯大嘴巴里夸赞过谁，却将你钟馗吹嘘得神勇无比，对你钟馗佩服得五体投地，就连被你砍断大尾巴的奇耻大辱，讲起来也是津津有味，似乎砍断的是其他巨蜥的大尾巴。"

"砍断海麦斯的大尾巴，怎算奇耻大辱？本尊，不，我钟馗亲眼瞧见海麦斯长出了新鲜的小尾巴。"钟馗不禁暗自好笑。

"你讲得兴许有道理，可海麦斯总不至于为长出新尾巴，向你钟馗致谢吧？长话短说，海麦斯自从见识过你的神器，就是你腰间所佩昆仑剑的巨大威力，每每提及赞不绝口，还说将来必有大用场。"

"必有大用场？本来就有大用场！我钟馗天庭鬼域耳提面命，降妖除魔斩鬼除恶，一路走来，师出有名，攻无不克。"钟馗振振有词。突觉后背有些发热冒出虚汗，毕竟口气过大，言不由衷。这才刚从鸡冠山溃败归逃，差一点落得个体无完肤呢。

"得得得，别说得冠冕堂皇。降妖除魔？斩鬼除恶？如我包包蚩这般三界之外的精灵，像海麦斯这般的精灵，迟早都会成为你钟馗砧板上的肉吧？"

"钟馗虽使命必达，但如你包包蚩海麦斯这样的精灵，另当别论。"钟馗信誓旦旦，"况且，三界之外的妖魔精怪，岂能一概而论？美丑之分，只在其次，更有良善与邪恶之分。钟馗只诛灭为非作歹的邪恶之徒。"

"讲得没错。我包包蚩虽属三界之外，却无时无刻不踏足三界，与这里的山山水水，石头大树，白晃晃的天，这些辛辛苦苦的驴马牛驼整日为伍。走过来看过去，这三界之内与三界之外有什么不同之处？三界之内难道就风平浪静，满眼都是俊美和良善？"

"不瞒你包包蚩，钟馗履历尚浅，见识不丰，可世间，鬼域和仙界，走过路过，看过待过，虽各自有所不同，呵呵，不过，更有其相同之处，不胜枚举。还不尽是些美与丑、善与恶、正与邪的交织与纠缠？"

"看来，海麦斯并没看走眼。"包包蚩冲钟馗眨巴着金色的圆眼睛。

"走眼怎样，不走眼又怎样。聊聊聊，聊半天，你包包蚩未曾吐露半分天机和灾祸！"钟馗喘着粗气。

"有什么要吐露？"包包蚩瓮声瓮气明知故问。

"天机和灾祸到底为甚?"钟馗粗着嗓门。

"天机就是灾祸,灾祸就是天机,灾祸已到,就在当下!天机尚需等待。"包包蛊激动起来,尖嘴巴一开一合:"白光,处处白光,光和热,干旱干渴席卷天地之间,三界内外,你瞧东方,再瞧瞧西方,灾祸已经降临。"

"照你包包蛊的说法,难道大魔头九阳,东海横空出世,白光毕现,光和热肆虐,就是那个很大的灾祸?看来我钟馗猜得八九不离十。"钟馗黑眼睛闪闪发亮。

"大魔头九阳?东海?等等,几个时辰之前,我包包蛊本打算亲临东方,窥探白光之源,却中道受阻,未能成行。你方才提及的大魔头九阳,难道就是白光之源?"包包蛊有些吃惊。

钟馗面朝水库:"正是那个大魔头九阳。打小时候记事起,我钟馗就知晓,万千年前有十个太阳,天地万物苦不堪言。大神后羿发誓拯救天地,拼尽全力射出神箭击落击灭八个太阳,依然不顾自个儿的安危和生死,用尽最后力气射出神箭击落第九个太阳,仅留下老十太阳运行天地之间。不料,第九个太阳只是背负重伤,但并未气绝身亡,后来被天庭囚镇在蓬莱仙山之下。"

"大神后羿?十个太阳?蓬莱仙山?"包包蛊听得津津有味。

"大神后羿留下第十个太阳照耀天地万物,自个儿却力竭毙命。据传,其妻嫦娥葬夫于昆仑高原,就在你我脚下的这片昆仑高原。三界均不知晓嫦娥葬夫的确切山头。自此,嫦娥便心如古井孀居月宫。"

"嫦娥?月宫?"

"故事新鲜吗?"钟馗得意地瞧着目瞪口呆的包包蛊。

"新鲜极了。发出白光的大魔头九阳,不是被天庭囚镇在仙山之下吗?"

"一言难尽,大魔头九阳万千年间在海底暗蓄力量,终于一举掀翻蓬莱仙山,如今步步西侵寻仇报复!"

"明白了,发出白光的大魔头,驱赶黑夜的大魔头。你口中的九阳,就是那个带来大灾祸的九阳。九阳寻仇,首当其冲必是大神后羿和孀妻嫦娥。"包包蛊盯着钟馗嘟囔道,"看来你这个钟馗确实不简单。"

"不会如此简单,"钟馗接上话茬,"大魔头九阳,主宰天地万物之野心不揭自明，而寻仇后羿和嫦娥，不过小事一桩。至于九阳的小弟，第十个太阳，到底是避之唯恐不及，还是亲之近之唯恐不及，实难预料。"钟馗琢磨了一会儿，痴呆呆地望着西天。

包包蛊伸出翅尖戳戳钟馗的肩头，清清嗓子，瓮声瓮气地说道："明白了，可算明白了。万千年前，后羿射日。万千年前，早有预兆。雪山之巅停泊的大木船。那句血书，那句神秘的天书瞬间消失在船舱里。还有那个紧紧追随的神秘声音。"包包蛊口吐莲花。

"神秘的天书？消失的血书？"钟馗打破砂锅问到底，"还有神秘的声音？"

"'干旱将毁灭你们，我会拯救你们，留下希望。'天书也好，血书也罢，还有一个神秘的声音时时响在耳畔，冥冥之中似乎选中了我包包蛊，并拣选了许多的精灵，海麦斯，白眉毛博西盖。精灵身后，还有众多的吐蕃鼠和驴马牛驼，不一而足。昆仑高原的精灵，正集结起来，拯救生灵，活下去，留希望。对了，兴许也会拣选你。"

"拣选我？为何我钟馗不知晓？"钟馗瞪大黑眼睛。

"看似偶然，实属必然。你想想，你我怎会在昆仑高原来见面？"

"确实奇怪至极，不知不觉地来到昆仑高原，在这儿见到成千上万个水库，见到了你包包蛊。方才，你提及的那个白眉毛，又属何方神圣？再有，为何没见到海麦斯？"钟馗听得很仔细，问得更认真。

第四十八章　雪山之巅大木船　血书舱壁遗谶言

包包蛊，一介精灵。不晓得何年何月，也许一千年前，也许数千年之前，也许一万年前，那个时节，天是蓝色的，云是白色的，日月星辰黑天白昼，按部就班有条不紊。那个时节，包包蛊日出闭眼修炼，夜深则外出觅食。一日，蓝蓝的天上映衬着朵朵白云，翻来卷去，飘来飘去，忽大忽小，包包蛊怎么瞧都觉得那么神奇，怎么看都那么洁白。禁不住想去亲近一下，再低头瞧瞧自个儿脚下打坐修炼栖息的枯树朽木，脏兮兮，乱糟糟，黑漆漆，臭烘烘。不喜白昼的包包蛊，忽然灵机一动，之前为啥从没正眼打量过蓝天上的白云呢？自己一身洁白的羽毛，白得绝无半根杂毛，与蓝天上的云朵毫无分别，再怎么着，都该与朵朵白云相戏相伴为伍为邻才是呀，再怎么着，都该在朵朵白云里面打坐修炼栖息呀。

想到做到，包包蛊大白天飞出树林冲进蓝天云朵中，在这片云彩里翻个跟斗，在那片云彩里扑腾几下，或者仰面朝天平躺在一片云彩上。要么，干脆翻身，支棱平摊起翅膀趴在云朵里，让浑身洁白隐没云中，分不清身子和白云，只将圆圆的大脑袋低下去探出去。

包包蛊冲着山川田野扑闪着两只金色的大眼睛，瞧着绸缎般闪闪发亮的大河，瞧着蜿蜒纵横的山脉丘陵，瞧着一座座鸡飞狗跳炊烟袅袅的村庄，还有村庄外大片大片错落有致的田畴。有的方格子里绿油油，有的长格子里泛起成熟的金灿灿，有的格子里灌满水倒映着蓝天和白云，还有的格子连格子，整整齐齐，随着地势如同波浪一般铺向远方。

一块一块的云朵映照在大地上，映照在河面上，映照在山峦和丘陵上，仿佛大小不一的暗斑，云随风动，影随云移。蓝天上的云朵慢慢地飘过，大地上的暗斑一同起伏飘荡，忽而拉长，忽而缩小，一会儿颜色变浅，一会儿又变深。包包蛊已然忘乎所以。

包包蛊认准自己隐身的那片云朵投下的暗斑，紧紧地盯住。暗斑在河面上平缓划移，上了岸，划向山峦丘陵，一会儿扭曲扯大拉长，一会儿挤进山坳变小变窄。

包包蛊正乐呵呵地瞧得不亦乐乎，忽然，金色大眼睛的余光里觉察有一片黑影飞快地掠过大地，像云朵，又不像云朵。起初，并未多加留意，可没过多久，黑影迅速地折返。这回，瞧得清清楚楚，绝对不是云朵！随风飘荡的云朵怎会如此快捷地来回往返？而且返回之后的这片黑影就消失在自己隐身的云朵中。难道？啊？难道？包包蛊突觉后背一阵发麻，猛然警醒，大事不妙！

包包蛊赶忙掉转脑袋，翻过身子，瞪大眼睛，这不看不要紧，简直是大眼瞪小眼。一只硕大无比的黑老雕正居高临下缓缓地扇动着双翅。包包蛊魂飞天外，小嘴巴大张着几乎就要扯裂了，三十六计，只想逃离。

此时此刻，哪容包包蛊分神多想？包包蛊将横陈的翅膀毫不迟疑地紧夹在胸前，蜷缩一团，圆咕隆咚地直接跌出云朵，径直向下坠去。

说时迟那时快，黑老雕疾如闪电般探出鹰爪，几只弯弯的尖趾硬生生地划拉到包包蛊圆滚滚的肚皮上。包包蛊只觉得皮毛一阵火烧火燎，顷刻间，纷纷扬扬飘散开一团白花花的片片羽毛。包包蛊硬着头皮快速地跌落，只有横下心来，大不了，粉身碎骨就粉身碎骨，鱼死网破又能怎样？反正绝对不能成为黑老雕的盘中餐。

包包蛊拿定主意，等等，再等等。就在即将触及地面的千钧一发之际，突然伸展翅膀，将全身的白羽毛悉数支棱起来，活脱脱一个肥肥大大的毛球球，瞬间便将坠地自戕的强劲势头轻巧地化解掉，顺势向着斜刺里滑翔过去。这一险招害得紧追不舍的黑老雕来不及反应，毫厘之间，差一丁点收不住翅膀就要直接冲向大地，来个翅折颈断。然而，黑老雕经验老到，扫过地面的同时，双爪轻点，如蜻蜓点水般卸去不少力道，借势奋力振翅，在地面激荡出两股旋风，扬起许多沙石尘土。

包包蛊缓过劲来，心里清楚，唯有贴地面钻树林，随山峦丘陵忽高忽低地飞翔，避开黑老雕最为擅长的盘旋俯冲，远离辽阔的天空，才能顺利地逃离强大的黑老雕，才有保命的胜算。于是，包包蛊沿着起伏的山峦，拼命振翅向西逃窜。

不晓得飞了多久多远，包包蛀略略放胆，回头向后张望，不瞧不要紧，那个胖大的黑老雕仍然紧跟在后，天呐，那么厉害的招数都没能伤及黑老雕，也没摆脱掉黑老雕。

包包蛀没闲工夫瞎想，贴近地面，继续向西。即使筋骨酸麻，脖颈发硬，口干舌燥，绝不停下。偶尔再回头，似乎黑老雕还在半空不即不离，高高地远远地鸟瞰自己。包包蛀不得不一门心思一根筋，穿越树林，飞越灌木丛，擦着隆起的草甸，随着起伏的山峦继续向西。

渐渐地看不见树木，没了灌木丛和草甸。裸露的高岗上铺满碎石，巨石背阴处积攒着一堆堆残雪。包包蛀的胸中涌出最后一点气力，贴着满是碎石的山坡使劲飞向高处。只有到了雪原之上，云雾弥漫白茫茫一片，才会彻底摆脱黑老雕的魔爪。就在他呼吸急促，精疲力竭，摇摇欲坠之时，一股淡淡的清香飘入他的鼻孔钻进他的心田。他浑身一震，仿佛激发出最后一丝仅存的气力。

包包蛀咬紧牙关，一下下扇动着双翅，继续向西向上飞翔。有许多回，这边扇翅膀，那边停下来。那边扇几下，这边毫无知觉再扇几下。眼见着已经东倒西歪，摇摇欲坠，可求生的念头再一次迫使包包蛀费劲地回过头来张望。

只见浩渺无边的云遮雾绕，哪里瞧得见黑老雕的影子？

终于松口气的包包蛀，浑身僵硬，两只木楔子般的翅膀向外半张着，冲着山巅之上积雪覆盖的一片平坦雪原，直通通"砰"的一声砸了下去。厚厚的积雪被砸出一个深坑。他瘫软在坑里，大口喘着粗气，似乎除了鼻子长在自己的眼睛下面，其他零碎儿都已经不再是自己身上的物件。只有那股淡淡的清香时有时无。洁白的雪，好闻的雪，估计也会很好吃。他舔了舔嘴边黏着的雪沫，清凉可口，提神醒脑。总算可以静静地在雪窝里趴上一会儿，歇息一会儿，满心都是逃过一劫之后的松快。但还未轻松片时，沉沉的困乏使得眼皮禁不住耷拉下来，就在此刻，肚皮下传来"嘎吱吱"毛骨悚然的怪异声响。来不及理会肚皮下的怪响，疲惫而迟钝不堪的包包蛀只觉得身子一虚，连同周遭积雪，轻飘飘地向下落去，从亮堂堂银白色的雪原跌入一个黑漆嘛咕的山洞。他实在有心无力，懒得动弹也无法动弹，只好听天由命地跌入安危莫测的洞中，耳畔"嘭"的一声，身子被高高弹起，接着又一声"嘭"，这才踏踏实实地跌落洞底。

包包蛊又冻又累，麻木到感觉不出疼痛的程度。他扬起大脸蛋睁开金色的大眼睛，痴痴地瞧着头顶敞亮的洞口。一绺一绺粗细不一的雪帘雪线如小瀑布断断续续地滑落在他的大脸蛋上，也飘进他金色的大眼睛里，带来丝丝凉意。他原本就喜欢黑暗，他的那双大眼睛就是对付黑暗的利器，但此刻，顾不得留意山洞的洞底，那对金色的大眼睛一前一后缓缓地闭上了，如熄灭的灯花。真的快要累死了。

　　睡梦中，不再有黑老雕的追赶，不需要拼命地奔逃，也不必再紧贴山坡上的碎石奋力向上攀飞，包包蛊尽情地伸展双翅摊平一对洁白的翅膀，在蓝天上自在地翱翔，随意地穿行在白云间。凉爽的微风拂面，带来一阵阵甜美的花香。到底怎样神奇的花朵才能散发出如此妙不可言的花香？若是一直如此优哉游哉那该多美呀。正想得畅快时，忽然又觉得从东方射来一道金色的光芒。包包蛊微微翕动一下眼皮，那道金色的光芒如一只箭矢一下子就射进他微启的眼帘。刺痛和灼热迫使他一个激灵从地上爬起来，躲到一旁，藏在暗处睁眼打量。

　　仍有雪粒从头顶蓝莹莹的敞亮处飘落下来，跌落在洞中，

　　离自己不远处，横起一条窄窄透亮的细线，应该是一道细缝，半高不高的裂隙。原来，金色的阳光正是从那道缝隙里照射进来，刺入包包蛊金色的大眼睛。他这才完全从酣睡中清醒过来，赶忙借着一丝阳光和头顶显露的天光，警觉地扫视这个不晓得待了多久，睡了多久的黑漆漆的山洞。

　　包包蛊使劲儿跺了跺脚下的地面，"嘭、嘭"空洞洞的声音不像是踩在山体的岩石上，也不像是沙砾泥土。他又上下跳跳，爪子下面发出"嘎吱吱"的声响，再跳下去，感觉爪子就要被踩折踩断了。他赶忙挪个地界，不敢用力踩塌和跳跃，只是向前缓缓地探出脚爪，用尖趾在地面来回划拉数下，没想到，从落满灰尘的地面下居然刨出一些朽败的木屑和木渣。再定睛瞧瞧，划开的灰尘下竟然平平展展地铺满木板。他不敢相信自己的大眼睛，又从先前跌落的积雪中顺带捡起一块黑乎乎的物件，凑近眼前细瞧，嗅嗅。嗯，一块腐朽透顶的木头板子？他仿佛明白了什么，若有所思地点了点圆圆的大脑袋，又摇了摇大脑袋，用尖嘴巴戳戳朽木，似乎依然不甚明了。

　　在这高高的雪原之上，群山之巅，草木不生，飞鸟绝迹，走兽无踪，只有日

头石头和阳光，冰川积雪和寒风。可这块明显被裁切加工过的木头板子就摆在面前，虽说年代久远糟坏不堪，却着实让包包蛀百思不得其解。他小心翼翼地慢慢走到射入阳光的那道缝隙前，避开亮光，低下大脑袋，瞧见的果然是自下而上整齐排列的一块块黑漆漆的木头板子，严丝合缝恰如一堵墙面。

或许是山巅之上的木头房子，经年累月遭遗弃。包包蛀对自己的判断深信不疑，但心里又涌出许多不解之处：山巅木屋何人何鬼何神修造？何时又是为何修造？何时弃之不用？为啥选取如此高原山巅之上修造？他疑虑重重，走上前靠近木板墙壁，用尖嘴巴啄了几下木板墙壁，随即用翅尖"噗噜噜"捋过一块块拼接的木板墙壁。也许是风吹日晒年久失修，原本结实的木墙才出现透光的裂隙，才让东升的太阳照进这或许千百年间不曾开启过的老木屋。紧挨着木墙，还有一道陡峭的木梯通往楼上，可木梯的出口却被封住了。他好奇地搭上去一只爪子，略一使劲儿，立刻掉下来一些木屑。他赶紧收回爪子，站定了不敢乱动。灵光一现，他恍然大悟，原来，自己圆咕隆咚的身子跌在了柔软的积雪上面，而积雪的下面便是山巅老木屋的顶子。是因为自己撞碎了木头屋顶，这才跌落到了木屋内。

"嗯"，怪不得摔下来"嘭"的一声弹起老高，满鼻子嗅到的都是朽木味道。好在墙壁开裂，阳光照了进来。不容他多想，"咕噜噜""咕噜噜"两声饥饿的鸣叫穿肠而过，在老木屋里格外响亮。他不由自主地放个小屁无声无味，那可是饥肠辘辘无奈的小屁，自己已经前胸贴后背。这会儿，所有的思虑都从山巅老木屋拉回到辘辘的饥肠。

包包蛀伸长圆脑袋使劲嗅嗅，木板的腐败气息中似有隐隐的血腥味道。一丝不祥之感袭上心头，他在警觉中打了一个寒战，迈着小碎步快速退后，背靠起木墙，躲在透光的缝隙下的黑暗里以防不测。可血腥味道偏偏越来越浓。老木屋里除了那道射进的阳光和在阳光中飞舞的尘埃，再就是老木屋外呼呼的风声，以及洞口零零散散飘落下来闪闪发亮的粒粒冰晶。他告诫自己，险境之中，无论如何这个肚皮都要争气，千万莫要再出声。

阳光不偏不倚地照在他对面的木墙上。他立刻发现血腥味道正来自对面的木墙。随着阳光的扫射，血腥味道越来越浓，发出呛鼻的臭味。他一边用翅尖掩住鼻孔，一边望向那堵阳光照耀下散发血腥味道的木墙，不瞧还好，这回瞧过去，差一点没把他吓得仰脖跌翻在地，背过气去。好在紧靠着木墙这才站稳了。

只见对面木墙上歪歪扭扭地写着一行大字，每个字都是饱蘸着血渍书就，每一道笔画流淌着长短不一的滴痕。发黑发暗发臭的血书在金色阳光的照耀下，阴森可怖。

包包蛀稳稳心神，晃晃圆圆的大脑袋，上下左右扫视一番，确信老木屋里并无可疑危险之物，这才小心地踩着"嘎吱吱"的木板慢慢踱过去。猎奇之心驱使着他想要看清楚那些血书上到底写着啥字，到底是啥意思。

随着太阳不断升起，阳光眼看着就要从墙壁的缝隙中消失，他不敢迟缓怠慢，趁着亮光赶紧看将过去。

干旱将毁灭你们，我会拯救你们，留下希望。

包包蛀小声念了一遍，不明何意，又念了第二遍，还是不明白，心想先记下来再说，如果将来遇见个智慧先知，再去讨教也不晚，说不定还能派上大用场呢。

随着从老木屋的木墙缝隙中射入的阳光渐渐地消失，血腥味道也跟着消失殆尽。老木屋转眼陷入一团漆黑，但对包包蛀那对金色的大眼睛没啥影响，况且头顶上方还有自己砸出的洞。他想再瞧一眼血书，贴近过去，一块块木板依然整齐地叠摞着，木墙黑咕隆咚，但那一行血书连同阳光和血腥味道却一起消失得干干净净，仿佛从来就不曾有过血书和那一行字。

幸亏血书牢记在心。包包蛀走到木梯前，抬起脚爪，停在半空中想了想还是放弃了。原路出去更为妥当，免得摔跤又后悔。他张开双翅扇了扇，扬起一阵积年尘土，赶忙眯缝起大眼睛。不等地板塌陷，他双脚使力一蹬，双翅齐振，到了洞口处，翅膀向下一缩一溜，拉直后贴紧肚皮，一飞冲天。

敞亮的天光猛然间使得包包蛀头晕目眩，好在没了难闻的积灰和朽木，闻不到血腥味道，不再有张开血盆大口紧追而来的黑老雕。包包蛀翱翔在蓝天雪原之上，一身轻快，忍不住扯开嗓子"阿欧"兴奋地叫个不停。不等他喊得痛快，就听见肚皮"咕噜噜"又开始叫唤起来，这才想起只顾逃命，好久未曾进过一口食。肚中瘪刮心里慌，他两眼瞬间无神光，双翅无精打采勉强地一上一下，赶紧在高空盘旋俯视，看看是否能在这雪域高原，高山之巅，寻见可食的活物，随便将就充个饥。

活物倒不曾寻见一个，却瞧见自己的正下方，竟然停泊着一艘巨大的船只。是的，没有看错，一艘巨大的木船，方方正正的一艘大木船，有的地方被冰雪掩埋，有的地方露出木头船舷和船梆，黑色的桅杆矗立在大木船的当中间。那个洞，那个自己跌落下去的洞，黑咕隆咚就在大木船的甲板上。天呐！一截船尾半悬空中，还能瞧见船尾下伸展出来的船舵。

哪里是山巅老木屋？包包蛊激动得语无伦次，如此看来，很久很久以前，这艘大木船就该停泊在这里。可为何停泊山巅？没有江河，没有湖海，没有码头，更没有烟火气息。包包蛊的圆脑袋装不下这些疑问。这些神奇古怪的疑问，让他头痛欲裂，甚至忘了擂鼓的饥肠。

包包蛊实在饿得飞不动了，只想落在那根高高的黑色桅杆上。一想起木梯，甲板洞口和"嘎吱吱"作响的木板，他只好打消念头。赶紧找到吃食，才是头等大事。

大木船就大木船吧，冰天雪地，风吹日晒，这么些年，待在这里，一动不动。说不定有许多许多像自己一样，路经此处山巅的精灵都晓得有这么一艘大木船呢。是呀，大木船停泊在高原山巅，自有道理，至于有何道理，又有谁能够说得准说得对呢？算了吧，知道了缘由，能怎样？不知道缘由，又能如何？吃食才重要。包包蛊胡思乱想，"咕噜噜"此起彼伏时时提醒，的确此刻还有更重要的事儿等着去做呢。

有气无力的包包蛊好像有意无意地吸进一缕飘来的淡淡花香，与梦境中记忆犹新的花香同样香甜，沁人心脾。他为之一振，抛开老木屋，不，抛开那艘大木船，快速地顺着西边飘来花香的方向使劲飞了过去。

那是西边紧邻的一座更高的雪峰，上顶云天，危峰耸立。飞得越近，花香越浓。包包蛊栖落在半山腰一处积雪覆盖的怪石上。啊，就在怪石边裸露的碎石缝隙间，怒放着几朵硕大洁白的雪莲花，在寒风中微微抖动着花瓣和花蕊，不细瞧，真就以为是一堆堆积雪。洁白的花瓣跟自己长得一样无瑕，一样的白。花瓣中吐纳出金色的一簇花蕊，那么的醒目，像极了自己眼睛的颜色。花香正是来自金色的花蕊，但瞧：

> 花瓣洁白无杂色，
> 花蕊金黄放光彩，
> 长得和我一个样，
> 只有一处大不同，
> 雪莲花自带芬芳，
> 自己是香还是臭，
> 自己说了不算数，
> 将来肯定喷喷香。

　　包包蛊莞尔一笑，从怪石上跳下来，风卷残云般将几朵雪莲花吃了个精光，临了，打了一个香喷喷的饱嗝，比茹毛饮血吃活物还要畅快香甜。

　　既然来了，了无牵挂，不如展翅飞向峰顶，去往高高在上的雪峰那边，去瞧瞧那边的风光和景致。

第四十九章　黑衣老者心照不宣　包包蛊醉酒吞大书

若无生死劫难，怎会见识雪域高原？

若无倾尽全力，怎会侥幸逃脱？

若无饥困交加花香引路，又怎会品味到神奇的雪莲花？

此刻，连绵雪峰横亘眼前，高不可攀，若不振翅向上飞越，又怎会知晓大太阳最终坠往何方？又如何领略大太阳西坠前那回光返照的绚烂余晖？

越往高飞，越是凛冽，包包蛊裸露的脚趾、尖嘴和小鼻孔已经冻僵，眼睫毛挂满冰霜，好似长满长绒毛。他不停地眨巴着大眼睛，就怕金色的大眼睛被冻碎了。好在肚中自有雪莲花，结实的翅膀裹在厚厚的羽毛下。眼看着就要飞抵险峻的雪峰之顶，出其不意，一股强劲的打头风直扑过来，吹得他滴溜溜不辨方向。冰晶和雪雾狠命地抽打在他的大脸蛋上，疾风时而将他高高地抛举起来，时而突变风向横起打出几个旋子，折磨得他翻江倒海，晕头转向。他紧闭双眼，拼命扑腾，任尔东西南北风，昂首迎向打头风，不管不顾往上飞。

忽然，一股逆流，自下而上地将包包蛊托住。呼啸的打头风戛然而止，针刺般的冰晶雪雾停歇下来。包包蛊瞎飞瞎撞瞎扑腾，圆圆的大脸蛋不再生疼，紧闭的大眼睛似乎觉察出更加敞亮的天光。他的眼睛试探地微微睁开一道细缝，睁大一点，再睁大一点，完全睁开，放眼望去，原来，不知不觉间，自己已经飞到雪峰的背面了。

天边一轮红彤彤的落日，掩映在金色的夕阳中。大地笼罩着一层黄澄澄的雾霭，树林，田畴，村舍朦朦胧胧；远处的大海波光粼粼，小岛，渔船，成群的鸥鸟闪闪发光；礁石，沙滩和蜿蜒的海岸镶着一层金边；晚霞的每一片云朵都绽放出不一样的光彩。

包包蛊张大嘴巴，目瞪口呆，连日来无白天无夜晚地奔逃，除了高岗碎石，就是遮天的风雪云雾，除了茫茫雪原就是黑暗的船舱。突如其来地面对如此梦幻的仙境，虽说出道日久，也差点把持不住跌个倒栽葱，好在转瞬便清醒，赶忙用翅尖揉揉大眼睛，仔细瞧瞧，这才确信自己已经飞越雪峰，飞到了雪峰的西边。

包包蛀转头望向身后的雪峰，在深蓝色天空的映衬下，一座座银色的雪峰发出火焰般的赤红，如燃烧的火舌，一簇簇向上舔舐着苍穹。他不禁对自己的奇想和豪迈一阵得意。铁打的金刚，铜铸的罗汉，尚需进食困觉觉。多亏几朵雪莲花，才使自己硬撑了下来。眼前美轮美奂的仙境只好看在眼中，却填不饱肚皮。他盘算着，展翅向山脚下滑翔，既不费力又不耗神，飞向远处的那个村舍，就是村舍里那处有尖尖顶子的大屋子。

大屋子的尖顶上竖起一根长长的粗木桩，木桩上横起钉着一截短木桩，如同长木桩的两个肩头。包包蛀机警地落在横起的短木桩的一侧，上面积满各色鸟粪和各色羽毛，层层叠叠的。他踩在上面，挪了挪脚爪，换了个舒服的姿势，让脚趾紧紧扣住短木桩，站站稳，向下张望。

日暮沉沉，包包蛀瞧见村民们从四面八方吵吵嚷嚷不断涌来。难道自己一身雪白太刺眼？全冲着自己来的？再细瞧，村民们陆陆续续地走进脚下的大屋子。大屋子尖顶斜坡上的天窗透出温暖晕黄的灯光。

"咕噜噜"凑热闹的肚皮叫个不住。总不至于守着短木桩，饿着大肚皮，待上一整晚吧？包包蛀索性飞进天窗寻些吃食填饱肚皮，再寻个隐蔽角落歇息歇息，顺便瞧瞧村民们聚集一处忙活啥？

飞进天窗，包包蛀就被惊到了，大屋子里亮亮堂堂，一排排长条木凳子黑压压坐满村民，不分男女老幼。包包蛀赶忙落在错综交织的屋顶横梁上，可轻微的翅膀扇动还是吸引到几个小孩子顽皮的目光。小孩子的眼眸里闪耀着亮晶晶的光彩，有的吮着手指仰脖朝上，有的拽起大人的衣袖指指戳戳，还有个小孩子正往嘴巴里塞面饼。包包蛀不由分说夹紧双翅，退缩到房梁阴暗的角落，悄悄待着。肚皮里"咕噜噜，咕噜噜"催得他心里直发慌。面饼的香味一阵阵飘来，似乎听得见吃饼的小孩子"吧唧吧唧"的咂嘴声。

包包蛀从阴影里略微探个头，可那个吃饼的小孩子依然傻不愣登地朝上瞧，亮闪闪的眼眸里满是未脱的稚气。包包蛀忙不迭缩回脖子，几乎将本来就短粗的脖子缩进身板里去。面饼的香味始终萦绕在鼻子边。那个讨厌的小孩子该不会送自己一张面饼吃吧？他瞎琢磨着，再一次悄悄地伸出短脖子，还好，不再有村民和小孩子仰脸盯着自己，这才大起胆子向下张望。

包包蛊藏身横梁的下方有位黑衣老者一边翻动厚厚的大书，一边喋喋不休地说话。村民们或望着黑衣老者，或微微低头，都在静静聆听。

一只大筐摆放一旁，里面装满香喷喷的金黄面饼，香气四溢诱惑不小。包包蛊攒了一嘴口水，"咕咚"咽了下去，可小尖嘴的嘴角并没夹紧，溢出的一滴口水扯着长丝坠落下去，恰巧砸落在那本厚厚的大书上。黑衣老者愣了一下，停顿片刻，并不抬头，清清嗓子继续说话。包包蛊吓得赶紧缩回老地方，再也不敢轻举妄动自讨苦吃，默默指望着村民们快快散去，巴望着大筐里，起码留下一张，半张，哪怕留下一点面饼渣渣。

包包蛊耐着性子等啊等，偶尔只敢露出半个大眼睛偷偷瞧，直等到黑衣老者扯起大嗓门一声召唤，大屋子里响起稀里哗啦一阵骚动。村民们扶老携幼，依序排起长队，依次走到黑衣老者的面前，从黑衣老者的手中领取一份撕开的面饼。

每当黑衣老者弯腰拿起一张面饼，并将面饼撕成两半的时候，包包蛊都要跟着揪心一下，随之疼痛一下，似乎每一次的揪心疼痛都是从自己身上揪下的根根羽毛。村民们心满意足地吃完面饼，共同唱了一首歌，这才陆续结伴散去。

但愿大筐里还有余下的面饼，包包蛊饿得快要迈不开腿脚张不开翅，实在忍不住了，露出整个大脸蛋探头打望。只见黑衣老者目送村民离开大屋子，然后关上大门插上销子，慢悠悠地踱回大筐前，弯下腰，拎起筐。

包包蛊的心头针刺一般，恨不得这就冲下去抢上一两张面饼。如果真这样飞下去，还不得将黑衣老者吓个半死才怪呢，那可就闯下大祸了。等等瞧瞧，瞧瞧等等，忍忍吧，指不定大筐空空如也无一物，大不了，寻些地上的面饼渣渣，也可充充饥。包包蛊想到这里，险些发出一声自怨自艾的长叹。哎，这些艰难的日子可不都是那一天惹出的祸，就是那个大白天，因为心中不安分，大日头时飞出去，飘在云中，遇见了黑老雕，这才颠沛流离到今朝。一张面饼也会让英雄尽折腰。对，就是那个大白天，那个大日头惹下的祸。

黑衣老者随手又放下拎起的大筐，沿着大屋子四周，不紧不慢地熄灭几盏油

311

灯，只留下一盏用来照明，然后拖起长长的黑影再次走向大筐，从筐中取出两张面饼，并将面饼夹在腋下，转而又放回去一张，只夹起一张，低头缓缓走向大屋子的最里间。

呵呵，大筐里还有一张面饼。"咣当"的关门声，差一点让包包蚕脚底打滑一头栽进大筐里。

整个大屋子终于安静下来，听得见灯捻子发出"啪啪"的脆响。包包蚕轻巧地站在筐沿上，还没站稳，双翅也没收紧，重压之下大筐就被踩翻，顺势横着倒在地上。不得已，他扇动起双翅悬在半空，差一点扇灭灯捻子上的小火苗。这时，他看见自己翅膀的巨大黑影投射在墙壁和屋顶上，一开一合，忽大忽小，煞是怪异。

包包蚕一心惦记着面饼，顾不得油灯亮还是熄，一头钻进大筐里大块朵颐起来，一会儿工夫便风卷残云，打着饱嗝从大筐中摇摇晃晃地踱出来。眼见着要扬长而去，又转回身，伸出脚爪踢开大筐。果然，筐下渗漏不少面饼渣渣。他一粒不剩地啄食干净，这才心满意足地勾住大筐，把大筐拽到原先摆放的地界，然后夹住筐沿，振翅一提便将大筐立起。哪承想，由于翅膀用力过猛，一下子就将油灯扇灭，大屋子顿时陷入黑暗。可对于他的火眼金睛，根本不算麻烦。

此刻，困意频频袭来，他飞回屋顶角落，两脚八叉昏昏睡去。

从此，包包蚕喜欢上了这所大屋子。春夏秋冬，寒暑冷暖，阴晴雨雪，风雷电闪，有时飞出去兜一兜，有时老老实实地待在屋顶角落里打坐修炼。不晓得过去多少个年头，他早已习惯黑衣老者越来越慢的说话，越走越慢的脚步，也习惯了每晚不再铿锵利索的关门声，以及黑衣老者越发干瘪费力的一声声咳嗽。包包蚕察觉出黑衣老者的衰老颓败，甚至常常嗅到与大木船的船舱里那种呛鼻朽木相仿的味道。然而，共处大屋子，一个最里间，一个最高处，形同熟悉又陌生的近邻，相对无言，暗自陪伴。心心相印的良善和关怀若要往下延续，只需这份心照不宣的默契。

后来，包包蚕越来越留恋与黑衣老者共处的时光。无论夜晚晕黄的灯光中，黑衣老者对村民们娓娓说话的时分，还是白日里，黑衣老者独自扫地擦洗长木凳的时分，包包蚕都宁愿守在大屋子里，不再频繁外出。包包蚕就待在角落里静悄悄地关注和陪伴着老态龙钟的黑衣老者。有时，也竖起耳朵与村民们一起听他说话，听着听着，真就听了进去，越听越想听。好多有趣的故事和有趣的人，好人和坏人，善行和罪恶。好人做好事更行罪恶，坏人做坏事却也做善行。包包蛊听得入神，听得津津有味，直到有一天，听到一个神奇的故事，竟让包包蛊浑身的羽毛一根一根慢慢支棱起来，不断地鼓胀胖大，犹如在屋顶横梁上滚起一个大大的雪球：

神对诺亚说，你要修造一只大木船，凡有血肉的活物，每样两个，一公一母，你要带进大木船，好在你那里保全性命。飞鸟各从其类，牲畜各从其类，地上的昆虫各从其类，每样两个，要到你那里，好保全性命。你要拿各样食物积蓄起来，好做你和他们的食物。

诺亚都照样行了。

神又对诺亚说，你和你的全家共八口，都要进入大木船，凡洁净的畜类，你要带七公七母，不洁净的畜类，你要带一公一母。空中的飞鸟也要带七公七母。因为再过七天，天地降雨四十昼夜，把各种活物，都除灭。

诺亚就遵着吩咐行了。

当洪水泛滥，诺亚就同他的妻和儿子、儿媳八口，都进入大木船。洁净的畜类和不洁净的畜类，飞鸟并地上一切的昆虫，都是一对一对的，有公有母，到诺亚那里进入大木船。

大木船在水面上漂来漂去。水势极其浩大，所有高山都淹没了。凡在天地间有血肉的，以及所有的人都死了。只留下诺亚和那些与他同在大木船里的。

水势浩大，共一百五十天。大木船停在高山之巅。

包包蛊竖起耳朵，用心听着故事，根本没有察觉出自己已经支棱起全身的羽毛，活像一个大雪球。而此刻，大屋子外面冷风飕飕，正大雨如注。风声雨声里，他仿佛看见黑云压天，电闪雷鸣，所有的高山都淹没在滔滔巨浪之下，唯有一只大木船在汹涌的波涛中孤独前行。终于一天大水退去，所有活物兴高采烈地冲出大木船的船舱。大木船，对的，大木船就停泊在高高的山巅之上。

包包蛊浑身上下猛然间冒出数不清的疙瘩疹子，一阵阵的颤簌从爪尖侵袭上来，直抵大脑袋。他惊惧愕然，站立不稳，想起那个亲历的大木船，万千年前停泊在高山之巅的大木船，更有船舱里血迹斑斑的那句话。等他念诵记牢之后，那句话便莫名其妙地消失遁迹。莫非，那句话在等着自己的到来？专为自己以血书就？

　　包包蛊不再留意黑衣老者的说话，耳畔幽幽响起大木船上的那句血书：

　　　　干旱将毁灭你们，我会拯救你们，留下希望。

　　就在百思不得其解、似懂非懂之间，包包蛊心头滋生出一个奇怪的念想，说不清道不明，如同一粒小小的种子，埋在深深的黄土地，冥冥之中赋予莫测的神秘，或许终有那么一天生发嫩芽，长出绿叶，终有那么一天茁壮参天。

　　日子平平常常一天天过去，包包蛊与黑衣老者相安无事。黑衣老者忙活着他每日按部就班的事儿，包包蛊也乐得自在，听书修炼两不误。

　　往常黑衣老者出趟门，去去就回，绝不耽搁晚间的说话，更不会耽误包包蛊百吃不厌的大面饼。但那一日的确不同寻常。

　　清早，黑衣老者颤颤巍巍地洒水扫地，擦洗长木凳，时不时停下来前后看看，左右瞧瞧，这里摸摸，那里拍拍，唠唠叨叨。待诸事停当，黑衣老者蜷曲着腰身，摩挲着那本讲了不晓得多少个日日夜夜的大书，静默片时后合拢大书，双手恭恭敬敬地捧在胸前，一步一步蹒跚着走入最里间。

　　这回，并未传来门板的"哐当"声。许久，当黑衣老者再次出现时，肩上多了一个不大的黑布包袱，手里拄起一根黑色的木拐。只见他费劲地挺了挺佝偻的身板，沿着大屋子中间的走道径直迈向大门。两侧齐整摆放的条条木凳，恍若夹道一般静默看顾，但听得"嘎吱吱"一声，黑衣老者用双手缓缓推开两扇大门。

　　金色的朝阳瞬间照进干净整洁的大屋子。站在大门口的黑衣老者隐身金灿灿的光芒里，显露模糊的背影轮廓：正中间走道上，巨人般细长的黑影，还有一旁支撑起的那根细细的拐杖。满满的温暖，满满的光明，细密的尘埃在光柱里一刻不停地飞舞。

黑衣老者一动不动，站立许久，紧了紧肩头的包袱，这才跨出大门，不忘回身望了望大屋子，微微抬头瞧了瞧屋顶角落里正在默默对望的包包蛀，然后使劲儿推上大门。随着"咣当"一声，如往日一般，大屋子暗下来，也静了下来。

　　包包蛀照常修炼修行，趁着明媚阳光飞出去兜了一大圈，活络活络筋骨和腿脚，然后站在大屋子尖顶那根长木桩的肩头，晒晒太阳，吹吹微风，再瞧瞧脚下一派和煦的田园风光。一切照旧。

　　等到太阳西下，包包蛀翻身跃下长木桩，飞入天窗，可左等不见黑衣老者，右等不见村民们，实在等得不耐烦，便大胆地站在屋顶横梁向下张望。

　　油灯全熄，本该亮堂堂的大屋子，如今黑洞洞空落落。眼瞧着再熟悉不过的大屋子忽然变成黑屋子，陌生又冷清，包包蛀涌出一阵心酸难过。再等等看，黑衣老者会回来的。他安慰着自己，踱回角落，闭目养神，可不争气的肚皮"咕噜噜"叫起来，在静悄悄的大黑屋子里格外响亮。

　　迷迷糊糊熬到了天麻麻亮，如同往常，包包蛀踱到横梁边上往下瞧，瞧谁呢？瞧黑衣老者，瞧黑衣老者那熟悉的身板，听黑衣老者一阵阵的咳嗽，一下下扫地的划拉声，挪动长木凳的"嘎吱吱"，以及关门的"哐当"声。过了许久，他才回过神来，自己还是头一遭在大屋子里独睡一宿，没有面饼，没有灯光，也没有黑衣老者的陪伴。

　　"咕噜噜"肚皮又在唱歌，指不定黑衣老者留下几张面饼呢，这也是说不准的事儿呢。包包蛀二话不说，从横梁上一跃而下。

　　大屋子归置得整整齐齐，大筐也干干净净，哪里有留下的面饼？

　　包包蛀有些纳闷，黑衣老者一声不吭就离开，不打招呼也就算了，可，朝夕相处这么久了，明明知晓自己最喜欢面饼，也不关照留下几张？包包蛀越想越来气，顺脚踢翻大筐，再一想又不妥，乖乖地将大筐拖回原处。无意中一抬头，却瞧见最里间的木门敞开着，那可是黑衣老者歇息的最里间。奇怪极了，从没见过黑衣老者敞开里间的木门呀，嗯，反正黑衣老者外出未归，必须得进去找找吃食。

　　不对，万一，万一黑衣老者突然返回，那可如何是好呀？管不得那么多，先找点吃食填饱肚皮再说，指不定里面藏有面饼，嗯，专为我包包蛀留下的面饼和吃食呢。

包包蛀一蹦一跳地冲进黑衣老者的里间，借早晨的天光，好奇地将黑衣老者居住的里间细细打量。紧靠墙根的木床上，厚厚的粗羊毛毯子叠放平整，大方枕挨着床头，中间凹陷的地方略微发暗，仿佛黑衣老者刚刚起床，走开不久。包包蛀跳上木床，好奇地伸出翅尖拍了拍凹陷的大方枕，凑近圆脑袋嗅了嗅，似乎还有黑衣老者留下的余温和余味。床尾的橱柜里码放着一些瓶瓶罐罐，盆盆碟碟。贴紧床头的木桌上放有一个不大的提篮，提篮上苫着一块棕色的粗麻布。

包包蛀一脸兴奋，从木床跳上木桌，用尖嘴啄起苫布，一股面饼的香味直窜鼻孔。兴许饿得过火，感觉今儿个的面饼比往常任何时候的面饼都要好吃，都要香甜，都要酥脆。他一口气吃了个底朝天，嗯，黑衣老者晓得包包蛀是只好鸟，一只懂事的好鸟，一只会带来好消息的好鸟。

他用翅尖抹抹嘴巴，心满意足地扫了一眼桌角上的那盏油灯，伸长短粗的脖子朝灯盏里瞧了瞧。灯枯油尽，一滴不剩，难道黑衣老者不打算回来了？包包蛀心里"咯噔"涌出一股难受劲儿，早知如此，还不如，还不如昨儿个早晨，飞下来跟黑衣老者打个招呼。唉，不提也罢。

枯灯下摆放着大书，就是黑衣老者天天照着说话的那本大书，翻开来平摊着，仿佛黑衣老者匆匆离去前刚刚翻开过，还没来得及合上。包包蛀上前低头顺便扫了一眼，突然大叫一声"阿欧"，紧接着仰面向后硬邦邦地跌了下去，金色的大眼睛里充满金色的小星星，小星星转着圈圈，亮了灭，灭了亮，此起彼伏。

干旱将毁灭你们，我会拯救你们，留下希望。

就一行字，历历在目！这行字的下面，鲜血划出的横线早已凝固，暗红发黑。黑衣老者有心为之？无心为之？冥冥之中？命中注定？高山之巅的大木船？大书中的大木船？黑衣老者嘴巴里的大木船？一公一母？诺亚全家的八口人？天地之间全部活物？大木船的船舱里那句转瞬即逝的血书？平摊开来的大书中鲜血横线上的那行字？包包蛀圆脑袋发昏，大眼睛发胀，尖嘴微张，呼吸急促。

说不上激动还是焦躁，说不上兴奋还是迟疑，更说不上迷茫还是糊涂，包包蛊静静地躺了一会儿，等到神志稍稍回归便翻身站起，却依然呆若木鸡，就这样定定地站在黑衣老者的木桌上，瞪着那句话，还有那根下划的暗红血渍，如坠迷雾深渊。金色的大眼睛一眨也不眨，金色的小星星在眼里一个个地隐退。

包包蛊抬头瞧一眼枯灯和提篮。咦，那是啥玩意儿？自己尽顾着血书，居然未曾留意桌角另一头圆鼓鼓的黑陶罐——大大的卷边口子塞进一个裹着粗麻布的大木塞。包包蛊丢下疑问和郁闷，两三步挪近黑陶罐，抵住大木塞嗅嗅，似曾闻到过的味道，有点酸有点甜，有点冲有点呛，闻上去麻酥酥热乎乎。他有些放心不下，回头望了望，听了听，干脆跳下木桌，跳到门口向外张望一番，确定没有异样，这才翻身上桌直奔黑陶罐。

包包蛊伸出翅尖，轻轻地推推黑陶罐，听得见汁水充盈的"咣当"声响。他踮高脚尖，尖嘴正好叼住大木塞上粗麻系结的大疙瘩。他摇头晃脑，拍打翅膀，大木塞却毫无动静。折腾了三番五次，黑陶罐上的大木塞依旧严丝合缝，但粗麻绑扎的大疙瘩倒被啄得松开了。他用尖嘴三下五除二将粗麻叼住，使劲将粗麻揪出掀开，露出大大的软木塞子。

包包蛊啄啄黑陶罐口子上露出的半截软木塞，心中一喜有了主意。将软木塞子啄得又碎又烂，捅进黑陶罐不就得了。说干就干，说到做到，只听得一阵乒乓乒乓，有几次甚至啄到黑陶罐的卷边口子上，震得嘴巴酸痛发麻。没花多少工夫，黑衣老者的木桌上和木床上到处散落着软木碎屑。包包蛊将自己的尖嘴下沿平压在参差不齐的软木塞子上，用脖颈和圆脑袋向下使劲儿，只听得"扑"的一声，软木塞子连同粗麻裹布一起顶进了黑陶罐。诱惑的味道，甜美的味道，刹那间从黑陶罐里荡漾出来。

包包蛊胡吃海塞面饼之后本就口渴难耐，再经历一番叮叮当当的啄啃，早已口干舌燥。他踮直脚尖，抻长脖颈，将圆圆的大脑袋一下子探入黑陶罐，"咕咚咕咚"大口喝个痛快，直到喘不过气来，才从黑陶罐里拔出湿淋淋的圆脑袋。好家伙，从圆脑袋流淌下来血红的汁液，他顺势撑开羽毛抖一抖，血红的汁液溅满桌面和木床。他喘了两口气歇了一小会儿，扎进圆脑袋接着喝起来。

估摸着尖嘴够不到汁液，包包蛊便不再踮起脚尖，而是向后退两步，脚爪踩实桌面，让黑陶罐倾斜起来，那样，尖嘴又可扎进汁液里。可是，来不及畅饮，落满碎屑、碎渣和汁液的桌面就让他爪底直打滑。他来回蹬踏了几下，使劲扇动双翅，无奈大脑袋深陷黑陶罐，整得两只脚爪平展展地滑出去，这下可好，与黑陶罐一道平趴在桌面上。

当包包蛀费劲地从黑陶罐里拔出圆脑袋时，罐里的汁液一下子喷涌出来，泼洒在翻开的大书上。

此刻的包包蛀心花怒放，"阿欧""阿欧"尖叫了两嗓子，想蹦一蹦跳一跳，但腿脚却不那么利索。他摇摇晃晃地挨近翻倒的黑陶罐，弯下脖子低下头，张开嘴巴，只想探进圆脑袋，可双腿一软，向前一个趔趄，压在了黑陶罐上。罐内的红汁液又泼洒出来，将那本大书浸泡在红汁液里。黑陶罐骨碌碌沿着桌角滚落到桌边，落在木凳上，摔了个稀巴烂，黑陶片、红汁液洒满一地。

包包蛀头晕目眩，眼光迷离，腿脚绵软双翅耷拉，圆脑袋被红汁液染得红通通，金色的大眼睛依然金黄，神志却仍有几分清醒，清醒得让自己感到奇怪，感到绝望，感到难过，感到兴奋。就在此刻"咕噜噜"声声相连，发自肺腑，似乎五百年、一千年、一万年都没吞咽过食物，饿得站在木桌上的包包蛀快要崩溃，将要疯狂。

包包蛀扫视一圈，地上只有摔碎的黑陶片、滚落一旁的软木塞子和粗麻裹布、装饼的提篮和苫布、凹陷的大方枕、枯灯，还有木床上的羊毛毯。别无选择，他叼起一页页浸满红汁液水淋淋的大书，狼吞虎咽地咀嚼起来，直到咽下大书的最后一页。

包包蛀打个饱嗝，意犹未尽，饥饿虽已退却，困意阵阵袭来。他瞧了一眼那张黑衣老者睡过的木床，碎了一地的黑陶片，还有斑斑点点的红汁液，伸了伸腿爪扇了扇双翅，有些不舍，有些歉意，然后跃出里间，飞上屋顶角落，钻进黑暗沉沉睡去。

不晓得昏睡了多久，等包包蛀醒来时，浑身瘫软无力，晕乎乎想不起自己身处何方，睁眼时抬不起粘连的眼皮，费了半天工夫只掀开一道缝，外面白茫茫一大片。惺惺懂懂的，想着侧起身来再瞧瞧，灌铅的上眼皮不听使唤"吧嗒"一声紧扣下来，合上了那道缝。他躺了一小会儿，心有不甘，迷糊中想着提起翅尖揉揉大眼睛，却提不起来使不上劲儿，两只翅尖紧贴肚皮，被里三层外三层紧紧地捆绑住，无法挣脱，动弹不得。

等包包蚩略微清醒一些的时候，顿觉不妙，只想赶紧站起身来，可挣扎了好多次，仍旧躺在原地纹丝不动，浑身似乎被无数厚重的绳索和织物缠裹得严严实实。身处如此险境，包包蚩喘着粗气，无助地轻轻叫唤了两声，不见动静，又大声喊叫几嗓子。四下里静悄悄，听得见风声和远处野鸟零碎的啼鸣。

如此这般躺下任凭宰割，绝非长久之计，包包蚩细细思量着脱身之法。他慢慢往回收起脚趾，使劲儿摆脱绳索的束缚，随即绷紧脚爪的趾尖，再顺势松开趾尖，将趾尖弹了出去。"噗"的一声，趾尖果真将厚厚的织物捅穿。有了少许宽松余地，他的两只脚爪连蹬带踹，费力地将织物撕开一道大口子，再将裹住双翅、缠绕脖颈和大脑袋的绳索织物一片片一缕缕扯下来，紧接着伸展翅膀竖起浑身羽毛，一阵狂抖乱颤，直到将缠绕在身上的织物抖落干净。纷纷扬扬的灰土呛得他一个劲儿咳嗽，"呸""呸"忙不迭吐出钻进尖嘴的尘埃。低头再瞧，哪里有什么织物和绳索？原来是密密匝匝的吊吊灰和蜘蛛网，真是有惊无险，死去活来，四季轮回，年岁久长，层层叠叠，如茧如毡。

包包蚩挑开一根根随风摇曳的吊吊灰，避开眼前的一张张蜘蛛网，跳到屋顶横梁上。横梁颤颤巍巍上下起伏，"嘎吱嘎吱"响个不停。他不敢久站，于是飞落大屋子的地面，双翅卷扬起一阵尘土和枯叶。为了不吃土和灰，他奔着墙根堆满杂物的高处飞了上去。

大屋子，曾经的大屋子，梦里常常出现的大屋子，阳光面饼，灯光歌声，大书红汁液，还有惺惺相惜一去不返的黑衣老者，当然还有盘桓在屋顶黑暗中的那只顶好顶好的好鸟。

可眼前的大屋子已大相径庭，阴冷破败，散发出浓浓的腐朽霉气，夹杂着各种鸟屎的臭味。虽说还算亮亮堂堂，却拜屋顶几处破洞所赐，一眼望得见破洞外的蓝天和云朵。天光从破洞照进来，阴天的雨水冬日的雪花少不了时常光顾。他低头瞧瞧所踩的物件，都是些归置墙根缺胳膊少腿的长木凳。

包包蚩无言以对，即便恋恋不舍，不舍的该是大屋子的过往。他飞向大屋子的最里间，空无一物，弃置已久，满地尘埃和枯叶，还有零星散落的黑陶片。

黑衣老者的点点滴滴犹在眼前，村民们天籁般的歌声犹在耳畔。包包蚩涌出一种空落落的难受劲儿，虚浮半空，无处着落，冲动和酸楚一下子涌上大脑袋，金色的大眼睛扑闪几下，殷红的泪水聚集在弯弯的下眼睑，慢慢地溢出，一滴，两滴，三四滴。红泪珠"吧嗒吧嗒"跌落地面，跌落在黑陶片上，发出"哧哧"的怪响，灼烧起积年尘土和枯枝落叶，竟在黑陶片上燃起蓝色的火苗。只见几缕白中透青的烟火气，不断地扭动缠绕，交织成一股灵动的青烟，冲出最里间，径直向上，窜出屋顶的大破洞。

包包蛀大吃一惊，毫不迟疑，振翅紧跟。大屋子顶上那根长木桩依旧岿然矗立，横起的短木桩风吹日晒已经歪斜。那股青烟围绕着大屋子盘旋数圈，似乎在找寻，在追忆，更像在探求，在辨明方向。青烟盘旋的圈子越转越开，越转越快，越转越高，一圈一圈又一圈。

起初，包包蛀尾随在盘旋的青烟后面。眼看着快要被青烟甩开，他索性飞落在屋顶的长木桩上，只需挪动脚爪跟随着青烟旋转即可。他的大眼睛一眨不眨，紧盯着那股青烟，唯恐青烟离开视线，倏忽间溜跑不见。

脚下的村庄还是先前那个村庄，只是鸡鸣狗叫今非昔比；远处的大海和小岛未曾改变，鸥鸟照样成群结队；东面的雪峰还是那座雪峰，高不可攀绵延不尽；村庄四周纵横交错的田畴大多荒芜，辨不出野草和庄稼；坚守的村民们和大海中远行的点点白帆，物是人非。

一走神，不晓得何时，青烟掉头，向东窜去，奔向东边的连绵雪峰，正是久远之前自己曾经独自翻越的大雪峰。

包包蛀左顾右盼，似乎明白，仍有些糊涂，似乎清醒，仍有些犹豫。原以为打坐修炼长此一生，可注定的参透与参悟偏偏说不清道不明，看不见摸不着，上不得天，落不得地，时刻悬在半空中，在大脑袋上飘来荡去，恰如滴落的红泪珠冒起的青烟，犹如胸膛翻腾的空落落，让你知晓，但不让你明了，让你难受，却不给你结果。难道所有这些，只为此刻的青烟？难道东方的召唤，该来已来？难道离开的时辰，说到就到？也许，该离开了，真的该回家了！

包包蛀神神道道，痴痴望着渐行渐远的那股青烟，突然，天际深处响起一个声音，不紧不慢，低沉有力：

干旱将毁灭你们，我会拯救你们，留下希望。

一阵莫名的兴奋和紧张，大脑袋发胀欲裂。包包虫两只大眼睛射出金灿灿的光芒，双爪奋力向下齐蹬，双翅齐振，向东，向着青烟的方向，匆匆追去。身后一声巨响。包包虫全身一震，扭头瞧过去，只见大屋子轰然坍塌，翻腾的巨大烟尘滚滚铺开，将凋敝萧瑟的村庄彻底淹没。

包包虫跟紧青烟，向东飞，向上飞，毅然决然冲向雪峰。他未曾料想，自己有如神助，居然毫不费力地尾随那股青烟轻轻松松地飞越雪峰，更无须担心冻裂或冻碎一对漂亮的金色大眼睛。上次翻越雪峰，刻骨铭心历历在目，险些丧命酷寒中葬身雪海里，差点就将自己一身雪白融入雪域高原。

只见青烟沿着险峻山脊迅速下坠，掠过岩石和冰川，一刻不停地向东扑去，扑向雪域高原，扑向高山之巅停泊的大木船，那艘诺亚的大木船。

青烟一头钻进甲板上的黑窟窿，隐身船舱。

包包虫紧盯着自己曾经摔下去的黑窟窿，在半空中徘徊不前。

偌大的船舱里，突然"叮叮当当"响起连串的撞击声，似乎有个神秘的精怪在船舱里狼奔豕突，跌跌撞撞，震得大木船摇摆不定，厚厚的积雪从船头船舷船帮扑簌簌震落下来。片刻工夫，从大木船四周船板的缝隙中陆陆续续地飘出淡淡的青烟，将大木船萦绕在幽幽的青烟之中。在雪地的映衬下，青烟的蓝光频闪，缥缥缈缈，瞬间随风四散开来，消失得无影无踪。

包包虫恍惚间似乎有了一点眉目，理出一点头绪。

黑衣老者大屋子，美味红汁液，大书，长木桩，还有歪斜的短木桩，红泪珠，黑陶片，冒青烟，坍塌的大屋子，清甜的雪莲花，甲板黑窟窿，血书，腥臭，诺亚的大木船，大书里的大木船，黑衣老者的大木船，天际深处的呼唤，彻底飘散的青烟。

包包虫想得很多，想得很累，虽然不愿多想，却由不得自己。无论自己想到的，做到的，还是未曾想到未曾做到的，总有暗示和警醒，引导着自己。不管明白不明白，乐意不乐意，都如此这般神秘兮兮地飞回到诺亚的大木船。

大木船安静下来，沉默不语。

在雪域高原停泊万千年，还会停泊万千年吗？

包包蛊仿佛看见滔天洪水中孤独的大木船，时而抛上浪尖，时而跌入谷底。所有的高山被淹没在水下。天地间只有乌云，只有巨浪，只有电闪雷鸣和瓢泼大雨，只有苦苦挣扎的大木船。难道将来某一天，洪水将会再现？眼前的大木船，诺亚的大木船可否再一次幸存？包包蛊脱口那句血书：

干旱将毁灭你们，我会拯救你们，留下希望。

刹那间，胸腔里激荡起神圣，大眼睛透露出坚毅，包包蛊扇动翅膀向东飞去，一声声"阿欧""阿欧"，回荡在雪域高原。遥远的东方，久违的故土，家乡的味道。

一眼望不到边的黄土高坡、野岭秃山。清晰可见大大小小的旋风扫过山坡，扫荡沟底，风卷残云般裹挟起黄沙和黄土。旋风顶上的风引子，越转越尖，聚拢凝结，宛如一根尖尖的鞭梢子前后左右地扭动摇摆，猛地拉升上冲跳跃，随即突然崩裂瓦解，将卷到半空的黄沙和黄土撒落下来。老的旋风垮塌灭失，新的旋风源源不断前赴后继，周而复始，不舍昼夜，在黄土大地上欢实地肆虐横行。

包包蛊的大眼睛干涩生疼，布满血丝。要在黄土大地寻见水和吃食远比登天还要困难。他宁愿待在高高的蓝天上，快快飞离这大片的荒漠。

难道这趟回家，自己将被干旱干渴毁灭不成？口干舌燥，忍饥挨饿，而干旱干渴就在眼前。如何去拯救？如何先将自己拯救？难道要在万里无云的蓝天之上拯救？或者在寸草不生的黄土大地上拯救？希望，留下希望，难道在蓝天之上留下希望？论时来，还是运去，无论想多，还是少想，包包蛊始终自命不凡，自鸣得意，自己真就是只好鸟，会带来好消息的好鸟，不折不扣带来好运道的好鸟。

瞧，快瞧，天地一色，连成一线的天边，隐约闪起亮光。哈哈，哈哈，闪电，闪电，虽听不见雷爆轰鸣，包包蛊似乎已经徜徉在风雨雷电之中，小嘴张开狂饮无限甘露，尽享倾盆大雨，洗去跋涉的疲惫辛劳，还要将金色大眼睛里干涸的血丝一洗了之。

一道白光划过长空，直奔天边。

只为拯救，只为拯救自己。

只为希望，只为留下自己的希望。

包包蛊放缓双翅，头顶上是一尘不染的蓝天和大太阳，脚下是一望无际翻滚的乌云，身前身后，许许多多戳出云层的雪山熠熠生辉。厚实的云层发出阵阵闪电和雷鸣，看得见一下下晕散开来的光耀和光斑，听得到滚雷沉闷的轰隆隆。包包蛊张嘴"阿欧"叫个不停，兴奋得一个猛子俯冲下去，一头扎进乌云。

湿漉漉的云汽扑面而来，忽然清晰亮堂起来，那是在穿越云缝；忽然模糊起来，那是钻进云雾；忽然黑咕隆咚伸翅不见翅尖，那是在闯入乌云的最深处。包包蛊上下翻飞，敏捷地绕开一道道闪电，躲避一次次霹雳。时而大雨如注，时而小雨霏霏，时而还能瞧见头顶一闪而过的蓝天和太阳。

穿云海，跃高岗，掠过坡地擦着树梢，贴着谷底扫过草皮，如白色的精灵悄无声息地划过平缓的山谷。看看行将云收雨歇，包包蛊抬头仰望，云层变淡变薄，太阳即将西坠，西边露出一抹嫣红霞光。几个星星眨巴着眼睛，天色暗了下去，笼罩着薄纱的月亮若隐若现。再低头留意如镜的山谷，一个如影随形的白色精灵，紧跟着自己，你快他也快，你慢他也慢，张翅他也张，收翅他也收，惊得包包蛊失口大叫一声"阿欧"。定睛再瞧，原来，那雪白如玉展翅滑翔的白色精灵正是自己那矫健无比的身影。

"哈哈"，湖泊，高山湖泊，包包蛊犹如在上下星星的夹道间穿行，在上下两个月亮间飞过。

此刻的山谷，云开雾散。看见湖边草木茂盛的缓坡处有一棵突兀的老枯树，包包蛊潇洒地飞过去栖落在枯枝头。

第五十章　冥冥之中救长老　步步为营修水库

电闪雷鸣中，包包蛊拯救了自己，为自己留下希望。

风平浪静中，包包蛊默诵那句血书，聆听天际的召唤。

高山湖泊，雪域冰川，暗流潜藏。干旱，毁灭，滔天巨浪。拯救，唯有拯救才会留下希望。包包蛊历经百转千回终于归巢阔别久远的东方故土。

饥肠辘辘的包包蛊立在湖边一棵高高的枯树枝头，琢磨着，一肚皮冰凉的雨水撑不了多久，还得尽快找些吃食。忽听得不远处草窝里发出一阵窸窸窣窣的声响，他愣了一下警觉起来。

月光下，鸣虫此起彼伏，越发显得四周空旷寂寥。

包包蛊目不转睛地盯住草窝，草丛里却没了动静。此刻，不争气的大肚皮"咕噜噜"叫个不停，包包蛊赶忙用一扇翅膀捂住大肚皮，唯恐响亮的"咕噜噜"暴露自己的行踪。

月亮的清辉下，岸边的草坡上齐刷刷地钻出数不清的吐蕃鼠，一个个踮起脚，伸长脖颈，左右转动着脑袋，似乎在焦急地打探。

如此半夜时分，吐蕃鼠不老实躲进洞穴，而是一反常态地倾巢出动，肯定要出大事。片刻的宁静过后，草窝里又是一阵窸窸窣窣，伴随着犀利的尖叫划破夜空。说时迟那时快，一先一后蹿出两个黑影，在湖边的草坡上追逐起来。原来是一只胖嘟嘟的吐蕃鼠在前奔逃，一只大尾巴高原赤狐在后紧追不舍。

那些冒头观瞧的吐蕃鼠们也不逃避，大声呐喊，似在助威。看得出，那只慌不择路奔逃的肥胖吐蕃鼠肯定是一位大角色。再过一小会儿，这个大角色吐蕃鼠必将成为高原赤狐的一顿美味大餐。

高原赤狐张开大嘴，露出四粒尖牙。吐蕃鼠短小的尾巴上的绒毛已经被撩拨到高原赤狐的鼻尖。只差小半步，高原赤狐就要叼到吐蕃鼠的大肥臀。

该出手时就出手，包包蛊腾空而起，拖曳着月光洒下的一片暗影，犹如披着黑斗篷的雪白精灵，悄无声息地滑翔俯冲，然后精准地向前探出一对钢钳般的利爪，从侧后翼瞄准高原赤狐最薄弱的脖颈子狠狠钳下去。

瞬间，包包蛊两只利爪一下子插入高原赤狐的脖颈，尖趾轻松地戳进高原赤狐坚硬的骨头。

听得见高原赤狐骨折的细碎声响。高原赤狐拼命地调转脖颈，张开大嘴，指望着反咬一口。但在包包蛊的重压和踩踏下，高原赤狐张开尖嘴，发出最后一声凄厉的惨叫。

包包蛊张开双翼将高原赤狐死死罩住，让它逃无可逃，生无可恋。

包包蛊真的饿极了，连啄带扯，摇头晃脑，囫囵吞咽，饱餐一顿。他一边大块朵颐一边庆幸自己高明的选择，若是半路打劫去捉前面逃跑的吐蕃鼠，充其量最多填个半饱。

包包蛊来不及将狐狸毛啄干净甩出去，稀里糊涂地连肉带毛一起吃进肚子里。好些狐狸毛粘在包包蛊的脑门上，挂在他的睫毛上，粘在他的大圆脸盘上，尤其鼻孔上那几撮柔软的狐狸毛挠得他奇痒难耐。终于一个没忍住，他张开小嘴，昂起脑袋，闭上眼睛，爽快地打出一个脆生生的喷嚏，从嘴巴里喷出不少肉渣和肉末，狐狸毛也被震得到处乱飞。

当包包蛊心满意足地睁开金色的大眼睛，本想伸出两个翅尖轻轻揉揉自己的两个小鼻孔，突然，眼前惊现的一幕差点吓得他直挺挺地向后倒下去，多亏两只翅尖向后撑起，才不至于跌个后脑勺着地。尖嘴巴"阿欧"哼出前一半，直到晃了三晃站稳之后，才叫出后半句的"欧"来。

原来，一大群黑压压的吐蕃鼠竟然悄悄地将他包围在正中间，无数亮晶晶的圆眼睛正在围观他吃肉肉。实在是唐突诡异，近在咫尺的危险，自己一丁点都没察觉到。他只得放弃来之不易的热气腾腾的赤狐肉，三十六计走为上计，赶紧振翅逃离包围圈。

凡事皆有定数，有福不在忙碌。就在包包蛊惊恐万状，将飞欲飞之际，耳边传来一声沉着稳重的呼唤："大侠且慢，大侠留步。"

如今的包包蛊历经大风大浪，旋即听出话中的善意和真心。他缓慢地收起张开的双翅，但并不同时将双翅夹紧在身侧，而是故意随性地一前一后不慌不忙地并拢，再顿一顿双爪，稳稳心神。他假装毫不在乎，使劲地掩盖住先前的露怯，强压住刚才的紧张，刻意压低瓮声瓮气的腔调，举重若轻地问道："有何贵干？"

这时，走出一只须眉尽已染霜的年老吐蕃鼠："这位尊敬的大侠，我是这里的长老，大家称呼我白眉毛博西盖，正是大侠您将我从高原赤狐的魔掌下解救出来，得以顺利逃生。因而，回到老巢之后，赶紧召集各路首领们前来拜会大侠，感谢大侠救命之恩。"

包包蚩心花怒放，却又不可喜形于色，但紧张的心绪已平复，得意尽显嘴角："嗷，高原赤狐追赶的就是您老人家呀，我尊敬的白眉毛博西盖。"

白眉毛博西盖难掩激动："正是老朽呀，那狼狈的窘态让大侠见笑了。敢问尊姓大名？"

"包包蚩，两字复姓包包，单名一个蚩，好记极了。"

包包蚩忍不住再一次为自己的急中生智而陶醉，幸亏选择了体壮多肉的高原赤狐，如果选择白眉毛博西盖，后果还真难以预料。

包包蚩坦诚地告知白眉毛博西盖："就喜这一口儿，就好狐狸肉！如果寻不见狐狸，指不定还得寻个吐蕃鼠呢。"他摊开双翅，一副无可奈何的样子。

"管不得那么多，包包大侠救下我白眉毛博西盖的一条老命，这脚下的昆仑高原，莽莽雪域所有的吐蕃鼠都会报答您。只要包包大侠有事相求，昆仑高原所有的吐蕃鼠都会来帮助您。"

"等等，等等！尊敬的白眉毛博西盖，这里就是传说中的昆仑高原？"包包蚩真就被电闪雷鸣和滚滚乌云带进了昆仑高原，不知不觉间已经站在了昆仑高原上，"这里有好多好多高山湖泊？"

"有一千个，估计有两千个高山湖泊，对的，有两千个。"白眉毛博西盖说得非常认真。

"太好了，有两千个高山湖泊，就会有好多的水。"

"湖泊当然都有水，大侠说话可真逗，如果湖泊没有水，那就是干沟和峡谷。"

包包蚩望着湖泊出神，突然冒出一句："太少了！"

"太少了？到底何为太少？何为太多？"白眉毛博西盖问得急切。

"高山湖泊太少了！"包包蛊撇开爪下赤狐，一步步走向高山湖泊。

"两千个高山湖泊还嫌少吗？"

"太少了，要一万个，要十万个呀。"包包蛊盯着湖面涟漪中破碎的星星和月亮。

"只有这么多的高山湖泊。"白眉毛博西盖的语气不容置疑。

"尊敬的白眉毛博西盖，刚才您讲过，只要有事相求，昆仑高原上所有的吐蕃鼠都会来帮我包包蛊。"瓮声瓮气中满满的期盼。

"那是当然！还能有假？"白眉毛博西盖"咚咚"地擂打自己肥厚的胸脯。

包包蛊听罢，激动地望着白眉毛博西盖，毅然决然地大声诵读那句神秘的血书：

干旱将毁灭你们，我会拯救你们，留下希望。

包包蛊连说三遍。

第一遍面对白眉毛博西盖，第二遍面对竖起耳朵的众多吐蕃鼠，第三遍则是面对高山湖泊和连绵雪山。

白眉毛博西盖吃惊地盯着包包蛊，不解其意，慢慢靠近，伸手摸了摸包包蛊圆圆的大脑袋："包包大侠，您没有发烧吧？您还好吧？"

"有个使命，神圣的使命，冥冥注定的使命，要我包包蛊去完成。"

"包包大侠的意思，老朽明白，您需要昆仑高原吐蕃鼠的帮助去完成您的使命。"

"没错，您说得没错。"包包蛊点点头。

"您包包大侠一句话交代吩咐的事儿，您说吧，需要三个五个，还是十个二十个吐蕃鼠？老朽给您选派最强壮，最聪明的，您就放心好了。"

"我需要昆仑高原上所有吐蕃鼠的帮助。"包包蛊金色的大眼睛一眨不眨地盯着白眉毛博西盖。

"难道老眼昏花听错了？所有？全部？"白眉毛博西盖一脸诧异。

"是的，全部，昆仑高原上所有的吐蕃鼠！您不会后悔对我包包蛊做出的承诺吧？"

"怎么会后悔呢？"白眉毛博西盖似乎有点底气不足，"实话实说，我白眉毛博西盖自打出道以来，的确还从没许诺过这样的大事儿。不过，立足昆仑，背靠昆仑，我白眉毛博西盖靠的就是有一说一，有二说二，信守承诺，方可在昆仑高原扬名立万。您放心吧，包包大侠。"

"尊敬的白眉毛博西盖，尊敬的各位吐蕃鼠，一言难尽，我包包蛊被上天拣选，信不信由你们。总有个神秘的声音在我包包蛊头顶上徘徊，指引着我的方向。"包包蛊稍作停顿，"迟早有一天，光和热将席卷天地之间三界内外，也会席卷昆仑高原。光和热将带来干旱和干渴，生灵活物遭涂炭，唯有储备足够的水，方可拯救我们，拯救生灵活物，唯有活下去，方可留下希望。"脱口而出的大道理让包包蛊都觉得莫名其妙。

说完大道理，包包蛊仰望星空，月亮已渐渐淡去。他不由自主地张开一扇翅膀，翅尖冲天，喃喃自语："听，你们听，赶快听，上天的声音，来自上天的声音。"

干旱将毁灭你们，我会拯救你们，留下希望。

隐隐约约，模模糊糊，从深邃的苍穹传来悠扬的声音。

白眉毛博西盖转头望向包包蛊，只见包包蛊嘴巴紧闭，静静地扑闪着两只金色的大眼睛，一动不动，仰望上天。

过了许久，白眉毛博西盖身后的众多吐蕃鼠逐渐骚动起来，进而呼啦啦匍匐下去，跪拜在依然昂首向天的包包蛊面前。

白眉毛博西盖也随着一同跪伏下去，直到看见包包蛊夹回冲天直指的翅尖，这才嗫嚅道："老朽三生有幸！三生有幸啊！"

听见白眉毛博西盖说话，包包蛊猛然间打了一个激灵，浑身白毛尽数张开，胖大了一圈，不等收拢羽毛，赶上前去，搀扶起白眉毛博西盖："尊敬的白眉毛博西盖，包包蛊何德何能受此大礼，赶紧起身呀，刚才这话说到了哪里？"

"说到，储备足够的水，拯救生灵活物，上天也发出了声音，老朽听见了，要留下希望。"

"神秘的声音，上天的拣选。"

"老朽越想越有意思，越想越有道理。近些年，的确要比往年热，冰川积雪消融得越来越快，时不时雪山雪崩，冰川垮塌。"白眉毛博西盖一脸严肃地说起昆仑高原的近况，"包包大侠所言光和热，干旱干渴，难道已经开始了吗？"

"我包包蛊也不晓得，光和热、干旱干渴是否已经开始。但凡事防患于未然，未雨先绸缪，终究不会铸大错。"

白眉毛博西盖转身面对手下的吐蕃鼠："答应的事儿，必须做到，哪怕千辛万苦，万死不辞。孩儿们，你们说对不对？"

从吐蕃鼠队伍里稀稀拉拉传来几声"对""对"。似乎还在观望。

包包蛊上前一步，伸展一只翅膀，拍着白眉毛博西盖的肩头："我包包蛊需要水，你们也需要水，天地之间生灵活物都需要水，对不对？"

依然稀稀拉拉传来几声"对""对"。

包包蛊接着说道："当光和热、干旱干渴席卷天地之间三界内外，大家都会干死渴死，对不对？我包包蛊只想得到大家的帮助，在昆仑高原上筑坝修水库。我要修造许许多多个水库，为了将来有一天拯救天地之间三界内外受苦受难的生灵活物。请大家务必记牢，你们每一位吐蕃鼠都会因为筑造大坝，修建水库而得到祝福，得到余荫和喜乐。而且，我们共同修造水库，为了天地之间生灵活物，更为了我们自己，大家说对不对？"

有的大声喊出"对"，有的不住地点头。

白眉毛博西盖推开包包蛊搭在肩头上的翅尖："这样好了，来去自由，不愿意修水库，筑大坝的现在就可以离开回家。愿意同我白眉毛博西盖一道帮助包包大侠的，站在原地不动。"

队伍一阵喧哗，陆陆续续地离去了一些。有的吐蕃鼠走出数步，犹犹豫豫的又返回队伍当中。

"太好了！大家想明白，整日除了吃就是睡，除了养儿就是育女，还总是提心吊胆。如今为拯救天地之间的生灵活物出一份力气，难道不是我吐蕃鼠世世代代的造化？大家听好了，今儿个回去，各自招呼各自部落，整装待命。"

"我包包蛊在这里给大家作揖致谢了。再多说两句，大家为什么喘气活着？难道只为了世世代代以这昆仑高原为家？你以昆仑高原为家，昆仑高原以你为什么？你曾为昆仑高原做了什么？做过什么？又将准备去做什么？仅仅只是在昆仑高原养儿育女，躲避天敌，或在吃和睡中度过每个日夜？终有一天，你将老去，你将死去，昆仑高原多你一个不多，少你一个不少，并不会因为有了你，昆仑高原从此变了模样，也并不会因为你的死去，昆仑高原有所失去。昆仑高原依旧在，而你已化作泥土化作尘。但昆仑高原即将面临大灾祸，昆仑高原将不保，我们自身难保，何不力所能及，尽尽自个儿的力气，做些造福后代，造福昆仑高原的善举和义举。大家谁不愿意来到昆仑高原轰轰烈烈干一场？谁又乐意白白来过这一趟？谁愿意离开昆仑高原如同从未来到过？现如今，上天发出的声音，大家听得清清楚楚，大灾祸真的要来临，干旱和干涸将席卷天地之间三界内外，大家拧成一根绳，有力往一处使，就做一件事儿，修造水库，修造万万千千个水库，储存多多的水，对付大灾祸，拯救昆仑高原我们共同的家，拯救天地之间的生灵，拯救三界内外的活物。当你们的儿女在昆仑高原上一辈辈活下去，一代代传下去，那是因为你曾经的努力，因为你曾经的汗水，昆仑高原为你而自豪。大家不会再为自己如落叶，如流星，如尘埃一般匆匆走过路过而感到丝丝遗憾和懊恼，反而会拍响胸脯，你为昆仑高原做了你该做的，尽了你该尽的，昆仑高原正是因为有了你，而改变了模样。你将彻底融化在昆仑高原广袤的泥土中，与昆仑高原相伴永远。"

包包蛊说完闭上双眼，庄重地低下圆圆的大脑袋。

四周一片寂静，就连鸣虫也停下了哼唱和聒噪。

包包蛊猛地抬起头，睁开眼，眼睛里流溢出坚毅的金色光芒。他将一扇翅膀举在半空，翅尖冲天："大家，愿不愿意？"

良久的沉默。

白眉毛博西盖实在看不下去了，挥动着小拳头："大家，愿不愿意？"兴许过于激动，他的声音有些嘶哑，

"愿意！"震耳欲聋的回答在山坳里久久回荡，湖面被震出层层涟漪。

白眉毛博西盖这才心满意足地转头望向包包蛊。

不等吐蕃鼠完全散去，白眉毛博西盖低声问道："如果有一天干旱干渴来袭，我等修筑水库，那么向东流去的水岂不更少？岂不是釜底抽薪？"

"泱泱昆仑，弱水三万，只取数瓢饮罢了！昆仑高原上的冰川雪峰，皑皑积雪，取之不竭，用之不尽，源源不断东流去。唯有筑水库，固湖泊，储存水，以备将来救渴和救旱。只有这种方法才能拯救生灵活物，留下希望。莽莽昆仑，巍巍高原上的每一座水库，每一个湖泊贮藏的不只是水，不仅只有水，而是贮藏着一个个新的希望，承载着我包包蛊使命必达的全部希望。"张嘴就来的话语，包包蛊自己也似懂非懂，说完，尴尬地用翅尖摸了摸自己的尖嘴巴。

指不定吃了高原赤狐的肉，真就有了匪夷所思的长进。若是吃了胖胖的白眉毛博西盖，指不定，也难说，包包蛊不敢再瞎想。

白眉毛博西盖不愧老谋深算，凭借老到的预判，不失时机地提醒包包蛊："包包大侠，采石料，运砂土，伐木材，夯地基等重体力活，我们吐蕃鼠大军惯用鼠海战术，一日不成两日，两日不成三日，日日夜夜，月月年年，还有子子孙孙，不信干不成。可我们昆仑高原上的吐蕃鼠世世代代都以深挖洞，广积粮，不出头为首要大事，如今改行修筑堤坝，建造水库，虽然勉为其难，却也不可不为，不得不为。"

"这都多亏您白眉毛博西盖，识大体，知利害，更晓得吐蕃鼠的不易，我包包蛊真是钦佩有加。"

"包，包大侠您先别夸赞，请听我说完。"

"洗耳恭听！"

"修筑水库那可是大活，累活，重活呀。撇开我昆仑高原吐蕃鼠祖祖辈辈沿袭的传统不提，单就这些水库湖泊，那可不是一座两座，而是万万千千座呀。如果仅凭我等吐蕃鼠建造，估计，估计，不是我白眉毛博西盖危言耸听，打退堂鼓，估计要修到猴年马月。至于可否赶得及应对大灾祸，老朽真无把握呀。何况在包包大侠您的面前，更不应说大话，办错事。若要赶工期，应对突降的大灾祸，务必早做打算早安排。只有以逸待劳，才会事半功倍，岂不更为妥当？"

"明白了，您的意思是重活还需大块头来干？"

"俗话说，英雄难敌四手，好汉尚且八个帮。仅凭老朽麾下的吐蕃鼠远远不够。在山谷修筑水库，为高山湖泊建闸口，必耗时长久，其间如能物色合适的帮手，还请包包大侠多多笼络，动之以情晓之以理，张大举，弘大义，聚集各路英豪，只为拯救生灵和留下希望。"白眉毛博西盖语重心长。

"说得在理！荒野中那些个活蹦乱跳的野驴野马，野牛野驼都是干重活累活的好料子，在工地上一个顶十，不，一个顶二十、三十个吐蕃鼠呢。我包包蛊当使出浑身解数，一个不剩全部招呼过来修筑水库。"

"依我之见，如果修筑万万千千个水库，大块头野物还显不足，老朽有个主意。"

"说来听听。"

"东方人口稠密，村镇遍布，家家户户喂牛养驼，喂马养驴，据说还有一种牲口，更厉害，人们称其为骡子。马给驴配种叫驴骡，驴给马配种叫马骡，不管驴骡还是马骡，不会生养，浑身却有使不完的劲，不晓得可否招呼过来一起修筑水库？"

"真有那么好使的骡子，不妨一试。不过，毕竟并非野物，若要强取豪夺，除非万不得已。"

"肯定到了万不得已。而且，都是为了将来，为了天地之间的生灵活物，难道，那些个驴马牛驼不属于生灵活物？那些个骡子不属于生灵活物？还有圈养这些牲口的乡亲们不属于天地之间的生灵活物？只要是为了生灵活物为了将来。"

这些话语是从眼前这个白眉毛博西盖嘴巴里咕噜咕噜说出来的，包包蛊不敢相信自己的耳朵，情不自禁地伸出一只翅膀搭在白眉毛博西盖的小肩头上。

"老朽不冷。包包大侠，你这是做啥？"白眉毛博西盖挥手推开包包蛊的翅膀。

包包蛊干笑两声，不好意思地眨眨金色的大眼睛。好在白眉毛博西盖正在愣愣地瞧着已经泛白放亮的天光下闪着银光的皑皑雪山。

包包蛊只觉得历经千辛万苦，终于在昆仑高原上灵光乍现，收获奇思妙想，寻到中意的精灵伙伴："绝好的主意！赶早不赶晚，是得早打算，早安排，否则，大灾祸突如其来，难道还会提前给你我打招呼？"包包蛊也笑出了声。

"如今还笑得出来。若是水库修了半截子，堤坝闸口修了半拉子，再赶上大灾祸，到了那个时节，哭天天不应，哭地地不灵，更别提笑出声来。"

"刮目相看啊，我尊敬的白眉毛博西盖！这边就劳您多多看顾，我包包蛀不耽误工夫，这就动身，不惜走遍沙漠戈壁，飞遍荒山秃岭，将那些个大家伙，野驴野马，野牛野驼尽数牵来赶来，归您麾下指挥。"

"那当然再好不过了。"

白眉毛博西盖张开双臂，包包蛀张开双翅，几乎同时向前一步，相互紧紧拥抱在一起。四目相对，大眼瞪小眼，金色的大眼睛对着黑色的小眼睛，流淌出满满的坚毅和信任。

当下作别，分头行动。

白眉毛博西盖预言不假，昆仑高原修建水库，筑造湖泊堤坝，工程浩大，工期漫长，即便成群结队的野驴野马，野牛野驼源源不断被赶来，工地上劳力仍显不足。而野地里的大家伙大块头几乎全数被网罗干净。对于包包蛀而言，偷鸡摸狗绝非情愿，但使命压倒一切，拯救高过一切，希望超越一切。只好硬起头皮往东去，走镇串村，使此下策，尽量减少对乡亲们的骚扰，隔三岔五，趁着夜黑风高，轮流盗取大牲畜，不多也不少，一家只一头。

包包蛀安慰自己，美其名曰借用，聊以宽心。

既然借用，当然迟早要归还，至于何时物归原主，暂且等待下去吧，不过，至少会给主人家里留下泽被后世的福荫。

还有一件有趣的事儿，包包蛀总也弄不明白。毛驴倒还容易辨认，可这马匹与骡子，长得一模一样，根本无法分辨。管它骡子还是马，顺手牵来干活就好。可白眉毛博西盖对此却轻车熟路，说是一要上眼看牙口，二要伸手到处摸，三要使劲揪起大尾巴往下瞧，若是白眉毛博西盖面露喜色兴高采烈，保准就是一头大骡子。

第五十一章　包包蛊东行遇阻　海麦斯临危受命

故事讲完了，包包蛊扑闪着金色的大眼睛望向钟馗。钟馗正听得有滋有味，沉浸在久远的思绪中，突然发觉包包蛊闭上嘴不再言语，正好奇地盯着自个儿，于是顺口问了一句："分辨马和骡子，如今知晓了吧？"

"白眉毛博西盖就是不肯讲。"

"这个有甚难处？无须一看二摸三揪尾巴那般烦琐费劲儿。"

"既然你晓得，讲出来听听呀。"包包蛊一脸渴望。

"马的尾巴松散长过膝，骡子尾巴拢成一股，短不及膝。"

"当真如此简单易辨？"

"在外闯荡，从不打诳语，下回若再遇见骡子，保准一辨一个准。时候不早，长话短说，先拣重要的事儿说说吧。"

"我包包蛊觉得分辨马和骡子非常重要。"

"难道重过大魔头九阳和大灾祸？"钟馗反问道。

"好吧，好吧，"包包蛊一脸无奈，"昨日，天空更加亮白，东方吹来热风，飘荡着不祥的血腥味道，本来打算亲自前去一探究竟，却中途受阻，没能如愿。"

"没能如愿？你方才所讲中途受阻？到底什么意思？"钟馗问道。

"先别着慌，听我细细道来。越往东去，白光和燥热越来越厉害，我包包蛊最不喜欢刺眼的亮光，没法子，眯起眼睛继续飞。猛然间有两个黑影斜刺里一上一下怪叫着扑了过来，不看不要紧，一看吓一跳，黑老雕。那只久违的黑老雕，恶狠狠地来啄我的大眼睛，这还了得？我包包蛊赖以扬名立万，全凭这对火眼金睛。正准备低头躲闪，另一个黑影，一条奇丑无比'嗷嗷'乱叫的恶狗，冲着我的大肚皮咬了过来。"包包蛊按捺不住激动。

"黑老雕！"钟馗脱口而出，"久违的黑老雕？你的老相识？"钟馗脑海里闪现出一幕幕场景：黑老雕穷追包包蛊，而包包蛊则逃向最西边的雪域高原，巧遇最西边雪山之巅停泊的大木船。

"休要打断，且听我说。照常理，三下五除二收拾个黑老雕，不在话下，可白光刺眼，泪水涟涟，半睁眼看出去黑影重叠模糊。更有可恶缺德的恶狗，纠缠下三路。你晓得吗？好鸟，一只聪明的好鸟从不吃眼前亏。我包包蛊原本只想打探白光之源，不想伤筋动骨，折腾出大动静，更不会因小失大泄露天机，因而掉头就跑。那只黑老雕，那条恶狗，哼哼，怎追得上？"包包蛊摇头晃脑，自鸣得意。

"黑老雕可是跛爪？恶狗可剩下单只耳朵？"

"未曾看清黑老雕的爪子，不过，恶狗当真只有一只耳，瞧得真真切切。你如何知晓？难道打过交道？"包包蛊急不可耐，一只爪子不停地挠着地面。

"黑老雕的跛爪，恶狗被削去的耳朵正是在下钟馗所为。轻描淡写给他们一点颜色瞧瞧。"钟馗言语中透着一股散漫的傲气。

"算你厉害！"包包蛊心有不甘，"若跟鹰犬死拼到底，他们也会尝到浓墨重彩的滋味。"

"知晓你包包蛊绝非胆小怕事，贪生怕死，"钟馗两眼闪着狡黠，"你我彼此有缘，万里奔袭，相会在昆仑高原。如今灾祸和天机已经清楚明了。"钟馗面露笑容，转移话题。

"是呀，这个大魔头九阳竟然招兵买马，招募帮凶打手。"包包蛊的大眼睛瞪得溜圆。

"帮凶打手？招募的不过是些下三烂的家伙，黑雕恶狗，乌合之众。下回遇见，定叫他们有来无回！"

"但也不容小觑，不可轻敌呀，大魔头九阳为达目的，肯定要网罗更多的帮手。"

"如此看来，刻不容缓！"钟馗说得淡定从容。

"我包包蛊这边不曾闲着。白眉毛博西盖，我的好兄弟，现在正指挥吐蕃鼠和驴马牛驼奋战在昆仑高原的深处修水库筑大坝呢。我打算过去会会他。钟馗，你愿意随我深入昆仑高原巡视一番吗？"包包蛊热切期盼着钟馗的首肯。

"我愿意前往，结识一下大名鼎鼎的白眉毛博西盖。可有个小兄弟外八就在途中，指不定即刻便来寻我，待见了面安顿之后，再赶去昆仑高原深处与你会合，似乎更为妥当些。"

"这样也好，稍作休整，将来天机乍现，大用场还在后头呢！"

"天机乍现，大魔头九阳就是那个很大的灾祸，昆仑高原万万千千的水库湖泊就是不可泄露的天机。"

"有些事儿不可言说，无法明说。"包包蛊一边说着，一边用翅尖指着堤坝，"瞧，这块深埋中间的巨石就是闸口，拴在巨石上的黑铁锁链就拴固在山腰的参天大树上。天机启动之时，万万千千个水库和湖泊，依次拽开闸口的巨石，由昆仑腹地向高原外围，自西向东，一泻千里，何等壮观。巨浪必将荡涤一切干旱和干渴，拯救生灵活物，留下希望。"

"如此巨浪，威力巨大，但是否能一举吞没大魔头九阳，并无十分把握。"钟馗言语间留有余地。

"光和热最怕水，大魔头九阳的光和热，天经地义，得让昆仑巨浪去对付。"包包蛊瓮声瓮气一副笃定的神情。

"绝不可完全指望昆仑巨浪摧枯拉朽。你想想，大魔头九阳在东海海底万千年，不仅毫发未损，暗中尚可积蓄力量一鼓作气掀翻蓬莱仙山。况且，龙王四兄弟那是何等威武？江河湖泊诸神，雷公电母，风沙二仙等，首战即水战，交战便告失利。托塔天王的天兵天将，阎王爷所率阴兵鬼将，前赴后继，都陆续败下阵来。"钟馗直言不讳。

"阿欧，九阳竟如此厉害？"包包蛊听得小嘴半张。

"当真厉害，非比寻常！"

"辛苦劳作，修筑水库数十年，怎能轻而易举地弃之不用？大灾祸已经降临，临时改弦更张，来不及啊。况且，真就别无他法呀。"包包蛊焦急中，金色的大眼睛凸显根根血丝。

"改弦更张，弃之不用，我钟馗绝无此意。不瞒你包包蛊，昆仑剑也曾小试锋芒，几近得手，但功亏一篑无功而返，只保得自个儿全身而退。实话告诉你，那可是我钟馗出道以来，仅有的一次铩羽而归。受命于天庭也好，遵命阎王爷也罢，当然还有大唐皇帝钦赐门神的名号，自个儿都会以降妖除魔斩鬼除恶为天职。"钟馗停下来瞧了一眼包包蛊，"那可是仅有的一次铩羽而归。"

"若是昆仑剑几近得手，看来尚存一线机会。说一千道一万，依托昆仑高原，借力昆仑巨浪，仗着你钟馗手中的昆仑剑，对呀，以昆仑对九阳，指不定出奇制胜呢！"包包蛊瓮声瓮气地说道。

"以昆仑对九阳，听上去似有道理。我钟馗一路降妖除魔斩鬼除恶，如今可好，无妖无魔，无鬼无恶，一个个逃得无踪无影。难道，包包蛊，你说说看，难道天地之间三界内外，独独留下一个大魔头九阳，有何寓意？难道只等昆仑巨浪昆仑剑去降伏？"

包包蛊睁一只眼闭一只眼，不置可否。

"你包包蛊为何睁一只眼闭一只眼？"

"哈哈，哈哈，睁一只眼闭一只眼，最是我的擅长呢。不信，你瞧！"包包蛊冲着钟馗挤眉弄眼，果然开闭自如，左右轮转，随心所欲。钟馗不再搭理包包蛊的顽皮，黑手在大氅里摸索，不一会儿，小心翼翼地掏出一根白色的羽毛："瞧，这是什么？你的毛吧？"包包蛊瞧也不瞧："别瞎说，好不好？"

钟馗不答话，将白色羽毛递到包包蛊的小鼻子下面，挠了挠，捅了捅。"阿嚏，阿嚏！"包包蛊连打两个喷嚏，瞪大金色的圆眼睛，"我的体香，是我散发的体香，你，从何得来？"

"此毛只应天上有，世间哪里得觅处？正是你掉头逃跑，不对，正是你掉头撤离时，从天上，从你的翅膀上掉落的呀。"

"怎么是我包包蛊掉头逃跑？那是撤离，以免九阳的鹰犬跟来，发现水库，泄露天机，你该扪心自问。"包包蛊愤愤不平。

"知晓知晓，为了天机，为了水库，只好撤离为上策。好吧，物归原主。"

"还羽毛给我有啥鸟用？我才不要呢，又长不回翅膀上去。"包包蛊扭头不搭理。

"那好吧，就让这根羽毛随波逐流吧。"钟馗举起羽毛，鼓足腮帮子，使劲吹出一口长气。"那么海麦斯呢？至今未曾谋面，又在哪里？"钟馗追问起老朋友的行踪，打破片时沉闷。

"委以重任。既然天上被严防死守，无法打探白光之源，只好派遣海麦斯辛苦一趟，走水路，或走陆路，再去东边打探。这下可好，遇见你钟馗，我包包蛊倒是弄清了白光之源，可海麦斯早已启程，此刻正在途中。海麦斯会回来的，你会见到海麦斯的，一定会的。"包包蛊和钟馗平静地望着那根白色的羽毛晃晃悠悠地飘落在湖面，随着涟漪上下起伏。

第五十二章　目睹世间波谲云诡　亲历地上不二荒诞

海麦斯听从调遣，踏上征程，前去探访白光之源。

大腹便便的海麦斯走起路来，摇头晃脑，向上爬坡还好，可以用后腿支撑，稳稳当当的，可下山的时候，头重脚轻，只能低伏脑袋，紧贴在地面上，用前脚抓牢实，再挪动后爪。在这之前，有一回踩到滑腻腻的青苔"吱溜"一声滚下了山，成了包包蛀和白眉毛博西盖常挂嘴边的大笑柄。

海麦斯闯荡天地之间，行走三界内外，历经大风大浪。此番东行，若要潜行无痕避免行踪暴露，只能走河道走水路，既无草可打，也无蛇可惊，顺带让大伙儿见识见识自己的能耐，总比偷驴偷马光明正大。

这条熟悉的大河，如今稀汤寡水，浑浊不堪，怪只怪这无处不在的光和热。水没了，树死了，草枯了，就连叽叽喳喳的鸟儿都已绝迹死翘翘。再抬眼看看两岸陡峭石壁高处残留的水痕和水线，可以想象从前的大河，波浪翻滚，涛声激越，何等的壮观。

海麦斯幡然醒悟，大伙儿在昆仑高原修筑水库，建造堤坝，齐心协力地拦住东流水，岂不是釜底抽薪？他想也想不通，无奈地摇摇头，懒得再去想。包包蛀和白眉毛博西盖自有他们的大道理。

大河的河床时而宽阔，大大小小的枯草滩子散落其间，时而河道收紧，两侧壁立千仞，头顶一线天，乱石遍布狭窄的河谷，时而在河水的转山处冲刷出一马平川的大片细沙洲。

海麦斯牢记包包蛀的忠告，不敢丝毫大意，时刻提防不测。累了就潜伏在水潭泥浆里，要么就躲在崖壁缝隙和枯草丛中。漫漫长路，时而也自得其乐，躺在泥浆里，身旁紧挨着好多鱼。肥肥的大鲤鱼，长胡子大鲇鱼，还有黄斑和翘嘴，水米子和花泥鳅，都挤在狭小的水潭里无处可逃。海麦斯只需稍稍扭动身子，张开大嘴，不一会儿，保准就有奋不顾身的鱼儿跳进嘴里。味道实在无法与昆仑高原上的乔尔泰和五道黑相媲美。吃厌了之后，海麦斯挑肥拣瘦，专吃鱼脑袋里肥美的脑浆和鱼肚里饱满的大粒鱼子。没过多久，肩负重任，辛劳赶路的海麦斯竟然吃肥了，更壮实了。

不知不觉中，海麦斯来到了伤心地，就是上回藏身过的峡谷，那个养伤的山洞。

回想那个晚上，幸亏眼疾手快蹿得高，不然差一点老命丢河滩。可惜遗失半截尾，不知漂落到何方。他淡淡地叹口气，扭过头不无得意地欣赏起帅气十足的新尾巴。

原先枝繁叶茂的藤条早已枯死，稀疏地遮掩住山洞口。海麦斯拨开松脆的枝叶，探身钻进山洞，上前两步掀开一块破布，哈哈，果然钟馗已经来过，先前放的鱼儿不见了。

有来有往，来来往往，除了岸边交过手，再就是山洞初约定，自此，我等你不来，你来我不在，我来你离开，不知何时再相见。鱼干、石头和破布，看来机缘不凑巧，只好等到来日也不迟，但愿钟馗明白我海麦斯的一番良苦用心，去西边，赶紧去往昆仑高原。

海麦斯眼珠一转灵机一动，不如在洞中备些鱼干，将来返回时好做休整，指不定钟馗也会来光顾。洞中有了鱼干，肚里不饿，心里也不慌。想到做到，在紧靠洞壁的地方，海麦斯手忙脚乱地码起一堆鱼干，这才放心地离开，临走不忘虚掩住山洞口。

河床越来越平坦宽阔，逐渐高出堤坝下面光秃秃的丘陵，高出两岸荒废的田畴。地上悬河空空荡荡已无水流，夯土垒筑的堤坝残破不堪。

海麦斯记得清清楚楚，大河周边，自己曾光顾过所有的镇子和村落，借驴借马，借牛借驼，偷偷摸摸，借多久，何时还，都没谱。丢个大牲口，对庄户人家来讲，伤筋动骨大损失。想到这儿，海麦斯心里时不时地掠过不安和歉意。

海麦斯不曾料到，越往东去，仍时常碰见留守的乡亲们。他们个个面黄肌瘦赶来河床和河滩捡拾小鱼干和小虾干。看来，海麦斯早有先见之明，在大河上游吃得圆滚滚肥嘟嘟，饿上几天绝无大碍。

一日，海麦斯困意渐起，睡眼半睁，步子几乎迈不动了，只想找个踏实地方歇歇脚，睡上一大觉。可就在此时，"铛""铛""铛"的急促钟声飘进耳朵，尖利地穿透白光，划破天空，低沉绵长却透出一股捉摸不定的戾气。

海麦斯顿感来头不小，浑身鳞片不由自主地微微张了开来。

哪里来的钟声？哪里来的撞钟人？如此光与热之下，白光耀目，饿得前胸贴后背的乡亲们还有蛮力撞大钟？毫无疑问，不找吃食不逃命，喝饱了西北风撑得太难受。

钟声如同号令，听到钟声后，河床上三三两两刨食的乡亲们丢下筐子扔掉耙，连滚带爬，翻越堤坝，狂奔而去。

海麦斯顿时好奇心起，跃上堤坝找个枯草窠子钻进去，伏低身子，拨开草秆草叶，伸长脖颈子，从缝隙里向外张望。

白光侵蚀，无时辰，无黑夜，无节气，更无春种和秋收，只有光和热，只有干旱和干渴，只有焦黄枯萎的大片田野。

远处，矗立着一座宏大的城郭，看得见深邃的城门洞子和高耸的城门楼子。城门洞子两侧青灰的城墙向外延伸望不到头。

钟声"铛""铛""铛"再次响起，海麦斯扭头望向钟声的方向，不禁大吃一惊。本以为乡亲们在光和热的肆虐倾轧下，大多逃之夭夭，但亲眼所见，在钟声催命一般的召唤下，从四面八方钻出许多灰头土脸的乡亲们。他们奔向一座高高的土丘。土丘上面有一棵张牙舞爪的歪脖树，歪脖树上吊挂起一口大笨钟。

乡亲们越集越多，只见一个敞着前胸和肚皮的干瘪老汉，牵拽着钟绳一下又一下使劲地撞击着大笨钟，"铛""铛""铛"老汉浑身有使不完的劲儿，似乎又回到往日的风光岁月。

乡亲们衣衫褴褛，大都一身黑色的袍子。土丘上黑乎乎一片，零星夹杂着黑灰色的斑斑点点，在绝种绝收的黄土地上尤为醒目。

若在早年间，农忙时节，钟声一响，七里八乡会从自家院落扛锹，架耙，牵着牛，赶着骡，不分前后脚，忙碌在田间地头。钟声再响起时，已是日头西坠，落霞飘飘，炊烟袅袅，乡亲们劳作一天后收工回家。可眼下，哪门子种地？哪门子农活？一下下的钟声在旷野里，在白光下，早已失去了乡野的田园风光，硬生生多出许多肃杀之气。

撞钟老汉挥动手臂高声呼号，歪脖树下的乡亲们排列成行，整齐划一地摆动双臂，迈动双腿，踏着节点，交叉步伐，始终在原地前后左右来回打转转走圈圈，铿锵呼号，跺地踩踏，激荡出阵阵黄尘。

海麦斯奇怪地观望着，越瞧越迷糊，如此众多的乡亲们卖力地舞之蹈之，到底图啥呢？还能跳出个花花来？跳出个吃食来？他们就这样跳腾，就这样地不惜力气。

海麦斯看得直犯困，懒得再去搭理，不如踏踏实实睡上一觉，刚闭上双眼，脑海里就浮现出昆仑高原的水库湖泊，还有各色的鱼儿。那么的清凉清爽，那么的恣意畅快。山坡上打个滚儿，卧在石头上小憩会儿，多美呀。可眼下自己还陷在死寂腥臭的河床岸边，还得接近白光，探究白光。不晓得何时才能打道回府交差了事。海麦斯一个劲儿地给自己打气，坚信好运常相伴。

海麦斯打了个盹，挣扎着站起来，再次望向歪脖树。土丘上的黑袍子们依然不知疲倦地打着转转，兜着圈圈，整齐划一地舞动双臂，乌泱泱高声吼叫着。海麦斯竖起耳朵细听，断断续续的，有一句没一句的，似乎乡亲们在白光之下，在光和热的裹挟之下，没有饥饿，没有干渴，舞出喊出了万丈豪情，活出了滋味，活出了痛快。

海麦斯听了一遍又一遍，从一句句尖利的嘶吼中，慢慢听出了一些门道：

雄鹰高飞靠翅膀，
骆驼远行靠驼掌，
没有翅膀和驼掌，
雄鹰会变成鸡呀，
骆驼变成小肥羊。

看来又有热闹瞧了。只见从远处的城门洞子里不断地涌出黑袍子，排成长队，一路蜿蜒，吼声震天，敲锣打鼓，扬起漫天黄尘，径往歪脖树下聚拢起来。

雄鹰高飞靠翅膀，

骆驼远行靠驼掌，

没有翅膀和驼掌，

雄鹰会变成鸡呀，

骆驼变成小肥羊。

城里来的黑袍子和乡下的黑袍子不分彼此，嘶吼声交相辉映。

隆重盛大的排场之后，黑袍子们当中闪出一片空地。

黑袍子们拖出几个穿戴奇特的老乡，不分男女老少，脑袋一律光秃秃闪闪发亮。黑袍子们对这几个老乡骂骂咧咧，动不动踢踹几脚，扇几个耳光。

那些被拖出来的老乡低垂着脑袋，在空地中央跪伏一排。几位黑袍子冲上前去振臂高呼，其他的黑袍子们打了鸡血似的，举起手臂大声嘶吼："不是你死就是我活"，听得海麦斯抓耳挠腮。

群情激愤过后，陷入一片短暂的死寂。乡亲们全都在兴奋地观望。

只见几个黑袍子高举明晃晃的大砍刀，冲着跪伏在空地中央的光头老乡，一个一下，一下一个，绝不遗漏。

寒光一次次闪过，热血一下下喷溅，听不见喊叫和哀鸣。转眼间丢掉性命的老乡们，彼此见证各自脑袋的滚落。

白光之下，黄尘漂浮，海麦斯瞧得胆战心惊，血脉偾张，呼吸急促，鳞片倒竖。

不等海麦斯回过神来，黑袍子们爆发出毛骨悚然的尖叫，发疯似的呼啦啦涌向空地中央，挤成一团，抢在一处，或撕或咬，或啃或扯，片刻之后，三五成群作鸟兽散，回村的回村，返城的返城。

歪脖树静静地立在土丘，大笨钟默默地悬挂在树上。

乡亲们吃饱喝足走光光，空地中央剩下剔净啃光的几副骨架子，全都浸泡在几摊黑血中，还有几颗大脑袋被踢在一旁。不断飘来的血腥味道让海麦斯恶心得想要呕吐，呛出一口酸水来，不得不使劲地吞咽回去。在光和热以及透心寒凉的双重夹击下，海麦斯有些晕眩，缓了一会儿才得以舒缓。

该离开了，海麦斯正准备从藏身的枯草窠子跳下河床，忽听得"嘎嘎""嘎嘎"漫天的聒噪由远及近。他转过身来，只见白光黄尘中，黑压压的黑乌鸦，不晓得从哪里突然钻了出来，铺天盖地，乌云般扑向土丘上的歪脖树。

　　看不明白想不通，海麦斯继续向东赶路。

　　白光越来越刺眼，酷热越来越难耐，海麦斯感觉自己与白光之源越来越近，似乎在相向而行。看上去，白光之源遥不可及，远在天边，却又伸手可及。大河河床上的泥浆死水已被烤干，眼力所及更无遮光避热的犄角旮旯。白光暴晒之下，海麦斯的脚爪一落地就得赶忙跳起来，来回腾挪，以免被烫伤。

　　不晓得走了多少天，走得有多远，东方隐约可见直插苍穹的西岳华山主峰。山巅之上一轮太阳冉冉却并无升腾，熊熊却无法对视。难不成正是白光之源？白光之源就生成于西岳华山？华山周遭光焰万丈，天火地火，山火鬼火，必将以燎原之势，蔓延开来，将上天和大地煮熟烧透？若要照此闷着头向东赶赴华山，即便打探清楚白光之源，下场必定如同鱼虾，与歪脖树下累累白骨无二样，又如何赶回昆仑高原交差复命？

　　海麦斯已经嗅到火烧火燎呛鼻子的烟火味道，禁不住又一次对包包蚩的先见之明涌出由衷的钦佩。白光生火，火生热，烈火唯有巨浪灭。此时不撒更待何时？打定主意不送死，海麦斯转身往回奔。

　　一路回撤，一路与火光烟尘同行。火势迅猛，始料未及。好在干涸的大河河床没什么易燃之物，恰如一条向西逃生的大通道。海麦斯不敢停歇，不敢靠近堤坝上的枯草窠子，生怕引火上身。飞奔中，听得见堤坝下依稀传来乡亲们一阵阵的狂呼乱嚷。

　　火光冲天，酷热难耐，烟尘滚滚，海麦斯飞奔在大河河床上。浓烈呛鼻的炭火味道，夹杂着铁锈腥气，还有听不明白的乡亲们的歌声和口号。海麦斯恻隐心起，好奇心动，瞅准堤坝上一处低矮的豁口，前倾长脖颈朝下观望，脚爪不停地来回倒腾。好家伙，只见一座座熊熊燃烧的大火炉，星星点点遍布田间地头，炙烤着大地，映红了天际。黑袍子们围着用土块和石头垒砌的大火炉忙活着，有的黑袍子向炉口火焰里添加木头和炭团，有的黑袍子起劲地拉动大风箱，有的黑袍子忙着将铁铧犁丢进炉膛内，有的黑袍子肩扛担挑着柴火和炭团，穿梭在一个个大火炉之间。明显的，黑袍子们正在打造兵器，枕戈待旦。

　　天上白光，地下红光，辉映交相。从东往西，从西往东，在艰难的跋涉途中，海麦斯目睹了世间怪诞，亲历了世间诡异，但他不晓得，九阳散发的白光，光和热，已经波及遥远的西天。

第五十三章　玉帝重阳施恩惠　王母巧思献妙计

自打天庭西迁，往日冷冷清清的天山瑶池玉虚宫忽然间喧哗起来，然而即便是熙熙攘攘也掩饰不住慌张和无措。

好在按部就班的老十太阳形同虚设，像个规规矩矩的更夫，东升，增光添热，西落，带不来黑夜，算是尽职尽责，不曾添堵添乱。天庭外乱难顾，对内求稳，权且怀柔。至于清静无为的月亮，若有若无，几乎可有可无，只能趁着东方白光片时暗弱的间歇，偶尔显露身姿，顾影自怜一番。

晨钟暮鼓，清晨更亮，夜幕无黑，钟鼓按时按点，铿锵悦耳，有条不紊。玉帝心血来潮，一改当月初十的朝会旧制，每日按时晨会，推说非常时期，当以非常手段，凝心聚力提振精神，以便应急不测，利于当机决断。

今儿个，玉帝的宽皮大脸上挂着往日的慈祥。三败之后，曾经功勋卓著的一班耆老重臣得以全身而退，已属不幸之万幸，朝堂之上，一个个低眉顺眼，大气不敢出。其余的各路仙尊心有余悸，顾虑重重，闭口不谈或少提九阳，以免弄巧成拙，触怒龙颜。

待晨会朝拜结束，玉帝一改慈容，神情庄严，请上太白金星立于御阶之上，高捧诏书当殿朗声宣读玉帝亲书的《罪己诏》：

> 太极太初，天地浑圆，状如雾霭，黑白参半，白中有日，黑中有月。
>
> 盘古开天辟地，女娲炼石补天，天地渐趋分明，三界甄别内外，遂成就恒业。未几，十日出，当空照，天地为之战栗，幸得大神后羿，射八创一而留一，天得一日为阳，地得一月为阴。然重创之九阳，心存桀骜，蠢蠢欲动，掀蓬莱，踩琅琊，踏泰山，鸡冠山上逞凶魔。朕以为，囚禁不力，监管不严，督导无方，巡视无果，朕责无旁贷，罪己一也；

三战皆墨，非东海龙王轻敌之故，非托塔天王排兵布阵有误，非阎王拒敌方略有疏漏之处，皆因朕之拖累，思虑不周详，调度欠妥当，御驾未亲征，朕责无旁贷，罪己二也；

所谓日食修德，月食修刑，何况地震洪涝干旱诸天灾诸异端。九阳横行天地之间，肆虐三界内外，其妖其魔，其凶其恶，尤甚日食月食万千。朕未曾扪心自问，未曾躬身自省，惶惶中存侥幸，戚戚中留私欲，失德，失势，失心。迫不得已，舟车劳顿，率众西迁避难，祸及各路仙尊，故土故园难保。现今，偏乡僻壤，风物迥异，水土不服。朕责无旁贷，罪己三也。

故而，虽暂居瑶池，偏安玉虚，自即日起，马自奋蹄长嘶，朕当洗心革面，潜思己过，心存正大，与众卿同甘苦，共时艰。

继而，当审时度势，暂避九阳锋锐，伸屈自如有方，养精蓄锐，同仇敌忾，待天时地利万众和，万众和，一举反攻倒算，匡扶天地大一统。

朕罪己，必自勉，当与众卿齐共勉！

玉帝历数为帝之过，应敌之错，决断之失，罪己三宗。不等太白金星宣读完《罪己诏》，各路仙尊无不面如土色，两股战栗，齐刷刷地跪伏下去，以头抢地，高呼："罪臣该死！罪臣该死！"

风仙匍匐丹墀颤巍巍地启奏道："陛下英明！请治臣罪，未曾替陛下排忧解难，反使陛下殚精竭虑，为天地忧，为三界忧，为臣子忧，臣之罪过呀！"说话间，沙仙膝行上前与风仙并排跪伏下去。

"两位爱卿平身吧，诸位爱卿也都平身吧。痛定思痛，朕的一副铁肩尚可担得起这份重负和道义。唯愿上下一心，反攻倒算，早日光复。"

御阶前的各路仙尊不敢贸贸然起身，一个个高呼"请治臣罪""上下一心，早日光复""陛下英明！"七上八下，呜呜泱泱，此起彼伏。

玉帝不露声色，待嘈杂聒噪略息，摆摆手："众卿平身。"

"陛下的诏书乃天地之间第一英明神武之诏书，微臣和夫君一道，必将日夜诵读不倦，直至铭刻心中。"沙仙不失时机地表露心迹，亦不忘夸赞。

风沙二仙言毕，各路仙尊早已拟就腹稿，备足溢美赞颂之辞，似有争先恐后禀奏之势，玉帝瞧在眼中，自有盘算："今日晨会，爱卿们众志成城，朕甚为欣慰。先前诏书中已有讲明，待到天时地利万众和，匡扶天地大一统。所谓万众和，开宗明义，爱卿们当自省自勉。"

"谢陛下不罪臣下之隆恩！"此番异口同声，倒也齐整。

"时辰不早，诸位爱卿可有奏章条陈？"玉帝和颜悦色。

各路仙尊但求明哲保身，巴不得早些退朝回去疗伤，反躬自省。

总有个别缺少眼力见儿转不过弯来的，正儿八经地启奏一些无关紧要的鸡毛蒜皮。玉帝只得正襟危坐，耐住性子，终于等来金瓜卫士高唱一声"有事奏来，无事退朝"。玉帝轻舒一口长气，笔直的腰板往下一松一沉。

煌煌庙堂禁地，在御前伺候听宣时，各路仙尊不敢造次，只等到一只脚迈出宫门踩实了门槛外面的石阶，才将胸中的郁结之气一吐为快，前后瞧瞧，左右打量，彼此彼此，一个个挺胸收腹，吐故纳新。

玉帝甩手大踏步走入后宫，一路上不住地微微叹气。王母娘娘何等聪慧，拦在侍女前，双手接过玉帝的冕流帝冠，回身递给侍女，关切地问候道："陛下，辛劳若此，忧烦若此，想必思虑九阳之患。妾身女流之辈，真不知该如何替陛下解忧呢。"

"贤妻倒也直抒胸臆，御前那一班酒囊饭袋真不如贤妻有气度。连日来，竟无一位言及九阳之患，唯恐避之不及。整日唠唠叨叨，鸡零狗碎，胸无大志，毫无谋略。难道想难为朕，想瞧朕的笑话不成？"

"陛下息怒！文武百官，连遭重创，还不得改改以往不可一世的做派？低下趾高气扬的脑袋？陛下只当九阳替您收拾整治了一番这帮子中看不中用的酒囊饭袋呢。"

"旁观者清，贤妻言之有理。"玉帝皱起的面颊渐渐舒展："就算九阳替朕整治，帮了朕的忙，可眼见着白光灼灼日盛一日，这无黑无夜的玉虚宫岂是久居之所？原本只为纳凉避暑之用，这下可好，众仙们还真就愈发乐不思蜀了呢。"玉帝无奈地摇摇头。

"回不回去，留置多久，何时返回，不就是陛下您一句话的小事儿？不过，眼下重中之重，非九阳莫属，岂可袖手旁观，一任其胡为？眼见得九阳如日中天，步步紧逼，天地三界的体统如何维系、承继呀？臣妾妇人之忧兴许多余，但无远虑则必有近忧呀，当此危难之际，尚需陛下您的高瞻远瞩，高屋建瓴呀。"王母娘娘苦口婆心。

"巾帼有志，不让须眉。朕也在细细体察，文武百官大都噤若寒蝉，开口一摊子琐屑事儿，闭口一堆的零碎事儿，朕只好暂时作罢，等等再看。"

"等下去，是个法子，却是个没有法子的法子，陛下您打算等多久呢？他们等，各路仙尊们等，大魔头九阳会陪着陛下您一起等下去吗？九阳会陪着文武百官们一起等下去吗？陛下您要三思啊！"王母说到动情处，玉手微抬，侧身掩面，轻轻啜泣数下。

"贤妻休要难过，还远远未到山穷水尽之地步。贤妻方才所言，确也醍醐灌顶，令朕深省。朕，是该静下心来仔细盘算盘算了。"

"陛下英明，臣妾也察觉这天光日色越来越不对劲儿，已比初来之时亮堂不少，想想必为大魔头九阳嚣张气焰渐次渗透所致。臣妾有个愚见，此时此刻，不知当讲不当讲？"

"讲来何妨？既然各路仙尊被九阳吓破了胆，贤妻自然当得一个贤字，况且本就是内助，当仁不让的贤内助呢！"玉帝捻着美髯。

"那妾身斗胆建言。"

"尽管说来！"

"九阳之志，必在雪耻。雪耻之后，蚕食紧逼，一统天地三界可期。当下，日不明，月不朗，天无夜，地无收，唯光唯热，唯旱唯涸，天地三界之危，日甚一日，危愈持久，乱愈难戡。臣妾深感陛下您安内怀柔之心，但愿各路仙尊时时念及陛下苦衷，同心勠力，重振天地雄风三界威仪。陛下您看，再过数日恰巧赶上九月九重阳会，臣妾斗胆建言，一年一度的九九重阳会，绝不可借故九阳之患拖延或取缔，恰恰相反，正可借此九月九，一来广布陛下浩荡隆恩，不计前嫌，提振士气；二来君臣一体，同甘共苦，共度时艰。酒酣耳热之际，集思广益，共襄斩灭九阳之义举。三来嘛……"王母戛然而止。

"贤妻有甚顾虑？"玉帝眼神里流露出期待。

"陛下您姑妄听之，若是无理，还望陛下恕妾身无罪。"

"何为有理？何为无理？不说出口，何以辨明？但说无妨，不论有理无理，朕绝不怪罪。"

王母清一清玉喉，说出一番独到见地："三来嘛，九阳雪耻，殃及天地三界，其对后羿之恨，刻骨铭心，无以言表。妾身愚见，若是说服后羿媚妻，晓之以理，动之以情，凭一己之身，舍绵薄之体，献祭九阳，暂息九阳怒火，暂消九阳烈焰汹心。天庭但求暂避九阳锋芒，留得青山和时日，徐徐图之，而后光复。另说了，现今的月亮若隐若现，似圆似缺，饱受九阳之苦，白光弱则微微露个脸，白光稍盛，则无影无踪，看着就是个多余的玩意儿，招事的玩意儿，实在已属可有可无。正好借此追随夫君而去，落得清白贞洁，免得整天假模假式的，搔首弄姿，更免得坏了名节。"王母心平气和，娓娓道来，并未色厉内荏，却是连珠炮仗，话中有话。

王母侧目斜觑了玉帝一眼，果然玉帝脸颊飞起两朵淡淡的红晕。

玉帝干咳两声，旋即恢复常态："好了，好了，"口吻尽显不耐烦，可一转念，这才刚刚应承过，怎好说话不算数，"贤妻所思所虑，甚为周详，容朕想想。在瑶池玉虚宫举办九九重阳会，尚属首次。若想出一个令文武百官心悦诚服的名头，甚或耳目一新的提法，既可应景，又可当得起玉虚宫的初次九九重阳会呢。"

"陛下不愧成竹在胸。臣妾大致上已替陛下计议少许。值此金秋时节，虽比不得中原，但西域风物自有不同，宫后山中的仙果园里，天山石榴爆皮露红，瑶池香梨满山芬芳，马奶紫葡萄挂满白霜。臣妾已想好了九九重阳会的名头和提法，请陛下您来亲自斟酌，可否称其为九九重阳百果宴。陛下，您看，可行？"

"九九重阳百果宴，妙极妙极，甚得朕意。至于贤妻方才所讲，献祭嫦娥之事，万不可轻举妄动。暂且就此打住！朕答应过言者无罪，后宫里说说也就罢了，万不可外面去乱讲。"

王母娘娘脸上愠色一闪即逝。

玉帝接着说道："拿嫦娥献祭，先不论大魔头九阳是否受飨，单凭此举，堂堂天庭祭出嫦娥这么个弱女子，鄙薄有功之臣后羿，作践功臣之媚妻，这天庭的颜面，朕的颜面往哪里搁？况且后羿为剿灭九阳拼尽全力，力竭而亡。唉！"玉帝深叹一口，不愿深究，摇了摇头，面无表情。

"可，只牺牲一个嫦娥，即可保全天庭。当初后羿牺牲自己，不正是为了保全大家？万一，若要万一，嫦娥挺身而出呢？牺牲一个，保全大家，这也是说不准的事儿呢。再说了，现今的月亮，有或没有，有甚分别？"王母娘娘一口气唠叨了许多。

玉帝懒得搭理，不再吱声，背起手率先向外走去。

"陛下稍候，这是要去哪里呀？"王母娇声怪嗔，听得玉帝起了一身鸡皮疙瘩。

"仙果园。"玉帝头也不回，嘴角微启："妇人之见，蛇蝎心肠。"声音小得只有自己听得到。

"陛下等等臣妾。陛下您方才说甚？"王母娘娘娇喘吁吁。

"朕夸奖，贤妻的确贤内助。"玉帝一言以蔽之。

"实乃陛下英明，臣妾岂及陛下您之万一？"

"贤妻根本毋需如此自谦。"言语颇为中听。

"陛下退朝归来，难得如此闲情逸致，臣妾这就陪着陛下一同前往仙果园中一探秋色。"王母娘娘面露欢颜，喜不自禁。

宫后半山的仙果园里，不比从前。没有了往昔压弯枝条的累累硕果，少了许多金秋灿烂的黄叶和红叶，即便搭起的葡萄架上似也无甚葡萄串。在白光普照之下，隐隐的热浪使得天山石榴树，瑶池香梨树，马奶紫葡萄藤，棵棵枝多叶少无精打采。放眼望去，稀稀拉拉的香梨和石榴，粒粒在目。

"园子里可供敬奉的石榴、香梨和马奶紫葡萄屈指可数，这九九重阳百果宴，可不成了瞧瞧石榴，嗅嗅香梨和紫葡萄的盛会？望梅止渴的盛会？"玉帝不无调侃地轻松一下。

"陛下放一万个心，臣妾定会鸡中选鹤，矮中拔高，绝不敢耽误天庭的九九重阳百果宴。再说了，这天山石榴，这瑶池香梨，还有这挂霜的马奶紫葡萄，原本就是引子，至于肴馔琼浆，那才是九九重阳百果宴的重头戏呢。为天地匡扶三界安危，为天庭颜面，更为陛下您，臣妾必将使出浑身解数，决不负陛下的重托与厚望。"

"朕拭目以待。不过，这仙果园里实在无甚金秋时节的别致风光，都是这个大魔头九阳惹下的祸。瞧瞧，果疏叶稀，无花可赏，就此打道回府。"

"陛下您就瞧好了，臣妾说到做到。"王母一反常态，说得掷地有声。

第五十四章　机宜面授四招棋　雪山折腰千层浪

共度时艰，共襄义举。王母娘娘索性自专一回，将九九重阳百果宴从玉虚宫大殿迁到依山傍水的瑶池岸边，既让文武百官齐沐陛下隆恩，更让文武百官切身地体察九阳白光如芒在背之危局。居危思危，一石双鸟，何乐而不为？

玉虚宫外山脚岸边，悬空搭设起一座高台，面向清波荡漾的瑶池，对岸是耸立的连绵雪峰。说不上雄伟壮阔，却用心良苦，别出心裁。高台纵深两百余丈，宽约数十丈，高数丈，高台之下遍布嶙峋岸礁乱石。高台上铺满猩红地毯，对接玉虚宫的殿前石阶，方便出入，另一端则凌空飞架深入瑶池水面。

瑶池闪烁的波光里瞧不见蓝天白云和雪峰的倒影，唯有水天一色白茫茫一片。放眼望去，却也远山近水，天地辽阔。

高台背靠玉虚宫，面朝瑶池水，在高台背山面水的宽敞处，当中置放着一张金灿灿的御案，专为玉帝王母御用。御案之前，分列两旁，依照次序整齐摆放着数百张黑红大漆矮脚案几，只为各路仙尊预备。

不分昼夜的白光，倒也省去烦琐，无须灯笼与烛台。

当下时日不比寻常，肴馔和琼浆才是九九重阳百果宴之重头戏。

在侍女们的引领下，各路仙尊陆续就座，相熟的，半熟的，有一句没一句聊着闲话。众仙的脸色和眼神，即便是王顾左右而言它，实难遮掩高台之上浮华之下暗暗涌动的惴惴不安。这份不安的心绪如同高台下拍岸的水波细浪，时不时地警醒落座的各路仙尊，此时非彼时，此殿非凌霄。

眼见吉时将近，玉帝同王母娘娘众星捧月般前簇后拥地走出玉虚宫。

随着金瓜卫士高声唱喏"吉时到"，玉帝王母应时顺势端坐在御案后。

王母顾盼一眼玉帝，玉帝则微微颔首。

得到玉帝的默许，王母望向御案一侧的后宫女官，同样地微微颔首。只见后宫女官得了王母首肯，旋即右手扬起小红旗，左手横起小绿旗，上下翻飞，呼呼作响，一招一式，有模有样，看得各路仙尊眼花缭乱，莫名其妙。

舞者蹈者？非也，歌者乐者？非也。猛然听得礼炮轰鸣，共计九响之后，从玉虚宫中走出数列披红挂绿的侍女，或捧碟，或举鼎，或端盘，或拎壶，三下五除二，将御案和数百张黑红大漆案几堆砌得琳琅满目，规整得错落有致。高台的红毯上顿时飘荡起浓郁的果香，有天山石榴瑶池香梨，还有挂满白霜的马奶子葡萄，当然少不了琼浆玉液的香醇，各色肴馔的香味。先前各路仙尊不安的心绪，刹那间就被黑红大漆案几上的氤氲香气扫荡得一干二净。

各路仙尊，自打西迁离开了灵霄宝殿，别说山珍海味，就是寻常滋味也颇为难觅，嘴巴里早就淡出鸟来，一个个眼冒绿光，从盘望到碟，从鼎望到壶，"咕咚咕咚"不断地吞咽着口水。

天山石榴、瑶池香梨本来就是西域特产，耳闻却无口福。虽说王母三月三寿辰的蟠桃盛会，每年可以赶赴一趟玉虚宫，却从未赶上过九月初九的瑶池金秋。单说这马奶紫葡萄，颗颗紫晶含霜带露，那一层粉嫩的白霜，就是那么粉，就是那么嫩，赛过腊月的雪，比过织就的绸。

琼浆玉液虽不及往日绵醇，却个个管够。就在众仙们迫不及待的当口，忽然传来"啪"的一声脆响，玉帝王母及各路仙尊立刻朝着响声望去。原来，风仙那个老家伙，偷偷拧下一个连着筋带着皮的鸡大腿，不料却被沙仙一巴掌扇过去。肥鸡腿跌落到案几下，弄得风仙偷鸡不成反沾一手黄鸡油。哄笑和讪笑此起彼伏，为九九重阳百果宴平添了一份轻快。

"爱卿，估摸着肚子饿了吧，也渴了吧，慌甚？稍候片刻，朕面前的这只肥鸡一并赏赐与你风沙二仙。"玉帝笑呵呵地望着面红耳赤的风沙二仙，指了指玉盘中头颇高昂的大肥鸡，捻起美髯，有意和缓一下窘迫的场面。同时，似无意，似有意地扫视一遍高台上满满当当的各路仙尊，不住地点头，频频示意，在寻觅，在期盼，眼神中却流露出一丝淡淡的失落。

待侍女们斟满御案上的夜光杯，添满黑红大漆案几上的酒盅时，玉帝站起身双手端举着夜光杯朗声道："九月初九，吉日吉时，举办九九重阳百果宴，朕与王母，与众爱卿难得金秋聚首天山瑶池玉虚宫，唯愿上下一体，君臣一心，同甘共苦，共饮这第一杯。"

"值此金秋九月九重阳百果宴，朕预先申明，众爱卿兴许有所不知，眼下铺就红毯的露天悬空的高台、案几上之珍馐美味、酒盅内之玉液琼浆，及西域各色应季仙果，皆由王母亲力亲为亲手调度。来来来，随朕一道致谢母仪天地，德享三界的王母，共饮这第二杯。"

"朕今日此时，愉悦与忧愤交织，喜庆与顾虑相伴。喜的是九九重阳百果宴之喜，乐的是众爱卿众志成城，忧的却是九阳之患，虑的却是白光逼近。想必众爱卿与朕同样忧心如焚。这第三杯酒，朕实望众爱卿，群策群力，集思广益，早日剿灭九阳这个大魔头，早日返回灵霄宝殿光复天地三界，来，共饮这第三杯。"

"酒过三巡，该轮到贤妻隆重登场了。"玉帝笑眯眯地提醒王母。

王母缓缓地站起身，迈开一步，立于御案前侧，双手举起夜光杯，微启朱唇说出一番名堂，顿时令各路仙尊刮目相看。

"陛下点将，君命难违，本宫才疏学浅，班门弄斧之处，不当得罪之处，还望各路仙尊多多包涵。"王母略略敛衽。

"贤妻不必谦让，今儿个九九重阳百果宴，尽由贤妻亲自筹划，朕本该退居次席才是。"玉帝不紧不慢。

"谢陛下恩准，本宫借此百果宴之际，多说几句。在座各路仙尊，皆天庭脊梁，股肱重臣，不知可否留意到，陛下手中的夜光杯和本宫手中的夜光杯比起往日有何分别？"王母环视一圈，见各路仙尊伸颈仰脖，交头接耳。

"夜光杯，取自和阗国上等美玉，由能工巧匠经年打造琢磨而成，夜间熠熠生辉故名夜光杯。当此时辰，原本落霞满天，华灯初上，顾名思义，夜光杯应该闪闪发光才对。请大家仔细端详，此刻哪里有光？哪里有亮？与各路仙尊手上的酒盅有甚分别？难道大名鼎鼎的和阗美玉名不副实？夜光杯徒有虚名？"高台上一阵骚动。

王母双眼含笑，娓娓道来："并非和阗美玉名不副实，也绝非夜光杯徒有虚名，实乃拜九阳这个大魔头所赐，昼不昼，夜不夜，日不日，月不月。大家前后左右瞧一瞧，看一看，可有如往年般的张灯结彩？说一千道一万，只因白光侵天侵地，充噬三界内外，无须高挂灯笼点燃烛台。可有往年的霓裳仙乐，佳丽艳舞？在此露天高台之上，只看见脚下的瑶池，岸边的乱石，半山腰枯死的大树，还有对岸连绵的雪峰。盖因危难时局，确已无暇无力筹措和看顾。"

眼见着高台上各路仙尊悉数停下杯箸，竖耳聆听，王母话锋一转："天有不测，地有不平，为势所迫。众爱卿随陛下不辞辛劳，西迁至此，虽根基未稳，但实力犹存。九阳大魔头，戕害天地三界。大家抬头看看原本蓝莹莹的天，原本碧水清波的瑶池，再看看对面的一座座雪峰，尤其是群峰中的魁首，那座巍峨高耸的博格达峰，全都罩在九阳白光之下，且白光日盛一日。此刻，正需各路仙尊鼎力共襄。本宫虽母仪天地，德享三界，毕竟女流之辈，然而，即便如此，唯愿值此九九重阳百果宴之际，慷慨陈词，以示警醒，只愿万众一心，戮灭九阳，光复天地三界。本宫酒后多言，当众自罚三杯。"

说着，王母连饮三杯，似已微醺，面颊潮红，手扶御案，娇喘吁吁地问道："可有如此常例规矩？本宫自罚三杯，而各路仙尊却在远处瞧热闹？"

"朕带头连饮三杯，众爱卿千万可别辜负了王母的一片苦口婆心呀。"玉帝果然连干三杯，眼神有意无意来来回回地扫视着高台。

"陛下，各色仙果尽数摆在御案之上，唾手可得呀。"

"是呀，是呀！"玉帝口吻略显尴尬。

"找寻可有结果？估计无果？陛下还是多尝些仙果吧。"借着酒劲，王母愈发酸气四射。

的确找寻无果。玉帝的宽皮大脸上不经意间挤出无奈的神情。如此场合之下，不便发作，旋即恢复常态，心中仍不免狐疑。这是根本就不曾邀请呢，还是她借故不来，或者生气固执使性子偏偏就是不来赴宴？难道，难道猜透了王母的心思，知晓了王母的打算不成？

各路仙尊六盅玉液灌入肚中，脑袋发晕，面皮发胀，或举箸赶紧垫垫肚子，或品评难得一见的石榴香梨和马奶紫葡萄。

王母不失时机又举起了夜光杯："陛下有旨，后宫倾力作为。虽说天山瑶池，西域深处，偏乡僻壤，勉为其难，不过，各路仙尊尽可放心，

　　山中走兽云中雁，

355

地上牛羊海底鲜，

除却案几四条腿，

应有尽有仙果园。

还有一巴掌扇落在地的那条肥鸡腿！"

高台上一阵哄笑，风沙二仙脖颈子红得跟干架公鸡的红冠子差不多。

"来来来，本宫再敬大家一杯。"

果然如事前所料，祝祷，敬酒，回敬，互敬，五次三番，各路仙尊有面红耳赤的，有打翻杯盘的，有大声叫嚷的，也有咬耳朵窃窃私语的。

玉帝端起夜光杯："贤妻呀，此次九九重阳百果宴多亏贤妻操持，朕敬贤妻一杯。"

"分内之事，何足道哉?"王母微微欠身，仰脖饮尽。

借着酒劲儿，王母带出一句酸话儿："不曾寻见吧。可怨不得臣妾，就差臣妾自降身份亲赴月宫邀请了。怪只怪人家眼高手也高，瞧不上这深山老林里的浊酒和烂果。"

"贤妻又在说甚?"玉帝耐着性子不便当众驳王母的颜面，小声说道："一来筹备这九九重阳百果宴确属不易，二来西迁至今这段日子操持辛劳致以谢意，莫要大煞风景才是。这三来么，朕瞧着众爱卿一个个也是满腹心事，欲言又止，可实在又拿不出万全之策。朕思量再三，越发觉得贤妻上回在仙果园中的一番肺腑之言有些道理。"玉帝朝王母靠近过来，"祭出嫦娥，虽属无奈之举，指不定会出其不意。若真能以一身，以一己，苟利天地三界，即便只是延缓，达到权宜功效，未尝不失为一条好计谋。"

"多谢陛下恩准，这些时日，唯恐陛下曲解臣妾的一片苦心。苟利天地三界，牺牲区区小己何足挂齿?若牺牲臣妾，献祭臣妾，果能克得了九阳，灭得了九阳，那必将是臣妾无上的荣光！"

"好了，好了，莫再多舌多话，眼下耳多口杂，还嫌烦心的事儿少吗?"

"臣妾明白。臣妾这就草拟懿旨，责成嫦娥即刻动身，赶来玉虚宫候旨。"王母娘娘眉飞色舞，急不可耐。

"今日九九重阳百果宴，少安勿躁。朕以为贤妻还是尽量规避此事为妙，朕早已选妥了中意的说客。"

"陛下难道信不过臣妾？小事儿一桩，包在臣妾身上。"王母咬着牙信誓旦旦。

"瞧，众爱卿结伴前来敬酒了，贤妻就省下这份闲心吧，朕自有定论。"

话音刚落，风仙沙仙一高一矮，一瘦一肥，眯着眼睛，咧着嘴，觍着谄媚的笑脸，跪伏在御案前，将酒盅高高举过头顶，恭祝玉帝王母安康。

不待王母回话，玉帝插上一嘴："今儿个重阳百果宴，众爱卿不必拘泥礼数。免去那些个繁文缛节，但求君臣一体一心，君臣共乐。若要冥顽不化，瞧朕如何罚他吃酒。"高台上各路仙尊齐声称颂。

风仙沙仙吃完酒，凑近到玉帝跟前，举起酒盅。风仙借着酒劲，抢先一步："陛下您方才所言自有定论，可与大魔头九阳有关？不才虽然，不才与糟糠虽然上一回败在九阳手下，可总惦记着应尽本分，寻思着出些绵薄之力。总不可如此这般待下去，耗下去，等下去呀！"

沙仙凑上来："是呀，陛下您日理万机，有需要跑腿出力的，您就吩咐一声。微臣两口子不就是陛下您和王母娘娘御案前的得力，得力，得力的两条帮手吗？"沙仙憋了半天，差一点脱口"得力的两条老狗"。

王母未忍住"噗嗤"一声笑出来。

玉帝招招手示意风仙沙仙来到近旁："朕与两位爱卿久未欢聚痛饮，先饮尽此杯再说。"

听闻玉帝如此暖话温存，沙仙硬生生挤出几滴动情的眼泪："自打上回惨败归来，俺两口子一直坐卧不宁，丢了颜面，现眼不说，真正愧对玉帝王母多年的悉心栽培。空有一身力气使不上，使不出，更不敢胡乱使力呀，呜，呜呜……"沙仙可逮着机会小声哭诉着。

"陛下千万见谅，王母千万见谅，俺这婆姨就是上不了席面，整日就想着报复陛下，不对，不对，瞧罪臣这张臭嘴，整日只想着报答陛下和王母的知遇之恩呢。好些日子未曾亲近过陛下和王母，这话都说得磕磕绊绊语无伦次。"风仙久经历练，赶紧替自个儿的婆姨打个圆场。

"今儿个九九重阳百果宴，不提过往，得为将来盘算盘算，使力也得为将来使力，是这么个理吧？"

"陛下高瞻远瞩，交代一声就是了，虽赴汤蹈火，我两口子在所不辞。"风仙说着，转身从侍女手中一把夺过酒壶，为玉帝王母，再将沙仙和自己的酒盅斟满，"我两口子敬祝陛下、王母娘娘千秋万代，万寿无疆。"

饮毕，玉帝似已神不守舍。

风沙二仙傻愣愣地站在原地，进也不是，退也不是，犹豫不决之际，听得玉帝开口招呼："朕思虑多日，盘算将来，眼下急不得，躁不得，却也缓不得，拖不得，唯四招棋，招招相扣，环环相连，缺一不可。"玉帝抬眼向高台上望去，依旧是喧哗鼎沸，甚为热闹。王母，风沙二仙竖起耳朵，屏住气息，竟忘了朝酒盅里续酒。

"朕这第一招棋，得劳二位使力了。"

"陛下您高看俺两口子一眼，您指东，绝不会往西，您指西，绝不会往东，您打那儿，俺们就指那儿，"沙仙话未说完，就被风仙打断："陛下您指那儿，俺们就打那儿。"

玉帝不做理会继续说道："若无远虑则必有近忧，无论如何都要做足最坏的打算。这天庭，这鬼域，这些林林总总的各路仙尊，鬼将阴帅们，总不能整日跟着朕提心吊胆吧。爱卿也知晓，翦灭九阳当属头等大事，朕已另外备有后续的三招棋，暂时无须两位爱卿出马。现，责令风沙二仙，明日即往西去，十万八千里之外，越远越好。"

王母，风沙二仙听得一头雾水。

"陛下您要打发俺们远去，不管俺们，不要俺们了吗？"沙仙怯怯地低声问了一句。

"非也！正因为朕信得过两位爱卿，这才指派西去，去寻一块绿水青山的风水宝地，为危难计，为不时之需计，再行建造一座行宫。朕已为行宫取妥名号，权且称其为冬宫。鉴于九阳之患日益逼近，不得已出此下策。所谓冬，寓意蛰伏收藏也，以冷以冻对应九阳白光，化解其光和热。只待春日，羽翼渐丰，必将重整旗鼓，杀回东方，光复天地三界。"

"微臣遵命，敬请陛下王母放心。"风仙沙仙跪伏下去。

"朕提醒一句，不得随意自专，凡事无论巨细，均需王母首肯。若要肆意行事，朕必不留情面，所谓前账后账一并清算，可听清楚？"

"遵命，微臣两口子绝不自专，凡事唯王母娘娘马首是瞻！"

"退下吧。"玉帝轻轻地朝风仙摆摆手，"赶紧唤天王李靖和太白金星前来说话。"

侍女还没来得及将玉帝王母的夜光杯斟满，就见天王李靖和太白金星相互谦让着赶来御案前。

"两位爱卿免礼，朕有要事相商，不过，先饮罢两杯再议正事儿。"

天王李靖，太白金星云里雾里，对望一眼，不晓得玉帝的葫芦里到底装着何种药丸。

"老朽觉得此刻九九重阳百果宴上，为陛下和王母娘娘祝祷祈福才是要紧事儿，至于其他，还请陛下明示。"太白金星倚老卖老。

天王李靖立于一旁，心怀愧疚，双手端握着酒盅一揖到底："罪臣，罪臣也请陛下明示。"

"平身，朕就依两位爱卿提议，共同饮了这第一杯祝祷祈福的酒。"

"这第二杯酒又有何意？"两位老臣异口同声。

"这第二杯酒么，"玉帝转头对王母说道，"贤妻千万莫要计较。"

太白金星和天王李靖更加不明所以。

王母猜出八九："苟利天庭，苟利天地三界，臣妾绝不计较。"

玉帝深情地望着天王李靖："这第二杯酒，朕，王母，金星共敬天王。朕知晓九阳之战，天王痛失爱子，忙于哪吒后事，而朕忙于九阳之患不得空闲，望天王不计朕的疏漏才是啊！"

天王李靖"噗通"一声跪拜下去，强忍眼泪，低声哽咽道："陛下如此宽怀话语，罪臣李靖敢不奋蹄扬鞭？只愿早日杀回东方，誓将九阳挫骨扬灰！"

玉帝从龙椅上起身走下来，搀扶起天王："有天王这份忠贞义勇，朕甚为欣慰，来，饮尽此杯话正题。"

玉帝望着远山近水，面色凝重："在此白光魅影的笼罩之下，君臣一场，欢聚宴乐。下一回再聚，像如今这般聚全了，还不晓得猴年马月呢，也不晓得可否再有重聚的日子！爱卿们瞧瞧，这白光眼见得日盛一日，步步逼来。据传，九阳已离开鸡冠山，摧枯拉朽一路西进。大唐王朝皇亲国戚南迁巴山蜀水，丢下长安城内城外子民，全是些寻常百姓，老弱病残，妇孺幼小。堂堂天庭眼睁睁鞭长莫及，无能为力！痛哉啊，痛哉！两位爱卿想必感同身受。兵法云，势盛之时，避其锋锐，兵骄之时，袭其软肋。天庭之无为等待实属无可奈何之举，绝非无望无求之等待，也非坐视不管。九阳不费吹灰之力，一路高歌猛进，其心必骄，必意图寻仇后羿。朕博采众议，苦思冥想，以为若能以一己柔弱之躯，解救天地，纾困三界，为天庭计，羁绊并拖延九阳，为天庭争得更多时日，以利日后反攻倒算，也可聊以告慰大神后羿在天之灵！"

王母听玉帝议及正题，一件小事却如此唠唠叨叨，数次想张嘴插话，却都忍住，只在一旁不住地翻着白眼。

太白金星，天王李靖何等重臣，何等老辣，早已心知肚明："只是，只是，不知臣等如何效劳出力？"

"想必两位爱卿能够体味朕之良苦用心，朕的意思，关乎天庭颜面，事关重大。金星，耆老股肱，天王，爱子战死，想想，唯两位元老最为恰当。有劳亲赴月宫一趟，动之以情，晓之以理，说服其主动请缨，舍小为众，舍己为公。朕这里为两位爱卿记下头功。如若不然，如若不然的话，不听招呼，待爱卿返回再另行商议。非常时期，非常手段，别无他法，敬酒与罚酒，想必二中选一。"玉帝端起夜光杯，仰望着白晃晃亮堂堂的天空，找寻着那个似有似无的月亮，算得一番告慰，也算得暂且抒怀一下心中残存的歉意。

"有劳两位爱卿辛苦一趟，来，本宫再敬一杯酒。"称了心愿的王母急切地打断玉帝的遐思。

"多谢陛下王母抬举，我老哥俩一红一白，一阴一阳，力争说服，力劝其主动请缨，免得吞下罚酒，落下后患无穷。"

"是这个理，饮了这杯，为两位钱行，不，壮行！"玉帝说得干脆利落，与王母一道仰脖，一饮而尽，却是各怀心事，佯作不知。

玉液琼浆仍在嗓子眼里打转的工夫，就听见远方"轰隆隆"的雷鸣之声。白光之下，不曾有云有雾，怎会传来阵阵雷声？而雷公与电母正安坐在高台之上畅饮欢谈呢。大家心存疑惑，不约而同地伸长脖颈望向瑶池对岸的连绵雪峰。

这些时日，在九阳白光的进逼炙烤下，冰川逐渐松动，积雪日益消融，不断地从山巅和雪峰上剥蚀下来，滑落到山坡，碰撞摩擦中发出雷鸣般的响声。冰川碎块不时地跌入山脚的瑶池，激荡起波涛白浪。

波涛白浪从对岸一拨拨地冲刷过来。高台上酒足饭饱的各路仙尊，只觉得新鲜有趣，乐得听一回涛声依旧。几位龙王龙子似乎已梦回遥远的大海，梦回久违的故乡。

"岂是观景听涛之时？刻不容缓，时不我待，赶紧的，请速将四位龙王招至朕的跟前。"

天王李靖转身大踏步朝正在饮酒闲聊的东海龙王敖广走去。这边太白金星知趣地向玉帝王母作揖告辞，拄着龙头拐杖归座缜密寻思去了。

四位龙王浑身酒气，端着酒盅摇摇晃晃地一路奔来。

"四位龙王，朕方才说过免礼，何必如此拘于礼数，难道想着多饮几盅罚酒不成？"

"哪里，哪里，老臣哥几个，早就打算一起过来给陛下您和王母娘娘敬酒呢。只不过瞧着陛下您和王母娘娘不得空闲，老臣哥几个一直在下面焦急地等盼呢，这不，好不容易轮到老臣哥几个，多谢陛下王母惦记。"东海龙王说得慢条斯理，情真意切。

"龙体可无恙？伤势可养好？"玉帝关切地问道。

"陛下面前，龙体万万不敢当呀。老臣多谢陛下玉口垂询，实在托陛下和王母娘娘的洪福，陋身犄角折断之伤并无大碍，正在愈合。老臣哥几个只想着报效天庭，为陛下和王母娘娘效力，还想着为剿灭九阳略尽绵薄之力呢。"

"如此老骥伏枥，壮心不已，重伤未愈仍思报效，颇令朕感动啊！来，一同饮了这杯酒，朕，确有要事托付几位龙王呢。"玉帝王母陪着四位龙王，一饮而尽。

"四位龙王，长话短说。以朕为首的天庭，虽西迁暂避，却无时无刻不忧心忡忡。如此艰难时局之下，想必四位爱卿感同身受。面对九阳锋锐，绝不可轻举妄动，更不可一动不动坐以待毙。朕自有一套方略。北海龙王听令，明日起打探九阳行踪，时时奏报，不得延误，万万不可自行暴露，以免打草惊蛇。西海龙王听令，现今东部的琅琊山、东岳泰山、鸡冠山等已遍遭涂炭，趁九阳离开鸡冠山之机，取道绕行东方，普降甘霖，救危济困，以解旱情。南海龙王听令，九阳一路向西挺进，尚不明确下一落脚之处，但，沿途各地，长安城内城外，早已风声鹤唳，干旱干涸，百姓惶恐不安。需倾尽全力，声东击西，洒播雨露，严禁正面冲突。还有东海龙王，有劳病体出山，为天庭分忧解难。据悉大唐王朝，皇亲国戚，携众纷纷撤离长安都城，南迁巴山蜀水，辎重不计其数。路途遥远，道路险阻，望东海龙王暗中照应，一路看护。至于江河湖泊诸神均归属东海龙王节制，随时听候调遣。"

"多谢陛下隆恩！老臣本以为兵败琅琊台，陛下必将清算和严惩，哪承想，陛下如此宽宏大量，不计前嫌，老臣感激涕零，并各位龙弟一同三叩，谢陛下隆恩，老臣必不辱使命。"

东海龙王居中，三位龙弟两翼排开，三拜叩首谢恩。

玉帝离了龙椅，两步走到御案前，扶起东海龙王："朕，最喜见着君臣一心，共襄义举。兄弟一心，其利断金，必将无往不胜啊。"

王母见机说道："快快斟满，再敬四位老臣一杯，天庭仰仗的正是四位龙王这般肝胆忠义之士啊！"

待龙王徐徐退下，玉帝借着酒劲，转过身来，凑近王母，挽起玉臂，背对高台上的各路仙尊，贴近耳边夸了一句："贤妻真当得起一个贤字啊！"

"除了贤，难道就当不得其他了吗？"王母难得地噘起红唇，一副嗔怒的媚态。

玉帝本想使劲儿掐一把王母的玉臂，可又担心王母大庭广众之下失口叫出声来，忍忍只得作罢，思忖着还剩下最为关键的第四招棋尚需妥善处理，遂正色与王母一起落座。

陆陆续续的，各路仙尊们排起长队，祝福的祝福，表忠的表忠，道安康的道安康，颂万寿无疆的颂万寿无疆，忙得不亦乐乎。

玉帝见时辰火候差不离，低声对王母说道："看来，还得请贤妻出山，去招呼一下那个难以捉摸的阎王爱卿。"

"臣妾不去，"王母酒劲儿上头，一口回绝，"臣妾一手筹办的九九重阳百果宴，不给笑脸，不来敬酒，本宫不去计较，免得难堪。难道还得去瞧他阎王脸色不成？这也太不成体统，简直岂有此理。"

"贤妻讲得没错，可这头倔驴怎好当众鞭打脚踹呢？正赶上天庭危难之际，朕已布下三招棋，可还有这第四招棋，这最为关键的第四招棋，偏巧非阎王这头蠢驴莫属，还非得阎王方能办到。贤妻啊，对付倔驴蠢驴，只得耐住性子顺毛捋，拜托贤妻挪动一下金莲步，替朕去请请那头黑驴。朕这里先行谢过。"

"哎哟哟，不会是臣妾听错了吧？"

"怎会听错，怎会听错呢？"玉帝的宽皮大脸上堆起嬉皮笑脸。

"那么，如何谢臣妾呢？"王母伶牙俐齿不依不饶。

"这个吗？待朕张罗完这第四招棋，定会告知贤妻，定让贤妻满意。"

"听听，听听，又来了不是，尽是些甜言蜜语，只会让耳朵舒坦舒坦，臣妾才不会稀罕，才不会上当呢！"

玉帝余光瞥一眼高台，突然侧过身来贴近王母，醉眼迷离地轻轻说道："不光让贤妻的耳朵舒坦，还会让贤妻哪儿哪儿都舒坦呢，全都舒坦个遍呢。"

顿时，王母的俏脸红云飞渡，赶忙低头细细忖度回味，只待红云渐渐消退，这才仪态万万地端起夜光杯，扭动蛮腰，轻挪莲步，径直朝着那位自斟自饮孤芳自赏的阎王大人走了过去。

此刻，阎王爷独坐高台，有酒有菜，自斟自饮，倒也惬意。

话说鸡冠山兵败，阎王爷在一干灰头土脸的鬼将阴帅护卫下，仓皇间撇下阎罗殿，奔逃灵霄宝殿。天庭已得知败信，上自玉帝王母，下至各路仙尊，在殿前列队整装待发。旌旗夹道，仪仗肃穆，玉帝表情凝重，挥一挥手，率先进发。阎王爷垂头丧气，紧跟在西迁辎重的最后，冠冕堂皇美其名曰断后，实际上是逃难的跟班。

自打天庭迁至天山瑶池玉虚宫，玉帝心血来潮，不辞劳苦，颁下旨意，每日按时晨会。阎王爷留意晨钟暮鼓，准点参会，从不缺席。每日例行晨会之后，阎王爷独来独往，独居一室，时而清醒，时而迷糊。今儿个的九九重阳百果宴，阎王爷思忖着，受邀赴宴，是礼数，是规矩，敬酒则吃酒，不敬酒则吃肉，少去招惹罚酒。

除却这些糟心的破事，阎王爷心里总在惦记黑白无常所提之事。若说被其怪异惊到了，绝不为过，若说其稀松平常，还真怕就此埋没了黑钟馗。鸡冠山上，一介小小的黑钟馗，降妖除魔斩鬼除恶，竟然凭借区区一柄昆仑剑，险些近身九阳一剑得手。

"闷酒喝得可自在？"冷不丁耳畔传来软语温存。

阎王爷微醺闭目，思虑沉沉，猛然间听得问话，不由得睁眼一瞧："哎哟哎，王母娘娘驾到，有失远迎，有失远迎。"

阎王爷嘴上赔罪，忙不迭放下喝了一半的酒盅，另一只手撑着红毯哆哆嗦嗦地站起身来。腿脚久坐，不甚利索，一不小心挂碰到黑红大漆案几，将案几上的盆盆罐罐撞得个稀里哗啦。酒盅"咕噜噜"滚下案几，跌落在红毯上。

"方寸高台，何来有失远迎？难道阎王爱卿喝高了？不会真以为是在爱卿的阎罗殿？哈哈，哈哈哈。"王母笑得灿若桃花。

阎王爷听得王母娘娘如此轻松调侃，随即放下绷紧的戒备心。

"罪臣早想前去给陛下王母娘娘敬酒祝祷，瞅着各路仙尊排起长队，里三层外三层围住御案，哪有机会横插一杠？故而稍候片刻而已。"阎王爷自圆其说，自下台阶。

"阎王爱卿好眼神，沉得住气，定得住神，望上瞧瞧，再仔细瞧瞧，御案前可有排队的仙官？若有，本宫哪得空闲来这边？"

"罪臣当然瞧见，只不过正在琢磨敬酒祝祷的说辞呢。"

"爱卿满腹经纶，随口华章，总不至于落了俗套，再来一番福如瑶池长流水，寿比天山不老松吧。阎王爱卿，别找托词，陛下可有正经事儿呢，大魔头九阳的事儿，特遣本宫来请阎王爱卿过去一同商议呢。"

阎王爷闻听此话，不动声色，强压住窃喜，岔开话题："罪臣一举一动逃不开王母娘娘的法眼。罪臣先前不当之处不敬之处多多见谅，多多恕罪。"

"哎，有甚法眼不法眼的，不扯其他。阎王爱卿就是阎王爱卿，怪不得陛下青眼独具，总要高看一眼。"王母娘娘觉得说进了阎王爷的心坎里。

阎王爷略一欠身："多谢陛下王母娘娘不弃之恩。鸡冠山败北，罪臣罪责难逃，终日诚惶诚恐，三餐犹如嚼蜡，恨不能折戟沉沙，裹尸马革，早日剪灭九阳，一雪前耻。唯苦于手下残兵败将，散兵游勇，罪臣徒具忠勇之心，一腔热血，却难行报效之实。"阎王爷表明心迹，言之凿凿，顺便带出无能为力之喟叹。

"今儿个本宫不与爱卿论及正事儿，只与爱卿饮酒叙旧。"王母娘娘的纤纤玉手托举住夜光杯，故意避开阎王爷的弦外之音。

阎王爷瞧见伸到眼皮底下的夜光杯，瞧着王母娘娘一根根润如葱根的玉指，装模作样地低下头，快快端起酒盅先干为敬，遮掩窘态。可左寻右找，案几上不见酒盅，再瞧案几下面，酒盅好端端地躺在红毯之上。阎王爷顾不及颜面，弯腰拾起酒盅，对嘴吹一吹，拿袖口擦一擦，沿口转个圈，斟满酒盅，溢出不少酒来。他躬身双手捧起滴滴答答的酒盅："恭祝王母娘娘安康。"一仰脖灌了进去。

"敬酒祝祷事小，何事为大？阎王爱卿想必明镜似的。"

"那得多劳王母娘娘指点提携。"

"阎王爱卿别装糊涂了，随本宫起身吧。"

却说玉帝远远瞧见阎王跟在王母娘娘身后，于是吩咐侍女斟满夜光杯，咬咬牙，端着杯缓缓踱到御案前，不晓得在专候王母娘娘，还是在专候阎王爷。

没来得及客套寒暄，瑶池对岸再一次传来"轰隆隆"震耳欲聋的雷鸣。

各路仙尊翘首望去，眼见着一块硕大的冰川从雪峰山脊顺着陡坡砸向瑶池。一波大浪翻卷着白沫奔涌而来，转瞬已到近前，眨眼冲入高台之下。高台摇晃起来，险象环生。酒酣耳热的各路仙尊狂呼乱叫，匆忙起身相互搀携。与此同时，浪涛拍击着岸边乱石，激起冲天浪花。浪花纷纷扬扬地飘落下来，洒在高台的红毯上，淋湿各路仙尊的锦衣绣服。

"有甚可慌张的？贤妻出面安抚一下，免得各路仙尊着急忙活，神不守舍，别让这些败兴的事儿毁了今儿个的重阳百果宴。"玉帝不慌不忙，气定神闲。

"大风大浪应付自如，这点小风浪有甚可慌的。臣妾遵旨，这就下去跟各路仙尊饮几杯压惊酒。"王母娘娘手捧夜光杯，几位侍女尾随其后。

看着王母谈笑风生，不为风浪所动，玉帝眼里露出一丝欣慰。阎王爷则是一脸钦佩。

玉帝随手将夜光杯搁置在御案上，一边抖落龙袍和冠冕上溅落的水珠，一边对阎王爷说道："爱卿别愣着，赶紧将酒盅放在御案上，抖落抖落官帽官袍上的水珠，免得湿气入侵。风寒伤身啊！"

"多谢陛下关心。"阎王爷弯腰将酒盅置于脚边的红毯上。

"这又何苦？岂不将水珠抖进酒盅？爱卿究竟来敬酒，还是来敬瑶池之水？"玉帝说得轻巧，阎王爷听得却不甚轻松。

"微臣不敢将酒盅放置御案之上，怕僭越失了体统。"阎王爷弯腰捡起酒盅。

"哈哈，哈哈，阎王爱卿如此守规守矩？恪守君臣礼数？今儿个九九重阳百果宴，见外了不是？朕记得上回，嗯，已有半年之遥，爱卿与朕对赌一局，爱卿可否记得？朕可记得清清楚楚，还有数位老臣当场作证。"

"回陛下话，微臣记得。"

"爱卿面红耳赤想坐几日龙椅宝座，当然了，那也得等朕输了赌局之后。朕还记得，约法两章，绝不准爱卿触碰玉玺，绝不可擅闯后宫。爱卿可有印象？"

"陛下恕罪，皆因微臣酒后猖狂乱性，犯下僭越之罪。"

"爱卿何罪之有？朕当真用心打赌的呀，认赌服输，常情常理，算不得僭越，更算不得罪过。这不，话说回来，酒盅搁置在朕的御案上，多大点事儿呢？爱卿僭越之辞未免太过，且，太过见外！"玉帝佯装生气的腔调。

"多谢陛下海纳百川之辽阔胸襟，得以宽恕微臣之罪过。微臣再也不敢放肆若此。"阎王爷捧着酒盅跪伏下去。

玉帝上前托住阎王爷的臂膀："爱卿今儿个不必拘礼，朕有要事相商呢！"

"终于轮到正题了。"阎王爷心里默念。

"爱卿麾下那个又黑又丑的钟馗，据报，仅凭一柄昆仑剑，在鸡冠山上单枪匹马，险些取下大魔头九阳之首级。朕闻听此事，着实欣慰不已。"

"竟有这等奇事儿？微臣闻所未闻，失职失察呀。"阎王爷一脸天真。

"连日来，朕反复琢磨，当下危局，苟且偷安绝非长策。偷安偷安，偷至何时偷至何地，方能得安？万般无奈之下，令朕眼前一亮的这个黑钟馗和昆仑剑，倒可派上大用场。朕指望爱卿出马，宣召钟馗，即刻号令，鞍前效力。"

"鸡冠山之战失利，微臣以为钟馗已随众将士战殁在鸡冠山上，心心念念留

366

意昆仑剑之下落呢。那柄昆仑剑前前后后劳费了微臣颇多心血啊！"

玉帝并未搭腔阎王爷的话茬："据报，爱卿督统这鸡冠山第三战颇为神奇。钟馗仰仗一柄昆仑剑，虽后继乏力，功亏一篑，却在剑气护佑之下，近身九阳，毫发未损，得以全身而退。朕知晓爱卿为昆仑剑付出诸多心血，也记得爱卿拳拳忠心天庭献剑之举。爱卿惦记着昆仑剑，眼下，朕也在惦记昆仑剑，惦记着黑钟馗啊。"玉帝自顾自说得情真意切。

"微臣听陛下言外之意，昆仑剑与钟馗安好健在，微臣也放心了。但钟馗携剑逃往何处，微臣实不知晓。"

玉帝专注于钟馗和昆仑剑，未加理会阎王爷的说辞："故而，爱卿需费心张罗，尽快召回钟馗和昆仑剑，授其先锋，委以重任，避免单打独斗单枪匹马。此番必倾尽天地三界之合力，辅之以后盾，共襄义举！"

"听陛下一席话，微臣醍醐灌顶。九阳东海横空出世，如今，昆仑剑，冥冥之中似乎专为九阳而生。微臣必将善始善终，全力以赴，即刻打发手下喽啰尽快找寻并召回钟馗和昆仑剑，听候天庭，不，听候陛下随时差遣。"

"如若这个黑钟馗犯倔，不听使唤，朕钦命爱卿自专，可就地褫夺昆仑剑与匣，不给钟馗任何喘息之机。朕就不信了，堂堂天地三界之间，还选不出个面皮俊朗，威武飘逸的后生，降妖除魔斩鬼除恶？单单非要靠他黑钟馗不可？凭朕口谕，见机行事，不得有误，也不可疏忽大意。"玉帝斜觑一眼阎王爷。

阎王爷刹那间读懂了玉帝模棱两可的眼神，办也得办，不办也得办，好在手握钦命和口谕。

玉帝正色道："为了不使光复天地三界落空为南柯一梦，朕运筹四招棋，招招呼应，步步连环，以期最终一举剿灭九阳。其中，最为关键的第四步大招，即昆仑剑和黑钟馗，爱卿需用足精神，倾尽全力！"

"微臣明白陛下一片苦心！"

"知朕苦心者莫如爱卿呀！"玉帝轻抚阎王爷厚实的肩膀，"来吧，爱卿，朕提议干了这杯酒。以往，朕一贯粗疏，多有忽略不当之处，请爱卿体谅，只要君臣齐心，必将无往不胜！"

"微臣干过这杯，有句话不知当讲不当讲？"阎王爷嗫嚅道。

"有何当讲不当讲的，尽管说出来。"

"上回微臣斗胆与陛下打赌，可否就此不再作数，就这样了结算了吧，妥否？"

"这又为何？爱卿说说看。嗯，是了，朕明白了，如若钟馗覂灭九阳，爱卿赢得赌局，担心朕难堪，面子下不来？哈哈，哈哈哈，恰恰相反，如若钟馗覂灭了九阳，朕高兴都来不及呢，还不晓得要敬钟馗多少杯酒？要敬爱卿多少杯酒呢。只要灭了九阳，输个赌局算甚，孰急孰缓？孰轻孰重？朕宁愿输了赌局，输给爱卿。爱卿简直，简直太多虑了！"玉帝抬起手来，笑容可掬地伸出并拢的食指中指，一下下点拨着阎王爷。

"那么，赌局还算数？"

"当然算数，君子一言驷马难追。爱卿不必记挂这些鸡零狗碎的小事儿，赶紧召回钟馗才是正经事！"

"谢陛下不弃之，"阎王爷正想借此亲近玉帝，表白一下自己的忠心耿耿和恪尽职守，顺便将自己以往缺眼力见，实话直喷知无不言导致的数次僵局，以及让玉帝并各路仙尊心生的厌恶，一股脑儿向玉帝真心实意地输诚，认个错，认个罪。哪承想，阎王爷显露心迹的一句"不弃之恩"，却被突如其来的一声晴空霹雳硬生生地吞没了。

滚雷巨响，不绝于耳。瑶池沸腾，高台震颤。高台左右上下摆幅的波动比上一次厉害得多。

阎王爷发觉情形不对劲儿，一把丢开酒盅，踉跄着跨前两步紧紧搀住玉帝。高台上的各路仙尊东倒西歪，乱成一团。好在王母娘娘已被几位侍女夹持着磕磕绊绊蛇行到御案近旁。玉帝心里吃紧，暗自纳闷："难道，难道真就是九阳，追命寻仇已追到天山瑶池不成？"想到这里，玉帝胸中一阵急火攻心，但觉嗓子眼儿一甜，"哇"的一声，喷出一大口鲜血。

阎王爷赶忙用自己擦过酒盅的袖口擦拭玉帝唇角上的血痕，本想来回多揩几下，却被玉帝伸手一把打开，弄得阎王爷甚是无趣，只好住手。王母娘娘已是梨花带雨。

玉帝低头瞧了一眼喷在红毯上的鲜血，若非刻意留心，倒也难以察觉，又冲王母摆摆手，示意万万不可声张。王母娘娘和阎王爷点点头，一左一右在摇晃的高台上紧紧地搀扶住玉帝。趁着前浪消退后浪未至，高台稍稍平稳之际，王母收起泪花，厉声大喝："玉帝口谕，非常时刻，即请各路仙尊撤离高台，暂避玉虚宫。"

各路仙尊惊魂未定，不知所措，或立于山坡上，或蹲或站在石阶上，不约而同地发出阵阵尖叫。

玉帝跨上宫前石阶，脚下稳如生根，七上八下悬起的心才算有了着落。玉帝心绪渐平，仍有不甘，甩开王母娘娘和阎王爷的手臂，回身望向高台，望向瑶池，望向对岸的一座座雪峰。

对岸雪峰，最为挺拔险峻的博格达峰，凭空消失，不见踪迹。

原本连绵的雪峰犹如巨大的屏风，环抱着瑶池，可如今，大屏风当中突然豁出一个大缺口，如利斧劈开一般。

拦腰折断的博格达峰震颤着轰鸣着，拖着满山的积雪，挂着厚实的冰川，裹挟着滚滚砂石，一头栽进瑶池，荡起数丈高的浪头。一道亮闪闪的圆弧从瑶池对岸齐刷刷地扑将过来。

王母娘娘不禁大呼："幸亏撤得快，如若不然——"不待话音落下，横扫过来的浪头，瞬间将猩红的高台抛向半空。扭曲变形的高台散了架跌落下来，摔得粉身碎骨。水汽，木屑，残羹冷炙，杯盘酒盅，还有啃过的，未啃的天山石榴瑶池香梨，甚至与世无争的鱼虾一同被抛上岸边石阶，抛到半山腰上。潮湿咸腥已将九九重阳百果宴万般宴乐的滋味和欢情冲刷得荡然无存。

看着石阶上不走运的小鱼小虾拼命地跳腾，玉帝反倒心静如水。

积雪消融，还会飘落；高山塌陷，山外有山；巨浪淹来，自会平复；高台毁弃，还可再建更高更大更美的台子。有什么担心可怕的？旧的不去，新的不来。趁玉帝不留神，王母娘娘伸出玉手，用随身丝巾快速地揩去玉帝嘴角残留的一丁点血痕。

玉帝不以为意："诸位爱卿，进宫，陪朕再痛饮几杯！"

第五十五章　邂逅嫦娥论赌局　身处棋盘做赌具

钟馗虽不曾寻见海麦斯，却如愿遇到包包蛊。

钟馗婉拒了包包蛊的邀请，包包蛊不便勉强，独自振翅向昆仑高原腹地飞去。

如今，离的离，散的散，逃的逃，跑的跑，到头来，除了外八跟随，钟馗两袖清风。放眼望去，天地之间三界内外，白茫茫一片。降妖除魔斩鬼除恶，终日打雁顺风顺水，哪承想，却在大魔头九阳阵前首尝败绩，被雁啄眼，狠狠摔了个大跟头。幸而昆仑剑不曾离身，白玉馗匣不离左右，才保全自个儿安然无恙，想想，仅仅能够保全自个儿罢了。

此时的大跟头与当初的头撞柱，不可同日而语。保全自个儿也好过势单力薄空有义愤，强过手足无措之下拿头撞柱来个一命呜呼。手握昆仑剑，怀中揣馗匣，但凡听命于阎王爷，受控于阎王爷，岂不等同于阎王爷掌控着昆仑剑与匣？自个儿的命数又岂是自个儿掌控说了算？说一千道一万，若想保全自个儿，尚需阎王爷的青眼和首肯。即便顺利保全自个儿，又怎样？脱离地狱苦海，有个不大不小的名分，多多少少增添光宗耀祖的颜面，排位阴帅鬼将之列，或者，有幸位列仙尊之末。鞍前马后死心塌地，永生永世地伺候阎王爷，休提顾及其他，或护佑其他。

钟馗长叹一声，眼前不由得浮现出香娘娘的身影。是啊，可怜的香娘娘，受尽折磨和凌辱，就在自个儿的眼皮底下香消玉殒。自此，犹如剜去自个儿一块心头肉，留下创伤和苦痛。扪心自问，与自个儿有关无关？与昆仑剑有关无关？与阎王爷有关无关？自顾自保全自个儿尚且不易，阎王爷岂容自个儿丢却差事远走高飞？说到底，自个儿无非是飘荡的纸鸢，而牵连纸鸢的那根细绳索被紧紧地攥在阎王爷他老人家的黑手中。

钟馗漫无目的地走着，思绪万千。

堤坝上肩负砂石土木的驴马牛驼来来往往，一片杂乱。

没有日头，白光散漫，钟馗随便坐在山坡清静处的一块大石头上，头一回欣赏起水库中的湖光山色。所谓湖光，只有白光，所谓山色，依然笼罩着白光。钟馗无趣地摇摇头，准备起身，忽然，水中高高跃出一条肥硕的大鱼。大鱼在空中扭动摆尾，闪着粼粼白光，转眼间横起身子重重地砸进水里，激起圈圈涟漪。白光起伏不定，随着水波蔓延开来。

怪不得海麦斯颇费心机，在山洞里留下一条鱼，盖上袖布，作为记号，惺惺相惜，不忘提醒，只有昆仑高原有水有鱼，有活水有活鱼。

钟馗的胡思乱想难以停歇，与包包虫初次见面的兴奋劲儿随之渐渐消退，静下心来，诸多疑虑频频闪现。

当下昆仑高原，以水攻火，以水退热，以昆仑高原对付九阳白光，似乎是唯一的选择、仅存的办法，但究竟拥有几成把握和胜算？只有上天知晓。

钟馗对于水攻九阳，心知肚明，也曾告诫过包包虫利与弊。眼下权且听之任之，却又于心不忍，心有不甘，莫名其妙升腾起一股无所适从的无奈。那种前路未卜的落魄，有些揪心，有些抓狂，不晓得何去何从。并非壮心不已，并非壮士暮年，更非壮志未酬，空落落悬浮半空中，不上不下。不如，就此捎带上外八，或者干脆撇下外八，就自个儿一路向西，避开九阳和白光，管他天庭玉帝还是鬼域阎王，管它干旱干渴还是巨浪滔天，抛却世间大唐门神的所谓尊崇，牢牢守住昆仑剑与匣，无欲无求，无忧无虑，独自偏安西天一隅。

钟馗恍惚中依稀瞧见一片沙枣林，不似西口镇子那片荒芜的沙枣林，而是戈壁荒漠中那几棵茕茕孑立的沙枣树。树下堆积的黄沙被大风吹散，玉龙河的潺潺流水滋润着两岸。当中那棵沙枣树，托举枝繁叶茂的四岔枝干，鸟巢隐现其间。周遭地面，钻出绿色的沙枣小树苗。心心念念的香娘娘就长眠在树下。

是呀，早知如此，何必当初。在九阳白光之下，阎王爷、风仙和沙仙，一个个丢盔卸甲抱头鼠窜，还会有谁，逞淫威紧盯沙枣花？为难沙枣花？一个个都已无暇自顾，还会有谁必欲除之而后快？偏偏就属自个儿傻不愣登听使唤，义无反顾做傻事儿，悔不该私心杂念作祟，冲昏了黑脑袋。当初只需拖一拖，只需等一等，好端端亲亲的沙枣花怎会出意外？何需眼睁睁亲手戕害沙枣花？帮凶助虐，如今追悔莫及也白搭。

眼下可好，前后脚，这才过去了多久，天地三界大变样，开弓并无回头箭。自此，覆水难收，愧疚常伴，香娘娘饮恨含冤已逝去，仍欠着沙枣花一颗心。

钟馗紧握黑拳，暗下决心，无论怎样也该补全香娘娘一个全身。

水面上的"扑通"声，打断了钟馗的遐思，跌落的大鱼荡漾起一圈圈白光涌向岸边。

钟馗已经坐了很久，想了很久。

四下里静悄悄的，不再纷扰嘈杂。

近旁的堤坝上，山坡上，抢修赶工的驴马牛驼不见踪迹，已经无声无息地转场去了下一处工地。堤坝中间的闸口巨石两侧固定着两根黑铁锁链。黑铁锁链被悬空拖拽到山腰处，拴绑在粗壮的树干上。黑铁锁链在半空中轻轻摇荡，发出"卡拉卡拉"的声响，与岸边拍击的微澜遥相呼应。

钟馗站起身，拍去大氅上的尘土，沿着水岸独自向山里走去。

钟馗说不清楚，也想不明白，如此多的焦虑，是否有悖于初心，背道于使命，多少不甚磊落，更有鼠肚鸡肠。如此境遇，实难抉择取舍。

那个该死的外八依然没有音讯，早知耽搁若此，还不如与包包蛊一道去会会白眉毛博西盖，也胜似这般白等瞎等。

钟馗绕过一处弯弯的僻静山坳，行到一处低矮的山脊。

三面环水的山脊从高高的山梁上一路倾斜延伸下来，探入水库中央。

钟馗紧握剑柄，站立在山脊之上，恰如踩在一条露出水面的大鱼的脊背上。

整个水库白光蒙蒙，一览无余。钟馗不晓得此刻当属白昼还是黑夜，但能感觉到水面影影绰绰地晃动着清辉，在波光中似圆非圆。钟馗睁大眼睛昂首望向天空，一轮模模糊糊的清辉，半圆不圆，如一面大大的铜镜镶嵌在白光散漫的天际。月亮，久违的月亮，孤单单显影露形。

掐指算算，眼见得就该第六个月圆之日了。钟馗知晓这对自个儿意味诸多，不过此刻，钟馗的嘴角露出一丝显而易见的冷笑，黑鼻孔中粗粗地发出两声"哼哼"。面对若隐若现的月亮，再一次勾起钟馗心底抹杀不去的伤痛和悔恨。月朗星稀，月朗星稀，魂牵梦绕的夜晚，沙枣林的夜晚，无论天清气朗，还是月朗星稀，那个心心念念的香娘娘已成明日黄花。而如今，日日晴尽白光，月不朗夜无星，一声太息。无数感念，窘迫如斯，卑微如斯，奈之若何。虽神器加身，唯奉命行事，杀伐予夺，供驱使，供差遣，区区小鬼，供摆布的区区小鬼。

钟馗越想越气，卷发虬髯倒竖，大氅临风鼓动，一把扯下昆仑剑，连剑带鞘高高举起，恨不得张手将昆仑剑丢进水库里，却心有不舍慢慢放下手臂，到底昆仑剑归自个儿？还是自个儿隶属昆仑剑？钟馗再一次举起昆仑剑，转念一想，还得依仗昆仑剑去了断一个小心愿，去找寻香娘娘的那颗心，去补全香娘娘一个全身啊，于是再一次慢慢放下昆仑剑，低头片刻，猛地仰天对月大声喟叹："一介小鬼！区区一介小鬼！"

"区区棋子一枚，小小一枚棋子。"

背后突如其来的一声怨女哀叹，在空旷中听起来格外阴森刺耳。钟馗以迅雷不及掩耳之势，转身猫腰按住剑柄，定睛扫视着山脊高处的树林。还好，背后的一片开阔水域足以应付突发的危急。

"钟馗，何必如此慌张？神剑既出，还不得饮罢妖血，方肯归鞘？"

钟馗听到直呼其名，顿时浑身上下鸡疹遍布。何方女妖，深山老林怎会有如此不知深浅的女妖？不然，那就是撞见了女鬼？在这高原僻壤，何来女鬼？难道偶遇个神仙？仙姑？识得我钟馗，认得我昆仑剑饮血方归鞘？刹那间，无数猜忌闪过心头。钟馗躬着身猫着腰，保持警觉一动不动，唯有眼珠扫来扫去。

四下里重归寂静。钟馗细细回味，似乎并未听出恶意和威胁，反倒听出从容淡然和隐隐的感同身受。

钟馗猫腰许久，看看山脊高处的树林无甚异样，大着胆子直起僵硬发酸的身板，朗声叫道："拜托，何方仙姑，可否现身？"

"亏你饱读诗书，毫无礼义廉耻，开口闭口不离献身，看来不过一路货色一丘之貉。夫君啊！你若在天有灵，听见奴家祝祷，奴家情愿一并随夫君而去呀，夫君你可曾听见？"

钟馗听罢一头雾水，不晓得自个儿如何失了礼数："钟馗这厢请仙姑现身。"

"夫君你可听见，朗朗乾坤何处可得安宁，前脚劝奴家献祭献身，后脚又来劝奴家献身献祭。都晓得奴家失却了夫君，没了靠山，瞧见奴家孤苦伶仃无依无托，却不依不饶，欺辱奴家。呜呜，想当初，夫唱妇随，琴瑟和谐，何等荣耀，何等光鲜。为天地三界，留独日，射九阳，自戕命。可恨那个龙王老儿粗鄙大意，看管不严，九阳东山又再起。气不过那个太白金星为老不尊，口蜜腹剑黑心肠。更可恨那个托塔天王李靖老儿，失却宝塔失亲儿，自顾应接已不暇，三寸烂舌凑热闹。夫君啊，呜呜，呜呜，本以为月宫清净，安心守志，竟被说客踏破门槛挤破门。今儿个，未到十五月圆日，奴家却不得不提前离了月宫找清净，顺便祭拜夫君诉诉苦。哪承想，却又撞见个黑脸说客，夫君啊，就将奴家捎带走吧，呜呜，呜呜，与其献祭献身九阳，辱没夫君之丰功伟绩，还不如就此随了夫君。呜呜，呜呜。"

钟馗总算听明白，在这昆仑高原误打误撞遇见了仙姑嫦娥，大神后羿的媚妻。不敢潦草马虎，钟馗躬身长揖到底："在此昆仑得遇仙姑，实乃三生有幸。钟馗口中所谓现身，并非献祭之献，而是现今之现，误会之处，还望仙姑多多谅解，钟馗这厢赔罪了。"钟馗诚心实意说出心中所想，冷不丁手中昆仑剑"扑棱棱"抖动数下，怀中馗匣也发出一阵金光，转瞬即逝。

"看来你钟馗还有些眼力见儿，怪不得一个个都喜好拿你当棋子！"说话间，嫦娥翩然现身。

钟馗怎敢放胆正视？略微用余光打量着美貌娇艳的嫦娥："钟馗以为昆仑高原深处无甚搅扰，故独自感喟一己之卑微，恰如水上飘荡之羽毛，无根无基无彼岸，又如空中纸鸢，被绳索牵引操控。谁知触动仙姑过往，惹动仙姑心弦。"

"得得得，说话说利索，做事做明白，"嫦娥打断钟馗，"棋子便是棋子，聚拢起来一堆，全无二样，置于棋盘之上，方见力道才见分晓。现如今九阳气势汹汹前来寻仇，不去想着如何剿灭九阳，三番五次败归，也不去追责问责，却在奴家身上动起邪念，动起歪点子，可恨可叹，可气又可笑！"

"听得出来，难道要让仙姑献身不成，以遏制九阳西侵？"钟馗半信半疑。

嫦娥不理不睬："真心佩服，祭出如此恶招损招，全然不念奴家夫君曾经的舍生取义，不顾堂堂天庭鬼域之颜面。"

"如此下作招数，实属无耻之极。"钟馗愤愤不平，"不过，钟馗尚有一事不明，方才仙姑提及，喜拿钟馗当棋子，可否不吝赐教？"

"都是棋子，任凭摆布的小小棋子，你我充其量只有乖乖听话的份儿。拿你钟馗做棋子，做赌局，有好些时日了。那是一场颜面之争，权柄之赌，看似酒酣耳热，实则暗流涌动。你，哼哼，钟馗，不过区区一枚棋子，或黑或白，非黑即白。阎王赢了，玉帝让出龙椅，许诺阎王逞数日之快活。如果玉帝赢了，要让阎王当众出丑，奴家不想说不愿说，说出来怕脏了奴家的嘴。呸，呸，呸。"

"因何设赌，所赌何物，钟馗很想知晓。"钟馗心头掠过一丝得意。

"从地狱之门一步登天，位列仙班，惹动玉帝和阎王为你设赌，你这枚小小的棋子，还不得暗自得意猖狂一番？"嫦娥说得轻描淡写，恰如看透了一般，"赌你钟馗是否那块料子，能否担得起降妖除魔斩鬼除恶的重任。"

"钟馗是这块料子怎样？不是这块料子，又怎样？为何颁赐钟馗神器，助力钟馗降妖除魔斩鬼除恶？"

"说句实话，若随了阎王的心愿，赢了赌局，大不了替玉帝坐几日龙椅，替玉帝浏览几篇奏章罢了，还能翻得了天？如果不然，阎王走眼看错，你钟馗根本就不是那块料子，就不该司职降妖除魔斩鬼除恶之重任，输了赌局，这下可不好收场了，关乎颜面呀。算了，奴家也顾不及那么多，脏了嘴也胜过瞧见那个黑黢黢有眼无珠的大光腚。玉帝酒后竟要阎王在百官面前，冲着月宫，撩起长袍，露出光腚，高高撅起。可恨又可憎！"嫦娥脸上闪现一抹羞涩红晕。

"钟馗闻所未闻，简直无羞无耻无所不用其极。听仙姑话中有话，难道玉帝宁愿输掉赌局不成？"

"那是当然，玉剑玉匣是阎王挚爱，阎王却舍爱供奉给玉帝王母，不是为了攀附是什么？阴差阳错，阎王不失时机地申奏，玉帝高瞻远瞩地准奏，玉剑兜了一大圈成为你钟馗的腰间神器，在你钟馗手上不就等同于在阎王手上？说来甚是奇妙，玉剑玉匣卿卿我我无法分离，落得王母空欢喜一场，只好情愿不情愿地一并回赠。哈哈，阎王心计重，宝物失而复得；玉帝心机深，只为天庭之颜面；王母心急吃不得热豆腐，两手一摊打水漂。哈哈，哈哈。"嫦娥眼角高挑，开怀大笑。

"自从神器加身，钟馗奉命降妖除魔斩鬼除恶，那可是殚精竭虑，宵衣旰食，为了功劳簿，为了知遇之恩，为了免堕十八层地狱，更为了项上黑脸之颜面，哎，到头来，仍旧是一枚不折不扣的小小棋子。"

"谁不是一枚小小的棋子？你？我？谁又能幸免于棋子多舛之命运？值此危局，不得不钦佩那些高坐庙堂之上，位高言重的大神大仙们。自打九阳西侵寻仇便思量着祭出奴家娇弱之躯。好一个缓兵之计，看来奴家真该为此高兴才是呀。奴家这一身娇躯，尚存可用之处，当属物尽其用。玉帝啊，玉帝!"嫦娥话说半截，语焉不详似有难言之隐。

"仙姑大可不必为此伤感，大神后羿不世功绩，光明磊落，谅天庭玉帝王母不会冒天地三界之大不韪，做下如此悖逆之举。"钟馗安慰嫦娥。

"休替他们说好话，一个个打着玉帝旗号，行着龌龊之举。依奴家看，差遣道貌岸然的太白金星和天王李靖来月宫说服奴家，必定是那个面善心毒的王母娘娘背着玉帝搜罗出的坏点子馊主意。哼，老娘偏不吃这一套，全让老娘连骂带轰，赶出了月宫。"嫦娥越说越来气，双手叉腰，两颊鼓胀，胸脯起起伏伏。

"小小的棋子，全是棋子啊。"钟馗紧搓黑手。

"谁能躲得过棋子的结局？你我是棋子，太白金星、天王李靖同样是棋子，阎王安能不是棋子？我那可怜的夫君啊，想来想去，不也是个棋子啊！呜呜，呜呜。"

钟馗心想，如此尊贵之嫦娥，也被算计，怪不得一会儿笑，一会儿哭呢。再想想自个儿的微不足道和不期境遇，全都是棋子。棋子算计棋子，或黑或白的算计，或明或暗的算计，算计与反算计，算计又反而被算计，反反复复，周而复始，哪有个头啊。

钟馗紧锁眉头："若仙姑严拒奸计，料想不该有谁吃了豹子胆，硬逼您就范呀。"

"看谁敢硬逼老娘，老娘当场死给他们看，正好随夫君去了。哼哼，看老娘拿出些手段，非让玉帝老儿替老娘申冤做主。"

钟馗大吃一惊，在嫦娥嘴里，九五至尊的玉皇大帝居然成了老儿，于是赶忙换个话题岔开："仙姑离了月宫，亲莅凡尘，想必为了躲开那些说客的聒噪。钟馗有个主意，仙姑大大方方地待在月宫，无须逃避，管他谁来，兔毛充耳塞严实，一概不理也不睬。"

"谁说老娘逃避？老娘犯得着逃避吗？老娘只想自个儿清静清静，好在未曾去那瑶池玉虚宫，现身九九重阳百果宴。懒得去见那个满肚子坏水的老妖婆，劣酒酸醪，石榴香梨，有甚稀奇？好在博格达雪峰为老娘鸣不平，雪崩巨浪冲得百果宴稀里哗啦，好不痛快，哈哈，哈哈。"

"瑶池玉虚宫？九九重阳百果宴？"钟馗一脸不解。

"三败于九阳之后，天庭鬼域一同狼狈地逃往天山瑶池玉虚宫。"

"怪不得，这些日子无消息，断线的纸鸢，倒也舒心自在。"

"你倒是舒心自在！而奴家本以为月宫清净之地，哪承想，呜呜，呜呜，总被那个老妖婆惦记上。呜呜，呜呜。"

"仙姑赶来昆仑高原图清静，顺带一并祭拜大神后羿，但尚未到月圆之日呀。"

"何时何地祭奠夫君，老娘说了算，提前数日，有甚不妥？"

"冒昧提及仙姑之伤痛，实属无意，还望仙姑谅解。钟馗只想打听一下，大神后羿难道当初就落葬此处山水之间？"钟馗指着嫦娥身后的那片树林。

"苦命可怜，舍奴家而去的夫君啊，呜呜。本想着昆仑高原冰清玉洁，上齐天，下接地，长长久久总可期。谁曾料到，多年以前，昆仑高原毫无征兆地山摇地动，雪崩频仍，山峰被削顶，高峡出平湖。只待山不崩地不裂，昆仑高原已经面目全非，再也难寻夫君的遗骨遗存。怪只怪奴家粗心大意，幸许，夫君遗骨遗存随了山崩地裂，跟着雪崩山洪，完完全全地融入这片莽莽昆仑。"

"原来如此。冒昧再问一句仙姑，就一句，那仙姑为何选定此处祭奠大神后羿？"钟馗刨根问底。

"自从失却夫君遗骨遗存，每逢月圆，老娘转来换去，只拣清静地界，今儿个这里，明儿个那里，一处雪山一处湖，挨个儿去祭奠，依次去祭扫。难道碍着谁不成？老娘只求夫君听见奴家的祝祷和冤屈，为奴家做主。"

"请允许钟馗随仙姑一道祭奠大神后羿，可否？"钟馗说得毕恭毕敬。

"瞧你钟馗善心未泯，孝心可嘉，且一同面山面水祭拜祝祷吧！"

钟馗赶前两步，转身立于嫦娥侧后。当然，钟馗心心念念，离不开添神力，增睿智，再祈念附体大神后羿之不世神功。钟馗默念完毕睁开眼，悄悄地望向嫦娥毫无岁月痕迹的倩影，只见她朱唇微启，哼哼唧唧，钟馗听得云山雾罩，不明就里。

祭奠过后，嫦娥闭目不再言语，估摸着累了。

钟馗默等着送别时刻。可嫦娥突然转过身来，盯住钟馗。钟馗瞧此阵势，低下黑头，洗耳恭听。

"据传言，三战九阳，你钟馗险些得手？"

"嗯，可还是败下阵来，多亏神器护体。"钟馗句句实话，拍了拍腰间昆仑剑，剑柄似乎不由自主地又"扑棱棱"抖了几下。

"奇怪了，已经很久很久，老娘就瞧着不对劲儿，怎么瞧都觉得不对劲儿。这昆仑高原上时不时就冒出一些新的湖泊，星星点点越来越多。老娘懒得留意，却也发觉昆仑高原上越来越热闹，到处都有驴马牛驼忙碌的身影。这么多的湖泊，这么多的水，难道为了对付九阳？瞧这阵势，不似你钟馗所为，这才神器加身几多时，该不会有其他神灵操办此事？可从未听见玉帝提起过。"嫦娥摇了摇头，自问自答。

"钟馗刚抵达昆仑高原，也才晓得天机不久。不过，仙姑每每在雪山湖泊祭奠大神后羿，想必瞒不过，早已经知道昆仑巨变，这可是天机。这些水库和湖泊，实话实说，真就是用来对付九阳的，还望仙姑严守秘密。"

"哈哈，哈哈，一大群龙王龙子都栽在九阳跟前，差一点丢了老命。江河湖泊，敢情还能超过海？还能多过海？这些水库和湖泊奈何得了谁？奈何得了九阳吗？哈哈，哈哈。"

钟馗胸中涌出一阵莫名的难受，咬咬牙回答道："还有，还有我钟馗，还有我腰间的昆仑剑，还有白玉馗匣，还有好多的精灵！"钟馗的语气不容置疑。

嫦娥沉默片刻："精灵？好多精灵？三界之外，来去自在无羁绊的精灵，都胜似奴家这般凄苦的神仙啊。指不定，不晓得何时就会强行拿老娘去献祭，哎，苦命呀。"

"仙姑休道苦命，我钟馗区区一介小鬼，降妖除魔斩鬼除恶，本就钦定使命，棋子也好，赌局也罢，无论结果胜败，必将力拼九阳！"

嫦娥吃惊地盯住眼前这个黑不溜秋却壮硕威猛，语气铿锵的钟馗，幽幽地说道："难道天将降大任于斯也？说也神奇之极，奴家不晓得可否派得上用场？更不知晓用意何在？起初，奴家夫君眼见着那个九阳受箭伤被囚镇，在奴家怀里嘟曩了几句话，叮嘱奴家务必记牢，这才闭上了双眼。哎，算了，算了，都是伤心事儿，又要落得个瞎操心的份儿！就此别过，后会有期。"嫦娥自说自话，转身准备离去。

"仙姑请留步，方才仙姑提及大神后羿眼见着九阳受伤被囚之后，另交代仙姑几句话，可否一示？若是能为斩灭九阳襄助一臂之力，何不倾囊相告？远了去讲，为光复天地三界，荣归大神后羿；即便近了去说，也为了颜面，免受献祭羞辱啊。仙姑你说呢？"钟馗有理有节，不卑不亢。

"似有道理！不过，算了算了，这多久前的事儿，老娘只觉得像在胡言乱语，弄不清楚，不说也罢，不说也罢。"

"请仙姑三思呀，方才钟馗祝祷期盼附体大神后羿之盖世神功，若是再得仙姑，大神后羿的口授指点，岂不如虎添翼？恳请仙姑三思呀。"

不待话音落下，远处传来一阵紧似一阵"卡拉卡拉"的怪响。

嫦娥和钟馗不约而同警觉地瞧向隔水相望的堤坝。那里不知不觉间已聚集大批的驴马，还有两只巨蜥。"卡拉卡拉"的声响正是发自闸口巨石上晃荡的黑铁锁链。

钟馗瞪眼仔细辨认，在黑铁锁链上来回起劲儿摇摆瞎折腾的正是外八。还好外八的力道不足以撼动巨石开闸放水。钟馗悬起的心这才放下，本想隔空吼上两嗓子让调皮捣蛋的外八赶紧从黑铁锁链上滚下来，转念一想不甚恰当，毕竟还需顾及一下嫦娥。转头一瞧，哪里还有嫦娥的影子，仙姑得空早已飞到半空，直奔月宫而去。

钟馗不便高声叫喊，冲着飞远的嫦娥背影，压低嗓门："仙姑务必保守天机呀！"

嫦娥并未回头，举起一条光溜溜的玉臂轻轻挥舞，算作应承。

钟馗不免心头一荡，稍稍平复一下耳热心跳，双足蹬地，径向堤坝飞去。

外八老远地瞧见钟馗后，利落地从黑铁锁链上翻身跳下，三两步跑到钟馗跟前，满脸欢喜道："钟相公，钟相公，可见到您了，想死小子们了。您瞧那边？"

钟馗顺着外八所指方向望去，该死的罗圈正骑着巨蜥的长脖子不亦乐乎。

"还不赶紧下来？"外八大声嚷嚷着。

钟馗踮起脚伸手稳住还在"卡拉卡拉"作响的黑铁锁链："瞧你两个做下的好事儿。你，外八，哪里晃荡不行，却偏偏晃荡这黑铁锁链，若是撼动闸口巨石，泄露天机，你担得起罪责吗？还有你罗圈不打招呼，说不见就不见，消失得无影无踪，还以为你阵亡鸡冠山下了。"

外八罗圈原本兴高采烈，却似兜头浇下一瓢冷水，面面相觑。

"怎么着？本尊错怪了你两个，委屈了你两个？"

"钟相公您大人大量，说得对，说得对，都是我两个的错，下次再也不敢了。"

"就你灵光，巨蜥的脖颈子骑着可舒坦？"钟馗强忍住对罗圈的不满。

"外八提醒过，的确不好骑，疙里疙瘩不怎么舒坦，磨得两胯生疼。"罗圈何等机敏，觉察到钟馗在故意找碴。

"下次再也不攀黑铁锁链了。"外八啜嚅道。

钟馗瞧着外八可怜兮兮的样子，心软下来："下次当心就是了。"

"小子晓得了。"外八罗圈异口同声。

说话间，忽听得阵阵呐喊，从堤坝两头山坡上各自冲下来一队吐蕃鼠哨兵，个个扛枪握刀，里三层外三层地将钟馗等围在当中间。

"惊动各位值守，实在抱歉。本尊和这几位都是包包蛊和白眉毛博西盖的好朋友。"

听钟馗提及包包大侠和白眉毛博西盖长老，哨兵小头目上前一步："曾在堤坝上见到过您和包包大侠。可他，就是他，既然是长老的好朋友，为何攀爬黑铁锁链，破坏闸口？"小头目的小手蛮横地戳向外八。

钟馗低头看了看哨兵小头目，又转头瞧了一眼外八："本尊的朋友初来乍到，不懂规矩。你瞧，这么多的驴马，都是本尊的这两位朋友帮着巨蜥一块儿赶来这里，等一会儿还要赶去昆仑腹地呢。"

"看见巨蜥和驴马，放心踏实了。不过，还请诸位快快散去，不得聚集闸口要地。"小头目言之凿凿。

"这就散去，请问尊姓大名？"

"大家叫我二杆子。"

"二杆子兄弟，下回本尊见着包包蛊和白眉毛博西盖，一定替兄弟多多美言几句。"

"请您打住，就此打住吧。各吃各的食儿，各喝各的水，几斤几两自己掂量得清楚，尽职尽责分内之事。少啰唆，赶紧的，散开了。"

钟馗遭遇打脸闭门羹，一股无名之火"腾"地窜起来，却不得不强压下去，扭头吩咐道："外八快去转告巨蜥，将驴马集结整编，赶赴昆仑腹地，不得聚集在堤坝之上。"

"得令，这就去。"

"你，对了就你罗圈，前些日子溜去哪里了，快快从实招来！"钟馗故意加重语气，明里问罗圈，实则说给二杆子听。

"打断各位，我等值守先行告退，您等切莫在堤坝上耽搁过久。"二杆子说完抱拳，小旗一挥，两队值守迅速地转身退回到各自的山坡树林中。

"好的，好的，敬请放心，我等这就离开堤坝。"罗圈话中似有火气，然后转头对钟馗诉苦道："小子敢去哪里呀？自打鸡冠山走散，实在没得法子，跟着溃败的散兵游勇，随同阎王爷一道逃往天山瑶池。天庭各路仙尊一个不剩都躲去那里了。"

"天山瑶池，偏安深山老林，不好好躲起来藏起来，跑来这里做甚？"

"哎哟哟，我的钟相公钟大人呦，您可冤死小子了。小子跑来能做啥？还不是来寻您钟相公，还有外八呀。小子若有一句假话，情愿一头栽进水里溺毙得了。"罗圈带着哭腔。

"想得倒美，本尊还怕你小子的臭肉污了这池清净之水。"

"小子就这贱命，要不找棵树吊死得了？"罗圈哭丧着脸。

"得得得，说正经事儿，你如何找寻到的外八？"钟馗问得仔细。

正巧外八打发完巨蜥，急匆匆地赶来，插进一句："钟相公可别忘了，小子和罗圈一胞双胎亲兄弟，打断骨头连着筋，心有灵犀呀。一日，赶路途中只觉得

381

心慌慌，头晕乎，果不其然，眼瞅着罗圈哥哥踩着一股小旋风就落在面前。"

"钟大人，外八所言不差。小子一路东去，时常撞见马队驼队，根本未当回事儿。可小子掠过外八和巨蜥时，头昏眼花心慌慌，恨不得赶紧下来脚踏实地才舒坦。一落地，当真就见着外八亲兄弟。俗话说，不是一家亲，不进一家门。打好照面，寒暄几句，头不昏，眼不花，心也不慌慌。"

"可不是吗，小子也这般，见了哥哥，心里不再七上八下。"

钟馗瞧瞧外八，再瞧瞧罗圈，亲兄弟，一家门，不服不行。可这个外八真就缺心眼儿。

"废话少来，有话直说，有屁快放。"

罗圈随即正色说道："钟相公，小子乃奉命捎话过来。"

"奉谁的命？捎谁的话？"钟馗瞪大黑眼睛。

"钟相公您可要息怒消火，小子还不得奉阎王爷的命，捎阎王爷的话。阎王爷命令钟大人即刻赶赴阎罗殿，有要事相商。"

"阎罗殿不过一个空殿，不都脚底抹油逃走溜光了？还会有何等要事相商？"

"阎王爷早就安顿妥当阎罗殿的日常打理。这回小子随阎王爷从天山瑶池一道动身，估摸着此刻，阎王爷已经赶到阎罗殿。至于相商何等要事，小子哪敢妄议，也从未听阎王爷提及。"

"相商要事？无非冲本尊的昆仑剑而来。"

外八跃跃欲试："肯定冲着钟相公您的昆仑剑。听罗圈讲，天地三界早已传开，鸡冠山上，唯有钟相公险些得手，凭着神器护佑，才得以全身而退。"

钟馗扫了一眼罗圈，未搭腔。

罗圈不得已开口道："天地三界传遍钟相公的丰功伟绩。据说在瑶池九九重阳百果宴上，玉皇大帝王母娘娘亲口托付阎王爷赶紧召见钟相公呢。钟相公，您想想看，当下要事，除了九阳，还会有甚？"

钟馗回想起嫦娥盯着自个儿的奇怪眼神，看来传闻句句属实，心中不禁暗喜："闲话休讲，本尊尚有急务在身，料理完之后自会赶赴阎罗殿。罗圈你自个儿在此等候本尊，还是先行赶回阎罗殿回话？"

"钟大人既然急务在身，小子打算先行撤去，提前在阎王爷面前替钟大人圆上几句，有个交代。"

"哪有那么多闲工夫。圆一声，不圆一声，你小子自个儿的事儿。"

"小子明白，这就赶回阎罗殿去回话。"罗圈机灵透顶，滴水不漏。

"你小子给本尊记牢了，不得透露昆仑高原的一点一滴，只讲本尊不日即到。若是，嘿嘿，若是让本尊知晓你小子胡说八道，定让你尝尝昆仑剑的滋味。"钟馗微微点了点头，忖度罗圈捎来的话，看来，情形有所更张，天庭似有举措，该尽早告知包包蛊，顺便也会一会白眉毛博西盖。

"钟大人您就放一百个心，放一千个心吧。罗圈办事，您就瞧好了。"

钟馗指了指闸口巨石："还有外八，你小子老老实实地守在这里等候本尊，不得瞎走瞎撞。"

外八不失时机："小子晓得，就守住这里，哪儿也不去，更不会扯拽黑铁锁链。"

罗圈本想多说几句，看看没什么必要，这才作别，一揖到底。

外八上前扯住罗圈满眼不舍："哥哥要多多保重。"罗圈一把推开外八的手掌，单足点地，直奔阎罗殿而去。

第五十六章　雪山是福不是祸　雪崩是祸躲不过

冰川在等待，雪山在等待，昆仑高原在等待。

白眉毛博西盖一声令下，吐蕃鼠首领们分头率领各自部族全线铺开，不敢有丝毫懈怠。随着源源不断的驴马牛驼陆续加入会战，一座座水库，一道道闸口，如雨后春笋般出现在昆仑高原上。

吐蕃鼠大军继续马不停蹄地向昆仑高原深处挺进。

好运道不期而至，昆仑高原千年不化万年不消，冰冷如石坚韧似铁的冻土变得潮湿松软，极易刨挖。

白眉毛博西盖放眼一处即将竣工收尾的山坳闸口，禁不住得意扬扬，聊发一片豪情。是啊，在这亘古不变的昆仑高原，祖祖辈辈的吐蕃鼠生生不息，数十年如一日，老天襄助，好运连连。扪心自问，只有当下所作所为，前无吐蕃鼠先辈，后无吐蕃鼠子孙，感天动地，泽被天地三界内外，拯救生灵活物，留下希望。白眉毛博西盖想着想着脸上浮起笑意，忽见一坨白影从天而降，"嗖嗖"的冷风扇得他打了一串寒战。

"包包大侠。"白眉毛博西盖喜不自禁。

包包蝠扑腾了几下翅膀，收拢夹紧，侧过圆圆的大脑袋，用尖嘴啄一啄，理顺支棱在外的几根羽毛："白眉毛博西盖，辛苦你了！"

白眉毛博西盖大声嚷嚷："趁着好运连连，最好立刻驱使新近补强的驴马牛驼一鼓作气深入腹地。"

包包蝠一边听，一边用两只脚爪不停地踩踏松软的冻土，趾尖戳入浮土后又刮刨了几下，昂起圆脑袋，扑闪着金色的大眼睛，扫视远山的皑皑积雪，望着大片的冰川和冰盖，脸色凝重。

"包包大侠，老朽的打算究竟如何？"

"打算？打算？稍等等，稍等等。"包包蚩盯着远山。

"包包大侠，你瞧脚下的冻土，原先跟磐石一样坚硬，如今变得松软，而且，白昼渐长，黑夜无黑，如此好运道，正好可以夜以继日连轴转。"

"冻土松软，黑夜无黑，利于赶工。不过，你可知冻土为何松软？黑夜为何无黑？你可知所谓好运道从何而来？"

"管它冻土为何松软，黑夜为何无黑，老朽走到哪里，好运道就跟来哪里。"

"听上去似乎像那么回事儿，但经不起推敲呀。"包包蚩一脸认真。

"为何经不起推敲？自打包包大侠电光石火间搭救了老朽，随天意选定赤狐做点心，至此，好运道便如影随形，跟定了老朽。"

"并无那般神奇，当时饿得前胸贴后背，饿昏了头，瞧着高原赤狐够大够肥，足够吃个饱。"

"岂不正是老朽的好运道？"

"细细一想，不由得不信。这昆仑高原实在神奇。我包包蚩鬼使神差就飞来这里，选定了高原赤狐，搭救并结识了你白眉毛博西盖，得到众多吐蕃鼠的倾力相助，灵光乍现奇思妙想，从此开启了修筑水库建造闸口的神圣使命。机缘巧合，命数注定，神奇之处，不胜枚举。诸多的鬼使神差一环一环紧紧相扣，但凡其中任何一个环节出了岔子，岂有当下之局面？"

"神奇之极的昆仑高原，万源之源的昆仑高原。"

"说得妙极了，万源之源的昆仑高原。"包包蚩点点头，"言归正传，这冻土松软，黑夜无黑，的确与好运道无关，实在另有原委。"

"好吧，请包包大侠赐教，老朽洗耳恭听。"

"近来，遥远的东方翻了天，覆了地。万千年前大神后羿射落的第九个太阳，九阳，不知何故，沉渣泛起，一举掀翻蓬莱仙山，踏琅琊，踩泰山，一路西侵寻仇。天地之间，三界内外又多出一个大太阳。"

"那就是说，天上有两个大太阳？怪不得冻土松软，黑夜无黑，难道拜这个九阳所赐？"

"的确如此。"

"可惜大神后羿鞠躬尽瘁力竭而亡，若是再世，只需张弓搭箭将九阳射落，不就得了。"

"你也知晓后羿射日？"包包蛊一脸惊诧。

白眉毛博西盖眼珠子滴溜溜转个不停，随口哼出顺口溜：

> 大神后羿美名扬，
> 射落九个大太阳。
> 忠贞不渝数嫦娥，
> 葬夫昆仑高岗上。

"钟馗提及的后羿射日，嫦娥葬夫，与你口中的竟无两样。"包包蛊扑闪着金色大眼睛。

"钟馗？何方神圣？"白眉毛博西盖追问道。

"海麦斯新近结识的同道好朋友。"

"难道钟馗也知晓大神后羿和嫦娥？"

"对的，后羿射日和嫦娥葬夫，正是钟馗告诉我的。"

"一模一样？"

"一模一样。"

"怪不得说是同道好朋友呢。"白眉毛博西盖点点头。

"听我接着说，好不好？最初我包包蛊不晓得为何天地之间三界内外到处弥漫着光和热，盘算着飞一趟东方去探寻白光之源，不曾料到，中途受阻没能成行。好在巧遇钟馗赶过来，这才惊闻东方巨变，九阳复出，光热和干旱席卷天地三界。"

"难不成九阳便是那个大灾祸？"白眉毛博西盖张嘴露出两颗发黄的大板牙。

"尊敬的白眉毛博西盖，不恭维地讲，你实在聪明绝顶，怪不得稳坐长老宝座。没错，九阳正是那个大灾祸。"

听到包包蛊的溢美之词，白眉毛博西盖两眼放出光来，习惯地拍着自个儿的胸脯："看来，我等众多同道要行大神后羿之责，要替大神后羿消灭九阳。这就是包包大侠你曾说过的，拯救生灵活物，留下希望。"

"大神后羿，逝者已逝，不要再去指望他。唯有上天拣选的你我同道们，共同行此大义。"

"不得不说昆仑高原是万源之源。包包大侠，虽说大神后羿已逝，嫦娥远居月宫，但她仍然与昆仑高原有着盘根错节的渊源。老朽时不时就听见小喽啰们叽叽咕咕，说是月圆之夜，他们常常在湖边、草坡、山脊上撞见祭奠大神后羿的嫦娥呢。"

"当真撞见嫦娥？后羿的孀妻？会不会误将山中女妖错认嫦娥？"包包蚩瞪着金色的大眼睛，瓮声瓮气狐疑地问道。

"并不是这样。嫦娥总是面对着雪峰和湖水，祭拜施礼，念念有词，祭奠完毕后，清扫祭所，不留痕迹，翩然飞奔月宫而去。月宫里还会有谁？"

"钟馗也曾提到嫦娥孀居月宫，心如古井。"

"不过，嫦娥神秘莫测，祭无定所，拜无定式。"

"这又为何？"包包蚩有些奇怪。

"万千年来，或许大神后羿与昆仑高原早已融为一体。这里的每一座雪山，每一处湖泊，每一捧泥土，每一棵树，每一株草，都有着大神后羿的影子。"

"但愿大神后羿遥助你我等同道一臂之力。"

"是呀，若是指望后羿再世射落九阳，一厢情愿罢了。"

"两个太阳，时局危急，冻土松软，黑夜无黑，有利必有弊。您想想看，白光之下，冰川积雪逐渐消融松动，若是雪崩从山巅冲下来，这些水库闸口，数十年的辛苦，岂不毁于一旦？"

"包包大侠提醒及时，是得为雪崩做些准备。嘿嘿，我吐蕃鼠自有躲避雪崩的高招。您包包大侠就瞧好了。"

"钻入洞中，一躲了之，可水库和闸口如何躲避？总不至于眼睁睁瞧着水库闸口被冲毁吧？"

"水库和闸口，实难承受雪崩的冲击。"

"忙活了这么多年，修筑水库，建造闸口只是为了对付九阳大灾祸。眼下九阳现身，大灾祸已到，还没来得及面对面地决战，他的光和热已渗透到昆仑高原腹地，催发昆仑雪崩，不费吹灰之力冲毁水库闸口，难道是上天之意？"

"这可如何是好？"白眉毛博西盖嗓音嘶哑，毕竟在昆仑督造水库如此之久，

387

一片赤血丹心，岂容一朝俱废。

原本抱定的以昆仑对九阳的决心在焦虑中动摇起来，包包蛊不由得闭起金色的大眼睛，无奈地自言自语道："我包包蛊以昆仑对九阳，占尽天时地利与众和，九阳却弹指之间反以昆仑对昆仑，以光和热，以昆仑雪崩毁我昆仑高原，毁我水库闸口，毁我昆仑巨浪，匪夷所思，实在是高呀！"

"包包大侠，休急，老朽自有愚见，且听慢慢道来。"

"快说，快说，"包包蛊金色的大眼睛又一次布满血丝。

"我吐蕃鼠家族，深挖洞以安居，广积粮以繁衍。山坡高岗，谷底湖边，地洞无数，迂回穿插。往常每遇雪崩，不看天不听风。凭脚爪，凭耳朵，便可提前感知大地深处和高山之巅的轻微颤动，也可提前感知冰川积雪断裂垮塌前的细碎声响，一传十，十传百，提前知晓雪崩，易如反掌。"

"也就是说，你白眉毛博西盖可提前预知雪崩？"

"那可是咱吐蕃鼠看家的本领呢。"白眉毛博西盖兴奋地高举小手，想要和包包蛊击翅相庆。

"提前预判雪崩，没有谁能赶得上吐蕃鼠。可如何阻止雪崩，改变雪崩的方向，最终保住水库闸口才是重中之重！"

白眉毛博西盖无趣地收回半空中的小手。

包包蛊不理不睬，低头盯着脚下："大地在颤抖，雪崩快要来到？"

"包包大侠，请别一惊一乍的，您有翅膀天上飞，天上的事儿您说了算。这脚下的事儿，老朽可就更清楚。方才大地的颤抖，要么是巨石滚山坡，要么是砍伐的大树顺山倒。雪崩带来的颤抖，由远及近，由弱到强，先是横起，然后竖向，上下颠簸，左右摇晃，不消一句话的工夫，雪花冰晶就会飞到眼前，好像万马奔腾。高原上许多活物，大多难以幸免只得认栽。"

"当真灵验？"

"灵验得很！"白眉毛博西盖自信满满。

"听，快听，有动静。"包包蛊抬眼望向雪山。

"雪崩，雪崩，快了快了。"不等白眉毛博西盖说完，包包蛊如一道白色闪电，直飞天际，瞬间无影无踪。

第五十七章　雪崩计将安出　巨浪指日可待

　　却说钟馗意料之外碰见罗圈，难免喟叹世事难料，常情无常。口吐莲花的罗圈早非往日罗圈，不仅捎来阎王爷口谕，传言玉帝王母钦点本尊一把，继而又说阎王爷阎罗殿里亲候本尊，甚至想着帮衬本尊，在阎王爷面前美言几句。吃不准，猜不透不晓得哪句实，哪句虚，不敢不信，不敢全信，却又不得不信，五迷三道，恰似打翻五味瓶。

　　毋庸置疑，此番，肯定是冲着本尊的昆仑剑而来。不论阎王爷稳坐阎罗殿，还是偏安玉虚宫，一双黑手牢牢操控着钓鱼竿和线轱辘。自个儿说到底，就是那咬钩的鱼任你游，就是那放飞的纸鸢任你飞，任你跳腾得有多欢实，只需提提鱼竿，扯扯线头，或松或紧，全凭阎王爷手头举重若轻的拿捏。瞧不见鱼竿和线轱辘，瞧不见钓线和绳索，看似无形，实则已将我钟馗的心头肉凿穿了洞，系紧扎牢，绑得结结实实。

　　钟馗一边飞，一边思量和琢磨，时而犹豫彷徨，时而果断决绝。若拘泥于眼前的鸡零狗碎，斤斤计较于小节和点滴得失，岂不是置天地三界于不顾，置凛凛大义于不顾？

　　偌大的昆仑高原腹地，哪里去找寻包包蛊和白眉毛博西盖？总不至于一座座水库，一处处工地瞎转悠吧。

　　白光肆虐下的昆仑高原一览无余，清晰可辨。

　　湖泊，水库，冰川，雪峰闪着森森白光。日盛一日的白光使得昆仑高原腹地永冻的冰川和积雪逐渐消融。迎面吹来的打头风失却了干冷酷寒，透出一股潮湿的气息。半空中的钟馗察觉不对劲儿，不禁蹙起黑眉头，若是照这样下去，白光深入水汽不断蒸腾，莽莽昆仑数以亿万计的雪山冰川陆续地松动垮塌，那么，千千万万个水库和堤坝必定首当其冲，顷刻间陷于险境。想到不堪后果，钟馗脑门惊出一层细密的汗珠，混合着湿漉漉的水汽，黏黏糊糊，外冷内热。

不等钟馗揩去脑门上的冷汗，就听见脚下传来阵阵轰鸣。

钟馗低头定睛望去，只见雪山之巅一处吊挂起来的巨大的积雪冰溜子，斧劈般齐刷刷地断裂开来，砸向山脊陡坡，沿途激起雪崩荡起雪雾，裹挟起巨石碎沙和树木，翻滚呼啸着冲向平缓的谷底。

"危险！"钟馗大叫一声。

冷不丁耳后也传来一声"危险"！

原以为是山谷回音。还没来得及多想，自下而上的雪雾冰晶已扑面涌来。

钟馗抬腿就往高处飞，避开湿冷的雪雾，却不曾料到自个儿的肩膀已被什么东西牢牢按定，动弹不得。钟馗不由分说，心头闪过一丝不祥，顺嘴带出一句"不好"，俯下身子，就想摆脱锁肩，伸手抽剑，可黑手硬生生地被隔开，压根摸不到剑柄。突遭暗算，钟馗准备拼尽全力，来个鱼死网破。

但听得"噗嗤"一声笑。

钟馗听到笑声，扭头一瞧，不看不打紧，一看心欢喜。不晓得何时，包包蛊神不知鬼不觉竟悄悄地躲在自个儿身后，和自个儿一同瞧了一场雪崩大戏。

"赶紧的，将你的翅尖从本尊肩头拿开。"钟馗佯装生气。

"看你如此专注，若使坏，保不定昆仑剑就被偷跑了，你还蒙在鼓里呢。"包包蛊瓮声瓮气地调侃道："怎么又来本尊本尊？可否丢弃生厌的三六九等？"

钟馗黑脸微微一红，轻拍一下隔开剑柄的另一只翅尖："难道还要谢你不成？怪只怪自个儿瞧着雪崩，太过惊心，想入非非罢了。"

"此时此刻，想入非非？"

"千万不可小瞧呀。幸亏这次雪崩冲进的是荒凉的谷底，而不是冲进水库湖泊。平心而论，白眉毛博西盖没有选择在该处山谷修库筑坝，实属老谋深算。不过，若是论及雪崩垮塌之势，真得不可阻挡，但其势其力当可为我所用。正琢磨间，却被你搅扰。"

"我包包蛊正是听闻雪山异动和异响，才匆忙赶了过来。"

"时不我待，此趟前来，我钟馗确有要事相商呢。"

"太好了，一同去见白眉毛博西盖吧。"包包蛊递来自己的翅尖："握牢了，别松手。"

"作甚?"钟馗眼露不解,抬起黑手捏了捏包包蛊洁白的翅尖。

"捏痛了。别太使劲,握紧就好呀。"包包蛊盯着自己被捏扁的翅尖:"带你一同飞,免得跟不上迷了路,耽误事儿。"

"你嫌我钟馗跟不上,飞得慢?将你的翅尖快快收起,省省心吧!"

"可我包包蛊确实怕耽误事儿。你听,这脚下的雪山雪峰还在隐隐作响呢。赶紧握住了。"包包蛊催促着,再一次将翅尖递过来。

"难道非要比试比试?你包包蛊才肯相信?"钟馗一巴掌扇开翅尖。

"这可是你钟馗说的要比试比试。好,那就比试,比试。"话音未落,白色的闪电拖着长调,一个侧身,振翅向昆仑高原腹地飞去。

钟馗干着急,没法子,只好屏气盯牢包包蛊,尾随其后。包包蛊在前头猛地来个俯冲,延展双翅向下低空滑翔,钟馗紧紧跟着,不敢怠慢。直到落地的一瞬间,包包蛊才减缓力道,驾轻就熟地扇动翅膀,卷起一片尘土,扬起无数枯败的松针。钟馗只得眯缝眼睛,护好鼻孔掩着嘴,急吼吼地落下去,却因冲劲过大,收脚不住,向前踉跄着被什么东西磕绊了一下,直愣愣地摔了出去。

"哈哈,哈哈!"身后的包包蛊开怀大笑。

钟馗一路上就对包包蛊憋了一肚子火,不打招呼不守规矩提前飞,这会儿,自个儿不小心摔了一跤,他又在那里哈哈大笑。钟馗本想爆句粗口,可身子底下突然传来一个声音:"压死老朽了,快快起身!"

钟馗大吃一惊,连忙双掌撑地,一拍而起,向后直退三五步,这才立定。

"哈哈,就这样的见面,这样的拥抱,不晓得何方礼数?"包包蛊不停地奚落着。

钟馗懒得搭理包包蛊无聊的调侃,想起刚才身子下面似乎压着一个毛茸茸的大家伙,于是上前两步,低头望去,只见一只须发皆白的吐蕃鼠正坐在松软的冻土上,一下下揉着老腰,一个劲儿地哼哼唧唧。

"实在抱歉,无心冲撞了老前辈,钟馗这厢赔罪了。"钟馗暗想自个儿这副结实的身板,又冲又撞又压的,千万可别伤着他呀。

"哎哟哟,就这样让老前辈白眉毛博西盖坐在地上接受你钟馗的赔罪?"包包虻说着伸出翅尖，一把拉起白眉毛博西盖。

"你就是大名鼎鼎的白眉毛博西盖啊。"

听到钟馗说自己大名鼎鼎，白眉毛博西盖喜笑颜开，忘记了刚才尴尬的一幕："包包大侠在老朽跟前提到过你钟馗。让老朽细细瞧瞧，欧，真够黑的。"

"没伤着你吧?"钟馗语气里满是愧疚。

"老朽身子骨硬朗得很，没那么娇贵，这厚厚的松针垫在下面，没什么大碍。"白眉毛博西盖拍拍自己的大肥臀。

"没伤着你就好，不过，怪只怪他，都是包包虻卷起的尘土和枯叶遮了眼，不曾留意到你。"钟馗指着包包虻。

"怪我好了，这一路你倒是跟得紧，确实刮目相看呀。"

"令你刮目相看的地方多了去了，你就慢慢刮目吧!"钟馗占理嘴上不吃亏。

"别争了，要怪就怪老朽待的不是地方，站的不是地方，等的更不是地方。大家别争来争去的，说点正经事儿吧。"

钟馗包包虻面面相觑。

"这冻土又松又软，绝非好兆头。"钟馗一脸严肃。

"刚才我俩亲眼见识了一场雪崩。"包包虻补上一句。

"冻土松软有利于更快更多地修筑水库和闸口，可是也会导致冰川积雪的消融，也就预示着雪崩近在眼前。"白眉毛博西盖瞧瞧包包虻，再瞧瞧钟馗。

"是呀，这一路飞来，大大小小的水库和闸口不计其数，这是多少年的心血呀。但冰川积雪消融松动，一旦触发雪崩，这些水库和闸口顷刻间将被冲毁。"钟馗似乎看见此起彼伏的溃坝决堤，惨不忍睹。

"好在白眉毛博西盖自有高招，可提前预知雪崩。"包包虻点头。

"是呀，包在老朽身上，老朽的预判准得很，从未失过手呢。"白眉毛博西盖擂得小胸脯"啪啪"作响。

"预判雪崩，提前预警，有利于防备，却无法消除雪崩，阻止雪崩，更无法改变雪崩的方向。按照常理，求个自保，无可厚非。雪崩滑落在干涸的谷底，当属极好的运道，恰如方才亲历的雪崩，未曾给水库堤坝带去威胁，但最担心的莫过于雪崩冲下山去直接砸进水库。只需冲破三五座水库，三五处堤坝，必将波及下游千千万万个水库湖泊，形同大盘散沙，一发而不可收拾，前功将尽弃。"钟馗侃侃而谈。

"说得在理。我吐蕃鼠预判雪崩，唯求自保而已。若要阻止并消除雪崩，无能为力呀。"白眉毛博西盖说完望了一眼包包蛊。

"的确危急万分，如果雪崩频发，不堪设想呀。"包包蛊抬头仰望着天际的白光。

钟馗不以为然："那要看时机是否对应天机。"

"时机对应天机？"包包蛊满脸困惑。

"是的，时机天机，天机时机。"钟馗也抬起头看着漫天的森森白光。

"糊涂，有些糊涂。"白眉毛博西盖摇摇小脑袋，紧跟着扬起小脸望向天空。

"记得包包蛊你曾经说过，九阳就是大灾祸，现如今首当其冲要共同应对大灾祸。大家看看，先除九阳，而后放水东流？还是先放水东流，灭其威风，减其光热，再除九阳？抑或放水和斩灭，齐头并进？"钟馗提出心中所想。

"先灭九阳后放水，不可行，毕竟尚无一招制敌的万全之策。因而，只可齐头并进或先放水后斩灭。"包包蛊瓮声瓮气地说出自己的想法。

"所见略同，腰间昆仑剑并无一招制敌的完全把握，只可竭尽昆仑之力对付九阳，方可奏效，也说不准。"钟馗点点头。

"是呀，大灾祸已到，大难已不远，还需顾及九阳那两个打手，黑老雕和恶犬，"包包蛊心虚地瞧了一眼钟馗，"不晓得九阳是否招募新的鹰犬为虎作伥，充当打手和先锋？那将更难对付。"

钟馗上前将黑手放在包包蛊洁白无瑕的脑门上："没有发热发昏吧？那些鹰犬有甚可怕？不过乌合之众，来一个灭一个，来一对灭一双，定叫它有来无回。"说着，钟馗的黑手在包包蛊的脑袋上来来回回乱撸一气。

"我包包蛊一切正常，请将你的黑手拿开好不好？"

白眉毛博西盖凑热闹："我相信包包大侠，相信包包大侠。"

"好了好了，时机天机也，天机时机也，在正确的时点做正确的事儿，便是时机天机。依我钟馗愚见，眼下这白光势头，若是被动地等待，等来的极有可能将是自毁前程。此刻，应该顺应天时，用足地利，先放水，拯救惨遭涂炭的天地三界的生灵活物，消光减热，杀杀九阳锋锐，而后再行图之。"

"是呀，瞧这白光势头，我们可以一味等下去，但雪崩不会等呀。看来只得先行放水，先解难济困再说。"白眉毛博西盖点了点头。

"既然先放水，必须依照白眉毛博西盖的预判来行事，早不得，也晚不得。"钟馗提醒道。

"那是当然。"包包蛊欣然点头。

钟馗清了清嗓子："方才瞧着雪崩的时候就已经胸有成竹，却被你包包蛊从中拦腰作梗，原本胸中的参天大竹就此变回山间小竹笋。"

"别再卖关子了，好不好？"

钟馗这才板起黑面孔，一本正经地说道："俗话说，雨借风势，水随山势。早放巨浪等于未借足山势；若放迟了，则山势已过，水库闸口尽毁。唯有用足山势！所谓山势便是雪崩。动员所有驴马牛驼和所有吐蕃鼠，静候冰川冰盖和山巅积雪消融。照此白光侵蚀，昆仑腹地的冰川冰盖和高山积雪，必将加快消融。只待大地战栗，万千的冰川冰盖垮塌倾泻，将会有万千雪崩砸向水库和湖泊，在昆仑高原腹地最深处的数百个水库湖泊中激荡起冲天巨浪。就在冲天巨浪排山倒海地冲刷过来，即将翻越堤坝并冲毁堤坝时，说时迟那时快，一声令下开启闸口，就让这数百个水库湖泊喷涌而出的水龙与冲天巨浪合二为一，自上而下，由高到低，扑向下游紧邻的水库湖泊。依序号令，逐层开闸，直到万千的水库和湖泊，万千的水龙和巨浪汇聚成滚滚洪流，从腹地冲向外围，从高原冲向丘陵，冲向平原，从昆仑高原浩浩荡荡一路向东，横扫而去，水漫中原，气吞东方。"

白眉毛博西盖失神地睁大眼睛："老朽仿佛看见那滔天巨浪荡涤焦渴的大地，到处蒸腾起滚滚黄尘。巨浪会淹没吞噬无数的生灵活物呀！"

"为有牺牲多壮志，敢教生灵留希望，那就是拯救，活下去就是希望。这就是包包蛊你曾经说过的'干旱将毁灭你们，我会拯救你们，留下希望'。"

"牺牲在所难免，开弓绝无回头箭。不管昆仑巨浪消减了九阳的几成光和热，眼下毕竟只有你钟馗的昆仑剑近得了九阳之身啊！上回差一点得手，后面大用场就只有依靠你，依靠你的昆仑剑啊。"包包蛊金色的大眼睛若有所思。

"是的，一定会有大用场。但结局究竟如何，实难论断。"

"那可如何是好？"白眉毛博西盖在自问，又像是在询问。

"做事在你我，成事却在天。记得娘亲总挂嘴边的那句话，死马就当活马医，那也是说不准的事儿呢。"

"那么，骡子呢？死骡可否当活骡医？"包包蛊念念不忘大块头的骡子。

"还想着拦腰作梗不成？"

"骡子就是比马和牛力气大，就是有些倔，不大听使唤。"白眉毛博西盖毫无眼色硬打岔。

钟馗不理不睬，喃喃自语："并非骑虎难下，假使真骑上虎背，又该怎样？做也得做，不做也得做，既然必做，何不响当当做出一番伟业？共同做出一番惊天地泣三界之壮举？"

"说得好！"包包蛊和白眉毛博西盖异口同声。

钟馗似乎从遐思中折返回来："包包蛊你可记得我曾经说过，要等一位远道而来的朋友？"

"当然记得。"

"不仅来了一位远方朋友，而且另有不速之客。"

"不速之客？"

"说来也算老相识。这个老相识捎来天庭鬼域的口信儿，命我钟馗火速赶去赴约，八九不离十，定是为九阳。"

包包蛊和白眉毛博西盖眼睛睁得滴溜溜圆。

"刀山也得上，火海也得入。我钟馗命贱或命贵在此一搏，绝不坐等错过时机与天机！绝不坐等十八层地狱敞开大门！更不会，哼哼，更不会心系旁骛被羁绊！"钟馗眼神坚毅。

"我包包蛊也将生死交上天！"包包蛊指天为誓。

"老朽岂能苟且又偷生？"白眉毛博西盖信誓旦旦。

"冥冥注定，在剑气血光中撞见海麦斯，在昆仑高原上结识包包蛊和白眉毛博西盖，是我钟馗无上的荣光。如今刻不容缓，我钟馗唯愿包包蛊在昆仑高原上通盘地掌控全局。白眉毛博西盖和我钟馗各自分头行动。白眉毛博西盖凭借洞察和预判，全力以赴，枕戈待旦，莫失时机和天机，静待雪崩，借足山势即可。我钟馗就此出发前往东方，静候昆仑高原的滔天巨浪，全力准备着与九阳决一死战。至于，至于，天庭鬼域的如意算盘，且让他们自个儿慢慢去拨弄吧。"

"天地为证，唯此一拼！"包包蛊用翅尖按在钟馗的肩头上。

白眉毛博西盖上前踮起脚，拽着钟馗的大氅："刚来就走，也不缓一缓歇口气？"

"后会有期。"钟馗对包包蛊和白眉毛博西盖点点头，像一支黑色的箭矢消失在漫天的白光中。

第五十八章　黑钟馗赴死唯一死　可为不可为义高天

钟馗眨眼工夫便飞回堤坝闸口，见外八倚着巨石老实坐着，于是随口撂下两个字："跟上！"外八听到招呼一骨碌爬起身，嘴里忙不迭应承道："得令。"单腿点地，紧随其后。

前方九阳汹汹，白光日盛，后面冰川消融，雪崩在即。钟馗如芒在背，心中不停地盘算："外八，你说说看，阎王爷这次葫芦里究竟装着甚？"

"那还用说，指望钟大人去斩灭九阳呀。"

"如此简单？"

"鸡冠山上，唯有钟大人险些得手，天地三界谁不晓得？"

"奉玉帝旨意，阎王口谕，得手如何？失手又将怎样？"

"如果得手，玉帝龙颜大悦，阎王爷加官晋爵，钟大人位列仙尊，我和罗圈跟着钟大人沾光呀。"

"若要失手的话——"钟馗接着问道。

"不会失手的！"

"为何？"

"钟大人神器护体！"外八格外认真。

"说来说去，天地三界寄厚望于神器，而非本尊。神器不常有，而可供驱使的棋子万万千。阎王爷若是将昆仑剑褫夺，转赐其他仙尊，又将怎样？"

"那钟大人您该怎么办呢？"

"本尊问你，你却来反问。怎么办？又能怎么办？老老实实做个小鬼，做个棋子，阎罗殿里听命而已。只要不被打入十八层地狱，当属万幸。"钟馗在试探外八。

"要不，钟大人咱别去阎罗殿，行不？这回见到罗圈，只觉着怪，遮遮掩掩的，吞吞吐吐不利索。钟大人，别听罗圈的，咱不去阎罗殿了吧。"外八眼巴巴地瞧着钟馗。

"不去阎罗殿，你说说又该去往何方？"

"钟大人去哪里，小子就跟去哪里。"

"本尊去赴死，你小子也跟着？"

"钟大人总信不过小子。"外八急出眼泪花花，哽咽道，"小子当真跟着钟大人一同去赴死。"

"好了，好了，本尊在考验你，并无他意。"

"他们一个个高高在上，嘴上说得漂亮，却都急吼吼躲得老远。钟大人，不如小子也随您远走高飞吧，去哪儿都行，犯不着去赴死呀。"

"天降本尊昆仑剑，犹如天降大任于本尊，自有其不可言说之寓意。这副身板，这对铁肩，担得起或者担不起当前之大义，并非本尊一己私念所能左右。前途未卜，且行且斟酌，位卑如棋子如小鬼，岂敢转身脚底抹油一走了之，弃大义担当于不顾？"

"小子妄自揣测，实话实说而已。"

"火烧眉毛的时节，与其任由他们夺走神器趁火打劫，不如另辟蹊径，先行保住神器，日后自有用场。本尊无意远走高飞，但总能避得开躲得起吧。如今，表面上惦记着本尊，召唤本尊，谁不晓得惦记的只是这腰间昆仑剑，怀中的馗匣？外八，本尊打定主意，即刻前往海麦斯的藏身洞。"

"好嘞。"外八紧跟在钟馗后面，一同赶往海麦斯的藏身洞。

还是那条熟悉的大河，只是今非昔比，河水几近干涸。刺眼的白光下，山顶、崖壁、河谷，远处的丘陵，一片焦黄，了无人烟。钟馗瞧一眼洞口，心中一喜，海麦斯已经来过。记得上回离开时洞口无甚遮掩，钟馗一把扯开枯藤，轻轻触碰一下，藤蔓便发出"咔嚓咔嚓"的折断声，随即化作粉齑，纷纷扬扬地散落在深深的河谷中。

钟馗和外八鱼贯而入。白光作祟，洞中敞亮，靠近洞壁处堆满了大大小小的鱼干。"好一个海麦斯，洞中有鱼，心里不慌。"钟馗随口说道。

"可够好多时日，"外八低头嗅了嗅，"又臭又香，又香又臭，小子不吃海麦斯攒下的这些破玩意儿。"

"等到前胸贴后背，看你吃不吃？"

"海麦斯知晓钟馗大人要来这里？"外八好奇心起。

"海麦斯数日前从昆仑高原出发，前去东方打探九阳。这是他为自己准备的干粮，以备不时之需。瞧这情形，也不晓得海麦斯当下身在何处？"钟馗走近洞口手搭凉棚向外张望，白光着实刺眼，只好低头望向河谷。依然是熟悉而又陌生的河谷。河谷还是那条河谷，此刻寂寥无声，礁石还是那些礁石，泛起惨淡的白光。无水无浪无轰鸣，也无升腾的水雾和七彩的长虹。

钟馗扶着洞口石壁，一手握紧拳头，一下下捶打着胸膛，"咚咚"声在洞中回响，在河谷中回荡。外八不明就里，挨上前来，向外观瞧。

唯有钟馗心知肚明，河谷中太多的过往不堪回首。香娘娘的那颗心，停歇何处，仍在礁石缝隙中默默等待？兴许冲去下游归大海？或者业已葬身鱼腹也说不准。钟馗怔怔地望着河谷，慢慢地抬起头来，面向那片沙枣林，不久之前，那里曾经鸟语花香。

"钟大人，钟大人，您没事儿吧？"外八扯着钟馗的半截袖口。

"不会有事儿的。"钟馗收回心思，退回洞中，"本尊想起一事儿，出去一下。"

"去西口镇子吗？小子也想去看看。"

"外八，你守在洞里，千万别离开，静候本尊即可。"

"好吧，钟大人。"外八有点不情愿。

"万一海麦斯折返回来，转告海麦斯务必等着本尊。"

"海麦斯要来？就只有小子和海麦斯待在洞里？"外八牙咬得嘎嘣响。

"你外八何必与精灵过不去，大人不记小人过，陈年旧事儿，提它做甚？眼下情形危急，更得同舟共济。"

"小子遵命就是了，不提过往。"外八说着，将一条干鱼踩在脚下，来回磨蹭，拿鱼来解心头积恨。

"省省吧，给海麦斯多留些口粮，指不定何时也会应你我不时之需呢。你好歹跟了本尊这么久，轻重缓急，理应无须赘述。"

"小子老实待在洞里就是了，钟馗钟大人您可快去快回呀。"

钟馗拍拍外八的肩头，不再言语，转身跃出洞口，直奔那片沙枣林。

西口镇子，白光弥漫，人烟渺无踪，鸡犬不相闻，死一般寂静。倔老汉家那片院落就在脚下，当中那棵光秃秃的老槐树，像一根招魂的孤幡，见证过一家子的红红火火，也目睹过胡人吐蕃的累累恶行。终了，还目送着一家老小的背井离乡，即使已成干枝枯树，也曾见证过被钟馗一脚踢飞的功劳簿。但愿老树根深，避光隔热，尚存生机，只待昆仑巨浪，只待来春，便可起死回生，槐花缤纷。但愿倔老汉一家子此刻还安生。

随着周边镇子两脚羊的南下逃离，西部吐蕃，还有马背上来去如飞的北方胡人，无财可掠，无人可抢，估摸着早已散开各自奔命去了。

沙枣林，老地方，疮痍满目，荒凉遍野。钟馗顺手摸了一下黑鼻头，初识香娘娘，那尖利的刺，扎得可真痛。

风沙抹平了空地上的一个个树坑，远处挺立着一些枯死的沙枣树。白光中，热风里，树枝"呜呜"地发出嘶吼。早先成群的水鸟，大难临头之际，劳燕各自分飞。舍弃的黑色巢穴孤零零摇摇欲坠，诧异的是，树杈上那个最大最黑的鸟巢却纹丝不动。

钟馗略等了等，看看无甚动静，黑手按住昆仑剑的剑柄，冲着那个最大最黑的鸟巢朗声叫道："出来吧，别装了，赶紧过来乖乖受死！难道还要我钟馗一条条历数你犯下的恶行?"

"明雕不做暗事，从来不曾装过，这就飞过来，有话当面直说。"只见黑鸟巢"扑棱棱"整个儿腾空而起，面对着钟馗落定，然后一跛一跛朝前走了几步停了下来。

"不会为了医治跛足，特意在此专候本尊吧? 不如将另一只也削去半截，不就稳当了。"

"手下败将，被您的剑气所伤，落下残疾，任凭奚落。"黑老雕嘻嘻笑着，"钟馗钟大英雄，不打不相识。我家九爷让我黑老雕给您捎个口信儿。"

"且慢，你家九爷? 你家九爷该不会就是那个横空出世的九阳吧?"

"我家九爷说啥来着，钟馗绝顶聪明无双，英明神武不二，神剑配英雄，果然非您钟馗莫属。"

"大魔头九阳，成了你家九爷，口口声声夸赞本尊，居心何在？"

黑老雕长吁一口气："大魔头？如此难听的名号，我家九爷在钟大英雄嘴里竟变成大魔头，不可理喻。"

"天地三界危难，皆拜九阳所赐，不是大魔头又会是甚劳什子？保不定九阳还能成个济危纾困的大救星？"

"暂不论大魔头，还是大救星，我家九爷就一个意思，想结识您这样的大英雄，托不才捎来口信儿。"黑老雕鬼鬼祟祟地四处打量一番，压低嗓门："不晓得钟大英雄是否赏光，愿坐一神之下，万众之上的第二把交椅？"

"等等，等等，让本尊听明白了，招募本尊？让本尊跟着你黑老雕，伙同变节的哮天犬一起去做大魔头九阳的帮凶爪牙？"不等钟馗说完，黑老雕打断钟馗："怎么说得如此难听，又是帮凶，又是爪牙的，我黑老雕和犬弟跟着九爷干的是正经营生呀。将来说不定，我黑老雕还要依仗您钟大英雄栽培提拔呢。"

"哈哈，哈哈，天地三界无处落脚的一介小鬼，竟然被大魔头九阳高看一眼。哈哈，哈哈，意料之外，实出意料之外。"

黑老雕眼珠一转："未出意料之外，根本未出意料之外。鸡冠山大战之后，九爷多次夸赞钟大英雄的非凡能耐，而我黑老雕也曾当着九爷的面多次美言。九爷当即委派我黑老雕到处打听您钟大英雄的音讯。平心而论，我家九爷只想和您钟大英雄共同坐拥天地，共享共治三界内外。"

"先容本尊静静。先不去讲坐拥不坐拥，也不去管共治不共治，你小子，黑老雕，先回答本尊，如何知晓本尊要来这片沙枣林？偏偏就在此处等候本尊？"

"守株待兔。错错错，恭候大驾！恭候钟大英雄！"

"赶紧的，休想耍滑头。"

黑老雕东张西望一番，神秘兮兮地开口道："那个小妮子，您钟大英雄不会事过境迁忘得如此之快吧？还需我黑老雕再聒噪聒噪？钟大英雄，方才说过，明雕不做暗事，想当初，您拔出神剑一个劲儿追我赶我，不远不近，不就企盼着我黑老雕快快下手吗？我黑老雕猜得没错吧，当时那个心慌意乱，眼看就要累个半死，想想还是随了您的心愿吧，一不做二不休，狠狠一口啄出红心，可您钟大英

401

雄死活不给活路，被逼无奈，只好抛下小妮子，想着来个调虎离山之计。不信您不去接那个小妮子，我黑老雕则趁机可以逃脱剑气。不承想，钟大英雄神勇无比，半空中接住小妮子，一手紧紧搂住纤纤细腰，一手挥动神剑，眨眼便追到近前，砍伤我的脚爪爪。若不是小妮子的红心一同跌落，指不定就赔上了我黑老雕这条老命呀。好在钟大英雄怜香惜玉，调转头去追那颗红心，我黑老雕这才侥幸负痛逃得一条性命。对了，顺带问一句，钟大英雄，您追到那颗红心了吗？"

钟馗痴痴地杵在那里。那一幕幕，从黑老雕嘴里娓娓道出，如钢鞭一下下抽打自个儿的胸膛，如利刃一下下拨开划烂自个儿的旧伤疤。

"钟大英雄，最终追到那颗红心了吗？小妮子的红心，上面肯定镶嵌有我黑老雕的趾尖舍利子，不，该是趾尖遗骨，对，遗骨。"

钟馗哪里听得进去，缓了缓幽幽说道："休得信口雌黄，胡说八道。那颗心，那颗心，消失在了滚滚波涛中。"说着，一把握住剑柄，黑手微微颤抖。

"钟大英雄，我黑老雕可是一片好心，两国交战不斩来使。何况，有些事儿顺手帮忙而已，从未指望钟大英雄的谢意。这不，才肥着胆子来会您，也猜到钟大英雄迟早会来这片树林子。只捎个话儿，没啥别的意思呀，得罪之处，何必见怪黑老雕？您歇一歇喘口气儿，千万可别抽神剑呀。"

"坐拥天地，共享共治三界内外。本尊堂堂正正降妖除魔斩鬼除恶，如果与尔等为伍，本尊项上这颗黑头岂不遗臭万年？哼哼，你说得对，不斩来使，本尊还嫌血臭污了神剑。本次暂且饶过，下回绝不放过。回去快快转告九阳，休要白日做梦，看看这天，看看这地，天天白日白光，怪不得大白天做起了白日梦。"

"钟大英雄，您就不多想想？"

"有甚可想之处？赶紧从本尊眼皮子底下消失，否则别怪本尊不客气！本尊奉玉帝旨意和阎王口谕，相信汇集天地三界之力，不信赶不及大神后羿！"

"别嫌我黑老雕多嘴，少提后羿，指望后羿再世，省省心吧。再说了，钟大英雄您还不是得服从阎王？阎王还不是得听从天庭服从玉帝？在钟大英雄面前，明明摆着一神之下，万众之上的美差，却去做这没名没分的荒唐差事。功成，与您钟大英雄何干？兵败，全指望您钟大英雄背锅抵罪。将来有一天，您千万别后悔，曾几何时，有个大好机缘就摆在您面前，却没有珍惜，等到转眼失去才追悔莫及。最难最苦之事莫过于此呀，不会再来第二次机缘的，钟大英雄。"

"滚，再说一遍，滚！"

"这就滚，这就滚。"黑老雕龇牙咧嘴。

"昆仑剑不饮妖血不归鞘，赶紧滚蛋，难道还想见识一回？"

"这就滚蛋，这就滚蛋，还剩最后一句，最后一句，我家九爷在华山之巅候着您呢。"黑老雕说完，一溜烟飞走了。

钟馗望着渐飞渐远的小黑点，松开握住剑柄的黑手，掌心攥出一片湿汗。白光热风中，飘来一股鸟屎的臭味道。

第五十九章　香臭盖棺谁人执笔　古今颜面堪值几何

西岳华山，九阳盘踞。

巍巍东方，白光荼毒。

可怜长安城的小百姓，可怜终南镇子，可怜周边镇子的乡亲们，大多心存侥幸，不曾及时南下，直到如今见着棺材落下泪来，呼天抢地，已无能为力。那些粘贴在门板上的一张张浑身甲胄手执宝剑的门神，可降得了白光，除得了干旱？说一千道一万，即便逃离长安城，远离了故土，可曾逃得过白光，逃得过干旱？

此刻，钟馗，大唐皇帝老儿钦定的堂堂门神，独自站在废弃的枯树林子里发呆。刚才放过黑老雕，许其华山去报信。料想九阳听闻我钟馗竟视一神之下万众之上为草芥，必将恼羞成怒放出狠招。

钟馗审时度势，思忖再三，决定暂避洞中，不可轻举妄动，以免打草惊蛇。他在大氅上揩揩掌心攥出的冷汗，掉头直奔海麦斯的老巢。

老远瞧见外八在洞外悬着半个身子，正搭起凉棚向外张望："钟大人，您可回来了。"

"哎呦呦，本尊这才出去多久，半炷香的工夫，瞧把你小子给急的。"

"将近半个时辰呢。"外八一脸认真。

"半个时辰？最多吸溜一碗黄米稀饭。"

外八不再多言，靠着洞壁坐了下来。

钟馗留意到，外八已将山洞归置得干干净净，将一条条鱼干整齐地码放在洞口一侧，鱼腥味道不再那么熏呛。

"外八，你来一下。"

"好嘞。"

"顾不及歇息，你还需辛苦回去一趟。"

"钟大人，回去哪里？阎罗殿可不能回，阎王爷还惦记着您的昆仑剑呢。就让小子在这里陪您，好吧？"

"说话利索有长进。别慌，细听本尊道来。你外八无须赶回阎罗殿，也无须跑去玉虚宫，而是原路折返跑一趟昆仑高原，去最深处的昆仑腹地，给包包蛊和白眉毛博西盖捎去四句话。"

"就四句话？"

九阳华山久盘踞，

中土遍地皆焦土，

天机在即莫失机，

开闸巨浪需早图。

"又长又多，只怕记不全，记不牢。"外八皱起眉头。

"多大个事儿，使劲记住，拼命记牢。顺带一并转告，本尊蹲守海麦斯的山洞老巢，静观九阳一举一动。对了，就说遇见久违的跛脚黑老雕。"

"跛脚黑老雕？记住了，记牢了。"外八嘴唇上下翻飞，口中噼里啪啦，生怕记错出岔子。

"时日无多，途中不可耽搁。"

"可昆仑高原那么大那么深，遍地的水库湖泊，到处都是冰川积雪，如何寻见包包蛊呀。"

"先回那座堤坝。守着闸口巨石，晃晃黑铁锁链，千万不可太过用力，二杆子自会赶来盘问，你就直言告诉二杆子，你要十万火急面见包包蛊。"

"二杆子？小子明白。"外八略略停顿，"小子得空，可否也去水库岸边转悠转悠？"

"转悠转悠，哪来的闲情逸致？"

"万一碰到个仙姑呢。"外八满脸坏笑。

"哼哼，尽被你瞧入眼中。本尊上回遇见的可是嫦娥，千千岁万万岁的嫦娥，绝非乱七八糟的村姑女妖。若要论资排辈，够得上你奶奶的奶奶的奶奶的奶奶，无穷无尽，算不出辈份的。"

"小子亲眼瞧见她飞去月宫，就晓得必是嫦娥无疑。"外八认真起来。

"正事办完把话捎到了，得空爱去哪里转悠就去哪里转悠。"

"小子哪里都不转悠，只想骑骑海麦斯的脖颈子。"

"看来你小子胯好了，蛋也不痛了，才会想出这么个馊点子。"

"就骑一会儿。"外八觍着脸。

"想干坏事儿？"钟馗严肃起来，"本尊答应有何用？那得看海麦斯答不答应。休再瞎琢磨。"

"小子就想骑骑海麦斯的脖颈子。钟大人可得帮小子这个忙，就当是小子报个仇，今后再也不去计较了。"

"本尊记在心里头，赶紧上路吧。"

"这就去了，钟大人您自个儿多多保重。"外八转身拎起一条臭鱼干，揣入怀中。钟馗摆摆手，目送着外八向西天蹿去。

天地一片苍茫，白光泛起赭黄的雾霭，山川丘陵尽收眼底。钟馗身心疲惫，有些烦闷，脊背靠着洞口边缘，侧过身来缓缓坐下，迈开的一条腿支撑着架起手臂，另一条腿悬在洞外一下下地慢慢晃悠，黑脑袋斜倚洞壁，情不自禁地低声吟唱起来：

　　送你一枝沙枣花，
　　送你金色的沙枣花，
　　虽然比不过桃花的娇艳，
　　我的芬芳赛过她。

　　送你一枝沙枣花，
　　送你金色的沙枣花，
　　虽然看不见摸不到花香，
　　心爱的哥哥快来吻呀。

送你一枝沙枣花，

送你金色的沙枣花，

虽然刺儿尖尖地扎痛你，

肥美的枣儿快来尝吧。

一路走来，终于落得形单影只，成了个孤魂野鬼，孑然一身。

除却项上黑脑袋，不论昆仑剑与匣，三者之外，独剩颜面值几何。

考取功名，入仕为官，光宗耀祖，流芳百世，为颜面。

高头大马，锦衣昼行，响锣开道，前呼后拥，为颜面。

金銮殿里一命呜呼，一缕青烟，飘去奈何桥边，为颜面。

获青眼得神器，奉圣旨遵口谕，降妖除魔斩鬼除恶，但求位列仙尊，为颜面。

而如今，大魔头九阳不费吹灰之力，鹰犬开路，高歌西进，干旱肆虐，生灵涂炭。纵览天地之间，仿佛一张巨大的棋盘，一切闲杂消遁，状如两军对垒，一字排开。昆仑对九阳，九阳对昆仑，我钟馗摇身一变冲锋在前，响当当昆仑高原急先锋。环顾三界内外，可有谁堪担此重担，心甘情愿堪得此大任？

不过一死，已死过一回，知晓个中滋味，再死一回，死亦何足惜？当此危难，我钟馗不赴死，谁将去赴死？要么入地狱，本就该入地狱，区区十八层，刀山火海何足惧？当此危难，我钟馗不跳油锅，谁又将跳油锅？

钟馗血脉偾张，肩颈额头青筋暴凸，如同爬满一根根肥壮扭曲的雨后蚯蚓，闭上眼扪心自问："穷尽四书五经，遍览往圣绝学，意欲何往？意欲何求？"

无论此番去赴死，还是此番下地狱，如出一辙为颜面。争来抢去一张皮，表面看去光鲜，实则藏污纳垢。成也颜面，败也颜面，高高挂起累赘，弃若粪土自在。管它流芳还是遗臭，管它褒奖还是笑柄，管它毂轮还是螳臂，管它鸿毛还是五岳。闪念驱使，看谁执笔，翻云覆雨，盖棺难论，香臭轮回，能奈我何？

明知可为而为之，谓之势。

明知不可为而为之，谓之士。

明知必死而抱必死之志，唯杀身以成仁。

于天地之间立心，于三界内外立命，为万世开太平，为万物留希望。

降妖除魔斩鬼除恶，正道沧桑。初心受之与天，使命行天所行，听从心声，无问西东。

一阵突如其来的"咕咕""咕咕"惊醒了浑身大汗的钟馗，一只蓝莹莹的野鸽子踩在钟馗那麻木的臂弯处，嘴里衔着一根灰绿色的芨芨草。钟馗以为虚妄梦幻，睁眼定睛，千真万确。

野鸽子圆圆的眼睛望向钟馗，"咕咕""咕咕"不停地叫唤，钟馗伸手接过芨芨草，在嘴巴里嚼嚼，满嘴的苦涩。野鸽子"扑棱棱"振翅消失在无尽的白光黄尘中。

第六十章　君命难违不敢违　嫦娥无语守咒语

包包蛀和白眉毛博西盖一心扑在昆仑高原，关注着白光，留意着冰川。就在死等雪崩的节骨眼上，白眉毛博西盖从小喽啰处获悉，嫦娥有好几次现身二杆子把守的库区，似祭奠不似祭奠，似打探不似打探。虽说月宫嫦娥历来与昆仑高原相安无事，可事关不可泄露的重大天机。如此一反常态，不再转山换水，只认准二杆子的水库，频繁露面，实在匪夷所思。据传，随从其后的吴刚也不顾体统，来去不避耳目。

包包蛀听闻，扑闪着金色的大眼睛："必有原委。"

"老朽深以为是，东方九阳，原本后羿仇敌。昆仑高原，后羿落葬。仙姑嫦娥，后羿媚妻。难道有什么急茬秘而不宣？"白眉毛博西盖附和一句。

包包蛀提议道："必有隐情。你我一道去会会嫦娥吴刚如何？"

"这边昆仑深处怎离得开你我？万一雪崩，错过天机，贻误开闸，谁担待得起？况且还不知道嫦娥吴刚何时现身，总不至于守株待兔，海枯石烂吧。"

"看来只得兵分两路。"

"说得在理。"白眉毛博西盖点点头。

"你原地留守，我包包蛀速去速归。"

"包包大侠，你不认识嫦娥，嫦娥不认识你。猛然瞧见一个高白胖骚的包包大侠，还不得将嫦娥吓个半死。"

"不会，绝对不会，我包包蛀哪有那么可怕。"包包蛀狡辩道。

"先别急着下结论。如果嫦娥怀抱肥嘟嘟的玉兔，说不定你包包大侠两眼冒绿光，大口吞酸水呢。"

"咕咚，"包包蛀果真咽下一嘴口水，"兔子，肥嘟嘟的玉兔子，好久不识兔滋味，当真有兔肉吃？"

"看吧，老朽说什么来着，嫦娥视玉兔为己出，平日里百般呵护。嫦娥吴刚时时刻刻提防着那些打玉兔歪主意的不轨之徒。"

"我包包蛊如何成了不轨之徒？"

"老朽未曾说过，包包大侠千万别心虚呀。"

包包蛊点点头："说得有点道理，索性劳烦你白眉毛博西盖辛苦一趟，前去会会嫦娥吴刚。若是嫦娥久拖不来，干脆留下，就地指挥。"

"包包大侠你坚守昆仑腹地，在空中巡查，发现雪崩的蛛丝马迹，也可提前助得一臂之力。"

"天上有我包包蛊，地下有你吐蕃鼠，上下齐使劲，雪崩保准盯得紧。"

"可老朽并非鸟蛋孵化，自打在娘胎起，就不曾带着翅膀，如何快去快回？"

"来来来试一试，搂住脖颈子，别无他法。"包包蛊俯下洁白的胖大身躯。

"这这，不大合适吧？"白眉毛博西盖犹豫不前。

"别客气，别弄脏弄乱我的白毛。还有，骑上去不许放屁。"

白眉毛博西盖拍拍手，跺跺脚，前后拾掇利索了："恭敬不如从命，委屈包包大侠了。"不等白眉毛博西盖坐稳当了，包包蛊急不可耐，振翅高飞，飞入漫天白光中。白眉毛博西盖一个后仰差点滑落下来，慌乱中随手一撩紧紧揪住包包蛊脖颈子上的白毛。

包包蛊不怕阵阵钻心的痛，只怕白毛被扯脱露出肉肉来。

风驰电掣转瞬间便抵达二杆子所辖库区的堤坝闸口处。时间紧迫，包包蛊道声珍重，不容耽搁，转身往回赶。白眉毛博西盖被二杆子一众喽啰簇拥着离开堤坝，隐身在山坡树林中。

白眉毛博西盖耐心听完二杆子的聒噪，小手一挥，不带亲随，无须侍卫，独自绕过弯弯的山坳前往嫦娥频现的山脊处，挑中一棵大松柏，藏身在树后。左等不来，右等不来，忽听得堤坝闸口处传来阵阵吵闹。白眉毛博西盖潜伏在草棵子里，"噌"地蹿起一股怒火，恨不得这就冲过去痛骂一顿二杆子，明明知晓老朽暗中等候嫦娥，成事不足却败事有余。

只消片刻工夫，堤坝，水库，山坡，树林寂静如常。白眉毛博西盖焦躁地抬头仰望天空，白光犀利，潮气蒸腾，恍惚中根本瞧不见月亮的影子。怪就怪这个二杆子，口中尽是些八竿子打不着的事儿。此刻，若是雪崩不期而至轰隆隆砸下来，巨浪袭来，哪里顾得上嫦娥吴刚？开闸放水才是首当其冲的急务。

白眉毛博西盖等无可等，愈发着急起来，打算先去堤坝闸口处布置一下再回来。刚爬起来，半转过身，迈开的一条腿半悬空中还没落地，余光中就瞥见天上有动静，于是轻轻落下小腿，站定后扶着大松柏，蹑手蹑脚偷偷瞧。果然四个黑点飞奔而来，越变越大。再细瞧，正是嫦娥和吴刚，还有扁担上挂起的两只大木桶。

"别躲了，出来吧。"嫦娥细声细气。

白眉毛博西盖左顾右盼，发现只有自个儿正躲在树后，索性昂首挺胸大步跨出，弯腰长揖到底："昆仑高原吐蕃鼠长老，白眉毛博西盖这厢有礼。"

"吐蕃鼠长老？哪里？哎哟哟，愣没瞧见。"嫦娥一副大惊小怪的娇模样。

嫦娥千千岁万万岁，依旧如此娇滴滴！白眉毛博西盖直起腰身，暂且收起狐疑，正襟朗声问候道："远亲不如近邻。老朽白眉毛博西盖乃昆仑高原吐蕃鼠长老，对仙姑，对仙姑夫君大神后羿恭敬有加。昆仑与月亮，月亮与昆仑，既是远亲，更是近邻，万千年来，和睦共处，老朽这边问安仙姑。"

"奴家有礼。"

"老朽在此等候仙姑多时。"白眉毛博西盖开门见山。

嫦娥愣了一下："何故在此等候奴家？"说完，回头冲吴刚厉声呵斥，"有甚好瞧的，还不赶紧汲水挑回月宫？"吴刚二话不说，担起木桶径往山脊下的水岸边走去。

白眉毛博西盖清清嗓子："昆仑高原个个知晓仙姑月圆时分转山换水祭奠大神后羿。近来仙姑频频造访此处山脊，破天荒跟来吴刚。不祭奠只汲水，实出意料之外。想必仙姑或有难言之隐，故而老朽接报，匆匆赶来守望在此。毕竟月亮昆仑，互为邻里，或许可尽昆仑地主绵薄之力。"

"长老一席话，娓娓道来，滴水不漏，怪不得眉毛胡子白了个透。听这意思，难不成还想听听奴家的闺阁之隐？"

"愿说不愿说，且随仙姑意。只想略表地主之谊，实无他意。"白眉毛博西盖不卑不亢。

嫦娥听罢，火气不打一处来："谁稀罕你的地主之谊？谁愿意说给你听？老

411

娘想见的又不是你这个老家伙。"

白眉毛博西盖不紧不慢微微一笑："那么，仙姑想见何方贵客？"

"不关你吐蕃鼠的事儿。说给你听，枉费口舌。"嫦娥双唇紧闭不再言语。

"白跑一趟，白费周章。"白眉毛博西盖无趣地摇摇头，"打扰仙姑清静，老朽就此别过，但愿后会无期，后会无期。"白眉毛博西盖一语双关，话中带刺。

"稍等片刻。"嫦娥双唇微启。忽听得粗声粗气传来一句："有何吩咐？"只见吴刚挑着两大桶水傻愣愣地站在身后。"还在磨叽，快快赶回月宫，若是渴了玉兔掉根毛，旱了玉桂落片叶，看老娘如何整治你。对了，别忘了池塘锦鲤。"

"遵命！"憨憨的吴刚蹈空踏步直奔月宫而去。

白眉毛博西盖瞧见吴刚被训，事不关己，迈开腿脚准备离开。

"长老，请稍候片刻。"

白眉毛博西盖听得嫦娥口气变软，立住脚："仙姑，有话但说无妨。"

"白光进逼，越来越烈，昆仑湿气弥漫，冰川积雪正在消融，千千万万个湖泊，"嫦娥看了一眼白眉毛博西盖，"若是雪崩，前功尽弃。"

白眉毛博西盖赶紧上前两步，伸出小手来回晃动，不让嫦娥讲下去。

"放心吧，提个醒而已。白眉毛长老，奴家答应过钟馗，不会道破天机。"

"钟馗，仙姑认得钟馗？"白眉毛博西盖大吃一惊，"难道仙姑在等钟馗？"

"一面之交。"

"请仙姑相信白眉毛博西盖，老朽与钟馗皆同道。"

"奴家知晓，这些湖泊就为对付九阳所预备。"

"没错，数十年之准备。"白眉毛博西盖点点头。

"但愿湖泊助力，期待神器奏效，"嫦娥垂首片刻，低声自言自语，"斩灭九阳，奴家也就无须蒙羞，就不再有献祭九阳这一说。否则，如何叫奴家去见夫君啊？"颤声悲悲戚戚，泪水眼眶里打转。

"献祭九阳？如何告慰大神后羿在天之灵？"

"九阳寻仇，王母谗言，祭出奴家，以阻九阳。奴家娇弱之躯，毫无脱身之术，只能终日以泪洗面，呜呜，呜呜。"

"岂有此理。仙姑无须返回月宫，如果信得过老朽，请待在此处，保管没有谁敢碰仙姑一根小指头。仙姑可知晓，昆仑高原到处都在传扬大神后羿和仙姑的传说呢。"

"真的？"嫦娥泪眼婆娑。

"老朽从不打诳语，句句大实话。"

"奴家谢过长老美意。可天兵天将或迟或早赶来缉拿。若是这里的万千湖泊被天庭知晓，奴家答应过钟馗守口如瓶，岂不言而无信？哎，奴家命苦，指不定，天兵天将已在途中。长老，就此别过。"

"仙姑一走了之，可有其他交代？"白眉毛博西盖总觉得嫦娥似有遮掩，欲言又止。

嫦娥怔怔地瞧着白眉毛博西盖："奴家那可怜的夫君，临走留下几句话儿，叮嘱奴家务必记牢。奴家百思不得其解。本想匆匆赶来告知钟馗，不知可有机缘再见一面？"

"冰雪消融，雪崩在即，钟馗提前赶往东方，一时半会儿不得空闲。这可如何是好？仙姑可否告知老朽？再由老朽捎给钟馗。"

"后会有期。"嫦娥毅然决然，转身就要离去。

"且慢，看来仙姑信不过老朽，可老朽仍有几句闲话要告知仙姑，请细细思量。仙姑面前别无选择，当下返回月宫，实乃前途未卜。再来昆仑，再见钟馗，难上加难，几无可能。仙姑若要被迫献祭，月宫必换新主，一番拆洗一番新。何必带走大神后羿的嘱托？说出来，老朽自有法子转告钟馗。大神后羿在天之灵也会欣欣然。"

"好一个前途未卜，好一个必换新主。"嫦娥紧蹙眉头，低声喃喃。

白眉毛博西盖句句实话，字字如锥，左一锥右一锥似乎扎进嫦娥的心头里。

"若天庭不计后果，执意献祭仙姑，大神后羿的嘱托岂不一道带去献了祭？那么，老朽实在为仙姑的牺牲，也为大神后羿的嘱托灰飞烟灭而唏嘘痛心。"

"不要说了，不要说了，呜呜，呜呜。"嫦娥掩面抽泣。

"请让老朽把话说完，只此一句。仙姑，请留下大神后羿的嘱托吧，留下嘱托，就是留下希望，哪怕只留下一点点希望，但求不留一点点遗憾。"

嫦娥停下抽噎，仰面朝天："夫君啊夫君，难道你就眼睁睁忍心瞧着奴家被五花大绑送上祭坛，献供于你的大仇敌？帮帮奴家吧，难道你就不显显灵说上一句话？"四下里白光散漫，潮气氤氲，平缓的水波浅吟低唱。

"仙姑，大神后羿的默许就是最好的回话。"白眉毛博西盖见缝插针。

嫦娥摇摇头，点点头，再摇摇头，轻轻地揩去面颊上的泪痕。

"老朽请仙姑三思，若是斩灭九阳在先，仙姑自可免去献祭羞辱。因而，无论绵薄之力，还是蝼蚁之助，此刻当倾囊而出。"

嫦娥稍稍平复一下情绪，幽幽地说出一句话来："听天由命吧。"转身飘然而去。

"后会有期。"望着飞远的嫦娥，白眉毛博西盖更像是在自言自语。空荡荡的山脊上，只剩下白眉毛博西盖孤单的身影。

第六十一章　包包蚩坐镇腹地　博西盖把守外围

白眉毛博西盖目送着渐飞渐远的嫦娥，一边喟叹仙界之无常难料，一边感慨嫦娥之刁蛮乖张，正打算转身离去，山坡树林里"呼啦啦"冲下一大队吐蕃鼠守卫，打头的便是二杆子。

白眉毛博西盖心绪不佳，长吁一口气，顺嘴问道："你们都瞧见，都听见了？"

"启禀长老，瞧见却不曾听见。"

"真没听见？"白眉毛博西盖放心不下。

"只见嘴动弹，不知说些啥。那个嫦娥小娘子真真标致呀。"二杆子说着吞下一嘴口水。

"呵呵，小娘子？亏你小子想得出来。嫦娥仙姑，千千岁万万岁都不止。"

"瞧上去最多芳龄二八呀。"

听到二杆子夸赞嫦娥仙姑二八芳龄，白眉毛博西盖正色道："二杆子，休得白日做梦。不过呢，及时报告嫦娥行踪，先给你小子记个头功。记住了，当下头等要务，莫过于严防水库闸口，密切关注上游巨浪。包包大侠主内，坐镇昆仑腹地，只待雪崩，伺机开闸放水。本长老主外，就在此处坐镇，指挥昆仑外围。你们听好了，打足十二分精神，齐心协力，只待白光不再，重现昼夜交替，天变蓝，出星星，保得昆仑高原一如既往，咱吐蕃鼠自当功德圆满。"

"尊敬的长老，二杆子唯长老马首是瞻。"二杆子咧开三角嘴，露出两粒大板牙。

"本长老调度节制，你们一律听令行事。"

"睁大眼睛，竖起耳朵，等待上游巨浪，听从长老号令。"二杆子左右瞧瞧，"听明白了没有？""明白。"高原上空回荡着吐蕃鼠守卫们嘹亮的回答。

白眉毛博西盖不禁对二杆子高看一眼："赶紧挑选一些口齿利索，腿脚健硕的护卫，立即打发出去，沿着昆仑高原外围，将本长老的号令传递到周边毗邻的水库和湖泊，依次接力，不得延误和遗漏。确保每一座水库每一处湖泊都通晓号令，只待昆仑深处巨浪来袭，开闸放水。"

　　"得令。"二杆子雷厉风行，转过身去，点出一十二名得力护卫："你等就此赶回山上大本营，各挑选两位精壮助手，分头行动。北向三队，南向三队，西向横起铺开六队，共计一十二队，齐头并进。就说是奉白眉毛博西盖长老之号令，各自坚守岗位，共同等待巨浪，一鼓作气，一致行动。"二杆子话音刚落，点到名的一十二名吐蕃鼠守卫便快速地朝山上的大本营飞奔而去。

　　白眉毛博西盖赞赏地点点头："你，就你二杆子，陪同本长老去堤坝上巡视一圈。"

　　"尊敬的长老，山上还绑着一个细作呢。"二杆子冷不丁冒出一句。

　　"细作？山上有细作？"白眉毛博西盖不由得警觉起来，抬眼往山上望去。

　　"这个细作在堤坝闸口处鬼鬼祟祟。"

　　"难道开闸放水不成？"

　　"不等细作在堤坝闸口处胡来，小子们以迅雷不及掩耳盗铃之势将其活捉，绑得结结实实，谅他插翅也难飞。"

　　白眉毛博西盖恍然大悟："等等。问你小子，方才本长老正在此处恭候嫦娥仙姑大驾，忽听得你们咋咋呼呼，只为活捉细作？"

　　"启禀长老，正是。"

　　"走，过去瞧瞧。"

　　果不其然，过去一瞧，只见外八正在打盹，捆绑的绳索松松垮垮，蹭痒痒搓下来的松树皮散落一身一地。

　　"醒醒，快醒醒，我们长老有话问你。"二杆子上前脚蹬树干，勒紧绳索。

　　外八听到"长老"二字，打个激灵，睁开眼皮，身子往前一冲，震得大松树哗哗作响，落下不少松针和松塔。一个松塔不偏不倚"当"的一声砸中外八的脑壳，痛得他摇头晃脑，呜里哇啦瞎叫唤。

　　"快将嘴里的松籽取出来。"白眉毛博西盖命令二杆子。

二杆子抠出不少湿漉漉的松籽，转头说道："启禀长老：上回，小子瞧见他和巨蜥赶来不少驴马牛驼，后来跟着钟馗一道离开。这回见他独自返回，东张西望，大喊大叫不说，还扯动黑铁锁链，只怕要开闸放水，泄露天机，这还了得？当然了，也怕他吵到嫦娥仙姑，搅黄长老您的如意算盘，这才三下五除二捆绑起来，拿松籽堵住嘴，看他乱喊不乱喊。"

"我刚才说啥来着？二杆子，你就是不听，把我的嘴巴堵上，不让我开口说话。这趟专程捎来的可是钟大人火烧眉毛的口信儿。耽误大事儿，你二杆子担得起吗？嗯？"外八冲二杆子翻起白眼儿。

"谁叫你撼动锁链，大喊大叫？"

如此抬杠，没完没了。外八转头望向白眉毛博西盖："这位白眉毛长老想必就是白眉毛博西盖，一定见多识广，不似这个二杆子有眼无珠，听不进去好话，真该狠狠拾掇拾掇。"

"钟馗派你捎来口信儿？尊姓大名？"

"二杆子，快快松绑，哪有如此待客之道？"外八不依不饶。

"松绑，请说。"白眉毛博西盖老成持重。

"免尊，在下外八是也，钟大人给您和包包虫捎来四句口信儿。"外八戛然而止，望望二杆子，瞥瞥左右其他守卫，闭起嘴巴。

白眉毛博西盖瞧这架势，挥挥手："全退后，别碍眼。"

二杆子没得话说，张罗手下退出老远。

"不行，二杆子耳朵贼得很，还得更远些。"外八得寸进尺伺机折磨二杆子。

"还不躲远点。"白眉毛博西盖大声喝道。

外八这才凑近白眉毛博西盖，搜肠刮肚，低声说道："切记切记！'九阳华山久盘踞，中土遍地皆焦土，天机在即莫失机，开闸巨浪需早图。'顺带转告一声，钟大人蹲守海麦斯老巢，静观昆仑九阳的一举一动。"

白眉毛博西盖屏气凝神，猛然间听到"昆仑九阳"，不禁皱起白眉毛。

外八如释重负，重复一遍："嗯，钟大人捎来四句话，一字不差。好像，好像不大对劲儿，静观'昆仑九阳？'错了，应该是'华山九阳'，静观'华山九阳'的一举一动，妥妥的就这些。"

417

"如此说来，恰如先前的既定方略，昆仑巨浪宜早不宜迟。包包大侠坐镇昆仑腹地，只等天机雪崩。老朽坐镇昆仑外围，只等上游巨浪。哈哈，宜早不宜迟，冲出昆仑，横扫东方，相助钟馗出战。"白眉毛博西盖聊发豪情。

"口信儿已带到，外八就此告辞。"

"远道而来，有失待客之道。委屈你外八了，老朽替二杆子一并抱歉。不过老话说得好，不打不捆不相识，细作转眼成同道。"

"委屈就委屈，委屈不打紧，常常被委屈，委屈成习惯。只是不晓得，怎么转眼间，自个儿变成了细作？"外八抖落身上的松针和树皮。

"误会，一场误会而已，"白眉毛博西盖岔开话题，"回去告诉你家钟馗，就讲月亮上有位老朋友嫦娥仙姑，特意赶来见他，想对他说上几句大神后羿临终之嘱托，只肯说给他钟馗亲耳听。死活就是信不过老朽，不肯说给老朽听。"

外八竖起耳朵："就这些？"

"就这些。"

"小子差点疏忽大意，还请长老务必转告包包蚩。钟大人也遇见他的一位老朋友，跛脚黑老雕。"

"就这些？"

"就这些。"外八拍拍胸脯。

二杆子不晓得何时悄悄靠近过来，不明就里补上一句："外八壮士辛苦，这回多有得罪，还望不计前嫌，此去一路走好。"

听到二杆子称呼自个儿壮士，外八面露喜色，嘴上仍不肯饶过："下回也叫你尝尝绑在树上，松籽堵嘴的滋味，哼！"外八说归说，双手抱拳，一一作别，单腿点地，蹿入半空。

外八来去匆匆，虽说横遭二杆子一顿五花大绑，吃些皮肉之苦，好在不费周章地见到了白眉毛博西盖，将捎带的口信儿如愿交差。想到钟大人独自蹲守在山洞，也不知晓情形如何，于是急吼吼地告别白眉毛博西盖往回赶，不知不觉间，嘴皮子燎出不少火泡。

外八脚下不含糊，白光中风驰电掣向东疾行，迎面的热风吹打着他的瘦脸，松垮的面皮抖动起来，好像水波一样向后脑勺层层扯去。哎哟哟，一阵头晕目眩心头抽搐，双臂打起颤颤，肚皮响起"咕噜噜"。

外八紧赶慢赶，没顾上吃喝，打过几个干嗝，嗓子眼噎出一股子酸水。他使劲儿将酸水强咽下去，那股子酸水火辣辣一溜烟儿穿透胸腔直落在空荡的肚囊里。他摸出揣在怀里的鱼干，连鳞带骨连头带尾"咔嚓咔嚓"嚼巴嚼巴，囫囵吞枣。

本以为肚里有鱼，心里不慌，可整条鱼干下肚，心中更加慌张。外八一掌拍在脑门上，猛然醒悟，眼前无数小星星，难道是罗圈就在近旁？他张大嘴巴，前后左右打量，并无异样。奇怪，记得上回在赶往昆仑高原的半道上，自个儿突发胸闷，罗圈便从天而降，果然一胞亲兄弟，灵犀自然天成。如此节骨眼上，不见罗圈为妙，赶紧躲开才是。外八打定主意，一头扎向地面。

丘陵土岗，荒草遍布，枯树孑立，黄土黄沙中零星可见乱石弃冢。外八三两步找个背风口，趴伏在草窠子里。这边刚一安顿停当，便听见天上车辇仪仗的隆隆声，还有护卫旗幡的猎猎声。稍稍抬起眼眉，心中纳闷，九阳如此嚣张猖狂，不晓得谁还能如此明目张胆，彩旗飘飘如此招摇？

各色旗幡上偌大的烫金"阎"字。还会有谁？外八屏气细瞧，阵仗不比从前。这也难怪，吃了败仗，灰头土脸，哪敢依例照旧？瞧眼下这白光汹汹，阎王爷想必保命要紧，不得已离了阎罗殿，顾不及钟大人的昆仑剑与匣，灰溜溜地二度逃往玉虚宫。罗圈肯定混迹在车马阵列当中，变身心腹，不离左右，贴身护卫阎王爷，指不定正在四处打望。外八生怕被罗圈察觉，赶紧低伏深埋，不再抬头。

外八猜得没错，此刻罗圈正待在阎王爷身旁，扒着阎王爷的车辇，一路小跑气喘吁吁地禀报钟馗的行踪。

原来，自打阎王爷九九重阳百果宴得了玉帝圣谕，好似打了鸡血，精神抖擞换了模样，紧锣密鼓地张罗着赶赴阎罗殿。一路上从容调度，打发众多当差小鬼分头找寻钟馗下落。阎王爷则守在偌大的阎罗殿里，盼星星盼月亮，却盼得当差小鬼一个个无功而返，毫无钟馗音讯。唯有寄厚望于迟迟未归的罗圈。

可眼见着九阳白光日盛，照得阎罗殿亮亮堂堂，犄角旮旯的阴影消遁，整个大殿如同烤炉。阎王爷思忖着，照此干等，即便等来钟馗和罗圈，这阎罗殿只会变成炼狱和坟冢。性命攸关，留得青山在不怕无柴烧，与其死等，抑或等死，不如暂时撤回玉虚宫。至于如何向玉帝王母交差，大不了照实禀报，尽数推给钟馗，还能怎样？

阎王一声令下，阎罗殿前，王辇仪仗须臾备妥。这才多久，排列齐整的诸多天马已被白光折磨得膘肉全无，皮包骨头。当值小鬼们恨不得赶紧离开火坑似的阎罗殿，这边阎王爷登上王辇刚落座，便听得啪的一声鞭梢响，王辇仪仗轰隆隆迫不及待地向西逃去。

阎王爷想要闭目，眼珠子却滴溜溜转，想要养神，心思却难以平复。此番多亏昆仑剑显神威，使得玉帝王母回心转意。可眼下，时运不济，折腾这么久，愣是打了一趟水漂。千刀万剐的钟馗，不送他去地狱，又该送谁去地狱？不信区区一个黑钟馗，无影无踪无痕迹，私携神器昆仑剑，逃得过今时，逃不过一世，更逃不出本王的手掌心。不自量力，胆大妄为，脑后生反骨，本王这回非得拿些手段出来，好好整治整治这个不知深浅高低的混账玩意儿。阎王爷越想越是心烦，忽听得当差小鬼朗声禀报："罗圈求见阎王爷。"千呼万唤始出来，真是不念叨不会来，这一念叨，可不就赶了回来，阎王爷心中一喜，轻咳一声："哼哼，回来了。"随手挑开王辇帘子，只瞧见灰头土脸的罗圈，"嗯？就你一个？他呢？"

"小子没本事，有负大王厚望。"罗圈双手扒住辇架，两条腿飞快地跟着辚辘，上气不接下气。

阎王爷听罢，狠狠摔下帘子，脸色已是铁青，胸中怒火喷涌，许久才开口问道："你家钟老爷躲去哪里了？可曾打探到？"

"躲去昆仑高原了，小子也曾见到。小子再三央求钟大人，可钟馗就是不肯回来，借口，借口劳什子急务，暂时无法脱身，说要缓些时日。"

"急务？天庭之急务还是鬼域之急务？玉帝之急务还是本王之急务？那个混账玩意儿究竟在忙甚劳什子急务？"

"昆仑高原忙着修造水库，小子私下忖度或许也为对付九阳而修造呢。"

"修造水库，对付九阳，哼哼，痴心妄想。你小子可见到昆仑剑和馗匣？"

"昆仑剑钟馗挂在腰间，实话实说。尊敬的阎王爷，并未见到馗匣。小子不敢明目张胆，不过，往常馗匣就揣在钟馗怀窝里。"

"你小子可说得清楚，命钟馗即刻面见本王？"

"明白无误传给了钟馗，可他只是不听，说是了结完急务后，自当前来请罪。"

"胆子简直越来越肥了，竟敢违拗不遵，好一个前来请罪。看本王将如何处置你家这个钟大爷。将怂，兵更怂，一帮子酒囊饭袋。"

罗圈胆战心惊汗流浃背，字斟句酌生怕有个闪失纰漏，但觉胸口憋闷，突突乱跳，眼前窜出金星星，只当是有愧使命，难以交差，心慌意乱所致。好在阎王爷不再追问紧逼，罗圈石头落地，稍稍宽心，将手从辇架上放下，渐渐地头不晕眼也不花了。

第六十二章　梦中嫦娥念咒语　打头巨浪径袭来

罗圈一时糊涂，没反应过来，方才同胞兄弟外八正一动不动地深趴在草窠子里，耐心等待着阎王爷车马仪仗隆隆驶过。

外八的胸口不再憋闷，脑袋不再发昏，等到喧嚣渐远，这才一跃而起继续赶路，想尽早返回山洞。越往东去，越觉得陌生，掐指算算光景，虽然未曾离开多久，山川大地仿佛被烈火炙烤，被油锅烹炸，白光之下，干旱干渴，黄尘漫漫，一片死寂。迎面凌厉的酷热干风吹得脸颊和脖颈渗出油汗，外八擦上一把，满手腻滑。腿脚还得快些，不然半路上就要被白光烤成鱼干。

眼见着来到大河河谷，两侧悬崖绝壁向下流淌着碎石和细沙，如泉如瀑。大大小小剥落的乱石几乎将河床掩埋了。突然，一声爆响，晴空霹雳，好似利斧劈山，只见高处一块巨大的片石翻着跟斗坠入河谷，激荡起滚滚烟尘，顺着狭长的河谷向两端席卷而去，轰隆声经久不息。

海麦斯的洞口可是更大更敞亮了，钟大人不会有意外吧？外八心里一急，旋即来个俯冲，一个猛子扎进山洞。

"如此莽撞，长本事了？"钟馗紧靠着最深处的洞壁，盘腿而坐。

"小子担心钟大人，方才亲眼看见一块大石头掉了下去。"

"外八，往里站站，当心洞口石壁塌陷。"钟馗语气平和。

外八心头一暖："小子晓得。哎呀，有劳钟大人亲手将鱼干搬到里面。"

"难不成看着鱼干和洞口碎石一道跌入谷底？海麦斯或迟或早就要回来，给海麦斯留些吃食吧。"

"钟大人，小子出去才多久，这一路上全变了模样，敢情天快要塌了。"

"休得胡说，天如何塌得下来？天上白光，石头崩裂，地上干旱，大河不再。且看他九阳猖獗，让他九阳疯癫。石头落地好兆头，且待心中悬起的石头落了地，等昆仑掀起滔天巨浪，成也好，败也好，生也好，死也好，功败自然垂成。"

"石头落地，功败垂成，小子听不明白。"

"死，也要死得其所，死得干净利落，怕只怕死去活来，死没死去，十八层地狱颠三倒四，生不如死。算了，不说也罢，问你小子，捎去的口信儿可送到了？"

"钟大人放心，原原本本，一字不漏，当面告知白眉毛博西盖。不过，不过——"

"不过何事？"

"那个二杆子将小子五花大绑当细作，多亏白眉毛博西盖及时赶过来。"

"口信儿递到便好，受些委屈，在所难免。"

"委屈可大了，不让小子说话解释，愣是将好多松籽强行塞入小子的嘴巴，这不，腮帮子都要撑破了。"外八气鼓鼓地抱怨着，将面皮使劲儿拽起来。

"这些委屈算甚？屁都不算，更别说响屁了。"

外八小声嗫嚅道："委屈尽让小子赶上了，先头因为海麦斯，险些送了命，这回又是二杆子。"

"对你小子，说甚好呢？本尊死且死过一回，还是自寻死路。赴死与委屈相较，孰轻孰重，如何堪比？褫夺本尊状元名号，金銮殿上激愤撞柱，而今唯命是从。降妖除魔斩鬼除恶，地狱之门大敞，时时召唤。眼下，孤零零单打独斗，唯有你小子陪伴身边，如此这般委屈，称之委屈那是轻的，要说该是尊严和颜面，可又能怎样？诸如此类的委屈，够你小子喝几壶死几回的吧？何况，当初阎王爷打发你兄弟两个不离本尊左右，其用心之良苦，哼哼，其初衷和用意，光头上的虱子昭然若揭。"

"钟大人，小子略略明白，多少知道好歹。不管罗圈怎样，无论好死还是赖活，小子打定主意跟定钟大人。就是指望委屈不要太多。"

"哈哈，一厢情愿而已。记住了，人活一生，身不由己，鬼活一世，身不由己。即便尊崇如仙如神万千岁，依然身不由己。委屈，如同前脚后脚总相随，总相宜。"

"但愿越少越好，没有呢，就最好。"外八有些来劲儿。

"外八，退一万步，我钟馗一介小鬼，机缘全由天授，好在三生有幸得遇包包蛊。如今，大不了，哼哼，大不了，再死一回罢了。大不了，若是命数注定，就让大魔头九阳跨过本尊的身子向西进发。如此紧要关头，生死攸关之际，你小子嘴上所谓之委屈，要么听一声响，要么闻个臭，说白了就是个屁。响屁不臭，臭屁不响，随风而去。"

洞中静了下来。

"就让小子陪着您吧，钟大人。"外八忍不住低声说出一句心里话。

"就你外八实诚，赴死，有甚好陪的？死了，倒一了百了。"

"小子甘愿陪着钟大人，罗圈就陪着阎王爷呢。小子回来路上遇到过罗圈。"

"你的亲哥哥，你的好哥哥。"

"小子蒙头往回赶，饿得头晕眼花，吃完鱼干，晕得更厉害，猛然念及同胞骨肉心有灵犀，肯定罗圈就在周边。本想见个面亲热一番，再一想，见面不如不见，连忙躲进草窠子。幸好及时，转眼就见呼啦啦大队车马仪仗护卫着阎王爷向西逃去。小子估摸着阎王爷左等右等钟大人不来，再瞧瞧这厉害的九阳白光，脚底抹油，趁早开拔。"

"你小子确定？"

"小子不识字，可旗幡上斗大的阎字明明白白，那阵仗阎王爷无疑。等大队车马走远，钟大人您说奇也不奇，小子头不晕，眼不花，明摆着罗圈跟着阎王爷。嘿嘿，阎王爷也担心被九阳烤成鱼干呢。"

"阎王爷溜走也好，眼不见心不烦，指不定心里已恨死了本尊，肯定要奏上本尊一本。就让阎王爷去恨吧，去奏吧，看能恨出个鸟来，还能咒得九阳死？言归正传，快说说昆仑高原上的事儿。"

"只见到白眉毛博西盖，镇守昆仑外围，没见到包包蛊，据说镇守昆仑腹地。"

"兵分两路，各守一方，各司其职，静候天机。"

"嗯，差一点忘记，白眉毛博西盖遇见钟大人的一位朋友。"

"朋友？"

"嫦娥，月亮上的嫦娥。"

钟馗收拢盘腿，站起身来。

"嫦娥信不过白眉毛博西盖，不愿说出大神后羿的临终嘱托。嫦娥非要见您钟大人，才肯当面讲。"

钟馗听罢，复又盘腿静坐，闭目沉思。

当初昆仑高原偶遇嫦娥，似也谈及大神后羿的临终嘱托，但嫦娥瞻前顾后，欲言又止的神情，难以揣摩，印象颇深。当初不说，如今非要当面说，究竟意欲何为？依稀记得那时节，白光中，衣袂飘飘，长袖善舞，葱根一般上扬的玉指凝脂似霜，过目难忘。

钟馗忽觉热风习习，所盘双腿，裆里空虚。猛然间，忽见铁柱擎天，恰如金銮殿里的红漆大柱，顶天立地，云雾缭绕，威风凛凛。紧接着，丹田生发熊熊烈焰，火舌阵阵向上蹿腾，从肚脐灼烧到咽喉，火烧火燎直冲天灵盖。"咚咚，咚咚"心跳加快，胸膛起伏越来越急，黑脑袋膨胀欲裂，青筋根根暴起紧箍脑门，豆大的汗珠向下流淌，仿佛置身于沉沉暗夜，伸手不见五指。从漆黑的深处冒出星星点点的金色月牙儿，有大有小，闪来晃去，渐至近旁。在亮晶晶的月牙簇拥下，一个朦胧的身影，踩着一朵金色的祥云，缓缓飘来，正是昆仑高原曾经一面之缘的嫦娥仙姑。钟馗想站起身，手脚却被捆缚，想开口道声问候，嘴巴却被缝合。惶惶急迫间，但瞧嫦娥仙姑满面愁苦，泪眼婆娑，似身陷绝境，力不从心，更似刻意装扮，强作欢颜。更有那一身的披红挂绿，诡异之极。那浓妆艳抹已被梨花泪水尽涂鸦，俨然一副赶赴祭坛，舍身献祭之模样。

只见嫦娥颤颤巍巍地伸出玉臂，轻摇手指，悲悲切切，气若游丝，说出几句话来，一句一顿，如泣如诉，声声带泪。

母祸屠水

千漓完虫

妻巴罔十

固步得尾

钟馗听得明明白白，清清楚楚，穿耳而出。

钟馗喉咙叽里咕噜怪响，眼皮里眼珠横冲直撞。

嫦娥双眸白多黑少，粉额紧簇，幽幽递来一句话儿："夫君，救救奴家。"说罢掩面，转身消失在漫漫暗夜中。

钟馗双手奋力地挣脱绳索，将黑嘴撕开扯烂，大吼一声"等一等"！丹田却猛然地一抽一紧，眼瞧着擎天巨柱轰然坍塌，一股一股冲天怒火瞬间照亮了无边的暗夜。

"钟大人，钟大人！"外八绷起袖口，擦拭钟馗额头渗出的汗滴，"钟大人，千万别吓唬外八呀。"

钟馗听见外八的呼唤，睁开双眼，鼻息嗅到鱼干的腥臭。他轻拍地面，翻身站起："外八，可曾听见说话？"

"就听得钟大人您大喊一声等一等。"

钟馗抓耳挠腮，苦思冥想，已将那四句话忘得干干净净，走到洞口，手搭凉棚遮挡刺目白光，向外张望："事出蹊跷，事不迟疑，必在旦夕。"转身走进洞里，"外八，你小子守在洞中，只等海麦斯归来。"

"钟大人您要去哪里？"

"等等再说。你小子记住，本尊有朝一日返回，和你，和海麦斯一道远走昆仑高原。若是本尊耽搁了，迟迟未归——"

"不会的，不会的。钟大人，不会的。您有神器护体，您吉人吉鬼吉仙，自带吉相，不会有意外。小子哪里都不去，就在山洞里守候，等着您的吉信儿，等候您的归来。"外八急得在洞里一个劲儿跳蹦子。

"吉人吉鬼吉仙，自带吉相，亏你小子想得出来。"钟馗嘴角露出一丝苦笑。

"是呀，是呀，钟大人您自带吉相。"

"若是本尊未归，你和海麦斯搭伴，趁昆仑巨浪消退，赶紧向西撤去。"

"小子哪里都不去，小子就在这里等您。"外八执拗得像头野驴。

"你两个结伴走，相互有个照应，休提陈仓烂谷子的伤心破事儿。海麦斯去昆仑高原寻包包蛊，你就从昆仑高原转道瑶池寻你的好哥哥罗圈去吧。罗圈总会念及一奶同胞，兄弟一场，不会丢下你不管。"

听罢钟馗的交代，外八嘴里低声念叨着，不知在说些什么。

钟馗有些不忍："若是上天眷顾，神器护佑，华山了却心愿，本尊兴许会去一个地方，梦里见过的地方：昆仑高原西边，有条玉龙河，河滩上很大的鹅卵石，山脊下月牙般的河湾，还有沙枣树和沙枣花，本尊会独自待在那里。"

"小子也想跟钟大人一道去玉龙河。"

钟馗不再搭理外八，也不再言语。

"小子也要去玉龙河。"

钟馗突觉一阵通泰，不想再赘言，却听得洞外传来阵阵风声，似乎再一次吹皱刚刚平复下来的心绪。隐痛袭来，钟馗幡然醒悟，那颗心，香娘娘的心，至今不见下落，更无线索，难道就让它随浪随尘随无常远逝了吗？

天时，运道也。地利，时机也。众和，三界内外，同道一心。舍身，一阵风吹过，一阵雨打去，烟消云散。赴死，慨当以慷，厚若大地，重若高山，绵延如江河之水，不求闻达流芳，极目天地舒。再次舍身赴死，绝非往昔肉身寻死自戕。莫提值当与否，休提杀身成仁。美名笑名，抑或无名，甚至骂名，奈若几何？且待天地良心，任凭后世评说。

"钟大人，快来听。"外八一手扶洞壁，一手张开巴掌紧贴耳郭，全神贯注地盯着外面，听着动静。

钟馗微微睁眼，无动于衷，合上眼皮，默不作声。

洞外沉闷的嘈嘈切切，分不出东南西北，听不清何种响动，犹如耳畔成群的蚊蝇掠过，又似成片的蜂蝶撩动翅膀，似乎在远处，却转瞬已到近前。蚊蝇蜂蝶不再，大地摇动，天空战栗，阵阵驴马牛驼的嘶鸣，阵阵虎豹豺犬的怒吼，仿佛数不清的怪兽在狂奔，无数的战车轰隆隆驶过。

洞口掠过阵阵黄尘，或淡或浓，随之，洞中或明或暗。

钟馗心中默念，该来的终究会来。

"快来看，钟大人！"外八张开两只胳膊撑住洞口，扭头一个劲儿地叫唤。

钟馗明白，昆仑巨浪之头浪，从昆仑高原长途奔袭而来，途经干旱荒凉的苍茫大地，填沟壑，充峡谷，塞裂隙，淹丘陵，绕峰峦，沿途裹挟无数的枯木朽枝和无数的沙石土块，汇聚成泥浆浊浪，如一面宽大厚实的泥墙，负重翻滚，席卷向东，所到之处，万劫不复。

大大小小的气泡，从地下钻出"扑哧扑哧"爆裂，如沸腾的稠粥，喷出股股黄尘，似朵朵黄雾飘浮在半空。

"河谷已灌满，石头都不见。"外八伸长脖子向下张望。

洞顶"扑簌簌"落下不少碎石和细沙。

"你小子，躲开点，赶紧到里面来。"

外八收回长脖子，意犹未尽，转身悻悻地往里退，来不及站稳了，就听到耳后"咔喳"一声，吓得他赶前两步，抱头蹲下躲在钟馗身旁。方才站立之处，已被刀砍斧劈齐刷刷地切掉，裹着黄尘，跌入泥石洪流，踪影全无。

脱缰的泥石洪流冲出河谷，溢出大河悬堤，进而推平堤坝，向两岸的开阔地带倾泻而下。片刻工夫，西口镇子，周边镇子，胡人吐蕃游牧的荒漠草场，还有大河岸边破败的沙枣林，消失殆尽，淹没在泥石洪流的汪洋中。

"该死的海麦斯。"钟馗忽然闪过一念。

这是头浪，冲锋陷阵铲平坎坷崎岖，带走羁绊，不留障碍。钟馗知晓第二波滔天的昆仑巨浪正在途中。

天边一道白线，两端望不到尽头，无声无息，如同慢慢扯起的一张巨大的白色苫布，横陈着渐次铺盖过来。耳畔依然是泥石洪流的嘈杂，但，由远及近的咆哮，排山倒海的轰鸣纷至沓来，卷起滔天的白色浪花。昆仑巨浪骑跨在泥石洪流之上，仿佛数千匹骏马，不，数万匹，数十万匹骏马，一字排开，三层四层，上下叠落，扬蹄奋进，横冲直撞扑了过来。

数丈高的滔天昆仑巨浪，夹带着昆仑高原的冰晶和积雪。寒凉湿润的水雾与焦灼的黄尘在半空中缠绕，似久违的雨滴露珠，更似浑浊的泥汁浆水纷纷砸落下来。

天上白光更加通透澄明，惨白森森。

若说头浪过去，带走了焦灼、酷热和泥沙，像是在叩问和抚慰奄奄一息的大地，那么，第二波滔天的昆仑巨浪，似乎将大地从沉睡昏死中唤醒过来。大地深处积攒孕育的地震滚雷，如裂帛般爆开炸响，绵延不绝。

河谷崖壁碎石如屑，钟馗依然在静观，等待滔天昆仑巨浪一路东进，遇寨拔寨，遇城摧城，将西岳华山团团围住。抑制九阳白光，消减九阳烈焰，只有等来那一刻，才可拼尽全力，去挥剑一击。

"哈哈，哈哈，吉人吉鬼吉仙！"钟馗笑得自在随心，如同卸去背负已久的沉重铠甲，更似洗尽浑身结痂的垢甲。生死有命，胜负在天。不计后果，无论结局。"人，鬼，仙，哈哈，哈哈哈。"钟馗笑得更加放荡不羁，忘情恣肆，从未像现在这般通透畅快，简直就要飘飘欲仙。

外八吃惊地望着钟馗。

钟馗拍拍外八的肩头："海麦斯快回来了，就在路上。本尊，这就去了，去去就，就，就回。"钟馗不想瞧见外八眼眶中噙满的泪水，没等说完，紧咬牙关，黑色箭矢一般飞出山洞，直奔华山之巅。

第六十三章　昆仑浪万劫不复　海麦斯一命归西

在辽阔的昆仑高原上，包包蛊和白眉毛博西盖，一主内，一主外，号令驴马牛驼、吐蕃鼠和巨蜥，全线停工待命，全体在半山腰上集结，枕戈待旦，轮岗替换，就地关注冰川冰盖的剥蚀，留心山顶积雪的消融。只怕错过蛛丝马迹，唯恐错失雪崩前兆，时刻准备着听从号令，拽动锁链，开闸放水。

随着白光愈盛，热力渗透，大片冰川冰盖以及万千年的山顶积雪不断松动，异响频繁。眼见得分崩离析，断裂垮塌，大大小小的雪崩持续地砸向水库湖泊，其力道，其势头，不可阻挡。

一个个雪崩巨浪，一条条开闸巨龙，层层叠叠，前突后追，渐次推进，在莽莽昆仑高原，自西向东，汇聚成源源不绝的滔天昆仑巨浪，声威震动天地之间，波及三界内外。

此刻，遥远的天山瑶池玉虚宫，看似天庭一切照旧，实则宫内暗流涌动，悲观与不祥的气息笼罩在大殿各个角落。玉皇大帝晨钟暮鼓应对自如，绝无二样，并刻意叮嘱王母娘娘非常时期，务必仪态万方，母仪天下。

风仙沙仙风尘仆仆呈上三五处风水宝地，供天庭择优裁定。

诸位龙王龙子知耻后勇，恪尽职守，分头尽责，布施皇恩雨露。

唯有阎王爷意气风发而去，饮恨败兴空手而归，劳师动众却拿一个小小的钟馗一筹莫展，寻得见影子，却不见神器。

再说太白金星和天王李靖，供奉嫦娥如同供奉姑奶奶一般，丝毫不敢有所差池和怠慢，唯恐落下把柄被耻笑。当此危难之际，冤有头，债有主，嫦娥本该情为天地所系，利为三界所谋，不惜一切代价挺身而出，为天地三界济危纾困才是，却哭哭啼啼摆出一副万世遗老之做派，动辄指桑骂槐，鄙薄王母娘娘使阴招下狠手，总以为天庭被蒙蔽，还想着玉帝绝不敢轻举妄动，拿自己开刀。太白金星和天王李靖唯唯诺诺，三番五次，软磨硬泡并无进展。到了最后关头，玉帝王母默许："不得已霸王硬上弓，无招之招数，胜似无望坐等和再次西迁。"

昆仑高原突发万千雪崩，巨浪一路东去。就此而言，玉帝所得消息与阎王所禀大致吻合，但玉帝自有盘算，认准雪崩巨浪皆拜九阳白光所赐，无非以九阳之道还治其九阳之身而已，又岂是一介钟馗，几个跳梁阿猫阿狗所谓精灵之所为？天地三界可鉴，这滔天的昆仑巨浪，若能消得几分九阳白光，当观其后效。调动天兵天将，阴帅鬼将，辅以嫦娥献祭，借足天时地利乘虚而入，及时反攻倒算，指不定事半功倍，天地幸甚，三界幸甚。世间偃旗息鼓的大唐皇帝，也可别了巴山蜀水，西南僻壤，离开烟瘴遮天的崇山峻岭，返回长安都城。

却说三界内外，为避白光，四下里奔逃的时候，一个奇怪的身影背对着九阳白光，朝着西岳华山相反的方向，不知疲倦地狂奔在干涸的大河河床上。不是神不是仙，不是鬼不是妖，更非世间肉身走卒，而是尖头尖尾的海麦斯。

海麦斯正在尽己所能赶回昆仑高原，要将看到的，听到的，感受到的，可笑的，可怕的，轻松的，恐惧的，莫名其妙的，匪夷所思的，统统告诉包包蛊。

海麦斯记得临行之前包包蛊的反复忠告，惹不起躲得起，避开厉害的黑老雕，警惕天上的恶犬。因而，海麦斯拼命地奔跑，耳畔"呼呼"风响，似乎隐约夹杂着断断续续"轰隆隆"的滚雷声。他心下狐疑，放慢脚步，抬头张望，天地之间只有白光和酷热，除了焦灼就是干旱。奇怪之极，不见乌云，不似打雷，更无闪电，却传来雷声阵阵，不绝于耳。倘若此刻真来一场电闪雷鸣的瓢泼大雨，那是何等的痛快淋漓。

大地久不识乌云的模样，久未听雷声的响亮，久不见闪电的光芒，也久久未曾尝过雨露的甘爽。"轰隆隆"滚雷之声越来越近，越来越响，海麦斯惊恐不安地停下脚步，有些不知所措。

大河河床在震颤，如同筛糠在抖动，滚烫的砂石和一块块皲裂的泥饼也在上下跳腾。海麦斯浑身随着河床剧烈地哆嗦起来。

刹那间，前方河床上出现了一股黑色的泥石洪流，好像横起的厚实城墙，翻卷着，激荡着，咆哮着扑了过来。

海麦斯眼见不妙，大喊一声，三步并作两步，昂首跃上高高的堤岸。

堤坝下的泥石洪流已吞噬了干旱的大地。海麦斯站在高高的堤岸上大口喘着粗气，幸好及时躲避，不然必将挣扎在泥石洪流当中，轻则缺胳膊少腿来顿皮肉之苦，重则毙命于泥浆之中生死两茫茫。看来只得沿着堤坝向西赶路。海麦斯正想着为自己的好运道暗自庆幸时，就看见泥石洪流快速地溢满河床漫过堤坝，流向洼地，与堤坝下的泥石洪流会师一处。

慌乱中，海麦斯突然瞧见远处高坡土丘上那棵早已枯死的歪脖树，悬挂着的那口丧钟仍旧挺立在泥石洪流当中。更远处的宏伟城郭，瞧得见城门洞子和城墙已被泥石洪流团团包围。

呵呵，终于等来了包包虫和白眉毛博西盖的昆仑巨浪，是时候了。海麦斯还没来得及庆幸，就瞧见泥石洪流中有许多逃难的黑袍子，扶老携幼，肩扛手拉，苦苦挣扎。有的从城门洞子往外涌出，有的从外往城里冲去，瞧这势头，巨浪洪峰尚未来袭，但愿可怜的黑袍子都有一个和自个儿同样的好运道。

说时迟那时快，震天动地的轰鸣伴随着昆仑巨浪的洪峰齐刷刷地横扫而来。数丈高的洪峰转眼便淹没了堤坝，抹平了河床与堤坝下的田畴，将那些逃命的黑袍子一个个吞噬在浪尖上。城门洞子仅露出半圆。那棵歪脖树已不见踪影，不晓得被冲去哪里，还有那口催命的破钟，必然支离破碎。黑袍子们如石子如尘埃，如枯叶如草芥，先前白光下热死渴死饿死，这会儿巨浪中溺死淹死毙命，一个个稀里糊涂不清不楚。

接天连地，一片汪洋，凄惨的呼救声销声匿迹，一个浪头裹挟着沙石打向海麦斯，他激灵灵回过神来，半截身子已泡在浪中，飘忽不定，站立不稳。

随着浪头的起伏，飘来一具具白花花阴森森的黑袍子，有的趴伏，有的仰面朝天，有男有女，有老有少，有缠裹着黑袍子的，也有赤身露体光溜溜的，触目惊心，惨不忍睹。

海麦斯还是头一遭碰见如此惨烈的大灾祸。白光原本肆虐，巨浪雪上加霜，难道非要斩草除根死光光？死翘翘？

一望无际的水淹泽国，死掉的和活着的，泡在水中，随浪沉浮。那些喘气的拼命攀住门板桌椅，抱着枯枝木桩。那些漂过的尸首，溺毙的冤魂，漂无定所，匆匆挤往奈何桥头，去抢那一碗孟婆汤。如此大灾祸，孟婆婆可还守在望乡台上？可还起劲地熬着孟婆老汤？注定是一大波难渡的孤魂与野鬼。

无能为力，酸楚阵阵，恻隐之情油然喷涌，一个想法闪现眼前。海麦斯灵机一动，跃入浪中，拼命游向城郭西面的山坡高岗。赶到那里，再做打算。

裹挟着泥沙石块的昆仑巨浪好似脱缰的野驴野马。洪峰浪尖将海麦斯高高抛向空中，再卷入浪底。亏得天设地造的绝佳水性，使得海麦斯蛟龙般游刃有余。洪峰中翻滚的杂物应接不暇，防不胜防，海麦斯备受锤炼，眼窝背腹大尾巴，脸颊鼻孔尖嘴巴，还有后腿和前爪，浑身鳞片不断被尖锐的石块和木桩击中或击碎，剥落下来，露皮露肉流绿血，痛得海麦斯眨巴双眼皱起眉。

历经千难万险，海麦斯伤痕累累，气喘吁吁，终于爬上城郭西面的山坡高岗。顾不上歇息，扭头望向洪水中的城郭，昆仑巨浪的洪峰已翻越高大的城墙，将城门楼子，将绵延的城墙，将城中亭台楼榭和红墙宫殿尽数吞没，只留下塔尖和飞檐，只露出屋顶和翘角。如此危急，不可耽搁，救人要紧。但愿能将自个儿命大福大造化大的好运道，带给洪水中悲催的黑袍子。海麦斯嘴上一边念叨，一边向山坡上的那片枯树林子狂奔。

山坡上三三两两的黑袍子们惊魂未定，他们中间有伐木的，烧炭的，采药的，一个个目光呆滞，尚未从大灾祸中清醒过来。黑袍子们来到山上，掘草根剥树皮，原本指望刨些吃食带回家，哪曾料到赶上了滔天的昆仑巨浪，滞留山中保得小命？还有一些城里的，浑身湿透，拼了老命才从洪水中爬上山来，满面愁容，满眼悲苦，也许正在为自个儿逃脱厄运而庆幸，说不定正在为家中父母妻儿祈祷。突然，眼前从水中蹿出一只硕大无比的巨蜥，近在咫尺，浑身淌着绿血，非妖即怪，黑袍子们吓得魂飞魄散，避之不及，纷纷退后。

不管怎样，这些黑袍子与自个儿的运道都不赖，海麦斯正眼也不瞧，径自奔向枯树林子，瞅准一棵碗口粗的大树，张开大嘴啃上几下，再直起身子，后腿蹬地，将身子斜起立住，将浑身力气压到前爪，使劲前推，"咔嚓嚓"枯树应声倒下。

每当伐倒一棵大树，海麦斯都用大嘴叼起，再从山坡拖向水边。看着浪头卷起树木漂向城郭，便转身接着冲去那片枯树林子。

三两次之后，呆若木鸡的黑袍子们明白过来，不再害怕，顺手抄起家伙，一起冲向枯树林子，只为城郭内外的父老乡亲尽一份力。

海麦斯越干越起劲，顾不上疲乏和疼痛。没多久，山坡上仅剩下一些更为粗壮的大枯树，海麦撕咬在口中，难以用力抽动，只好张开嘴巴裸露巨齿，从树皮外面拉锯切割，时不时磕碰到牙床和嘴唇嘴角，口水混杂着绿血，*丝丝缕缕*顺着树干流淌下来。

一棵，一棵，又一棵，海麦斯心里盘算着，小树救起三个黑袍子，大树救起五六个黑袍子。这有啥算计的？瞧见幸存下来的黑袍子们在自个儿的感召之下，不再惧怕，共同伐树，一起救人，海麦斯心头掠过一丝得意，顾不及自个儿已失血过多，再一次奋力扑向一棵又粗又壮的老枯树，心中默念，这样的大枯树至少救得起数十个黑袍子。

海麦斯上下四排巨齿，依次轮换，忍着剧痛在树干上来回抽锯，绿血沿着长脖颈子汩汩流下，也顺着树干渗入泥土流向树根。当锯出的木槽已足够深的时候，海麦斯挺起佝偻的腰身，前爪搭住树干一步步往上攀缘，后腿立定，侧过脑袋顺嘴吐出好些木屑，又用长长的信子舔舔伤痕累累的牙床和嘴角，再舔舔歪七扭八松动的牙齿，稍顿一顿，大喊一声"顺山倒"，大枯树摇晃数下，"扑簌簌"震下一些黄叶枯枝。海麦斯深吸一口气，再一次大吼"顺山倒"，运足力道，向后蹬踏，往前推去，但听得"咔嚓嚓"，大枯树沿切口折断倒了下去。

不料，海麦斯来不及高兴，却因用力过猛，脚下打滑，大树还未倒下，自个儿已失去支撑，向前一个趔趄，栽了过去。

紧接着，粗壮的大枯树轰然砸下，拦腰压个正着。

死一般的沉寂。

黑袍子们纷纷聚拢，七手八脚抬起大枯树，战战兢兢，嘀嘀咕咕，指指点点："眼前倒下的这只巨蜥肯定救下不少长安城的黑袍子吧。"当海麦斯听见说起"长安城"，眼睛一亮，张口想说话，但觉嗓子眼深处一甜，喷出一大口绿血。顾不得腥臭弥漫，他费劲地举起前爪，指指大枯树，指指长安城。黑袍子知晓意思，扛起大枯树，向洪水奔去。

海麦斯看着黑袍子们远去的背影，奋力举起的前爪"啪嗒"一声跌落下来，眼睛瞪得溜圆，似乎将眼眶撑破："这身臭肉也够黑袍子吃上两三顿。"自个儿想笑，却没笑出声来，一阵短促剧烈的抽搐，张口又喷出一口腥臭的绿血，渐渐只有出的气，没有进的气。

也许再也不会喘气，再也不会笑出声来了。海麦斯淌着绿血和口水的嘴角微微上扬，露出一丝奇怪的微笑。

海麦斯永远闭上了眼睛，可以永远地歇息了。

第六十四章　华山之巅恶斗鹰犬　昆仑神剑直取九阳

滔天昆仑巨浪，所向披靡，潮热湿气和黄尘弥漫天地之间。

钟馗的脚下一片汪洋，西口镇子，还有那片沙枣林消失殆尽。波涛中漂浮着一具具白花花的尸首，山坡高岗上忙碌的人们在伐树救人，脚下宏伟壮丽的长安城只剩下城门楼子和佛塔尖顶，城中巍峨的大唐皇宫仅露出屋顶和飞檐翘角，大殿里那一根冰冷坚硬的红漆大柱已成过往云烟。

毁灭与拯救，一线之隔相伴而生，不在白光干旱下毁灭，便在昆仑巨浪中毁灭。大毁灭孕育新希望，物竞而后天择，幸存者得拯救，留下希望，留下永久的希望。亲历旷世白光之下的干旱，目睹兼具毁灭与拯救的昆仑巨浪，钟馗的耳边响起包包蚩神秘的血书：干旱将毁灭你们，我会拯救你们，留下希望。

如今，三顾大唐长安城，钟馗好像长梦初醒，抬起头来，望向东方，天上白光森森，地下巨浪滚滚，西岳华山氤氲蒸腾，若隐若现，被困在滔滔洪水中。

钟馗迅速赶到华山，远远地伫立在半空中，紧握昆仑剑柄，手搭凉棚，眯缝双眼，鸟瞰华山之巅。

却说九阳，正稳稳盘坐，养精蓄锐。眼见得万事俱备，即可放出大招，去重整天地收拾旧山河，却万万不曾料到，尚未出师西掠，还未报仇雪耻，这东方龙脉之根，那昆仑高原，裹挟着冰川积雪的巨浪已先发而至。哈哈，想必九阳不以为然，昆仑巨浪，充其量略略缓解片时干旱，稍稍消减少许白光而已，且待昆仑巨浪的洪峰东渐，后继自然乏力，能奈他何？西岳华山，龙脉必经，只需牢牢盘踞，静待巨浪势微，便可高枕无忧。

九阳轻轻扭动脖颈，发出一波耀眼夺目的光环，将整个华山之巅围裹起来。华山之巅被聚拢在一层亮晶晶的光芒之中，像是一轮白光频闪的巨大光罩，仿佛山巅托举起一个圆咕隆咚的透明魔罩，将昆仑气息，将潮湿水汽隔绝在外。魔罩上方的半空中，跛足黑老雕一圈圈盘旋巡视，缺耳哮天犬则待在魔罩里面，在九阳身侧焦躁不安地逡巡狂吠。

九阳缓缓地站起，昂首紧握双拳，摇头晃脑抖擞肩头，猛一发力，顷刻间，山巅之上的魔罩向外暴涨数倍，将西岳华山整个吞没在内。

九阳嘴角挂着冷笑，复又盘腿坐下，透明的魔罩瞬间缩到先前大小。

天上鹰，山巅犬，虎视眈眈，不离左右，原地打转转。

照此对峙下去，若自个儿鲁莽冲将过去，力劈白光，挑破划开魔罩，将昆仑剑直击九阳，那两只鹰犬怎肯袖手旁观？还不得在九阳主子眼皮底下使劲儿卖弄一番？何况一个怀削足之恨，一个有切耳之仇，势必来个老雕捉鸡，恶犬扑食，仗着九阳主子，一雪新仇旧恨。

钟馗打算故意暴露自个儿，诱使黑老雕哮天犬上钩，待鹰犬扑将过来，正好逐个拾掇，拿鹰犬妖血祭剑，方便腾出双手，全力对付九阳。

看上去鹰犬早有戒备，一上一下，护佑九阳，严守华山之巅，一副以不变应万变的架势。

脚下一拨拨昆仑巨浪依次东去，眼见后续力道不继。自个儿的安危倒在其次，大不了鱼死网破，一死了之，但昆仑巨浪绝非旦夕铸就，劳费了昆仑高原无尽心血，凝聚数十年之功，若是彷徨无策，坐等时机渐行渐远，眼睁睁瞧着大魔头九阳毫发未损，眨眼工夫，天地之间重归干旱，三界内外重蹈覆辙，岂不正中九阳下怀？岂不扼腕空留遗憾？沦为千古笑谈？所谓明知不可为而为之，不在眼前，更在何时？

钟馗屏牢心神，热血贯顶，长吸一口混杂黄土味道的昆仑气息，黑手握紧昆仑剑剑柄，正要奋力划出寒光，却瞥见黑老雕从华山之巅的魔罩上方摇摇摆摆飞了过来。

黑老雕一边滑翔，一边偶尔扇动几下翅膀，兜着圈子，不紧不慢。

钟馗心中一喜一忧，喜的是盼星星盼月亮，真就将黑老雕念叨出来，忧的是磨磨叽叽时不我待，哮天犬并未跟来。低头眯眼望向九阳，九阳身旁的哮天犬却不见踪影。

管不得那么多，来一个拾掇一个，来一对儿就拾掇一双。钟馗按住昆仑剑剑柄，指望黑老雕飞近跟前，再抽出剑来，一招制胜。

黑老雕似乎瞧透了钟馗的如意算盘，不远不近地停在半空扇着翅膀："钟馗呀钟馗，有幸再见，呵呵，呵呵。"

钟馗黑手不离昆仑剑柄，耐着性子周旋："再见不如不见，再见又能怎样？"

"我家九爷命我给你带个话，上回提及一神之下，万众之上的美差，可想清楚了？可琢磨透了？"

"呸，有本事放马过来。"钟馗不愿被黑老雕牵着鼻子走，更不愿挥舞昆仑剑去追逐黑老雕，落入其调虎离山之圈套。

"还有你做下的那些心照不宣的龌龊事儿，该好好地谢谢本老雕才是呢。钟馗你不该如此健忘吧？呵呵，呵呵。"黑老雕明目张胆在挑衅。

钟馗听闻，黑脸上一阵火辣辣，恨不得立马抽出昆仑剑，赶上前去杀雕灭口，一了百了。可不等钟馗动手，但觉按住剑柄的手腕猛然一紧，钻心的刺痛差一点使他失声大喊，黑脑门子瞬间冒出硕大的汗珠。钟馗不由自主地松开紧按昆仑剑剑柄的五指，低头正要细瞧到底何来刺痛，却发觉黑老雕狞笑着，急吼吼地扑扇着双翅俯冲过来，向前探出单只明晃晃的利爪，直指腰间昆仑剑。

钟馗慌乱之中，茅塞顿开。嘿嘿，一鹰一犬想出妙招，分头行事，声东击西，默契配合，只为先下手为强，赶在抽剑前，黑老雕明晃晃来分心，来扰神，而恶犬悄无声息地溜到侧后，乘不备，锁手腕，助力黑老雕来夺剑。对付眼前的双簧计，难不成自个儿终日打雁，反倒叫雁啄瞎了眼。当务之急，护剑最为紧要。

钟馗毫不迟疑，握紧另一只黑拳，抡圆臂膀，死命地砸向紧咬手腕的哮天犬的脑袋。只听得"扑哧"一声，钟馗的黑拳将哮天犬的一只眼眶捶扁，捶得它眼珠爆浆稀巴烂。哮天犬痛得脖子一歪，张嘴松牙，向后闪过。

钟馗忍住手腕的刺痛，顺势甩开恶犬，赶忙握紧昆仑剑。

正当此时，黑老雕不失时机地用单只利爪扣住昆仑剑的剑鞘。

这还了得？钟馗心急如焚。

值此千钧一发之际，一阵急促的热风扑扇过来，耳畔听得"噗嗤噗嗤"清脆的两下扯拽，犹如旱地拔葱般利索爽脆，却见黑老雕紧扣昆仑剑剑鞘的利爪突然抽搐了几下，随即松开，倏忽不见。钟馗趁势抽出昆仑剑，反手撩起，借着力道，寒光闪过，劈向口鼻歪斜晕头转向的哮天犬，恶犬未吭一声，未及做一回独眼恶犬，便已身首异处，跌入滚滚洪流。

挥剑斩恶犬，一气呵成，这会儿，脚下的昆仑巨浪在昆仑剑剑气搅动之下，打起漩涡，起初如磨盘大小，越转越扩，越转越欢，渐次延展至数丈之宽，从漩涡的中心挺立起一根水柱，上尖下粗，如一股旋风般扭曲摆动，将钟馗托举在最顶端。

恶犬伤及筋骨，钟馗的手腕一侧深嵌一枚犬牙，半截露在外面。他抖了抖臂膀和手腕，顾不及清理创伤，只想赶快弄明白为何黑老雕松脱利爪，放弃昆仑剑，在眼前消遁，

空中飘飘洒洒落下许多黏着血滴的黑色鹰毛。钟馗略一抬头，远处一白一黑，一前一后，追逐着飞去天边。

钟馗心中一阵狂喜，这不正是包包蚩，危难时刻赶来相助，虽未杀伤黑老雕，却扎扎实实揪去黑老雕脑袋和脖颈上的两大把鹰毛。想必黑老雕气急败坏，不，该是黑秃鹫激愤难忍，只得撇下昆仑剑，撇下哮天犬，还管什么钟馗和九阳，咬牙誓将曾经的手下败将，那个胆大妄为竟敢在太岁头上动土，揪扯去两大把鹰毛的大肥鸟抽筋剥皮不可。

钟馗发觉昆仑巨浪的势头稍有减缓，不敢再怠慢迁延下去，将受伤的臂膀一同上举，双手高擎昆仑剑，微一躬身，高高跃起，粗壮的水龙紧跟在后向上迎合。就在水龙触及双脚的一刹那，钟馗猛地一顿脚，连脚带腿深深扎入旋转的水龙，仿佛在水龙中生根发芽，旋即一股极其寒凉的力道注入脚底脚心，从脚腕沿着腿肚上行，经小腹入丹田，游走五脏六腑，冲击肩胛灌入双臂，自双掌渗进紧握昆仑剑的十根指尖，直到浸润昆仑剑的剑柄，贯透剑身，最终抵达剑尖。

钟馗已将昆仑巨浪附着的昆仑力道与昆仑剑剑气合二为一。他的胸膛急促起伏，内心冷静无比，呼出之气在虬髯卷发起霜挂露，而他的双手十指已冷冻凝结，与昆仑剑剑柄凝结为一体，俨然一副天设地造的极寒之躯。喷涌而出的白色

气雾，环绕周身，隔绝开白光酷热。

此时不取九阳，更待何时？

钟馗双腿绞动水龙，一飞冲天，一道黑色闪电，闪着凛凛寒光，拖曳森森白雾，向华山之巅，向白光魔罩，向着九阳疾驰而去。

第六十五章　献祭嫦娥咒语显灵　变身巨婴九阳被镇

昆仑剑剑尖射出一道金色的光柱，刺穿了魔罩，聚焦一点，明晃晃正对准九阳胸膛。

九阳不为所动。

随着一声清脆的"咔嚓嚓"，昆仑剑剑尖刺入白光魔罩，刹那间，刺破的豁口处激荡起亮闪闪的波纹，如圈圈涟漪，沿着巨大魔罩的表皮向周边外围扩散出去。

九阳不理不睬。

钟馗使出九牛二虎之力，却仅仅将剑尖扎进魔罩而已。再试图拔出剑尖，在魔罩豁口破裂处发力往里刺入，但感觉自个儿好像蚍蜉撼树，拔剑的力道如同泥牛入海。剑柄在自己手中，剑身在魔罩之外，昆仑剑剑尖却被牢牢吸附在魔罩之内，仿佛扎入坚韧厚实的木头橛子，纹丝不动。

钟馗大惊失色。昆仑剑横插魔罩，自个儿横挂半空，暴露在九阳鼻尖之上，进也不成，退也不成。脚下的水龙持续地旋转，仍在源源不断地注入昆仑高原奇寒大凉的力道。难道自个儿上门来送死？钟馗屏气聚力，大吼一声，将昆仑剑朝魔罩里使劲地推送，可昆仑剑仍然被魔罩紧紧夹住，最多在魔罩的表皮上震出少许涟漪。

钟馗胸中翻江倒海，叫苦不迭，还未赴汤蹈火，壮怀激烈，已活脱脱出师未捷身先死。

九阳淡定自若，脸上挂着讪笑。

钟馗虽说做足了舍生取义，杀身成仁的打算，但到了如此节骨眼儿，岂能坐以待毙？非得拼个鱼死网破不可，也不枉天地之间三界内外顶天立地一回。即便血溅华山之巅，折戟九阳之手魂归于钟南，魄归于昆仑，大不了，海麦斯，还有包包虫自会赶来为自个儿收个全尸。

趁着九阳志得意满，钟馗脚蹬水龙，摆动双腿，腰胯肩膀肘腕关节相连相通之处"噼噼啪啪"作响，浑身上下冰冻凝结，须发皆白。昆仑奇寒大凉汇经双手，再由指尖发力，浸润剑身，使得剑尖射出的金色光柱更加夺目，似乎力透九阳胸膛。

九阳漫不经心，微微睁眼，握紧双拳。

钟馗向昆仑剑持续地输入昆仑力道。昆仑剑在魔罩豁口处不断地发出"嘎吱吱"的刮擦声，眼见着从剑尖刺入的豁口处硬生生地撑开几条细密的裂纹，如同粗细不一的枝丫张牙舞爪地从魔罩表皮延展开去。钟馗瞅准时机，迅速转动手腕将昆仑剑剑身左右扭掰，意图一举撑破魔罩的豁口。魔罩表皮上的裂纹持续游走，根须般越来越密，扩展的范围越来越大。一阵裂帛碎玉的脆响过后，紧接着是短暂的死寂。猛然间白光一闪，耳边传来"嘭"的一声爆雷的轰鸣，震得钟馗双耳"嗡嗡"作响。魔罩，华山之巅的魔罩炸裂开来，分崩离析，大大小小的透明碎片漫天飞扬，闪闪发光，熠熠生辉，一片片渐次消融在白光中，了无痕迹。

钟馗的三两下鼓捣，已将九阳护体的白光魔罩破解。

九阳这才缓缓站起身来，昂首挺胸，抖动肩膀。刹那间，九阳宽大的胸膛鼓胀开裂，数十道曲折的缝隙闪烁出耀眼光芒，蜿蜒的道道裂隙将胸膛区隔为一块块黑斑。块块黑斑之间收紧碰轧，扯开离散，在一次次相互的撞击中，喷溅出亮闪闪的铁水钢花。铁水钢花纷纷扬扬地洒播在华山之巅，散落在山腰之上，到处弥漫着浓稠呛鼻的烟尘。

不等钟馗瞧清楚，一股酷热的灼浪，就是先前鸡冠山上曾经领教过的熔骨销肉的热，瞬间将钟馗包裹吞没。耳畔"嗡嗡"之声尚未消停，浑身上下，以及凝结在虬髯卷发脖颈处的寒霜冰晶已蒸发殆尽。在白光烈焰的炙烤下，钟馗已经嗅到毛发焦煳的燎烧味道，只觉得穿行在滚烫的火墙烟道内，畅游在硕大的铁锅滚油里。若不是双脚踏进的水龙源源不绝地为昆仑剑输送昆仑高原的奇寒大凉，勉强抵挡住九阳发出的白光烈焰，自个儿的身躯和魂魄必将化为灰烬，碎为齑粉。

钟馗握紧昆仑剑，掩身剑气下，不管不顾地扑向九阳。

钟馗双目圆睁，眼眶几乎扯裂，视白光烈焰只等闲，瞳仁里亮闪闪白光一片。顺着剑尖所指，死死盯牢九阳胸膛，盯住黑斑之间忽而变宽忽而变窄的缝隙，捕捉剑尖射出的金色光柱所聚焦的亮点。在金色光柱的指引下，钟馗瞄准亮点，不计其余，一剑刺进九阳胸膛的裂隙，剑尖直插九阳心窝，让昆仑高原的奇寒大凉尽数地倾注在九阳胸膛，由内及外，淬火般发力，以期重创九阳，顺势斩灭九阳。

此刻，烈焰焚身，火烧火燎，浑身发红发烫好像大块的赤红精炭。且不论是否一厢情愿，钟馗只觉得脸颊已非自个儿的脸颊，臂膀已非自个儿的臂膀，身躯也非自个儿的身躯。若说属于自个儿的，唯有念想和决绝，手中的昆仑剑以及脚下相助的昆仑巨浪

钟馗突发奇想，恰如回光返照，不知何年何月何日，更不知几番月圆与月亏，若将自个儿一身黑皮卷发虬髯尽数燎烆烧焦，任由风吹雨打，剥落脱净，出落成一位齿白唇红，面皮白皙，天庭饱满地阁方圆的俊朗书生，也不枉眼下这般舍命自戕。惨烈若此，自嘲宽怀，变身尘埃前，且容轻松一把。

倏忽闪过的荒唐念头，并未迁延手中进击的昆仑剑。昆仑剑剑尖直指闪动跳跃的金色亮点，而金色亮点就闪动在黑斑的裂隙之中。

九阳泰然自若，岿然不动。

钟馗心中犯嘀咕，难道九阳高深莫测，竟然抵达以静制动，以不变应万变的通泰万方之境地？遥想后羿射日，电光石火之间，那是飞越万水千山的神弓神箭，而今直面九阳，自个儿却手持短打昆仑剑，近乎贴身肉搏，烈焰焚身，胜算几何？

不容多想，眨眼间，昆仑剑剑尖即将触及九阳胸膛。

钟馗此刻爆睁的双眼里，无天地，无三界，无九阳，更无自个儿的儿女情长，只有眼前厚实宽广的胸膛上犬牙交错，喷溅着铁水钢花的深邃裂隙，以及裂隙中若隐若现的金色亮点。

裂隙越来越近，看上去也越来越宽，从外向里望进去，仿佛一池红汤。金色亮点随着红波热浪，上下翻飞，更加清晰，钟馗恨不能一头扎进裂隙，刺中金色亮点，融化其中。眼看就将得手，钟馗按捺不住激情，黑手和剑尖止不住微微颤抖起来，金色亮点随之飘忽不定。

却见九阳轻描淡写地抬起双臂，两只手掌轻轻合拢一夹，恰似守株待兔般将昆仑剑拿捏在掌心。

"哧哧"不绝于耳，极阳与纯阴首次交锋，炙热与寒凉直面对冲，九阳与昆仑最终之决战。

钟馗气力将竭，奋力摆起双腿，搅动水龙。犹如开闸决堤，昆仑高原万千年积淀之奇寒大凉倾巢而出，注入钟馗体内，直通昆仑剑，直抵昆仑剑剑尖，眼见着就要震开九阳紧闭的双掌。

然而，未等钟馗回过神来，从剑尖和剑身突然传来"沧浪浪"石破天惊的响声，同时，一股滚烫炙热的火流已反转传到剑柄，一点点将昆仑高原之寒凉反向逼退，由双手十指流经肩膀，浇注在五脏六腑的胸腔内。钟馗胸中的火流和寒凉交织一起，攀缘摩擦，交替蹿腾，感觉胸膛就要炸开爆裂。钟馗怎肯就此罢休？再次摆动双腿，调送昆仑力道，抓紧吸纳寒凉，准备全力以赴，抵御强大火流，然而，水龙随昆仑巨浪东去，力道渐衰。

昆仑剑仍死死盘扣在九阳的巨掌之间，灭顶成仁便在眼前。初心虽在，使命未达，虽有不甘，但已力不从心，万念俱灰。想也无须多想，钟馗的黑手并未松开昆仑剑剑柄，却将久睁未合的眼皮紧紧闭了起来。

钟馗紧闭双眼，几近心死，虽料知这般结局，乃上天不容，但心中缱绻出几许挂念，泛起诸多不舍，夹杂着少许遗憾。昆仑剑与匣，将就此彻底地恩断义绝，不带来，不带去，身外之物匆匆如浮云。兴许昆仑剑与匣就是自个儿的过客，剑柄未曾握热，匣匣未曾捂熟，到头来自个儿才是昆仑剑与匣的过客。

濒临死境笼中鸟，铁砧案板刀下肉。九阳甩动臂膀，轻轻一撩，顺势松开紧紧夹住的昆仑剑。刹那间，钟馗便握着剑，揣着匣，翻着跟斗，踩着水龙直向华山山脚下跌去。

华山之巅传来九阳狂傲不羁的笑声。

钟馗脚下的水龙在半空中分崩离析，阵雨般洒落下来。钟馗晕头转向如枯枝碎石划过半空，眼看就要跌进势已渐微的波涛泥浆，变身不折不扣的落汤鸡，倏忽间，又有一条水龙从浪窝中探出头来，歪七扭八前后摆动，似在找寻。

钟馗灵机一动，屈体抱膝，迎向水龙。数十个筋斗之后，钟馗稳稳地站在水龙顶端的盘口上。

钟馗定定神，剑在手，匣在怀，胸中残存的几缕热流窜来窜去，撕扯冲撞着五脏六腑，来来回回渐行渐弱，随即被脚下灌入的奇寒大凉驱散干净。

看来，大魔头九阳痴心妄想，不改初衷，手下留情，刻意放过自个儿一条性命，指望自个儿感恩戴德，就此归降，去坐那个一魔之下、万众之上的大宝座。

忽然，钟馗瞥见一个黑影掠过头顶，抬眼望去，显而易见，正是身负重伤的黑老雕。黑老雕吃力地扑扇着翅膀，光秃秃的脑袋恰似一只丑陋不堪的黑秃鹫。

黑秃鹫哀号乞怜不止，九阳却狂笑震天响。

须臾，听得数声惨兮兮的怪叫，折翅断腿的黑老雕慌不择路掉头就往西北蹿了出去，摇摇晃晃越飞越远。

华山之巅的九阳，随手一挥，从掌心发出一道明艳艳亮闪闪的红光，直奔黑秃鹫而去，在白茫茫天光映衬下，不偏不倚击中黑秃鹫，炸开一团赤红的火球。起初瞧见黑老雕的残翅在火光中拼命扑腾冒着黑烟，只片刻，熊熊燃烧的火球冲着西北方向径直栽了下去，一股黑烟从浪涛中缓缓升起，宛如黑老雕的阴魂慢慢地在白光中一点点散去。

钟馗向远处眺望，并未瞧见包包蛊的踪影，难道，难道，包包蛊已遇不测？

钟馗不愿胡思乱想瞎琢磨，刚要收回眼神，又觉西天有点动静，只见一坨翻卷的乌云在白光弥漫的天际异常突兀醒目，转瞬已到近前。果不其然，旌旗招展，锣鼓喧天，大队人马赶赴华山之巅。打头阵的高矗彩旗上，一个斗大的"李"字，正是九阳手下败将托塔天王李靖的名号。如此看来，天兵天将，卧薪尝胆，趁着昆仑巨浪，搦战九阳，指望为天庭一雪前耻，指望早日光复天地三界。

钟馗盘算，九阳麾下左膀右臂一鹰一犬业已铲除，不论此刻九阳对自个儿心存何种非分之想，且待托塔天王李靖耗损几成九阳功力之后，瞅准时机，借势天兵天将，借势脚下水龙，凭借自个儿手中的昆仑剑，再行奋起。仅此一回，唯此一刺，但愿一蹴而就，成则成尔，败则成仁，随了天意。

钟馗本指望坐收渔翁之利，但越瞧越觉着不太对劲儿。

兴高采烈的天兵天将敲锣打鼓，唢呐笙箫，仙乐齐鸣，一派欢天喜地，哪有同仇敌忾、搦战九阳的雄壮威仪？钟馗黑眉紧锁，大惑不解。

然而更加匪夷所思的一幕出现在眼前，天兵天将从当中间抬出一顶披红挂绿的大彩轿，十余位金瓜侍卫簇拥环绕着将大彩轿停放在半空中。列队齐整的天兵天将收起唢呐笙箫，鸣金息鼓，跟随"李"字帅旗缓缓退去，撇下孤零零的大彩轿和一众金瓜侍卫。如此架势，绝非托塔天王李靖重整旗鼓来擒敌，反倒像大花轿送亲嫁女的排场。两位金瓜侍卫抽出佩刀，用刀尖挑开大彩轿的门帘，隐约听见金瓜侍卫厉声的呵斥。

钟馗睁大双眼，呜呼哀哉，款款走出大彩轿的还会有谁？正是娉娉婷婷的嫦娥仙姑。钟馗肝在颤，手在抖，怒从心头起，恶向胆边生，看来嫦娥仙姑所言所怨，尽为实话，皆为实情。眼前如此不堪的丑陋行径，皆为天庭罔顾恩义，罔顾体统，罔顾青史和颜面，只为取悦讨好九阳，更为天庭偏安一隅。天地三界玉帝王母真就狠下心肠将嫦娥仙姑献祭九阳。

但见嫦娥仙姑衣袂飘飘，伫立半空，双眼悲戚，梨花带雨，望一眼华山之巅的九阳，那是她夫君神箭下苟且至今的大魔头，再瞧一眼华山脚下高擎昆仑剑的黑钟馗，一把鼻涕一把泪地哭号起来："拼死，拼死，唯有拼死，奴家如此这般拼死，为夫君添彩？为夫君抹黑？为天庭添彩？为天庭抹黑？难道夫君早有算计，赶着让奴家去陪伴？"在嫦娥仙姑的幽咽声中，天兵天将已呼啦啦逃得无影无踪，只留下一众金瓜侍卫。

此情此景，钟馗由痛生恨，由怜生怨，由怒生愤，义愤填膺无法自拔。不晓得自个儿的暴怒激荡起昆仑剑，还是紧握的昆仑剑激荡起自个儿的身躯，他十指紧扣，寒凉凝结，怀中馗匣随昆仑剑一个劲儿地颤簌，胸前透出点点金光。

眼见着脚下水龙后继乏力，势头大不如前。

眼见着"李"字彩旗下，耀武扬威的天兵天将逃了个干净。

眼见着撇下嫦娥仙姑活祭大仇敌，殉葬大魔头。

钟馗心寒至极，不由得黑鼻孔哼出不屑，嘴角挂起狞笑，默默地望了一眼面色凝重的嫦娥仙姑。天地之间有何指望？三界内外有何期待？自个儿更有何留恋难舍？可为不可为，尽己心，尽己力，钟馗横下一条心，高擎昆仑剑，搅动水龙，纵身一跃，义无反顾，直扑华山之巅。

昆仑剑射出的金色光柱，再次聚焦九阳胸膛，耀眼的金色亮点在黑斑块和裂隙之间不住地颤抖，不住地跳跃。

钟馗知晓九阳之所以不下重手，不下狠招，并未赶尽杀绝，其心昭然若揭。呵呵，白光之下白日梦。不妨也来个兵不厌诈，佯装归附，今后伺机再动手。就在三心二意之间，钟馗突然感觉脚下注入的奇寒大凉时断时续，似有随时断供之虞。已到最后关头，仅剩最后时机，倘若此刻心有旁骛，必将半途而废。中道夭折，所有辛劳，皆如昆仑巨浪付之东流，不复从前。钟馗抛却全部杂念，一门心思，唯血溅华山之巅，唯今朝你死我活。

亮点，紧盯九阳胸膛上的金色亮点。钟馗借力脚下水龙最后的劲道，将昆仑剑直逼九阳胸膛，剑尖将近，耀眼的金色亮点在九阳胸膛上不住地闪动。九阳朝前伸出双臂，眼看着就要合拢两只巨大的手掌，要将寒光闪闪的昆仑剑剑身再一次紧紧夹住，正当此时，钟馗耳朵眼儿猛地钻入一丝钢针铁钉般的弦音，仿佛从远古隔空传来一股神秘莫测的洪荒之力：

母祸屠水，
迁漓完虫，
妻巴罔十，
固步得尾。

这奇幻之音，似曾相识，似曾听闻，似曾熟悉，懵懵懂懂。钟馗如同在伸手不见五指的黑洞里摸索，耳畔再一次响起这幽咽的奇幻之音：

母祸屠水，
迁漓完虫，
妻巴罔十，

固步得尾。

钟馗电光石火间猛地忆及山洞，海麦斯的山洞里，自个儿如梦如幻，如醉如痴，亲耳聆听嫦娥仙姑如泣如诉的哀婉，但觉不明所以，奇怪至极。忽然，浑身星星点点的刺痛针扎一般，布满鸡皮疹子，竟然压盖住难耐的炙烤。钟馗顿时醍醐灌顶，如梦方醒：

木火土水，
千里万重，
七八望十，
顾不得尾。

那是大神后羿临终之嘱托，化作无形的箭矢，恰如万千年前的神箭钻入九阳的双耳。

九阳瞬间四肢僵硬。

奇幻之音，那股倏忽不定的神秘力道，宛如一条游动的长蛇在九阳胸膛横冲直撞，狼奔豕突，认准了昆仑剑剑尖射出的金色亮点，瞬间对接贯通。说时迟，那时快，昆仑剑剑尖瞄向黑斑块缝隙里赤红铁水中闪现的金色亮点，剑身硬生生刮擦着九阳几乎贴合的两只巨掌间的窄缝，一往无前径直戳入，戳进缝隙，戳进九阳宽大厚实的胸膛。当剑尖与金色亮点连接在一起，正是昆仑剑与奇幻之音冥冥之中的不谋而合，更是昆仑力道与万千年漫长等待之间注定的不期而遇，你中有我，我中有你，相互消融，融为一体。

钟馗听得见昆仑剑穿过九阳掌心发出的摩擦声，看得见九阳掌缝指间掉落的红彤彤亮闪闪的钢珠铁渣。

奇幻之音不绝于耳，九阳呆立不动，默默地承接昆仑剑缓缓刺入自己的身躯。昆仑剑凝聚牵动的昆仑高原奇寒大凉，沿着剑尖尽数灌入九阳的五脏六腑。随着昆仑剑一截截推进九阳的胸膛，昆仑剑仿佛就要融化在炽热的铁水中，直到九阳脖颈和臂膀发出"咔嚓咔嚓"的脆响。

九阳费劲地折下脖颈，低下头颅瞧着逐渐没入胸膛的昆仑剑，面目扭曲，痛苦毕现，忽然眉宇舒展，嘴角上翘，露出怪笑，艰难地张了张黑洞洞的大嘴，冲着昆仑剑，冲着钟馗，一字一顿，咿咿呀呀："你，还是你，该死的后羿。"话音未落，"轰"的一声巨响，九阳整个身躯崩裂坍塌。

惨白的亮光瞬间映照苍穹，弥漫天地三界的白光随之剧烈地闪动，刹那间向华山之巅归拢，一眨眼消失殆尽。

大大小小的黑色斑块，漫天飞舞的红色炭团，以及铁水钢花，纷纷扬扬四散飘落。华山之巅腾起的云雾烟尘黑白交织，状若巨伞，向上翻卷，向外膨胀着。

白光不再，烟尘满天，天色黯淡。摔出老远的钟馗被跌落的炭团和铁水烫得哇哇直叫，震得他跌出老远，摸摸脑袋和肩膀，好在依稀照旧，一样也不缺，只是摸不着一根卷发触不到一丝虬髯，面颊烫得如火，硬得似铁，手上空空如也。昆仑剑不知所终，脚下水龙已经绝迹，身上大氅索索拉拉漏洞百出几不遮体。

却见嫦娥仙姑依然茕茕孑立。身旁那些呵五呵六的金瓜侍卫东倒西歪，一个个拽着大彩轿生怕跌倒受伤。唯独嫦娥仙姑，任凭热浪吹皱面庞，吹散发髻，任凭红艳艳的炭团铁水淅淅沥沥地跌落在身前身后，更是无视疯狂的烈焰炙烤一身的桃红柳绿，樱桃小嘴仍不停地朗声诵念：

木火土水，
千里万重，
七八望十，
顾不得尾。

大神后羿的临终嘱托，声声衷肠，句句情深。

万千年前，缘定前世，钟馗不禁心潮澎湃，金重九首，非己莫属，金重为锤！天降大任，九首为馗，冥冥注定。

木火土水，五行无金，

千里万重，何复赘言。

七八望十，中间隔九，

顾不得尾，哪里顾首。

钟馗顾不上激动得意，再瞧华山之巅，竟轰塌成一个大坑，坑底飘散出阵阵烟尘，传来声声婴儿啼哭。

钟馗赶紧走到坑口，待硝烟散去，只见一个半死不活的肥大婴孩喘着粗气，四肢瘫软，嗷嗷乱叫，胸口当中正插着昆仑剑，露出一截剑柄。

钟馗跃入大坑，连滚带爬，扑将过去。

奄奄一息，行将待毙的九阳变身一个巨婴，正眼巴巴望着钟馗，嘴巴里嘟嘟囔囔，似哭似说。

钟馗不晓得如何处置，抓耳挠腮，却撸下许多焦煳毛发的碎渣。如今才将九阳打回原形，自个儿若一时大意，导致九阳复原，后果不堪设想。绝不可重蹈龙王的覆辙，绝不可任凭巨婴这般好死赖活，留下莫测后患。

昆仑剑犹如定魔神针，钟馗不敢贸然地从巨婴身上抽出昆仑剑。眼前的巨婴扭来扭去哼哼唧唧，而此刻，钟馗已经手无寸剑，如何斩草除根？如何了断九阳性命？总不至于将九阳埋在华山之巅这个现成的大坑中吧？

此妖非彼妖，此魔非彼魔。妖中大妖孽，魔中大魔头。堂堂九阳，后羿死敌，今朝败形，得我所愿。面对嗷嗷巨婴，钟馗束手无策，一筹莫展，忍不住拍拍脑袋，又搓下许多焦煳的头发茬子，两只手干脆使劲撸几把撸干净，拉倒算了，光秃秃恰似长安城里受戒的秃驴贼和尚，只不过更似黑秃驴。念及长安城，钟馗灵光一现，伸手在破败的大氅中一摸，呵呵，馗匣尚在。曾经收拾过蝙蝠精，在长安城里皇宫内院也使过一回，收拾了附体妖猴，被钦赐大唐门神。俗话说得好，打仗亲兄弟，上阵父子兵，昆仑剑与匣，堪用正当时。这昆仑剑，这馗匣，原本同根相连，相生相长的一对亲兄弟。

钟馗双手捧起莹润的馗匣，用黑乎乎的拇指慢慢地推开匣盖，将匣口对准巨婴。馗匣似饥渴日久，迫不及待地发出"沧浪浪"悦耳的声响，随即从匣内射出一束金色的光柱，将巨婴完全罩住。再看巨婴胸口的剑柄，一闪一闪，似乎在呼应馗匣的召唤。未等钟馗看仔细，瞧清楚，巨婴瞬间如泄气的猪尿泡，与插入的昆仑剑一同缩小，一缩再缩，一缩到底，缩到拳头大小。

钟馗挪到近前，小心翼翼不敢让馗匣射出的金色光柱旁落，而是稳稳地映照着巨婴，生怕有个闪失，同时腾出一只手捡拾起巨婴，将巨婴平放在掌心之上。躺着的巨婴还在扑扇着小眼睛，嘴巴里咿咿呀呀。那根银针般的定海神针，那柄昆仑剑，牢牢插在巨婴胸口，随巨婴的脉动一下下地闪耀。钟馗不愿多看九阳一眼，赶忙将巨婴连同昆仑剑一起扔进馗匣，听得见巨婴发出一声"哎哟"的叫唤。忽然从手腕处袭来一阵钻心的疼痛，钟馗瞥见手腕处白森森一粒亮点，这才想起哮天犬的半截狗牙依然嵌在手腕，于是毫不犹豫地一口叼出犬牙，啐在掌心，顺手丢进馗匣。

钟馗缓缓推送匣盖的时候，依旧瞧得见闪动的昆仑剑剑柄，听得见巨婴的哼哼唧唧。当"咔嚓"一声，严丝合缝推入匣盖的刹那间，周遭安静下来。随着匣盖的嵌入，仿佛天地之间三界内外，所有的纠缠与纷乱，所有的决绝与抗争，突然暂时停滞了下来。

别了，昆仑剑，钟馗鼻子不由得一酸，沉吟半晌，捧起馗匣，揣入怀中，一跃跳出大坑。

钟馗紧握双拳，昂首向西，面朝昆仑。无所不在的白光彻底消遁，华山之巅巨大的蘑菇烟尘尚未散尽，似乎太阳和云朵，暗夜和星辰始料未及，还不曾打算这么快就重现于天地之间，这么快就复出于三界内外。不经意间，一个轮回，天地三界一个崭新的轮回，即将从天边落日，从夕阳的落霞和暗夜开启。

西天九阳的小弟，老十太阳，刚刚显出身影，正在徐徐落山，不晓得是否亲眼看见了兄长九阳的覆灭，好在恰逢其时。

当最后一抹亮色隐入天际，霞光纷纷归隐，蓝荧荧的夜空自东向西铺苫巨大的帷幕。夜空如此黑暗，如此亲切。夜空还有如此多的小星星。久违的深沉暗夜，久违的星汉灿烂。

钟馗耳畔传来山下的水声，那是昆仑高原之水。

钟馗的面颊感受着微风，那是昆仑高原吹来的清凉之风。

几声清脆自在的鸟叫，那是躲藏至深的鸟儿终于露头在啼鸣，那是留下希望，充满希望的欢唱。

钟馗仰望幽蓝的夜空，并无月亮的影子。触摸一下怀中的馗匣，隔着羊脂玉匣盖，竟能隐隐号及九阳巨婴稀薄的脉象。

钟馗如今这才明白，后羿大神万千年来未竟的初心，正是托付自个儿必达的不二使命。

唯经毁灭，方有拯救；唯有拯救，方留希望。

第六十六章　赌局该了尚需了　棋子岂容他逍遥

仙气缭绕的灵霄宝殿张灯结彩一派喜气洋洋，大红灯笼尽数点亮，各色彩旗迎风招展。

大殿门前，熙熙攘攘，各路仙尊，或腾云或驾雾，或乘车辇或骑天马，或金牛倒坐或驾鹤赶来，一个个眉飞色舞，喜笑颜开，相互躬身作揖，彼此合掌问候。故地又重逢，旧貌换新颜，免不得感慨良多，别有一番唏嘘庆幸，携手热热闹闹地奔向朝会大殿。

"肃静！"

听得金瓜侍卫一声清亮的呼号，一边等候一边寒暄的各路文武仙尊呼啦啦地齐齐跪拜下去，仙声鼎沸的朝会大殿刹那间鸦雀无声。紧接着从后宫传来"咣咣"两声开道响锣，数位卷帘大将雄赳赳气昂昂地在前护卫，玉皇大帝在御前童子的搀扶下，面色凝重，仪态庄严，一步一顿，走上御阶。

御前童子轻扬手中拂尘，按照升殿礼数，微微拂扫龙椅，伺候玉帝款款落座，退向侧后两步，搭拂尘于臂肘，这才弯腰沉肩，低眉顺眼，摆出一副随时听候差遣的架势。

玉帝清了清嗓子："朕今儿个高兴，实在高兴，众爱卿免礼平身。"

"谢陛下隆恩。"

"众爱卿上下同心，其利断金，一鼓作气，终于一举将大魔头九阳铲除，天地幸甚，三界幸甚，朕与爱卿幸甚。"

"陛下统领天地三界，恩威浩荡，众臣子幸甚。"各路仙尊齐声高颂。

"朕抚今追昔，睹物思情，这庭前院后，老树新花，恍如隔日。自打九阳掀翻蓬莱，横空出世，马不停蹄，一路西侵，朕初始大意，一败再败，而后轻慢，竟然三败于九阳。朕这才痛心疾首，痛下决心广开言路，从谏如流。朕虽勉为其难，但良苦用心，不得已携众爱卿西渡天山，暂避瑶池，只为日后东山再起。但天地安危三界光复，无时无刻不长存于朕心。九阳烈焰熊熊，其势如虹，三战皆胜之后，其心必骄，傲气滋生，败象已显。朕与众爱卿虽退让三舍，实则避其锋锐；虽失却故土，实为失而复得；虽偏安一隅，实则卧薪尝胆，以退为进。众爱卿各司其职，恪尽职守，责无旁贷，贯彻始终而决胜于千里万里之外。朕心大悦。"

"陛下丰功伟绩，天地三界可鉴。陛下万寿无疆，陛下永世流芳。"大殿里各路仙尊又跪伏一片。

"爱卿平身。朕并非一时有感而发，确乎思前虑后，仔细斟酌，当下胜果，实属得来不易。朕打算，三战皆墨之罪责，此刻暂不论处，但并非一概既往不咎。"玉帝意味深长地点点头，接着说道："东海龙王，托塔天王，阎王爱卿均晋爵三等，佩剑上朝；东海龙王敖广，二郎真君杨戬，雷公电母，地府黑白无常，冲锋陷阵，不甘为后，抛头颅，洒热血，为天地三界肝脑涂地，死而后已。虽伤犹勇，虽败犹荣，赏赐犀角六只，象牙六对，琼浆三十瓮，绸缎三十匹，人参鹿茸，灵芝苁蓉若干，以佐助疗伤康复；天王李靖爱子哪吒，舍生取义，杀身成仁，生于天王之家，生得伟大，死于东海之滨，死得光荣，特追谥为平妖荡寇孝钦顺恭崇圣上上大将军；太白金星，不顾年事已高，不辞万般劳苦，事无巨细，亲力亲为，特赐炼丹炉两座，仙鹤五对，凤羽马尾拂尘十柄，若干冰片沉香，朱砂雄黄；风仙沙仙，为解天庭后顾之忧，不远万里，披荆斩棘，蹉跎跋涉，异域山川，别样风物，尽为我朝所知，尽为我朝所用，功劳苦劳一并录入，特赐于阗羊脂玉如意一对，并念及你哼哈二将，风里来，沙里去，再赐御制斗篷披风各一件，檀香扇两柄，阴沉木拐杖两把；其他各路龙王及龙子，各路江河湖泊诸神，金吒木吒巨灵神，天佑元帅，太阴星君，秦广王，楚江王，牛头马面，各方阴帅鬼将等，均赏赐珍宝珠翠，金银细软，琼浆绸缎若干；所余各部参战将士论功行赏。不得延误，不得遗漏，天恩浩荡，雨露均沾。至于老十太阳，朕这里已备妥备足赏赐。不过，九阳方灭，兄弟一场，手足血脉，尚观后效，另表不迟。"

玉帝言罢长舒一口气，慈眉善目地环视着御前黑压压的各路文武仙尊。

虽说玉帝论赏之前，曾言及三战皆墨之罪责，暂不论处，却也并非一概既往不咎，听得各路仙尊战战兢兢，心里直打鼓，心虚直冒汗。先前的喜上眉梢瞬间了无痕迹，原先的意气风发顷刻间冰凉彻骨。至于随后的一系列恩赏和颁赐，各路仙尊，哪里听得进去，高兴得起来？个个已是如履薄冰，如临深渊。一俟玉帝宣讫，满腹鬼胎的一班股肱重臣，连忙从班列中跨前几步，唯恐落后，五体投地，赶紧跪拜谢恩，只想一表心迹。

"各位爱卿，快快平身，难道需朕亲自下来搀扶不成？"

"谢陛下隆恩，陛下万岁万岁万万岁。"

重臣们争先开口抢着说，七嘴八舌乱糟糟。

"慌甚？现如今，堂堂正正端坐灵霄宝殿，一个个慢慢表来不迟。"

太白金星和阎王爷一并躬身致意，直起腰板就要唱喏，却撞个正着。两位相视一笑，面露尴尬，皆抬手做出谦让姿态。

玉帝干脆利索："太白金星年事已高，请先道来。"

"多谢陛下钦点，多谢阎王爷承让。"太白金星捋捋银色长髯，开口说道，"方才听得陛下一番宏论，实在高瞻远瞩，老朽钦佩至极。虑及陛下恩赏多多，老朽身无寸功，心中着实不安。"

"爱卿功勋卓著，根本无须惴惴。"

"一败琅琊台，二败东海滨，三败鸡冠山，陛下皆不动声色，泰然处之，以闻所未闻的定力和高屋建瓴的远见，亲自指挥，亲自部署，战略转移，西迁瑶池。敌进则我退，敌驻则我谋，敌疲则我攻，从容调度，集结优势，点点滴滴，方方面面，运筹帷幄，决胜千万里之外，方有今日之胜果。"

东海龙王也挤上前来，扶了扶自个儿的龙角："老夫也有几句话想说道说道。"

玉帝正听得心花怒放，冷不丁被东海龙王横插一杠，抢嘴打断，心里不悦，但想着如此大喜之日，不可扫了兴致，更不可扫了各路文武仙尊的兴头，遂隐忍未发："龙王爱卿，龙角之伤可痊愈？"

"多谢陛下惦念，八九不离十，大体已康复。"东海龙王顺手摸了一下龙角折断处的伤疤。

"有话但讲无妨。"玉帝扬了扬手。

"老夫最初并不曾明白，仅凭一腔热血，想当然一味蛮干，拼死搏杀，结果弄得自己伤痕累累，颜面扫地。现今事后，再行回顾，三战皆墨却仅仅是个诱敌前奏，战略序章，一切尽在陛下手中掌握。先佯装败北，一败二败，尤显不足，再施以三败迷惑九阳，而后大举西撤麻痹九阳。静候九阳心高气傲不可一世之际，只待其沿着东方龙脉步步深入西岳华山，盘踞华山之巅后，陛下审时度势，统筹兼顾，借其白光催生冰川融化，催发昆仑巨浪，反其道而行之，浩浩荡荡，横扫东方，将华山之巅团团围困。天时加地利，而后统领天地三界反攻倒算，不费吹灰之力，以九阳之道还治九阳之身，一举铲灭九阳这个大魔头。老夫至今闲来无事，每每忆及这些进退回合予取予夺，欲擒故纵借力打力，无不为陛下雄才大略泼墨点睛之杰作叹为观止。老夫逐渐琢磨出当中蕴含的无上奇妙玄奥，品咂出其中非同凡响之深邃况味。陛下收拾天地重整三界，胸有成竹布下棋局，犹如烹小鲜，信手拈来。老夫不禁对陛下之宏图远略由衷地钦佩，无限地敬仰。"

玉帝正想开口，却见阎王爷抬眼望向这边，一扫过往那副事不关己高高挂起的清流做派，似已按捺不住。

"阎王爱卿不妨也畅所欲言。"

"多谢陛下。罪臣起初犯糊涂，不明大义与大局，只是料想区区一个九阳，有甚担心之处？只需遵圣旨，听天命，竭地利，尽职守，必将克敌无虞。哪承想九阳来势凶猛，一而再再而三，攻城略地，尤其是罪臣率兵围剿鸡冠山之役，也落得个丢盔卸甲，深负陛下厚望，实在有愧于陛下隆恩赏赐。"

"朕记得方才讲过，三战皆墨之罪责，此刻暂不论处，但并非一概既往不咎，功是功，过是过。今儿个朕高兴，过与非，另当别论。这赏赐，不为过，不为过，且安心收下。"

"扑通"一声，阎王爷直挺挺地跪了下去："多谢陛下恩赏，祝陛下万寿无疆，万岁万岁万万岁。"

"阎王爱卿平身。"

"罪臣不敢。恳请陛下责罚罪臣跪拜着说话吧，如此这般跪拜着说话，罪臣心里觉着踏实，觉得心安。"

"且随爱卿之意。"

"陛下自始至终，胜券在握，却丝丝缕缕未曾透露半分。倘若陛下提前稍稍吐露半点，罪臣统率鸡冠山之役当会佯败得更加体无完肤，佯败得更加痛快淋漓，让大魔头九阳更加飘飘然起来，信以为真。"阎王爷话音刚落，大殿已哄笑四起，就连玉帝也忍俊不禁。

"说一千道一万，罪臣实在佩服得五体投地。远的不讲，单说这钟馗，单说这昆仑剑与匣，无一不是陛下钦点钦赐。微臣只想寻个降妖除魔斩鬼除恶的主儿，怎会想得如此长远周详？陛下竟然许久之前即已看透看穿，不失时机，委以重任，赐予神器。陛下心如明镜，见微知著，计议在先，料知必有大用。扪心自问，自叹弗如，微臣实在不及陛下之万一，不及陛下之十万，百万之一呀。"

"阎王爱卿，辛苦东渡，将鸡冠山之役失散落单的钟馗重新招募麾下，这才为最终决胜做足准备，实乃大功一桩啊。"玉帝有感而发。

"东渡找寻钟馗，微臣留守阎罗殿中，皆属微臣分内跑腿之事。而论及传诵陛下圣意，乃重中之重之急务要务。微臣心里怎会料得及，两眼怎会瞧得出，名不见经传的一介小小撞死鬼，竟然如此不可貌相。西岳华山之役一战功成。全仗陛下慧眼识珠，全靠陛下神器加身，全凭陛下先知先觉，否则，仅微臣无水之眼力见儿，估摸着，早已将钟馗打入十八层地狱上刀山下火海去了。"

"阎王爱卿，休论其他。奉旨东渡，千方百计，及时召回钟馗，寻见昆仑剑与匣，当属功不可没。"

"陛下慧眼识珠，这才说到了正题，说到了点子上，"沙仙耐不住寂寞，"正是陛下先见之明，将馗匣随了昆仑剑一并赏赐钟馗，方成就了钟馗不世之举。若是仅凭昆仑剑，没了馗匣，或者，仅凭馗匣，没了昆仑剑，量他钟馗又怎样？不信他钟馗消得冰川积雪，修得水库湖泊，发得昆仑巨浪。"沙仙只顾嘴巴痛快，一顿直言吐露，大殿突然安静了下来。

沙仙似乎话中有话，话有所指，模棱两可莫衷一是，似有隐情，戳中痛点，又似乎庆功大喜之日，讳莫如深，不该信口开河。沙仙也觉出自个儿未经熟虑，言语唐突，干咳两声，望向风仙挤眉弄眼。

关键时刻，不愧打虎亲兄弟，上阵还需老夫妻。

只见风仙不紧不慢地翕动两片薄嘴唇，露出满口黄金牙，搅起三寸不烂舌，一句句娓娓道来，打破了僵持，缓和了局面："陛下慧眼识珠，老朽别说不如陛下之万一，看来就是千万之一，万万之一也弗如呀。说起钟馗神器加身，属这黑小子祖坟冒青烟，前有阎王爷保荐，后有陛下青眼看顾，遂忍痛割爱，不惜将昆仑剑和白玉匣这两件绝世宝贝一并恩赏与他。古往今来，可有谁出其右？唯有钟馗这个黑小子。他钟馗不出力，谁出力？他钟馗不当先，谁当先？陛下的先见之明真乃前无古仙，后无来仙，不，实乃实乃，前无先皇，后无来帝。"龙椅上安坐的玉帝和各路文武仙尊均被风仙一席话逗得哈哈大笑。

风仙不为所动："大家细细思量，是不是这么个理。再说了，还有谁比得过陛下文韬武略，智勇双全？单说这个大魔头九阳，陛下那可是知根知底，了如指掌。纵观天地之间三界内外，有谁知晓九阳软肋？谁会知晓九阳死穴？唯有至尊至圣的陛下，这才开启大神后羿之射日余威，派出月宫嫦娥亲赴华山之巅。为确保嫦娥之安危，钦点天王李靖率领天兵天将前后护佑，不离左右。不晓得诸位可曾听说，老朽可知晓得清清楚楚。阵前的天兵天将，阵前的金瓜侍卫，口口相传，早已传开。当嫦娥大大方方地显形露脸，大魔头九阳一眼就瞧见嫦娥，各路仙尊猜猜看，怎么着？不可一世的大魔头九阳仿佛瞧见死而复生的大神后羿，瞧见后羿正左右开弓瞄准自个儿的胸膛，还不等嫦娥发威，九阳业已瘫软，不，业已绵软，如一坨扶不上墙面的烂泥巴。正当此时，钟馗的昆仑剑逼近，将剑刺入九阳胸膛。据传大魔头九阳立刻缩成婴孩般大小的一团肉肉，嗷嗷乱叫，尚未毙命，正正好，被锁入白玉匣匣永世不得翻身。"大殿里欢声雷动，掌声不绝，颂声一片。

玉帝摆摆手，让各路仙尊安静。

天王李靖拱手上前朗声道："微臣东海之滨战败之后，犬子阵殁，杨戬重伤，宝塔毁弃，无功却受陛下如此厚爱和恩赏。无功而受禄，问心实在有愧。"

"李天王何愧之有？何为无功受禄？爱卿爱子哪吒临危不惧，忠君献身，折戟沉沙，马革裹尸，理应重赏。而最后关头，李天王亲自挂帅，嗯，亲自护送月宫嫦娥亲临华山战事前线，立下大功，更应大褒大奖才是呀。"

天王李靖脸上闪过一丝红潮，转瞬即逝："护送月宫嫦娥远赴西岳华山，当属微臣分内之事，况且月宫嫦娥——"

玉帝不待李天王说完，直接打断道："月宫嫦娥此番心力交瘁，未能赶来庆功朝会，不过，论功行赏，朕与王母娘娘已为月宫嫦娥妥善备齐了首功之奖赏。朕今儿个高兴，特地安排了庆功宴，这可是朕与众爱卿返回灵霄宝殿之后，首回欢聚一堂。朕同王母娘娘打算与众爱卿痛痛快快畅饮个不醉不休，请众爱卿稍稍歇息片刻。"

天王李靖听闻玉帝故意岔开话题，只好闭嘴，不再执拗。

玉帝身旁手执拂尘的御前童子不待吩咐，小碎步已走下御阶，赶去后宫迎接王母娘娘一行。

王母娘娘果然出挑，不同凡响：头上盘就八宝金丝凌云髻，两鬓斜插朝阳五凤珍珠簪，发端垂下紫金流苏风步摇，脖颈缠绕五福螭龙璎珞圈，肩头搭盖嵌银鎏金黄丝绦。只见王母，轻挪莲步，珠翠叮咚，环佩淙淙，香风袅袅，衣袂飘飘。近前望去，眉若弯月，眼似秋水，面若凝脂，色比牡丹，自带无法言说之肃穆庄重，尽显母仪天下之威严阵仗，气度不让须眉。

王母娘娘在丫鬟侍女的簇拥下，众星捧月一般，翩然而至，款款落座。夫唱妇随，四目对望，好一双天设地造，好一对三界绝配。

大殿里各路仙尊骚动起来，纷纷起身问安。

王母娘娘离座，微微侧身敛衽算是回敬致意。

玉帝直截了当地挥挥手："众爱卿少安勿躁，且免去繁文缛节。但愿将问安之殷勤，尽数化作今日海量，岂不十全十美，尽善尽美？"说得大殿欢声笑语不绝。

谈笑间，酒香肉香飘进大殿。

两队侍女从大殿正门鱼贯而入，旋即燕尾开衩，背对背，分两路，各自沿着正门入口两边的隔扇窗棂，背向行至大殿左右端头，立定转身，面朝御案。自第一排站齐，二排三排，后继衔接，陆续行进，片刻工夫，合计四排。但听的女官一声莺啼燕鸣般的号令，首排居中的两位侍女手捧金盘，两旁的侍女手捧银盘，齐刷刷地一字排开，横向前进，穿过各路仙尊落座案几间的缝隙，悄无声息，碎步来到御案之前。又听的女官一声号令，当中手捧金盘的两位侍女毕恭毕敬地迈上御阶，轻手轻脚地将金盘里的杯箸碗碟放置在御案之上。御阶前的其他侍女则扭动腰肢转过身来，面对大殿里的各路仙尊，依次将银盘中的杯箸碗碟诸物件，逐一摆放在黑红大漆案几之上，待归置完毕便返回大殿正门隔扇处。首排侍女们手捧空无一物的金盘，一个个隐入列队后边，退居第四排。

第二排则前行一步，变身首排。居中的金盘上明晃晃的夜光壶和夜光杯，当属玉帝王母的御用之物，所余的银盘上都是各路仙尊享用的酒壶和酒盅。

这第三排的金盘银盘上都是山珍与海味，极尽烹煮与煎炸，精选色香与味美，备足五荤与八素。

最后第四排，那可是王母娘娘亲点的蜜瓜仙果，一个个红似火，绿如翠，白如玉，金灿灿紫艳艳，琳琅满目若晚霞。

各路仙尊早已迫不及待，眼睛看得吃不得，鼻子闻得饮不得，耳朵听得尝不得，眼巴巴垂涎欲滴。

此情此景，玉帝举起夜光杯共邀王母娘娘一同起身，朗声说道：“铲除九阳，还我乾坤，天地同庆，三界共贺。朕携王母，敬众爱卿一杯。”

“谢陛下，谢王母。”称颂之声，充盈大殿。

“朕与王母再敬众爱卿一杯。只为君臣一体，上下用命，患难与共见真情，危机四伏显真章。”各路仙尊无不仰脖，一饮而尽。饮罢，细品玉帝所言，似乎话有所指，难以揣摩，继而，有的喟叹，有的唏嘘，有的频频点头，有的闭眼沉思。

“这第三杯酒，敬祝死难将士及大魔头九阳荼毒之天地三界之亡灵。”玉帝一脸沉痛，侧过一步，举杯齐眉，缓缓地祭酒于身前。王母与各路仙尊皆面色凝重，依序祭酒。

大殿陷入片时沉寂，玉帝略略地深喘一口，端起夜光杯：“琼浆已过三巡，看馔并未过五味，此刻，少安勿躁，朕有话要讲，中听不中听，且姑妄听之。众爱卿该不会忘记，朕曾告诫，功是功，过是过，功过自有公论。先前三战皆墨之罪责，暂不论处，但并非一概既往不咎。”说罢，玉帝面无表情，环视一圈。

大殿里突然静得针尖儿落地都听得见，想必各路仙尊吊着的那颗心，擂起鼓来“咚咚咚”七上八下直灌双耳。是福不是祸，是祸躲不过，该来终究来，也许会迟来，时辰未曾到。难道只在眼下，石头便要落地？这急吼吼的三杯仙醪下

460

肚，美味佳肴未及品咂一口，眼见得玉帝板起宽皮大脸。诚惶诚恐的各路仙尊已丢了胃口，失了酒兴，不晓得会是哪一位倒霉的大仙大神先做这出头的椽子，从谁起始，到谁结尾。顷刻间大殿里阴云密布，各路仙尊陆陆续续地侧身黑红大漆案几一旁，跪伏下去，仿佛利刃高悬，就悬在头顶之上。

"朕，只想告诫和敲打众爱卿，三战皆墨乃天地三界奇耻大辱，不可不吸取教训，不可不居安思危。朕与众爱卿当扪心自问，当下局面，来之不易。"大殿里鸦雀无声，"值此喜庆的日子，朕不想败兴，朕是真的高兴。回顾过往，朕颇多失策之处，三战皆墨之罪责，由朕来承担。当着众爱卿，自罚三杯视为罪己。"不待各路仙尊明白过来回过味，玉帝一手举杯，一手擎壶，自斟自饮，自罚三杯罪己酒。当玉帝饮到第三杯时，大殿里已是磕头倒蒜，山呼海啸。一声声情真意切的"万岁"穿云追日，绕梁不绝。各路仙尊有的连陪三盅，有的不知陪了多少盅，更有甚者，张开大嘴对着酒壶小嘴可劲儿猛灌，不为其他，死心塌地只求陪伴玉帝，一醉方休。

这下可好，黑红大漆案几上的山珍海味，奇异仙果还分毫未动，各路仙尊已是面色潮红，发髻歪斜，口齿不清，东倒西歪。

老成持重的太白金星撇开龙头拐杖，结伴天王李靖，端起酒盅，相互搀扶，摇摇晃晃地来到御案前，"扑通"一声跪了下去，齐声称颂："谢陛下恕罪之恩。"

玉帝见状与王母娘娘一道起身走下御阶，来到近旁，分别扶起两位重臣。

玉帝心中知晓天王李靖原本有话要讲，这会儿借着酒劲儿，指不定胡言乱语。大庭广众，只可意会，怎可言说？玉帝随即和颜悦色地对王母说道："如此喜庆之日，有劳贤妻代朕四处走动走动，敬敬有功之臣。朕向来最为佩服贤妻之海量呢。"

王母娘娘听闻，顺梯子往上爬："臣妾遵命就是了。至于海量，还是月亮，臣妾自有一本账。"

"管它何等酒量，贤妻往下瞧瞧，众爱卿可都在等着盼着呢。"玉帝装个糊涂，打个圆场。

"难道还指望回心转意不成？"王母娘娘话已说到，瞥了玉帝一眼，不再言语，心有不爽地随侍女引导，姗姗离去。

见王母走远，玉帝心照不宣："受邀不来，也好，也好，免得一时激愤，不好收场。"

"嫦娥有怨气，自然不会来。"太白金星苦笑道。

"若要嫦娥怨解气消，老臣实无良策。这一路东去，骂骂咧咧，老臣腆着脸申明大义，好说歹说费尽口舌，也难撼动嫦娥决绝之心，毕竟情非所愿呀。况且嫦娥亲临华山之巅，亲历华山之战，亲眼看见钟馗降伏大魔头九阳。一介弱女子，命不该绝，如今安然无恙，得以如愿归来，老臣觉得善后之事，说句当讲不当讲的直白话，看来非得陛下亲自出面不可。有些难言之隐，嫦娥这个老婆姨，老刁婆子，若要不管不顾耍起疯来，大呼小叫，说将出去，风言风语，着实有碍天庭观瞻，有损天庭威仪。"天王李靖借着酒劲儿不吐不快，只拿天庭说事儿，刻意避开讳莫如深之不堪。

"两位爱卿所言极是，朕思虑万千，拟作三步走，三步共抓，齐头并进，一步不能少，三步都得硬，都需抓到底。"玉帝意味深长地望着两位重臣。

"陛下英明，老臣洗耳恭听。"太白金星和天王李靖靠前一小步，低头附耳过来。

"这第一步，朕主张，特为嫦娥之首功，量身定制一个响当当的名号，朕粗粗思忖，诸如此类，'后羿遗志，万世巾帼'，甚或，'舍身取大义，成仁真蛾眉'。金匾题名，大张旗鼓，天地三界仰慕，旌表事迹流芳，尚需两位重臣，亲赴一趟月宫。此番不必遮遮掩掩，正可谓大大方方，名正言顺，锣鼓喧天才好。"

"陛下主张，周密审慎，无懈可击，抬出大神后羿，彰表遗志传承，看谁还敢聒噪，实在绝妙至极。臣下愚见，'后羿遗志，万世巾帼'似乎更为妥切，不晓得陛下圣意如何？"太白金星弯腰弓背。

"李天王有甚高论？"

天王李靖略一欠身："既然意欲突显嫦娥之首功，臣私下以为不如直来直去，直奔嫦娥功德，免得被误认作借助大神之余威，攀附后羿之盛名，故而臣下觉得'舍身取大义，成仁真蛾眉'，更加醒目，更加振聋发聩。"

"两位重臣不愧天庭之柱础，所言皆有道理，容朕稍作修正。不妨合二为一，既不拉虎皮做大旗，又可彰显嫦娥首功，'万世巾帼，成仁蛾眉'，两位重臣以为如何？"

"陛下英明神武，老臣钦佩无比。"太白金星，天王李靖异口同声。

玉帝点点头，继续说道："这第二步，朕刻意为嫦娥这个小妮子备下一批特别之首功赏赐，不信嫦娥不欢喜。两位重臣一并带去。得空私下会会嫦娥，切勿操之过急，动之以情，晓之以理，将利害取舍说透彻，将轻重缓急讲清楚，所图无它，只求相安无事。最后，还有这第三步，另行择时吧，"玉帝抬眼看看王母娘娘正忙着与风仙沙仙推杯换盏，放下心来，压低嗓门，"朕亲自出马，不信小妮子不听话。呵呵，呵呵。"

"若得陛下如此亲力亲为，何愁月宫不安稳？何愁嫦娥不服帖？"太白金星靠近玉帝耳边低声说道，"老臣新近觅得上古良方，历经丹炉七七四十九天，炼就金枪不倒大力神丹，可极尽采阴补阳之能事，明儿个即为陛下亲自奉上。"

一旁的天王李靖耐不住寂寞："如此美事，兄长岂可遗漏愚弟？"

"本就情同手足，自当一并奉送。"

"两位爱卿实乃朕之左膀右臂，来来来，你办事，朕放心。"玉帝满心喜悦地瞧着太白金星，再瞧瞧天王李靖，端起夜光杯，面露会意之色。君臣三位，一饮而尽，彼此相视一眼，不约而同，拊掌开怀大笑。

笑声未尽，太白金星身后传来熟悉的声音。

"远远瞧见陛下与两位重臣其乐融融，实在羡煞微臣，想着过来凑个热闹，向陛下讨杯酒喝。"

玉帝循声从太白金星和天王李靖肩头的缝隙望去，只见阎王爷满脸堆笑，高捧酒盅。

"来来来，来得正是时候。阎王爱卿三番五次辛劳，为铲除九阳付出不可磨灭之贡献。朕与三位爱卿共饮一杯。"

太白金星未曾进食肴馔点心和瓜果，或许空腹多饮了数杯，琼浆劲力直冲天灵盖："阎王爷这回扬眉吐气呀。钟馗乃阎王爷手下降妖除魔斩鬼除恶之干将，昆仑剑和馗匣，亦为阎王爷一手倾心打造呈贡陛下王母的极品宝贝，功不可没，可喜可贺呀。"

阎王爷一边听着，一边留意玉帝的脸色。看看太白金星自顾自醉话连篇，口无遮拦，连忙打断道："这都哪里话呀！实在是过奖过夸，实在是抬举微臣。您再想想，那可是陛下独具青眼相中了那个一步登天，又黑又丑的钟馗。陛下更是忍痛割爱，将昆仑剑转手赐予钟馗，而且，不应忘怀，王母娘娘毫不吝惜地将馗匣一并赠予。若非如此，怎会有钟馗的华山壮举？对了，顺带提一句，微臣可是跑断腿，费尽千辛万苦才寻见失散已久躲去昆仑的那个臭小子。路上往返，一来一回，一言难尽，不提也罢，不提也罢，微臣心底实在替陛下和王母娘娘高兴呀，再敬一杯，略表微臣寸心。"

"阎王寸心，朕收了，朕可真收了！"

"请陛下放心，微臣不仅有寸心，还有尺心和丈心，统归陛下调度，就是不敢丝毫有二心！"

"哈哈哈，说得好，说得妙，来来来，共同饮一杯。"

太白金星方才兴头上被阎王爷硬生生地打断，心有不悦，面露愠色，故意哪壶不开提哪壶："可记得，老早前，此殿中，阎王你，曾与陛下赌一局？老臣记得真真切切。"

阎王爷忙不迭用手指指太白金星的大嘴，狠狠瞪去一眼，却也拿他无可奈何："都是微臣，不不，都是罪臣酒后失态，醉后乱性，吃了豹子胆，死乞白赖地央求陛下赌上一局。再说了，即便赌局作数，陛下已然胜出，罪臣愿赌服输。"

"此话怎讲？"天王李靖直不愣登地追问。

"罪臣在钟馗身上似曾瞧见自己早先的影子，不禁心生恻隐，暂缓论罪，拟令其戴罪立功，以观后效，故而醉酒之后，赌钟馗是个降妖除魔斩鬼除恶的坏子，如今回想起来，若是陛下王母娘娘不曾割爱赏赐，无剑无匣的钟馗，充其量一个凡鬼俗胎，至多一个熟诵四书五经的书蠹小鬼罢了，或迟或早必将沦为妖魔精怪下酒的点心小菜。即便侥幸逃脱魔爪，还不得打入十八层地狱服罪受刑？这般看来，岂非罪臣输得个干干净净，服服帖帖，无话可说？"

玉帝听得笑容满面："若非太白金星念及，朕，真就忘记这档子猴年马月的赌局。朕依稀记得当初已微醺，阎王爱卿盛情难却，该是赌情难却，经一番讨价还价，爱卿颇为认真上心。这降妖除魔，斩鬼除恶，本就是天地三界之初心使命，而今最终将九阳铲除，幸甚天地，大快三界，此乃君臣上下齐胜，内外共

464

赢，哪里来的输？倘若非要姑妄论个赌局输赢，试问阎王爱卿若输了赌局，众目睽睽之下，怎好拿出酒醉玩笑之语，粗鄙不堪地对待立下首功之嫦娥？若阎王爱卿赢了赌局，也就是说，朕输了，不过请阎王爱卿坐数日龙椅，代朕批阅几份奏章，有何不可？朕还巴不得忙里偷闲呢。要不，这就请阎王爱卿来龙椅上试坐一回？"玉帝慈眉善目地望着阎王爷。

"折煞微臣也，折煞微臣也。微臣万万不敢，万万不该，万万不想，请陛下治微臣罪。"阎王爷"扑通"一声跪了下去，脑门子叩得"咚咚"直响。

太白金星扇完阴风，点完鬼火，一副装聋作哑，隔岸观火的架势，急得天王李靖赶紧俯下身子将阎王爷拽起。阎王爷额头已渗出几缕血痕。

"今儿个高兴，阎王爱卿，不必拘泥。这酒后失礼，酒后失态，谁不曾有过？哪有揪住不撒手的理？"

"谢陛下为罪臣做主，为罪臣宽怀。"

玉帝顺手掏出块黄灿灿的手帕递给阎王："赶紧揩揩脑门血迹，让众爱卿瞧见血光，成何体统！朕这里还有话要对你说呢，爱卿先留留。"

太白金星听话听音，与天王李靖一道躬身告退。

阎王爷黑眼珠子滴溜溜乱转，正在抓紧时间猜想玉帝用意，却听得耳后飘来太白金星故意提高嗓门的一句话："金枪不倒大力神丹，妙不可言，为兄改日便给天王贤弟亲自送去。"听得阎王爷抓耳挠腮，嘴角流出哈喇子。

"阎王爱卿琢磨何事？怎么突然闭口不再言语？"

"一点小心思尽被陛下看透看穿，方才留意听得太白金星说及金枪不倒大力神丹，微臣苟且，恰在琢磨，即被陛下点破。"

"多大个事儿？太白金星明儿个自当贡奉过来，朕答应转赠爱卿少许，如何？"

"多谢陛下隆恩。需要微臣效命效力之处，陛下尽管吩咐。"

"朕担心，这一对昆仑剑与匣，旷世利器，既然可将九阳铲除，天地之间，三界内外，有何物件，克得住昆仑剑与匣？朕深以为古往今来还不曾有过，但唯有天庭，方可正大光明地召回钟馗，召回昆仑剑与匣。令钟馗麾下听命，将剑与匣收归府库，别无他法。阎王爱卿，朕为此焦虑过度，考量再三，唯交付爱卿办

465

理最为妥当，朕心里才会踏实，才会安稳。"

"君忧则臣辱，君辱则臣死。微臣明白陛下圣意，微臣也曾忧虑这个钟馗桀骜不驯，来去无踪，指不定何时会犯贱犯倔，仗着手握昆仑剑，怀中揣馗匣，挟铲除九阳不世之功，头脑发热飘飘然，捅出天大的窟窿，堪比九阳，胜似九阳再生，更比九阳难对付。"

"阎王爱卿深明大义，深知朕心呀。不便强夺，只可智取。朕绝不允许这边铲除九阳，那边却又横空冒出个混世魔王。"

"微臣思前想后，量钟馗还不曾生出这般胆识和魄力。不过画虎画皮难画骨，按下葫芦浮起瓢，尚需未雨绸缪，防患于未然。若要智取，还请陛下明示。"

"钟馗华山之役居功至伟，不可谓不用心，不可谓不尽力。但此一时彼一时，为了稳妥收回昆仑剑与匣，朕打算网开一面，高看一眼，恩遇有加，给钟馗两个选择。其一，赏他个天蓬元帅或金瓜侍卫总提督，留任天庭，守在朕的身边，免得出去惹是生非当刺头，不服管。其二，颁给他天地三界大门神的名头，随他纵横驰骋，来去自在，去降妖除魔，去斩鬼除恶，为天地三界扫除祸害。朕打算另赐钟馗护身宝物，降魔神器。"

"依微臣浅薄之见，这个钟馗，相由心生，黑丑粗鄙，却外糙内秀，外刚内柔，外墨内朱，腹中自有诗书万卷，眉宇自带清流高节，读书可造，士风入骨，纲常如山，伦理在心。虽时常做下悖逆之事，却难见有甚出格之举。钟馗服软不服硬，秉承士可杀不可辱之操守。但窥一斑而见全豹，万变不离其宗。俗话说，百无一用是书生，或独善其身，或兼济天地，故而，用智为上，不可强取豪夺。陛下预留二选一，想必钟馗得此恩宠，获此殊荣，必将感激涕零，或乖乖听命留任于天庭，或重归属下重操旧业。微臣掐指算来，钟馗一介匹夫，穷酸书生，理应更喜任职天庭。但凡一朝成仙，既可雪其状元入仕之怨，也可圆其光宗耀祖之愿。既可独善其身，也可兼济天地。水到渠成，何乐而不为？微臣以为即便赏赐一对儿熊心豹子胆，钟馗也不会做甚有违纲常伦理，有悖士族风范之不齿之事。不过自打华山之战，钟馗尚未露面。钟馗手下的两员得力干将，倒是前后脚投奔而来。这就打发出去召回钟馗，天涯海角，掘地三尺，活见钟馗，死必见尸。"
阎王爷信誓旦旦。

"如此甚好，如此甚好，阎王爱卿心知肚明，朕这就等着爱卿的准信儿。闲话休提，随朕一同前去与各路仙尊痛饮一番吧。"

"微臣简直受宠若惊，求之不得，求之不得呀。"

玉帝在前，阎王在后。

玉帝志得意满，阎王亦步亦趋。

玉帝谈笑风生，阎王眉开眼笑。

灵霄宝殿春风二度，辉煌依旧。

第六十七章　矢志后羿化剑匣　假手钟馗半称心

白玉馗匣温润细腻。

九阳鲜活的脉动从馗匣中阵阵传来，微弱却不乏执拗和坚定。透过馗匣的白玉盖和白玉壁，可见化作银针的昆仑剑随着九阳的脉动一下下闪着光晕。馗匣紧贴在钟馗起伏的胸膛上，慢慢地，钟馗的心跳逐渐被九阳的脉动拖拽牵扯，居然与九阳的脉动遥相呼应，同频共振。钟馗的丹田不由得涌出一股热浪直冲天灵盖，随后在浑身上下游走起来。钟馗的脑袋渐渐地膨胀，头痛欲裂，天旋地转，从脏腑中催生出一连串的轰鸣声，直灌双耳，隆隆作响。

钟馗不敢大意，连忙从怀中掏出馗匣，伸直手臂，远远地将馗匣端放在掌心，心跳随之慢慢和缓下来。热浪渐消，轰鸣渐息，头也不再疼痛晕眩。

怀中揣不得，胸前捧不得，难不成穷尽一生高高端着馗匣行走天地之间，闯荡三界内外？

若交归天庭，岂可忘怀天庭所作所为，无所不用其极。大敌当前，竟然不计后果，祭出嫦娥敬献九阳。无耻行径，可窥一斑。

或托付阎王爷，为阎王爷作嫁衣，与交给天庭处置有甚分别？

不管天庭作何打算，保不定猴年马月再来一回九阳掀翻蓬莱横空出世的大灾祸，三界内外再受一遍二茬苦，再遭一遍二茬罪。至于高高在上的大神大仙指不定心思隔肚皮脑后生反骨，滋生出养痈自重养疽贻患之私心，挟馗匣，挟九阳，叫板天庭，叫板天地三界，那也是说不准的事儿呢，活脱脱埋下一个大祸根。

或可交给昆仑精灵去处置，精灵多多，顾虑亦多。名不太正，言不太顺，言多口杂，风声走漏，更为不妥。

满天星斗，银河横贯，夜空笼罩着西岳华山。

钟馗端着馗匣，臂膀酸痛，紧盯着从馗匣透出的一闪一闪的光晕。抑或，亲力亲为，亲手埋葬，亲自看护，方觉心中踏实有底。

左东右西，面南背北，脚踩西岳，龙脉之脊。

唯有西天昆仑高原，东方龙脉之源，方可魇镇大魔头九阳。

唯有西天昆仑高原，极尽纯阴之奇寒大凉，方可压制九阳之纯阳。

唯有西天昆仑高原，令九阳胆寒的大神后羿的长眠之所。万千年来大神后羿早已融化在昆仑高原，昆仑即是后羿，后羿便是昆仑，合二为一，不分彼此。

辽阔天地之间，苍茫三界内外，更有何处堪比昆仑高原？

钟馗猛然间激灵灵打个冷战，这昆仑剑，这馗匣，仿佛正为九阳量身打造一般。

千真万确，回想昆仑剑刺入九阳胸膛的一瞬间，九阳满眼惊悚，那一声恐惧夹杂着无望的哭号："你，还是你，该死的后羿。"寥寥数言，道破天机，九阳当真看见大神后羿？大神后羿当真显灵现身？剑钉九阳心，匣锁九阳身，如此看来，冥冥中假手我钟馗代行大神后羿射日灭日之初心。托身我钟馗善始善终大神后羿万千年来未竟之使命。

似醍醐灌顶，钟馗倒吸一口暗夜的清凉，似乎茅塞顿开，不禁毛骨悚然。轻飘飘的大漆剑鞘依然斜挎腰间，胡思乱想之际，天际飘来一个声音，若有若无：

干旱将毁灭你们，我会拯救你们，留下希望。

包包蛊？钟馗一愣，前后左右细瞧，哪里有包包蛊白胖胖的身影？可明明白白听见包包蛊常挂嘴边，天天讲月月讲的神秘血书啊。顾不得那么多，容不得再耽搁，看来，真就一条门神的命，真要将这门神坐实坐穿坐笃定，彻头彻尾当一个守墓护匣的大门神。

东方露出一抹淡淡的鱼肚白。时不我待，赶紧动身，钟馗微微弯曲已经僵直的臂膀，另一只手从怀中掏出褡裢，用手指撑开褡裢的开口，将馗匣放进褡裢，再把褡裢斜系在肩头，置馗匣于臀后，好让馗匣远离胸口。如此这般，神不知鬼不觉，悄无声息地沿着龙脉，前往东方龙脉发祥地。

钟馗单腿轻轻一点，腾空而起，如鲲似鹏，向着昆仑高原最深处的冰峰雪山飞去。

昆仑高原，莽莽雪域，迎面吹来凛冽的风。

钟馗头顶蓝莹莹的天，脚踩朵朵白云，云影投在参差错落的高原和沟壑中，如波似浪，缓缓游走。回想数日前，九阳白光嚣张，冰川积雪渐次消融垮塌，雪崩冲进湖泊水库，化作滚滚向东的昆仑巨浪，荡涤干旱，扫除灾祸，先行毁灭再行拯救，为生灵活物留下希望。而如今，秃崖断壁，累累山石岩土裸露在外，残存的冰川积雪斑斑点点，曾经遍布昆仑高原的一面面亮闪闪的铜镜，在巨浪的咆哮中，不见踪影。

时光如梭，岁月无痕。此时此刻，此情此景，白光不再，蓝天与白云，太阳与寒风，巍巍昆仑雪域高原，只要雪花飘舞起来，或迟或早，冰川和积雪还会回来，变回旧时的老模样，冰雪无涯，望不到尽头。

向西，昆仑高原的最西端。

那里有更多的冰川和积雪。

那里喷涌东方龙脉初始的勃勃生机。

那里奇寒大凉，云雾半山腰，雪峰耸立，直插苍穹，恰似墓碑镇妖魔。

那里还有大神后羿无处不在的精与气，灵与肉，魂与魄。

那里靠近玉龙河，靠近沙枣林，靠近香娘娘。

一边镇墓，一边守灵。镇墓大魔头，死心塌地做个天地之间镇墓九阳的大门神。守灵香娘娘，死心塌地做个三界内外守灵香娘娘的小门神。

在冰清玉洁的昆仑高原最西端最高处，依然残存有道道雪岭爬卧的雪原，条条雪脉横贯西东。大大小小的雪山零星分布，居中的五座挺拔突兀的雪峰映入钟馗的眼帘，远远望去，犹如五鹤立鸡群，疏密有致肩并肩，恰似五指向上伸。气宇不凡的中指雪峰，顶天立地，傲视群峰。

中指雪峰之顶，在如此隐秘的绝境埋葬九阳，殉葬昆仑剑与馗匣，神不知鬼不觉，只有天知，地知，己知。

钟馗不再迟疑，刻意避开太阳，飞到中指雪峰山顶的一处背阴的雪坡，拍拍臀后褡裢里的馗匣，顺手扯下腰间的大漆昆仑剑鞘，开始埋头刨挖。扬起的冰晶雪沫在蓝天的衬托下，在阳光的映照下一闪一闪亮晶晶，寒风中，如腾起的阵阵白雾。

刨挖了半炷香的工夫，钟馗已置身雪窟，但仍然没有凿见冰雪之下的岩土。若将九阳这般草草掩埋，冰雪上盖，无根无基，岂不形同虚掩，类似掩耳盗铃？

钟馗心有余悸，深吸一口奇寒大凉，咬着牙继续向下刨挖。

片刻过后，大漆剑鞘似乎剐擦到岩石，撞击声艰涩沉闷。钟馗眼睛一亮，不停地奋力深掘，果不其然，掘出不少碎石岩土。心中有底，看到希望，钟馗使出浑身力道，将掺和着碎石岩土的冰碴雪沫高高地扬出雪窟，让碎石岩土和冰碴雪沫飘落在坑口四周。

大漆剑鞘用来挖土扬沙，刨冰铲雪，不成问题，可如今遇到坚如顽铁的山石冻土，则一筹莫展。

碎石岩土和冰碴雪沫被清理过后，雪窟中间露出大块的岩石一角。钟馗上手掰一掰，上脚踹一踹，岩石一角纹丝不动。想着狠心用大漆剑鞘再试一回，又怕将大漆剑鞘撬断损毁，心下不忍。钟馗无可奈何地摇摇头，似乎到了山穷水尽确乎无路的境地，身累心累气喘吁吁，臀下一沉，侧身坐在岩石一角稍作歇息再做盘算。忽然，一股奇寒大凉从谷道“跐溜”一声，精准无误地直窜钟馗的肚囊，寒彻骨髓的冰冻惊得他一个蹦子跳了起来。不料，大氅后摆已粘连在岩石一角，这一跳，差点从他身上撕扯下一片。他赶忙捂紧凉飕飕的大臀，阻断寒气入口。

惊魂未定的钟馗，甩动大漆剑鞘，敲击臀下黑漆麻古的岩石一角，仿佛在敲击钟磬，居然敲出金石空灵之音，回响不绝，轻飘飘直飞云霄。钟馗吃惊不已，俯下身子，用双手，加上袍袖，将岩石上面散落的碎石岩土和冰碴雪沫清扫干净。他噘起嘴巴可劲儿吹上一气儿，眼前赫然现出一大块冰来，白中泛青，青中透亮。原来是冰川一角，与岩为邻，被积雪深埋。

钟馗将热气腾腾的黑手掌平放在大冰块上，但听得“哧哧”不断，指缝间飘起几缕白雾，奇寒大凉几乎要将他的手掌冻得僵裂。他连忙撤回手掌，靠近嘴巴哈气取暖，心里纳闷，大漆剑鞘不管是刨冰还是剁冰都不在话下，然而，却啃不动这个大冰块。自个儿冰里来，雪里去，见识过冰川积雪冰峰雪山，却从未见识过如此奇异的大冰块。他小心翼翼地将黑手掌再次搁置在大冰块上，想当然地以为冰面上必定会融化出一个手掌印，结果却不见一丝印痕。手掌渐已麻木，几乎失去知觉，他赶忙缩回手掌，谁知指尖却已飘荡起白雾。

钟馗另换手掌，快速地在大冰块上摩挲了几下，在雾气中凑近观瞧，不禁呆若木鸡。原来，此冰非冰亦非雪，并非冰川一角，更非山顶的岩石一角。那肌理，那石纹，那肉质，那份冰清玉洁，那份莹润凝脂，分明是深藏在中指雪峰之顶的玉脉之角。

钟馗一骨碌爬起来，满心欢喜，顾不得寒凉和痛楚，尽情地将两只黑手放在玉脉之角来回抚摸。古人所言不差，玉出昆冈，实在不虚。

转瞬，钟馗的欣喜烟消云散，即便仅需刨挖一处用来搁置馗匣的小坑小洞，研磨出一个小小的玉窟，可又如何撬开剥离，开凿打磨？靠一柄大漆剑鞘？仅靠一双黑手？只有上天知晓。钟馗傻傻地站在自个儿掘出的雪窟坑底。大不了，上天不助，就此打住，让万年冰雪掩埋馗匣，让中指雪峰魇镇九阳，不枉殉葬昆仑剑与匣。退一万步来讲，审时度势，因地制宜，未尝不可。

钟馗心有隐痛，只得退而求其次，用大漆剑鞘敲一敲玉脉之角，再拿手掌拍一拍，清越悠扬之音随寒风响彻山顶。

钟馗从斜挎臀后的褡裢里掏出馗匣，单手上扬，让它远离胸膛。昆仑剑随着九阳巨婴的脉动一闪一闪，似乎在挑衅在宣告。事到如今，事已至此，九阳之心不依不饶，巨婴之命真刚硬。怪不得大神后羿之神箭仅伤得其身，却不曾取其性命，怪不得华山之役插其心，锁其身，却并没如愿了结其性命。

钟馗在雪窟中站立良久，脑袋光秃秃的，寒凉肆意妄为，湿透的大氅早已冻结成冰，如同身披浆好的几扇布匹，举手投足"咔嚓嚓"脆裂乱响。

钟馗不经意间弯起手臂，稍稍将馗匣靠近胸膛，心跳再一次被九阳巨婴的脉动拖拽牵扯过去，随即丹田涌出热浪，又在周身游走起来，脑袋开始鼓胀，头痛欲裂，天旋地转。钟馗连忙用一只手捶打胸膛，另一只手将高举的馗匣暂时放在玉脉之角上，再腾出手来扶靠雪窟冰墙，稳住震颤的身躯。

等到头痛和晕眩渐渐消失，钟馗不想轻易放弃，想再试一试。若能搬动或搬裂一块玉石下来，将馗匣置于玉石之下，再覆以冰雪，说不上万全之策，却也聊胜于无，胜过用冰雪草草掩埋。

想到做到，钟馗伸手小心翼翼地去拿放在玉脉之角的馗匣，打算先把馗匣揣入臀后的裆裢，再施展全力，不信自个儿掰不下来一块儿碎玉。"嗯？"手指竟未吃上劲儿，打着滑没能从玉脉之角上拿起馗匣。他重新从上往下，用五指紧扣住馗匣，馗匣依然分毫未动。钟馗万分诧异，上前用双手抱住馗匣的两侧，使劲儿扳动，馗匣仿佛生根一般。

雪窟中，冰冻交加，但如此意料之外的震骇，着实让钟馗的额头渗出豆粒大的颗颗汗珠"噗噜噗噜"滚落下来。

馗匣中的昆仑剑一闪一闪，平稳持久。

钟馗忍不住低下脑袋，圆睁双眼，纳闷馗匣为何如此坚固，扳不动也撬不动，似乎和玉脉之角粘连一体，牢不可分。

不看则已，看罢之后，钟馗不禁后退一步，背靠冰墙，眼眶欲裂。原来，玉脉之角的万千纹理滋生出密密麻麻，细如发丝的雪白须子。雪白须子向上试探着，扭动着，千针万线缠绕住馗匣，好似深秋初冬时叶片上的霜冻冰晶，渐次蔓延开来连成网状一片。甚至听得见玉石须子生发生长，用力包裹馗匣时发出的"滋滋啦啦"的崩裂之声。细瞧馗匣，似乎灵犀相通，从匣盖和匣的外壁四周生出无数尖锐的玉石枝芽和藤条，与玉脉之角的万千须子穿插交错，攀附纠结，紧紧相拥，越系越紧，越扭越实，恰如中指雪峰的玉脉之角上凭空长出一只玉石鸟巢，将馗匣死死绑定捆牢。馗匣的纹路和玉脉之角的肌理，上下交汇贯通，内外融为一体。

钟馗尽顾着张嘴瞪眼，口角流涎，突发一阵好奇心，险些伸手就去扯拽一根纤长的玉石须子，但又举棋不定，将手停在半空。痴迷中，他猛然扬手一掌击中黑额头，恍然顿悟，如梦方醒。

大神后羿，虽落葬于昆仑，却余恨未消，矢志不渝。

于是，吸纳东方龙脉之精，聚集昆仑高原之气，万千年间，潜移默化，将其血肉入龙脉，筋骨融昆仑，凝结而成昆冈美玉，分身有术一变二，精为剑，气为匣，两厢辅佐，缺一不可。

后来，遗落世间，鬼域偶得，假手天庭，几经辗转，金重九首，各得其所。

自此，后羿之遗志，开启旷世追索，通天地之间，跨三界内外，降妖除魔斩鬼除恶，良苦用心，路途坎坷。终而，借我钟馗一双黑手，回归昆仑，功德圆满，中指雪峰魇镇九阳，了却遗恨。

钟馗不言语，定定神，将大漆剑鞘搁置在馗匣一旁。从此，剑与匣，剑与鞘，归一处，锁九阳，镇巨婴，善始善终，生死不带来，死生不带去，天地三界无牵挂。钟馗将双手再一次放在馗匣上面，触摸着匣壁上藤条般一道道细密的玉石根须，凹凸不平，层层叠叠，内里的昆仑剑隐隐约约闪着光晕。钟馗的心跳似乎又被扯拽。

钟馗松手，一跃而起，从雪窟跳出来，抡起双臂，手脚并用，上下翻飞，将坑口堆起的碎石岩土、冰碴雪沫撩进雪窟，一掩而尽。

如同昆仑高原老到的赤狐更像老朋友海麦斯惯用大尾巴毁踪灭迹，钟馗双脚来回腾挪扫抹，将雪窟表面踩踏平整，恢复原样，不留蛛丝马迹，然后飞上半空，上下前后左右，审视良久，这才放下心来。从此以后，两手已然空空如也，怀中、腰间和后臀上的褡裢已无任何羁绊。

第六十八章　跳出圈套存颜面　立心立命任逍遥

唯此愿，心足矣。

钟馗木呆呆地望着平整如常的雪窟，任凭寒风掠过，冰晶打脸，心生一丝不安，不安于九阳之脉动。也有一丝不舍，不舍得诀别昆仑剑与匣。想走不想走，离去暂未离，常情无奈，梦醒时分，不知不觉间双膝没入雪中，不经意间已是斗转星移，皓月当空。

牢牢记住中指雪峰，在中指雪峰做一回守墓的门神，做一个镇魔的门神。

钟馗搓搓手，拍拍空无一物的腰间，将褡裢卷巴卷巴揣入怀中。东方已经泛白，钟馗从积雪中拔出两条腿来，一飞冲天，直奔昆仑高原的最西端，再沿着陡峭的斜坡俯冲下去，飞向梦中那条水灵灵的玉龙河，飞向那片曾经驻足过的被黄沙掩埋的沙枣林。

漫漫岁月，四季轮回，历经洪水冲刷，历经戈壁狂风，黄沙侵袭。玉龙河水，天作被，地当床，随着洪峰，随心所欲。河水涨落，河床改道，千改万改不离其踪，反反复复又转回。只有沙枣树将根深深扎入地下，顽强地活下去，与巢中的大鸟不离不弃，相依为命，坚守一个共同的约定。

戈壁荒漠里伫立着几棵孤零零的沙枣树，树冠上有几个鸟巢，树干深陷在黄沙里。

钟馗依照上回的路线按图索骥，眼前的景致似曾相识，是梦中见过的还是当初亲临踏足过？他使劲儿地揉揉眼睛，恍若隔世一般，不敢相信双眼所见。重重疑虑中，兜兜转转将周边远近瞧了个遍，眨眼间天光大亮。当钟馗再次返回时，瞧见三三两两的乡亲们，听到渐起的嘈杂人声。

此河若不是玉龙河，更有何处为玉龙？钟馗不想显山露水，赶紧销声匿迹，藏身在山脊背后。待到日头偏西，天色将暗，月影半挂，乡亲们离去时，这才悄悄地飞临河滩。玉龙河水潺潺流淌，迎面秋风凉爽湿润，鹅卵石遍布河滩上。不远处山脊下的月牙湾闪着银光。鸟巢里的幼鸟叽叽喳喳。

钟馗深一脚浅一脚，奔向沙枣林。

埋葬香娘娘的那棵沙枣树高大粗壮，枝丫繁茂，虽然残叶落尽，却与上回见到的枯萎萧瑟大相径庭。月色下，沙枣树干，沙枣树枝，还有一个个鸟巢泛起闪闪的银光。

钟馗轻抚斑驳的树皮，百感交集，耳畔阵阵鸟鸣，树枝沙沙作响，听来好似埋怨。玉龙河水"哗哗"地响个不停，更如针刺般的责备。两手空空的钟馗背靠大树坐了下来，喃喃自语："昆仑剑与匣，过眼云烟，身外之物，没了就没了。罗圈走了，外八走了，走了就走了，剩下孤家寡人，来去无牵无挂。无须降妖除魔了也无须斩鬼除恶了，一心一意镇守九阳，做个镇墓的门神，名副其实。香娘娘，钟哥哥就做个为你守灵的门神吧，就让钟哥哥的守护和看顾，幻化为那颗失落的心，了却亏欠，权当还你一个全身。那个黑老雕，多行不义必自毙，虽借九阳之手，雪恨犹未为晚。此刻诚心告慰，说将出来，若是树下有知，香娘娘，可否言语一声儿？"

秋风拂面，树枝摇曳，河水喧哗，间或传来几声不急不躁的鸟鸣，四面八方都在作答，似乎又不置可否。迷迷糊糊间，一丝异香沁入肺腑，提神醒脑，钟馗赶忙攀住大树直起腰身，这边嗅嗅，那边闻闻。头顶的树枝鸟巢，身旁的树干树皮，脚下的树根泥土似乎都散发出香娘娘的异香。

钟馗将黑头低垂在胸前，一幕幕过往频频闪现，个中滋味，尽在一声长叹。陆续归巢的大鸟有意无意地撒下斑斑鸟屎，点点滴滴，黑白相间，飘落在他的肩头。待到心绪渐渐平复时，他抬起黑头，一眼望见玉龙河边那块硕大的鹅卵石，依稀记得睡梦中，他就坐在那块硕大的鹅卵石上，香娘娘喂来一粒大大的沙枣，似乎齿颊依然留香。

钟馗拍拍大树，抖抖大氅，走向那块鹅卵石。脚下的石头发出"咔咔"的撞击声，踩到的细沙绵软无根。天上圆月影影绰绰，夜空星星朦朦胧胧，水面荡漾起一层薄薄的轻纱。

遥远的东方大河，或水深静流，烟波浩渺，或大浪淘沙，惊涛拍岸。玉龙河，宽且浅，波澜不惊，裹挟着泥沙，冲刷着水下的各色石头。月影和星光在雾气里碎成一片，山脊下的月牙湾沉浸在寂静的夜色里。

钟馗撩起大氅坐在鹅卵石上。暴晒一天的鹅卵石干燥暖和。夜晚，从玉龙河吹来潮湿的雾气，从戈壁袭来寒凉的夜风。雾气中的鱼腥味道与夜风里的蒿子味道，掺杂在一起，熟悉又陌生。没有世间的烟火气，不见鬼域的阴森森，抛却仙界高高在上的虚无缥缈，却另有一番三界之外无法言说的洞天。

钟馗幡然回首，也许这才是波折和蹉跎之后的落脚地，一个心向往之的归宿，真真正正的最终点。

忽然远处河滩上又传来阵阵说话声，打断了钟馗的冥想和遐思。

钟馗赶紧从鹅卵石上轻手轻脚地站起来，打算就藏身在这片沙枣林，可飘进耳朵的说话声却似曾相识。难道外八和罗圈在聒噪？他停下脚步，竖耳细听，心中纳闷，想谁来谁，奇怪至极。既然已来，安之若素，于是返身坐定在鹅卵石上，闭起双眼，倒要见识见识罗圈追来玉龙河畔，此番到底居心何在？

"钟大人，钟大人，寻见您了，可寻见您了。"罗圈外八一边喊叫，一边蹦蹦跳跳地冲过来。不晓得是谁踩中了一粒晃荡的鹅卵石，"哎哟"一声滑了一跤，兄弟两个相互搀扶，踉踉跄跄地跑到钟馗面前。

"钟大人，您的卷发虬髯呢？"罗圈失声尖叫，"为何光溜溜？烧光了？"

外八补上一句："定是恶战九阳烧光了，钟大人您如今安然无恙，这才是万幸。卷发虬髯烧光了，过两天，还会长出来的呀，罗圈你说呢？"

"是呀是呀，钟大人您平安无事便是最大的幸事。"罗圈跟上一句，"您腰间的昆仑剑呢？"

"你两个来得早不如来得巧。"钟馗平心静气，并未搭理罗圈的啰唆。

"钟大人，此话怎讲？"外八问得机灵。

"这不，前脚刚赶到玉龙河，才坐下歇息没多久，你俩后脚就赶了过来。本尊还在纳闷，你两个如何知晓要来此处寻找本尊？"

"钟大人，"外八抢先一步，"您忘记了？离开山洞前，您交代后事，一句句听得小子心如刀割。"

"当真心如刀割？"钟馗随便一问。

"若是作假，天打五雷轰。"外八信誓旦旦，"小子不忍听，劝慰钟大人，吉人吉鬼和吉仙，自带吉相，钟大人自带吉相，定然不会出意外。小子守在山洞里等候，等候您的吉信儿，等着您的归来呢。"

"那你为何不等下去，半路却来寻我？"罗圈对外八眨眨眼睛。

"听我说完啊。钟大人交代得清清楚楚，若是左等不来，右等不来，就叫小子去寻你罗圈，说你当哥哥的，肯定不会亏待小子的。"

"多谢钟大人高看，全凭钟大人栽培呀。"罗圈及时跟进。

"罗圈，可否等我讲完再插话？"

"好好好，等你讲完。不插话了。"罗圈翻翻白眼。

外八接着讲："最后临了，钟大人您说，若上天眷顾您，昆仑剑与匣会护佑您，华山之巅了却心愿后，您兴许会去一个地方，梦里的一个地方。您说就在西边的西边，昆仑高原的西边，有条河叫玉龙河，还有沙枣树和沙枣花，您就待在那里，再也不离开了。钟大人，小子生怕记错，担心会忘记，在山洞里反复念诵，编成顺口溜。您听听，昆仑西，玉龙河，月牙湾，鹅卵石，沙枣林里沙枣花。对不对？钟大人，小子记得可牢？"

钟馗未曾料到外八如此有心，原本也就随口一说，外八却当回事儿，牢记在心。不过当着罗圈的面啰里啰唆地讲出来，钟馗心里一阵骚动，黑脸已潮红发热，好在夜黑，好在外八罗圈不曾知晓香娘娘，于是赶忙岔开话题："这一路寻来，还算安生？"

罗圈接上话茬儿："外八一根筋，口诀背得滚瓜烂熟。可到了昆仑西，两眼一抹黑。钟大人，您晓得，这一路戈壁荒漠，鸟不拉屎，根本碰不见个问路的主儿。小子们瞎碰瞎撞足足翻腾一十七条河，前面不远处，才碰到个屁大点的城郭，打听到这玉龙河，恰是二九第一十八条河。"罗圈不带磕绊，一口气说得气喘吁吁，"钟大人，您瞧小子们的四条腿可不溜得更细了？"

"瞧不出腿细多少，鸟屎臭味一阵紧似一阵呛得要命。"钟馗皱起眉头，吸了吸鼻子。

"鸟屎臭味？你小子身上的？"罗圈外八相互凑近，你闻闻，他嗅嗅，指指戳戳。

478

钟馗好生奇怪，明明嗅到浓浓的鸟屎味道，他两个却充鼻不闻："方才你小子提及有座小城郭？本尊怎么毫不知情？"

"于阗国，小小的城郭。"外八伸出一只手，用大拇指指甲盖掐着小拇指的指头蛋比画着。

"千万别小看这个小小的于阗国，自古以来就是兵家必争之宝地，不为其他，只为玉石。"罗圈又补上一句："钟大人的昆仑剑与匣可不正是这玉石打磨出来的吗？"

"看来本尊空闲时真该去一趟于阗国，转转瞧瞧，也不枉，也不枉——"钟馗戛然而止。

"听乡亲们讲，如今于阗国属于吐蕃大军的天下。数年之前，吐蕃大军从大唐长安城回撤时，一举攻占了于阗国，就为了拿玉石去讹一些大唐皇亲国戚的金银罢了。"罗圈说得起劲。

钟馗已是毫无兴味："对了，你俩大老远风餐露宿，专为过来陪本尊闲聊天？"

"钟大人料事如神，"罗圈回复道，"天庭口谕，阎王有令，特遣罗圈外八前来宣诏口谕，并阎王爷的口令。"

"看来，本尊得跪在鹅卵石上听宣了？"钟馗说着就要起身。

外八上前搀扶住钟馗。

罗圈连忙回应道："瞧您钟大人见外了不是？这都哪跟哪儿呀，又非灵霄宝殿，更非阎罗殿前。在这十万八千里之外的空旷地界，您就踏踏实实坐稳了，听小子宣谕传令就是了。"说罢，心虚地四处张望一圈，瞧瞧没啥动静，这才放心地从怀里掏出一个黄布包袱，放在脚边的鹅卵石上，从黄布包袱里立刻传来金石磕碰的声音。

"钟大人，自打白光消失，天庭就急吼吼离了瑶池玉虚宫，赶往灵霄宝殿，小子一同随着阎王爷马不停蹄地随迁回来。阎王爷还没顾得上返回阎罗殿喘上一口气儿，顺便埋头料理积攒下来成堆成堆的鬼域杂务，这不，又赶上玉帝举办盛大的庆功宴。外八算是灵光，也没白跑冤枉路，直接赶到这灵霄宝殿见面。"

"看来，都长见识了。"钟馗瞥了一眼外八。

"小子一心指望钟大人马到成功，眼见着白光没了，天黑了又亮了，心下慌里慌张，六神无主，望眼欲穿不见您，左等右等高兴不起来，实在不愿跟海麦斯再碰头，因而揣上几条鱼干，这才一步三回头，赶去玉虚宫，半道又遇见东迁大部队，的确没跑冤枉路。当然，给您和海麦斯留足了鱼干。"

"赶紧的，闲话少说。"

"得令，钟大人，言归正传。据阎王爷说，此乃天庭玉帝的旨意，给您一个大大的肥差美差呢，招您回去做天蓬元帅，自此以后，那些耀武扬威的卷帘大将，金瓜卫士统统归在您手下，由您节制调度。"

"小子们可就跟定您了。"外八轻轻捶着钟馗的肩膀，觉得黏糊糊的，凑近嗅嗅，赶忙将双手在衣摆上揩干净，再换个地方轻轻捶打，小声说道："钟大人，您肩上落满鸟屎，新鲜的鸟屎。老话说得好，天上落屎，喜上加喜呀。"

钟馗愣了一下不愿多想："跟定本尊？指望着吃香的喝辣的？那可随不了你两个的意，趁不了你两个的愿了。"

"这又为何？"罗圈外八异口同声。

"本尊只愿守住这条玉龙河，守着几棵沙枣树，若是赏赐给本尊一介小小的河神，玉龙河的小河神，则心满意足，别无他求。"

"降伏九阳，光复天地三界，立下丰功伟绩，如此不二神功，做个区区小河神，岂不是天大的笑话？钟大人您这又何必呢？"罗圈一个劲儿地追问。

"呵呵，呵呵，丰功伟绩，不二神功，罗圈休再吞吞吐吐，还有昆仑剑与匣，都一并说出来，痛快点儿。"钟馗心平气和。

"都被钟大人瞧破猜透。不瞒您说，阎王爷传话，让您带着昆仑剑与匣，带着九阳遗骸一同赴任履新，顺带将剑匣和遗骸交由天庭处置呢。"

"是福不是祸，是祸躲不过，是功不是过，是过功难过。阎王爷提及九阳遗骸？"

"是呀，早已传开，天地三界都晓得钟大人剑刺九阳，匣锁遗骸，全身而退，功德圆满呢。"

"所言不差，却有差池。昆仑剑刺入九阳心窝，九阳爆裂变身巨婴，跌落在华山之巅的大坑里。馗匣放光将其笼罩，九阳瞬间缩小成巴掌大小的婴孩，而昆仑剑则一同化为插入婴孩胸口的银针。虽说婴孩最终牢牢地被锁入尵匣之中，但九阳的脉动依旧鲜活，而绝非传言一般的遗骸。本尊惊骇之余，打定主意，收拾停当，就要赶赴瑶池玉虚宫听候天庭发落。可离开华山不久，却不慎将装有尵匣的褡裢遗失在滔滔的昆仑巨浪中。本尊费尽九牛二虎之力，并未寻见，尵匣似已消失得无影无踪，冥冥之中似乎被洪水带回到东海蓬莱仙山，皆为上天注定。哎，这不，怀中无物，腰间无剑，你俩评评，本尊功大于过，还是过大于功？"

"当然功大于过！"罗圈外八齐声喊道。

"丢就丢了，有啥大不了的。"外八补上一句。

"若九阳未死，还活着，那么迟早会有一天，难道——"罗圈不敢想下去，闭口不敢说下去。

"说得在理，因而本尊只想在此做个玉龙河的小小河神，暂歇数日，然后反转东方去找寻。好在尵匣严实，一时半会儿九阳不至于脱逃，此外，另有昆仑剑在魔镇九阳，怕只怕万一落入愚痴之手，甚或邪佞之手，大灾祸不日便将重现天地之间三界内外。故而，本尊不寻见昆仑剑与匣，找不到大魔头九阳，誓不罢休。唯指望将功补过，减轻罪孽。你俩回去如实禀告阎王爷就是了。"

"千山万水寻见钟大人，您不回灵霄宝殿？"外八多有不舍。

"没了昆仑剑与匣，丢了大魔头九阳，是福是祸，是功是过，谁讲得清楚？你俩儿这就打道回府，实话实说。授封天蓬元帅，本尊受之有愧。若是功过相抵，赏个玉龙河河神，本尊笑纳，且将不遗余力找寻尵匣下落。话又说回来，指不定更有无妄之灾将要降临到本尊这光溜溜的脑袋上呢，呵呵，呵呵，今儿个该是第几个圆月？"

"不多不少正正好，第六个月圆之日。"罗圈答道。

"阎王爷限定的六个月圆之日。如此看来，大魔头九阳倒在无意间帮了本尊的大忙，打乱日月星辰，颠覆黑天暗夜。无论阎王爷高兴与否，管它六次圆月，八次圆月，还是十次圆月，又如何？即便打入十八层地狱，火烧油烹，刀砍斧劈，唯身躯皮囊受尽百般折磨，又怎能奈何得了心魄与魂灵？不过就是死去活来，活来死去，死死活活，活活死死。死一回不够，那就死两回，若是还不够，多死数回，来来回回。呵呵，恰如这玉龙河，年年岁岁，河床改道，改来改去，又改回，黄沙不见，水长流。本尊不愿费神多虑，只想独自清静清静。两位，差不离了，不送了。"钟馗一字一顿，不急不缓，娓娓说道，缓缓地合上眼皮。

"既然钟大人决心已定，小子们这就打道回府，如实禀告。"罗圈抱拳躬身。

"还有这个呢。"外八指指罗圈脚前的黄布包袱。

"差一点忘记，这是阎王爷亲自赏赐的五十两黄金。"罗圈拎起黄布包袱双手捧给钟馗。

钟馗眼未睁，手未动："这些金银劳什子，与己何干？与己何用？你俩大老远辛苦一趟，二一添作五，兄弟两个各一半。本尊，不送了。"

"多谢钟大人恩赏。"罗圈激动地一揖到底，转头看见外八还傻愣在原地，催促道："还不赶紧过来一道谢恩。"

"小子不要。"外八语气倔强。

钟馗一言不发。

"钟大人念及你我以往的好，赶紧谢恩。"罗圈急得抓耳挠腮。

"钟大人还要返回东方寻找昆仑剑与馗匣，渴了饿了累了，还不得住个店打个尖，吃碗热乎饭，喝碗热乎酒？小子心领钟大人的美意，你罗圈脸大皮厚，最多只许拿走一半，另一半，小子留给钟大人用。"

"那小子也不敢要了，都留下好不好？"罗圈嘴上如此说道，两眼一个劲儿地瞟着钟馗。

"本尊觉得言之有理，这样吧，留下十两金子，剩下的二一添作五，你两个也休得争来争去，就这样定了，再说一句，不送了。"

"瞧瞧，瞧瞧，"罗圈埋怨着外八，手忙脚乱地抖开黄布包袱，利索地拣出两锭各五两的金元宝，搁在脚前的鹅卵石上，扶扶正免得不稳当掉下来，再系好黄布包袱斜挎肩头，一把牵住外八手腕："钟大人您自个儿多多保重，小子们随时听候您的吩咐和召唤。"

钟馗不理不睬。

外八还想说上几句，可话到嘴边，眼眶已湿。

罗圈不管不顾使劲地拖拽外八，跌跌撞撞，踩着河滩上的鹅卵石，一溜烟小跑着"噼噼啪啪"远去了。

第六十九章　穆塞莱斯好滋味　红毛黑子新相识

跟着太阳起，伴着月亮归，钟馗白日巡山，夜晚护河，忙得不亦乐乎。偶尔夜里得空，也会去玉龙河畔转一转。

常言道，靠山吃山，靠水吃水，每当春夏之交，冰川积雪消融，雪崩山洪频繁，不是涓涓细流灌溉绿洲，就是洪水猛兽泛滥成灾。好在昆仑以西，地广人稀，年复一年，周而复始。

古话有云，玉出昆冈。

在昆仑高原的深处，东方龙脉之源，蕴藏着一窝一窝神奇的玉脉。当玉脉被雪崩震裂或震碎时，大块小块的山玉随着泥石流倾注而下，跌落在深涧，滚入玉龙河中。无论河道冲毁另辟蹊径，还是改道回来旧貌新颜，各种颜色的山玉经砂石泥土的历练研磨，经河水急流的冲刷滋养，经年累月地在磕碰中磨去棱角，在浸润中皮色变得光鲜。玉龙河水中大大小小的籽玉，红皮如火，黑皮如漆，橘皮宛若灿烂霞光，洒金皮壳繁星点点，洁白玉肉与羊脂相仿，青玉仿佛雨过天青，碧玉恰似绿竹一般，墨玉沉稳松烟老墨。万变不离其宗，温润细腻油滑，实为玉中极品。

天地三界都以为于阗美玉出自于阗，殊不知于阗美玉出自玉龙河中。

玉龙河顾名思义盛产美玉，美玉通灵，经于阗国源源不断地输往东方，作为东方历朝历代皇家御用之圣物。无论是权贵望族还是巨富之家倘若私自僭越用玉，动辄被施以极刑。

于阗国及周边戈壁荒漠绿洲上的村落里，有些庄户人家趁着山洪，大都赶来玉龙河里采玉拾玉，贴补家用。甚或东方子弟，中原流民，不远万里冒险前来一试身手，碰碰运道，指望着一朝富贵，荣归故里。一来二去，自然而然地踏出一条起始于阗国，经若羌、哈密、星星峡、至敦煌，再经酒泉、武威直抵东方的玉石之路，历来为兵家必争的富贵之路。俗话说，辖于阗，金满仓，失于阗，草满筐。

若遇上东方战事动荡、朝代更迭等诸般天灾与人祸，东方王朝往往自顾不暇，对于阗国更是鞭长莫及。邻近的蕞尔小国便会乘虚而入，将觊觎已久的玉石之路霸为己有，故而于阗国的城头随之变换大王旗。但无论世事如何变迁，却从未动摇过东方王朝对于阗美玉一以贯之的崇尚之风。

钟馗本以为偏僻的玉龙河乃天地三界清净之所，哪承想早被凡夫俗子践踏染指。春夏采玉旺季也就罢了，可值此深秋，玉龙河上人头攒动，到处都是采玉人忙碌的身影。钟馗转眼便弄明白了，赚得盆满钵满的采玉人屈指可数，大多数的乡亲们顶多赚点碎银，甚或竹篮子打水一场空。天象诡异，九阳白光从八月持续到九月，如今，头回赶上秋日里的山洪，采玉人何乐而不为？恰又农闲无事，庄户人家三五为伴，成群结队，呼啦啦吆喝着，挽起裤管光着脚丫，不顾秋寒，在齐膝或齐腰深的玉龙河水中一路踩着摸着找寻宝贝。更有甚者，自带干粮馕饼和铺盖卷儿，背着褡裢挎着柳条筐，走到哪里就将帐篷搭到哪里，只想试试运道，兴许一把就赚得回一整年的生计。

不想被那些大白天赶来玉龙河采玉的乡亲们搅扰，也不愿去搅扰那些采玉人，钟馗因而处处小心有意避让。白天时飞去昆仑高原中指雪峰，巡视一圈，勘查峰顶有无异样。夜深人静时，等采玉人陆续散去或在河滩帐篷里鼾声大作时，才悄无声息地返回沙枣林，去护一趟玉龙河。

随着深秋渐已入冬，洪水稀薄，玉龙河水一日缓似一日。

若碰巧赶上大白天玉龙河滩空无一人，采玉人或心满意足返回家园，或心有不甘收拾帐篷赶往下游，钟馗总会抓紧时间打理沙枣林，修枝除草，担水浇灌，施肥松土，不忘给香娘娘添新土，忙忙碌碌，却也优哉游哉，乐在其中。

其实，钟馗最喜安静独处的时光，时不时闲坐在鹅卵石上，伴着河水的潺潺奏鸣，与头顶飞过的大鸟打个呼哨。即便大鸟不理不睬，也不打紧，他再扯开嗓子干号几声，吼给蓝天和白云，吼给玉龙河水和远山。大鸟们听见听不见，爱听不爱听，且听之任之，那可是早年间娘亲教下的终南山老调调：

肚子里有一股气

转来转去

溜来溜去

不小心从尻门槽子里

溜了出去

它飘过了田野

穿过了木栅栏

来到了楼兰国

楼兰国的国王

正在看戏

闻到了这股屁

拿起了武器

赶走了这股屁

随心所欲的干号之后，河滩一如从前，河水不为所动，沙枣林在秋风中轻轻呼号，遥相呼应。

钟馗就这样静静地坐着，没有约定，不用等待，吹吹潮湿的掺着野蒿子味道的习习凉风，胸膛里，脑袋里空空如也。他懒得回头再去想过去的事儿，也不愿去想明天和后天的事儿，顺其自然，一切随缘。

看见不远处采玉人丢弃在河滩上的柳条筐，一个新鲜的念头袭上心来，空闲之余，何不逛逛那个弹丸小国于阗国？钟馗起身走过，俯身捡起半新不旧的柳条筐，倾倒出里面的废弃杂物，拿到河水里面冲刷一番，扯些枯黄的芦苇叶子垫在筐底，再将柳条筐沉入河水，上下提溜数次，看看淘洗干净了，便拎起湿答答的柳条筐返回沙枣林。

他小心地避开尖刺，摘下半筐沙枣，用芦苇叶子苫盖严实，再紧一紧腰间的褡裢，捏一捏褡裢里沉甸甸的金元宝，待诸事停当，拍拍沙枣树的树干轻轻说上一句"去去就回，去去就回"，算作暂别。

此时，披头散发，络腮胡须的黑钟馗，风里来沙里去，皮糙肉厚，大氅破

485

旧，臂弯搭着柳条筐，活脱脱一个进城赶集，拿沙枣换零碎补贴家用的乡下庄户粗人。

远远望见于阗国的城门楼子，不甚高大雄伟，门楼顶子上高插一面镶着黄边的三角黑旗，旗子当中间有一个白色的圆心。从城墙头露出城里的参天白杨树高高的树梢，在黄沙风尘中摇曳。黏土夯就的城墙比不得长安城整齐划一的规制。这里没有制作繁复的城墙大砖，所以当地乡亲们就地取材，从山脚下采来黏土，用滤网筛细，拌以毛发、马鬃、芦苇秆子和碎麻绳等搅拌均匀后备用。乡亲们在打算修筑城墙的地方划线开挖墙基，用墙槌重重敲打夯实，一层碎土一层黏土，再行淋水和夯打，反反复复直到夯实的墙基与地面齐平。然后乡亲们沿墙基两侧搭设木板墙模，垂绳取直。此时不可用碎石，只用搅拌好的黏土，夯实一层，再向上架起一层木板，越往上，木板墙模越往里收紧，城墙下宽上窄，墙体略显坡度，如此这般层层夯实，层层搭设，渐次垒就而成。

城门洞子口，则用木板隔开夯土城墙，留出足够进出马车驼队的宽度。当城门洞子两边墙体夯筑到三丈高时，再横起粗大木梁，搭出天桥。天桥之上使用土坯土块砌盖两层城门楼子。真可谓因陋就简，千方百计地将一座小小的于阗国修筑得有模有样。

城门洞子之上挂着一块木匾，与其称之为匾，不如直呼为板，上书三个歪七扭八的大字："于阗国"。

钟馗摇摇头，小城一座，但也耗费许多人力和物力，不过顶多算作简易的小土城。易守不易攻，易攻不易守，攻守难取舍，不置可否也。

简陋的城门楼子，逼仄的城门洞子，还有这粗糙的城墙，上面清晰可见撤去一块块木板墙模后的凹槽印痕，从墙根处排排叠加，错落有致，整齐向上。即便城墙紧压得如此夯实，顽固的马鬃和芦苇秆子依旧一根根钻出来，从侧面望去，墙面仿佛生出一层毛茸茸的毛发。

不时地有三三两两的吐蕃守卫在城墙上来回巡逻。

城门洞子口的守卫们一点也不含糊，清一色的吐蕃骑兵。有些守卫骑着高头大马，将明晃晃的吐蕃长刀架在自个儿的膀子上，不怒而威。进出于阗国的各地商贩和乡亲们排着长队，老老实实地将随身携带的物件拿出来供吐蕃守卫们逐个翻查。钟馗默默地排入队列，尾随着众人一步一步向前挪动，抬头再望向那面镶黄边的三角黑旗，当中雪白的圆心绣着一只大鹏鸟，风中旗幡，猎猎抖动，状若展翅翱翔。

"别傻愣着，就你，快快快。"一阵呵斥。

不待吐蕃守卫多言语，钟馗拨开柳条筐上苫着的芦苇枯叶，递给守卫观瞧。守卫们见到如此硕大金黄泛着红光的肥美沙枣，抓起一把，迫不及待地塞进嘴里大嚼起来，顺手递给身边的同伴几颗，还没吐出尖尖的枣核，赶忙空出手来扯起腰间的牛皮水壶，张嘴叼开壶塞子，"咕咚咕咚"猛灌两口，长喘粗气："枣是好枣，甜得来赛蜜，就是噎得慌。"

另一个守卫也竖起大拇指："好枣，真是好枣，又沙又甜也不涩，的确噎得慌。"一边说，一边伸手接过递来的牛皮水壶，仰脖狂饮。

听到夸赞，其他几个吐蕃守卫下马围拢过来，你一把，他一捧，眼看着就要将柳条筐里的沙枣抢去一大半。钟馗眼睛冒火，开口就想斥责，转念隐忍未发，伸手将撸在筐边上的芦苇枯叶摊平，晃一晃匀一匀，再将剩下的小半筐沙枣苫盖严实，朝吐蕃守卫们露个笑脸，打个照面，踱着方步走进于阗国的城门洞子。

街道上人来人往，马路两旁的商铺鳞次栉比。沿街各店家的彩幡高高挂起，迎风招展。

众多店小二们坚守在自家店门口，不越雷池半步，大声吆喝招揽着生意。他们一个个轻车熟路，都是眼到嘴到的高手，但也比不过那些出门看天色，进门看脸色的老手们。这些老手们瞧见当地老乡，就用土话招呼，见到来自东方大唐的客商，就用大唐官话招揽，看到吐蕃守卫吐蕃客，现学现卖，说着不大流利的雪域藏腔上前搭讪；即便是遇到波斯商人，也毫不含糊，要么挤眉弄眼，要么手舞足蹈，要么叽里咕噜，非得让走过路过的人们进店观瞻一番，似乎不进店门，擦肩而过，就如同枉来一趟于阗国。即使无生意可做，无钱可赚，喝碗水，或尝一口当地土法酿造的葡萄美酒，聚个人气，留个念想，和气生财，也算来日方长。

钟馗走马观花，一不留意，居然长驱直入地走到于阗国对面的城门洞子。怪不得外八拿小拇指头蛋子来比画，于阗国就如此这般一矢之遥。东西南北四座城门，一条大道，纵贯全城，两个路口，一个大十字，一个小十字。

"看来还得转头回去再逛逛，找个店家歇歇脚。"钟馗喃喃自语，抬头恰好瞧见一面黄灿灿的酒旗在风中飞舞，中间一个斗大的"酿"字，于是挎着柳条筐，掀开布门帘，闪身迈进店家。

店小二闷头迎上前，定睛一瞧，眼前一位又黑又丑，破衣烂衫，披头散发，络腮胡须的乡巴佬，吓得他差一点仰面跌倒。但毕竟江湖闯荡见多识广，脸面上一副不易察觉的鄙夷转瞬即逝，紧接着嘴角上翘，勉强挤出笑脸，点头哈腰地问道："这位远道而来，头回碰面的客官，吃的喝的，尽管吩咐。"

钟馗并不介意，也不着慌，顺手指指柜台上依序排列的酒坛子："来壶上好的葡萄酒。"

土不啦叽的乡巴佬，开口就点上好的葡萄酒，店小二不禁一愣，旋即更加殷勤地堆起笑脸，凑近跟前，一边应承着，一边滴溜溜上下扫视着钟馗腰间的褡裢，用犀利老到的目光掂量着褡裢里面到底装着几斤几两，顺带扫一眼钟馗臂弯挎着的柳条筐。

钟馗有些不耐烦，一把推开店小二，径直奔向角落里的木桌子，不容小二开口就坐了下来，顺手将柳条筐搁在木凳腿边上。店小二本想争两句，钟馗冷冷地瞪了他一眼。店小二见多不怪，看样子不想跟这般没见过世面的黑肚子乡巴佬纠缠和计较，反正来的都是客，和气好来财，然后爱答不理的，扭头迈着小碎步奔着柜台打酒去。

钟馗从未喝过如此这般红艳艳的葡萄酒，绛红如血，浓郁的果香里隐约有一丝淡淡的荤腥之气，闻着有点怪，抿一口，味道实在不敢恭维。看看周边几桌客官喝着同样的葡萄酒，这才放下戒心，一口接一口慢慢地品咂，心里却在不住地琢磨，诗文中只道是葡萄美酒夜光杯，反复读来，的确神往葡萄美酒的奇妙滋味，可眼前的葡萄酒实在难以匹配美酒之称谓。

两碗葡萄酒下肚，浑身燥热起来，总觉得有一些细碎的渣滓留在齿颊和嗓子眼里。怪哉，大唐的清酒，即便是未曾滤筛的浊酒，也不曾在口齿之间留下如此难以下咽的渣滓呀。钟馗轻咳，咳不出异物，再斟一碗，饮啜之后，端瞧碗底，心头不免一紧，难不成进了一家黑店？

"小二！"钟馗抬手厉声召唤。

店小二弯着腰飘然而至，瞪大眼睛："客官，有何吩咐？清炖羊肉窝窝馕，红柳烤肉烤包子，当然还有羊腰子，都是精挑细选大公羊的肥腰子呀。"

钟馗直接打断道："这葡萄酒里一粒一粒细沙一样的劳什子，老实交代，究竟为何物？"

店小二一脸诡异："客官在说啥？小二糊里糊涂耳朵里塞毛，没听清楚呀。"

"休要偷奸耍滑，本，本爷眼里揉不得沙子。"钟馗说着，将碗底剩余的残酒一股脑儿地泼在桌面之上，随即一小粒一小粒暗红色的渣滓平铺在酒水汁液中，"可瞧见，快说，到底给本爷的酒里偷偷掺了甚？"

钟馗的一举一动早就引得隔壁几桌客官的关注，他们从装扮看上去也像是来自遥远东方的大唐客官。

"这可是好东西，公鸽子的血，要喝下去哟。"店小二惋惜不已。

这边刚一说完，其他桌上的客官哄堂大笑。

临桌一位大唐客官接口道："这是于阗国当地最有名的葡萄酒，专门掺进公鸽子的血。乡亲们都把这种葡萄酒称作穆塞莱斯，我等都觉着难以记牢酒名，一来二去叫顺口了，就改作'没事来事'。但凡喝过之后，遇见雌老虎，就会知晓'没事来事'有多厉害了，呵呵，呵呵。"这位插话的大唐客官，声如洪钟，豪气尽显，虽在说笑，并无恶意。

大唐客官左脸下巴的一侧长着一枚铜钱大小又黑又厚的胎痣，胎痣上的一撮长毛泛着红光，伴着笑声一起乱颤："这位客官想必头一回进城，初来乍到，不甚明了。这家店的'没事来事'，葡萄酒里保证掺的是公鸽子血，就放心大胆地喝吧。若不走运，赶上个黑店，喝上掺了母鸽子血的'没事来事'，哼哼，不要说遇见雌老虎，喝完之后，就是来事也没事儿。转眼出去上个茅房，保管你腰来腿不来，蹲下起不来，咳嗽屁出来，放屁屎出来。再说了，休提迎风撒泡尿，就算背风地里撒泡尿，滋也滋不远，肯定会打湿靴子尖尖，呵呵，呵呵呵。"大唐客官荡笑着，店里喝酒的一众客官都被逗得放声浪笑，钟馗和店小二忍不住跟着笑出声来。

不远万里有缘在此于阗国里相识，听着熟悉的大唐乡音，钟馗渐渐对这位大唐客官心生亲近，不等笑声落下，赶忙问道："这位大唐客官千辛万苦来此于阗国，敢问贵干？作何营生？"

那位大唐客官摸了摸下巴，捋捋下巴边上的那撮红毛，搓一搓，然后绕成细长一股，盘在手指上："瞧这位客官不似闲杂人等，更不似当地老乡，谈吐举止，不同凡响，令人刮目相看呀。"

"谢过这位壮士的夸赞，诸位大唐客官想必奉命官差，前来此处穷乡僻壤？"钟馗追问。

"好眼力，不瞒这位客官，我等奉大唐朝廷旨令，专程前来督办采购并押送于阗玉料。"

同桌一位伙伴，竖起大拇指："嘿，这位哥哥有眼不识泰山。他就是小子们的头儿，力气大，有使不完的劲儿，讲义气，专好打抱不平，替小子们出头。兄弟们心服口服，都尊称红毛黑子大哥呢。"本想拿几句狠话吓唬钟馗，没承想，钟馗挪挪腰身未接话茬，接着追问红毛黑子："向来都是于阗国进贡大唐玉料，为何耗费如此周折，大老远过来这边督办采购和押送？"

"这位客官有所不知。吐蕃大军侵扰大唐多年，大唐不胜其扰，万般无奈之下，送出文成公主和亲。吐蕃大军也仅仅暂时撤出长安城，离开我大唐，装装样子而已。这不，吐蕃大军趁回撤之机，顺手牵羊地攻占了于阗国，强行霸占了这玉石之路的源头起点，以为控制住玉石之路，便拥有了源源不断的财路。故而，怎可指望吐蕃大军控制下的于阗国乖乖地将美玉贡奉给大唐朝廷？白日做梦罢了，不得已只好派遣我等官差，翻山越岭，不辞辛苦，赶来于阗国督办玉料。不巧得很，玉料尚未备齐，遇上白光天灾，触霉头，运道差，被困在于阗国大半年。据传，前阵子白光天灾，大唐皇帝携文武百官、长安百姓逃离长安城，去往偏僻的巴蜀之地。这大唐皇帝搬来搬去，逃来逃去的，我等押着的上等玉料可往哪儿送，难不成赶去巴山蜀水？只好候在于阗国里不挪窝。况且，本官就知晓这白光天灾长不了，等等熬熬也就过去了，玉皇大帝怎会一任天灾为祸，袖手旁观不顾？那些天兵天将难道吃素不成？给这帮手下兄弟们说过多少遍，把心放踏实了，一个个还都将信将疑。"红毛黑子摇着头，眼中露出不屑。

"小子们这回心服口服。当初人心惶惶以为天要塌，没多久，看看这白光天灾的确兔子尾巴长不了。当初人心惶惶以为天要塌下来，没多久，看看这白光天灾的确兔子尾巴长不了。从今往后，小子们只烧香祭拜天灵灵地灵灵的玉皇大帝王母娘娘，妥妥地按时按历，绝不敢耽误。"

红毛黑子红光满面："这不，等来白光天灾消停，大唐皇帝，论理也该返回长安城，要么就在半道上。眼下，差不多玉料备齐，前脚后脚赶到长安城，指不定大唐皇帝正盼着这批玉料呢。运道好的话，还不得多赏些盘缠银两。这位客官想想看，我等在座的各位兄弟，哪一个不是将白晃晃的刀刃架在脖颈子上，哪一个不是拼命讨生活的苦命人？谁又甘愿长年累月抛家弃子跑来于阗国吃这碗饭？"

钟馗听罢，一声唏嘘，正想再打听一番大唐长安城的消息，忽然，店家门口传来一阵喧闹。钟馗放下酒碗，朝门口望去。

第七十章　踏破铁鞋难觅处　远在天边忽眼前

高高的门槛上，骑坐着一位年少乞丐。他靠着门框，衣衫褴褛，一手将门帘儿撑起透进光亮，另一手捏着又大又圆的馕饼只管往嘴里送。

"赶紧的，赶紧走开，别在这门口碍眼，拿着馕饼，哪凉快哪待着去。"店小二张手向外驱赶。

"穆塞莱斯，穆塞莱斯。"年少乞丐疯疯癫癫，一边咬住馕饼，一边甩头扯拽着馕饼，囫囵吞咽着，不住地念叨着穆塞莱斯。

"来劲了，真来劲了，蹬鼻子上脸，还想着穆塞莱斯？去去，去去去！"店小二吆喝着。

钟馗细细打量，暗觉纳闷，一个痴狂乞丐，虽说破衣烂衫，眉目却甚是齐整，一对眸子时时闪烁。不晓得何故落魄至此，似曾相识，千丝万缕，实在想不出头绪，反倒生出一片恻隐。

红毛黑子摆手道："算了算了，可怜的大唐同乡。快给他上一壶'没事来事'，记在本官账上。"

店小二旋即指一指门槛上骑坐的年少乞丐，冲着红毛黑子伸手比画"二"，又比画一下"三"，红毛黑子瞧着店小二的比画，挥手道："两壶，三壶，就是四壶，都记在本官头上，休得含糊。"

"好的您嘞，照吩咐就是了，看酒！"

随着店小二将一壶"没事来事"递给那位年少乞丐，周遭这才安静下来。

红毛黑子的举动着实令钟馗刮目相看："出门在外，万事不易，小毛小病，小灾小难，家常便饭。这位后生的第二壶'何事无事'，就算到在下的账上吧。"

"噗嗤"一声，店小二笑了出来："哪来的'何事无事'？该'没事来事'才对。"

钟馗唱喏道："第二壶就算到在下的账上。"说着，用眼神示意店小二坐到自个儿对面，又用嘴巴努努门槛上的年少乞丐，悄声问道："你等老相识，可有甚不平之事？"

店小二心头所想无非酒钱的着落，对钟馗的问话实在提不起兴趣，没好气地回敬道："这位好心的客官，省省吧，世上冤屈漫山遍野，喝你的'没事来事'吧。"

若按以往的火爆脾性，钟馗恨不得紧紧掐住此类鼠辈的脖颈子，让他只有出的气没有进的气。此时，他只是顺势放下停顿在半空中的黑手，拍拍空无一物的腰间。然而，这不经意的一拍，却将店小二吓得直退两步，险些来个趔趄，连滚带爬蹿向柜台，不住声地讨饶："多有得罪，多有得罪。"

听闻此话，钟馗也觉得唐突。

"瞧着就是爽气之人，不妨两桌并一桌，热闹一番。出门在外，交个朋友，有个关照，行事方便。请问尊姓大名？"红毛黑子站起身来邀请钟馗入座。

钟馗灵机一动，起身作揖："免贵姓钟，名九首，钟九首的便是。敢问壮士大名？"

"姓康名文龙，就叫红毛黑子吧，听着顺耳又亲近，哈哈，有愧于父母的养育之恩呀。"

钟馗并未忸怩推辞，拎起尚未喝尽的酒壶，一屁股坐到邻桌的空座上。桌上摆放的黑陶土盆里装满恰玛古炖羊肉，一大把红柳枝烤肉串，还有两条烤河鱼。盆边堆满一块块掰碎的馕饼。

嘘寒问暖，客套一番，钟馗举起酒壶，对着大唐同乡："虽未满壶，但一见如故。大唐同乡见同乡，恰似他乡遇故交，饮尽此壶，先干为敬。"话音刚落，钟馗便张开大黑嘴含住酒壶的弯头小嘴"咕咚，咕咚"一吸而尽。

红毛黑子伸出大拇指赞叹道："痛快之极，一起干壶。"号令一出，满桌的同伴和随从，有壶的举壶，无壶的端碗，仰起脖子直往嘴里灌。

钟馗瞅准时机凑上来："劳烦说道说道门口的那位大唐同乡。"

红毛黑子不接话茬："少安勿躁，大伙儿可是对九首兄更感好奇呢，先说道说道自个儿吧。"

钟馗一愣，随即笑呵呵地絮叨开来："在下，一大家子，城外务农。"

"呵呵，出家人不打诳语，看来这位大唐同乡戒心太重，信不过本官。"红毛黑子脸露不快。

"此话怎讲?"钟馗莫名其妙。

"九首兄城外务农，却没尝过当地的'没事来事'，糊弄孩童也就罢了。"

"在下并无他意，更无恶意，有些过往，不愿启齿。"

"听九首兄说话，头头是道，读书人的模样，算啥庄户人家?你等说说看，像也不像?"红毛黑子的随从们一个个交头接耳。

"又得提及伤心往事，不瞒诸位大唐同乡，在下家父，"钟馗略略一顿，抱拳侧身向天，算作礼敬，"惯做丝绸、珠宝、茶砖、香料和地毯的生意，惯走这西域一带，有时走北路，大多走的是南路，便是于阗国的这条南路。在下，当时年岁还小，就被家父送去长安城有名的学堂去读书，通读五书四经。"

大唐同乡们哄堂大笑："哪里听说过五书四经?该四书五经才对。"

钟馗不理不睬："年岁渐长，子承父业，始随家父东奔西走。数年前，从长安城贩运一批丝绸药材和茶砖布匹，眼见着快要来到于阗国，可半道上，"钟馗闭嘴朝门外张望，看看无甚动静，这才接着说道，"家父不幸罹难，为剪径强人所杀，就在自个儿眼皮底下啊，却眼睁睁无能为力，还要装作牵驼饮马打下手的小伙计。哎，羞愧难当，终生遗恨呀。数十个同行的伙计死的死，伤的伤，未曾逃出几个，被圈被围，绳索套牢，做牛做马，前路未卜。在下瞅得一个良机，趁着夜黑风高，黄沙障目，偷偷溜走，侥幸脱离虎口。好在还有一身蛮力，在私密处藏些金银细软，只想赶紧奔回长安城。然而，路途漫漫，举目无亲，岂是单身孤客想走就走得了的?想想没辙，只得零打碎敲帮帮短工，填个肚饱而已，更不敢贸然进城。为何不敢进城?说出来大都不敢相信，方才提及剪径强人，其实，不瞒各位大唐同乡，实实就是吐蕃大军呀。"

说着听着，店小二早已挨近桌旁，冷不丁插上一句："杀人越货的强人?肯定吐蕃大军无疑。"一边说一边盯着门口，生怕闯进个吐蕃侍卫。

"九首兄即便不明说，本官也猜得八九不离十。这年头，除了吐蕃大军，还会有谁?待在家里头，样样都舒心，待在吐蕃屋檐下，不得不低下你的头。不过，这家店，九首兄尽管放心，想说啥就说啥，想做啥就做啥，除了杀人放火，休要顾虑，就当待在自家店里一般，绝无吐蕃卧底眼线。"

"在下不曾将在座的各位大唐同乡视为外人，这才斗胆讲出心酸过往，吐露自个儿与吐蕃大军的过节。"

"至于明抢，还是暗夺，没啥分别。吐蕃大军就是强人，强人就是吐蕃大军。即便我等押解玉料的大唐官差，不也在刀尖刀刃上抢食吃？休管它玉石之路，还是丝绸茶马之路，不管它沙漠南辕的南道儿，还是天山北麓的北道儿，这一路上，累累白骨，座座荒冢，哪一位不是同我等一样苦命的主儿？怪不得九首兄不敢进城，至今未曾尝过'没事来事'的滋味。"

"说得在理。一晃数个年头，在下私底下盘算，多攒些银两，再缓些时日，将家父的营生捡拾起来，贩些当地的香料皮货地毯等稀罕物件运回长安城呢。顺带偷运些玉料，指不定摊上个好买家呢。"

"呵呵，九首兄的胆儿够肥，贩运玉料？只当本官未曾听见，就当在座各位都是左耳朵进，右耳朵出。"

"在下随便一说，可行不可行，另当别论。"

"本官说过，未曾听见。"

"多谢美意。在下看看年岁日久，再瞧这吐蕃大军霸占着于阗国并没有挪窝的意思，不得已入赘城外一个庄户人家，故而拖延至今。说实话，真就从未尝过这城里头才有的'没事来事'呀。"钟馗耸耸肩，两手一摊，一脸酸楚，"每每遇见大唐同乡，在下都会觉着无比亲近。对了，门口那个年少乞丐，到底为何沦落至此？"

"比起他来，我等运道，还算不错。"红毛黑子扭头望了一眼门口啃馕下酒的年少乞丐，"不提了，不提了，勾起九首兄的伤心往事，一言难尽。小二，赶紧的，上酒。"

"一人一壶，店小二，快，上酒，都记到在下的账上。"钟馗招呼着，黑手悄悄伸进褡裢，从金元宝上轻轻捏下一小块金子来，夹在指缝间。

看看人手一壶"没事来事"，钟馗豪气地举起酒壶：

495

"独在异乡为异客，

异乡难觅同乡客。

羌笛无须怨胡柳，

抡壶豪饮同乡乐。"

老夫敬各位，干了此壶。来来来，喝个痛快。"

红毛黑子探出舌尖将嘴角上的血沫子卷进去，揩去下巴红毛上的酒滴，大声呼号："痛快!"扭头望向门口，只见年少乞丐已呼呼睡去，门帘斜罩着他的脑袋。

"九首兄问及那个年少乞丐，算是问对人了。门口那小子，唤作，唤作王九月。怪可怜的，来了近月余。刚来时节还好，据他讲，祖上世代磨玉治玉为生，三代都是独子单传，小日子过得不错，但遇着兵荒马乱，不得已举家逃难而来。想着逃来于阗国靠祖传手艺讨份生活，却时运不济，星星峡遇到强人劫道，人财两空不说，真就落得个独子单传，举目无亲，回又回不去。多亏这小子伶牙俐齿，给吐蕃大军做牛做马做下人，混着吃口饱饭，一路跟着吐蕃大军来到于阗国。你等猜猜，星星峡所谓强人何处来？肯定是吐蕃大军做下的孽行。一个可怜人，与九首兄之遭遇简直如出一辙呀。"

钟馗长叹一声："同病相怜!"

店小二得空插上一句："王九月平日里，给吐蕃侍卫们喂马饮驴做做饭，前几日闲时，趁着难得一见的秋日山洪，去过几趟玉龙河采玉，将采来的玉石交给吐蕃侍卫换些生计。正是去了玉龙河，才倒了大霉，碰上了说不清道不明的厄运。"

"这个王九月有一块宝玉，被吐蕃侍卫长强行掠走。听这小子叨叨，只说东方大河淘得的宝玉，自大唐随身带来这边。好说歹说，任凭搬出千般万般说辞，没啥鸟用。吐蕃侍卫长充耳不闻，信也罢，不信也罢，一口咬定采自玉龙河中。本官见识过两回，真是个稀罕宝贝呢，拳头大小的一颗心，对，就是一颗心，上手摸去，软和温润，油腻腻的，掌心觉得出一下下的心跳呢。"

红毛黑子说得神乎其神。

说者无意，听者有心。钟馗双眼发直，浑身竟然泛起一粒粒鸡皮黑疙瘩。

　　"这块宝玉通灵通天，可随天象一道改变。每当天晴时分，光彩耀目，润泽无比。赶上乌云密布，黄沙漫天，便黯淡无光，干涩冰凉。自打失去宝玉，这下可好，王九月一下子钻进牛角尖，出也出不来，如同心被掏空一般，成了霜打的秧苗，蔫巴了，一夜之间癫狂了，从此整日没个清醒。好在街坊邻居都知晓王九月手艺人点子背，因而时常接济，使得他不至于冻饿。"

　　钟馗竖起耳朵，睁大眼睛，怒火中烧，按在桌边的黑手，无意间将桌角硬生生地掰断，捏碎的木屑从他的指缝间扑簌簌地掉落，连同那小块金子也跌落在木屑中。

　　大唐同乡瞧见后，一个个目瞪口呆。

　　店小二也愣住了，既为钟馗捏碎桌角的力道，更为那块掉落地下的闪亮金子。

　　店里忽然寂静下来，钟馗觉察自个儿有些失态，赶忙弯腰捡起地上的金子，侧过身去，对着嘴吹了吹，冲着红毛黑子说道："文龙兄，可否引见，一道去见识见识吐蕃侍卫长手里的宝玉？"

　　"这有何难？"

　　"眼下可行？"钟馗趁热打铁。

　　"本官整日里和吐蕃侍卫们打交道，那个侍卫长正待价而沽呢。"

　　"择时不如撞时，"钟馗站起身来，抱起双拳，"对不住了，各位大唐同乡，三口并作两口干了此壶，在下先干为敬。"钟馗"咕咚咕咚"三下五除二清完酒壶，将空壶递给店小二，顺手将那一小块金子轻轻拍在桌面上，"今儿个的酒钱全由在下关照。"

　　店小二和一众大唐同乡呆呆地望着那一小坨黄澄澄的金子，再瞧瞧这个黑不溜秋的庄稼汉子，一时间说不出话来。

　　红毛黑子不动声色，斜睐着眼，给随从交代两句，张手做一请状，率先离座跨步，掀起门帘，腿脚避开熟睡的年少乞丐，迈出门槛。

　　钟馗紧随其后。

　　醉酒的王九月痴人说梦，一句句念道着："宝贝，宝贝，心肝宝贝。"

第七十一章　众里寻她千百度　蓦然回首归故土

或许被钟馗单掌捏碎桌角的力道和气势惊骇到了，红毛黑子对钟馗胡诌八扯的身世将信将疑，一边大步流星往前赶，一边在心中盘算，这位初次结识的九首兄，怀揣金子，抢着为王九月买酒，又利索地拍出金叶子为我等结清酒账，举止做派非同一般，还得多多留意，提防万一。不过，若天上真就掉下一个大馅饼，两下撮合成就一桩大买卖，也顾不得那么多，先稳稳当当赚个中人的茶酒钱再说。红毛黑子想着美事，放慢脚步，揉捻着下巴左侧的那撮红毛，掉过头来，冲着钟馗会心一笑。钟馗紧赶慢赶，险些撞个满怀，连忙颔首示意，并未搭腔，只想赶紧见到美玉。

眼下这于阗国，吐蕃大军的地盘。对于你方唱罢他登场的改弦易辙，对于城头变换的大王旗，走了小偷来个匪，走了强盗来个贼。今儿个呼啦啦涌来，明儿个呼啦啦逃走，城里的乡亲们和城外的庄户人家，以及做买卖的各地客商们，虽说见惯不怪习以为常，却时时担惊受怕提心吊胆，唯恐遭劫。若是丢了驼队财物，尚可东山再起，若走背运，赶上个人财两空丢了性命，怎一个惨字了得？但为生计活路，该做的买卖要做，该顾的生意还得顾，可躲便躲，能避则避，不得已还得铤而走险，前赴后继。好在平素里，当地乡亲们与远道而来的各地客商融洽和睦，常常相互接济，施以援手，心照不宣。

再瞧瞧街衢上往来的客商，或白肤金发金胡须，或鹰钩鼻子鹞子眼，或宽皮大脸黑眼仁，或黄土面皮塌鼻梁，不一而足。服饰和言语迥异，长相和习俗不同，都是奔着和气生财公道买卖，一拨拨地赶来这偏僻的于阗国。

大街上隔三岔五的，就有一队队的吐蕃侍卫骑着战马耀武扬威地穿行而过，扬起阵阵尘土，掺和着呛鼻的马尿臊气。红毛黑子大步甩开钟馗两三丈后，钟馗也不含糊，屏气快走，片刻工夫便来到吐蕃侍卫长的官邸。

所谓官邸，毫无疑问强抢霸占而得，一处平常民宅而已。两扇院门，粗鄙不堪，是用一块块木板拼接而成，留着宽缝。院墙夯土垒就，墙头插满蒺藜。好在门外两侧各站一位吐蕃守卫，直挺挺挎刀横眉冷对，彰显着吐蕃侍卫长官邸的尊崇和声威。

无须寒暄，红毛黑子轻车熟路，与看门侍卫点头招呼一声，扬手打个清脆的响指，"嘎吱吱"一把推开院门，走了进去。

房子土坯砌成，屋檐苇秆毕现。平展展的屋顶立着半高不高的烟囱，逼仄的窗台上丢满羊骨头。院子蛮大，当中间高高竖起一根蹿天白杨木旗杆，上面挂着吐蕃黄边三角黑旗，左边羊圈，右边驴厩。驴厩栅栏外拴着一匹低头吃草的枣红马，墙根码放着一捆捆芦苇秆子和芨芨柴火。

院子里的味道着实让钟馗狠狠地皱起眉头。伴随着浓烈腥辣的驴马臊气和羊膻味被吸入五脏六腑，钟馗的心头猛然间抽搐起来。突如其来的心绞痛难以承受，钟馗赶忙握紧拳头捶打胸膛，脑门上立刻现出豆粒大的汗珠。汗珠不听使唤地"吧嗒吧嗒"往下掉，有的砸在灰土草屑里，有的顺着脖颈子往下淌，瞬间浸湿了大氅的前胸和后背。

红毛黑子觉察到钟馗的脸色不对劲儿，黑紫中泛着青黄，大汗淋漓不尽，于是凑近想搭把手搀扶一下。钟馗不愿节外生枝，强撑着，摆摆手："老毛病，不碍事。"一句话轻松带过。

红毛黑子不再迟疑，转过身去，相当熟络地高喊："最最尊贵的侍卫长大人！"说时，抬腿跨进门槛，走进官邸前厅。

吐蕃侍卫长正津津有味地啃着一截羊脖子。桌子上的黑陶土盆里盛满胡萝卜炖羊肉，桌上另外摆放着一小盆当地的凉菜，里面拌有切丝的皮芽孜，青萝卜，佐以腌成咸菜的芫荽和韭菜。酒壶边上散落着一些杏干和桃皮子，还有一小堆泛着金黄的大沙枣。

"有要紧的事吗?"吐蕃侍卫长抬起油亮的面孔，拿起酒壶灌了一口，漫不经心地瞥了一眼红毛黑子。

"来得早不如来得巧，不会打搅到侍卫长大人进膳吧?"红毛黑子恭恭敬敬一脸笑意，抓起一把杏干，送入嘴中一粒，顺手递给钟馗几枚。钟馗用黑拳顶住胸

499

口，弯腰驼背地低声说道："免了，心领了。"

话音未落，就听见"咔""咔"两声，原来，红毛黑子轻松地咬裂杏核，张嘴便将硬邦邦的杏核碎壳吐在地上，杏仁就着杏干，嚼巴嚼巴咽了下去。

"味道上乘，"红毛黑子咧嘴一笑，"无事不登三宝殿。侍卫长大人，身后这位大唐客官，对大人手中的美玉很是上心呀。"

吐蕃侍卫长原本一副爱理不理的模样，闻听此话，两眼顿时放光，来了精神，随手撂下羊脖子，囫囵吞下嘴里的羊肉渣子，用双手的虎口刮净嘴角上的油水汁子，揪起搭在肩头上的汗巾子，抹抹嘴巴擦擦手，临了再将将毛渣渣的两撇长胡子。

"便是这位客官。"红毛黑子错开一步，指指身后的钟馗。

吐蕃侍卫长将钟馗上上下下细细打量一番，眼皮耷拉下来，没好气地冲红毛黑子耸耸肩："耍着玩呢？你小子胆儿也太肥了吧？"

"哎哟哟，尊贵的侍卫长大人，此话从何处讲起呀？即便大人借给小子一百个胆子，也不敢在大人面前耍花枪呀。"红毛黑子弯腰贴近，咬着吐蕃侍卫长的耳根鼓捣数句，果然见到吐蕃侍卫长眼皮翻开，眼睛瞪得溜圆，亮晶晶的黑眼仁子险些从眼眶里蹦了出来。

吐蕃侍卫长用手撑着桌沿，站起身来，迈出短腿，张开双臂，就想过来拥抱钟馗："那些可恨的突厥强盗，杀了好兄弟的家父，抢了好兄弟的驼队，可怜的兄弟呀，实在太可怜了！"嘴上说着，却盯住钟馗腰间的褡裢不放。

钟馗屏住鼻息，忍住心绞痛，勉强地直起身子随便一抱，明显感觉出吐蕃侍卫长故意用圆滚滚的大肚皮顶在自个儿的褡裢上。

"看来，这位好兄弟还在害着心疼病呢，心疼黄灿灿的金子吧？"吐蕃侍卫长说笑着。

钟馗握紧拳头，重又顶住胸口，露出一丝苦笑："小心驶得万年船，防的是万一遭蛇咬，出门在外，诸事不易。不可不小心留意啊。"

"说得在理。"吐蕃侍卫长和红毛黑子附和着。

钟馗忍得住心绞痛，却忍不住冷汗直往下流。

红毛黑子从桌边拽过来一条长木凳，安顿钟馗落座歇息。

"出门在外，谁没个难处，谁没个三长两短的？"吐蕃侍卫长打起哈哈。

红毛黑子指指钟馗："侍卫长大人，拜托赶紧拿出美玉吧，可千万别把这位客官憋出毛病了。"

"好吧，好吧。"吐蕃侍卫长答应着撩开门帘，钻进侧室。

听得一阵"叮叮当当"的翻箱倒柜声，吐蕃侍卫长用肩头蹭开门帘，侧身走了出来，小心翼翼地捧出一个鼓鼓囊囊的黑布包。红毛黑子颇有眼色，赶忙推开桌上的黑陶土盆，双手将杏干桃皮子和沙枣扫去一旁，挪开吃剩下的羊脖子和酒壶，腾出一片空地来。

吐蕃侍卫长将黑布包轻轻地放在桌子当中间。

钟馗的心绞痛愈发厉害，一下一下的心跳如同重锤"咚咚"地由内到外捶打着胸膛。他真怕不安分的心会冲破胸口跳出来，因而不敢挪开顶住胸口的拳头。此时，早已被冷汗湿透的大氅裹在身上，汗津津冷飕飕的。

钟馗目不转睛地盯着桌子上的黑布包，仿佛黑布包里拢着一盏油灯。每当黑布包裹被剥去一层的时候，包裹里的光芒随之更加亮堂明艳，好像燃烧着一簇火苗子。吐蕃侍卫长和红毛黑子紧趴在桌边，在闪耀的光晕中，两张沧桑斑驳的老脸忽明忽暗。当最后一层红绸布被对折掀开时，大家不约而同地齐声惊叫起来。

即使在大白天，那块摆放在红绸布中间的美玉，照得整个屋子更加敞亮，说不上蓬荜生辉，却熠熠发光。这块闪闪发光的美玉，好似一颗蜜桃，但在钟馗眼里，那是一颗心，温润不失灵动，鲜活透着恬静，闪烁夺目，发出幽幽的异香。一股沙枣花淡淡的香甜，沁入心脾。

钟馗情不自禁地从长木凳上站起来，跟跄两步，伸出双手将美玉捧在掌心，如获至宝。随后，钟馗心中的绞痛悄无声息地消失了。

吐蕃侍卫长的脸上露出恼火的表情。红毛黑子瞧在眼里，上前一步，将双手平摊开来，稳稳地接在钟馗掌心下面，以防有个差池。

钟馗摩挲着美玉爱不释手，美玉的重枣皮壳恰似沙枣树干绛红的外皮，一大片灰白僵皮仿佛一团银光闪闪的沙枣叶片。叶片之间散布着洒金星星点点，宛若毫不起眼的沙枣花。钟馗愁肠百转，却只能深藏不露，缓缓地将美玉翻转到背面，三粒醒目的黑点映入眼帘，漆黑如墨，好似利爪钢钉，深深地扎进美玉温润

501

如脂的心头肉中。

"这位兄弟，差不多了吧？"吐蕃侍卫长拖着长调，不冷不热地来上一句。

"好了好了，九首兄，千万别看进眼睛里，拔不出来了。侍卫长大人怪罪下来，小子可担待不起呀。"红毛黑子说笑着，一手接在下面，一手从正在愣神的钟馗的掌心抓起美玉，轻轻地放进红绸布当中。

钟馗像个灵魂出窍的空皮囊，好一会儿才回过神来，他搓搓黑手，一本正经地问道："两位可曾闻见沙枣花的香味？"

红毛黑子摇摇头。

"这个初冬时节怎会有沙枣花？该不会是桌子上沙枣的味道吧？"吐蕃侍卫长一脸诧异。

钟馗装模作样地将拳头按压在胸口，心里不住地嘀咕，盼星星盼月亮，就指望着早点让美玉落叶归根，早些还香娘娘一个全身。唯有这般，方可了结心中的愧歉，了断心中的失落，也算是终究带给香娘娘一个最圆满的交代。

吐蕃侍卫长自从将这块美玉掠入私囊，虽说见过美玉发出光亮，今儿个却头一回见识如此灿烂的珠光宝气，禁不住露出心肝乱颤狂喜的神情。看样子，还不得打起十二分精神，待价而沽好好赚上一笔不可？

至于红黑毛子，铁定算计着务必攥牢这笔天上掉下来的茶酒钱。

各怀各的心事儿，各算各的账。

吐蕃侍卫长拿出一副对美玉司空见惯的口吻，打破沉闷："尚需琢磨琢磨。嗯，黄金有价玉无价呀。不忙，先不忙。"

红黑毛子打个圆场："有事就是好事儿，有事儿就好商量。"

钟馗掂量着褡裢里的两坨金子，估计实难填饱吐蕃侍卫长的欲壑，但此时若不稳住侍卫长，任凭美玉擦肩而过，真就担心美玉再一次遁入茫茫天地无处寻觅，岂不辜负了上天恩德与顾怜？想到这儿，钟馗只得先行缓兵之计，随即开口说道："给个痛快话吧。"

红黑毛子察言观色："侍卫长大人说了，先不忙，那就毋需忙。今儿个晚上，本家做东，劳烦两位贵客移步，痛饮'没事来事'，可赏光？"

吐蕃侍卫长搭腔道："甚好，如此甚好。不知这位客官可赏光？"

钟馗对红毛黑子的提议毫无兴致，只是全神贯注于美玉。今儿个在于阗国里消磨了大半日光景，头一回耽搁了巡山和护河。若非冥冥之中拖住腿脚，岂敢误了巡山护河？如此看来，确乎上天注定，美玉远在天边却近在眼前，曾几何时指望过，自个儿会如此轻而易举便寻见这块魂牵梦绕，心心念念的美玉？

钟馗指指胸口："心头多有不适，想着出城静养两三日再说。要不，就痛快点，先出个价，给个痛快话。"

红毛黑子正想居中缓和一下插个话，却见吐蕃侍卫长急不可耐地张开五根手指，点点头："金子，就这个数儿。"

"五两金子？"红毛黑子心中有数，脱口而出，一阵窃喜。

"呸，想得美，五十两。"吐蕃侍卫长张开手就要给红毛黑子一记五指扇。红毛黑子跳开一旁，不住地赔罪："小子说笑呢，误会侍卫长大人的意思，恕罪恕罪呀。小子觉着怎么着也不该低过五十两。"

"这还差不多，金子，绝对金子。"吐蕃侍卫长收回巴掌，笑呵呵地望向钟馗。

早知如此，悔不该当初，原本不多不少五十两金子，根本不在话下，可都分给了外八和罗圈。若不是外八机灵，手头就连这两锭金子也不剩。无法凑齐五十两金子，这可如何是好。不过，吐蕃侍卫长打劫而来的美玉，明摆着取之不义，害得王九月疯疯癫癫沦为乞丐。若以其人之道还治其人之身，光天化日之下，三下五除二动粗硬抢，虽说风吹草帽小事一桩，却会留下无穷后患，甚是不妥。自个儿大摇大摆一走了之，可就害苦了红毛黑子，害惨了那些大唐同乡，甚或给城里乡亲们，还有城外的庄户人家带去意想不到的兵燹祸殃。思前虑后，看来只有等到夜黑风高，神不知鬼不觉地收入囊中，能奈我何？又能奈他人如何？

"心头实在难受，还得静养数日，三日之后，定来拜会文龙兄和尊贵的侍卫长。对了，美玉务必给留好了。"说完，钟馗抱拳一揖，就要转身离去。

"好大的口气，说留就得给你留吗？"吐蕃侍卫长口风一转，毫不客气。

"不带这样的，不怕一万，怕的是万一，赶巧来个贵客瞧中侍卫长大人的美玉，拍出五十两，不，拍出六十两、七十两金子，那可如何是好？看得出来，九首兄绝对与这块美玉有缘。自古这通灵美玉，讲的就是眼缘到，人缘到，玉缘更要到。九首兄三缘皆到，要不这么着吧，为表诚心实意，当着小子这个中人的面，九首兄意思个定金，两位瞧瞧如何？"

"说得在理，说得在理。"吐蕃侍卫长拍拍红毛黑子的肩膀，满眼赞许。

无论怎样，丢下一坨金子，当作定金，略表诚意，也算得名正言顺。即便今晚趁其酒醉，悄无声息地拿走美玉，留下这一坨金子偏不带走，正好让吐蕃侍卫长少些胡思乱想，别怀疑到我钟馗头上，千万少迁怒于他人，少祸害他人。

钟馗二话不说，从褡裢里摸出一锭金子，轻轻地放在美玉边上，也不打声招呼，扭头跨出官邸前厅，朝着大门走去，身后的吐蕃侍卫长和红毛黑子压低嗓门说起了悄悄话。

钟馗主意已定，正应验了那句老话：

嫩草怕霜霜怕日，
恶人自有恶人磨。

"嘿嘿，嘿嘿。"钟馗咧开黑嘴，忍不住为自个儿的妙计笑出了声。难不成今儿个夜里去偷去抢，非得上杆子也去做一回十足的恶人？

第七十二章　包包蛆追忆海麦斯　黑钟馗荣封次九品

　　意外之喜，下落知晓，钟馗眼前总浮现出吐蕃侍卫长那双油腻腻脏兮兮的黑手。瞧着他乐滋滋地将美玉收入黑包中，却眼睁睁别无他法干着急，无可奈何等天黑。

　　钟馗独自走向河滩，坐在鹅卵石上，闭眼沉思，默默期盼着后半夜的至黑至暗快快到来。说一千道一万，万万不可错过今儿个的后半夜，错失那个黑布包，再次失落那块美玉，那颗心。

　　忽然从身后的沙枣林传来一阵嘈杂，大鸟们慌不择路"扑棱棱"振翅飞离巢穴。如此时分，外出觅食？大鸟们盘旋在沙枣林的上空，飞得并不远，若非不得已，安能丢弃巢中雏鸟于不顾？钟馗警觉地竖起耳朵。

　　须臾，由远及近，传来一下下沉重的翅膀扇动声。伴随着枝条断裂的"噼噼啪啪"声，觉察到一只大鸟飞落在沙枣林里。来者不善，善者不来，钟馗以不变应万变，稳坐在鹅卵石上，细心捕捉着蛛丝马迹。

　　鸟就是鸟，大鸟也是鸟，再大的鸟还是鸟。一只莫名其妙的大鸟，黑灯瞎火跑来这里兜圈子捉迷藏，终日打雁还能叫雁啄了眼？若吃这一套，岂不闹出天大的笑话来？看来，非得亮出一点小手段，给大鸟一个下马威才是。

　　钟馗的大脚板有意无意地在细沙碎石中来回地划拉，正好踩到一粒不大不小的石子儿，于是停下脚来，慢慢弯腰，挪开脚板，拣起石子儿。一粒温润圆滑的石子儿，揉捏摩挲正合心意。钟馗随手掂量，暗中聚力，张臂抬手，无须转头，从肩胛处一气呵成向后甩去。

　　一道凌厉的白光拖曳着尖利的呼哨飞向沙枣林。

　　石子儿或许磕碰到沙枣树的枝丫后落了下来，或许穿林而过。河水安静下来，雏鸟不再啁啾，只有上空盘旋的大鸟们偶尔发出小心翼翼的啼鸣。

钟馗等了好大一会儿，不见丝毫动静，本想屏牢气息，一个闪念却没忍住，"嘿嘿，"笑出了声，"好事成双，果不其然。"

"一只好鸟，哈哈，一只很好的好鸟，一只能带来好运道的好鸟。"久违的瓮声瓮气。

"包包蛊，哼哼，一惊一乍捣蛋搞怪非你包包蛊莫属。"钟馗一个蹦子从鹅卵石上跳起来，顾不得脚下圆滚滚的鹅卵石，跌跌撞撞地向沙枣林跑去。

"天地之间三界内外罕见的待客之道。"包包蛊调侃道，一大团洁白的身影嵌在黑黢黢的沙枣树的树冠上，突兀而又醒目。

"不打招呼，不请自来，占理了不成？深更半夜搅扰沙枣林的清静，惊扰了大鸟和雏鸟，也扰乱了我钟馗难得的清静。"

"不远万里来寻你，好心好意来看你，即便搅扰了清静，也不至于恶狠狠地丢来一块石头呀。幸亏我包包蛊火眼金睛躲闪得快，如果被你打伤了脑袋折了翅膀，就要问问你居心何在？"

"并非随随便便丢去的一块小石头，是我钟馗刻意选了一枚弥足珍贵的白玉籽儿。只有白玉籽儿方配得上你包包蛊一身的洁白，只有同甘共苦的老友造访，才会舍得白玉籽儿呢，那要折损玉龙河不少的命数呢。哪承想，你包包蛊不但不领情，居然冠以居心不良，岂有此理。"

"算了，不跟你计较。瞧得出来，白玉籽儿白中透亮，绝非寻常的鹅卵石，也难得听一回白玉籽儿穿透黑夜的空灵哨音，不仅捎来河水的潮湿味道，还夹带着诚心实意的问候。不枉此行，不枉此行。"

"来此只为听一声白玉籽儿的空灵哨音？"钟馗明知故问。

"来会你这位老友呀。"包包蛊瓮声瓮气。

"这还差不离，我钟馗尚有好些事儿要向你包包蛊打听呢。"

"我包包蛊也有好些事儿要向你钟馗打听呢。"

钟馗竹筒倒豆子自顾自地说起来："昆仑巨浪，浩浩荡荡，自不必讲。铲除九阳，白光不再，也已知晓，无须赘述。天地三界光复之后，天庭论功行赏。天大地大的功劳也好，芝麻粒大的功劳也罢，原本封赏我钟馗一个劳什子元帅，对了，天蓬元帅，并勒令上缴昆仑剑与匣，还有九阳之残骸。呵呵，岂可轻信，岂可轻易中招？这昆仑剑与匣费尽万千波折终将大魔头九阳镇住锁牢，且与九阳合为一体，早已融入莽莽昆仑高原的雪域冰川。试问，将昆仑比蓬莱，将高原比仙山，将雪域冰川比那东海之水，孰高孰低，孰强孰弱，自当一目了然。我钟馗无奈之下，别无他求，实话实说，只愿做个河神，玉龙河小小的河神。原本一同降妖除魔斩鬼除恶的两位小兄弟，罗圈和外八，如今重新归到阎王爷门下。数日之前，两位小兄弟特向我传递天庭口谕，说是将功补过功过相抵。呵呵，颇为悦耳动听，功劳和抗命一笔勾销，功无赏赐既往不咎，真就赏了个次九品的玉龙河神。哈哈，区区一介次九品的河神，虽微不足道却得偿所愿，足矣，足矣，从今往后，谦称'在下'或'小神'。"

"再也无本尊本尊了？"包包蛊故意逗着玩儿。

"本尊本尊，无本就无尊，有本才有尊，有本也无尊，无本却有尊。呵呵，本和尊，尊和本，孰前孰后？孰轻孰重？无论天高路远穷乡僻壤，无论位卑的村野贩夫走卒，甚或区区小河神次九品小官，唯心中长存沧桑正道，于天地之间立心，于三界内外立命，为万世开太平，为万物留希望，方为我钟馗矢志不渝的至本至尊。"

"好一个本，好一个尊，好一个至本和至尊，当然，也好一个优哉游哉的小河神呀。瞧这裸露的河床，几缕涓涓细流眼见着就要断流，你钟馗就甘愿在此闷头做个小河神？估摸着早已将海麦斯忘却在九霄云外，可还记得海麦斯？"

"海麦斯？休要开涮在下，在下这心里时刻惦念，放心不下海麦斯呢。如今，天地光复三界如常，可海麦斯音讯全无，凭空消失。在下指望着再见一回海麦斯，当面郑重道出一份歉意，只为不分青红皂白地挥剑误伤他的尾巴。还想当面致谢，只因他的引荐，有幸结识你包包蛊，这才投身于不世壮举，倾力洪荒伟业，摆脱藩篱羁绊，不再蝇营狗苟，不再以功劳簿倨傲。至于耳提面命唯令是从，所谓光耀门楣扬名立万，呵呵，粪土无二。"

"你在夸自个儿呢？还是在夸自个儿的同时，顺带夸夸我包包蛊？不过，千万别抬举夸赞我包包蛊，本鸟受不了，会长出一身猫皮疙瘩，错错错，非猫皮，鹰皮疙瘩才是。"

钟馗不为所动："在下从不打诳语，将心比心而已。"

"好了，好了，扯远了，言归正传行不行？在昆仑高原上，我包包蛊与白眉毛博西盖左等不来，右等不来，眼见得昆仑高原，大地山川渐渐恢复了原样，可就是等不来海麦斯。"

"在下与海麦斯洞中匆匆一别，惺惺相约，时至今日，遥遥无期。憋在心中的歉意和谢意，恰似巨石压胸口，欲罢而不能。你瞧瞧，昆仑剑，归昆仑，馗匣业已归冰川，在下在此做河神，玉龙河里有惊喜。当真有鱼有肥鱼，五道黑，乔尔泰，保管叫海麦斯撑破肚皮吃个够，让海麦斯吃不下兜着走，再也无须嚼巴吞咽臭鱼干。即便如今秋冬枯水季，转眼之间便过去，只盼有朝一日，春暖花开，海麦斯会来此玉龙河。在下，在下，哎，一厢情愿瞎说说，在下守着玉龙河，日日夜夜岁岁年年，等着海麦斯，你说，他会来的吧？"

"给天地三界留下希望，给万物留下希望，给你给我留下希望，当然也会给海麦斯留下希望。但愿，有那么一天，他会来玉龙河寻你的。"

包包蛊和钟馗不约而同突然闭嘴，不再吭声。夜空中盘旋的大鸟们不时地聒噪几声，似在提醒和催促。

钟馗轻哼一句："随在下去河边吧，大鸟们累了，该归巢了。"也不管包包蛊听清与否，转身便向河滩走去。

包包蛊跳到地面，张开翅膀，摇摇晃晃，紧跟在钟馗身后。

钟馗当仁不让地坐在那块大鹅卵石上。包包蛊胖乎乎如一团白花花的冰雪，立在旁边的一块鹅卵石上。

河水不再潺潺，已无粼粼波光，钟馗和包包蛊在暗夜里沉默了半晌。活不见影子的海麦斯，死无音讯的海麦斯，偌大的天地之间三界内外，到底溜去哪里躲了起来？只是不愿说破和挑明，不祥的疑虑和不着边际的瞎想堵在钟馗和包包蛊的嗓子眼里。

包包蛊按捺不住，仰起圆圆的大脸蛋，噘起小尖嘴冲着钟馗："我包包蛊打定主意，远走高飞，小隐隐于东，大隐隐于西。"

"不知所云，不知何意。"

"早已对你钟馗'云'过了呀。洪水过去了，干旱过去了，使命完结了，希望留下了，我包包蛊也该离开了。"

"该有许多的使命，该有许多的希望呀。"

"不，使命只有一个，却会留下许多的希望。"

"留下来，就留在昆仑高原，海麦斯还不晓得何时回来呢。"钟馗硬起头皮，勉强挽留，有些难过，有些不舍。

"你们在，海麦斯就不会孤单。我包包蛊要去西边的西边，最远的西边，十万八千里，翻越更高的雪域高原，去看看山巅之上的那艘大木船，去尝尝美味的雪莲花，还要去海边找寻尖顶的屋子，找到黑衣老者，听他讲有趣的故事，关于大书的故事。"

"不辞辛劳，飞那么远，十万八千里之外，难道就想去听听大书的故事？"

"对的，那本大书有趣极了。然后就学学你钟馗，和你钟馗一个样，你做'在下'和'小神'，我包包蛊也做个'在下'，也做个'小鸟'。"

"哈哈哈，小鸟，小鸟，你包包蛊如此肥大壮硕，如何做得一只小鸟？做个本鸟才更贴切。"

"有道理，那就做个本鸟吧。不做本尊不做神，更不做笨鸟，嘿嘿，嘿嘿，如何？"包包蛊开怀大笑，听起来怪拉拉的，"本鸟非笨鸟，笨鸟非本鸟，只做本鸟，不做笨鸟，更不会去做一只大笨鸟。"

钟馗耐心地听着包包蛊不厌其烦的唠叨，胸膛里的那股难受劲儿不由自主地涌了上来。他稍稍侧过脸去，不愿让包包蛊瞧见自个儿伤心的样子。

"怎么？舍不得我包包蛊离开吧？"包包蛊故意挑事儿。

"河面冷飕飕的夜风，将沙子吹进了眼里。"钟馗装模作样地揉起眼睛。

"这趟过来与你道别。"包包蛊忽然一本正经严肃起来。

钟馗默不作声。

"海麦斯，拜托还得等下去。离开昆仑高原之前已和白眉毛博西盖交代过。"

钟馗默不作声。

"就此别过，天各一方，唯自珍重，估计很难再有再见的日子。"

钟馗默不作声。

"你倒说句话呀？"

钟馗依然紧闭双唇不言语。

"难道，难道，你钟馗有啥难言之隐？开不了口，张不了嘴？大不了，难言之隐，跳进河里，痛痛快快一洗了之。"

"难言之隐？是的，难言之隐！"钟馗终于蹦出一句话来。

"临行之前，但凡用得着我包包蛊的地方，尽管说来，绝不推辞。"

"就晓得你包包蛊是个好鸟，带来好运道的好鸟。"

"赶紧的，别再虚头巴脑，虚情假意。"

"在下小小一介玉龙河神，自当保得春夏河水绵绵流长，自当保得秋冬河床不再改道。"钟馗戛然而止。

"我包包蛊只想见到那本大书，想听听那本大书里有趣的故事。算了吧，你钟馗还是本本分分做你的玉龙河神吧，后会有期！"包包蛊使出激将法来，摆出一副张翅欲飞的样子。

"留步！不，留翅，"钟馗急忙伸手扯住包包蛊翅尖上的几根羽毛，"且听一句在下掏心掏肺的大实话。"

"快松手，弄痛了。"包包蛊赶紧收拢并夹紧双翅。

"在下，眼前确有难言之隐。你瞧这玉龙河，时旱时涝时清时浊，时常改道无规无矩，这河神当的也是万分不易，你可知晓缘故？"

"别卖关子弯弯绕，我包包蛊说到做到，从不惜力，直说吧。"

"这玉龙河之所以桀骜不驯，只因失了镇河之宝。俗话说，山有仙则名，水有龙则灵，这玉龙河自打丢失了镇河之宝，就如这喀什噶尔的野驴一般，时不时就要癫狂起来，折腾一番，偏偏就让在下赶来做这玉龙河的一河之神。"

"将镇河之宝寻回来，不就得了？"

"镇河之宝岂是说寻找就可以随随便便寻得回来的寻常之物？庆幸的是，这块镇河之宝并未远离，就在于阗国吐蕃侍卫长的手上待价而沽呢。在下最为担心的莫过于这镇河之宝被转手出售，不晓得，会不会被南来北往的客商们带往远方。眼见得这条玉龙河就将变成一条无心之河，伤心之河了。"

"吐蕃侍卫长？白眉毛博西盖定会识得，他是吐蕃鼠的长老，请他帮忙才是。"

"你包包蛊和白眉毛博西盖，皆不食世间烟火，哪里知晓世间常情？简直十八竿子也打不着，一个高原上，一个于阗国，一个做长老，一个侍卫长，哪里会相识相认？"

"别啰唆了，这有何难？趁着天黑，赶去一趟吐蕃侍卫长的家，将镇河之宝拿回来还给你，交还给玉龙河，不就得了。放心吧，包在我老包身上。"包包蛀灵机一动自称老包。

"眼下正为此事忧烦。在下曾经做过门神，岂能不管不顾破门而入？岂能飞檐走壁强取豪夺？如今做了这河神，又岂能眼巴巴瞧着镇河之宝流落他乡？"

"哎哟哟，别扯远了，我老包这就成全你这个曾经的门神与当下的小河神。别再为难，更别忧烦，恶事儿，坏事儿，丑事儿就让我老包去担着顶着吧。"包包蛀说着，掀动双翅，腾空而起，扬起一片沙尘。

"先别，先别急，说完不迟。"钟馗用手遮住眼睛，只顾喊叫，却吃进一嘴沙子，等站起身来咳完沙子，包包蛀早已无影无踪。

哎哟哟，不等讲完，不听清楚，说走就走，说飞就飞，这个包包蛀帮起忙来，越帮越忙。于阗国弹丸小国，即便再小，总也成百上千户。吐蕃侍卫长的官邸，并非高墙大院，就隐匿在黑灯瞎火的寻常巷陌。若是像个无头苍蝇，不分青红皂白，挨家挨户瞎碰瞎撞，岂不闹腾个满城风雨，彻夜不休？最好跟过去给包包蛀指点一下吐蕃侍卫长的官邸才是呀。如果有个意外，也好有个帮衬。钟馗打定主意，无论如何，不可错失今儿个的后半夜。不管怎样，再也不会让香娘娘的那颗心消遁无踪，轻易逃出自个儿的手掌心。

钟馗正盘算着单腿点地一飞冲天，动身前去为包包蛀搭把手，就听见头顶传来急吼吼的振翅声。

"敢问小河神，于阗国，东南西北中，本鸟该往哪里飞？"

"本鸟本鸟，就晓得你包包蛀空手而归。"钟馗揶揄道。

"本鸟暂时空手而已，说过的话，答应的事，吐出去的口水不收回。快快快，别磨叽，趁着天黑还得赶去做坏事，这次绝不会空手归，本鸟该往哪里飞？"

"玉龙河上游，往东飞。"钟馗伸手指了指，"先别慌，容在下将话先讲完，吐蕃侍卫长的院落，有马有驴也有羊，味道难闻有些呛，大门口两个守卫在站岗，院子当中竖旗杆，窜天白杨三角旗，推门便是前厅，前厅有间侧室，挂着长布帘，镇河之宝就在侧室，黑布包，一个闪闪发光的黑布包。"

"啰唆够了?"瓮声瓮气的反问。

"交代完了。是否需要在下搭把手?"

"你就歇着等好吧。"一道白光划过夜空。

第七十三章　包包蛊帮忙帮到底　香娘娘魂归沙枣林

万籁俱静的后半夜，从河床吹来冷冷的风。

转眼几炷香的工夫，东方的天际露出了鱼肚白。钟馗枯坐在鹅卵石上，紧了紧大氅，心头渐渐地涌出一丝懊恼，悔不该放任包包蛊独自去，指不定包包蛊已经捅出个大娄子。若是偷鸡不成反蚀一把米，惹得吐蕃侍卫长起疑心，加强守备，换个地界藏美玉，到头来，包包蛊扑闪扑闪大眼睛，一脸无辜一走了之，留下个烂摊子，还不得我钟馗再想法子取回来？岂不是没事来事，得不偿失？想到这儿，钟馗更加焦躁不安，抬头瞭望东方，晨曦已微露，禁不住一拳击在另一只手掌当中，击打出"啪"的一声脆响。或许是用力过猛，他的心头开始抽搐绞痛，一下两下，急促起来，脑门顿时渗出豆粒大的汗珠。他恍然开悟，连忙站起身来，握紧拳头抵住胸膛，嘴里念叨着："来了，终究来了，不负重托，果然不愧为一只能带来好运道的好鸟儿。"

倏忽间，一道白光停了下来，悬浮在半空："就此别过，后会有期。"话音刚落，包包蛊抛下一个闪着蓝莹莹光晕的黑家伙。

钟馗赶紧伸出双臂将黑家伙牢牢接住，让它紧贴在胸前，刹那间，莫名的抽搐和绞痛便在肌肤相拥中烟消云散。钟馗闭起双眼，如痴如醉。

"呵呵，腻歪够了吧，就此别过，后会有期。"

钟馗浑然不觉。

"有完没完？后会有期。"

钟馗长吸一口气，稀溜溜吐了出去，似乎刚才打了一个盹儿："在下，我钟馗此时此刻，代玉龙河，替身后的这片沙枣林谢过你包包蛊。"

"如此客套，本鸟心领了，后会有期。"

"我钟馗还想对你包包蛊施以援手的搭救之恩致以谢意。"

"施以援手？搭救之恩？"包包蛀瓮声又瓮气，装疯又卖傻。

"华山之巅，误中黑老雕和哮天犬声东击西之奸计，幸亏你包包蛀拍翅赶到，舍身引开黑老雕，在下才空出手来，将那恶犬一劈为二。"

"举手之劳，何足挂齿。"包包蛀来劲儿了，"三下五除二，轻轻松松地将黑老雕打成光头大秃鹫。"

"尚有一事，在下百思不得其解，为何重伤之下的黑老雕，晃晃悠悠地逃回华山之巅，却被自家主子九阳赏赐一团烈火，落得个粉身碎骨？"

"哈哈，天机不可泄露，哈哈哈，天机不可泄露。"包包蛀瓮声瓮气的怪笑在清冷的晨光中，久久回荡在空旷的河床上。随着笑声渐息，包包蛀振奋双翅，卷起沙尘无数，一道白色闪电奔西而去。

河滩上，钟馗孤零零地搂着黑布包，盯着几近消失在西天的小白点，嘴唇翕动，喃喃自语。

朝霞初上，沙枣林里的大鸟们异常聒噪，一只两只三四只，五只六只七八只，倾巢出动，盘旋在半空，似乎都在期盼这个时刻，都要争先见证这个曾经的承诺。

尘埃落定，钟馗捧着黑布包一步步走向沙枣林。

大鸟们赶在前头，纷纷栖落在沙枣树下引颈长嘶，振翅踏足，告慰香娘娘之亡灵。

钟馗望着大鸟们，知晓大鸟们盼来了这一天。

大鸟们不躲不避，义无反顾地高高跃起，尖趾冲下，戳进沙土，此起彼伏地向外扬拨沙土。大鸟们似穿花的蝴蝶，上上下下翩翩起舞，不顾伤痛，弯颈低头去啄砂石，一刻不肯歇停，树下沙土尽染红。

晨光放亮，林间斜照，泥土枯叶的味道弥漫周遭。

香娘娘地下长眠的青冢，香娘娘的坟茔豁然就在眼前。钟馗前行数步，面朝青冢，缓缓地俯下身子。那块袖布，从钟馗大氅袖口扯下的，就是钟馗亲手盖在香娘娘余恨未消的面颊上的袖布，钟馗不敢直视，羞于面对，更不愿重温和回味。

一只大鸟跛着双爪，一瘸一拐地挨近钟馗的身旁，用长喙啄他的大氅前摆。

大鸟们围作一圈，张翅相连，将青冢、钟馗和沙枣树环绕其间。

当钟馗用颤巍巍的黑手层层揭开黑布包，将最后一层绛红绸掀起时，香娘娘的心，流光溢彩，那么的柔软温润，安然恬静，似乎知晓回到了故土回到了家。钟馗捧起心来，感受到隐隐脉动从掌心传来，咫尺之间，灵犀常在。不知不觉，愧疚的泪，欣慰的泪，夺眶而出。

钟馗抚摸着香娘娘的心，久久不肯松手，直到大鸟们不停地啼鸣，似乎在催促，这才掀开盖着香娘娘的袖布一角，将香娘娘的心轻轻地放在里面，然后扯扯袖布盖盖好，一桩心事彻底了结。

钟馗用一双黑手，将浸满大鸟血滴和自个儿眼泪的黄沙泥尘推入青冢。

大鸟们各自纷飞，沙枣林一如既往。钟馗如释重负，自此别无他求死心塌地地守灵与镇墓，巡山与护河，只待年年春来早，定叫沙枣花开满枝头。

一了百了的钟馗还没顾得上抖落风尘，忽听得头顶枝丫间"噗噜噗噜"渐次响起，一下又一下，细碎的爆裂之声密密匝匝，如细雨蒙蒙，如浮萍飘落，如微风送爽穿行树林。电光石火间，浓烈的异香，突如其来的沙枣花香，如波似浪，铺天盖地，将青冢，将钟馗，将整个沙枣林悉数浸润在异香之中。

初冬的早晨，阳光清冽。

青冢之上的沙枣树，一粒粒金灿灿的沙枣花仿佛傲然怒放于春日的暖阳间，仿佛执拗地吐露芬芳于四月天。那是香娘娘泉下有知，那是她急切地想要倾诉和告慰，她，收下了美玉收下了心，收下了快乐的过往和不堪的昨天，也一并收下了原本就该属于她的苦辣与酸甜。

寒风呜呜，花香阵阵，巢中小鸟儿叽叽喳喳叫个不休。

第七十四章　侍卫长有眼真无珠　王九月疯癫伴左右

蓦然回首，万水千山，香娘娘的心，颠沛流离，几易其手，辗转终归故土。

隐隐心结，天知地知自个儿知，天成巧合，天数命数，上天皆已注定。

山洪已竭，河床暴露，夜长昼短，残冰随处可见，万物冬藏，钟馗心如止水。

月圆月缺，新月上蛾眉，残月下蛾眉，闲看云卷云舒，静观斗转星移，且随清风徐徐吹去。

钟馗眼前总会闪过娘亲在灶台前辛劳的影子，还有终南镇子的教书先生。脑子里也时常会跳出外八，海麦斯，包包蛊和白眉毛博西盖，阎王爷和罗圈，还有嫦娥和玉帝，偶尔也会忆起西口镇子倔老汉的一家子，还有那个胖媳妇。对了，还有红毛黑子。也该趁早和红毛黑子打个招呼道声别，相逢何必曾相识，兴许返程已上路。至于吐蕃侍卫长，强抢不义之财，妄想囤积居奇，不承想转眼浮云成空。容易得手的，便会轻松地失去，一招一式，一进一出，前因结后果。虽说吐蕃侍卫长白白得手一锭五两金，指不定还在想方设法提防着我钟馗赶去门前向他索要那一锭金。多一事不如少一事，好歹包包蛊及时赶来帮大忙，省得亲自动手瞎费心。此一趟前去于阗国，不去啰唆少掺和，不妨多多切些羊肉买些馕，"没事来事"沽几壶，诚心实意地犒劳致谢那个疯子王九月。

趁着日头三竿，万里晴空，钟馗不紧不慢地朝于阗国走去。

城门洞子前，不晓得何故，吐蕃守卫们三三两两蹲靠在城墙根下，暖阳中懒洋洋的，聊天打盹晒着胸嗉子。

吐蕃守卫们不闻不问，随便乡亲们进进出出。钟馗三步并作两步，正眼都不瞧那些无精打采的吐蕃守卫们，闪身穿过了城门洞子。远远便望见那爿熟悉的店家，不由得惦记起"没事来事"的滋味，嘴角溢出口涎，不得不用舌尖扫过，卷起吞下。

眼见着走近店家门口，里面鸦雀无声。钟馗满脸狐疑，掀起门帘，高声叫唤："店小二！"

话音未落，听得一声应答："来了，来了，客官里面请。"

钟馗抬眼，正是那个精明伶俐的店小二。

"稀客，稀客，九首大哥好久不见。"

钟馗点头回礼，环视一周，店中清冷无客。不等小二引路，钟馗径自奔向角落里的木桌子，刚一落座，便开口说道："口渴得紧，先来一壶'没事来事'。"说着，顺带着向上瞥去一眼，瞧见自个儿的柳条筐仍然斜挂在房梁，只是不知可还剩下仨瓜俩枣。

瞎琢磨间，店小二麻溜地递过一壶"没事来事"。

"九首大哥，您这回用酒碗喝呢，还是对着壶嘴儿嘬着喝?"店小二一团和气。

钟馗听得出店小二善意的调侃："这回用酒碗。小二，那个红毛黑子文龙兄，为何不见踪影?"

店小二将抹布搭在肩头，轻描淡写地回应道："都拾掇拾掇，打道回府喽，这两天也该打尖酒泉一带。听红毛黑子交代手下，准备一鼓作气赶在正月十五上元节，闹花灯前赶回大唐长安城呢。"

"未及见上一面，不能送君一程，甚为遗憾。不过，红毛黑子一行众人，此番想必满载而归，赚得个盆满钵满吧?"

"休提满载而归，盆满钵满。九首大哥住在城外兴许还不曾知晓，情急之下，保命要紧，哪里顾及玉料和盘缠? 若顺顺利利全身而退，不缺胳膊不缺腿，已是上天保佑，求之不得呢。"

"情急之下，此话怎讲?"

"平安无事离了于阗国，已算得烧了高香。这些个大唐官差们，空手这么来，再空手这么回，就带回些大沙枣。九首大哥，瞧见没有，房梁上挂着您的柳条筐，不过小二当面讲清楚，是红毛黑子带走了您的大沙枣，还说九首大哥肯定不介意。"

钟馗顿了顿:"空手来,空手回,难道押送的玉料出了岔子不成?"

"出了岔子,出了个大岔子。"

"赶紧说来听听。"

"说一千道一万,都怪那个吐蕃侍卫长,怪那个抢夺而来的美玉。善有果,恶有报,把你个吐蕃侍卫长当人看,自个儿却不听人话,不干人事,偏偏要往那驴圈里钻,自个儿不把自个儿当人看。呵呵,这于阗国,里里外外传得个神乎其神,据说那个后半夜,黑漆麻古伸手不见五指,突然天上闪过一道白光霹雳,却无雷声相伴,端端地劈向吐蕃侍卫长的官邸。听得见一阵叮叮当当鬼哭狼嚎,不曾起火冒烟,刚一消停,只见空中又闪过一道白光霹雳。到了天亮,才瞧见惨不忍睹的吐蕃侍卫长。呵呵,多行不义必自毙,神奇的美玉,天上的宝贝,哪容世间脏手染指?那一道白光霹雳带走了发光的美玉,只留下吐蕃侍卫长的一条贱命,叫他瞎了两只眼,有眼无珠活受罪。谁叫他睁着双眼干尽了坏事儿?瞎眼吐蕃侍卫长发疯一般,命令守卫封锁各处关卡,准进不准出,将外地客商当地老乡,一个不剩,一户不落,里三层外三层,通通扒去一层皮,非要寻见丢失的大宝贝。这下可好,大小十字,大马路都被翻了个底朝天,哪里寻得见大宝贝?气急败坏的瞎眼吐蕃侍卫长一顿乱棍,又将客商全都打出了于阗国,一赶了事,真是冤枉加可怜。哎,别提了,小店里还有赊欠的酒账向谁讨呀?"

"看来得向吐蕃侍卫长讨要酒账才是呀。"钟馗心中掠过一丝暗喜。

"向吐蕃侍卫长讨要酒账?想得倒美,他不来空口白牙讨酒吃,已算谢天谢地。"

"吐蕃侍卫长讨酒吃?"

"先前吐蕃侍卫长吃酒何曾掏过银两,如今吃酒,更别指望掏得出酒钱来。"

"越听越糊涂。"

"九首大哥,小二长话短说。自从吐蕃侍卫长瞎了两眼瞎指挥,闹得个鸡犬不宁满城风雨。没过多久,新任命的侍卫长来接任,原以为就此打住,安生下来过日子。不承想,脾气更比前任大,心肠更比前任黑。"

"俗话说得好,宁做太平犬,莫做离乱人。天下乌鸦一般黑,就喜荒冢和坟场,偶尔见个白乌鸦,细瞧却是猫头鹰。看来,好鸟儿就属猫头鹰,总会带来好运道的猫头鹰。"

"九首大哥提及黑乌鸦和猫头鹰，还别说，那个瞎眼吐蕃侍卫长神神道道，左一个'大白鸟'，右一个'大白鸟'，整日瞎嚷嚷。说到底，不管黑乌鸦白乌鸦，还是猫头鹰，新上任的侍卫长可不是一只好鸟儿。这不，初来乍到，撩起一脚就将瞎眼前任干净利索地踹出大门。谁叫你两眼一抹黑自个儿跟自个儿过不去？谁叫你跟买卖人瞎较劲自断了财路，赶走了客商，搅黄了生意？这些费尽九牛二虎之力抢来攒下的玉料、丝绸、毯子、毛皮和香料，嘿嘿，难道卖给神仙？卖给西北风？"

"大白鸟，不会是白乌鸦，指不定就是猫头鹰，有时带来好运道，有时真就带去坏运道。"钟馗轻描淡写地应付着。

"说来说去，不关鸟儿的事儿，更不关猫头鹰的事儿。"

"有道理，人在做天在看，自作孽不可活。如此情急险恶，红毛黑子，大唐同乡们能保得性命赶回长安城，也算福大命大造化大。"

"可不是嘛，想想钱财身外之物，两腿一蹬两眼一翻，银白金黄总有下一个该去的去处呢。"

"话又说回来，怎不见疯子王九月？"

"九首大哥，还念念不忘疯子王九月。放心吧，这店里没客，他们不光顾，若来了贵客，哼哼，可比老狗的鼻子还灵光。您就等着瞧吧，用不上半壶酒的工夫，保管就会瞧见他们俩。"

钟馗边听，边呷了一口"没事来事"，酒劲微醺，疑心渐起。一个疯疯癫癫的王九月，如何变成"他们俩"，正想问话，却听得门口传来"行行好，行行好"的乞讨声。

店小二翻了个白眼耸耸肩："方才说啥来着，说来就来了吧。"

店小二扭头冲门口："来来来，进来吧，听好了，待在门口靠墙坐，别上木凳别上桌，别蹭着膀子就上头。"

除了疯子王九月，还有结伴的另一位，一身又脏又旧的吐蕃装扮，一根黑不拉几的布条横起蒙双眼，挡不住眼中淌脓水。瞧上去，一个有眼却疯癫，一个知晓事理却失明，不折不扣的一对儿好搭档，活脱脱的难兄与难弟。

钟馗恻隐心起，抬眼细细观瞧，猛地心头一颤，这不就是那个趾高气扬，张开五指索要五十金的吐蕃侍卫长？看来，包包虫不愧鸟儿中之老鸟儿，厉害角色，老到的很，下手丝毫不含糊。怪不得华山之巅神来之笔，将黑老雕打成丑秃鹫，匪夷所思假借九阳之手不费吹灰之力就灭了黑老雕。钟馗收敛心神，不再多想，唤过店小二，指着疯子王九月："赶紧的，给他俩快上两壶'没事来事'，切些羊肉，再拿些肉骨头和馕饼。"

店小二忙不迭应声道："九首大哥，大人大量。嗨嗨，你两个还不赶紧起身来谢过？"吐蕃侍卫长立马撑着王九月站起身，对着钟馗一揖到底，嘴里支支吾吾献上一大通祝福的话儿。

"免了，免了，都免了。"

吐蕃侍卫长不理不顾，又倒出一箩筐吉祥的话儿，这才靠墙席地，与疯子王九月大快朵颐起来。

钟馗摇摇头，放下手中酒壶，走上前去，拍拍疯子王九月的肩头，掸起一片尘土："这位王九月小哥，可否说道说道你手上的那块美玉，究竟何处得来？"

王九月不为所动，满脸都是肉渣子和油点子，"吭哧，吭哧"全神贯注啃着羊骨头，不时灌上一口"没事来事"。

"王九月小哥，你手上那个发光的美玉，可否说来听听？"钟馗循循善诱。

"小子单传，小子三代单传，祖祖辈辈治玉琢玉的手艺人。"疯子王九月哼哼两声，"宝贝，心肝宝贝，心肝宝贝。"

钟馗以为入巷，可疯子王九阳埋头啃起了羊骨头，再无下文。

"三代单传，治玉琢玉，手艺人，不远万里带来于阗国。"钟馗小声念叨，不想就此放弃，打算顺着话题往下追问。却见瞎眼吐蕃侍卫长忽然挺胸抬头，局促不安地放下羊骨头和馕饼，扶墙站起，向前探出一步，踢翻了酒壶也不去理会，哆哆嗦嗦地扑向钟馗。

钟馗一步闪过，有些愕然。

吐蕃侍卫长一把搂了个空，不得不撤回手去退后靠墙，然后拽起疯子王九月，一个劲儿地冲着钟馗作揖，反反复复嘟囔着祝福吉祥的话儿。疯子王九月含含混混地跟着瞎眼吐蕃侍卫长咿咿呀呀。

"给两位兄弟再来两壶'没事来事'。"钟馗说着将手伸进褡裢捏下一片金子，丢在木桌上："就此别过，后会有期。"

店小二殷勤地提醒道："九首大哥，柳条筐，还有柳条筐。"钟馗摆摆手，掀开门帘，头也不回，大踏步地迈了出去。

尘埃虽已落定，沉渣时时泛起。一对儿冤家，于阗国里相生相克，恩仇转换，此刻，不离不弃，唇齿相依。

钟馗微澜渐平，穿过长街，散淡地晃出了城门洞子。

尾声　文骸索拉　九九八十一
　　香阁臭阁　九九必归一

钟馗走出城去，天高地远，云淡风轻。

午后的暖阳，将河滩河床、将旷野戈壁、零落的村舍和高大的窜天白杨掩映在浅浅的土黄色雾霭中。

钟馗沿着干涸的玉龙河床，东瞅瞅，西望望，抡起一脚踢飞一块土坷垃，一朵黄尘在足尖上迸裂飘散。钟馗撩起被黄尘溅落得斑斑点点的大氅前摆，轻轻一抖，便将尘土从大氅上抖落得干干净净，然后顺手在河滩上拾起一粒小玉籽儿，橘红色的皮壳，用手拿捏揉搓几下，再甩开膀子将玉籽儿抛回河床的深处。

远处，传来一阵阵孩子们的喧闹声。

十来个半大不小的野孩子，在河滩的一处开阔的高地围成一圈，或蹲或趴，或跪或坐，埋首低头。十来双眼睛齐刷刷地紧盯着当中的一块空地，声嘶力竭地叫嚷着："赛米赛""赛米赛"，接着又听得一人叫嚷着："托特冈""托特冈"。

钟馗捋着虬髯饶有兴味，何为"赛米赛"？"托特冈"又为何物？赶忙加快步履，凑上前去。

不看不知晓，一看更糊涂。

孩子们轮流坐庄家，不管轮到谁当庄，都会用一双脏手从空地上掬起一大把油光锃亮的小石子儿，向上高高抛起。孩子们一同扬起小脑袋，盯着空中的一粒粒小石子儿。随着小石子儿下落，整齐划一地低下一圈小脑袋，瞅准小石子儿落地弹起的一瞬间，异口同声地高喊："赛米赛""赛米赛"。当小石子儿再次凌乱无序地滚落在地面时，只见这位庄家，不慌不忙地一拍大腿，高叫一声："托特冈"，此刻，所有的小石子儿都停落在地上，一动也不动。

斜对面有个眼尖的绿眼珠子小黄毛，鬼灵精怪，发觉来了个陌生人，冲着黑钟馗瞅了一小会儿。钟馗随即龇牙咧嘴报以微笑。不晓得小黄毛明白了钟馗的善意，还是钟馗的怪模样吓唬住了小黄毛，小黄毛猛吸一口淌下来的两筒浓鼻涕，等收回并咽下两条黄龙后，便低下脑袋不再搭理黑钟馗，而是专心于空地上的小石子儿。

钟馗五迷三道，愈发好奇。他不动声色，弯腰半蹲在外圈，观瞧着井井有条张弛有度的小游戏。折腾了老半天，颠三又倒四，仍然一头雾水，愣是没弄清楚。这些小石子儿，看着不像小石子儿，到底是何劳什子，到底怎么个玩法？

趁着孩子们轮转换庄的间歇，钟馗轻声插嘴道："这些有大有小，有白有黄，却长得一模一样的小石子儿，究竟是何玩意儿？"

年岁稍大的一个孩子，看上去像个孩子头，回头瞧了一眼半蹲着的钟馗，撇撇嘴，摇摇头："没见过，没玩过，难道还没啃过羊腿把子？这些可都是髀石，羊的两条后腿把子上才有的髀石。"

钟馗一脸茫然，频频点头："在下当真不晓得，很是好奇呢，说来听听，也长个见识。"

孩子头不耐烦："好奇归好奇，见识归见识，那也得等着，等着把他们几个的髀石赢过来再说。当然，少不得添上几个漂亮的'壳髅子'和'尻尖'。"

钟馗耐心等待，好在未过多久，几个不肯服输的小孩子便输光了髀石。所有的髀石都被装进孩子头那件肥大裌袢的腰袋里。那件裌袢看上去要么是他爹的，要么就是哥哥穿旧剩下的，指不定从谁家顺手牵羊顺来的。

孩子头兴高采烈来劲了："赶紧把脑袋伸过来，快快快。"

那几个输了髀石，伤心又可怜的小孩子一个个听话地将脖子伸直递过脑袋。

只见孩子头用大拇指将弯曲的中指紧紧扣住，收拢在掌心，然后随手臂一同甩出去，再用坚硬的中指指甲盖，借着力道，依次在每个小孩子的脑门上弹出一个清脆的"壳髅子"。从那几个扭曲的小脸蛋上，便可知晓"壳髅子"的酸爽滋味。

弹完"壳髅子"，孩子头从裌袢腰袋里掏出一大把髀石，大大方方地给每个小孩子分发了两枚髀石。小孩子们失而复得，脸上立刻绽放出开心的笑颜，似乎已将力道威猛的"壳髅子"忘得个一干二净，即便脑门上的红肿还在隐隐作痛。

"先别急着各回各家，赶紧的，撅过来，谁也别想溜。"孩子头翻身站定，一个个指点着输了髀石的倒霉孩子："你，你，还有你，赶紧的，快快快，一人一'尻尖'，说话要算数。"

被点到的几个孩子慢条斯理地爬起来，掖好两个髀石，然后转过身去排成一行，背对着孩子头弯下腰，用双手撑着膝盖，撅起尻子。

孩子王抡圆大腿，照着尻子，一人一"尻尖"，伴随着孩子们的惨叫声，孩子头开怀大笑，大声招呼："各回各家喽。"

"稍等，"钟馗连忙开口，"在下等了许久，可要说话算数。"

孩子头这才想起身后还有个和气的陌生人，露出一脸得意之色捎带着一丝不屑，随手掏出两个髀石丢到地上："瞧这个，髀石平趴着，圆咕隆咚肚皮朝上的叫'贝贝'，反之背面有坑的朝上就叫'窝窝'，都属稀松平常，瞧这个，要是侧面横起立着，那才厉害呢。坑坑洼洼不平的侧面冲上叫'香阄'，可厉害了。光溜溜的侧面冲上叫'臭阄'，一个'臭阄'可要抵消掉一个'香阄'，晓得了吧？谁的'香阄'多，谁就赢定了。"

"看来，将这么多髀石一把撒出去，就叫'赛米赛'。要鼓捣出'香阄'，还要少撒出'臭阄'，就叫'托特冈'。手头上拿捏准，靠火候，肯定得有了不起的功夫呢。"钟馗夸赞道。

"那是当然。"孩子头做了个鬼脸，"还有这个，很少见，髀石若能竖起来，立稳了，那就最厉害。瞧这个，两只尖角角朝上的叫'能狗'，还有这个最最厉害的两个圆角角朝上的叫'猪蹄子'。'赛米赛'玩了这么久，才撒出来一两回'能狗'和'猪蹄子'，那可就包赢不输的呀。明白了吗，就这么多。"

旁边那个小黄毛怯生生地用两手各举一枚髀石："还有'索拉'和'文骸'呢。"说完"吱溜"一声又将一筒露头鼻涕吸回了嗓子眼。

"对了，差点忘了，一个羊娃子四条腿，后腿把子有髀石。瞧，这头翘翘的叫'索拉'，那边翘翘的叫'文骸'，明白了吧？再不明白，自个儿啃上两条腿，啃掉髀石上的筋筋腩皮，沙里土里磨磨干净，全都明白了。"孩子头不等钟馗回话，振臂一挥，一群孩子呼啸着蹿了出去，裹挟着尘土和阳光，带走了欢声和笑语，只剩下钟馗和那个绿眼珠子的小黄毛，在西去日头的斜照里，一高一矮，一

524

宽一窄，拖着一长一短两条影子。

钟馗笑了一下，小黄毛咧开嘴傻傻地也跟着笑了一下。钟馗哆哆嗦嗦掏了半天，掏出那一锭亮闪闪的金子，塞进小黄毛的小袷祥里，掖掖好："带回家去，交给娘亲。"

小黄毛懵懵懂懂地点点头，转身唱着歌子，一蹦一跳跑开了。

九九八十一
木火土水独缺金
一个太阳在华山
一个太阳在西天
九九必归一

九九八十一
千里之外山万重
双手高擎昆仑剑
怀中馗匣锁金乌
九九必归一

九九八十一
八不离十隔着九
顾其首来更顾尾
九首誓将九阳灭
九九必归一

钟馗听出些门道，悟出些玄奥，抬眼望向即将隐入山后的太阳。天地之间三界内外唯一的太阳，已将西天尽染，一片红艳艳煞是好看。

钟馗静静地站着，等待着落日隐没在山后，残红退去。几缕云影霞光如烟尘般将要燃尽，偶尔闪现出几抹亮色。

第十个太阳，最后的太阳，但愿唯一的太阳落山了。

钟馗赶回沙枣林，独自坐在大鹅卵石上，枯对着干涸的玉龙河床。茫茫夜色，寒风阵阵，钟馗情不自禁地哼唱起小黄毛的童谣：

九九八十一
木火土水独缺金
一个太阳在华山
一个太阳在西天
九九必归一

九九八十一
千里之外山万重
双手高擎昆仑剑
怀中馗匣锁金乌
九九必归一

九九八十一
八不离十隔着九
顾起首来更顾尾
九首誓将九阳灭
九九必归一

钟馗这边正在有滋有味地揣摩着童谣，忽然从远处河滩上传来说话声，断断续续地飘进他的两只耳朵。钟馗连忙从大鹅卵石上站起身来，打算轻手轻脚地藏身在沙枣林中。可是，竖耳再听，似曾相识，难道罗圈和外八又赶来聒噪不成？

钟馗停下脚步，心中纳闷，许久未见，突然出现，说奇怪不奇怪，说不奇怪真奇怪。既然已来，泰然处之，于是返身坐定在大鹅卵石上闭起双眼，倒想着好好领领教罗圈和外八，深更半夜赶来此处，到底是何居心？

后　记

　　《九头鸟传奇》能够尘埃落定，付梓成书，让陪绑我九年的重重焦虑终于如释重负，恰似帧帧幻灯片不紧不慢地翩然逝去。虽说当下身轻如许，但谈及小说书名，读者们可千万不要望文生义妄下论断呀。所谓九头即九首，九首便是馗。况且此鸟非彼鸟，一只猫头鹰而已，简明扼要，取精用宏，一语双关，妙不可言。所以，书中的九头鸟与勤勉智慧的湖北老乡们八竿子也打不到一处，半点关系都没有啊。

　　试问哪一位作者不喜读者多多？不喜读者开卷？开卷之后大家便会明白，天降大任于一介丑书生，钟馗是也。他与猫头鹰鬼使神差邂逅于昆仑高原，在莽莽西疆雪域演绎出一幅波澜壮阔的史诗级大画卷。

　　钟馗，多么有意思的一个人物，半神半人，正史一笔带过，稗史亦真亦假杂糅其间，只有野史洋洋洒洒连绵不绝，流传至今。丑八怪，状元郎，天子朝堂敢自戕，当门神，专捉鬼，醉酒嫁妹美名扬。明知可为而为之，谓之势，明知不可为而为之，则谓之士。士不可不弘毅，可杀不可辱，任重而道远。钟馗，区区一介读书人，生不逢时，恰在其时，忍不能忍之忍，苦不能苦之苦，为天地立心，为生灵立命，拯救苍生并留下希望，只为通向读书人的尊严。

　　鲁迅曾说，要改造国人的精神世界，首推文艺。文艺创作不该轻易地屈从于潮流与回报，或屈从于命题与市场。写作从来都是孤寂地踽踽独行，潜心探赜索隐，一番戛戛独造，呈现一段历史，刻画几个角色，剖开时代的横切面，独显其特有的纹理和质地，跌宕一出风云际会的精彩，里面有时代深处大大小小的漩涡。

　　从西域到江南，从戈壁到水乡，从草原牧歌到丝竹声声，所见所闻，所感所悟，生活体味，生命经验，认知逐渐向智识过渡，智识逐渐向灵性升华。趁着自己的感受能力，思考能力和表达能力还未曾衰败，尽力不去说废话，少去写垃圾，不随波逐流，不为岁月静好和浮躁繁华站台，不让生活赐予生命的感动擦肩而过，不让内心深处积攒的灵性冷却淡化。写下来，去找寻自己羁旅人世间的意义所在；记下来，在沧桑忧患中，好去安放自己的肉身与灵魂。

在此，致谢所有支持帮助并关心我的良师益友，致敬所有怀疑冷眼并闲话我的亲朋好友，动力发端于你们，激情生乎于心间，正是因为有了你们才让我一点点强大起来，才让我一点点沉静下去。能够拥有王雯女士的倚托，拥有周建秋先生的相助，拥有王晓君老师和赵宏老师的鼎力，拥有倪华老师的慧眼，以及文汇出版社各位编辑的辛勤付出，我是极其幸运的，不，我是极其幸福的。此刻，我更想感激我的先生何泱，他在这部小说的整个修改过程中，提出诸多宝贵意见，其中不仅有真实，更有真诚；不仅有良知，更有情怀。

爱你们的向辉

2024 年 8 月 8 日